MESTRE
DAS CHAMAS

Joe Hill

MESTRE DAS CHAMAS

Tradução
Ulisses Teixeira

Rio de janeiro, 2024

Título original: *The Fireman*

COPIDESQUE Bárbara Waida
REVISÃO Letícia Nakamura e Juliana da Costa
DESIGN DE CAPA Tulio Cerquize
ILUSTRAÇÃO DE CAPA Eduardo Schaal
DIAGRAMAÇÃO Renata Vidal

Dados Internacionais de Catalogação na Publicação (CIP)
(Câmara Brasileira do Livro, SP, Brasil)

Hill, Joe
Mestre das chamas / Joe Hill ; [tradução Ulisses Teixeira]. - 1. ed. - Rio de Janeiro : HarperCollins Brasil, 2024.

Título original: Fireman
ISBN 978-65-5511-550-5

1. Ficção norte-americana I. Título.

24-201510 CDD-813

1. Ficção : Literatura norte-americana 813
Cibele Maria Dias - Bibliotecária - CRB-8/9427

HarperCollins Brasil é uma marca licenciada à Casa dos Livros Editora LTDA.

Rua da Quitanda, 86, sala 601A - Centro,
Rio de Janeiro/RJ - CEP 20091-005
Tel.: (21) 3175-1030
www.harpercollins.com.br

Para Ethan John King, que arde brilhantemente. Seu pai te ama.

INSPIRAÇÃO

J. K. Rowling, cujas histórias me mostraram como escrever esta,
P. L. Travers, que tinha o remédio de que eu precisava,
Julie Andrews, que tinha uma colher cheia de açúcar para ajudá-lo a descer,
Ray Bradbury, de quem roubei o título,
meu pai, de quem roubei todo o resto,
e minha mãe, que me apresentou a maior parte da micologia (e da mitologia) que usei para contar esta história.
Embora o Draco incendia trychophyton *seja inventado, minha mãe diria que quase toda característica do meu esporo fictício pode, na verdade, ser encontrada na natureza.*

Lá fora, a rua está pegando fogo
numa verdadeira valsa da morte...
— "Jungleland", Bruce Springsteen

Embora eu passe o meu tempo entre as cinzas e a fumaça
No mundo inteiro, você não vai encontrar sujeito mais feliz.
— "Chim Chim Cher-ee", Robert e Richard Sherman

Queimar era um prazer.
— *Fahrenheit 451*, Ray Bradbury

PRÓLOGO

COMBUSTÃO

COMO TODO MUNDO, HARPER Grayson já tinha visto um monte de gente pegando fogo na TV, mas a primeira pessoa que ela viu queimando de verdade foi no pátio atrás do colégio.

As escolas estavam fechadas em Boston e em algumas partes de Massachusetts, mas ali, em New Hampshire, ainda estavam abertas. Surgiram alguns casos no estado, mas poucos. Harper ouvira dizer que meia dúzia de pacientes estava sendo mantida em uma ala segura do Concord Hospital, sendo tratada por uma equipe médica que usava trajes de proteção de corpo inteiro, toda a equipe de enfermagem armada com extintores de incêndio.

Harper mantinha uma compressa fria na bochecha de um aluno do primeiro ano chamado Raymond Bly, que levara com uma raquete de badminton na cara. Sempre havia um ou dois casos assim durante a primavera, quando o treinador Keillor desenterrava as raquetes de badminton. E ele mandava as crianças darem uma volta até se sentirem melhor, sem exceção, mesmo quando elas carregavam um punhado dos próprios dentes nas mãos. Qualquer dia desses, Harper ia querer estar lá só para vê-lo levar uma raquetada de badminton no saco, apenas para ter o prazer de mandar que *ele* desse uma volta.

Raymond não estava chorando ao chegar à enfermaria, mas, ao se ver no espelho, perdeu a compostura por um instante, o queixo trêmulo, os músculos do rosto estremecendo de emoção. O olho estava preto e roxo, quase completamente fechado, e Harper sabia que a visão do seu reflexo era mais assustadora do que a dor.

Para distraí-lo, pegou o estoque emergencial de doces. O estoque emergencial de doces era uma lancheira surrada da Mary Poppins, enferrujada nos cantos, com algumas dezenas de barras de chocolate embaladas. Havia também um rabanete e uma batata grandes ali, itens reservados para os casos mais sérios de tristeza.

Ela deu uma olhada na lancheira, enquanto Raymond pressionava a compressa na bochecha.

— *Hum* — disse Harper. — Acho que tenho uma barra de Twix na caixa de doces que vai me cair muito bem.

— *Eu* ganho algum doce? — perguntou o menino, a voz congestionada.

— Vai ganhar algo melhor do que doce. Tenho um rabanete delicioso aqui e, se for *bonzinho*, vou deixar você ficar com ele, e eu fico com o Twix. — Ela mostrou para o garoto a parte interna da lancheira, para que ele pudesse inspecionar o rabanete.

— Eca. Não quero um rabanete.

— Que tal uma batata grande e gostosa? Isso vale mais do que o ouro de Yukon.

— *Eca.* Vamos disputar o Twix na queda de braço. Eu ganho do meu pai na queda de braço.

Harper assobiou três compassos de "My Favorite Things", fingindo considerar aquilo. A enfermeira tinha a propensão de assobiar canções de musicais dos anos 1960 e alimentava fantasias secretas de que gaios-azuis prestativos e tordos atrevidos se juntariam a ela nas notas.

— Não sei se você gostaria de disputar queda de braço comigo, Raymond Bly. Sou bem forte.

Ela fingiu precisar olhar pela janela para pensar melhor — e foi aí que viu o homem atravessando o pátio.

De onde estava, Harper tinha uma visão direta do piso que cobria parte do pátio, algumas centenas de metros de asfalto marcado por uma amarelinha aqui e ali. Mais além, havia quase meio hectare de terra fofa, com um conjunto elaborado de brinquedos instalado ali: balanços, escorregadores, uma parede de escalada e uma fileira de canos de aço em que as crianças podiam bater para criar gongos musicais (em particular, Harper se referia a esse último como Xilofone dos Amaldiçoados).

Era o primeiro período e não tinha criança alguma lá, o único momento do dia sem um bando de moleques gritando, se rebelando, rindo e colidindo uns com os outros à vista da enfermaria. Havia apenas o homem, um sujeito usando uma jaqueta militar verde folgada e uma calça marrom frouxa de um material grosso, o rosto coberto pela sombra de um boné de beisebol encardido. Ele atravessou o pátio com o corpo inclinado, aproximando-se pelos fundos da escola. A cabeça estava abaixada, e ele cambaleava, parecendo incapaz de seguir em linha reta. A princípio, Harper pensou que o homem estivesse bêbado. Então, viu a fumaça saindo pelas mangas. Uma fumaça fina e branca escapava da jaqueta, envolvia suas mãos e subia por baixo do colarinho até o longo cabelo castanho.

Ele se afastou da área asfaltada e foi para a terra fofa. Deu mais três passos e colocou a mão direita no degrau de madeira de uma escada que levava ao trepa-trepa. Mesmo de longe, Harper conseguiu ver algo nas costas da mão do homem, uma faixa escura, como uma tatuagem, mas salpicada de ouro. As manchas brilhavam como partículas de poeira em um ofuscante raio de sol.

Ela assistira a relatos daquilo nos noticiários da TV, mas, ainda assim, naqueles primeiros momentos, mal conseguia entender o que via. Os doces começaram a cair da lancheira da Mary Poppins, fazendo barulho ao atingir o chão. Harper não os ouviu, não estava consciente de que segurava a lancheira em um ângulo tortuoso, despejando as barrinhas de chocolate. Raymond observou a batata cair com um baque surdo e rolar até desaparecer debaixo de um balcão.

O homem que caminhava feito um bêbado começou a se inclinar. Depois, arqueou a coluna convulsivamente, jogando a cabeça para trás, e as chamas lamberam a frente da sua camiseta. Ela teve um vislumbre do seu rosto macilento em agonia, e então a cabeça dele se transformou em uma tocha. O homem batia no peito com a mão esquerda, mas a direita ainda segurava a escada de madeira. Ela queimava, chamuscando o material. Sua cabeça ia cada vez mais para trás, e o sujeito abriu a boca para gritar, mas apenas fumaça preta saiu de lá.

Raymond viu a expressão no rosto de Harper e começou a virar a cabeça para olhar por cima do ombro, pela janela. A enfermeira largou a caixa de doces e esticou os braços na direção do menino. Apertou a compressa fria com uma das mãos e colocou a outra na nuca do garoto, afastando o seu olhar da janela.

— Não, querido — disse ela, surpresa com a calma que ouviu na própria voz.

— O que foi aquilo? — perguntou ele.

Harper largou a nuca do garoto e pegou a cordinha da persiana. Lá fora, o homem em combustão caiu de joelhos, a cabeça inclinada, como se rezasse para Meca. Ele estava envolto pelas chamas, um monte de trapos vertendo uma fumaça grossa naquela tarde clara e fria de abril.

A persiana caiu com um estrondo metálico, bloqueando toda a cena — com exceção de um brilho dourado febril, que cintilava sem parar nas bordas da janela.

LIVRO UM

INFECTADO

ABRIL

1

ELA PERMANECEU NA ESCOLA por mais uma hora após a última criança ter ido para casa. Ainda assim, estava saindo cedo. Na maior parte dos dias, precisava esperar até as cinco para sair, por causa das aproximadamente cinquenta crianças que ficavam no colégio por mais tempo enquanto os pais trabalhavam. Naquele dia, todo mundo foi embora às três.

Depois de ter desligado as luzes da enfermaria, ficou parada à janela e observou o pátio. Havia uma marca escura perto do trepa-trepa, onde os bombeiros usaram a mangueira para lavar os pedaços carbonizados que não conseguiram raspar. Ela tinha a sensação de que nunca mais voltaria para a enfermaria e olharia por aquela janela, e estava certa. As aulas foram suspensas em todo o estado naquela noite, com garantias de que retornariam quando a crise passasse. No entanto, isso nunca aconteceu.

Harper imaginou que teria a casa só para ela, mas, quando chegou, Jakob já estava lá, com a TV ligada em volume baixo. Ele conversava com alguém ao telefone. Pelo seu tom de voz — calmo, firme, quase preguiçoso —, não seria possível imaginar que Jakob estivesse agitado. Era necessário vê-lo andando de um lado para o outro para perceber que estava nervoso.

— Não, eu não vi com meus próprios olhos. Johnny Deepenau foi para lá com um dos caminhões da prefeitura, para tirar os destroços da rua, e nos mandou fotos pelo celular. Parecia que uma bomba tinha explodido no lugar. Parecia terrorismo, tipo... Espera aí, Harper acabou de chegar. — O marido dela abaixou o telefone, pressionando-o no peito, e falou: — Você não passou pelo centro da cidade para voltar para casa, né? Tenho certeza de que não. As ruas estão todas fechadas de North Church até a biblioteca. Tem policiais e agentes da Guarda Nacional na cidade toda. Um ônibus pegou fogo e bateu num poste telefônico. Estava cheio de chineses infectados com aquela merda, a Escama de Dragão. — Ele balançou a cabeça, deixando escapar um suspiro longo e instável, como se ficasse chocado com a audácia de certas pessoas, entrando em combustão espontânea no meio de Portsmouth em um dia tão bonito, e deu as costas à esposa, levando o telefone de volta ao ouvido. — Tudo bem com ela. Não sabia de nada. Está em casa agora, e se acha que vou deixá-la voltar ao trabalho tão cedo, nós dois vamos ter uma boa briga.

Harper se sentou na ponta do sofá e olhou para a TV, sintonizada no canal de notícias locais. A emissora exibia imagens do jogo do Celtic da noite anterior, como se nada estivesse acontecendo. Isaiah Thomas se equilibrou na ponta dos dedos, jogou o corpo para trás e atirou a bola de basquete, acertando a cesta quase da metade da quadra. Eles não sabiam naquela época, mas, até o fim da semana seguinte, a temporada de basquete seria cancelada. Quando o verão chegasse, a maioria dos jogadores do Celtic estaria morta, fosse por incineração ou suicídio.

Jakob andava de um lado para o outro com suas sandálias de corda.

— Quê? Não. Ninguém saiu — disse ele ao telefone. — E posso estar soando cruel, mas parte de mim fica feliz com isso. Não passaram para ninguém. — Ele ouviu por um tempo e aí, inesperadamente, riu e falou: — Foi aqui que pediram um churrasquinho chinês?

Sua caminhada o levou até a prateleira de livros do outro lado da sala, onde a única coisa a ser feita era se virar e voltar. Enquanto fazia isso, seu olhar recaiu sobre Harper mais uma vez, e agora Jakob viu uma coisa que enrijeceu suas costas.

— Ei, minha querida, tudo bem? — perguntou.

Harper o encarou. Ela não sabia como responder. Era uma pergunta curiosamente difícil, que exigia certa quantidade de introspecção.

— Ei, Danny? Preciso desligar. Quero falar um minuto com a Harper. Você fez a coisa certa indo pegar seus filhos. — Ele fez uma pausa e acrescentou: — Sim, tudo bem. Vou mandar as fotos para você e para a Claudia, mas não fui eu que mandei, ok? Amo vocês.

Ele encerrou a ligação, baixou o telefone e a encarou.

— O que foi? Por que está em casa?

— Tinha um homem atrás da escola — falou Harper, e então o pedaço de alguma coisa, uma emoção que parecia ter corpo físico, ficou preso na sua garganta.

Jakob sentou a seu lado e colocou a mão nas costas da esposa.

— Tudo bem — disse ele. — Está tudo bem.

A pressão na traqueia de Harper diminuiu, e ela encontrou a voz, sendo capaz de recomeçar.

— Ele estava no pátio, cambaleando feito um bêbado. Daí caiu e pegou fogo. Queimou como se fosse feito de palha. Metade das crianças da escola assistiu àquilo. Quase toda sala de aula tem visão para o pátio. Tratei crianças em choque a tarde inteira.

— Você devia ter me contado. Devia ter feito eu desligar o telefone.

Ela se virou para o marido, descasando a cabeça no seu peito enquanto Jakob a abraçava.

— Teve um momento em que havia quarenta crianças na quadra de esportes, uns professores e o diretor, e algumas pessoas choravam, algumas tremiam e algumas vomitavam, e eu senti que podia fazer as três coisas ao mesmo tempo.

— Mas não fez.

— Não. Distribuí caixinhas de suco. Tratamento medicinal de primeira.

— Você fez o possível — falou ele. — Sabe-se lá quantas crianças viram a coisa mais horrível que testemunharão na vida inteira. Você entende isso, não? Aquelas crianças vão se lembrar, até o dia em que morrerem, da maneira como cuidou delas. E você conseguiu resolver a situação, que agora está no passado, e está aqui comigo.

Por um tempo, ela ficou calada e imóvel dentro do abraço de Jakob, inalando o odor particular de perfume de sândalo e café do marido.

— Quando aconteceu? — Ele a soltou, encarando-a com os olhos cor de amêndoa.

— No primeiro período.

— Já passa das três. Você almoçou?

— Não.

— Está zonza?

— Sim.

— Vamos comer alguma coisa. Não sei o que tem na geladeira. Mas talvez eu possa pedir algo.

Foi aqui que pediram um churrasquinho chinês?, pensou Harper, e o cômodo se inclinou feito o convés de um navio. Ela se estabilizou nas costas do sofá.

— Talvez só um pouco de água — falou.

— Que tal vinho?

— Melhor ainda.

Ele se levantou e foi até a pequena adega de seis garrafas na prateleira. Conforme avaliava uma garrafa atrás da outra — *que tipo de vinho combinava com um contágio fatal?* —, comentou:

— Eu achava que essas coisas só aconteciam em países onde a poluição é tão séria que você não consegue respirar e os rios são todos esgotos a céu aberto. China. Rússia. A antiga República Comunista do Cagadistão.

— Rachel Maddow disse que já são quase cem casos em Detroit. Ela falou sobre isso no jornal ontem à noite.

— É o que estou falando. Pensei que esse tipo de coisa só existisse em lugares imundos aonde ninguém quer ir, como Chernobil e Detroit. — Uma rolha estourou. — Não sei por que alguém infectado entraria num ônibus. Ou num avião.

— Talvez tenham medo de ser colocados em quarentena. Para muita gente, a ideia de ser afastado dos seus entes queridos é mais assustadora do que a doença. Ninguém quer morrer sozinho.

— É, isso é verdade. Por que morrer sozinho quando você pode morrer acompanhado? Nada diz mais "eu te amo" do que transmitir a porra de uma infecção fatal horrível para os seus parentes mais próximos e queridos. — Jakob levou até ela uma taça de um vinho dourado, como luz do sol destilada. — Se eu estivesse doente, preferiria morrer a passar essa coisa para você. A colocá-la em risco. Na verdade, acho que seria mais fácil dar cabo da minha vida, sabendo que estaria fazendo isso para manter outras pessoas a salvo. Não consigo imaginar nada mais irresponsável do que ficar zanzando com uma coisa dessas por aí. — Ele entregou a taça a Harper, acariciando um dos dedos dela no processo. Ele tinha um toque gentil, um toque *acolhedor*; era sua melhor característica, sua sensação intuitiva de quando exatamente colocar uma mecha do cabelo dela atrás da orelha, ou lhe acariciar a nuca. — É fácil pegar essa doença? É transmitida que nem pé de atleta, não é? Contanto que você lave as mãos e não ande descalço na quadra de esportes, vai ficar tudo bem? Ei. *Ei*. Você não chegou perto do cara que morreu, chegou?

— Não. — Harper nem se deu ao trabalho de enfiar o nariz na taça e inalar o buquê, como o marido a ensinara a fazer quando ela tinha vinte e três anos e acabara de dormir com ele e estava mais bêbada de Jakob do que jamais estaria de vinho. Ela engoliu o *sauvignon blanc* em dois goles.

O marido se afundou no sofá a seu lado com um suspiro e fechou os olhos.

— Bom. Que bom. Você tem essa necessidade horrível de ajudar as pessoas, Harper, o que é legal em circunstâncias normais, mas, em algumas situações, uma mulher precisa...

Mas ela não estava ouvindo. Tinha congelado enquanto se esticava para colocar a taça de vinho na mesa de centro. Na TV, o programa cortara dos melhores momentos do hóquei para um homem velho de terno cinza, um repórter de olhos azuis tímidos por trás de óculos bifocais. A legenda na parte de baixo da tela dizia: URGENTE: INCÊNDIO NA SPACE NEEDLE.

— ... vamos agora para Seattle — disse o âncora. — Um aviso: as imagens são muito fortes e perturbadoras. Se houver alguma criança na sala, ela não deve ver as cenas a seguir.

Antes mesmo que ele acabasse de falar, a emissora começou a exibir uma imagem gravada por um helicóptero, na qual se via a Needle estendendo-se no céu azul brilhante e frio. Uma fumaça preta preenchia seu interior e escapava pelas janelas, obscurecendo muitos dos outros helicópteros que circulavam o local.

— Meu Deus — falou Jakob.

Um homem de camisa branca e calça preta saltou de uma das janelas. Seu cabelo estava em chamas. Seus braços giravam enquanto ele saía de enquadramento. O homem foi seguido segundos depois por uma mulher usando uma saia escura. Quando ela pulou, apertou as coxas com as mãos, como se para impedir que a saia esvoaçasse e mostrasse a calcinha.

Jakob pegou a mão de Harper. Ela entrelaçou os dedos nos dele e apertou.

— Que porra está acontecendo, Harper? — perguntou ele. — Que *porra* é essa?

MAIO — JUNHO

2

A FOX DISSE QUE a Dragão havia sido lançada pelo Estado Islâmico, usando esporos inventados pelos russos nos anos 1980. A MSNBC afirmou que fontes indicavam que a Escama podia ter sido criada por engenheiros da Halliburton e roubada por cristãos cultistas obcecados pelo Livro do Apocalipse. A CNN noticiou as duas coisas.

Durante os meses de maio e junho, houve mesas-redondas em todos os canais, entre reportagens ao vivo de lugares pegando fogo.

Então, Glenn Beck queimou até a morte no seu programa de internet, bem em frente ao quadro-negro. As chamas foram tão intensas que os óculos se fundiram a seu rosto. Depois disso, a maior parte das notícias foi menos sobre quem fez o que e mais sobre como evitar ser infectado.

JULHO

3

HAVIA UM BOMBEIRO CAUSANDO problemas.

— Senhor — disse a enfermeira Lean. — Senhor, você não pode furar a fila. Vai receber o exame gratuito quando chegar sua vez.

O Bombeiro observou a fila que se estendia pelo corredor e dava a volta em um canto. Então, voltou o olhar. Seu rosto estava imundo e ele usava o mesmo casaco amarelo de borracha que todos os bombeiros usavam, e tinha uma criança nos braços, um menino, que segurava seu pescoço.

— Eu não quero fazer um exame. Quero deixar um paciente — disse ele, e seu sotaque chamou a atenção. Você não esperaria que um bombeiro de New Hampshire soasse como alguém de Londres. — E não é um caso da doença pela qual essas pessoas estão aqui. Não é sobre o mofo. O garoto precisa de um médico. Precisa de um médico *agora*, não daqui a duas horas. É uma *emergência*. Não sei por que não consigo convencer ninguém nessa suposta sala de emergência disso.

Harper estava passando ao lado da fila, entregando pirulitos e copos de papel com suco de maçã para as crianças. Ela também tinha um rabanete em um dos bolsos e uma batata no outro, para os meninos e as meninas mais tristes.

O sotaque britânico a distraiu e animou. Ela associava aquele sotaque a bules de chá cantores, a escolas de magia e à ciência da dedução. Sabia que isso não era algo terrivelmente sofisticado da sua parte, mas não se sentia culpada. Achava que os responsáveis por esses sentimentos eram os próprios ingleses. Por um século, eles fizeram uma propaganda implacável de seus detetives, seus magos e suas babás, e agora tinham que conviver com aquilo.

Ela precisava mesmo se animar. Passara a manhã colocando corpos carbonizados em sacos mortuários, os tecidos escurecidos e murchos ainda quentes ao toque, ainda fumegando. Como os sacos estavam acabando, teve que embalar um par de crianças mortas juntas, o que não foi muito difícil. Elas queimaram até a morte abraçadas e se fundiram em uma única criatura, uma cama de gato emaranhada de ossos torrados. Parecia uma escultura de *death metal*.

Ela não voltava para casa desde a semana anterior, em junho e, durante dezoito das vinte e quatro horas do dia, ficava dentro de um traje de borracha completo que fora feito para impedir a infecção pelo ebola. As luvas eram tão apertadas que ela precisava lubrificar as mãos com vaselina para poder vesti--las. Ela fedia a camisinha. Toda vez que inalava o próprio perfume de borracha e KY, pensava em encontros desajeitados nos dormitórios da faculdade.

Harper foi até o início da fila, aproximando-se do Bombeiro pelas costas. Era função dela manter as pessoas que esperavam contentes, e não da enfermeira Lean, e Harper não queria desagradar a enfermeira Lean. Havia acabado de começar a trabalhar para ela, no Portsmouth Hospital, três semanas antes, e tinha um pouco de medo da mulher. Todos os enfermeiros voluntários tinham.

— Senhor — disse a enfermeira Lean, com uma voz aguda de impaciência. — Todos na fila estão em situação de emergência. São emergências até o lobby. Atendemos na ordem de chegada.

O Bombeiro olhou para a fila. Cento e trinta e uma pessoas (Harper tinha contado), cansadas e manchadas com Escama de Dragão. Elas o encararam de volta, com olhares vazios de ressentimento.

— A emergência delas pode esperar. A desse garoto, não. — Ele se virou para encarar a enfermeira Lean. — Deixa eu tentar de outra maneira.

Seu braço direito estava estendido ao lado do corpo. O homem segurava uma ferramenta entre o braço e o corpo, uma barra de ferro enferrujada com ganchos, pontas e lâminas em cada extremidade. Ele abriu a mão e deixou a barra escorregar até ficar à mostra, de modo que uma das pontas quase encostou no linóleo imundo. Ele a balançou, mas não a ergueu.

— Ou você me deixa passar por essa porta, ou eu pego essa halligan e começo a quebrar coisas. Vou dar início com uma janela e evoluir até chegar a um computador. Chame um médico ou me deixe passar, mas não ache que vou esperar na fila enquanto este menino de nove anos morre nos meus braços.

Albert Holmes veio preguiçosamente pelo corredor, atravessando as portas duplas que levavam às salas de exame pré-quarentena. Ele também usava traje de proteção contra ebola. A única coisa que o distinguia da equipe médica era que, em vez de um capuz de borracha, o rapaz usava um capacete preto, a proteção de vidro abaixada. Ele também tinha o cinto para fora do traje, o distintivo e o walkie-talkie em um lado da cintura, e o cassetete de Teflon do outro.

Harper e Al o cercaram ao mesmo tempo, de direções opostas.

— Vamos nos acalmar aqui — disse Al. — Escuta, cara, você não pode entrar aqui com essa... como é que chamou? Essa coisa de arruaceiro. Bombeiros devem deixar o equipamento lá fora.

— Senhor? Se vier comigo, ficarei *feliz* em conversar sobre a doença do seu filho — falou Harper.

— Ele não é meu filho — respondeu o Bombeiro —, e eu não sou o pai histérico dele. Sou um homem com uma criança doente e uma barra de ferro pesada. Se não aceitarem uma, vão ter que aguentar a outra. Quer conversar comigo? Em que lugar? Do outro lado da porta, onde os médicos estão, ou no final da fila?

Ela o encarou, *desejando* que ele fosse bom, prometendo, com o olhar, que seria boa em troca, que ouviria e lidaria com ele e o menino com carinho, humor e paciência, comunicando com o olhar que tentava protegê-lo, porque, se o Bombeiro não se acalmasse, ia acabar com o rosto no chão, spray de pimenta nos olhos e uma bota no pescoço. Harper fazia parte da equipe havia menos de um mês, mas aquele período tinha sido suficiente para se acostumar à visão dos seguranças dando uma surra em pacientes desordeiros a fim de que se comportassem melhor.

— Venha comigo. Vou pegar um sorvete de limão para ele e você pode me contar o que há de errado...

— ... no final da fila. Como pensei. — Ele se afastou dela e deu um passo na direção da porta dupla.

A enfermeira Lean ainda estava no caminho. No mínimo, ela parecia mais imponente do que Albert Holmes. Era maior, uma enormidade de seios e barriga, tão formidável quanto um jogador de futebol americano.

— *SENHOR* — disse ela. — Se der mais um passo, na parte da tarde estaremos tratando vários de seus machucados e contusões. — Com o olhar pálido e sem emoção, a mulher contemplou a fila. A afirmação seguinte era voltada para todos ali. — *Esta fila permanecerá em ordem.* Pode ser do jeito fácil ou do jeito difícil, mas *teremos ordem*. Todo mundo entendeu?

Murmúrios baixos e envergonhados de concordância foram ouvidos.

— Desculpe. — O suor escorria das têmporas do Bombeiro. — Você não entende. Esse garoto...

— Qual é o problema dele? Além do mesmo problema que todo mundo aqui tem? — perguntou a enfermeira Lean.

O menino devia ser a criança mais linda que Harper já tinha visto. Seu cabelo escuro e encaracolado formava um emaranhado encantador sobre os olhos, que eram do tom radiante esverdeado de uma garrafa de vidro vazia de Coca-Cola. Ele usava um short e todos podiam ver as marcas nas panturrilhas: desenhos pretos e curvilíneos, parecidos com tatuagens, delicados e quase ornamentais.

Sem qualquer traço de preocupação na voz, a enfermeira Lean acrescentou:

— Se você não está infectado, não deveria estar segurando o menino. Está infectado?

— Não estou aqui para falar de mim — disse o Bombeiro. Harper só percebeu muito mais tarde que aquela era uma forma inteligente de não responder. — Ele não está encostando em mim.

Era verdade. O garoto nos seus braços tinha o rosto virado e a bochecha dele repousava na jaqueta do Bombeiro. Ainda assim, se o homem não estivesse doente, ou era estupidamente destemido, ou só era estúpido.

— Qual é o problema dele?

— A barriga — respondeu o Bombeiro. — Tem algo de errado com a barriga dele. O menino mal consegue ficar de pé...

— Está muito calor aqui — disse a enfermeira Lean. — Tenho certeza de que ele não é a única criança com dor de barriga. Vá para o fim da fila e...

— Não. *Não. Por favor*. Esse menino perdeu a mãe recentemente. Ela estava num prédio que desabou alguns dias atrás.

Os ombros da enfermeira Lean despencaram e, por um instante, uma espécie de simpatia taciturna ficou visível na sua expressão. Pela primeira e única vez, ela pareceu olhar não para o Bombeiro, mas para o menino encolhido nos seus braços.

— Ah. É tristeza. Escute, querido, é só tristeza. — No entanto, se o menino estava ouvindo, não deu sinal disso. A enfermeira ergueu o olhar para o Bombeiro e de repente o encarava de novo. — Com uma coisa dessas, quem não ia ficar com dor de barriga?

— Espera aí um minuto. Deixa eu terminar. Um prédio desabou, e matou ela, e ele estava lá, ele estava *lá*...

— Há orientadores treinados que podem falar com o garoto sobre o que aconteceu e talvez até conseguir alguma coisa doce e com gás para a indigestão dele.

— Indigestão? Você está me escutando? Ele não precisa de uma Coca e um sorriso, ele precisa ser atendido por um *médico*.

— E será, quando chegar a vez dele.

— Eu o peguei uma hora atrás e ele *gritou*. Isso parece indigestão para você, sua frígida imbecil?

— *Ei!* — falou Albert Holmes. — Não precisa baixar o...

O rosto da enfermeira Lean mudou de cor para um intenso vermelho-escuro. Ela esticou os braços para os lados, como uma criancinha imitando um avião.

— *OU VOCÊ E O MENINO VÃO PARA O FIM DA FILA, OU VOCÊ DARÁ ENTRADA NA EMERGÊNCIA COM ESSA BARRA DE FERRO ENFIADA NO RABO! ENTENDEU?*

Se a enfermeira Lean tivesse gritado dessa maneira com Harper, ela teria se debulhado em lágrimas. Foi impressionante — era como ser pega de surpresa por um vendaval. As crianças na fila cobriram as orelhas e esconderam o rosto nas pernas das mães.

O inglês nem sequer tremeu. Só olhou para ela. Harper estava apenas parcialmente consciente do fato de que o menino também não hesitou. Na verdade, ele encarava Harper, os olhos distraídos e marejados, um pouco desorientados. Ela presumira que o garoto estava fraco por causa do calor, mas, pelo visto, havia mais por trás daquilo.

Harper tentou outra vez:

— Senhor? Tenho *certeza* de que posso ajudar. Podemos discutir os sintomas do garoto no fim da fila e, se ele precisar de cuidados imediatos, trago um médico para vê-lo. Se a barriga está incomodando o garoto, não precisamos deixá-lo ainda pior com tanta gritaria. Vamos resolver isso no corredor. Por favor. Eu e você... que tal?

Toda a raiva desapareceu do seu rosto em um instante, e ele olhou para Harper com um sorriso cansado e trêmulo. O menino podia ter perdido a mãe, mas, naquele momento, a enfermeira percebeu, pela primeira vez, que o próprio Bombeiro estava de luto. Ela conseguia ver aquilo nos seus olhos, uma espécie de olhar exausto que a mulher associava à perda.

— Você gosta de Dire Straits também? Uma jovem como você? Devia estar usando fraldas da última vez que eles lançaram um sucesso.

— Não entendi — disse ela.

— Eu e você... que tal? "Romeo and Juliet", do Dire Straits? — perguntou ele, inclinando a cabeça e lançando um olhar inquisitivo a ela.

Harper não sabia o que dizer, não sabia do que ele estava falando. Ele a encarou por mais meio segundo e então desistiu. O Bombeiro apertou o menino com gentileza e o colocou de pé com muito cuidado, como se manuseasse um vaso frágil cheio de água.

— O nome dele é Nick. Pode levá-lo até o fim da fila? — perguntou ele a Harper. — Para que eu possa continuar conversando com esse pessoal?

— Acho que os *dois* deveriam vir comigo — respondeu ela ao Bombeiro, mas pegou a mão do menino. A luva de borracha guinchou baixinho.

Dava para ver que o menino não estava bem. Seu rosto estava pálido sob as sardas, e ele cambaleava. Além disso, Harper podia sentir um calor preocupante nos seus dedos suaves e gordinhos. No entanto, um monte de gente com o esporo tinha febre, e o esporo em si com frequência se mantinha dois ou três graus acima da temperatura do corpo. Porém, assim que o Bombeiro colocou o garoto no chão, ele se curvou com uma careta de dor.

O Bombeiro se ajoelhou diante da criança e apoiou a halligan no ombro. Então, fez uma coisa estranha: fechou as mãos em punhos, mostrou-as para o menino e gesticulou de forma esquisita, como se imitasse um cachorro mexendo as patas no ar. O garoto fez uma careta e emitiu um som engraçado de chaleira, diferente de qualquer ruído que Harper já tivesse ouvido de uma criança que sentia dor. O garoto mais parecia um daqueles brinquedos de apertar que emitem sons agudos.

O Bombeiro esticou a cabeça para olhar de volta para Harper, mas, antes que tivesse a chance de falar, Albert Holmes se movimentou e agarrou uma ponta da halligan.

— O que *diabos* pensa que está fazendo? — perguntou o Bombeiro.

— Senhor? Solte a arma.

O Bombeiro puxou a ferramenta. Al puxou de volta com mais força, o que fez o outro perder o equilíbrio, e logo havia um braço ao redor da sua garganta. As solas das botas do Bombeiro guincharam no chão enquanto ele dava chutes para ganhar vantagem e tentar se firmar.

Harper observou a luta da mesma forma que poderia ter vislumbrado o cenário de um carrossel acelerado. Ela relembrava o que tinha acabado de ver — não apenas a maneira estranha como o Bombeiro golpeara o ar, mas também a maneira como parecia que o menino se esforçara para levantar um peso além dos seus limites.

— Você é surdo — falou para a criança, mas é claro que estava apenas falando para si mesma. Porque o menino era de fato surdo.

Em algum momento durante a faculdade de enfermaria, ela havia tido uma única aula sobre linguagem de sinais, da qual não se lembrava de nada. Ou, pelo menos, *achava* que não se lembrava de nada. Mas então apontou os dedos para as costelas e os revirou, como se estivesse apertando um parafuso na lateral do corpo. Deu tapinhas na parte de baixo do abdômen. *Dói aqui?*

Nick assentiu, incerto. Mas quando Harper tentou sentir o abdômen do menino abaixo das suas mãos em concha, ele deu um passo para trás, tropeçando e balançando a cabeça sem parar.

— Está tudo bem — disse ela, enunciando devagar e com muito cuidado, para o caso de ele saber ler lábios. Ela ouvira falar, talvez naquela única aula de linguagem de sinais, que os melhores leitores de lábios só conseguiam entender setenta por cento do que viam, e a maioria dos surdos ficava bem abaixo disso. — Vou tomar cuidado.

Harper estendeu a mão mais uma vez para sondar a barriga, e ele a cobriu de novo, recuando, um novo suor brilhando no lábio superior. O garoto deu um lamento suave. E foi então que ela soube. Foi então que teve certeza.

Al apertava a traqueia do Bombeiro com o braço, cortando o ar, estrangulando-o. O mesmo golpe matara Eric Garner em Nova York alguns anos antes, mas nunca saíra de moda. A outra mão puxava a halligan para baixo, pressionando-a no peito do Bombeiro.

Se Harper tivesse sido capaz de se concentrar, poderia ter achado a reação do Bombeiro peculiar. Ele não soltava a halligan, mas também não tentava se livrar do aperto de Albert. Em vez disso, o homem mordia os dedos da luva preta da mão esquerda. Ele estava retirando a luva com os dentes quando Harper falou, com uma voz vibrante e clara, o que fez os dois homens pararem.

— Enfermeira Lean? Precisamos de uma maca para levar esse menino para fazer uma tomografia. Devemos nos preparar para uma cirurgia abdominal. Talvez alguém da pediatria possa cuidar disso?

O olhar da enfermeira Lean, distante e distraído, foi além do Bombeiro, o rosto pétreo.

— Qual é o seu nome? Você é uma das garotas novas.

— Sim, senhora. Cheguei há três semanas. Quando começaram a chamar voluntários. Harper. Harper Grayson.

— Enfermeira Grayson, esta não é a hora nem o lugar...

— É, sim. Tem que ser. Ou o apêndice dele estourou ou está prestes a estourar. Além disso, tem alguma enfermeira que saiba linguagem de sinais? O menino é surdo.

O Bombeiro olhava para ela. Al também olhava, o rosto boquiaberto sobre o ombro do outro. Àquela altura, Al tinha relaxado o braço, deixando o homem respirar. O Bombeiro acariciou a garganta com a mão esquerda — ele tinha desistido de arrancar a luva — e sorriu para ela com uma mistura de apreço e alívio.

O rosto da enfermeira Lean ficou vermelho-escuro de novo, mas ela parecia frustrada.

— Você não pode fazer esse diagnóstico sem uma tomografia.

— Não posso mesmo — respondeu Harper. — Mas eu só... tenho certeza. Eu costumava ser enfermeira de uma escola e tive um caso de um menino assim no ano passado. Olha, vê a forma como ele segura a barriga? — Ela olhou de relance para o Bombeiro, franziu o cenho e se concentrou em mais uma coisa que ele estava tentando lhes contar. — O prédio caiu... e você falou que ele estava "bem ali". Quis dizer que o garoto estava *dentro* do prédio, com a mãe, quando caiu?

— *Sim*. Era exatamente o que eu estava tentando explicar. Ela morreu. Ele foi atingido por alguns destroços. Tiramos o menino de lá e, na hora, ele parecia fisicamente *bem*, um pouco machucado, mas nada sério. Quando parou de comer e responder às pessoas, colocamos a culpa no choque. Então, hoje de manhã, ele acordou suando e não conseguia sentar sem sentir dor.

— Se ele foi atingido no abdômen, pode ter machucado o apêndice. Quando foi a última vez que o garoto evacuou?

— Não posso dizer que acompanho a frequência com que as crianças fazem cocô. Mas posso perguntar, se esse cavalheiro me soltar.

Harper encarou Albert, que continuava perplexo, o queixo um pouco caído.

— Bem — disse ela e, pela primeira vez, sua voz estava zangada. — Solte-o. Rapidinho. — *Rapidinho* era uma das falas favoritas de Mary Poppins, e desde criança Harper gostava de substituir profanidades por Julie Andrewsismos sempre que possível. Dava-lhe uma forte sensação de controle e, ao mesmo tempo, a lembrava do que tinha de melhor.

— Desculpe, senhora — murmurou Al, não apenas removendo o braço do pescoço do Bombeiro como também ajudando-o a voltar a ficar de pé.

— Que sorte a minha você ter me soltado naquele momento — disse o Bombeiro para ele, sem um pingo de raiva ou desgosto na voz. — Mais um minuto e, em vez de deixar um paciente, teria me tornado um. — Ele se ajoelhou ao lado do menino, mas parou para lançar outro sorriso a Harper. — Você é boa. Gosto de você. Rapidinho! — O homem recitou aquela palavra como se ela significasse "*muito bem*".

Ele se virou para encarar Nick, que limpava lágrimas com o dedão. O Bombeiro mexeu as mãos em uma série de gestos acelerados: punhos fechados, um dedo apontando, uma mão apertada e a outra aberta. Harper pensou em um homem fazendo malabarismos com uma faca ou praticando escalas em um instrumento musical fantástico, mas invisível.

Nick mostrou três dedos e os juntou, como se estivesse pegando uma mosca no ar. Harper conhecia aquele sinal. A maioria das pessoas conhecia. *Não*. Depois, houve mais um pouco que ela não conseguiu entender — as mãos, os braços e o rosto estavam todos em movimento.

— Ele diz que não consegue ir ao banheiro. Que tentou, mas dói. Ele não foi ao banheiro desde o acidente.

A enfermeira Lean suspirou com força, como se para lembrar a todo mundo quem mandava ali.

— Certo. Vamos dar uma olhada no seu filho... *rapidinho*. Albert, pode pedir uma maca pelo rádio?

— Eu já falei: ele não é meu filho — disse o Bombeiro. — Fiz o teste para o papel, mas a peça foi cancelada.

— Não é da família dele, então — comentou a enfermeira Lean.

— Não.

— Isso significa que não vou poder deixar você acompanhá-lo enquanto o menino é examinado. Eu... eu sinto muito — falou a enfermeira Lean, soando, pela primeira vez no dia, não apenas incerta como também exausta. — Somente família.

— Ele vai ficar com medo. Não consegue entender você. Ele *me* entende. Pode falar *comigo*.

— Vamos encontrar alguém que consiga se comunicar com ele — disse a enfermeira Lean. — Além disso, assim que ele atravessar essas portas, estará em quarentena. As únicas pessoas que entram aqui têm Escama de Dragão ou trabalham para mim. Não posso abrir exceções, senhor. Você mencionou a mãe dele. O menino tem outros parentes?

— Ele tem... — começou o Bombeiro, mas parou, franziu o cenho e balançou a cabeça. — Não. Não tem mais ninguém. Ninguém que poderia vir para ficar com ele.

— Tudo bem. Obrigada... obrigada por trazê-lo até nós. Vamos cuidar do garoto a partir de agora. Vamos resolver tudo.

— Pode me dar um instante? — perguntou ele à enfermeira, e olhou de volta para Nick, que piscava, derramando novas lágrimas. O Bombeiro pareceu saudá-lo, depois tirou leite de uma vaca imaginária e finalizou apontando para o peito do garoto. A resposta de Nick não precisava de tradução. Ele foi até o Bombeiro e se deixou ser abraçado, de forma gentil, gentil.

— Gostaria que não fizesse isso, senhor — falou a enfermeira Lean. — Não quer pegar o que ele tem.

O Bombeiro não respondeu — e não soltou o menino até as portas duplas se abrirem e uma enfermeira aparecer empurrando uma maca até o corredor.

— Vou voltar para dar uma olhada nele. — O Bombeiro ergueu o menino nos braços e o colocou sobre a maca.

A enfermeira Lean avisou:

— Você não poderá mais vê-lo. Não enquanto ele estiver em quarentena.

— Só para perguntar se ele está bem na recepção — respondeu. Ele acenou a cabeça para Albert e a enfermeira Lean de forma zombeteira, mas não mal-humorada, e se voltou para Harper. — Estou em dívida com você. Levo isso muito a sério. Da próxima vez que precisar de alguém para apagar um incêndio, espero ter sorte o suficiente para atender à ligação.

Quarenta minutos depois, o garoto estava sedado, e o dr. Knab, o cirurgião pediátrico, cortava-o para remover um apêndice inflamado do tamanho de um damasco. O garoto ficou em recuperação por três dias. No quarto dia, desapareceu.

As enfermeiras na sala de recuperação tinham certeza de que o menino não havia simplesmente caminhado para fora do quarto. A janela estava escancarada e correu um boato de que ele tinha pulado. Mas era loucura — a sala de recuperação ficava no terceiro andar. Ele teria quebrado as pernas na queda.

— Talvez alguém tenha trazido uma escada — disse Albert Holmes, quando o assunto estava sendo debatido sobre tigelas de *chop suey* na copa.

— Não tem escada que alcance o terceiro andar — argumentou a enfermeira Lean, com a voz irritada e queixosa.

— Tem num caminhão de bombeiros — comentou Al com a boca cheia de pão.

4

NAQUELES DIAS SUFOCANTES E ardentes do alto verão, quando uma crise administrável oscilava à beira de um desastre incontrolável, o menino surdo não foi o único paciente a sumir do Portsmouth Hospital. Havia outra entre os contaminados que escapou com vida, nos últimos dias, antes que tudo — não de forma metafórica, mas literal — pegasse fogo.

Durante todo o mês, o vento soprou do norte e uma neblina marrom e lúgubre se instalou sobre a costa de New Hampshire, varrida para lá dos incêndios no Maine. O Maine queimava da fronteira canadense até Skowhegan, mais de mil e quinhentos quilômetros quadrados de abetos e pinhos. Não havia como se livrar do fedor, um odor doce e desagradável de pinheiro queimado.

O cheiro seguia Harper no seu sono, e toda noite ela sonhava com fogueiras na praia, assando salsichas com seu irmão, Connor. Às vezes, em vez de salsichas, havia cabeças queimando na ponta dos galhos de madeira. De vez em quando, Harper acordava aos gritos. Outras vezes, acordava com o som de outra pessoa aos gritos. Os enfermeiros dormiam em turnos, dividindo um dormitório no porão, e todos tinham pesadelos.

No hospital, os infectados eram divididos em dois grupos: "sintomas normais" e "fumegantes". Os fumegantes produziam fumaça de forma intermitente, sempre prontos para entrar em combustão. A fumaça espiralava dos cabelos e das narinas, e a água não parava de escorrer dos olhos. As manchas nos seus corpos ficavam tão quentes que podiam derreter luvas de látex. Eles deixavam marcas carbonizadas nas camisolas hospitalares e nas camas. E eram perigosos também. Talvez de maneira compreensível, os fumegantes estavam sempre à beira da histeria, embora houvesse um aspecto "o ovo ou a galinha" nisso: eles entravam em pânico porque os seus corpos produziam fumaça sem parar ou produziam fumaça sem parar porque as suas mentes estavam sempre em pânico? Harper não tinha certeza. Sabia apenas que precisava tomar cuidado perto dos fumegantes. Eles mordiam e gritavam. Faziam planos engenhosos para roubar o sol do céu. Decidiam que eram dragões e tentavam sair voando pelas janelas. Passavam a acreditar que os médicos retinham quantidades limitadas de uma cura e tentavam fazê-los reféns. Formavam exércitos, congressos, religiões; planejavam rebeliões, fomentavam traições, praticavam heresias.

O restante dos pacientes estava marcado com a Escama, mas, fora isso, permaneciam física e emocionalmente normais até o momento em que pegavam fogo. Sentiam-se assustados, não tinham para onde ir e queriam acreditar que alguém desenvolveria uma cura antes que seu tempo chegasse ao fim. Muitos foram para Portsmouth porque já corriam rumores de que outros hospitais locais simplesmente faziam o transporte em massa dos infectados para o campo em Concord, um lugar com um tanque estacionado no portão em que havia recusado uma inspeção da Cruz Vermelha algumas semanas antes.

O hospital ocupou cada uma das suas alas, e os infectados continuaram a vir. O refeitório do primeiro andar foi convertido em um imenso dormitório para os doentes mais saudáveis. Foi lá que Harper conheceu Renée Gilmonton, que se destacava de todos os outros por ser a única pessoa negra em um salão com outros duzentos pacientes. Renée dizia que era mais fácil ver um alce em New Hampshire do que um negro. Dizia que estava acostumada às pessoas olhando para ela como se a sua cabeça estivesse pegando fogo, afinal, era assim que a encaravam havia anos.

As camas formavam uma espécie de labirinto, espalhadas por todo o refeitório, com Renée Gilmonton exatamente no centro. Ela estava lá antes de Harper ir trabalhar no hospital, no fim de junho, estava lá há mais tempo do que qualquer pessoa andando por aí com Escama. Tinha por volta de quarenta anos, seu corpo era agradavelmente arredondado, usava óculos, o cabelo cinza já aparecia nas suas arrumadas tranças afro, e não tinha vindo sozinha: trouxera um vaso de pé de hortelã chamado Daniel e uma foto do seu gato, o sr. Truffaut. Quando não tinha com quem conversar, conversava com eles.

Mas era raro que Renée não tivesse companhia humana. Na sua antiga vida, ela fora uma caridosa profissional: organizava um café da manhã semanal com panquecas para um orfanato, ensinava inglês para condenados na prisão estadual e gerenciava uma livraria independente que perdia dinheiro aos borbotões ao realizar eventos públicos de leitura de poesia. É difícil superar velhos hábitos. Pouco depois de ter chegado ao hospital, ela organizou duas sessões de leitura diária para as crianças menores e um clube do livro para os pacientes mais velhos. Tinha uma dúzia de exemplares levemente tostados de *A ponte de San Luis Rey* que haviam passado por muitas mãos.

— Por que *A ponte de San Luis Rey*? — perguntou Harper.

— Em parte porque fala sobre tragédias inexplicáveis acontecendo — respondeu Renée. — Mas também porque é pequeno. Sinto que a maioria do pessoal daqui quer um livro que possa terminar. Você não tem vontade de começar *A guerra dos tronos* quando pode pegar fogo de repente. Há uma coisa terrivelmente injusta em morrer no meio de uma boa história, antes de ter a chance de ver como tudo termina. É claro que suponho que *todo mundo* morre no meio de uma boa história, em certo sentido. A própria história. Ou a história dos seus filhos. Ou dos netos. A morte é um mau negócio para quem é viciado em uma boa narrativa.

No refeitório, Renée era conhecida como sra. Amianto, porque não tinha febre, não fumegava e, quando alguém pegava fogo, ela corria *na direção* da pessoa para tentar apagá-la, quando a maior parte dos pacientes corria na direção *contrária*. Correr na direção das chamas ia, na verdade, contra o conselho dos médicos, e com frequência a repreendiam por isso. Havia muitas evidências de que o simples estresse de ver uma pessoa entrando em combustão era suficiente para causar o mesmo efeito em outras. Reações em cadeia eram ocorrências diárias no Portsmouth Hospital.

Harper fazia o possível para não se apegar. Era a única maneira de encarar o trabalho e continuar ali dia após dia. Caso ela se permitisse se importar demais com qualquer um deles, aquilo a destruiria por dentro, a safra diária de mortos. Acabaria com as melhores partes dela, sua bobeira, seu senso de diversão e a sua crença de que a gentileza que você demonstrava aos outros tinha algum significado.

O traje completo de proteção Tyvek não era a única armadura que ela precisava vestir para fazer o trabalho. Harper também empregava um ar vidrado de calma profissional. Às vezes, fingia estar em uma simulação imersiva, que o vidro de proteção da máscara era uma tela de realidade virtual. Também ajudava o fato de não aprender o nome de ninguém e alternar as alas, para sempre se deparar com rostos diferentes.

E mesmo assim, no fim do turno, ela precisava ficar meia hora sozinha, em uma cabine no banheiro feminino, para chorar até passar mal. Nunca lhe faltava companhia. Um monte de enfermeiros tinha choros pós-expediente programados. O banheiro feminino do porão, às nove horas da noite, era uma caixa de concreto cheia de sofrimento, uma câmara que ecoava com fungadas e suspiros trêmulos.

Mas Harper gostava de Renée. Não conseguia evitar. Talvez porque Renée dava permissão a si mesma para fazer todas as coisas que Harper não podia fazer. Renée decorava o nome de todos e passava o dia inteiro se apegando.

Ela deixava crianças contaminadas e espiralando fumaça sentarem-se no seu colo enquanto lia para elas. E se preocupava com os enfermeiros ao menos tanto quanto qualquer um dos enfermeiros se preocupava com ela.

— Você não vai fazer bem algum às pessoas se morrer de cansaço — disse ela a Harper certa vez.

Não vou fazer bem algum às pessoas se não morrer, Harper se imaginou respondendo. *Não vou fazer bem algum às pessoas de um jeito ou de outro.* Mas ficou de boca calada. Seria a tristeza falando, e era injusto descarregar o sentimento em alguém que poderia não viver para ver outro dia.

Só que Renée *viveu* para ver outro dia. E outro. E mais outro.

Além disso, ela não tentava esconder a Escama de Dragão com luvas, cachecóis ou camisas de manga comprida. A mulher tinha um colar de Escama tatuado na garganta, círculos bonitos polvilhados de ouro, e braceletes da doença nos cotovelos. Ela pintava as unhas de preto com purpurina dourada para combinar com as manchas.

— Poderia ser bem pior — disse Renée. — Poderia ser uma doença com pus ou vazamento nas partes íntimas. Poderia ser uma dessas coisas que fazem os membros apodrecerem e caírem. Não tem nada sexy na gripe suína. Aposto que esse é o patógeno mais sexy que existe. Acho que ele me deixa parecida com uma tigresa. Uma tigresa gorda e desleixada. Como se a Mulher-Gato tivesse ganhado uns bons quilos a mais.

— Não acho que a Mulher-Gato tenha listras — comentou Harper. Ela estava sentada com Renée naquela hora, na beirada da cama. A enfermeira indicou a foto do gato de Renée com a cabeça. — Quem está cuidando desse bonitão?

— A rua — respondeu Renée. — Deixei-o ir antes de dar entrada aqui.

— Sinto muito.

— Todos os incêndios fizeram com que os ratos saíssem dos esgotos. Tenho certeza de que Truffaut está vivendo como um paxá, aproveitando cada bichinho peludo que consegue pegar. Você acha que eles vão sobreviver? Os gatos? Ou vamos levá-los conosco?

— Os gatos vão conseguir sobreviver, e a gente também — falou Harper, com sua voz mais animada. — Somos espertos. Vamos resolver esta situação.

Renée sorriu melancolicamente. Os olhos estavam felizes e compassivos. Ela tinha manchinhas douradas nas íris cor de café. Isso poderia ser a Escama de Dragão ou simplesmente a cor de seus olhos.

— Quem disse que somos espertos? — perguntou ela, com um tom de desdém brincalhão. — Nós nunca nem dominamos o fogo. Achávamos que tínhamos dominado, mas agora você vê que foi ele que nos dominou.

Como se para enfatizar esse argumento, do outro lado do salão, uma adolescente começou a gritar. Harper virou a cabeça e viu enfermeiros correndo para cobrir a garota, que se esforçava para deixar a cama, com cobertores antichamas. Ela foi empurrada e completamente coberta. As chamas rugiam debaixo das cobertas.

Renée observou o outro lado do salão com tristeza e falou:

— E ela tinha acabado de começar *Ayla, a filha das cavernas*.

Harper começou a ir atrás de Renée sempre que suas funções a levavam ao refeitório. Ela a procurava para falar sobre livros. Aquilo lhe fazia bem: uma conversa fiada normal de manhã, uma conversa que não tivesse nada a ver com o mundo pegando fogo. Harper fez de Renée parte do seu dia, ciente o tempo inteiro de que aquilo era um erro, que, quando a outra mulher morresse, algo dentro dela estaria arruinado. Depois de se recuperar da perda inicial, Harper se tornaria uma pessoa mais fria. E não queria se tornar uma pessoa mais fria. Queria permanecer a mesma Harper Grayson que ficava com os olhos marejados ao ver pessoas mais velhas de mãos dadas.

Ela sabia que Renée partiria algum dia, e o dia chegou. Harper empurrava um carrinho cheio de lençóis limpos para o refeitório e viu de relance que o colchão de Renée estava completamente descoberto e que seus itens pessoais não estavam lá. A visão da cama vazia foi um soco no estômago, e a enfermeira soltou o carrinho e deu meia-volta, passando pelas portas duplas, pelos guardas e avançando pelo corredor. Ela não conseguiria chegar ao banheiro feminino do porão para chorar; era longe demais. Então, virou-se para a parede, apoiou-se nela e deixou as lágrimas escaparem ali mesmo. Seus ombros tremiam, e ela chorou, chorou e chorou.

Um dos guardas — Albert Holmes, por sinal — encostou no seu ombro.

— Senhora? — perguntou ele. — Ah, meu Deus. Senhora? O que aconteceu?

A princípio, Harper não conseguiu exprimir uma única palavra. Ela se esforçava para respirar, todo o corpo estremecia convulsivamente. Lutou contra aquilo. Estava assustando o guarda. Era um rapaz de ombros largos e sardas que nem dois anos antes jogava futebol americano na escola, e a visão de uma mulher se debulhando em lágrimas era quase demais para ele.

— Gilmonton — falou ela por fim, meio que tossindo a palavra.

— Você não sabia? — perguntou Albert, a voz surpresa e fraca.

Harper balançou a cabeça.

— Ela partiu — disse Al. — Passou direto pelos guardas da manhã.

Harper ofegava, os pulmões doendo, a garganta cheia de lágrimas. Pensou que talvez estivesse forte o suficiente para sair agora, ir até o banheiro, onde poderia encontrar uma cabine e se permitir...

— O quê? — perguntou ela. — O que você falou?

— Ela foi embora! — respondeu Al. — Escapou do hospital! Com a plantinha bem debaixo do braço.

— Renée Gilmonton foi embora? — indagou Harper. — Com o pé de hortelã? E alguém *a deixou* sair?

Al a encarou com os olhos arregalados e surpresos.

— Você deveria ver as imagens da câmera de segurança. Ela estava brilhando! Como um farol! Dê uma olhada na gravação. É incrível. E quero dizer "incrível" no sentido bíblico. Os caras em serviço saíram correndo. Acharam que ela ia explodir. Como uma ogiva humana. Ela também estava com medo de explodir, e foi por isso que correu lá para fora. Saiu correndo e não voltou mais. Ninguém sabe o que aconteceu com ela. A mulher nem usava sapatos!

Harper queria tirar a máscara e limpar as lágrimas do rosto, mas não podia. Limpar qualquer coisa do rosto era um processo que levava quase meia hora. Não dava para retirar o traje de segurança até ter tomado um banho de água sanitária de cinco minutos. Ela piscou rápido para clarear a visão.

— Isso não faz sentido. Pessoas com Escama de Dragão não brilham.

— *Ela* brilhava — disse Al. — Estava lendo para umas criancinhas, antes do café da manhã, e a menina no colo dela deu um pulo porque a sra. Gilmonton estava ficando quente. Aí as pessoas começaram a gritar e correr. Ela brilhava feito a porra de uma árvore de Natal. Perdoe meu linguajar, senhora. No vídeo, os olhos dela parecem raios laser! Ela passou por dois conjuntos de guardas, saindo da quarentena. A aparência dela... Que inferno, qualquer um teria tentado se proteger.

Cinco minutos depois, a própria Harper assistiu ao vídeo, com outros quatro enfermeiros, na mesa da recepção no fim do corredor. Todos no hospital assistiram ao vídeo. Harper o viu pelo menos umas dez vezes antes de encerrar o dia.

Uma câmera fixa mostrava o largo corredor que levava ao refeitório, uma extensão de ladrilhos brancos antissépticos. A porta era ladeada por seguranças usando a própria combinação de trajes de proteção e capacetes. Um deles se recostava na parede, folheando devagar as páginas de uma prancheta. O outro estava sentado em uma cadeira de plástico, jogando o cassetete para cima e o pegando no ar.

As portas se escancararam e o corredor foi inundado pela luz, como se alguém tivesse ligado um holofote. No primeiro momento, a luz era tão intensa que encheu a imagem em preto e branco com um brilho azulado. Então, os sensores de luz da câmera de segurança se ajustaram — um pouco. Renée permaneceu como um fantasma resplandecente, uma luminosidade vacilante no formato de ampulheta do corpo feminino. Os arabescos da Escama de Dragão obscureciam os seus traços. Os olhos eram raios de luz branco-azulada e pareciam mesmo raios laser de um filme de ficção científica dos anos 1950. Ela segurava o pé de hortelã com o braço esquerdo.

O guarda que brincava com o cassetete se contorceu, afastando-se dela. O cassetete o acertou no ombro e ele caiu da cadeira. O outro guarda jogou a prancheta longe como se ela tivesse se transformado em uma cobra. Seus calcanhares dispararam, e ele desabou de bunda no chão.

Renée olhou de um para o outro, pareceu erguer a mão de forma apaziguadora e correu para longe.

Albert Holmes disse para Harper:

— Ela falou: "Não se preocupem comigo, rapazes, vou explodir lá fora, onde ninguém vai se machucar".

O dr. Ryall, o patologista residente, não ficou impressionado. Ele tinha lido sobre casos isolados em que a Escama de Dragão alcançava massa crítica e, então, por qualquer razão que fosse, não causava a combustão imediata do infectado. O médico assegurou a qualquer um que lhe desse ouvidos que os restos de Renée Gilmonton seriam encontrados a uma centena de passos do hospital. Mas alguns enfermeiros deram uma olhada no mato alto que cobria o campo além do estacionamento, à procura de ossos queimados, e não encontraram nada. Também não encontraram os rastros do caminho que ela fez: nenhum arbusto ou planta queimado. Renée parecia não ter explodido, mas *evaporado*, levando o pé de hortelã consigo.

Uma equipe do Centro de Controle e Prevenção de Doenças deveria visitar o Portsmouth Hospital em agosto, para revisar os procedimentos de quarentena, e o dr. Ryall falou que, sem dúvida, mostraria a eles o vídeo do incidente envolvendo Gilmonton. Ele tinha certeza de que concordariam com as opiniões dele.

No entanto, a equipe do Centro de Controle e Prevenção de Doenças nunca chegou a ver o vídeo, porque, em agosto, o Portsmouth Hospital era uma chaminé vazia, destruída pelo fogo, e o dr. Ryall estava morto, junto a Albert Holmes, a enfermeira Lean e mais de quinhentos pacientes.

5

ELA NÃO SABIA QUANTO tempo tinha ficado lá, parada, observando o Portsmouth Hospital queimar. Uma fumaça preta e espessa, que chegava a trezentos metros de altura, amontoava-se acima dela, acima de todos eles; uma nuvem que sufocava o céu. O sol era uma moedinha vermelha que brilhava através daquela massa de fumaça. Um dos médicos falou: "Alguém tem marshmallows?" e gargalhou, mas ninguém riu com ele.

Não demorou cinco minutos para a energia acabar depois que o alarme de incêndio começou a tocar a sirene de dar nos nervos. Luzes estroboscópicas pulsavam na escuridão, congelando o tempo em fragmentos claros. Harper conseguiu passar por essas sombras trêmulas com as mãos nos ombros do enfermeiro à sua frente, em uma fileira de pessoas embaralhadas que abandonavam o prédio. A atmosfera do primeiro andar estava esfumaçada, cheia de partículas finas, mas o fogo vinha de algum lugar acima deles. A princípio, o grito do alarme foi amedrontador; no entanto, quando Harper conseguiu surgir sob o sol, estava quase entediada, pois havia se arrastado com a multidão por quarenta e cinco minutos. Ela não fazia ideia de como a coisa estava ruim até sair do prédio e dar meia-volta.

Alguém lhe disse que ninguém a partir do segundo andar tinha conseguido escapar. Outra pessoa falou que o fogo começara no refeitório; um infectado entrou em combustão, depois outro, e aí um terceiro, como bombinhas amarradas umas nas outras, e um guarda entrou em pânico e fechou a porta para impedir qualquer pessoa de sair. Harper nunca descobriu se aquilo era de fato verdade.

A Guarda Nacional logo apareceu, e os soldados forçaram a multidão a ir para o canto mais distante do estacionamento. Além deles, os bombeiros de Portsmouth jogavam tudo o que tinham nas chamas, todos os seis caminhões... e todo mundo podia ver que não faria diferença alguma. O fogo surgia em cada janela quebrada. Os bombeiros trabalhavam sob as cinzas pretas que caíam com uma indiferença profissional praticada, acertando a grande fornalha que era o hospital com jatos estrondosos de água que não pareciam produzir resultado algum.

Harper tinha uma sensação de tontura, parecida com a de uma concussão, como se tivesse levado um golpe muito forte e sido nocauteada, e agora esperasse o corpo relatar a extensão dos seus machucados. A visão de todo aquele fogo e toda aquela fumaça roubou seus pensamentos.

Em dado momento, notou algo peculiar: um bombeiro estava inexplicavelmente do lado *dela*, junto aos cavaletes de proteção, quando deveria estar perto dos caminhões com os companheiros. Ela só o notou porque ele a encarava. O homem usava um capacete e um casaco amarelo imundo, e tinha na mão uma ferramenta de combate a incêndios — uma grande barra de ferro com ganchos e uma machadinha —, e Harper achou que o conhecia. Era um homem magro e desengonçado, de óculos, com um rosto todo pontiagudo que a encarava com algo como tristeza, enquanto flocos de cinzas caíam ao redor deles em rodopios leves e pretos. As cinzas manchavam os braços da enfermeira, acumulavam-se em seu cabelo. Um fiapo de cinzas se quebrou na ponta do seu nariz e provocou um espirro.

Ela tentou se lembrar de onde o conhecia, o bombeiro desolado. Sondou a memória da maneira gentil e cuidadosa que usaria para apalpar o braço de uma criança a fim de se certificar de que não havia fratura alguma. Uma criança: *Nos conhecemos por causa do filho dele*, pensou. Só que não era exatamente isso. Supôs que estivesse sendo tola e que deveria ir até lá e lhe perguntar se os dois se conheciam, mas, quando voltou a olhar para o bombeiro, ele tinha desaparecido.

Alguma coisa entrou em colapso dentro do hospital. O teto, talvez, desabando no andar abaixo. Nuvens de gesso, fuligem e fumaça avermelhada irromperam das janelas no último andar. Um agente da Guarda Nacional, usando máscara de papel sobre a boca e luvas azuis de látex, levantou as mãos acima da cabeça, como em rendição ao inimigo.

— Pessoal! Vamos ter que mover vocês *de novo*! Vou pedir que deem três passos para trás, visando a própria segurança. Estou pedindo com educação. Vocês não querem me ver pedindo sem educação.

Harper recuou um passo, depois outro, e então se balançou nos calcanhares, sentindo-se zonza e com sede. Estava desesperada por um copo de água gelada para limpar a sujeira da garganta, e o único lugar razoável para conseguir um era em casa. Não estava com o carro — não fazia muito sentido, já que nunca saía do hospital —, então, deu meia-volta e começou a andar.

Caminhou por meio quarteirão até perceber que estava em prantos. Não sabia se chorava porque se sentia triste ou porque havia muita fumaça no ar. A tarde tinha cheiro de churrasco no acampamento de verão, de salsichas chamuscadas. Ela percebeu que o cheiro de salsichas era o odor de cadáveres em chamas. Pensou: *Eu sonhei com isso.* Então, virou-se e vomitou na grama ao lado da calçada.

Havia aglomerados de pessoas na calçada e na rua, mas ninguém olhou para ela enquanto vomitava. Ninguém a achou minimamente interessante, se comparada à visão do incêndio. As pessoas ficavam encantadas com as chamas e eram repelidas pelo sofrimento humano, e isso não era uma espécie de falha de design? A enfermeira limpou a boca com as costas da mão e continuou.

Harper não olhou para os rostos na multidão, de modo que não viu Jakob entre eles até o marido a envolver com os braços. No instante que a segurou, ele a ergueu do chão. A força desapareceu das pernas dela e Harper se afundou no seu abraço.

— Ah, meu Deus, você está bem — disse ele. — Ah, meu Deus. Eu fiquei tão assustado.

— Eu te amo — falou ela, porque parecia a coisa certa a ser dita após escapar de um inferno, a única coisa que importava numa manhã como aquela.

— Tem ruas fechadas por quarteirões — sussurrou ele. — Fiquei tão assustado. Vim de bicicleta até aqui. Você está comigo agora. Está comigo, minha querida.

Ele a levou por entre a multidão até um poste telefônico. A bicicleta de dez marchas com cesta no guidão, que ele tinha desde a faculdade, estava encostada ali. Jakob a empurrou com uma das mãos e o outro braço envolveu a cintura da esposa, e eles seguiram assim, a cabeça de Harper descansando no ombro dele. Moviam-se na direção contrária da multidão, com todos os outros caminhando para o hospital, para aquela coluna de fumaça preta e grossa, para as cinzas que caíam.

— Todo dia é Onze de Setembro — disse ela. — Como podemos seguir as nossas vidas se todo dia é Onze de Setembro?

— Nós vivemos até não poder mais — respondeu ele.

Harper não entendeu o que aquilo significava, mas soava bem, talvez fosse até profundo. O marido disse aquilo de forma tenra enquanto enxugava a boca e a bochecha dela com um quadrado de seda branco-prateado. Jakob sempre carregava um lenço consigo, um costume do Velho Mundo que ela achava dolorosamente adorável.

— O que está fazendo? — perguntou Harper.

— Limpando as cinzas.

— Por favor — disse ela. — Por favor.

Ele parou depois de um tempo, dizendo:

— Tudo limpo. Bem melhor. — E beijou sua bochecha e beijou sua boca. — Mas não sei por que fiz isso. Por um instante, você ficou parecendo uma criança de rua dos romances de Charles Dickens. Suja, mas deliciosa. Quer saber? Vou compensar isso. Vamos voltar para casa e deixarei você espiritualmente imunda. O que acha?

Ela riu. Jakob tinha aquele senso de humor francês do absurdo; na faculdade, havia se apresentado como mímico em um clube de mímica. Também sabia andar na corda bamba — ele era ágil na cama e ágil na vida.

— Tá bom — concordou ela.

Jakob falou:

— O mundo inteiro pode queimar ao nosso redor. Vou manter você nos meus braços até o fim. Não vai escapar de mim.

Harper ficou na ponta dos pés e beijou a boca salgada dele. Ele também estivera chorando, embora sorrisse agora. Ela descansou a cabeça no peito do marido.

— Estou tão cansada — admitiu Harper. — De sentir medo. De não ser capaz de ajudar as pessoas.

O marido colocou uma falange sob o seu queixo e forçou gentilmente sua cabeça para cima.

— Você precisa largar mão disso. Da ideia de que, de alguma forma, é função sua consertar as coisas. Correr por aí... apagando todos os incêndios. — Ele lançou um olhar significativo para a fumaça que flutuava acima. — Seu trabalho não é salvar o mundo.

Aquilo era tão ponderado, tão razoável, que o alívio a fez sofrer um pouco.

— Você precisa cuidar de si mesma — continuou ele. — E me deixar cuidar um pouco de você. Quase não temos tempo para tratarmos bem um ao outro. Vamos fazer disso algo especial. Vamos fazer com que signifique alguma coisa, começando hoje à noite.

Ela precisou beijá-lo de novo. Sua boca tinha gosto de menta e lágrimas, e ele respondeu ao beijo com cuidado, timidamente, como se estivesse descobrindo Harper pela primeira vez, como se beijar fosse algo novo e curioso... um experimento. Quando levantou a cabeça, sua expressão era séria.

— Este foi um beijo importante — falou Jakob.

Eles foram arrastando os pés pela calçada, dando mais alguns passos. Harper descansou a cabeça no bíceps dele e fechou os olhos. Alguns passos depois, Jakob apertou o braço ao redor da mulher. Ela estava se desviando, meio dormindo de pé, e tropeçou.

— Ei — chamou ele. — Pare com isso. Olha. Temos que fazer você chegar em casa. Suba. — Ele passou a perna sobre o selim da bicicleta.

— Subir onde?

— Na cesta — respondeu.

— Não podemos. Eu não posso.

— Pode, sim. Já fez isso antes. Vou levar você para casa.

— É mais de um quilômetro e meio.

— É ladeira abaixo o caminho inteiro. Suba.

Eles tinham feito aquilo na faculdade, de brincadeira, ela sentada na cesta da bicicleta. Harper era um fiapo de garota na época e agora não estava muito maior: um metro e sessenta e sete e cinquenta e dois quilos. Ela deu uma olhada para a cesta, no meio do guidão, e então para a colina, que se afastava do hospital e fazia uma curva.

— Você vai me matar — disse ela.

— Não. Hoje, não. Suba.

Harper não conseguia resistir a Jakob. Havia uma parte dela que se inclinava naturalmente em direção à passividade, à acomodação. A enfermeira foi para a frente da bicicleta, colocou uma perna acima da roda e então acomodou o traseiro na cesta.

Então, de repente, ambos partiram, as árvores à direita começando a deslizar como em um sonho. As cinzas caíam a seu redor em enormes flocos emplumados, repousando no cabelo dela ou na aba do boné dele. Em pouquíssimo tempo, os dois iam rápido o suficiente para serem mortos.

Os raios da bicicleta zumbiam. Quando Harper exalava, o ar era arrancado da sua boca.

As pessoas esquecem que o tempo e o espaço são a mesma coisa até estarem se movendo em alta velocidade, até pinheiros e postes telefônicos passarem rapidamente por elas. Então, no meio de toda a correria, o tempo se expande, de forma que o segundo que leva para cruzar cinco metros dura mais do que os outros segundos. Ela sentia aquela sensação de velocidade nas têmporas e no fundo do estômago, e estava grata por Jakob, e grata por estar longe do hospital, e grata pela rapidez. Por um tempo, agarrou a cesta com ambas as mãos, mas então, quando os raios da roda começaram a zumbir — chiando tão rápido que produziam uma espécie de música monótona —, ela soltou, e esticou os braços para os lados, e planou, uma gaivota navegando no vento, enquanto o mundo acelerava e acelerava.

6

NA NOITE QUE O hospital pegou fogo, Jakob a conduziu pela casa, e ela não parava de bocejar, como uma criança acordada até tarde. Ela se sentia levemente anestesiada: acordada, mas sem pensamentos, de modo que não sabia o que ia acontecer a seguir com ela, mesmo quando o próximo evento era completamente previsível. Ele a levou para o quarto, segurando a sua pequena mão. Tudo bem. Ela estava cansada, e o quarto parecia o lugar certo para ir. Então, Jakob tirou o uniforme de Harper enquanto ela permanecia lá, deixando o marido fazer aquilo. Ela usava uma calçola rosa-clara que ia até o umbigo. Ele baixou a peça também. Ela deu um grande bocejo e colocou a mão sobre a boca, e ele riu, porque estava se inclinando para beijá-la. Ela riu também. Era engraçado bocejar na cara dele daquela maneira.

Na noite que o hospital pegou fogo, ele preparou um banho para a esposa na banheira vitoriana funda que Harper tanto amava. Ela não sabia quando Jakob tinha se afastado para fazer isso, porque parecia que nunca havia saído do seu lado, mas, quando a levou para lá, a banheira já estava cheia. A luz estava apagada, mas havia velas. Ela ficou feliz em ver o banho preparado, porque estava fedendo a fumaça, suor e hospital, mas sobretudo a fumaça, e havia cinzas nela, e parte daquelas cinzas provavelmente era de cadáveres.

Na noite que o hospital pegou fogo, Jakob jogou água nas costas dela com uma toalha. Esfregou seu pescoço e suas orelhas, e então juntou seu cabelo na parte de cima da cabeça e a mergulhou. Ela emergiu rindo. Ele a mandou se levantar, e Harper ficou de pé na banheira enquanto o marido a cobria de sabão. Ele ensaboou os seios, e a lombar, e o pescoço, e aí deu uma palmada na bunda dela e disse para ela voltar para a banheira, e Harper obedientemente se sentou.

Na noite que o hospital pegou fogo, Jakob falou:

— O *eu te amo* das pessoas não vale porra nenhuma. É só uma coisa para ser dita num surto de hormônios, com um pequeno toque de lealdade. Nunca gostei de falar isso. O que digo é o seguinte: estamos juntos, agora e sempre. Você tem tudo de que preciso para ser feliz. Você faz com que me sinta bem.

Ele apertou a toalha e água quente caiu no pescoço de Harper. Ela fechou os olhos, mas via a luz vermelha das chamas das velas através das pálpebras.

Jakob continuou:

— Não sei quanto tempo ainda temos. Podem ser cinquenta anos. Pode ser uma semana. Mas sei que não vão nos roubar nem um segundo de estarmos juntos. Vamos compartilhar tudo e sentir tudo, juntos. E vou fazer com que saiba, na maneira como toco você, na maneira como beijo você — conforme falou isso, ele a tocou e a beijou —, que você é a melhor coisa da minha vida. E sou um homem egoísta e quero cada centímetro de você e cada minuto da sua vida que posso ter. Não tem mais a *minha* vida. Ou a *sua* vida. Só a *nossa* vida, e vamos vivê-la da nossa maneira. Quero bolo de aniversário todo dia e você nua na cama toda noite. E quando chegar a hora de acabar com tudo, vamos fazer isso da nossa maneira também. Vamos abrir aquela garrafa de vinho que trouxemos da França, ouvir nossas músicas favoritas, rir um pouco, tomar algumas pílulas de felicidade e ir dormir. Morrer de forma bonita depois do fim da festa, em vez de partir gritando como aquelas pessoas tristes e desesperadas que fizeram fila para morrer dentro do hospital.

Era como ouvir os votos do casamento outra vez, igualmente ávidos, doces e intensos. Então, tudo bem.

Só que não estava tudo bem, não completamente. Havia algo de errado em chamar as pessoas que foram ao hospital de *tristes* e *desesperadas*. Havia algo de imoral em zombar delas. Renée Gilmonton não era triste ou desesperada. Renée Gilmonton organizava sessões de leitura para as crianças da ala.

Jakob, porém, tinha o dom da confissão, podia falar como queria tocá-la e ficar com ela, com toda a ousadia e a habilidade atlética que possuía para andar de monociclo ou caminhar na corda bamba. Ele era pequeno, compacto e musculoso, e também intelectualmente musculoso, uma espécie de acrobata mental. Às vezes, Harper achava aquelas acrobacias intelectuais um pouco cansativas; nesses momentos, sentia menos como se estivessem experimentando tudo juntos e mais como se fosse a plateia dele, alguém para aplaudir seu último pulo pelo anel em chamas do existencialismo ou seu salto mortal no trampolim da não conformidade. Mas aí ela estava abrindo as pernas para ele, porque as mãos do marido sabiam como fazer as coisas que precisava sentir. E, de qualquer maneira, toda aquela conversa significava apenas que Jakob a queria, e Harper o deixou feliz. Ela precisou beijá-lo de novo, o que fez, contorcendo-se na banheira, apertando os seios na porcelana fria e segurando sua nuca para que ele não pudesse escapar até que ela sentisse o gosto bom dele. Então, ela o libertou e bocejou uma vez mais, e ele riu, e estava tudo bem.

Na noite que o hospital pegou fogo, ela se levantou da água, e ele lhe entregou uma taça de vinho tinto e envolveu-a com uma toalha quente. Ele a ajudou a sair da banheira. Guiou-a para o quarto, onde havia mais velas acesas. Secou-a e levou-a para a cama. Ela subiu de quatro, querendo que ele tirasse a roupa e a penetrasse, mas Jakob colocou a mão na sua lombar e a fez deitar de bruços. Gostava de fazê-la esperar; para falar a verdade, ela gostava de esperar, gostava que ele tomasse as rédeas da situação. Ele tinha um creme com aroma de morango e a massageou com ele. Estava nu a seu lado, o corpo obscuro e em forma na luz baixa, o peito manchado com pelos negros.

E, então, quando ele a virou e a penetrou, ela fez um som soluçante de prazer, porque foi tão repentino e com tanto propósito. Ele mal tinha começado quando a camisinha escorregou. Ele parou o movimento por um instante, franzindo o cenho, mas ela esticou a mão para baixo, jogou a camisinha para o lado e pegou a bunda dele e o forçou na direção dela de novo. Seu uniforme de enfermeira estava no chão, fedendo a fumaça. Ela nunca o usaria de novo. Mais de duzentos quilômetros quadrados de vinhedos franceses estavam pegando fogo e mais de dois milhões de pessoas queimaram até a morte em Calcutá, e tudo que Harper queria era senti-lo dentro de si. Queria ver seu rosto quando terminasse. Achou que tinha uma boa chance de os dois estarem mortos até o fim do ano, de qualquer forma, e Jakob nunca estivera dentro dela daquela maneira antes.

Na noite que o hospital pegou fogo, eles fizeram amor à luz de velas e, mais tarde, um bebê teve início.

AGOSTO

7

HARPER ESTAVA NO BANHO quando viu a listra na parte interna da perna esquerda.

Com um único olhar, ela soube o que a faixa significava, e as suas tripas se contorceram de medo, mas ela limpou a água fria do rosto e repreendeu a si mesma.

— Não começa, mulher. É só um maldito hematoma.

Mas não parecia um hematoma. Parecia Escama de Dragão, uma linha escura, quase da cor do nanquim, polvilhada com uns poucos flocos dourados estranhamente semelhantes a minerais. Quando se inclinou, viu outra marca, na parte de trás da panturrilha — na mesma perna —, e levantou-se de repente. Colocou uma das mãos sobre a boca porque estava fazendo alguns sons miseráveis, quase soluços, e não queria que Jakob a escutasse.

Ela saiu do banho, esquecendo-se de desligar o chuveiro. Não importava. Não era como se estivesse desperdiçando água quente. Não havia água quente. Estavam sem energia havia dois dias. Ela entrara no banho para tirar a sensação grudenta da pele. O ar na casa estava sufocante, como ficar preso debaixo de um monte de cobertores o dia inteiro.

A parte de Harper que era enfermeira havia cinco anos — a parte que permanecia calma, quase indiferente, mesmo quando o chão estava pegajoso com sangue e um paciente gritava de dor — se acalmou. Engoliu os pequenos soluços que fazia e se recompôs. Decidiu que precisava se secar e dar outra olhada naquilo. Podia ser um machucado. Ela sempre fora uma pessoa que se machucava facilmente, que descobria uma grande marca escura no quadril ou na parte de trás do braço sem fazer ideia de como aquilo tinha acontecido.

Ela passou a toalha até ficar quase seca e colocou o pé esquerdo sobre o balcão. Observou a perna e, então, olhou de novo pelo espelho. Sentiu as lágrimas surgindo de novo. Ela sabia o que era. Eles colocavam *Draco incendia trychophyton* nos certificados de óbito, mas até mesmo o cirurgião-geral chamava de Escama de Dragão. Ou tinha chamado até o dia em que queimou até a morte.

A faixa na parte de trás da sua perna era um delicado raio preto, mais escuro do que qualquer hematoma, coberto de grãos brilhantes. Em uma inspeção mais atenta, a linha na coxa parecia menos com uma listra e mais com um ponto de interrogação ou uma foice. Harper viu uma sombra de que não gostou, onde o pescoço encontrava o ombro, e afastou o cabelo. Havia outra linha escura ali, flocada com os grãos de mica da Escama de Dragão.

Ela tentava regularizar a respiração, tentava expirar uma sensação de tontura, quando Jakob abriu a porta.

— Oi, amor, eles precisam de mim no trabalho. Não tem... — disse ele, então, ficou em silêncio, olhando para ela no espelho.

Ao ver seu rosto, Harper sentiu que estava perdendo a compostura. Colocou o pé no chão e virou-se para o marido. Queria que ele a envolvesse com os braços e a apertasse, mas sabia que ele não podia tocá-la e não ia permitir que fizesse isso.

Ele cambaleou para trás e a encarou com olhos claros e assustados.

— Ah, Harp. Ah, minha querida.

Em geral, ele dizia aquilo como uma palavra só — *minhaquerida* —, mas daquela vez Harper ouviu duas palavras distintas.

— Você está cheia dessas marcas. Estão nas suas pernas. Nas suas costas.

— Não — protestou ela, em uma reação desamparada. — Não. Não não *não*. — Aquilo a deixou enjoada, imaginar as listras na sua pele onde ela não podia ver.

— Fique aí — falou ele, erguendo a palma da mão, os dedos separados, embora ela não tivesse dado um passo na direção do marido. — Fique no banheiro.

— Jakob — disse ela. — Quero ver se tem alguma marca em você.

Ele a encarou sem entender, uma perplexidade óbvia no olhar, então compreendeu e algo desapareceu dos seus olhos. Seus ombros afundaram. Por baixo do bronzeado, ele parecia pálido, cinza e sem sangue, como se tivesse ficado no frio por muito tempo.

— Qual é o sentido disso? — perguntou o homem.

— O sentido é ver se você também está infectado.

Ele balançou a cabeça.

— É claro que estou. Se você está, eu também estou. Nós trepamos. Na noite passada. E dois dias atrás. Se não tenho as marcas agora, elas vão aparecer depois.

— Jakob. Quero dar uma olhada em você. Não vi marca nenhuma em mim ontem. Não antes de fazermos amor. Nem depois. Não sabemos tudo sobre a transmissão, mas um monte de médicos acredita que uma pessoa só fica contagiosa depois que as marcas se tornam visíveis.

— Estava escuro. E estávamos sob a luz de velas. Se qualquer um de nós tivesse visto as marcas em você, teríamos pensado que eram sombras — respondeu ele. Jakob falava de um jeito inerte, monótono. O terror que ela viu no rosto do marido foi como o brilho de um relâmpago, que surgiu e desapareceu. No lugar dele, havia algo pior: uma resignação apática.

— Tire suas roupas — disse ela.

Jakob despiu a camiseta por sobre a cabeça e a jogou no chão. O homem a encarava com olhos estáveis que eram quase âmbar à meia-luz do cômodo. Levantou os braços paralelamente ao chão e ficou com os pés cruzados e o queixo erguido, posando, de forma inconsciente, como Cristo na cruz.

— Vê alguma coisa?

Harper balançou a cabeça em um sinal negativo.

Ele se virou, os braços ainda esticados, e olhou por cima do ombro.

— Nas minhas costas?

— Não — respondeu ela. — Tire a calça.

Ele se virou de novo e abriu o botão da calça jeans. Eles encararam um ao outro, um metro de distância entre os dois. Havia uma espécie de cruel fascinação erótica na maneira lenta e paciente com que ele se despia para ela, tirando o cinto, abaixando a calça e a cueca de uma vez só. Ele nunca desviou o olhar. Seu rosto era como uma máscara, quase desinteressado.

— Nada — disse ela.

Jakob se virou. Ela observou as suas coxas flexíveis e bronzeadas, suas costas pálidas, a curvatura repentina no quadril.

— Não — falou ela.

— Por que não desliga o chuveiro? — pediu ele.

Harper fechou a água, pegou a toalha e voltou a secar o cabelo. Contanto que se concentrasse em respirar de forma lenta e estável, e fizesse todas as coisas que costumava fazer depois de um banho, sentia que podia impedir o impulso de se debulhar em lágrimas. Ou de começar a gritar. Se começasse a gritar, não tinha certeza se conseguiria parar.

Harper enrolou a toalha na cabeça e voltou para o calor sombrio do quarto.

Jakob estava sentado no canto da cama, já com a calça vestida, mas mantendo a camiseta no colo. Seus pés estavam descalços. Ela sempre amara os pés do marido, bronzeados, ossudos e quase arquitetônicos com seus traços delicados e angulares.

— Desculpa por ficar doente — disse Harper, que de repente se esforçava para não chorar de novo. — Juro que dei uma boa olhada em mim mesma ontem e não vi nada. Talvez você não esteja infectado. Talvez esteja bem.

Harper quase soluçou ao pronunciar a última palavra. Sua garganta se fechava convulsivamente, suspiros forçavam a saída do fundo dos seus pulmões soluçantes. Ela tinha pensamentos ruins demais para serem levados em consideração, mas fez isso de qualquer maneira.

Ela estava morta, assim como ele. Infectara ambos e os dois iam queimar até a morte, como todos os outros. Ela sabia disso, e a expressão no rosto do marido disse a Harper que ele também sabia.

— Você tinha que agir como a porra da Florence Nightingale — falou ele.

— Desculpa.

Ela desejou que ele chorasse junto. Desejou poder ver algum sentimento no seu rosto, vê-lo lutando para refrear o tipo de emoção que ela sentia. Mas só havia o vazio, e o olhar estranho e cínico, e a maneira como ele estava sentado com os punhos apoiados frouxamente sobre os joelhos.

— Veja pelo lado bom — disse ele, observando a barriga dela. — Pelo menos não vamos ter que nos preocupar com um nome se for menina.

Foi tão ruim quanto se ele tivesse batido nela. Harper se encolheu e desviou o olhar. Estava prestes a pedir desculpas outra vez, mas o que saiu foi um soluço engasgado e desesperado.

Eles só sabiam do bebê havia uma semana. Jakob dera um leve sorriso quando Harper lhe mostrou a cruz azul borrada no teste de gravidez; porém, quando ela perguntou como Jakob se sentia, o marido respondera: *Como se eu precisasse de um tempo para entender isso.*

No dia seguinte, a Verizon Arena queimou até o chão em Manchester, com doze mil refugiados desabrigados lá dentro — nenhum saiu com vida —, e Jakob foi emprestado para o Departamento de Obras Públicas, para ajudar a organizar a limpeza dos escombros e a coleta de corpos. Ele ficava treze horas por dia fora de casa e, quando voltava, imundo de fuligem e calado pelas cenas que tinha visto, parecia errado falar sobre o bebê. Quando dormiam, no entanto, ele fazia conchinha nela e colocava uma das mãos na sua barriga, e ela esperava que aquilo significasse que havia alguma felicidade — algum senso de propósito — se agitando dentro dele.

Jakob vestiu a camiseta, sem pressa agora.

— Vista-se — falou. — Vai ser mais fácil pensar se eu não precisar olhar para todas essas marcas em você.

Ela caminhou até o armário, chorando muito. Sentiu que não conseguia suportar a falta de sentimentos na voz dele. Era quase pior do que a ideia de estar contaminada, de estar envenenada.

A temperatura permaneceria na casa dos vinte graus naquele dia — já estava assim no quarto e logo ficaria mais quente, o dia claro brilhando nas bordas das persianas —, e ela tateou os cabides à procura de um vestido leve. Escolheu o branco, porque gostava da maneira como lhe caía, gostava da maneira como se sentia limpa, simples e fresca nele, e queria aquilo no momento. Então, pensou que, se usasse um vestido, Jakob ainda seria capaz de ver a marca na parte de trás da sua perna, e queria poupá-lo disso. Também não poderia usar um short. Encontrou um roupão surrado da cor de margarina barata.

— Você precisa ir embora — disse ela, sem se virar para ele. — Precisa sair desta casa e se afastar de mim.

— Acho que é tarde demais para isso.

— Não sabemos se você está infectado. — Ela fechou o roupão, mas não se virou. — Até termos certeza, precisamos nos precaver. Você deveria fazer uma mala e sair de casa.

— Você encostou em todas as roupas. Você as lavou na pia. Depois pendurou no varal que cruza o deque. Dobrou e guardou tudo.

— Então, vá a algum lugar e compre roupas novas. Talvez a Target ainda esteja aberta.

— Claro. E talvez eu possa passar um pouco de Escama de Dragão para a garota na caixa registradora enquanto estiver lá.

— Eu já disse que ninguém sabe se dá para pegar a doença de pessoas sem marcas visíveis.

— É isso mesmo. *Ninguém* sabe. *Ninguém* sabe de porra nenhuma. Se alguém entendesse como a transmissão funciona, não estaríamos nesta situação, não é, minha querida?

Ela não gostou da forma seca e irônica com que ele falou *minha querida*. O tom estava bem próximo do desprezo.

— Eu tomei cuidado. Tomei muito cuidado — falou Harper.

Ela se lembrou — com uma espécie de ressentimento exausto — de ferver dentro do traje de segurança completo o dia inteiro, do material grudando na sua pele suada e avermelhada. Levava vinte minutos para vestir aquilo, mais vinte para tirar, além dos cinco minutos do banho obrigatório de água sanitária. Depois, ela se lembrou da forma como fedia a borracha, água sanitária e suor. Carregou aquele cheiro consigo durante todo o tempo em que trabalhou no Portsmouth Hospital, um odor parecido com o de um acidente industrial, e acabou infectada de qualquer maneira, o que parecia uma piada de muito mau gosto.

— Não se preocupe. Tenho coisas na minha bolsa de ginástica que posso usar — disse ele. — Coisas em que você ainda não colocou as mãos.

— Para onde vai?

— Como eu vou saber, porra? Você entende o que fez?

— Desculpa.

— Bem, isso melhora a situação. Agora, não me sinto tão mal por queimarmos até a morte.

Ela decidiu que, se ficar nervoso o deixava menos assustado, então tudo bem. Harper queria que ele ficasse bem.

— Não pode dormir no Departamento de Obras Públicas? — perguntou ela. — Sem entrar em contato com outros caras?

— Não — disse ele. — Mas Johnny Deepenau morreu, e as chaves daquele trailerzinho de merda dele estão penduradas no armário. Eu poderia ficar lá. Você se lembra do Johnny? Ele dirigia o caminhão número três.

— Não sabia que ele estava doente.

— Não estava. A filha dele pegou Escama e queimou até morrer, aí ele pulou da ponte Piscataqua.

— Não sabia.

— Você estava trabalhando. Estava no hospital. Nunca voltava para casa. Não era o tipo de coisa que eu ia contar por mensagem de texto. — Jakob ficou quieto. Sua cabeça estava abaixada e os olhos, na penumbra. — Eu meio que o admiro. Por entender que tinha visto o melhor que a vida ia lhe oferecer e reconhecer que não havia sentido em permanecer por aí, esperando o último quinhão de merda. Johnny Deepenau bebia Budweiser, assistia ao futebol americano, votava em Donald Trump, era um palhaço completo que nunca leu nada mais profundo do que uma revista *Penthouse*, mas compreendia isso. Acho que preciso vomitar — disse ele, sem mudar o tom de voz, e se levantou.

Harper o seguiu pela sala até o vestíbulo de entrada. Ele não usou o banheiro da suíte principal, que Harper supôs estar agora fora de questão, já que ela o ocupara recentemente. Jakob foi para o banheirinho que havia debaixo da escada. Ela ficou no corredor, ouvindo-o vomitar pela porta fechada e tentando não chorar. Não queria chorar perto dele, não queria incomodá-lo com suas emoções. Ao mesmo tempo, queria que Jakob lhe dissesse algo gentil, que parecesse angustiado por ela.

A descarga foi dada, e Harper se afastou, entrando na sala para lhe dar espaço. Ficou ao lado da escrivaninha, onde ele se sentava para escrever durante a noite. Jakob acabara como vice-gerente no Departamento de Obras Públicas de Portsmouth quase por acidente; sua intenção era ser escritor. Ele tinha abandonado a faculdade para escrever, tendo trabalhado no seu livro desde então, e já fazia seis anos. Ele tinha 130 páginas que não deixava ninguém ler, nem mesmo Harper. Chamava-se *Arado da desolação*. Harper nunca lhe dissera que odiava o título.

Jakob saiu do banheiro, foi até a entrada da sala e ficou lá. Em algum momento, tinha encontrado seu boné, o que dizia FREIGHTLINER, algo que ela sempre pensou que o marido usava ironicamente, da mesma maneira que os hipsters do Brooklyn usavam bonés da John Deere. Se é que ainda faziam isso. Se é que algum dia fizeram.

Os olhos sob a aba estavam injetados e sem foco. Ela se perguntou se Jakob estivera chorando no banheiro. A ideia de que ele tinha chorado por ela a fez se sentir um pouco melhor.

— Quero que você espere — anunciou o marido.

Harper não entendeu e fitou-o, em dúvida.

— Quanto tempo demora até sabermos com certeza que eu estou infectado? — perguntou Jakob.

— Oito semanas — respondeu ela. — Se não aparecer nada até o fim de outubro, é porque você está saudável.

— Ok. Oito semanas. Acho que é bobagem. Nós dois sabemos que, se *você* tem, *eu* também tenho. Mas vamos esperar oito semanas. Se nós dois estivermos infectados, faremos juntos, como eu falei. — Ele ficou em silêncio por um instante, encarando os pés, e então assentiu com a cabeça. — Se eu não tiver nada, estarei aqui com você quando for fazer.

— Fazer o quê?

Jakob a encarou com uma surpresa genuína no rosto.

— Cometer suicídio. Meu Deus. Nós conversamos sobre isso. Sobre o que faríamos se pegássemos a doença. Concordamos que é melhor simplesmente... ir dormir. Do que esperar e queimar até a morte.

Ela sentiu um forte aperto na garganta e não tinha certeza de que conseguiria forçar palavras através dela, mas, então, descobriu que conseguia:

— Mas eu estou grávida.

— Você nunca vai ter esse bebê agora.

A reação de Harper a surpreendeu; pela primeira vez, a certeza monótona e raivosa de Jakob a ofendeu.

— Não, você não entendeu — retrucou. — Não sou especialista, mas sei mais sobre o esporo do que você. Há estudos, *bons* estudos, que mostram que o fungo não cruza a barreira placentária. Ele vai para todos os lugares, o cérebro, o pulmão... menos para lá.

— Isso é bobagem. Não tem nenhum estudo que diz isso. Nenhum que valha o papel em que foi impresso. O Centro de Controle e Prevenção de Doenças de Atlanta é uma pilha de cinzas. Ninguém mais está estudando essa merda. A hora da ciência acabou. Agora é a hora de se proteger e esperar que essa coisa queime a si mesma antes de nos varrer da face da Terra. — Ele riu com isso, um som seco, sem humor.

— Mas *estão* estudando a doença. Ainda. Na Bélgica. Na Argentina. Mas tudo bem, se não quiser acreditar em mim, não tem problema. Mas acredite nisso: em julho, no hospital, fizemos o parto de um bebê saudável, sendo que a mulher estava contaminada. Fizeram uma festa na ala pediátrica. Comemos sorvete de cereja meio derretido e todos nós seguramos o bebê. — Ela não mencionou que a equipe médica passou muito mais tempo com o bebê do que a mãe. O médico não permitiu que ela o tocasse e carregou a criança para fora da sala enquanto a mãe gritava, pedindo para ele voltar, para que ela pudesse dar mais uma olhada no filho.

O rosto de Jakob já não estava mais tão sem expressão agora. Sua boca formava uma linha branca.

— E daí? Essa merda... Quanto tempo as pessoas duram? Na melhor das hipóteses? Depois que as marcas aparecem?

— É diferente para cada um. Existem alguns poucos casos de longo prazo, pessoas que ainda estão vivas desde o início. Eu posso durar...

— Três meses? Quatro? Qual é a média? Não acho que a média seja nem de *dois* meses. Você ficou sabendo que estava grávida *dez dias atrás*. — Ele balançou a cabeça, descrente. — O que pegou para cuidar da gente?

— Como assim? — Harper tinha dificuldade de acompanhar a velocidade dos pensamentos do marido.

— O que pegou para a gente seguir em frente? Você falou que ia pegar aquele negócio... o negócio que o dentista me deu depois do meu canal.

— Vicodin.

— E dá para triturar, não é?

O laço do roupão dela se desfez e ele se abriu, mas parecia esforço demais corrigir aquilo, e Harper tinha esquecido que queria poupá-lo de ver o seu corpo infectado.

— Sim. Essa é provavelmente uma das maneiras mais indolores de se matar. Vinte compridos de Vicodin mais ou menos, bem triturados.

— Então, é assim que vamos fazer. Se nós dois estivermos com Escama.

— Mas eu não tenho Vicodin. Não cheguei a pegar nada.

— Por quê? Nós conversamos. Você disse que faria isso. Disse que pegaria um pouco do hospital e, se ficássemos doentes, nós tomaríamos um vinho, ouviríamos música e, então, tomaríamos os comprimidos e partiríamos.

— Esqueci de pegar quando saía do hospital. Na hora, estava correndo para não queimar viva. — Embora, pensou, dada a situação atual, ela não escapara de nada.

— Você trouxe a Escama de Dragão para casa, mas não se incomodou em pegar qualquer coisa para que pudéssemos cuidar um do outro. E, além de tudo isso, ainda ficou grávida. Caramba, Harper. Você teve um mês e tanto. — Jakob riu, um latido curto e sem ar. Depois de um instante, falou: — Talvez eu possa arranjar alguma coisa. Uma arma, se necessário. Deepenau tinha adesivos da Associação Nacional de Rifles colados em toda a sua caminhonete de merda. Ele deve ter alguma coisa.

— Jakob. Eu *não* vou me matar — determinou ela. — Tudo o que conversamos antes de eu engravidar não importa agora. Eu estou infectada com Escama de Dragão, mas também estou grávida, e isso muda tudo. Não consegue ver como isso muda tudo?

— Meu Deus. Não é nem um bebê ainda. É um punhado de células sem consciência. Além disso, eu conheço você. Se tivesse algum defeito, você abortaria. Você trabalhou numa maldita clínica uma vez, pelo amor de Deus. Toda manhã, passava pelas pessoas gritando que era uma assassina, chamando você de assassina de bebês.

— Esse bebê *não* tem um defeito, e mesmo se *tivesse*, eu não... isso não significa que...

— Eu acho que cozinhar até a morte no útero é uma espécie de defeito. Você não acha?

Ele apertava os próprios braços. Ela viu que Jakob tremia.

— Vamos esperar. Vamos dar um tempo e ver se tenho essa merda também — disse ele, por fim. — Talvez, em algum momento nas próximas oito semanas, a gente volte a estar de acordo. Talvez, em algum momento, você comece a ver as coisas de forma menos egoísta.

Ela tinha dito a Jakob que ele precisava sair de casa, mas não queria que ele fosse embora, não de verdade. Esperava que o marido se oferecesse para ficar perto, talvez no porão. Ela ficou assustada ao se imaginar sozinha com a infecção e queria a calma, a estabilidade dele, mesmo que não pudesse ter seu abraço.

Porém, algo mudara nos últimos sessenta segundos. Agora, Harper estava pronta para que ele fosse embora. Achava que seria melhor para *ambos* se ele fizesse isso, para que pudesse ter a casa escura e silenciosa para si por um tempo — para pensar, ou não pensar, ou ficar parada, ou chorar, ou fazer o que quisesse fazer —, livre do terror e do desgosto raivoso do marido.

— Vou de bicicleta até o Departamento de Obras Públicas. Pegar a chave do trailer de Johnny Deepenau no armário dele. Ligo para você à tarde.

— Não fique preocupado se eu não atender. Pode ser que desligue o telefone para que eu possa voltar a dormir. — Então, ela riu, uma risada amarga e infeliz. — Talvez eu acorde e isso seja só um pesadelo.

— É. Podemos torcer para isso, minha querida. Só que, se for um pesadelo, nós dois estamos sonhando. — O marido sorriu, um sorriso pequeno e nervoso, e por um instante era o Jake dela de novo, seu velho amigo.

Ele estava a caminho da porta quando Harper pediu:

— Não conte a ninguém.

Jakob fez uma pausa, a mão na maçaneta.

— Não vou contar.

— Não vou para Concord. Ouvi histórias sobre as instalações de lá.

— É. Que é um campo de extermínio.

— Você não acredita nisso?

— Claro que acredito. Todo mundo que vai para lá está infectado com essa merda. Todo mundo vai morrer. Então, é claro que é um campo de extermínio. Por definição. — Ele abriu a porta para o dia quente e cheio de fumaça. — Eu não mandaria você para lá. Nós estamos nessa juntos. Não vou entregar você a um agente qualquer. Vamos cuidar disso nós mesmos.

Harper pensou que ele devia achar aquela declaração reconfortante, e ainda assim, curiosamente, não se sentia reconfortada.

Jakob desceu os degraus e seguiu pelo caminho curvo que o fez desaparecer na direção da garagem. Deixou a porta aberta, como se esperasse que ela saísse para vê-lo indo embora. Como se isso fosse esperado dela. Talvez fosse. Ela fechou o roupão, cruzou a extensão curta do vestíbulo e ficou parada sob a soleira da porta. O marido carregou a bicicleta para fora da garagem por cima do ombro. E não olhou para trás.

Harper levantou a cabeça para dar uma olhada em Portsmouth. Um céu imundo se aglomerava acima do campanário branco na North Church. A fumaça pairou sobre a cidade durante todo o verão. Harper lera em algum lugar que doze por cento de New Hampshire estava em chamas, mas não conseguia conceber aquilo como verdade. Claro que ainda era muito bom em comparação ao Maine. Os programas de notícias locais só falavam do Maine. O incêndio que começou no Canadá, enfim, atingiu a I-95, efetivamente cortando o estado em dois, um terreno devastado em chamas com mais de cento e cinquenta quilômetros em seu ponto mais largo. Precisavam de chuva para apagar o fogo, mas o último sistema climático a se mover para lá evaporou diante do calor. Um meteorologista da rádio pública disse que a chuva fritou feito gotas na superfície de uma frigideira quente.

Espirais de fumaça subiam aqui e ali, laços marrons e sujos se erguendo do museu Strawbery Banke. Quase sempre havia algo queimando: uma casa, uma loja, um carro, uma pessoa. Era surpreendente a quantidade de fumaça que um corpo humano podia produzir quando engolfado em chamas.

De onde estava, Harper podia ver a estrada, em direção ao cemitério South Street. Um carro seguia devagar pelo local, por uma das estreitas pistas de cascalho, movendo-se como se buscasse uma vaga em um estacionamento lotado. Mas a janela do passageiro estava abaixada e fogo saía por ela. O interior estava tão cheio de chamas que Harper não conseguia ver a pessoa que devia estar ao volante.

Ela observou o carro abandonar a pista e subir na grama, até bater gentilmente em uma lápide. Então, se lembrou de que tinha saído para ver Jakob indo embora. Procurou por ele, mas o marido não estava mais lá.

SETEMBRO

8

DOIS DIAS DEPOIS, SEU braço esquerdo parecia uma partitura. Linhas pretas delicadas serpenteavam ao redor do antebraço, barras tão finas quanto os fios de uma teia de aranha, com algo que pareciam notas douradas espalhadas por elas. Harper percebeu que puxava a manga para ver as marcas de poucos em poucos minutos. No fim da semana seguinte, a Escama de Dragão tinha feito desenhos do pulso ao ombro.

Um dia, Harper tirou a camisa e olhou para si mesma no espelho na porta do armário e deparou-se com uma faixa logo acima do quadril, uma tatuagem preta e dourada. Quando superou a sensação de cansaço e enjoo, teve que admitir para si mesma que a marca era curiosamente bonita.

Às vezes, ela tirava toda a roupa, com exceção da calcinha e do sutiã, e examinava sua nova pele ilustrada à luz de velas. Não dormia muito, e essas inspeções costumavam acontecer pouco depois da meia-noite. Assim como era possível imaginar um rosto em um fogo bruxuleante ou uma figura em meio aos nós de uma superfície de madeira, ela pensou ter visto imagens incompletas na Escama.

Era naquele momento que Jakob costumava ligar, do trailer do homem morto. Ele também não dormia muito.

— Pensei em ver como você está — disse ele. — Saber o que fez hoje.

— Fiz algumas coisas em casa. Comi o restante do macarrão. Me esforcei para não me transformar num monte de carvão. E você, como está?

— Com calor. É quente aqui. É sempre quente.

— Abra a janela. Está fresco lá fora. Estou com todas as janelas abertas e estou bem.

— Estou com todas as janelas abertas também e estou fervendo. É como tentar dormir num forno.

Ela não gostava da maneira raivosa como ele falava sobre não conseguir se refrescar ou da forma como Jakob estava fixado naquilo, como se o calor fosse uma ofensa pessoal.

Harper o distraiu ao mencionar a sua condição em um tom lânguido, quase descontraído.

— Tenho uma espiral de Escama na parte interna do braço esquerdo que mais parece um guarda-chuva aberto. Um guarda-chuva largado ao vento. Você acha que o esporo tem um impulso artístico? Acha que ele reage às coisas que temos no nosso subconsciente e tenta marcar a nossa pele com imagens de que vamos gostar?

— Não quero falar sobre essa merda que você tem. Fico trêmulo só de pensar nisso, sobre essa bosta nojenta em todo o seu corpo.

— Isso faz com que eu me sinta bem. Obrigada.

Ele deixou escapar um suspiro agressivo, nervoso.

— Desculpa. Eu... eu não sou empedernido.

Ela riu — surpreendendo não apenas o marido, mas a si mesma. Às vezes, o bom e velho Jakob usava cada palavra inteligente e meticulosa. *Empedernido*. Antes de abandonar a faculdade, ele cursara filosofia, e ainda tinha o hábito de vasculhar todo o seu vocabulário em busca do termo exato, que, de uma forma inexplicável, sempre acabava sendo o termo *errado*. De vez em quando, ele também corrigia os erros dela.

Harper se perguntou, de maneira ociosa, por que foi preciso que ela fosse contaminada para perceber que o casamento deles estava doente.

Jakob tentou outra vez.

— Sinto muito. De verdade. Eu estou cozinhando. É difícil ser... sensível.

Uma corrente de ar soprava pelo quarto, fresca na sua barriga nua. Harper não sabia como ele podia sentir calor, onde quer que estivesse.

— Eu estava me perguntando se a Escama de Dragão começou a desenhar o guarda-chuva da Mary Poppins no meu braço. Sabe quantas vezes eu vi *Mary Poppins*?

— A Escama de Dragão não está reagindo ao seu subconsciente. *Você* está. Está vendo o tipo de coisa que está preparada para ver.

— Faz sentido — disse ela. — Mas quer saber? Tinha um jardineiro no hospital com espirais dessa coisa nas pernas que pareciam tatuagens de vinhas. Dava para ver folhas individuais delicadas e tudo o mais. Todo mundo concordava que parecia uma trepadeira. Como se a Escama de Dragão estivesse fazendo um comentário artístico sobre o trabalho da sua vida.

— Isso é só a aparência dela. Como plantas cheias de espinhos. Não quero falar sobre isso.

— Acho que não está no meu cérebro ainda, então não poderia saber nada sobre mim. Demora semanas para passar dos seios nasais para o cérebro. Ainda estamos na fase "conhecendo o outro melhor" do relacionamento.

— Meu Deus — disse ele. — Estou pegando fogo aqui dentro.

— Rapaz, você ligou para a pessoa errada se estava procurando empatia — respondeu ela.

9

ALGUMAS NOITES DEPOIS, ELA se serviu uma taça de vinho tinto e leu a primeira página do livro de Jakob. Harper disse a si mesma que, se a obra fosse ao menos um pouco boa, na próxima vez que falasse com ele, admitiria que tinha dado uma olhada no livro e diria quanto havia gostado. Ele não poderia ficar bravo com a esposa por quebrar a promessa de não olhar o manuscrito sem permissão. Ela tinha uma doença fatal. Aquilo mudava as regras.

Porém, depois de uma página, Harper sabia que o livro não seria nada bom e o abandonou, sentindo-se mal de novo, como se tivesse ofendido Jakob de alguma forma.

Um tempo depois, após uma segunda taça de vinho — duas não iam fazer mal algum ao bebê —, ela leu trinta páginas. Precisou parar ali. Não poderia seguir em frente e continuar apaixonada por ele. Na verdade, talvez aquelas trinta páginas já tivessem ultrapassado o limite.

O livro era sobre um ex-estudante de filosofia, J., que tem um emprego insatisfatório no Departamento de Obras Públicas e um casamento insatisfatório com uma loira fútil animada que cometia erros ao falar, lia livros YA porque lhe faltava o rigor mental para a ficção adulta e não tinha noção alguma da vida interior torturada do marido. Para amenizar sua decepção existencial, J. teve uma série de casos com mulheres que Harper não teve dificuldade de identificar: amigas da faculdade, professoras do colégio, uma antiga personal trainer. Harper decidiu que os casos eram invenções... embora as mentiras que J. contava à esposa, sobre onde estava e o que fazia quando, na verdade, estava com outra pessoa, correspondessem quase palavra por palavra a conversas que Harper se lembrava de ter tido.

No entanto, os relatórios clínicos dos seus casos não eram a pior coisa. O que ela detestou ainda mais foi o desdém do protagonista.

Ele odiava os caminhoneiros que trabalhavam no Departamento de Obras Públicas. Odiava suas caras gordas e suas mulheres gordas e seus filhos gordos. Odiava o modo como economizavam o ano inteiro para comprar ingressos de futebol americano profissional na fila do gargarejo. Odiava a forma como ficavam felizes nas semanas depois do jogo, e odiava a maneira como relatavam a história do jogo sem parar, como se recontassem a Batalha das Termópilas.

Ele odiava todas as amigas da esposa — J. não tinha amigos — por não saberem latim, por beberem cerveja produzida em massa em vez de artesanais e por criarem a próxima geração de humanos superalimentados e superentretidos. Mas aquilo não o impedia de trepar com elas.

Ele não odiava a esposa, mas sentia por ela o tipo de afeição que um homem costuma reservar a um filhotinho de cachorro animado. A aceitação imediata de cada opinião e observação dele por parte dela era ao mesmo tempo desalentadora e um pouco hilária para J. Não havia uma crítica que ele poderia fazer que a esposa não aceitaria na mesma hora como verdadeira. J. transformou aquilo em um jogo. Se a mulher se esforçasse a semana inteira para preparar um jantar, ele diria que todo mundo odiou — mesmo que tivesse sido excelente — e ela choraria, e diria que ele tinha razão, e correria para comprar mais livros sobre como oferecer um jantar. Não, ele não a odiava. Mas sentia pena dela e sentia pena de si mesmo, porque estava preso a ela. Além disso, a esposa chorava fácil demais, o que lhe sugeria, paradoxalmente, uma superficialidade de sentimento. Não se podia esperar que uma mulher que ficava com os olhos marejados por causa de comerciais contra a crueldade animal lutasse com o desespero profundo de ser um humano nessa era tão grosseira.

Havia tudo isso — sua raiva zombeteira e sua autopiedade — e era mal escrito também. Seus parágrafos não tinham fim. Nem as frases. Às vezes, demorava trinta palavras para chegar até um verbo. A cada uma ou duas páginas, colocava uma frase em grego, francês ou alemão. Nas poucas vezes que Harper foi capaz de traduzir um desses *bons mots*, sempre parecia algo que poderia ser dito em inglês sem perda alguma.

Harper não conseguiu deixar de pensar no Barba Azul. Ela fora em frente, olhara no quarto proibido e vira o que não deveria ter visto. Não descobrira corpos atrás da porta fechada, mas desdém. Achou que o ódio seria mais fácil de perdoar. Se você odiasse alguém, a pessoa ao menos era digna da sua paixão.

Ele nunca lhe contara sobre o que era o livro, não em termos concretos, embora, às vezes, falasse coisas idealistas como: "É sobre o horror da vida comum" ou "É a história de um homem naufragado na própria mente". Mas os dois compartilharam longas discussões pós-coito sobre como seria a vida deles depois do lançamento do livro. Jakob esperava que ganhassem dinheiro suficiente para comprar um *pied-à-terre* em Manhattan (Harper não sabia como isso era diferente de um apartamento, mas presumiu que devia ter alguma diferença). Ela ficava sem fôlego ao falar ansiosamente sobre como o marido se sairia bem no rádio, engraçado, inteligente e autodepreciativo; torcia para que o entrevistassem na rádio pública. Falavam de coisas que queriam comprar e pessoas famosas que queriam encontrar e, ao lembrar-se daquilo agora, tudo parecia tosco, triste e ilusório. Era ruim o suficiente ser convencida de que ele tinha uma mente brilhante, mas era bem pior descobrir que Jakob também se convencera disso, e com tão poucas evidências.

Harper também ficou impressionada por ele ter escrito algo tão deplorável e depois tê-lo deixado à vista *por anos*. Mas ele tinha certeza de que a esposa não leria nada, porque a mandou não fazer isso, e sabia que a esposa tinha inclinação para a obediência. Toda a sua autoestima dependia de agir e ser do jeito que ele queria que fosse. E Jakob estava certo quanto a isso, claro. O livro não seria tão ruim se não contivesse ao menos certo grau de verdade. Ela só lera o *Arado da desolação* porque estava morrendo.

Harper colocou as páginas de volta na escrivaninha, ajeitando os cantos do manuscrito para formar uma pilha arrumada e nova em folha. Com sua folha de rosto branca e limpa, e bordas também brancas e limpas, parecia tão imaculado quanto uma cama recém-arrumada em um hotel de luxo. As pessoas faziam coisas indizíveis em camas de hotéis.

Quase como uma reflexão tardia, ela colocou uma caixa de fósforos em cima das páginas, como um peso de papel. Se a Escama de Dragão começasse a coçar e criar fumaça, queria que os fósforos ficassem à mão. Se ela precisasse queimar, achava justo que a porra do livro queimasse primeiro.

10

ERA QUASE UMA DA manhã quando ele telefonou, ela ainda estava acordada, trabalhando no próprio livro — o livro do bebê. Ele começava assim:

> *Olá! Esta é sua mãe, na forma de livro. Essa era a minha aparência antes de ser um livro.*

Ela colara uma foto sua com fita adesiva logo abaixo. Era uma fotografia que o pai tirara dela, quando tinha dezenove anos e ensinava tiro com arco no Departamento de Parques e Recreações de Exeter. A moça na fotografia era uma garota desajeitada com cabelo claro, orelhas de abano, joelhos ossudos masculinos e arranhões na parte interna dos braços por acidentes com a corda do arco. Mas era bonita. Na foto, o sol estava atrás dela, iluminando seu cabelo em um brilhante anel dourado. Jakob dizia que era seu retrato de anjo adolescente.

Abaixo, Harper colara um quadrado prateado e refletivo, algo que recortou de um anúncio de revista. E escreveu: *Você se parece comigo?* Ela tinha uma porção de ideias de conteúdo para colocar no livro. Receitas. Orientações. Pelo menos uma brincadeira. As letras das suas músicas favoritas, que ela teria cantado para o bebê se tivesse tido a chance: "Love Me Do", "My Favorite Things", "Raindrops Keep Fallin' on My Head".

Não haveria nenhuma coisa trágica de menininha se ela pudesse evitar. Como enfermeira escolar, ela sempre se espelhara em Mary Poppins, almejando um ar de calma bem-humorada, autoconfiança, tolerância para brincadeiras, mas uma expectativa de que o remédio desceria melhor com uma colher cheia de açúcar. Se as crianças achassem possível que ela começasse a cantar do nada e atirasse fogos de artifício pela ponta do guarda-chuva, tudo bem por ela.

Era esse o tom que tentava passar para o livro do bebê. A questão era o que uma criança queria da mãe; sua resposta era band-aids para arranhões, canções de ninar, gentileza, algo doce para comer depois da escola, alguém para ajudar no dever de casa, alguém com quem se aconchegar. Harper ainda não sabia como ia tornar o livro aconchegante, mas tinha colado uma dúzia de band-aids na capa interna, além de quatro almofadas de álcool fechadas. Ela sentia que o livro — *A mãe portátil* — estava tendo um excelente começo.

Quando o telefone tocou, Harper estava de frente para a TV. O aparelho estava sempre ligado. Não fora desligado em seis meses, exceto nos momentos ocasionais em que não havia energia. No momento, havia eletricidade, e ela estava parada na frente da TV, embora trabalhasse no livro e não prestasse muita atenção às imagens.

Não havia nada para assistir, de qualquer maneira. A Fox ainda estava transmitindo, mas de Boston, não de Nova York. A NBC estava no ar, mas de Orlando. A CNN também estava no ar, em Atlanta, mas o âncora das notícias noturnas era um homem chamado Jim Joe Carter, um pastor batista, e suas reportagens eram sempre sobre pessoas que foram salvas do esporo por Jesus. O restante dos canais eram a RSN, a Rede de Segurança Nacional, ou programas de notícias locais, ou estática. O sinal da RSN vinha de Quantico, Virgínia. A capital, Washington, ainda estava em chamas. Assim como Manhattan. Sua televisão estava ligada na Fox. O telefone tocou e Harper atendeu. Sabia que era Jakob antes mesmo de ele falar qualquer coisa. Sua respiração estava estranha, um pouco engasgada, e ele não disse nada a princípio.

— Jakob — falou ela. — Jakob, fale comigo. Diga alguma coisa.

— A sua TV está ligada?

Ela baixou a caneta.

— O que há de errado?

Harper não sabia como o trataria na próxima vez que se falassem. A ideia de não conseguir esconder o ressentimento em sua voz a preocupava. Se Jakob achasse que ela soava hostil, ia querer saber o motivo, e ela teria que contar. Nunca conseguiria manter nada escondido dele. E Harper não queria falar sobre o livro. Não queria nem pensar no assunto. Ela carregava um bebê e um fungo inflamável, e tinha acabado de ficar sabendo que Veneza estava em chamas, de forma que nunca conheceria a cidade em uma gôndola. Com tudo isso acontecendo, era um pouco demais esperar que ela fizesse uma crítica literária para o seu livro de merda.

Ele riu — de forma grosseira e infeliz —, e o som da sua risada a abalou e a fez esquecer o ressentimento, ao menos por um instante. Uma parte dela pensou calma e clinicamente: *Histeria*. Deus sabia que ela tinha visto o bastante daquilo nos últimos seis meses.

— Essa é a coisa mais engraçada que alguém disse desde sei lá quando — falou ele. — O que há de *errado*? Além de o mundo estar em chamas?

Além dos cinquenta milhões de seres humanos se transformando em bolas de fogo? Você está assistindo a Fox?

— Estou. O que há de errado, Jakob? Você está chorando. Aconteceu alguma coisa? — Não era de surpreender que ele tivesse tanto desdém por ela. Em dez segundos, Harper voltou a ficar preocupada com ele, quando, cinco minutos antes, teria ficado feliz em não receber notícias dele por um mês. Aquilo a deixava envergonhada, mas ela não conseguia ficar brava por muito tempo.

— Está vendo?

Ela encarou a TV, uma imagem trêmula de um descampado em algum lugar. Uns poucos homens usando capas de chuva e luvas de borracha até os cotovelos e máscaras de gás, com rifles de assalto Bushmaster nas mãos, estavam em um canto distante. A grama, alta e amarelada, ondulava com um leve chuvisco. Além dos homens com as capas de chuva, havia uma fileira de árvores. E, à esquerda, uma estrada. Um carro subiu uma ribanceira e avançou, os faróis brilhando no meio do crepúsculo.

— ... câmera de celular — disse o jornalista. — Avisamos que as imagens são fortes. — Quase não valia a pena mencionar aquilo. Todas as imagens eram fortes naqueles dias.

Eles estavam tirando pessoas da floresta. A maioria era criança, mas havia mulheres ali. Algumas das crianças estavam peladas. Uma das mulheres estava pelada também, mas segurava um vestido em frente ao corpo.

— Estão exibindo isso a noite inteira — explicou Jakob. — Os jornais adoram esse tipo de coisa. Olha. Olha os carros.

Dava para ver o descampado inteiro da estrada. Outro veículo atravessou a ribanceira, e depois uma picape. Os dois diminuíram a velocidade enquanto passavam, e, então, voltaram a correr.

As mulheres e as crianças que tinham sido retiradas das árvores foram reunidas em um grupo. As crianças choravam. De longe, a voz delas, de todas juntas, soava como o primeiro vento forte de outono. Uma das mulheres pegou um garotinho no colo, ergueu-o e apertou-o bem. Observando aquilo, Harper teve uma sensação breve, mas intensa, de *déjà-vu*, uma certeza improvável de que estava vendo a si mesma em um momento futuro. Via como ela própria ia morrer.

A mulher que fora despida e que segurava o vestido gritou com um dos homens de capa de chuva. Ao longe, suas costas nuas pareciam ter sido cortadas e então costuradas com um fio brilhante dourado: a Escama de Dragão. Ela largou a roupa e se inclinou, nua, para cima de um rifle de assalto.

— Você não pode — uivou ela. — Nos deixe ir! Aqui é os Estados...

A primeira arma pode ter disparado por acidente. Harper não tinha certeza. Mas levaram aquelas pessoas para o descampado com o objetivo de atirar nelas, talvez fosse errado pensar que qualquer um levou um tiro por acidente. *Prematuramente* talvez fosse a palavra certa. O cano de uma arma brilhou. A mulher nua continuou andando, um, dois passos, depois caiu na grama e desapareceu.

Seguiu-se um instante — tempo suficiente para uma respiração — de silêncio surpreso e confuso. Outro carro passou pela ribanceira e desacelerou.

As outras armas dispararam, todas juntas, fogos de artifício em uma noite de julho. Os canos brilharam, como paparazzi tirando fotos de George Clooney à medida que ele saía da sua limusine. Embora George Clooney estivesse morto, queimara até a morte em uma missão de ajuda humanitária na cidade de Nova York.

O carro passando pela ribanceira desacelerou o bastante para que o motorista visse o que estava acontecendo. As mulheres e as crianças caíram enquanto as armas vibravam na chuva de setembro. O veículo acelerou, indo para longe.

Os homens com capas de chuva não acertaram uma pessoa, uma garotinha, que deslizava, como uma fada, para o outro lado do campo na direção do único observador com o celular. Ela atravessava o gramado com tanta agilidade quanto a sombra de uma nuvem. Harper assistia, segurando o livro do bebê com ambas as mãos, prendendo a respiração, fazendo um desejo silencioso: *Deixem que ela vá. Deixem que ela escape*. Mas, então, o corpo da garota se dobrou, e ela caiu para a frente, e Harper percebeu que não era uma pessoa. A coisa que atravessava o campo era o vestido que a mulher nua estava segurando. O vento o fizera dançar por um instante, só isso. Agora a dança tinha acabado.

O programa voltou para o estúdio. O âncora estava diante de uma grande televisão, mostrando a filmagem de novo. Mantinha-se de costas para ela e falava com uma voz baixa e calma. Harper não conseguia ouvir o que o homem dizia. Jakob também falava, mas ela também não conseguia ouvir o que ele dizia.

A mulher falou por cima dos dois.

— Você achou que ela se parecia comigo?

— Do que está falando? — perguntou Jakob.

— A mulher segurando o menininho. Achei que ela se parecia comigo.

O âncora do jornal dizia:

— ... ilustra o perigo das pessoas que foram infectadas e não procuram...

— Não notei — falou Jakob. Sua voz estava estrangulada de emoção.

— Jakob. Diga o que há de errado.

— Estou doente.

Ela sentiu como se tivesse se levantado rápido demais, embora não houvesse se movido. Sentou-se na beira do sofá, tonta e um pouco fraca.

— Você tem alguma listra?

— Estou com febre.

— Tá bom. Mas tem as marcas?

— No meu pé. Achei que era um hematoma. Deixei cair um saco de areia no meu pé ontem e achei que era só um hematoma. — Por um segundo, o marido parecia prestes a chorar.

— Ah, Jakob. Me mande uma foto. Quero dar uma olhada.

— Não preciso que você dê uma olhada.

— Por favor. Por mim.

— Eu sei o que é.

— Por favor, Jake.

— Eu sei o que é e estou com febre. Estou tão quente. Trinta e oito graus. Estou quente e não consigo dormir. Fico sonhando que os lençóis estão pegando fogo e pulo da cama. Você tem sonhos assim?

Não. Seus sonhos eram muito piores. Eram tão ruins que ela recentemente decidira parar de dormir. Era mais seguro permanecer acordada.

— O que você estava fazendo com um saco de areia? — perguntou ela, não porque se importava, mas porque Jakob poderia ficar mais calmo se falasse de algo além da infecção.

— Tive que voltar ao trabalho. Tive que arriscar. Arriscar a contaminação de outras pessoas. Você me colocou nessa situação.

— Do que está falando? Não entendi.

— Se eu simplesmente desaparecesse, as pessoas perguntariam onde estou. Poderiam passar aí em casa e encontrar você. O preço da sua vida são outras vidas. Você me transformou num possível assassino.

— Não. Jakob, já falamos disso. Até a Escama ser visível no seu corpo, você não transmite nada. Quase todo mundo concorda com isso. E mesmo assim, só dá para passar a doença se entrar em contato com a pele de outra pessoa. Não acho que você seja um assassino em massa, ainda não. E quanto ao saco de areia?

— Mandaram todo mundo do Departamento de Obras Públicas ir até a ponte Piscataqua no outro dia, sob ordens da Guarda Nacional. Para construir uma casamata para atirar em qualquer filho da puta infectado que queira tentar cruzar o novo posto de controle. Por que estamos falando sobre a merda da ponte?

— Preciso que me mande uma foto da marca no seu pé — pediu ela, e o seu tom era mais firme agora, sua voz de enfermeira.

— Acho que está na minha *cabeça* também. Às vezes, é como se eu tivesse pregos entrando no meu cérebro. Como se tivesse cem agulhinhas lá.

Aquilo a fez parar. Era a primeira coisa que ele dizia que não soava apenas como histeria, mas loucura.

Quando Harper falou, a voz estava calma e certeira:

— Não, Jakob. *Não*. Em determinado momento, o fungo acaba cobrindo a mielina no cérebro e nos nervos, mas isso só acontece muito depois de a Escama de Dragão estar no corpo inteiro.

— Eu *sei*, porra. Eu *sei* o que você fez comigo. Matou nós dois, e nosso bebê também, para satisfazer seu ego.

— Do que está falando?

— Você *sabia* que era perigoso trabalhar naquele hospital, mas queria se sentir importante. Você tem uma coisa, Harper. Uma *necessidade* de ser abraçada. Você procura ficar perto de pessoas que estão machucadas, para que possa dar um band-aid para elas e receber uma afeição fácil e barata. Foi por isso que se tornou uma enfermeira escolar. É fácil arrancar um beijo de uma criança com o joelho ralado. As crianças amam qualquer pessoa que lhes dê um pirulito e um curativo para o seu machucadinho.

Harper ficou sem fôlego com a raiva malcriada que ouviu na voz do marido. Nunca o tinha ouvido daquela maneira antes.

— Eles estavam desesperados — disse Harper. — Precisavam de qualquer enfermeira disponível. O hospital estava chamando enfermeiras aposentadas, com oitenta anos de idade. Eu não podia ficar em casa, vendo as pessoas morrendo na TV, sem fazer nada.

— Precisamos tomar uma decisão — falou ele, quase soluçando. — Não quero queimar até a morte. Ou ser caçado e morto num lugar qualquer, implorando pela minha vida.

— Se você não está dormindo direito, isso pode explicar a alta temperatura. Não sabemos se está doente ou não. Às vezes, a febre indica o início de uma infecção, mas nem sempre. Nem é a maioria dos casos. Eu não fiquei com febre. Agora, quero que me mande a foto do seu pé.

Houve um som desajeitado de batida, solavancos abafados e então um clique, o som do aplicativo de câmera tirando uma foto. Quinze segundos se passaram sem outro barulho além da respiração difícil e miserável de Jakob.

Uma foto surgiu do seu pé descalço e escuro, esticado em um carpete de aparência industrial. O pé do peito era uma escoriação sangrenta.

— Jake — disse ela. — O que é isso?

— Eu tentei raspar — respondeu ele. Sua voz era quase sombria. — Estava num momento ruim. Tentei raspar com uma lixa.

— Você tem outras marcas?

— Eu sei como era a aparência dela antes de ficar maluco — falou ele.

— Não pode raspar essa coisa, Jake. É como passar um fósforo na caixa. Deixa essa ferida em paz. — Harper baixou o telefone e olhou para a foto de novo. — Eu quero ver mais listras antes de você decidir que tem Escama de Dragão. No início, pode ser difícil diferenciar um hematoma de uma marca, mas, se não mexer nela...

— Temos que tomar uma decisão — repetiu ele.

— Sobre o quê?

— Sobre como vamos morrer. Como vamos fazer isso.

Na TV, exibiam um segmento sobre os Dálmatas, grupos de mulheres e adolescentes que preparavam almoços e cupcakes para os bombeiros voluntários.

— Eu não vou me matar — declarou Harper. — Já falei isso para você. Estou grávida. Quero ver meu bebê nascer. Posso fazer uma cesariana em março.

— Março? Estamos em *setembro*. Você vai virar *cinzas* até março. Ou vai virar um alvo para uma equipe de cremação. Quer morrer que nem essa gente na TV?

— Não — respondeu Harper em voz baixa.

Eu sei o que você fez comigo — falou ele. Jakob respirava com dificuldade, trêmulo. — Eu *sei*. Estou com brotoejas nos braços e nas pernas. Adorei que você tornou o seu trabalho tão socialmente consciente, que estava tão conectada à comunidade, mesmo que fosse sempre essa coisa que você faz para satisfazer o próprio narcisismo. Você precisava se cercar de crianças choronas, por causa da boa sensação que recebe quando limpa lágrimas. Não existem atos altruístas. Quando uma pessoa faz algo por outra, é sempre por causa das próprias razões psicológicas. Mas ainda fico um pouco doente ao ver como você é fixada nas próprias necessidades. Você nem se importa com quantas pessoas vai infectar. Contanto que nada arranque a sua ilusão de salvar mais uma criança.

Ele estava tentando puxar uma briga com ela, queria forçá-la a dizer coisas que ela não queria dizer. Harper seguiu em outra direção.

— Essas brotoejas. Nunca ouvi falar disso. Não são sintomas da...

— Não é um sintoma *seu*. É meu. Não finja que é médica. Uma merda de um mestrado em enfermagem e três anos trabalhando numa escola não transformaram você na porra do dr. House. Você limpa o suor debaixo do nariz de um médico de verdade quando ele faz uma operação e balança o pau dele quando ele termina de mijar.

— Talvez seja melhor você voltar para casa. Posso examiná-lo sem encostar em você. Talvez eu possa tranquilizá-lo.

— Vou esperar — respondeu Jakob. — Até ter certeza. E *aí* vou voltar para casa. E você precisa estar lá. Porque prometeu.

— Jakob — falou ela de novo, mas ele desligou.

OUTUBRO

11

A ENERGIA ACABOU DE novo em uma manhã quente e esfumaçada, poucos dias após a última ligação de Jakob, e não voltou mais.

Àquela altura, Harper só tinha mais algumas latas no fundo do armário, aquelas empoeiradas que ela não se lembrava de ter comprado. Não saía de casa desde o dia anterior à descoberta da primeira listra na perna. Não se atrevia. Talvez pudesse se cobrir — a Escama não tinha se espalhado para o rosto ou as mãos —, mas o coração fraquejava com o pensamento de esbarrar em alguém no mercado e sentenciar a pessoa à morte sem querer.

Parte dela imaginava se conseguiria comer gordura vegetal pura. Outra parte sabia que sim e que logo o faria. Ela tinha guardado um pouco de chocolate em pó, torcendo para que pudesse fazer algo com gosto de pudim de chocolate.

Não houve um único momento em que ela pensou: *Estou indo*. Não houve um instante de decisão com o olhar férreo, quando percebeu que logo não teria comida e que precisaria começar a correr riscos.

Certo dia, porém, ela tirou as roupas do varal que cruzava o deque na parte traseira da casa e começou a fazer uma pilha na cama, ao lado do livro *A mãe portátil*. A princípio, era só um conjunto de itens que Harper tinha a intenção de guardar: camisetas, uma calça jeans, seus casacos. Mas também parecia uma pilha de peças que poderia levar consigo se estivesse preparando o carro para ir a algum lugar. Quando abriu o armário, viu-se retirando itens de lá, em vez de guardando.

Não havia destino nem plano, mal havia algum pensamento. Ela agia baseada apenas na noção meio formada de que poderia ser bom ter algumas coisas na sua velha bolsa de viagem feita de tapete, para o caso de ter que sair da casa às pressas. Na maior parte do tempo, Harper não prestava atenção, fazendo tudo sem mais intenção ou propósito do que uma folha soprada por uma brisa outonal incansável. O rádio estava ligado, um toca-fitas portátil violentamente rosa da Hello Kitty que funcionava com pilhas tamanho D, e ela dobrava as roupas ouvindo a estação de clássicos do rock, com Tom Petty e Bob Seger fornecendo o equivalente sonoro de um papel de parede.

Em dado momento, porém, sua consciência voltou ao momento atual, e ela percebeu que a música tinha parado. Já fazia certo tempo desde que o DJ tinha começado a berrar um monólogo. Ela reconheceu a voz, um grave rouco que pertencia a um humorista de um antigo programa matutino. Ou era o apresentador de um programa de rádio de extrema direita? Harper não conseguia se lembrar disso nem do verdadeiro nome dele. Quando falava de si mesmo — o que acontecia com frequência —, ele era o Homem Marlboro, por causa de todas as guimbas que já tinha queimado. Era assim que ele chamava os infectados com Escama de Dragão: guimbas.

Ele berrava, com certa autoridade grosseira, dizendo que o ex-presidente estava mais negro do que costumava ser, já que tinha cozinhado até a morte com Escama de Dragão. Falou que, quando saísse do ar, sairia com um Esquadrão de Cremação para tirar guimbas dos seus esconderijos e atear-lhes fogo. Harper se sentou na cama e ouviu com uma fascinação repulsiva enquanto ele contava uma história sobre como forçou três garotas a tirarem a camisa para provar que não tinham Escama de Dragão nos peitos.

— Tetas americanas saudáveis, é por isso que lutamos — declarou o locutor. — Isso devia estar na Constituição. Todo homem tem direito à vida, à liberdade e a tetas sem germes. Aprendam, garotas. Se nós aparecermos na sua porta, estejam prontas para cumprir seu serviço patriótico e mostrar para a gente seus peitos amantes da liberdade e sem vírus.

A aldrava bateu na porta, e Harper deu um pulo como se um Esquadrão de Cremação invadisse o local. O som era, de certa forma, mais assustador do que alguém gritando na rua ou do que a sirene dos bombeiros. Ela ouvia pessoas gritando todos os dias e sirenes a cada hora. Não conseguia se lembrar da última vez que alguém batera à porta.

Foi tateando pelo caminho até o vestíbulo e espiou pelo olho mágico. O Tigre Tony e o Capitão América estavam de pé no alpendre, segurando sacolas plásticas amassadas. Além deles, perto da calçada, um homem estava de costas para a casa, fumando um cigarro, um fio de fumaça subindo da sua cabeça.

— Gostosuras e travessuras — falou uma voz abafada. A voz de uma menina.

— Gostosuras ou... — disse Harper, e então parou. — Não é Halloween.

— Resolvemos começar mais cedo!

Aquilo a deixou ofendida, um idiota mandando os filhos irem de casa em casa no meio de uma pandemia. Ela tinha ideias rígidas sobre a criação de filhos, e aquele tipo de comportamento estava muito abaixo dos seus padrões.

A situação irritou a sua babá inglesa interior e a fez querer furar o olho do adulto com um guarda-chuva.

Harper pegou seu casaco e vestiu-o para cobrir os belos arabescos da Escama de Dragão espalhados pelos braços. Abriu a porta, mas deixou o ferrolho, e observou pelo vão de quinze centímetros.

A garota podia ter tanto dezoito quanto treze anos. Com o rosto escondido atrás da máscara de Capitão América, era impossível determinar. Seu cabelo estava raspado, e, se Harper não tivesse ouvido a sua voz, teria achado que era um menino.

O irmão tinha possivelmente metade da idade dela. Os olhos que a encararam através dos buracos da máscara de Tigre Tony eram bem pálidos — o verde-claro de uma garrafa de vidro vazia de Coca-Cola.

— Gostosuras e travessuras — repetiu a Capitão América. Um medalhão de ouro, em formato de livro de capa dura, pendia na frente da sua gola alta roída pelas traças.

— Vocês não deveriam estar batendo de casa em casa pedindo doce. — Harper olhou além das crianças, para o homem que fumava na calçada com as costas viradas para a casa. — Aquele é o pai de vocês?

— Não estamos aqui para pegar gostosuras — disse a Capitão América. — Estamos aqui para lhe dar uma gostosura. E temos as nossas travessuras também. Você pode ficar com uma de cada. É por isso que é gostosuras *e* travessuras. Achamos que isso ia animar as pessoas.

— Ainda assim, deveriam estar em casa. As pessoas estão doentes. Se alguém infectado encostar numa pessoa saudável pode transmitir a coisa ruim que tem. — Ela ergueu a voz para ser ouvida além deles. — Ei, cara! Essas crianças não deveriam estar aqui! Tem uma pandemia acontecendo!

— Estamos usando luvas — falou a Capitão América. — E não vamos encostar em você. Ninguém vai pegar nada de ninguém. *Prometo*. Higiene é a nossa prioridade número um! Não quer ver sua gostosura? — Ela deu uma cotovelada no menino.

O tigre abriu a sua sacola. Havia um frasco de vitaminas açucaradas e mastigáveis ali — vitaminas pré-natais, ela percebeu. Harper logo levantou a cabeça, observando uma criança, depois a outra.

— O que é *isso*?

— São como balas — disse a Capitão América. — Mas você só pode tomar duas por dia. Você está bem?

— Como assim, eu *estou bem*? Espera um minuto. Quem *são* vocês? Acho que quero falar com seu pai. — Ela ficou na ponta dos pés e gritou acima da cabeça deles: — Quero falar com você!

O homem sentado no meio-fio não olhou para ela, só fez um gesto preguiçoso de desdém. Ou talvez estivesse afastando a fumaça da cara. Ele lançou uma fileira de anéis de fumaça no céu.

A Capitão América lançou um olhar casual para o homem na calçada.

— Ele não é nosso pai. Nosso pai não está conosco.

Harper baixou o olhar. O menino ainda mantinha a bolsa aberta para que ela inspecionasse a oferta deles.

— São vitaminas pré-natais. Como sabem que estou grávida? Eu não pareço grávida. Espera. *Pareço?*

A Capitão América respondeu:

— Ainda não.

— Quem mandou vocês aqui? Quem mandou vocês darem isso para mim?

— Você não *quer*? Se não quiser, não precisa ficar com elas.

— A questão não é se eu *quero* as vitaminas ou não. Vocês são muito gentis, e eu bem que *gostaria*, mas...

— Fique com elas, então.

O garoto pendurou o saco na maçaneta e afastou-se. Depois de um instante, Harper esticou a mão pelo vão e puxou a sacola para dentro da casa.

— Agora, a travessura — falou a garota, erguendo a própria sacola, de forma que Harper pudesse ver o que havia lá.

O Tigre Tony não parecia ter nada a dizer. Ele não falou nada.

Harper olhou dentro da sacola. Havia uma flauta de êmbolo ali, embrulhada em plástico.

— Elas fazem muito barulho — disse a Capitão América. — Dá para ouvir uma dessas daqui até o hotel Wentworth by the Sea. Uma pessoa surda conseguiria ouvir essa flauta. Pode pegar.

— Não tem mais nada na sacola — observou Harper. — Você não tem mais nenhuma travessura para distribuir.

— Você é nossa última parada.

Harper se perguntou, pela primeira vez, se estava sonhando. Parecia o tipo de conversa que acontecia em um sonho. As crianças mascaradas davam a impressão de serem *mais* do que crianças. Aparentavam ser *símbolos*. Quando a garota falava, parecia falar em um código secreto dos sonhos; um psicólogo poderia passar horas tentando desvendar o enigma. E o garoto. O garoto só ficou lá *parado*, olhando para ela. Nem piscou. Quando Harper abria a boca, ele encarava os lábios, como se quisesse beijá-la.

Ela sentiu uma breve, porém quase dolorosa punhalada de esperança. Talvez *tudo* aquilo fosse um sonho. Talvez ela tivesse uma gripe ruim, ou algo pior do que uma gripe, e tudo que acontecera nos últimos três meses fosse uma visão inspirada pela doença. Aquilo não seria *exatamente* o tipo de coisa com que a pessoa sonharia se estivesse ardendo de febre? Talvez só estivesse *sonhando* que Jakob a abandonara e que ela estava sozinha em um mundo infectado, um mundo em chamas, e os únicos visitantes em semanas fossem um par de crianças mascaradas que pareciam falar da mesma maneira que biscoitos da sorte.

Vou pegar a flauta, pensou Harper, *e se eu soprar, se eu soprar forte, minha febre vai baixar, e vou acordar na cama, coberta de suor, com Jakob aplicando uma compressa fria na minha testa.*

A garota pendurou a sacola na maçaneta e afastou-se. Harper a pegou, apertando o plástico enrugado no peito.

— Tem certeza de que está *bem*? — perguntou a menina. — Não *precisa* de mais nada? Quer dizer, além da travessura e da gostosura? Você não sai mais.

— Como sabe que eu não saio mais? Há quanto tempo estão me observando? Não sei o que estão aprontando, mas não gosto de brincadeiras. A não ser que eu saiba com quem estou brincando. — Ela observou além das crianças, ficou na ponta dos pés de novo e gritou para o homem sentado ao meio-fio de costas para ela. — Eu não gosto de brincadeiras, cara!

— Você está bem — comentou a Capitão América, em um tom confiante e assertivo. — Se precisar de alguma coisa, é só chamar.

— Chamar? — indagou Harper. — Como vou chamar vocês? Nem sei quem são vocês.

— Tudo bem. Nós sabemos quem *você* é — falou a Capitão América, e agarrou o ombro do menininho, virando o para o outro lado.

Cruzaram rapidamente o caminho em direção à rua. Ao chegar ao meio-fio, o homem sentado lá ficou de pé e, pela primeira vez, Harper viu que ele não fumava um cigarro, estava apenas fumegando. Ele soltou um último bocado de fumaça, que se desintegrou em uma centena de borboletinhas de vapor. Elas se afastaram, batendo as asas freneticamente naquele dia poluído.

Harper bateu a porta, destrancou o ferrolho, escancarou a porta e deu três passos vacilantes no jardim.

— Ei! — gritou ela, o coração martelando no peito, como se tivesse acabado de dar algumas voltas em torno da casa.

O homem olhou para trás, e a enfermeira reparou que ele usava uma máscara da Hillary Clinton. E, pela primeira vez, reparou que o homem vestia calças amarelas levemente refletivas, do tipo que os bombeiros usavam.

— Ei, voltem aqui! — berrou Harper.

O homem guiou as crianças pela calçada, desaparecendo atrás de uma cerca viva. O menino praticamente pulava.

Harper atravessou a grama amarelada, ainda segurando a sacola com a flauta de êmbolo dentro. Chegou até a calçada e procurou por eles, piscando com o nevoeiro que vagava perpetuamente pela rua. Estava mais espesso do que o normal hoje, uma massa pálida que apagava a rua aos poucos, de forma que ela não conseguia enxergar o fim do quarteirão. A fumaça engolia casas, gramados, postes telefônicos e o próprio céu. E engolira o homem e as crianças também. Harper procurou por eles, os olhos lacrimejando.

Quando voltou para casa, colocou o ferrolho de volta na porta. Se uma Patrulha de Quarentena aparecesse, aquela corrente poderia lhe dar tempo suficiente para ir até o porão, sair pela porta dos fundos e seguir para a mata. Com sua bolsa de viagem. E sua flauta de êmbolo.

Ela estava manuseando o instrumento, se perguntando quanto era alto, quando percebeu que a casa tinha ficado em silêncio. Não havia música nem o Homem Marlboro. Em algum momento nos últimos minutos, as baterias do rádio da Hello Kitty tinham acabado. O século XXI — como os visitantes mascarados — havia escapado das suas mãos de forma rápida e descarada, deixando-a sozinha outra vez.

Gostosuras e travessuras, pensou Harper.

12

QUANDO A BATERIA DO seu celular estava perto de acabar, ela sabia que era hora de fazer a ligação que andara evitando — que, se esperasse mais um dia, talvez não conseguisse fazer qualquer ligação. Tomou uma taça de vinho branco para relaxar e ligou para o irmão. Sua cunhada, Lindy, atendeu.

Durante seus vinte e poucos anos, Lindy transformara o hobby de trepar com baixistas de bandas de rock de segunda em um emprego em um estúdio de gravação em Woodstock, que era o que ela fazia quando conheceu Connor. Ele tocava baixo em uma banda de metal progressivo chamada Inseparáveis. No fim, eles não eram tão inseparáveis assim. Connor acabou com uma careca do tamanho de um pires e um trabalho como instalador de banheiras de hidromassagem. Lindy se tornou instrutora em uma academia de luxo, onde ensinava pole dance aeróbico para donas de casa, o que ela comparava a ser uma treinadora de animais trabalhando com morsas: "Você fica com vontade de jogar sardinhas para aquelas mulheres simplesmente por terem dado uma volta completa sem cair". Não muito tempo depois, Harper deixou de frequentar academias. Não conseguia parar de pensar no que os professores diziam sobre ela quando estavam sozinhos.

— Como você está, Lindy? — perguntou Harper.

— Não sei. Eu tenho um filho de três anos. Estou cansada demais para pensar em como estou. Me pergunte de novo daqui a vinte anos, se algum de nós ainda estiver aqui. Você deve estar querendo falar com o Con. — Ela baixou o fone e gritou: — Con! Sua irmã!

Connor atendeu:

— Ei! É a minha irmã! E aí?

— Tenho grandes notícias — falou ela.

— É o monge? O monge em Londres?

— Não. Que monge?

— O monge que mataram tentando invadir a BBC. Não ouviu falar do monge? Ele e mais três. Estavam todos doentes, há muito tempo... esse monge andava infectado por aí desde fevereiro. Acham que ele deve ter infectado milhares de outras pessoas, literalmente. E acham também que ele queria infectar a equipe de redação para defender uma posição política. Terrorismo por via da doença. Doido filho da puta. Estava brilhando feito uma lâmpada quando o cortaram.

— Não é uma doença, sabe? Não no sentido tradicional. Não é um germe. É um esporo.

— Sei. Eles falaram com os seguidores quando foram presos. Disseram que podiam *aprender* a controlar a infecção e não passar para os outros. E que, se acabassem infectando um ente querido, bem, podiam simplesmente ensiná-los a não adoecer. O cérebro dele já devia estar cheio da doença. Você teve alguns pacientes assim no hospital, não teve? Loucos com esporos por todo o cérebro?

— O esporo chega ao cérebro, mas não sei se é por causa disso que algumas pessoas enlouquecem depois de ser infectadas. Ouvir que você pode explodir em chamas a qualquer segundo coloca muita tensão mental na pessoa. Talvez a verdadeira surpresa é que alguém consiga permanecer são. — A enfermeira pensou que logo saberia se a Escama tinha algum efeito na saúde mental de alguém. O esporo estava provavelmente começando a cobrir seu cérebro naquele instante.

— Aconteceu alguma coisa além do monge terrorista? — perguntou Connor.

— Estou grávida — respondeu ela.

— Você... — disse ele. — AhmeuDeus, Harpo! Ah, meu Deus! Lindy! Lindy! Harpo e Jake estão vão ter um bebê!

No fundo, Harper ouviu Lindy dizer: "Ela está grávida" em um tom neutro que não carregava qualquer nota de celebração. E aí ela falou mais alguma coisa, em um tom mais baixo, que soava como uma pergunta.

— Harpo! — exclamou Connor. Ele tentava soar animado, mas ela ouviu a tensão na sua voz e, de alguma forma, sabia que Lindy estava sendo desagradável. — Estou tão, *tão* feliz por você. Não sabíamos nem que vocês estavam *tentando*. Pensamos...

No fundo, mas perfeitamente possível de ouvir, Lindy falou:

— Pensamos que você teria que ser louca para engravidar no meio de uma pandemia, depois de passar meses em contato constante com pessoas infectadas.

— A mamãe e o papai já sabem? — perguntou Connor, com a voz agitada. Então, antes que Harper pudesse responder, ele disse: — Espere um instante.

Ela ouviu o irmão pressionar o fone no peito por um instante, algo que o viu fazer dezenas de vezes. Esperou até ele voltar para ela. Por fim, Connor retornou.

— Ei — falou, sem fôlego, como se tivesse acabado de subir a escada correndo. Talvez tivesse feito isso para se afastar de Lindy. — Onde estávamos? Estou tão feliz por você. Já sabe o sexo?

— É cedo demais para isso. — Ela respirou fundo e disse: — O que acha de eu ir visitar vocês por um tempo?

— Acho que tentaria convencê-la a não fazer isso. Você não vai querer pegar a estrada do jeito que as coisas estão. Não dá para andar cinquenta quilômetros sem topar com um bloqueio, e isso é o mínimo que vai encontrar por aí. Se algo acontecesse com você, eu nunca me perdoaria.

— Mas se pudesse ir... hipoteticamente falando... o que aconteceria se eu aparecesse na sua porta amanhã?

— Eu começaria com um abraço e veríamos o restante a partir daí. Jakob está de acordo com esse plano? Ele conhece alguém com um jatinho particular ou algo assim? Deixa eu falar com ele, quero dar os parabéns.

— Não posso passar o telefone para ele. Jakob e eu não moramos mais juntos.

— Como assim, não moram... O que aconteceu? — perguntou Connor. Ele ficou em silêncio por um instante e depois falou: — Ah, Deus. Ele está doente, não é? É por isso que quer vir para cá. *Deus*, eu sabia que você estava estranha, mas pensei... bem, você está grávida, tem esse direito.

— Não sei se *ele* está doente — falou Harper suavemente. — Mas *eu* estou. Essa é a notícia ruim, Connor. Peguei Escama seis semanas atrás. Se eu aparecesse na sua porta, a última coisa que ia querer fazer é me abraçar.

— Como assim? — Sua voz soava pequena e assustada. — Como?

— Não sei. Eu tomei cuidado. Não pode ter acontecido no hospital. Estávamos cobertos de borracha da cabeça aos pés. — Ela ficou de novo surpresa com a calma que sentia ao encarar de frente a doença. — Connor. O útero não é um bom hospedeiro para o esporo. Tem uma grande chance de o bebê nascer saudável.

— Espera aí. Esperaíesperaí. Quer dizer. Meu *Deus*. — Ele parecia estar se esforçando para não chorar. — Você é só uma criança. Por que teve que trabalhar no hospital? Por que caralhos teve que ir para lá?

— Eles precisavam de enfermeiros. É o que eu sou. *Connor.* Eu poderia viver com isso por meses. *Meses*. Tempo suficiente para ter o bebê por cesariana. Quero que você e Lindy fiquem com ele depois que eu morrer. — O pensamento de Lindy ser a mãe do seu bebê era ruim, mas ela se forçou a não considerar muito a hipótese. Connor, ao menos, seria um bom pai: amoroso, paciente, engraçado e um pouco careta. E a criança teria *A mãe portátil* para os momentos ruins.

— Harper. Harper. Sinto muito. — Sua voz estava estrangulada e era quase um sussurro. — Não é justo. Você é sempre boa com as pessoas. Simplesmente não é justo.

— *Shh. Shh*, Connor. O bebê vai precisar de você. E eu vou precisar de você.

— É. Não. Quer dizer... não seria melhor você ir a um hospital?

— Não dá. Não sei como estão as coisas em Nova York, mas aqui em New Hampshire, estão mandando os doentes para um campo de quarentena em Concord. Não é um lugar bom. Não há tratamento médico lá. Mesmo se o bebê sobreviver, não sei o que farão com ele. Onde vão colocá-lo. Quero que o bebê fique com *você*, Connor. Você e Lindy. — Era difícil pronunciar o nome dela. — Além do mais... as pessoas com o esporo, quando se reúnem, podem causar uma reação em cadeia. Sabemos disso agora. Vimos no hospital. Ir para um campo cheio de gente com essa doença é uma sentença de morte. Para mim e provavelmente para o bebê também.

— Mas e quanto ao *nosso* bebê, Harper? — disse Lindy, a voz afiada e alta no ouvido de Harper. Ela tinha pegado uma extensão da linha. — Sinto muito. Sinto pra caralho. Fico até enjoada de tanto sentir. Não consigo nem imaginar pelo que você está passando. Mas, Harper, nós temos uma *criança de três anos*. E você quer que a gente *esconda* você? Quer que a gente *receba* você e arrisque infectar nosso *filho*? *A gente*?

— Eu poderia ficar na garagem — sussurrou Harper, mas duvidou que Lindy a tenha ouvido.

— Mesmo que não passe isso para nós, o que vai acontecer se alguém descobrir? O que vai acontecer com o Connor? Comigo? Estão prendendo pessoas, Harper. Provavelmente estamos infringindo umas seis leis federais só *conversando* sobre esse assunto — falou Lindy.

Connor disse:

— Lindy, desligue o telefone. Deixa eu conversar com a minha irmã.

— *Não* vou desligar o telefone. Você *não* vai tomar essa decisão sem mim. *Não* vou deixar ela te convencer a arriscarmos nossas vidas. Quer ver a porra do nosso filhinho *queimando* até a morte? Não. *Não*. Isso *NÃO* vai acontecer.

— Lindy. Esta é uma conversa particular — falou Connor, choramingando. — É algo entre Harp e eu.

— Quando são decisões que podem afetar a segurança do nosso filho, o papo deixa de ser particular e começa a ser da *Lindy* também. Eu arriscaria a minha vida por qualquer um de vocês dois, mas não vou arriscar a vida do meu filho, e não é certo alguém me pedir para fazer isso. Ser um herói não é uma opção depois que você tem um filho. Eu sei disso, e Harper, você sabe disso também. Se não sabia antes de engravidar, sabe agora. Você deseja que seu bebê fique bem. Eu entendo, *porque me sinto da mesma maneira sobre o meu*. Sinto muito, Harper. De verdade. Mas você fez suas escolhas. E temos que fazer as nossas. Não são escolhas heroicas, mas vão manter nosso menininho vivo até tudo isso acabar.

— Lindy — implorou Connor, embora Harper achasse que não fazia sentido implorar.

Porque Lindy era horrível, era uma pessoa horrível, alguém que gostava de ser mãe porque aquilo lhe dava uma criança e um marido para atormentar. Tudo nela era horrível, do nariz pontudo às tetas pontudas, passando pela voz estridente e afiada... mas ela tinha razão. Harper era como uma arma carregada agora, e não dava para deixar uma arma carregada onde uma criança pudesse achá-la. Passou pela mente de Harper, não pela primeira vez, o pensamento de que escolher tentar viver era, de muitas maneiras, um ato monstruoso, um ato de enorme egoísmo possivelmente homicida. Sua morte era uma certeza, e ela sentia que tudo dependia de não ter ninguém por perto, de não colocar ninguém em risco.

Mas alguém já *está em risco. O bebê está em risco.*

Harper fechou os olhos. Um par de velas queimava na mesa de centro, e ela conseguia perceber vagamente a luz delas através das pálpebras, um brilho vermelho doentio.

— Connor — falou Harper. — A Lindy tem razão. Eu não estava pensando direito. Só estou assustada.

— É claro que está — disse Lindy. — Ah, é claro que está, Harper.

— Foi errado pedir. Estou sozinha há muito tempo... Jakob foi embora no mês passado, para que não fosse infectado também. Quando você passa muito tempo sozinho, pode se convencer das piores ideias.

— Você deveria ligar para seu pai — aconselhou Lindy. — Dar os detalhes do que está acontecendo.

— O quê? — berrou Connor. — Deus do céu, nosso pai não pode saber disso! Vai matá-lo. Ele teve um infarto no ano passado, Lindy. Deseja que tenha outro?

— Ele é um homem esperto. Pode ter algumas ideias. Além disso, seus pais têm o direito de saber. Harper deveria ser a pessoa a explicar para eles a situação em que nos colocou.

Connor estava cuspindo.

— Se isso não parar o coração dele, vai parti-lo em pedaços. Lindy, *Lindy*.

— Talvez tenha razão, Lindy — disse Harper. — Você é a mais prática de todos nós. Talvez eu dê uma ligada para a mamãe e o papai em algum momento. Mas não hoje. Só tenho três por cento de bateria no telefone e não quero dar as más notícias para a ligação cair logo depois. Quero que *prometam* que vão deixar *eu* contar para eles. Não quero que recebam a notícia de vocês e não consigam entrar em contato comigo. Além disso, é como você falou: eu criei essa situação, então a responsabilidade é minha.

Harper não tinha a menor intenção de telefonar para os pais e contar que ela provavelmente morreria em menos de um ano. Aquilo não faria bem algum. Ambos estavam com quase setenta anos, retidos na sala de espera de Deus, também conhecida como Flórida. Não conseguiriam ajudá-la de lá e não poderiam vir ficar com ela; tudo que poderiam fazer é começar o luto por ela mais cedo, e Harper não via sentido naquilo.

No entanto, nada amolecia Lindy mais rápido do que alguém dizendo que ela tinha razão, e quando a mulher voltou a falar, uma espécie de calma apressada surgiu na sua voz.

— É claro que vamos deixar você contar para eles. Fale com seus pais quando puder, e quando estiver pronta. Se precisarem de alguém para conversar, faremos o possível para ajudá-los daqui. — Com a voz distraída, acrescentou: — Talvez isso finalmente aproxime a sua mãe e eu.

Havia um lado bom, pensou Harper. Talvez ela fosse queimar até a morte, mas ao menos aquilo daria a chance de Lindy se conectar com a sogra.

— Lindy? Connor? Meu telefone está prestes a desligar e não sei quando vou poder ligar de novo. Já estou sem energia em casa há dias. Posso dar boa--noite ao Connor Jr.? Deve estar quase na hora de ele dormir.

— Ah, Harper — falou Connor. — Não sei.

— É *claro* que ela pode dar boa-noite a ele — decidiu Lindy, ao lado de Harper agora.

— Harp, você não vai comentar que está doente, não é?

— É *claro* que não — falou Lindy.

— A-acho que você também não deve mencionar o bebê. Não quero que ele enfie na cabeça que vai ter um... Caramba, Harper. Isso é difícil demais. — Ele soava como se contivesse as lágrimas. — Queria te dar um abraço, irmã.

— Eu te amo, Con — disse ela, porque não importava o que Jakob acreditasse sobre aquelas três palavras, elas ainda eram importantes para Harper. Eram o mais próximo que conhecia de um encanto, tinham um poder que faltava às outras palavras.

— Vou colocar Júnior na linha — avisou Lindy, a voz gentil e apressada, como se estivesse falando na igreja. Ouviu-se um barulho de plástico conforme ela baixou a extensão.

Seu irmão falou:

— Não fique brava. Não odeie a gente, Harper. — Ele também sussurrava, a voz engasgada com tristeza.

— Nunca — disse ela ao irmão. — Vocês precisam cuidar uns dos outros. Lindy tem razão. Vocês estão fazendo a coisa certa.

— Ah, Harp — falou Connor. Ele inspirou fundo, uma respiração úmida e sufocada, e disse: — Lá vem o Connor Jr.

Seguiu-se um momento de silêncio enquanto ele passava o telefone para a criança. Talvez porque estivesse tão silencioso, Harper captou um barulho na rua, o estrondo grave de um grande caminhão em movimento. Naqueles dias, ela não estava mais acostumada a ouvir tráfego na rua após o anoitecer. Havia um toque de recolher.

Connor Jr. falou:

— Oi, Harper. — Aquilo trouxe os seus pensamentos de volta para o mundo no outro lado da linha.

— Oi, Connor Jr.

— O papai está chorando. Ele disse que bateu a cabeça em alguma coisa.

— Você tem que dar um beijo nele para melhorar.

— Tá bom. Você está chorando? Por que também está chorando? Você bateu a *sua* cabeça?

— Bati.

— Todo mundo está batendo com a cabeça!

— É uma noite daquelas.

Ela ouviu algo batendo. Connor Jr. gritou:

— Acabei de bater a *minha* cabeça!

— Não faça isso — falou Harper.

Ela notou, de forma distraída e não completamente consciente, que o caminhão que ouvira antes permanecia na rua, com o motor ligado.

Ouviu o baque outra vez.

— Bati a cabeça de novo! — falou Connor Jr., feliz. — Todos nós batemos a cabeça!

— Agora chega — disse Harper —, ou vai ficar com dor de cabeça.

— Eu fiquei com dor de cabeça — anunciou ele, com grande alegria.

Ela deu um beijo molhado e alto.

— Acabei de beijar o telefone. Você sentiu?

— Ahã! Senti. Obrigado. Já me sinto melhor.

— Que bom — falou ela.

A aldrava bateu na porta. Harper se levantou do sofá, tão assustada quanto se tivesse escutado um tiro na rua.

— Você bateu a cabeça de novo? — perguntou Connor Jr. — Ouvi você batendo com muita força!

Harper deu um passo na direção do vestíbulo. O pensamento que tinha dizia que estava indo na direção errada — ela deveria ir para o quarto e pegar a bolsa de viagem. Não conseguia pensar em uma única pessoa que poderia estar à sua porta naquela hora da noite e que gostaria de ver.

— *Você* quer um beijo para se sentir melhor? — indagou Connor Jr.

— Claro. Um beijo para me sentir melhor e um beijo de boa-noite — disse ela.

Ela ouviu um beijo úmido e então, com um tom de voz suave, quase tímido, Connor Jr. falou:

— Pronto. Agora deve melhorar.

— Já melhorou.

— Tenho que ir agora. Preciso escovar os dentes. Depois vou ouvir a minha história.

— Vá ouvir a sua história, Connor Jr. — disse a tia. — Boa noite.

No vestíbulo, Harper escutou um som que não reconheceu: um barulho estalante de algo raspando. Uma pancada silenciosa. Esperou que Connor Jr. lhe desejasse boa-noite de volta, mas o menino não falou nada, e, por fim, ela percebeu que havia algo diferente no silêncio do outro lado da linha. Quando baixou o telefone, percebeu que ele estava desligado, a bateria acabara. Era só um peso de papel agora.

Os estalos estridentes recomeçaram.

Harper entrou no vestíbulo, mas ficou a quase dois metros da porta, ouvindo o silêncio.

— Olá? — perguntou ela.

A porta abriu dez centímetros até ser pega pela corrente com outro barulho alto e chacoalhante. Jakob espiou o corredor.

— Harper — chamou ele. — Ei, pode me deixar entrar? Quero conversar.

13

ELA FICOU LOGO ALÉM da entrada da sala, olhando pelo vestíbulo para o pedaço de Jakob que conseguia ver através do vão entre a porta e o batente. Ele estava com uma barba de quatro dias no rosto longo e de olhos vazios. Os dois já tinham conversado, como as pessoas costumam fazer, sobre quem os interpretaria em um filme sobre a vida deles (por que alguém faria um filme sobre uma enfermeira escolar e um homem que atende telefonemas para o Departamento de Obras Públicas é outra questão). Ela havia pensado em Jason Patric ou em um jovem Johnny Depp para ele, alguém com ar sombrio e ágil, uma pessoa que poderia plantar bananeira e talvez escrever poesia de vez em quando. Naquele momento, ele parecia Jason Patric ou Johnny Depp em um filme sobre vício em heroína. Sua face estava úmida de suor, e os olhos cintilavam com um brilho febril. (O papel de Harper tinha sido mais fácil — Julie Andrews, é claro, Julie Andrews aos vinte e oito anos, não porque fossem sequer parecidas, mas porque Harper não consideraria mais ninguém para o papel. Se não conseguissem Julie Andrews aos vinte oito anos, então teriam que cancelar o filme.)

Ele não fora para a casa de bicicleta. Às suas costas, parado rente ao meio-fio, estava um dos caminhões do município, um Freightliner cor de abóbora de duas toneladas e meia, com um grande limpa-neve na frente, surrado e escurecido pelo uso. A cidade mantinha os limpa-neves rodando dia e noite, limpando os escombros das ruas. Sempre havia um carro queimando em algum lugar que precisava ser removido.

Ela seguiu pelo corredor, abraçando a si mesma. O ar que entrava pelo vão aberto da porta era frio e cheirava a outono, aquele odor doce e apimentado de maçãs, folhas outonais amassadas e fumaça distante. Sempre havia fumaça.

— Você devia ter ligado — disse ela. — Não sabia que vinha. Já estava indo para a cama. Provavelmente, não teria escutado você.

— Eu teria entrado de alguma forma. Quebrado uma janela.

— Ainda bem que não fez isso. Não tem combustível no boiler. Já é difícil manter esta casa quente sem janelas quebradas. Está esfriando lá fora.

— Não brinca. Posso entrar?

Ela não se importou muito em responder a essa pergunta, nem para si mesma.

Harper queria que ele tivesse vindo de dia. Podia se imaginar destrancando o ferrolho para Jakob em uma tarde clara e ensolarada. Mas com a escuridão de outubro atrás dele, e o frio de outubro entrando pelo vão entre a porta e o batente, era impossível não pensar sobre a última vez que conversaram, e como ele fizera parecer que voltar para casa era uma ameaça.

Ela suspirou profundamente e disse:

— Como você está?

— Melhor. Bem melhor, Harp. Me desculpe por assustar você. — Ele lhe lançou um olhar desamparado sob os cílios longos, quase femininos.

— E quanto ao esporo? Você estava com medo de estar infectado. Viu outras marcas no seu corpo?

— Não. Nada. Eu entrei em pânico. Perdi a cabeça. Não tenho desculpas. Estou bem… exceto por um caso incurável de vergonha. Você tem Escama de Dragão, mas fui eu que agi feito um… feito um… — Ele olhou para trás, para o caminhão, e então falou: — *Merda*. Devo ir embora? Voltar amanhã? Eu só… queria conversar. Fui dominado por um desejo noturno repentino de convencer a minha esposa de que não sou um merda histérico.

— Quero conversar também. Acho que precisamos.

— Não é? — disse ele. — Sobre o bebê? Se vamos fazer isso, se vamos ter essa criança, precisamos de um plano. Ainda falta muito para março. Mas pode destravar a arma? Estou com frio.

— Espera aí — falou ela.

Harper fechou a porta e colocou a mão na corrente. Ela a deslizou pela fenda, até o buraco, e então se conteve, reproduzindo o que ele acabara de dizer. Ela o ouvira mal, pensou. Suas orelhas lhe pregaram uma peça.

— Jakob — disse Harper, mantendo o ferrolho no lugar. — Você falou alguma coisa sobre uma arma?

— O quê? Não. *Não*. Eu não… Pode me deixar entrar? Meu rabo magricela está congelando aqui fora.

Ela olhou pelo olho mágico. Jakob estava muito próximo da porta, de forma que Harper só conseguia ver a orelha direita e parte do rosto dele.

— Jakob — falou ela. — Você está me assustando um pouco. Pode me mostrar as suas mãos?

— Tá bom. Acho que você está sendo paranoica agora, mas tudo bem. Veja só, aqui estão as minhas mãos. — Ele deu um passo para trás, mantendo as mãos nas laterais do corpo.

Seu pé esquerdo se ergueu e acertou a porta. A corrente se quebrou. A porta a acertou na cara e a fez tropeçar e cair de bunda no chão.

A mão direita dele surgiu com uma arma, um revólver pequeno, que ele pegou de um bolso fundo da sua calça de corrida. Ele não apontou a arma para ela. Atravessou a passagem e, com o cotovelo, fechou a porta às suas costas.

— Quero que as coisas fiquem bem — disse ele, erguendo a mão livre com a palma para fora, em um gesto apaziguador.

Ela se apoiou nas mãos e começou a se afastar, tentando se levantar.

— Pare — ordenou Jakob.

Ela não parou. Achou que conseguiria dobrar o corredor e entrar na cozinha, descer pelo porão e sair pela porta dos fundos. Quando Harper se levantou, no entanto, ele chutou a parte de trás do seu joelho esquerdo, e ela caiu de novo.

— Minha querida, pare — disse ele. — Não.

Ela rolou para o lado. Ele ficou em cima dela com a arma, lançando um olhar perplexo a Harper.

— *Pare* — repetiu ele. — Não quero que seja assim. Quero que as coisas aconteçam como a gente conversou. Quero que fique tudo bem.

Ela começou a engatinhar de novo. Quando o marido deu um passo em sua direção, ela agarrou a mesa de canto, aquela com o abajur de madeira rústica, e a revirou, tentando atirá-la nele. Jakob a jogou para o lado, mal olhando para o objeto, o olhar fixo em Harper.

— *Por favor* — falou ele. — Não quero machucar você. Fico enjoado só de pensar nisso.

Ele estendeu a mão esquerda, oferecendo-lhe ajuda para se levantar. Quando Harper não aceitou, ele se inclinou, agarrou o braço dela e a ergueu. A enfermeira lutou para se soltar, mas o marido a desequilibrou, e ela caiu sobre o peito dele. Então Jakob a envolveu em um abraço, segurando-a contra si.

— Por favor — disse o homem, balançando-a para a frente e para trás. — Por favor. Sei que está assustada. Também estou. Nós temos o direito de estar assim. Nós dois temos essa coisa e estamos morrendo. — A arma estava lá, contra a sua lombar. Sua camisa estava levantada e ela sentiu o metal frio na coluna. — Quero que seja da forma como a gente falou. Quero que seja bom. Quero que seja rápido e fácil. Não quero partir desesperado, com medo e chorando, e não quero que você morra dessa maneira também. Adoro você demais para permitir isso.

— Não encoste em mim — falou ela. — Não sabemos se você está doente. Não quero passar para você.

— *Eu* sei. Eu *sei* que estou. Sei que vou morrer. Nós dois vamos. É só uma questão de como.

Ele afrouxou o abraço. Começou a beijá-la — de forma carinhosa, devota. Beijou o cabelo. Beijou a testa. Quando ela fechou os olhos, ele beijou as pálpebras, cada uma delas, e Harper tremeu.

— Você não devia me beijar — sussurrou.

— Como não beijar você? É a melhor coisa que já fiz.

Ela abriu os olhos e encarou-o.

— Jakob. Posso sentir que o seu corpo está quente, mas não estou vendo marca alguma em você. Como pode ter certeza de que está infectado?

O homem balançou a cabeça.

— Meu quadril. Começou ontem e só piorou. Todo o meu quadril está pegando fogo.

Jakob estava com o braço direito solto ao redor da cintura dela, a arma roçando a sua coluna. Ele estendeu a outra mão e passou os nós dos dedos ao longo da sua bochecha em um gesto gentil e suave. Ela tremeu, impotente.

— Vamos nos sentar. Vamos fazer da forma como conversamos. Vamos terminar isso bem, como nós dois queríamos.

14

ELE A CONDUZIU PARA a sala, onde, seis meses antes, eles tinham se sentado juntos, bebendo vinho branco e vendo pessoas se jogando da Space Needle. Jakob agarrava o braço dela como se estivesse se preparando para destroncá-lo, separá-lo do corpo da mesma forma que uma pessoa arranca a coxa de um frango assado. Então, Jakob pareceu perceber que estava machucando Harper e abriu os dedos e acariciou — de forma gentil, quase terna — seu bíceps.

As sombras no cômodo bruxuleavam com a luz vermelha das velas.

— Vamos nos sentar — disse a sombra ao lado dela, uma entre muitas. — Vamos conversar.

Jakob se acomodou na sua poltrona favorita, o Grande Ovo de Jakob... uma poltrona feita de vime com formato oval e um buraco ao lado, com uma almofada aninhada lá dentro. Ele era um homem baixo e podia cruzar as pernas como Buda e ainda caber por completo na lágrima de palha. Jakob colocou a arma no colo.

Ela se sentou na beira da mesa de centro para ficar de frente a ele:

— Quero dar uma olhada no seu quadril. Quero ver a Escama.

— Você quer me falar que não estou infectado, mas sei que estou.

— Pode me mostrar o quadril?

Jakob fez uma pausa, então esticou uma das pernas para fora do ovo e rolou para ficar um pouco de lado. Ele baixou o elástico da cintura da calça de corrida para lhe mostrar o buraco no quadril direito, uma bagunça sangrenta e esfolada. A carne estava escura e amarelada por baixo de uma trama de arranhões profundos. Ela ficou horrorizada ao ver aquilo.

— Ah, Jakob. O que você fez? Eu te falei, se encontrar uma marca, deixe-a em paz.

— Não suporto olhar para isso. Não suporto ter essa coisa em mim. Não sei como você aguenta. Fiquei um pouco maluco. Tentei raspar fora com uma lâmina. — Ele fez um barulho engasgado, áspero, que simplesmente não podia ser uma risada.

Harper estreitou os olhos, examinando a ferida.

— A Escama se calcifica em manchas brilhantes. Não vejo mancha alguma.

— É amarela. Nas bordas.

— Isso é um hematoma. Só um hematoma. Jakob... essa é a única marca que você tem?

— Na parte interna do joelho. E no cotovelo. Não me peça para mostrá-las. Não estou aqui para um exame médico. — Ele virou para se sentar direito e permitiu que o elástico das calças voltasse ao lugar.

— Todas estão assim?

— Eu as lixei da mesma maneira. Fiquei histérico. Tenho vergonha disso agora, mas é verdade.

— Não acho que seja Escama de Dragão. Já vi muitas dessas marcas, então, eu sei. E Jakob, você ficou fora de casa por seis semanas. Quase sete. Se as manchas ainda não apareceram, isso provavelmente significa que...

— Significa que você vai falar qualquer coisa para impedir o que acontecerá a seguir. Sabia que ia tentar me convencer de que não estou doente. Podia ter escrito esta conversa inteira. Acha que não sei como é uma queimadura? Dói o tempo inteiro.

— Está infectada, Jakob, mas não com o *trychophyton*. Está infectada porque você não para de arranhar a ferida e ela não foi tratada. Jakob. Por favor. Você está saudável. Deveria ir embora. Deveria ir embora agora mesmo.

— Pare com isso. Pare de barganhar e pare de mentir. Não quero odiar você neste momento, mas a cada vez que conta uma mentira nova, para tentar se salvar, tenho vontade de calar sua boca.

— Quando foi a última vez que comeu?

— Não sei como consegue falar de comida. Talvez eu devesse acabar com tudo agora. É horrível. Não é como a gente conversou. Conversamos sobre fazer amor, ouvir música e ler os nossos poemas favoritos um para o outro. Conversamos sobre fazer uma festinha para nós dois. Mas você está com medo e, se eu não estivesse armado, já teria fugido. Teria fugido e me deixado para morrer sozinho. Sem um pingo de culpa sobre o que fez comigo. Sobre me passar essa coisa. Acho que é por esse motivo que fica falando que estou bem. Você não está apenas mentindo para mim. Está mentindo para si mesma. Não consegue encarar. O que você fez.

A voz dele era serena, sem o menor traço da histeria que ela ouviu quando os dois conversaram ao telefone. Seu olhar também era sereno. Ele a observava com o tipo de calma vidrada que Harper associava aos mentalmente doentes, pessoas que se sentavam em bancos de parques e conversavam de maneira alegre com amigos invisíveis.

Sua calma recém-encontrada não a surpreendeu por completo. O terror era um fogo que mantinha a pessoa aprisionada no último andar de um prédio em chamas; a única maneira de escapar era pulando. Jakob estava se preparando para aquele último salto havia semanas. Ouvira na voz dele, a cada vez que falavam ao telefone, mesmo que não tenha reconhecido na época. Jakob, enfim, tomara sua decisão, que trouxe a paz buscada por ele. Estava pronto para ir até a janela; queria apenas que a esposa segurasse a mão dele até lá embaixo.

O que surpreendeu Harper foi a *própria* calma. Ficou impressionada com aquilo. Nos dias antes de a Terra começar a queimar, ela levara a ansiedade para o trabalho toda manhã e a trouxera de volta para casa toda noite; uma companheira anônima e sem consideração que tinha o hábito de cutucar as suas costelas sempre que Harper tentava relaxar. E, no entanto, naqueles dias, não havia realmente nada com o que se preocupar. Sua cabeça girava com a ideia de deixar de pagar os empréstimos estudantis, de entrar em outra briga com o vizinho sobre o hábito do cachorro dele de abrir o saco de lixo e espalhar o conteúdo por todo o gramado. E agora, havia um bebê dentro dela e uma doença rastejando na sua pele, e Jakob estava louco, sentado lá, observando-a com uma arma, e Harper tinha apenas essa prontidão quieta, que irracionalmente acreditava estar à sua espera a vida toda.

No final, posso ser a pessoa que sempre quis ser, pensou.

— É tão terrível assim? — perguntou Harper. — É realmente tão horrível que eu queira acreditar que você está saudável? Quero que você e o bebê sobrevivam. Quero que isso aconteça, mais do que já quis qualquer outra coisa, Jake.

Algo pareceu se apagar nos olhos dele. Seus ombros desabaram.

— Bem, isso é burrice. Ninguém vai sobreviver. O mundo inteiro está torrado. Só restarão cinzas no planeta quando a gente acabar com ele. Todo mundo vai morrer. Esta é a última geração. Acho que sempre soubemos disso. Mesmo antes da Escama de Dragão. Sabíamos que sufocaríamos o planeta com a nossa poluição e ficaríamos sem comida, sem ar e tudo o mais.

Mesmo nos últimos minutos de vida, ele não resistia a lhe dar sermões, e Harper percebeu, de repente, que não estava apaixonada por Jakob havia anos. Ele era um sabe-tudo cansativo. Isso foi seguido por uma segunda noção alarmante, que Harper não estava preparada para processar: a de que ela não tinha ido trabalhar no hospital na esperança de ser Florence Nightingale, não importava o que ele dissesse. Ela fora trabalhar lá porque não estava mais interessada na própria vida. Nunca sentiu que estava colocando algo de muito valor em risco.

Seguiu-se, então, uma lenta pulsação de raiva, que ela sentia como um formigamento quente nas Escamas de Dragão. *Jakob* tinha feito isso com ela — enfiado a seringa filosófica dele na sua vida e tentado tirar dela toda a felicidade simples. De certa forma, ele tentava matá-la há anos.

Harper sentiu que estava ficando pronta. Não sabia nem dizer para o quê. Reunia coragem para um ato que ainda não havia ficado evidente para ela, mas que sentia estar a caminho, correndo na sua direção.

— Eu li seu livro — falou ela.

E Harper se deparou com uma fagulha de algo humano, algo além da calma paciente, beatífica e perigosa dele. Os behavioristas falavam sobre microexpressões, emoções que pulavam para a superfície, revelando tudo, em um lampejo quase rápido demais para ser percebido. Pelo instante mais breve, ele a encarou com incerteza e uma palidez desconfortável. Era impressionante quanta informação podia ser passada entre duas pessoas em um único olhar, sem que uma palavra fosse dita. Ele tinha, afinal, de fato traído Harper com um bom número de amigas. O olhar momentâneo de vergonha valia como uma confissão.

— Bem safado, cara — continuou ela. — Eu fiquei com um calor que não tinha nada a ver com a Escama de Dragão.

— Eu pedi para você não ler — disse o marido.

— Então, atira em mim.

Jakob fez um som áspero de latido. Ela levou um instante para identificar aquele barulho como uma risada.

Harper expirou de novo, baixou as mãos e as sacudiu, como se estivessem molhadas e ela as secasse ao ar.

— *Uau*. Tá bom. O mundo vai ter que queimar sem a gente. Mas quero uma coisa boa antes de ir.

Jakob lhe lançou um olhar monótono e sem esperança.

— Por favor. Eu vou tentar — disse ela. — Vou tentar fazer com que seja bom.

— Eu não sei se isso vai adiantar. Não estou mais no clima. Acho que talvez seja melhor acabar logo com tudo.

— Mas *eu* não estou pronta. E você quer que seja bom para *mim*, não é? Além do mais, não vou partir sem dar uma última trepada. — Harper riu e tentou sorrir. — A culpa é toda sua, Jakob Grayson. Você deixou uma mulher entediada e solitária sozinha com aquela pilha de sujeira sem vergonha — falou, indicando o manuscrito na escrivaninha com a cabeça.

Ele também sorriu, embora parecesse forçado.

— O sexo significa mais para você do que para mim. Sei que isso vira o estereótipo de cabeça para baixo. Você realmente vive mais no seu corpo do que eu. É uma das coisas que sempre achei excitante em relação a você. Mas agora... no momento, suponho que eu encare o ato sexual com certa dose de repugnância.

Ela se virou e foi até o toca-fitas da Hello Kitty na prateleira. Ela o trouxera para lá no outro dia após encontrar pilhas novas no porão.

— O que está fazendo? — perguntou Jakob.

— Música.

— Eu não preciso de música. Prefiro só conversar.

— *Eu* preciso de música. E de uma bebida. Você precisa de uma bebida também.

Finalmente, algo atravessou a couraça de Jakob. Ele disse:

— Eu *mataria* por uma bebida. — E fez o som áspero de latido de novo, a coisa que parecia ter substituído a sua risada.

Ele poderia já ter atirado nela, se fosse só a sua morte o que ele queria, mas não era. Parte dele queria mais: um último beijo, uma última transa, uma última bebida, ou algo mais profundo, perdão, absolvição. Harper não tinha a intenção de lhe dar nada daquilo, mas ficava feliz em deixá-lo ter esperança. Isso a estava mantendo viva. Ela ligou o rádio. A estação de clássicos do rock tocava uma música velha, mas boa. Um Romeu apaixonado estava pronto para começar a serenata, eu e você, amor, que tal, e por nenhuma razão aparente Harper pensou em Hillary Clinton.

Ela ficou na frente do aparelho de som, movendo o quadril de um lado para o outro. Não duvidava que, naquele momento, Jakob encarasse o sexo com repugnância, mas o marido não tinha sido o único a fazer matérias de psicologia na faculdade. Ela não esquecera o que havia logo ao lado da repugnância.

Ficou de costas para ele por talvez dez segundos, fingindo se perder na música, então olhou para Jakob devagar por cima do ombro. Seu olhar cheio de êxtase estava fixo sobre ela.

— Você me machucou — disse ela. — Me jogou no chão.

— Desculpe. Passei dos limites.

— Esse limite só é bom de passar na cama — falou Harper.

Ele estreitou os olhos, e ela soube que tinha exagerado, havia forçado a sua credulidade — ela *nunca* falava sobre sexo daquele jeito —, mas antes que Jakob pudesse abrir a boca, Harper disse:

— Nossa garrafa! — Como se tivesse acabado de se lembrar. — Quero beber aquela garrafa de vinho que trouxemos da França. Sabe? Você falou que foi o melhor vinho que já bebeu e que deveríamos guardá-lo para uma ocasião importante. — Ela lhe lançou o que esperava ser um olhar irônico e perguntou: — Isso é importante o suficiente?

Os vinhos estavam todos na sala com eles, os brancos na adega que não conservava mais sua temperatura, os tintos no armário. Sempre que viajavam para algum lugar, compravam uma garrafa de vinho, da mesma forma que as pessoas compravam ímãs de geladeira. Contudo, não tinham visitado tantos lugares nos últimos anos. Ela pegou o Bordeaux francês da lua de mel, e a palma da sua mão estava tão úmida de suor que a garrafa quase escapou e voou na direção de Jakob. Ela o imaginou pulando de surpresa e atirando na barriga dela, por reflexo. Matar Harper *e* o bebê com um só tiro era algo que, quando parava para pensar, combinaria perfeitamente com a personalidade de Jakob. Ele era parcimonioso por natureza, odiava desperdício; com frequência, olhava feio para ela por colocar leite demais no cereal.

Ela colocou a garrafa entre o corpo e o braço direito, e pegou duas taças de vinho no lugar onde ficavam penduradas sob uma das prateleiras de livros. As taças de cristal tilintavam musicalmente ao esbarrarem uma na outra, enquanto suas mãos tremiam. Ela pegou o saca-rolhas.

Seu plano era usá-lo para sacar a rolha e pedir para ele servir o vinho. Então, enquanto ele servia, ela tiraria a rolha da rosca e o apunhalaria no rosto. Ou, se não tivesse estômago para isso, tentaria ao menos empalar as costas da mão que segurava a arma.

Ela se sentou na beirada da mesa de centro, encarando Jakob e o Grande Ovo. A arma repousava sobre o seu joelho, o cano apontado para ela, mas sem qualquer intenção em particular. O saca-rolhas estava na sua mão direita, a rosca saindo entre o dedo do meio e o anelar. Jakob estava bem distante — Harper teria que se jogar em cima dele para acertar o rosto com o instrumento. Mas, talvez, ele se aproximasse quando servisse o vinho. Talvez.

Então, ela desviou o olhar e viu que o marido a encarava com uma especulação fria. Seu rosto estava pálido, parado e quase sem expressão.

— Você acha que me embebedar e dar para mim vai me fazer mudar de ideia sobre o que tem que acontecer? — perguntou a ela.

Harper respondeu:

— Achei que ficarmos bêbados, fazermos amor e nos divertirmos era a ideia. Fazer do nosso próprio jeito. Não é o que você quer?

— É. Mas ainda não sei se é o que *você* quer. Não sei se é o que você *sempre* quis. Talvez de uma maneira insípida e melosa, você gostasse da ideia de fazer um Romeu e Julieta, morrendo lado a lado, mas nunca se comprometeu de verdade com isso. Nunca achou que fosse acontecer. Agora chegou a hora, e vai fazer de tudo para se livrar disso. Inclusive se prostituir. — Ele se balançou para a frente e para trás e disse: — Sei que não é politicamente correto dizer isso, mas, que inferno, estamos os dois prestes a morrer: nunca achei que as mulheres fossem muito inteligentes. Jamais encontrei uma mulher que tivesse um rigor intelectual verdadeiro. Há uma razão para que coisas como o Facebook, aviões e todas as outras grandes invenções do nosso tempo fossem todas feitas por homens.

— É — disse ela. — Para que pudessem transar. Vamos beber esse vinho ou não?

Ele fez o som de latido de novo.

— Não vai nem tentar negar?

— Qual parte? A parte sobre como as mulheres são burras ou a parte sobre como não quero me matar com você?

— A parte que você acha que pode rebolar e me fazer esquecer o motivo pelo qual vim aqui. Porque vai acontecer. No mínimo, tenho a obrigação moral de impedi-la de sair no mundo e infectar mais alguém da forma que me infectou.

— Mas você disse que o mundo ia acabar, então que diferença faz? O que aconteceria... — Mas ela não podia mais falar. Algo horrível estava acontecendo.

A rolha não queria sair da garrafa.

Era uma rolha grande, selada com gotas de cera, e a garrafa estava debaixo do seu braço e ela puxava o saca-rolhas com a mão, mas a rolha não cedia nem um pouco, parecia fixa no lugar.

Ele esticou a mão esquerda e pegou o pescoço da garrafa, arrancando-a de baixo do seu braço. A mão direita continuava segurando a arma.

— Eu avisei que essas garrafas precisavam ficar num lugar seco — falou ele. — A rolha incha. Eu avisei que era um erro manter os vinhos tintos no armário.

Eu avisei tinha que ser uma espécie de oposto cármico para as palavras *Eu te amo*. Ele sempre achara muito mais fácil dizer: “Eu avisei”. Harper teria se ressentido, se não tivesse sentido todo o ar saindo do peito. Porque agora Jakob estava com o saca-rolhas. Ela o passou para ele sem luta, sem objeção, a única arma que tinha.

Jakob apertou a garrafa entre as coxas, encurvou as costas e puxou. Seu pescoço ficou vermelho e as veias, aparentes. As gotas grossas de cera se partiram e a rolha começou a ceder. Ela olhou para a arma. Ele ainda a segurava com a mão livre — mas ela se movera um pouco, apontando mais para a prateleira de livros às costas dela.

— Pegue a sua taça — disse ele. — Está saindo.

Ela pegou a taça e se arrastou para a frente, de forma que seus joelhos bateram nos dele. O tempo começou a se mover em intervalos pequenos e cuidadosos. A rolha se moveu mais um centímetro. E outro. E saiu com um barulhinho perfeito. Ele expirou e colocou o saca-rolhas abaixo do joelho, onde ela não conseguia pegar.

— Prove um pouco — sugeriu o marido, servindo um gole na taça estendida dela.

Jakob a ensinara a beber vinho quando estavam na França, a instruíra no assunto com muito entusiasmo. Ela enfiou o nariz no bojo da taça e inspirou, preenchendo as narinas de uma fragrância apimentada tão forte que era possível imaginar-se ficando bêbada só com aquilo. O cheiro estava bom, mas Harper se encolheu e franziu o cenho.

— Caramba, *tudo* tem que dar errado? — Ela levantou o olhar. — O vinho estragou. Está um vinagre completo. Temos outro? Talvez aquele de Napa. O que você falou que todos os colecionadores querem.

— O quê? Mas não tem nem dez anos. Não parece certo. Deixa eu ver. — Ele se inclinou na direção dela, metade do seu corpo saindo do Ovo.

Seus olhos se arregalaram no instante antes de Harper se mexer. Ele era rápido, quase rápido o suficiente para desviar, mas uma leve inclinação era tudo de que ela precisava.

Ela quebrou a taça na cara dele. O cristal se partiu com um som bonito e afinado, e cacos abriram a pele em linhas vermelhas e brilhantes, entalhando o queixo, a ponte do nariz e a sobrancelha. Parecia que um filhote de tigre havia arranhado o seu rosto.

Ele gritou e ergueu a arma, que disparou. O som foi como uma batida destruidora, bem ao lado da sua cabeça.

Uma prateleira de livros às suas costas explodiu e o ar se encheu com uma tempestade de papéis voando. Harper ficou de pé, lançando-se para a esquerda, na direção da porta do quarto. Ela bateu com o joelho na beirada da mesa de centro, mas se recuperou, registrando o impacto sem sentir dor.

Um silêncio terrível se formou a seu redor, o único ruído nele era um gemido estridente, o som de um diapasão. Uma folha de papel rasgada, parte de algum livro, flutuou e ficou presa em seu peito.

O coice da arma fez o Grande Ovo virar com Jakob lá dentro. A garrafa voou quando ele caiu de costas, atravessou o cômodo e bateu no ombro dela. Harper continuou em frente, cruzando a sala com três passos e alcançando a porta do quarto. O batente explodiu à esquerda da sua orelha, jogando pedaços brancos de madeira no seu cabelo e no seu rosto. O som da arma disparando era tão abafado que foi como ouvir a porta de um carro batendo na rua. Então, ela estava dentro do quarto.

Sem pensar, pegou o pedaço de papel preso ao peito, encarando-o e vendo um punhado de palavras:

> *suas mãos eram as de um prodigioso maestro regendo todas as sinfonias de chamas e labaredas para derrubar os farrapos e as ruínas carbonizadas da história.*

Ela jogou o papel para trás, de volta à sala, e então bateu a porta.

15

HAVIA UMA TRANCA NA porta com a qual ela não se preocupou. Não fazia sentido. Era uma daquelas trancas em forma de botão na maçaneta, mas Jakob chutaria a porta. Ela não sabia nem se a porta ficaria fechada, já que metade do batente havia desaparecido onde a bala o atingira.

Harper pegou o banco de madeira à esquerda e o jogou no chão. Era algo para atrapalhar o caminho. Sua bolsa de viagem estava ao pé da cama, com roupas empilhadas lá dentro sob *A mãe portátil*. Ela a agarrou pelas alças de couro e continuou na direção da janela que dava para o quintal. Com a mão trêmula, mexeu no trinco e levantou o vidro. Atrás dela, a cadeira quebrou com um barulho abafado.

A colina atrás da casa tinha uma queda abrupta, um grande declive que levava até as árvores. O quarto parecia ficar no primeiro andar quando você olhava para a casa de frente. Porém, quando dava a volta nela, era possível ver que o quarto ficava, na verdade, no *segundo* andar: havia um porão finalizado, de teto alto, abaixo dele. Da janela do quarto, era uma queda de quase cinco metros para a escuridão.

Ao passar as pernas sobre o peitoril, Harper olhou para baixo e notou que estava sangrando, a frente da blusa branca impregnada de vermelho. Não conseguia sentir onde tinha sido ferida. Não podia perder tempo pensando naquilo. Ela pulou, levando a bolsa. A janela explodiu atrás de Harper quando Jakob atirou nela.

Ela caiu e esperou atingir o chão, o que não aconteceu, então caiu um pouco mais. Seu estômago dava cambalhotas. Então, chegou ao chão, o pé direito se dobrando com uma centelha de dor que lhe tirou o fôlego. Ela pensou em pianos caindo nos filmes mudos, arrebentando-se com o impacto, teclas de marfim se espalhando pela calçada como uma porção de dentes esparramados.

Harper perdeu o equilíbrio, caiu para a frente, atingiu a terra, rolou, rolou e rolou. Acabou largando a bolsa, que rolou com ela, arremessando seu conteúdo na escuridão. Seu tornozelo direito parecia quebrado, mas não podia estar, porque, se estivesse, Jakob a pegaria e a mataria.

Ela parou após percorrer dois terços do caminho que descia a encosta íngreme, a noite cheia de fumaça rodopiando acima da sua cabeça. Com um canto do olho, conseguia avistar a casa alta e estreita se assomando acima de si. Com o outro, podia ver o bosque, as árvores sem metade das folhas, esqueletos usando farrapos. Tudo que ela queria fazer era se deitar e esperar que o mundo parasse de rodar.

Mas não havia tempo para isso. Jakob levaria uns vinte segundos para descer a escada até o porão e sair pela porta dos fundos.

Harper se obrigou a ficar de pé. O chão se inclinou precariamente, parecendo tão instável quanto uma doca flutuante em um lago turbulento. Ela se perguntou se parte da tontura era devida à perda de sangue, olhou para a blusa encharcada, para a mancha vermelha na frente dela, e sentiu cheiro de vinho. Ele não a acertara com uma bala, afinal. Era o Bordeaux da lua de mel; Harper estava vestindo o vinho. Todos os vinhedos da França não passavam de cinzas agora, o que significava que a mancha na sua roupa provavelmente valia milhares de dólares no mercado paralelo. Ela nunca usara nada tão caro.

Harper foi colocar a mão esquerda no chão para se equilibrar, mas acabou repousando-a sobre algumas camisetas e algo embrulhado em um plástico enrugado. A flauta de êmbolo. Só Deus sabe por que ela colocou aquilo na bolsa.

Ela se levantou e saiu do chão. Deixou a bolsa, as roupas espalhadas e o livro *A mãe portátil* para trás, mas pegou a flauta. Deu o primeiro passo na direção da mata, e a sua perna direita quase se dobrou. Algo *rangeu*, e Harper sentiu uma explosão de dor tão intensa que os seus joelhos cederam. Podia não ter levado um tiro, mas fraturara alguma coisa no tornozelo, não havia dúvidas.

— Harper! — gritou Jakob de cima do declive atrás dela. — Pare de correr, Harper, *sua puta*!

O osso fraturado no seu tornozelo rangeu de novo, e outra explosão de dor, brilhante e branca, aconteceu por trás dos seus olhos. Por um instante, ela correu às cegas, quase caindo, perdendo os sentidos. Nos filmes de ação, as pessoas se jogavam de janelas o tempo inteiro sem problemas.

Conforme corria, percebeu que puxava o papel-celofane que envolvia a flauta de êmbolo. Era uma ação automática, que acontecia sem pensar, as mãos agindo por conta própria.

No passo seguinte, Harper colocou peso demais no pé direito, e o tornozelo se dobrou, e ela gritou baixinho, não conseguiu evitar. Um raio de dor fulminante se estendeu do tornozelo até a pélvis. Ela caiu sobre um joelho, atrás de algumas cicutas raquíticas.

Então, ergueu a flauta e soprou, puxando o êmbolo, produzindo um som agudo e anormal de *parque de diversões* na floresta. Era *alto*. O primeiro tiro fizera alguma coisa com os seus ouvidos, machucara os tímpanos e abafara a audição, mas o som da flauta de êmbolo passou por tudo isso, alto como fogos de artifício berrando na noite.

— Harper, sua puta! Meu *rosto*! Olha só o que você fez com meu rosto! — rugiu Jakob. Ele estava mais perto agora, quase chegando ao bosque.

Harper se levantou de novo. Arrastou-se mais para dentro da mata, mantendo uma das mãos à frente a fim de proteger o rosto dos galhos. Sempre que forçava o pé direito, era como se o tornozelo quebrasse outra vez. Folhas quebradiças eram esmagadas pelos seus calcanhares.

A enfermeira estava assustada agora, mais assustada do que já ficara na vida, e o som do seu medo era o *uiiiiiiuuuuuup* da flautinha cortando a noite. Não sabia por que estava tocando aquilo de novo. Levaria Jakob direto a ela.

Ela se desviou do caminho a passos largos. Não, aquilo não estava certo; para se desviar do caminho, era preciso *ter* um caminho, e ela não fazia a menor ideia de para onde estava indo. A flautinha caiu da sua mão e ela continuou andando sem olhar para trás. Harper colocou o pé direito em um buraco raso, e torceu o tornozelo mais uma vez, e gritou baixinho, e caiu com um joelho no chão.

— Estou indo, Harper! — berrou Jakob, e fez o som de latido que era sua risada. — Espere só para ver o que eu vou fazer com *seu* rosto!

Harper tateou o lado direito às cegas, à procura de um tronco de árvore que permanecia teimosamente fora de alcance. Ela estava correndo o risco de cair de lado. Se isso acontecesse, não conseguiria se levantar. Estaria deitada lá, em posição fetal, arfando, quando Jakob a encontrasse e começasse a enfiar balas nela.

Folhas estalaram e alguém pegou a sua mão. Ela abriu a boca para dar um grito e o som ficou preso na garganta. Olhou para cima, encarando o rosto estoico e sem expressão da Capitão América.

— Vamos — disse com sua voz feminina, ajudando Harper a ficar de pé.

Elas correram pela borda da floresta, de mãos dadas, a garota careca mostrando o caminho para Harper. Seus pés mal pareciam tocar o chão, e Harper sentiu outra vez o que havia sentido quando elas se conheceram, que aquilo não estava acontecendo, que era tudo um sonho.

A garota levou Harper até um carvalho que provavelmente já era velho quando atiraram em Kennedy. Havia tábuas pregadas no tronco, que levavam até os galhos, resquícios de uma casa na árvore havia muito esquecida. Harper pensou nos Garotos Perdidos, pensou em Peter Pan.

— Para cima — sussurrou a garota. — Rápido.

— *Rapidamente* — disse o Bombeiro, ao sair dos arbustos à direita de Harper. Seu rosto estava tão sujo que era quase preto, e ele usava o grande capacete de bombeiro e o casaco amarelo cheio de fuligem, e a halligan se balançava em uma das mãos. — Uso apropriado, Allie. Tente não distorcer meu idioma com seus americanismos horríveis. — E sorriu.

— Ele está vindo — falou Allie.

— Vou mandá-lo embora — disse o Bombeiro.

Jakob soltou um palavrão de algum lugar próximo. Harper conseguia ouvi-lo atravessando os arbustos.

A enfermeira subiu na árvore, usando o joelho direito em vez do pé. Não era fácil, e a garota estava às suas costas, perto dela, empurrando sua bunda com ambas as mãos.

— Dá para ir *mais rápido*? — sussurrou Allie.

— Eu ferrei o tornozelo — falou Harper, esticando a mão para pegar um galho largo acima de si e puxando-se para cima dele.

Ela inclinou o traseiro para o lado, deslizando pelo galho para dar espaço para a garota. Estavam a mais ou menos quatro metros de altura, e Harper conseguia ver, através das folhas do carvalho, uma clareira pequena abaixo. O Bombeiro não tinha ido muito longe — só alguns passos na direção dos barulhos de colisão que Jakob estava fazendo. Então, ele se posicionou atrás de um sumagre e esperou.

Uma brisa, cheirando levemente a fogueira, ergueu e bagunçou o cabelo de Harper. Ela virou o rosto para encará-la — e percebeu que conseguia ver sua casa através das árvores. À luz do dia, teria uma bela visão do deque e das janelas da cozinha de onde estava.

Jakob surgiu dos arbustos, passando pelo Bombeiro sem vê-lo. A face de Jakob sangrava; a laceração abaixo do seu olho esquerdo estava particularmente ruim, um pedaço de pele balançando pendurado sobre a maçã do rosto. Ele tinha folhas no cabelo e um novo arranhado no queixo. Carregava a arma a seu lado, o cano apontado para baixo.

— Ei! — disse o Bombeiro. — Por que está correndo por aí com uma arma? Alguém pode se machucar. Espero que a trava de segurança esteja acionada.

Jakob emitiu um som, um gritinho de surpresa que também parecia um suspiro agudo, e se virou, levantando o revólver. O Bombeiro baixou a halligan, aquela barra longa e enferrujada, com ferramentas presentes em cada ponta. Ela assobiou no ar e atingiu o cano da arma com um clangor. O revólver caiu e bateu no chão, disparando com um clarão que iluminou a floresta.

— É, acho que não — falou o Bombeiro.

— Quem é você, porra? — perguntou Jakob. — Está com a Harper?

O Bombeiro inclinou a cabeça para o lado e pareceu pensar naquilo por um momento, os olhos confusos. Então, seu rosto se iluminou, e ele abriu a boca em um generoso sorriso cheio de dentes.

— Sim, suponho que sim — respondeu ele, e se balançou sobre os calcanhares, como se tivesse acabado de perceber algo incrível. Ocorreu a Harper, então, que ele era louco, tão louco quanto Jakob. — Harper. Como Harper Lee, imagino. Só a conhecia como a Enfermeira Grayson. Que nome maravilhoso. — Ele pigarreou e acrescentou: — Acho que também sou o homem mandando você sair daqui. Este bosque não lhe pertence.

— E a quem você acha que ele pertence, caralho? — indagou Jakob.

— A mim — respondeu o Bombeiro. — Eu acho que sou a porra do dono desta porra deste bosque, caralho. Também sei xingar, amigo. Sou inglês. Nós xingamos sem medo. A palavra que começa com B? Nós falamos ela também: boceta boceta bocetuda boceta bocetaeta. — Sem perder o sorriso, ele falou: — Agora se manda. Desaparece, seu filho da puta boca-suja.

Jakob olhou com cuidado para o Bombeiro, parecendo genuinamente não saber o que falar nem o que fazer. Então, ele deu meia-volta e se inclinou, na tentativa de pegar a arma.

O Bombeiro atacou com a halligan, usando-a como um taco de polo, acertando a pistola e jogando-a nas samambaias. Jakob não hesitou: girou e foi para cima do inglês magricela. O Bombeiro ergueu a halligan, colocando--a entre eles, mas então Jakob agarrou a ferramenta, e ambos estavam lutando por ela, e Jakob era mais forte.

Mais forte e com melhor equilíbrio... o senso de equilíbrio que lhe permitia cruzar cordas bambas e sentar-se confortavelmente sobre um monociclo. Ele colocou os pés no chão e girou a cintura, levantando o Bombeiro a quinze centímetros do chão e arremessando-o no tronco do carvalho em que Harper estava.

Harper sentiu a força do impacto fazer o galho tremer abaixo de si, sentiu a árvore inteira estremecendo.

Jakob puxou a barra de volta alguns centímetros e bateu com o Bombeiro na árvore novamente. O Bombeiro grunhiu, e todo o ar escapou dos seus pulmões, uma exalação assobiando pelas narinas.

— Seu filho da puta — disse Jakob, quase recitando aquilo. — Vou te matar, seu filho da puta, vou te matar, e vou matar ela, e vou... — Sua voz desapareceu, não havia mais pessoas para ele matar.

Ele bateu com o Bombeiro na árvore de novo, e o capacete estalou ruidosamente no tronco. Harper se encolheu e impediu um grito de sair da sua garganta. Allie, no entanto, colocou a mão sobre o joelho dela e apertou.

— Olha — sussurrou ela. A garota tinha baixado a máscara para o pescoço, e Harper viu que ela era linda: olhos de chocolate que brilhavam de alegria, sardas de moleca e traços delicados que pareciam ainda mais nítidos e claros por causa do seu cabelo cortado rente, que mostrava melhor as cavidades das suas têmporas e os seus ossos finos. — Olha para a *mão* dele.

E Harper notou que a mão esquerda do Bombeiro fervia com fumaça cinzenta. A mão esquerda tinha largado a halligan que estava caída ao lado do Bombeiro. Harper se lembrou de uma coisa — do Bombeiro brigando com Albert no corredor da sala de emergência e tentando arrancar a luva com os dentes.

Jakob puxou a halligan, na intenção de empurrar o Bombeiro no tronco de novo. Mas, naquele momento, o Bombeiro colocou a mão na garganta de Jakob e fogo saiu da sua palma.

A chama era azul como a de um maçarico. A mão do Bombeiro usava uma luva de fogo radiante. O fogo rugiu como um vento crescente, e Jakob gritou, largou a halligan e foi para trás. Ele gritou de novo, agarrando a garganta escurecida. Seus pés se enroscaram e ele caiu de bunda, então se levantou mais uma vez e correu, lançando-se cegamente por entre galhos e arbustos.

O Bombeiro o observou ir, sua mão esquerda uma tocha. Então ele abriu o casaco amarelo imundo, colocou a mão em chamas abaixo de si e o fechou, prendendo a mão entre o casaco e a camiseta.

Ele abriu o casaco e o fechou e o abriu de novo, batendo na mão com calma — ele se parecia muito com uma criança tentando usar o sovaco para fazer sons de pum —, e, na terceira vez que abriu o casaco, as chamas tinham se apagado e a mão cuspia uma fumaça preta horrível. Ele balançou a mão no ar, deixando a fumaça se desfazer. Ao longe, Harper conseguia ouvir galhos se quebrando e arbustos se rompendo, o som de Jakob em fuga. Mais um segundo e a floresta ficou quieta, com exceção dos sussurros alienígenas dos insetos noturnos.

O Bombeiro ergueu a mão esquerda, respirou fundo e soprou o resto da fumaça. A palma da sua mão tinha marcas de Escama de Dragão. Aquelas linhas pretas finas e delicadas ficaram cobertas de cinzas, a superfície branca como a neve, com algumas fagulhas aqui e ali, brilhando de leve. O restante da pele que cobria a sua mão estava… bem. Limpa, saudável, rosada e impossivelmente sem ferimentos.

Allie disse:

— Eu adoro quando ele faz isso, mas o melhor truque é quando faz uma fênix. É melhor do que fogos de artifício.

— É verdade! — falou o Bombeiro, virando a cabeça e sorrindo para elas. — É mais bonito que o Cinco de Novembro ou o Quatro de Julho. Quem precisa de fogos de artifício quando tem a mim?

LIVRO DOIS

DEIXE A SUA LUZ FRACA BRILHAR

1

ALLIE FOI A PRIMEIRA a descer da árvore, agarrando o galho e balançando-se até o chão. Harper tinha a intenção de descer pela escada rudimentar pregada no tronco, mas, assim que se mexeu, caiu.

O Bombeiro a salvou da queda. Não a pegou exatamente, só estava abaixo, por acaso, quando Harper desabou. Ela o esmagou, e os dois foram para o chão. A nuca dela acertou o nariz dele. O tornozelo direito quicou no chão. A dor foi intensa.

Eles gemeram nos braços um do outro, como amantes.

— Merda — disse ela. — Merda merda *merda*.

— É o melhor que pode fazer? — perguntou o Bombeiro. Ele apertava o nariz e piscava para impedir as lágrimas. — Só um monte de "merda merda merda" sem parar? Não pode expandir seu vocabulário um pouco? Maldito cu cheio de cocô. Papai comendo a mamãe na mesa da cozinha. Esse tipo de coisa. Os americanos xingam sem um pingo de imaginação.

Harper se sentou, os ombros estremecendo com os primeiros soluços. Suas pernas tremiam, seu tornozelo estava quebrado, e Jakob quase a matara, queria matá-la, e as pessoas estavam disparando armas e explodindo em chamas, e ela tinha caído de uma árvore, e o bebê, o bebê, ela não conseguiu evitar. O Bombeiro se sentou a seu lado e colocou o braço nas suas costas enquanto ela repousou a cabeça no ombro escorregadio do casaco dele.

— Calma, calma — disse ele.

E o homem a segurou por um tempo, enquanto Harper chorava copiosamente.

Quando os soluços diminuíram, ele falou:

— Vamos levantar. Acho melhor irmos. Não sabemos o que o desequilibrado do seu ex-marido pode fazer. Não ficaria surpreso se ele chamasse uma Patrulha de Quarentena.

— Ele não é meu ex. Não estamos divorciados.

— Agora estão. Pelo poder a mim concedido.

— Que poder concedido a você?

— Sabe como capitães de navios podem casar pessoas? É um fato pouco conhecido, mas bombeiros podem divorciar pessoas. Venha, levante-se.

O Bombeiro passou o braço esquerdo pela sua cintura e a colocou de pé. A mão que encostava no quadril de Harper ainda estava quente, como pão fresco saindo do forno.

— Você colocou fogo na sua mão — disse ela. — Como fez isso?

No fundo, Harper já conhecia a resposta. Ele tinha Escama de Dragão, como ela. A mão dele ainda estava sem a luva, e a enfermeira pôde ver garranchos pretos e dourados na palma, dando voltas ao redor do pulso. Uma fumaça cinzenta e fina escapava das linhas mais grossas.

Ela tinha visto ao menos uma centena de pessoas com Escama de Dragão pegando fogo — pegando fogo e começando a gritar, as chamais azuis percorrendo o corpo delas, como se tivessem sido pintadas com querosene, o cabelo explodindo com um clarão. Não era algo que alguém queria ou podia fazer consigo mesmo e, quando acontecia, não era um processo controlado e sempre acabava em morte.

Mas o Bombeiro tinha pegado fogo conscientemente. E apenas uma parte de si, só a mão. Depois, apagara as chamas com calma. E, de alguma forma, não saíra machucado.

— Certa vez, pensei em dar uma aula — disse o Bombeiro. — Mas não consegui decidir o que estava ensinando. Piromancia Avançada? Combustão Espontânea para Leigos? Incêndio Básico? Além disso, é difícil fazer com que as pessoas se inscrevam num curso quando não passar na prova significa queimar vivo.

— Isso é mentira — objetou Allie. — Ele não vai ensinar você. Não vai ensinar ninguém. Mentiroso, mentiroso, seu nariz vai crescer.

— Não, hoje não, Allie. Meu nariz já está doendo demais.

— Você estava me espionando — falou Harper.

O Bombeiro olhou para cima, para os galhos do carvalho, onde ela estivera sentada um instante antes.

— Há uma excelente vista do seu quarto ali. Não é estranho como as pessoas que têm algo a esconder fecham as cortinas da frente da casa, mas nunca as das janelas dos fundos?

— Você passa muito tempo andando pela casa de calcinha e sutiã, lendo *O que esperar quando você está esperando* — observou Allie. — Não se preocupe. Ele nunca espiou pelas janelas enquanto você estava se vestindo. Talvez eu tenha visto uma ou duas vezes, mas ele não. Ele é um cavalheiro inglês, é o que ele é — disse a garota, imitando o jeito empolado de falar dos ingleses.

O falso sotaque dela era ao menos tão bom quanto o de Dick van Dyke em *Mary Poppins*. Se Harper fosse um menino de dezesseis anos, teria ficado louco por ela. Dava para ver que a garota era o melhor tipo de problema para se ter.

— Por quê? — perguntou Harper ao Bombeiro. — Por que me espionar?

— Allie — falou o Bombeiro, como se não tivesse ouvido a pergunta de Harper. — Vá correndo para o acampamento. Traga seu avô e Ben Patchett. Ah, e encontre Renée. Diga a ela que estamos com sua enfermeira favorita. Ela vai ficar bem feliz.

Então Allie se foi, saltando nas folhas de uma forma que fez Harper pensar na sombra de Peter Pan zunindo pelo quarto de Wendy. Harper tinha a cabeça cheia de livros infantis e podia ser bastante compulsiva com a atribuição de papéis de contos de fadas às pessoas.

Quando a garota estava longe, o Bombeiro disse:

— É bom que assim teremos um momento a sós, Enfermeira Grayson. Eu confiaria a minha vida a Allie, mas há certas coisas que prefiro não falar na frente dela. Você conhece o acampamento de verão no final da Little Harbor Road?

— Acampamento Wyndham — respondeu Harper. — Claro.

Seus pés amassavam folhas mortas e o cheiro delas adocicava o ar com seu perfume de outono.

— É para lá que vamos. Tem um camarada no acampamento, Tom Storey, o avô de Allie. Eles o chamam de Pai Storey. Tom já foi diretor de operações do local. Agora, abriu o lugar como um refúgio para indivíduos com Escama de Dragão. Tem mais de cem pessoas escondidas lá, e elas organizaram uma sociedadezinha decente. Fazem três refeições por dia... por enquanto, ao menos. Não sei quanto tempo isso vai durar. Não há energia elétrica, mas os chuveiros funcionam se você aguentar ser bombardeada por água gelada. Tem uma escola, e uma espécie de força policial juvenil chamada de Vigias, que fica de olho em Patrulhas de Quarentena e Esquadrões de Cremação. A maioria deles é de adolescentes... os Vigias. Allie e seus amigos. Dá a eles alguma coisa para fazer. O pessoal de lá também é bastante religioso. De certas maneiras, a religião deles não é como as outras religiões que já vieram antes, e de outras maneiras... *bem*. Fundamentalistas são sempre os mesmos. Essa é uma das coisas sobre as quais eu queria avisar, enquanto Allie vai na frente. Ela é mais devota do que a maioria, e isso não é pouco.

Houve um barulho dilacerante, um som deslizante e reverberante que fez tremer o solo da floresta e acelerou a pulsação de Harper. Ela olhou pelas árvores na direção de onde os dois tinham vindo. Não conseguia imaginar o que poderia ter causado um estrondo enorme e devastador como aquele.

O Bombeiro deu um olhar breve e pensativo para trás, então pegou o braço dela e começou a movê-la de novo, um pouco mais rapidamente agora. Ele continuou falando como se não tivesse sido interrompido.

— Você precisa entender que a maior parte do acampamento tem entre a sua idade e a de Allie. Algumas pessoas são mais velhas, mas a maioria daquelas pessoas ainda deveria estar na escola. Muitos perderam a família, viram os seus entes queridos queimarem na frente deles. Estavam em choque quando chegaram ao acampamento, refugiados, perturbados pela dor e só esperando para entrar em ignição também. Então, o Pai Storey e sua filha Carol, a tia de Allie, ensinaram-lhes que eles não precisavam morrer. Ofereceram esperança quando eles não tinham nada e uma forma de salvação muito concreta.

Harper diminuiu a velocidade, em parte para descansar o tornozelo dolorido, em parte para compreender o que ele estava dizendo.

— Como assim estão ensinando pessoas que elas não precisam morrer? Ninguém consegue ensinar alguém com Escama de Dragão a não morrer. É impossível. Se houvesse algum tratamento, algum comprimido...

— Você não é obrigada a engolir nada — disse o Bombeiro. — *Nem mesmo a fé deles*. Lembre-se disso, Enfermeira Grayson.

— Se existisse alguma coisa capaz de impedir a Escama de Dragão de matar pessoas, o governo já saberia. Se existisse alguma coisa que funcionasse, funcionasse *de verdade*, algo que pudesse prolongar a vida de milhões de pessoas doentes...

— ... pessoas com um esporo contagioso e letal na pele? Enfermeira Grayson, ninguém quer *prolongar* as nossas vidas. Nada seria menos desejável. *Encurtá-las*: isso seria o melhor para o bem comum. Pelo menos, na cabeça da população saudável. Uma coisa que sabemos sobre indivíduos com Escama de Dragão: eles não pegam fogo se você atirar na cabeça deles. Não vai ter que se preocupar com um cadáver infectando você ou seus filhos... ou dando início a um incêndio que pode acabar com o quarteirão de uma cidade. — Harper abriu a boca para protestar, mas ele apertou seu ombro. — Teremos tempo para discutir depois. Embora esse assunto já tenha sido discutido antes, mais notavelmente pelo pobre Harold Cross. Acho que o caso dele resolve bem a questão.

— Harold Cross?

Ele balançou a cabeça.

— Deixe isso de lado por ora. Só quero que entenda que Tom e Carol deram a essas pessoas mais do que comida, abrigo ou até mesmo um jeito de suprimir a doença. Deram-lhes uma *crença*... em si mesmas, no futuro e no poder que compartilham como rebanho. Um rebanho não é uma coisa tão ruim quando você faz parte dele, mas algumas centenas de estorninhos vão acabar com a raça de uma andorinha azarada se ela cruzar o caminho deles. Acho que o Acampamento Wyndham não seria um lugar muito amigável para um apóstata. Tom, ele é tolerante o bastante. É um religioso do tipo inclusivo, moderno, *ponderado*; era professor de ética. Mas a filha dele, a tia de Allie, é pouco mais do que uma criança, e a maioria dos jovens criou um culto a seu redor. É ela quem canta as músicas, afinal. Você quer ficar de bem com ela. Ela é gentil o suficiente, a Carol. Tem boa intenção. Mas se ela não ama você, então tem medo de você, e é perigosa quando está com medo. Fico nervoso de pensar o que pode acontecer se Carol se sentir seriamente ameaçada.

— Não vou ameaçar ninguém — falou Harper.

O Bombeiro sorriu.

— Não. Você não me parece do tipo que cria problemas, e sim que cultiva a paz. Ainda não esqueci a primeira vez que cruzou meu caminho, Enfermeira Grayson. Você salvou a vida dele, sabe? De Nick. E salvou a minha pele também. Eu lembro que eu estava prestes a levar uma surra quando você interveio. Tenho uma dívida com você.

— Não mais — disse Harper.

À frente deles, no escuro, os galhos farfalharam e eles foram empurrados. Um grupo de tamanho modesto apareceu, com Allie à frente. A garota respirava fundo e tinha um belo rubor nos traços delicados.

— O que aconteceu, John? — perguntou um homem às costas dela. Sua voz era grave e melodiosa, e, mesmo antes de ver o rosto de Tom Storey, Harper já gostava dele. A princípio, só conseguiu enxergar pouco mais do que os óculos de aros dourados cintilando no escuro. — Quem temos aqui?

— Alguém útil — respondeu o Bombeiro, só que agora ela sabia o nome dele: John. — Uma enfermeira, a srta. Grayson. Pode levá-la pelo restante do caminho? Não sou médico, mas acho que ela quebrou o tornozelo. Se ajudá-la a chegar à enfermaria, vou voltar para pegar os pertences dela enquanto ainda há tempo. Imagino que logo a polícia e as Patrulhas de Quarentena vão invadir a casa dela.

— Caramba, posso ajudar? — disse um dos membros do comitê de boas-vindas. Ele deu um passo à frente, colocando-se entre o Bombeiro e Harper, e envolveu a cintura dela com o braço. Harper passou o próprio braço nos ombros dele. Era um homem grande, talvez vinte e cinco anos mais velho do que ela, com ombros curvados e cabelo prateado começando a afinar no topo. Harper pensou em um Urso Paddington envelhecido e bem-amado. — Ben Patchett — apresentou-se. — É um prazer conhecê-la.

Havia uma mulher com eles também, baixa e fofa, o cabelo prateado em tranças *cornrow*. Ela deu um sorriso tímido, talvez incerta de que Harper fosse se lembrar dela. Mas não havia chance alguma de Harper se esquecer da mulher que escapou do Portsmouth Hospital brilhando tão intensamente quanto um relâmpago e cuja explosão fora dada como certa.

— Renée Gilmonton — falou Harper. — Achei que você tinha fugido para morrer em algum lugar.

— Foi o que pensei também. O Pai Storey tinha outras ideias. — Renée colocou um braço sob a axila de Harper, ajudando a apoiá-la pelo outro lado. — Você cuidou tão bem de mim por tanto tempo, Enfermeira Grayson. Que prazer é ter a chance de cuidar um pouco de você.

— Como machucou o tornozelo? — perguntou o Pai Storey, erguendo o queixo para que a luz fraca brilhasse nas lentes dos seus óculos, e, pela primeira vez, Harper pôde ver suas feições, seu rosto longo, magro e profundamente enrugado e a barba prateada, e pensou: *Dumbledore*. Na verdade, a barba era menos Dumbledore e mais Hemingway, mas os olhos por trás das lentes dos óculos eram de um tom brilhante de azul que sugeriam naturalmente um homem que podia ler runas e falar com árvores.

Harper achou difícil responder, não sabia ainda como falar de Jakob e do que ele tentara fazer com ela.

O Bombeiro pareceu notar como a pergunta a desmotivara, então resolveu responder:

— O marido dela a perseguiu com uma arma. Eu o assustei. Só isso. O tempo urge, Tom.

— Não é assim sempre? — respondeu o Pai Storey.

O Bombeiro começou a se afastar, mas retornou e colocou alguma coisa na mão de Harper.

— Ah, você deixou isso cair, Enfermeira. Por favor, mantenha-a por perto. Se precisar de mim novamente, é só soprar. — Era a flauta de êmbolo. Ela a tinha deixado cair ao fugir de Jakob e se esquecera por completo dela, e agora estava absurdamente grata por tê-la de volta.

— Ele não dá a flauta do amor para qualquer uma — disse Allie. — Ele está *na sua*.

— Que mente suja, Allie — falou o Bombeiro. — O que sua mãe teria dito?

— Algo ainda pior — respondeu a garota. — Anda, vamos pegar as coisas da enfermeira.

Allie colocou a máscara de Capitão América e correu para as árvores. O Bombeiro soltou um palavrão baixinho e foi atrás dela, usando a barra de ferro para afastar a vegetação rasteira.

— Allie! — gritou o Pai Storey. — Allie, por favor! Volte!

Mas ela já havia partido.

— Aquela garota não tem nada que se meter no trabalho de John — falou Ben Patchett.

— Tente impedi-la, então — disse Renée.

— O Bombeiro... John... ele pegou fogo — falou Harper. — A mão dele explodiu em chamas. Como ele faz isso?

— O fogo é o único amigo do demônio — observou Ben Patchett, rindo. — Não é mesmo, Pai?

— Não sei se ele é um demônio — disse o Pai Storey. — Mas, se é, é o *nosso* demônio. Ainda assim... gostaria que Allie não fosse com ele. Será que ela *quer* ser morta como a mãe? Às vezes, parece que está desafiando o mundo a tentar fazer isso.

— Ah, Pai — falou Renée. — Você criou duas adolescentes. Se alguém fosse entender Allie, eu pensaria que seria você. — A mulher olhou para a floresta, na direção em que Allie desapareceu. — É claro que ela está desafiando o mundo a tentar.

2

A DISTÂNCIA ATÉ O Acampamento Wyndham era de pouco mais de um quilômetro e meio, mas pareceu a Harper que eles estavam andando atrás do Pai Storey, através da escuridão cansativa e sufocante, por horas. Eles chafurdaram por montes de folhas, serpentearam por pinheiros, subiram uma pilha de pedras, sempre se movendo em direção ao aroma salgado do Atlântico. O tornozelo dela doía.

Harper não perguntou onde eles estavam, e o Pai Storey não falou. Pouco depois de começarem a se mexer, ele enfiou uma coisa na boca — algo do tamanho de um ovo de gaio-azul — e, depois disso, não produziu mais som algum.

Saíram ao longo da Little Harbor Road, olhando para o outro lado do asfalto, para o desvio que levava ao Acampamento Wyndham: uma estrada cheia de conchas brancas e terra arenosa. A entrada estava fechada por uma corrente pendurada entre um par de pedregulhos que não teriam parecido estranhos em um lugar como Stonehenge. Mais além, a terra se erguia em colinas verdes. Mesmo à noite, Harper podia ver o campanário branco de uma igreja projetando-se sobre o cume a quase um quilômetro de distância.

A carroceria queimada e escurecida de um ônibus estava estacionada na estrada, logo após os blocos totêmicos de granito. As calotas de ferro estavam cobertas de heras e o veículo fora queimado quase até o chassi.

Antes de atravessarem a estrada, o Pai Storey bateu palmas duas vezes. Os quatro saíram mancando dos arbustos e cruzaram o asfalto até a pista arenosa. Um rapaz desceu os degraus do ônibus para ficar na porta aberta e observar o grupo se aproximando.

O Pai Storey removeu o ovo branco da boca e voltou o olhar para Harper e suas muletas humanas.

— Esse ônibus pode parecer arruinado, mas não é bem assim. Os faróis funcionam. Se alguém estivesse vindo pela estrada, o rapaz no ônibus esperaria até os nossos visitantes desaparecerem e então daria um sinal. Outra pessoa, no campanário da igreja, fica de olho nisso. O olho no campanário vê tudo. — Ele sorriu ao dizer isso, e acrescentou: — Se necessário, podemos nos esconder em até dois minutos. Nós treinamos todos os dias. O crédito é de Ben Patchett, foi inspiração dele. Minhas ideias envolviam um sistema fantástico de apitos imitando o som de pássaros e o possível uso de pipas.

O rapaz no ônibus tinha uma barba que fez Harper pensar nos vikings: um carretel rígido de fios laranja trançados. Mas o rosto por trás da barba era jovem e suave. Harper duvidava que ele fosse mais velho do que Allie. Ele girava um cassetete em uma das mãos de forma preguiçosa.

— Acho que não entendi bem o plano, Pai — disse o rapaz. — Pensei que o senhor ia nos *trazer* uma enfermeira, não alguém que *precisa* de uma enfermeira. — Seu olhar foi de um rosto para o outro, e ele sorriu de forma preocupada. — Cadê a Allie?

— Ouvimos uma batida ensurdecedora, um estrondo estupendo de violência insensata e destruição sem sentido — falou o Pai Storey. — É claro que Allie correu naquela direção. Tente não ficar preocupado, Michael. O Bombeiro está com ela.

Michael assentiu, depois baixou a cabeça na direção de Harper de um modo quase cortês. Seus olhos brilhavam com a inocência febril de alguém que foi Salvo.

— Oi. Somos todos amigos neste lugar, Enfermeira. É aqui que a vida recomeça.

Ela sorriu de volta para Michael, mas não conseguiu pensar em como responder, e, um segundo depois, já era tarde demais. Ben e Renée a levaram adiante. Quando Harper olhou para trás, o rapaz já tinha desaparecido dentro do ônibus.

O Pai Storey estava prestes a colocar o chiclete de volta à boca quando notou Harper olhando para ele.

— Ah. É uma espécie de compulsão minha. Algo que aprendi lendo Samuel Beckett. Enfio um pedregulho na boca para me lembrar de ficar quieto e escutar de vez em quando. Trabalhei em escolas particulares por anos, e com todos esses jovens zanzando por aí, a vontade de dar lições improvisadas é bem forte.

Eles seguiram a estrada tortuosa pela escuridão frondosa, passando por uma piscina seca e um estande de tiro ao alvo onde cartuchos de bronze cintilavam entre as folhas mortas. Tudo parecia abandonado havia muito tempo — uma aparência mantida com algum esforço, Harper aprenderia depois.

Por fim, chegaram ao topo da colina. Havia um campo de futebol do outro lado da encosta, em uma área gramada abaixo deles. Crianças gritavam e perseguiam uma bola que tinha um brilho pálido e sinistro de verde, a cor de um fantasma. Além disso, passando pelas árvores, havia um ancoradouro coberto e a escuridão ondulante do mar.

A capela ficava à direita, de costas para a estrada. Ficava do outro lado de um jardim de dólmenes cobertos de musgo e monólitos altos. O Parque dos Monumentos era uma coisa estranha e primitiva para se encontrar guardando o caminho para uma igreja de aparência perfeitamente moderna com um campanário alto e portas vermelhas. A igreja poderia ser um local de adoração, mas o jardim de esculturas parecia mais um local de sacrifícios.

O que chamou a atenção de Harper, em particular, foi um grupo de seis adolescentes, sentados em troncos, no canto de um vasto celeiro que ela depois descobriu ser o refeitório. Eles estavam reunidos em volta de uma fogueira que queimava com um tom peculiar de rubi dourado, como se as suas chamas brilhassem através de um cristal vermelho.

Uma mulher bonita, de ombros esbeltos, balançava-se na luz carmesim ondulante, tocando um ukulele. À primeira vista, ela poderia ser gêmea de Allie. Mas não, era mais velha, com vinte e cinco anos, talvez. Sua cabeça também estava raspada, embora ela tivesse preservado uma única mecha de cabelo escuro, como uma vírgula, na testa. *A tia*, pensou Harper.

Ela guiava os outros em uma cantoria, suas vozes se entrelaçando como os dedos de amantes. Cantaram uma música antiga do U2 sobre como eram um só, mas não os mesmos, e como ajudariam um ao outro. Quando Harper passou, a mulher com o ukulele levantou o olhar e sorriu, e os olhos eram como moedas douradas, e foi aí que Harper viu que não havia fogueira alguma. Eram *eles* que estavam produzindo a luz. Todos ali tinham tatuado os laços e as espirais da Escama de Dragão, que brilhavam como tinta fluorescente sob uma luz negra, tons alucinógenos de vinho, de cereja e de azul de um maçarico. Quando abriam a boca para cantar, Harper enxergou de relance a luz pintando o interior das suas gargantas, como se cada um deles fosse uma chaleira cheia de brasas.

Harper achou que nunca tinha visto algo tão assustador ou bonito. Ela tremeu e, por um instante, ficou consciente do seu corpo por baixo das roupas e de uma sensação como dedos gentilmente traçando as linhas de Escama de Dragão na sua pele. Então, estremeceu com uma súbita tontura vertiginosa.

— Eles estão brilhando — murmurou Harper, a voz um pouco espessa. Sua cabeça estava cheia com a música deles e era difícil fazer um pensamento atravessá-la.

— Você também vai — prometeu Ben Patchett. — Com o tempo.

— É perigoso? — disse Harper, arfando. — Eles podem pegar fogo fazendo isso?

O Pai Storey retirou a pedra da boca e falou:

— A Escama de Dragão é como qualquer coisa que faz fogo, Enfermeira Grayson. Você pode usá-la para incendiar um lugar… ou iluminar o caminho para algo melhor. Ninguém morre de combustão espontânea no Acampamento Wyndham.

— Vocês conseguiram vencê-la? — perguntou Harper.

— Melhor do que isso — falou o Pai Storey. — Fizemos amizade com ela.

3

ESTREMECENDO, HARPER VOLTOU À consciência após um sonho horrível, contorcendo-se nos lençóis.

Carol Storey se inclinou sobre ela, uma das mãos segurando seu pulso.

— Você está bem. Respire.

Harper assentiu com a cabeça. Estava zonza, a pulsação tão rápida que fazia a sua visão falhar.

Ela imaginou quanto tempo tinha dormido. Lembrava-se de ter sido carregada por uns degraus até a enfermaria, lembrava-se de Ben Patchett e Renée Gilmonton seguindo suas instruções cuidadosas para colocar seu tornozelo no lugar e envolvê-lo com gaze. Lembrava-se vagamente de Renée trazendo água morna e cápsulas de gel de paracetamol, lembrava-se da mão seca e fria da mulher mais velha na sua testa e do olhar preocupado e vigilante dela.

— Com o que estava sonhando? — perguntou Carol. — Consegue lembrar?

Carol Storey tinha olhos enormes e interrogativos com íris em tom de chocolate salpicadas com flocos dourados da Escama de Dragão. Anéis de ouro e ébano davam voltas nos seus punhos, e ela usava uma camiseta curta que deixava à mostra cintos cruzados da Escama acima do quadril. Aquilo lhe dava a aparência de uma pistoleira gótica. Onde não havia marcas na sua pele, ela era pálida a ponto de quase ser translúcida. A mulher era tão delicada que parecia que, se tropeçasse e caísse, iria se quebrar como um vaso.

Os seios de Harper doíam, havia uma barra seca de calor no tornozelo fraturado e os pensamentos dela estavam confusos e lentos com os resquícios de um sono profundo.

— Meu marido escreveu um livro. Eu o deixei cair. As páginas se espalharam. E... acho que eu estava tentando colocar tudo na ordem antes de ele chegar. Não queria que ele soubesse que eu tinha lido o livro. — Tinha mais coisas, coisas piores; no entanto, o sonho já estava desaparecendo, sumindo de vista, como uma pedra chutada em águas profundas.

— Achei que era melhor acordar você — disse Carol. — Você estava tremendo e fazendo uns barulhos horríveis e... bem... fumegando um pouco.

— É mesmo? — perguntou Harper. Ela percebeu que podia sentir um cheiro leve de algo tostado, como se alguém tivesse queimado algumas folhas de pinheiro.

— Só um pouquinho. — Carol a fitou com uma expressão de desculpas aflitas. — Quando você suspirava, uma nuvem azul escapava da sua boca. É o estresse que faz isso. Depois que entrar na Iluminação, isso não vai mais acontecer. Quando for mesmo uma de nós, parte do grupo, a Escama de Dragão não vai machucá-la *nunca mais*. É difícil de acreditar, mas, um dia, você pode encarar a Escama como uma bênção.

Na voz de Carol, Harper ouviu a inocência e a crença absoluta dos fanáticos e ficou desanimada. Ela aprendera com Jakob a pensar em quem mencionava bençãos e fé como pessoas simplórias e um pouco doentes. Indivíduos que pensavam que as coisas aconteciam por alguma razão eram dignos de pena. Eles simplesmente abriram mão da sua curiosidade sobre o universo pelo conforto de uma história infantil. Harper conseguia entender o impulso. Ela era fã de histórias infantis. Mas uma coisa era passar uma tarde chuvosa de sábado lendo *Mary Poppins* e outra bem diferente era pensar que a própria Mary Poppins poderia aparecer na sua casa para se candidatar ao emprego de babá.

Harper se esforçou a fim de parecer um pouco interessada, mas a sua angústia deve ter ficado nítida. Carol se recostou de volta à cadeira e riu.

— Isso foi um pouco demais? Você é nova aqui. Vou tentar pegar mais leve. Mas aviso que, nesse caso, os lunáticos estão *mesmo* no comando do hospício. O que o gato fala para Alice no País das Maravilhas?

— "Somos todos loucos aqui" — respondeu Harper, e sorriu, apesar de tudo.

Carol assentiu com a cabeça.

— Meu pai queria que eu a levasse para dar uma volta no acampamento. Todo mundo quer conhecer você. Estamos atrasadas para o almoço, mas Norma Heald, que gerencia o refeitório, prometeu manter a cozinha aberta até comermos.

Harper levantou a cabeça e apertou os olhos em direção às janelas, mirando uma escuridão tão completa que ela poderia estar debaixo da terra. A única ala da enfermaria tinha três camas, com cortinas penduradas entre elas para dar alguma privacidade; ela ocupava a cama do meio. Estava escuro quando pegou no sono e estava escuro agora, e Harper não fazia a menor ideia de que horas eram.

Como se tivesse perguntado, Carol falou:

— Quase duas horas da manhã. Você dormiu o dia inteiro... o que não tem problema. Todos vivemos como vampiros aqui: levantamos ao poente, voltamos para a cripta ao amanhecer. Ninguém bebe sangue ainda, mas, se a comida enlatada acabar, é difícil dizer o que vai acontecer.

Harper se sentou, tremendo — bastava o moletom do seu casaco roçar nos seus seios doloridos e inchados para fazê-los doer — e descobriu duas coisas.

A primeira era que uma das cortinas estava aberta e havia um garoto na cama ao lado, um garoto que ela reconhecia... um garoto com cabelo escuro e encaracolado e traços élficos e delicados. Na última vez que o vira, ele estava sofrendo de apendicite aguda, o rosto encharcado de suor. Não — não era bem assim. Ela supôs que o vira mais recentemente. Com certeza, ele batera à sua porta usando a máscara de tigre com Allie. Agora, estava sentado de pernas cruzadas, observando-a com a mesma intensidade de uma criança diante do seu programa de TV favorito.

A segunda é que havia um rádio ligado, sintonizado na estática. O aparelho estava sobre o balcão, ao lado de um modelo em gesso de cabeça humana com o crânio removido para revelar o cérebro.

Harper se lembrou de que o menino era surdo e mexeu a mão em uma ondulação lenta. Em resposta, ele esticou as mãos até as costas, pegou uma folha de papel e entregou para ela. Na folha, havia um desenho — o desenho de uma criança, embora mostrasse alguma habilidade — de um gato grande com listras caminhando pela grama verde, a cauda no ar.

GATO TEMPORÁRIO diziam as palavras abaixo do felino caçador.

Harper lançou um olhar interrogativo e um sorriso ao menino, mas ele já estava saindo da cama e indo embora.

— Esse é Nick, não é? — perguntou Harper.

— Meu sobrinho. Sim. Ele é esquisito. Mas é mal de família.

— E John é o padrasto dele?

— O quê? — disse Carol, e foi impossível não perceber o repentino tom afiado na sua voz. — Não. De jeito nenhum. Minha irmã e John Rookwood namoraram por alguns meses, num mundo bem diferente. O pai verdadeiro de Nick está morto, e John... bem, ele mal faz parte da vida do garoto agora.

Aquilo pareceu um pouco indelicado para Harper — além de injusto — levando em consideração que o Bombeiro havia carregado Nick para o hospital nos próprios braços e estava pronto para lutar contra o segurança e todo mundo na fila para garantir que ele fosse tratado. Harper também sabia quando um assunto não era bem-vindo. Deixou para falar de John Rookwood em outra hora e perguntou:

— Nick me deu um gato temporário. Por que ele me deu um gato temporário?

— É um bilhete de agradecimento. Você era a enfermeira do hospital que salvou a vida dele. Aquela foi uma semana horrível. A pior semana da minha vida. Tinha perdido minha irmã. Achei que fosse perder meu sobrinho. Eu sabia que seríamos melhores amigas e que eu ficaria louca por você mesmo *antes* de conhecê-la, Harper. Por causa do que você fez por Nick. Quero que a gente tenha pijamas combinando. *Esse* é o nível da minha loucura por você. Queria que *eu* tivesse um gato temporário para dar a você.

— Se é temporário, preciso devolver?

— Não. Isso é só para ajudá-la até ele conseguir um gato *de verdade*. Nick está caçando um. Ele fez alguns laços e armadilhas complicadas. Sai por aí com um puçá, como se capturar gatos fosse a mesma coisa que capturar borboletas. Enche o saco das pessoas para encontrar erva de gato para ele. Não tenho certeza de que o bicho que ele está caçando é real. Ninguém mais o viu. Estou começando a achar que é como o Funga-Funga, o amigo do Garibaldo? Só existe na cabeça dele.

— Mas o Funga-Funga *era* real — disse Harper.

— Essa foi a frase mais encantadora que já escutei. Quero isso na minha lápide. *Funga-Funga era real*. Só isso.

Harper não podia apoiar o peso no pé direito, mas Carol colocou o braço em volta dela e a ajudou a se levantar. À medida que passavam mancando pelo rádio no balcão, Carol esticou a mão — hesitando por um instante — e mexeu no botão de sintonizar, encontrando apenas estática. O modelo anatômico de uma cabeça humana as observou, impressionado. Era uma coisa grotesca, a pele arrancada de metade do rosto para mostrar os tendões e os nervos abaixo, um globo ocular suspenso em um ninho vermelho fibroso de músculo exposto.

— O quê? — perguntou Harper. — Estava escutando alguma coisa em particular?

— O Funga-Funga — respondeu Carol, rindo e desligando o aparelho.

Harper esperou Carol explicar. Mas ela não disse mais nada.

4

O REFEITÓRIO FICAVA NO topo de uma colina, com vista para o campo de futebol e a praia de seixos. Musgo e fios de grama amarelada e morta cresciam no telhado e havia tábuas cobrindo as janelas, dando a impressão de que o lugar não era usado havia muito tempo.

A impressão de abandono se desfez no instante que Carol abriu a porta e a levou até as mesas, um espaço cavernoso e de iluminação suave com troncos expostos de pinheiro. Era possível ouvir o barulho de pratos na cozinha e o ar estava perfumado com o odor de molho de tomate e ensopado de porco.

O almoço parecia ter terminado, mas elas não tinham o lugar exclusivamente para si. Renée Gilmonton estava sentada em uma mesa para dois, de frente a um sujeito idoso usando boina, ambos curvados sobre xícaras de café quente. Um garoto sentava-se sozinho à mesa ao lado, o rapaz que parecia um viking. *Michael*, lembrou Harper. Ele espetava o macarrão com molho vermelho e virava as páginas de uma antiga revista *Ranger Rick*, lendo sob a luz de uma vela dentro de um pote de geleia. Na noite anterior, Michael parecera ter uns dezessete anos. Agora, inclinado sobre um artigo que falava dos "maravilhosos peixes-boi de Miami", os olhos esbugalhados de fascínio, ele parecia um menino de dez anos com uma barba falsa.

Renée ergueu o queixo e seu olhar cruzou com o de Harper. Era um prazer e um alívio ter uma amiga lá, não estar entre completos estranhos. Harper relembrou outros almoços em outros refeitórios e a ansiedade que surgia ao não ver um rosto conhecido e não saber onde se sentar. Ela suspeitava que Renée tivesse aguardado na esperança de se encontrar com Harper e ajudá-la a se estabelecer... um pequeno ato de consideração pelo qual era indecentemente grata.

No balcão onde serviam a comida estava Norma Heald, uma montanhosa pilha de carne com os ombros largos e curvados de um gorila. A limpeza pós-refeição estava em andamento — Harper viu meninos adolescentes na cozinha, mergulhando pratos em água com sabão sob a luz de um lampião —, mas Norma havia separado um pouco de macarrão em um *réchaud* de aço inox e algumas conchas de molho. Havia café e uma lata de leite condensado.

— Usamos açúcar por um tempo e ele ficou cheio de formigas. Formigas no café, formigas nos bolinhos, formigas na torta de pêssego — disse Carol. — Por semanas, as formigas foram a minha principal fonte de proteína. Mas agora não tem mais açúcar! Só melaço. Desculpe! Bem-vinda aos Últimos Dias!

— O açúcar acabou e logo o leite acabará também — falou Norma. — Coloquei duas latas de leite condensado para o café, mas só sobrou uma.

— A outra foi usada? — perguntou Carol. — Tão rápido?

— Não. Roubada.

— Tenho certeza de que ninguém roubou uma lata de leite condensado.

— Roubada — repetiu Norma, o tom de voz mais próximo da satisfação do que do ultraje. Estava atrás do balcão, ocupada com um par de agulhas prateadas de tricô que iam e voltavam, fazendo barulho, durante o tempo todo que falava. Ela tricotava um tubo gigante sem forma de lã preta que poderia bem ser uma camisinha para o King Kong.

Harper e Carol foram até a mesa de Michael, com Carol fazendo um gesto de "venham para cá" para Renée e o sujeito mais velho.

— Sentem-se com a gente, você dois. Podemos compartilhar Harper. Tem o suficiente para todo mundo.

Eles se sentaram ao redor da mesa, batendo os joelhos. Harper se esticou para pegar o garfo, mas Carol agarrou sua mão antes que alcançasse o talher.

— Antes de comermos, fazemos um círculo e mencionamos alguma coisa pela qual somos gratos — explicou Carol, inclinando-se na direção de Harper e falando em um tom de voz confidencial. — Às vezes, é a melhor parte da refeição. Isso vai fazer mais sentido depois de você provar a comida.

— Nós já comemos, mas não me importo de fazer isso com vocês — falou o velho, a quem Harper ainda não havia sido apresentada.

Renée apertou a outra mão de Harper e então estavam todos sentados em círculo, a cabeça baixa na direção da única vela, como um grupo se preparando para uma sessão espírita.

— Eu começo — disse Carol. — Sou grata à mulher sentada a meu lado, que salvou meu sobrinho quando ele teve apendicite. Sou grata por ela estar aqui e por ter uma chance de mostrar minha gratidão. Sou grata pelo bebê dela, porque bebês são empolgantes! Como salsichinhas gordas com rostos!

O velho falou com a cabeça baixa e os olhos meio fechados.

— Também sou grato pela Enfermeira, porque 124 pessoas precisam de muitos cuidados, e eu estou sobrecarregado há meses. Sou tudo o que esse acampamento tem de cuidados médicos desde o fim de agosto, e tudo que sei aprendi na Marinha. Não quero revelar há quanto tempo estudei para ser enfermeiro militar, mas na época eles tinham acabado de abandonar o uso de sanguessugas.

— Eu acho que estou feliz principalmente porque posso viver num lugar onde as pessoas me amam — falou Michael. — Pessoas como a Tia Carol e o Pai Storey. Eu faria qualquer coisa por eles, qualquer coisa para manter este lugar a salvo. Já perdi uma família. Prefiro morrer a perder outra.

— Sou grata por ter comido uma refeição quente — disse Renée —, mesmo que tenha sido um ragu de apresuntado frito. Também sou grata por esse acampamento ter um excelente pescador, de nome Don Lewiston, e ficarei ainda mais grata quando for a minha vez de pescar. — Ela acenou com a cabeça para o sujeito velho. Então, olhou para o lado, para Harper, e falou: — E também sou *muito* grata por ver minha amiga do Portsmouth Hospital, que trabalhava dezoito horas por dia assobiando músicas da Disney e tentando manter animados os espíritos de mil pacientes doentes e apavorados. Toda vez que ela entrava na sala, parecia o sol depois de um mês de tempo nublado. Ela me fez ter vontade de continuar viva quando não havia motivo algum para isso.

Harper não tinha certeza se conseguiria encontrar a voz, após ser emboscada por uma emoção inesperada. Nos dias no Portsmouth Hospital, ela se sentia tão útil quanto o pé de hortelã de Renée, e foi pega de surpresa ao ouvir alguém falar o contrário. Por fim, ela disse, com esforço:

— Só me sinto grata por não estar mais sozinha.

Carol apertou seus dedos.

— Sou bastante grata por fazer parte desse círculo. Somos vozes do mesmo coro e cantamos nossos agradecimentos.

E, por um instante, lá estava de novo: os olhos de Carol cintilando, as íris se tornando anéis de uma luz verde feérica. Os olhos de Michael também brilharam, e Harper viu uma centelha vermelha e dourada tremeluzir nas espirais de Escama de Dragão em seus braços nus.

Harper largou a mão de Carol como se tivesse levado um choque. Mas, então, o resplendor estranho desapareceu, e Carol olhava para ela de forma maliciosa.

— Assustei você, não é? Desculpe. Mas vai se acostumar com isso. Em algum momento, vai acontecer com você também.

— É um pouco assustador — falou Harper. — Mas também parece... bem, parece magia.

— Não é magia. É um milagre — disse Carol, como uma pessoa declarando a marca do seu carro novo: *É um Miata*.

— O que acontece quando você brilha desse jeito? — perguntou Harper. Lembrou-se de algo e olhou, quase de forma acusatória, para Renée. — É a mesma coisa que aconteceu com você no hospital. Você correu coberta de luz. Todo mundo pensou que fosse explodir.

— Eu também — disse Renée. — Acabei descobrindo por acidente. Eles chamam de entrar na Iluminação.

Michael falou:

— Ou entrar na Rede. Mas acho que só gente da minha idade fala assim. Uma porção de amigos meus fazem piada dizendo que é só outra rede social. Só que, de certa forma, não é piada.

— Você provavelmente compreende que a Escama de Dragão responde mal ao estresse — disse Carol.

O sujeito mais velho, Don Lewiston, riu.

— É um modo de colocar isso em palavras.

— É porque o esporo sente o que você sente — prosseguiu Carol. — Este é um conceito bastante poderoso. Fico surpresa por mais pessoas não terem seguido essa ideia para ver onde ela ia parar. Se você conseguir criar uma sensação de segurança, bem-estar e aceitação, a Escama de Dragão vai reagir de maneira bem diferente: vai fazer você se sentir mais vivo do que nunca. Vai tornar as cores mais profundas, os sabores mais ricos e as emoções mais fortes. É como pegar fogo de *felicidade*. E você não sente apenas *sua* felicidade. Sente a dos *outros* também. De todos a seu redor. Como se fôssemos notas sendo tocadas juntas num acorde perfeito.

— E você não queima — completou Michael, remexendo a trança laranja da barba.

— E você não queima — repetiu Carol.

— Isso parece impossível — falou Harper. — Como funciona?

— Harmonia — respondeu Carol.

— Harmonia?

— Conexão, de qualquer modo — disse Renée. — Uma forte conexão social. John tem teorias interessantes sobre isso, se conseguir arrancá-las dele. Certa vez, ele me disse...

O rosto de Carol se fechou. Uma artéria, contorcendo-se na têmpora direita, ficou mais grossa.

— John Rookwood não está aqui e não *quer* estar aqui. Ele prefere se manter longe. É mais fácil conservar o próprio mito pessoal dessa maneira. Acho que ele nos despreza, para ser honesta.

— Pensa assim mesmo? — perguntou Renée. — Nunca tive essa impressão. Eu diria que ele *cuida* da gente. Se John tem uma visão condescendente do acampamento, demonstra isso de forma peculiar. Ele é a pessoa que mais trouxe gente para cá.

Houve um silêncio desconfortável. Renée encarou Carol com uma curiosidade inocente. Da parte dela, Carol não olhava para a outra. Em vez disso, tomou um longo gole de café, um gesto benigno e descontraído que não enganou Harper. Por um instante, o ódio surgiu no seu rosto. John havia deixado claro na noite anterior, na floresta, que não era fã de Carol Storey; o sentimento, pelo visto, era mútuo.

Michael foi o primeiro a falar e atenuar o momento constrangedor.

— A forma mais fácil de entrar na Iluminação é cantando. O acampamento inteiro se junta na igreja todo dia depois do desjejum e cantamos juntos e sempre brilhamos. Você vai brilhar também. Talvez não aconteça de imediato, mas é só insistir. Quando acontecer, vai ser como se alguém tivesse ligado você numa bateria gigante. É como se todas as luzes estivessem sendo acessas na sua alma pela primeira vez na vida. — Seus olhos tinham um ar quente e brilhante que fez Harper querer ver se o garoto estava com febre.

— Eu não fazia a menor ideia do que estava acontecendo comigo na primeira vez que entrei na Iluminação — continuou Renée. — Falar que fiquei surpresa não faz justiça ao que senti, sra. Grayson.

— É melhor começar a me chamar de Harper — falou a Enfermeira. Ela não acrescentou que achava que não era mais a sra. Grayson. Aquele nome pertencia a Jakob, e ela sentia que tinha deixado tudo que era de Jakob para trás, na floresta. Seu nome de solteira era Willowes. Ela sentia falta da forma como o nome rolava na sua língua, e a ideia de ter o antigo nome de volta parecia outra escapatória, uma escapatória muito mais aceitável e serena do que o salto pela janela do quarto.

— Harper — disse Renée, experimentando o nome. Ela sorriu. — Não sei se vou ser capaz de me acostumar com isso, mas vou tentar. Bem, *Harper*. Eu estava lendo para as crianças. Estávamos avançando por *A fantástica fábrica de chocolate* e parei para cantar a música "The Candy Man", do filme. Algumas crianças conheciam a letra e me acompanharam. Foi um momento tão gostoso e pacífico que esqueci que estávamos todos doentes. Tive aquela sensação cálida e de transe de quando se está na frente da lareira após tomar uns drinques. E, de repente, as crianças começaram a gritar. O tempo passou a correr devagar e de forma pesada. Eu lembro que uma das crianças derrubou meu pé de hortelã da mesinha de cabeceira e parecia que eu tinha meia hora para me esticar e pegá-lo. E, quando fiz isso, percebi que meu braço inteiro estava salpicado de luz. Achei tão glorioso que não consegui ficar com medo. Mas, então, alguém gritou: *Saiam daqui, ela vai explodir!* E, na mesma hora, pensei: *Vou mesmo! Vou estourar feito uma granada!* Às vezes, acho que as pessoas ficam um pouco mais influenciáveis quando entram nesse estado. A Iluminação. Corri com o pé de hortelã como se minha vida dependesse disso. Passei por dois pares de seguranças e meia dúzia de médicos e enfermeiros, atravessei o estacionamento e segui pelo gramado ao sul do hospital. Achei que ia colocar fogo na grama quando pisei nela, mas não. Levou um tempo para a luz se apagar, e depois eu estava trêmula e bêbada.

— Bêbada?

— Ah, sim — disse Don Lewiston. — Você fica bêbado feito um gambá quando entra na Iluminação. Ainda mais nas primeiras vezes. Esquece até o próprio nome.

— Você... o quê?

Carol falou:

— *Muitas* pessoas esquecem o próprio nome na primeira vez. Acho que é a parte mais bonita disso. Tudo que acha que define você... é arrancado como papel de presente. A Iluminação mostra seu melhor e mais verdadeiro eu, a versão que vai além de um nome ou do time de futebol para o qual você torce. E você fica consciente de que é apenas uma folha numa árvore, e todos que conhece e ama são outras folhas.

Um salgueiro, pensou Harper Willowes, e estremeceu diante da semelhança consigo mesma.

— Na primeira vez que me juntei ao Coro — falou Don Lewiston —, esqueci o rosto do meu pai, o som da voz da minha mãe e o nome do navio em que trabalhei nos últimos vinte anos. Queria beijar todo mundo que via. Ah, e fiquei bastante generoso. Lembro-me de que isso aconteceu na capela, depois de uma bela cantoria. Estava sentado ao lado de uns garotos, e não parava de dizer quanto os amava, e a única coisa que conseguia pensar era em tirar minhas botas e tentar dar para eles. Uma bota para cada um, de forma que eles sempre teriam algo para se lembrar de mim. Eles riam como adultos se divertindo a valer ao se deparar com um adolescente que bebeu a primeira cerveja.

— Por que você não voltou para o hospital? — perguntou Harper para Renée. — Depois de... entrar na Iluminação?

— A princípio, o pensamento nunca me ocorreu. Eu estava fora de mim. Ainda segurava o pé de hortelã e pensei que a planta não podia ficar num vaso, que era *cruel* mantê-la num vaso. Fiquei com vergonha de todos os meses em que a mantive prisioneira. Entrei ainda mais na floresta e fiz uma boa e tranquila cerimônia de plantio. Então, sentei-me com a hortelã, o rosto voltado para o sol, sentindo-me mais satisfeita do que nunca. Acho que pensei que ia fazer fotossíntese junto à minha planta. Em algum momento, ouvi um galho se partindo, abri os olhos e lá estavam a Capitão América e o Tigre Tony. E sabe o que mais? Não fiquei nem um pouco surpresa ao vê-los. Uma super-herói e um menino-tigre pareciam a parte lógica do meu dia.

— Allie — disse Harper. — E Nick. Nick! E quanto ao Nick? Como ele pode se juntar às suas cantorias e brilhar com o restante de vocês se não consegue ouvir?

Os outros trocaram olhares — e irromperam em uma risada alegre, como se Harper tivesse dito algo muito espirituoso.

— Nick — falou Carol — tem um talento natural. Ele conseguia brilhar antes mesmo de *mim*. Embora por que... *por que* é tão fácil para ele entrar na Iluminação... essa é uma pergunta que nenhum de nós pode responder. Nick diz que só porque *ele* não pode ouvir a música, não significa que a *Escama de Dragão* não possa. Meu pai afirma que é outro milagre. Ele acredita muito em milagres. Eu também, suponho. Vamos, Harper, quero lhe mostrar o restante do acampamento.

— Se quiser um apoio — ofereceu Michael —, tenho um ombro.

Na saída, eles pararam para colocar a louça em um compartimento de água cinzenta com sabão, e Harper deu uma olhadela nos dois adolescentes trabalhando na cozinha. Estavam secando os copos enquanto ouviam o rádio.

O aparelho estava ligado na estática.

5

AS CRIANÇAS PERSEGUIAM UMA bola de futebol no vale novamente, o verde pálido e fantasmagórico correndo de lá para cá, como um fogo-fátuo sob o efeito de drogas.

— Não sei como vamos cansá-los quando nevar — falou Carol.

— O que vai acontecer quando nevar?

— O sr. Patchett diz que teremos que ser mais cuidadosos com a movimentação externa — respondeu Michael. — Se deixarmos pegadas, alguém pode vê-las do ar. Não estou ansioso por nenhum aspecto do inverno.

— Quando você veio para o acampamento, Michael? — perguntou Harper.

— Depois de minhas irmãs queimarem até a morte — disse ele, sem qualquer traço de nervosismo. — Elas queimaram juntas. Ainda se abraçavam depois de eu apagar o fogo. É uma bênção. Eu acho. Não morreram sozinhas. Tinham uma à outra para se confortar. Elas partiram deste mundo, mas escuto as duas sussurrando para mim na Iluminação.

Carol falou:

— Às vezes, quando estou na Iluminação, posso jurar que sinto minha irmã do meu lado, perto o suficiente para que eu possa colocar a cabeça no ombro dela, como eu costumava fazer. Quando brilhamos, eles voltam para nós, sabe? A luz que criamos juntos mostra tudo o que foi perdido para a escuridão.

Harper suprimiu um arrepio. Quando falavam da Iluminação, todos eles demonstravam a felicidade descomplicada dos conformistas.

Carol levou Harper para o jardim dos monólitos altos e dos altares pagãos de rocha.

— Há um rumor que diz que estas pedras têm milhares de anos de idade e que foram colocadas aqui por uma tribo antiga, com a ajuda de tecnologia alienígena. Mas meu pai diz que foram trazidas para cá da pedreira de Ogunquit, e é por isso que é melhor nunca fazer perguntas a ele sobre nada interessante.

Quando Harper estava entre as rochas, conseguiu ver placas de bronze aparafusadas nos pilares altos de granito. Uma delas listava o nome de dezessete garotos que morreram na lama do leste da França durante a

Primeira Guerra Mundial. Outra listava os nomes de 34 rapazes que morreram nas praias do oeste da França durante a Segunda. Harper pensou que todas as lápides deveriam ser daquele tamanho, que os pequenos blocos encontrados nos cemitérios nem começavam a expressar a enormidade doentia de perder um filho virgem, a milhares de quilômetros de distância, na lama e no frio. Era necessário algo tão grande que poderia cair e esmagar você.

— Esta é a igreja — disse Carol. — Se você subir no campanário num dia de sol, dá para ver até o Maine. Mas você não quer ver o Maine. Não tem nada ao norte exceto fumaça preta e raios. De manhã, nós nos reunimos para cantar, compartilhar a Iluminação e, em geral, meu pai fala algumas palavras. Depois, o lugar serve como sala de aula. — Carol apontou para um caminho serpenteante entre sumagres e abetos. — Eu moro lá, além da mata, na casinha branca com a estrela preta. Fico com meu pai. Às vezes, me sinto culpada por isso. Eu provavelmente deveria ficar com as mulheres, no dormitório feminino... é para lá que estamos indo. Meu pai diz que posso me mudar a qualquer hora se eu quiser ficar com as mulheres, mas sei que, se o deixasse, ele nunca conseguiria dormir. Beberia café demais e se preocuparia, ficaria andando de lá para cá e se preocuparia mais ainda. Hoje em dia, ele só dorme por cinco horas, e tenho que fazê-lo engolir um comprimido para que isso aconteça. Vamos! Deixa eu mostrar onde fica o harém!

Carol a levou para a parte de trás da capela, onde quatro degraus de pedra desciam por um buraco mais ou menos do tamanho, do formato e da profundidade de um túmulo. No fundo, havia uma porta velha com dobradiças enferrujadas, meio aberta para o porão.

— Vão ter que seguir sem a gente a partir daqui — disse Michael, acenando a cabeça para Don. — Não temos permissão para entrar.

— Não é um lugar para dois jovens robustos como nós — falou Don Lewiston. — Todas as mulheres despindo você com os olhos, pensando em maneiras de usá-lo para satisfazer às suas necessidades reprimidas... Isso faz um homem decente se sentir sortudo por ter escapado com a vida e a virgindade intactas.

Michael baixou a cabeça, um rubor escurecendo os seus traços pálidos. Don riu.

Carol balançou a cabeça e deu um muxoxo.

— Michael Martin Lindqvist Jr., é simplesmente muito divertido envergonhar você.

Renée disse a Harper:

— Se não tiver nenhuma cinta-liga, posso emprestar algumas das minhas. Uma das regras do dormitório feminino é que apenas roupas de baixo francesas são permitidas. Espartilhos e por aí vai.

— *Não* estou ouvindo nenhum de vocês — disse Michael. — Estou me guardando para o casamento.

Ele empurrou Harper para Carol e marchou para longe, quase correndo. Don Lewiston foi atrás dele, as mãos nos bolsos, assobiando "Spanish Ladies".

Carol ajudou Harper a descer. Havia mais degraus do outro lado da porta, adentrando ainda mais profundamente a colina.

O cômodo abaixo da capela era um único espaço enorme, sendo que o teto era sustentado por colunas de tijolos caiados. Camas de acampamento formavam um labirinto na altura dos joelhos pelo chão de cimento rugoso. Quase trinta mulheres estavam ali, sentadas nas suas camas ou de pé perto de uma mesa dobrável encostada na parede dos fundos, onde havia uma cafeteira.

Michael e Don, na verdade, poderiam ter descido os degraus em segurança sem medo de se encontrarem em um jardim das delícias de seda. O lugar tinha um aroma nada sexy de umidade e naftalina, e a maioria das garotas tinha uma aparência cerosa de pessoas que não veem a luz do sol há muito tempo. Nenhuma cinta-liga à vista, mas um monte de meias molhadas penduradas em canos para secar. A moda dominante era formada por roupas do Exército da Salvação.

Havia um cavalete com lousas de ambos os lados perto do fim da escada, o tipo de coisa que uma cafeteria colocaria na calçada para anunciar os especiais do dia. Harper parou para ver o que estava escrito em uma letra feminina com giz claro:

REGRAS DA CASA

PROIBIDO CELULARES! SEU CELULAR DEVERIA
TER SIDO ENTREGUE PARA UM VIGIA!

SE VIR ALGUMA COISA OU OUVIR ALGUMA
COISA... NÃO FIQUE CALADA!

TODOS TÊM UM TRABALHO A FAZER! SAIBA QUAL É O SEU!

COMIDA, BEBIDA E MATERIAIS MÉDICOS PERTENCEM A
TODO MUNDO! NADA DE ACUMULAR ESSAS COISAS!

PROIBIDO SAIR DURANTE O DIA!

ESCUTE OS VIGIAS! ISSO PODE SALVAR SUA VIDA!

NÃO SAIA DO ACAMPAMENTO SEM FALAR COM UM VIGIA ANTES!

ARMAS SÃO ESTRITAMENTE PROIBIDAS!

SEGREDOS TAMBÉM!

A SEGURANÇA DEPENDE DE TODOS!!!

Aja como se todos dependessem de você! Porque dependem!!!

— Rápido — disse Carol. — Qual é sua música favorita, celebridade pela qual é apaixonada e o nome do seu primeiro bichinho de estimação?

Harper respondeu:

— "You've Got a Friend in Me"; Ewan McGregor, principalmente por causa de *Moulin Rouge*; e o meu primeiro bichinho foi um schnauzer chamado Bert, porque ele era preto-acinzentado e me lembrava dos limpadores de chaminé de *Mary Poppins*.

Carol subiu em uma cadeira e pigarreou, balançando um dos braços sobre a cabeça para chamar a atenção de todo o porão.

— Oi, pessoal! Esta é a Harper! Ela é a nova enfermeira. "You've Got a Friend in Me", Ewan McGregor e um schnauzer chamado Bert! Vamos dar uma salva de palmas para a Enfermeira Harper!

A resposta foi uma mistura de gritos, aplausos e saudações. Allie Storey jogou um sutiã na cabeça de Harper. Outra pessoa berrou:

— Harper de quê?

Carol abriu a boca para responder, mas Harper falou primeiro.

— Willowes — disse ela. — Harper Willowes! — E para si mesma, em um tom mais baixo: — De novo. Pelo que parece.

Carol levou Harper por um caminho serpenteante até uma cama perto do centro do cômodo. A bolsa de viagem dela havia sido colocada sobre o travesseiro.

Harper a abriu e deu uma olhada lá dentro. Suas roupas haviam sido recolhidas e guardadas em pilhas arrumadas. *A mãe portátil* estava acima de tudo. Ela dobrou o Gato Temporário e colocou-o lá dentro. O primeiro bichinho do bebê.

— Eu queria agradecer ao sr. Rookwood por recolher minhas coisas — falou Harper, lembrando apenas depois que as palavras saíram da sua boca que o Bombeiro parecia ser o assunto menos favorito de Carol Storey. Mas era tarde demais, então, em um tom casual e descuidado, ela concluiu: — Onde posso encontrá-lo?

Não houve olhar de desprezo ou raiva dessa vez. Em vez disso, Carol a encarou com uma expressão neutra, quase vazia, e deu um soco de leve no seu braço.

— Vamos sair de novo. Vou mostrar para você.

Mesmo com a ajuda de Carol, o tornozelo de Harper doeu bastante quando elas subiram os degraus de volta à noite. A temperatura havia caído. O ar tinha uma textura agora, mil grãos finos de quase chuva soprando do oceano.

As duas estavam sozinhas, no canto direito traseiro da capela. Carol apontou para além do campo de futebol, dos pinheiros e do ancoradouro coberto. Lá, na escuridão crescente da água, havia uma ilhota ainda mais escura.

— Ele está ali — disse ela. — John Rookwood. Não frequenta a igreja. Não come conosco. Fica no canto dele.

— O que está fazendo na ilha?

— Não sei. É um segredo. É um segredo dele. Ele nunca deixa a ilha por muito tempo e ninguém sabe por quê. Você acaba ouvindo histórias diferentes. *Ela* morreu lá, sabe? Minha irmã. Queimou até a morte e quase levou Nick consigo. Talvez John esteja de luto por ela. Talvez esteja fazendo penitência. Talvez ele simplesmente goste de ser misterioso.

— Penitência? Ele se culpa, de alguma forma?

— Tenho certeza de que sim — respondeu Carol e, embora o rosto estivesse cuidadosamente sereno, Harper mais uma vez ouviu uma pontada, um arame farpado de emoção. — Não que tenha sido culpa dele. Ele não estava na ilha quando aconteceu. Não. Minha irmã não precisava de ajuda alguma para se matar. Conseguiu fazer isso muito bem sozinha. — Carol olhou para Harper de soslaio e falou: — Mas vou dizer o seguinte. Não vou deixar mais as crianças irem para lá, Nick e Allie. Acho que John vai entender. Você mesma pode não querer criar o hábito de aparecer para fazer visitas sociais. As pessoas que se aproximam muito de John acabam pegando fogo.

6

DEPOIS DE UM DESJEJUM de mingau de aveia mole e leitoso e café amargo, era hora de trabalhar.

Ben Patchett foi seu apoio novamente e ajudou Harper na noite excepcionalmente quente de outubro. Libélulas voavam pela escuridão perfumada. O burburinho de animação e prazer, surgindo da multidão a seu redor, a fez lembrar de pequenos parques de diversão, rodas-gigantes e massa frita.

Eles encheram a capela apertada e de pé-direito alto, sob vigas lascadas expostas. A nave era um longo gabinete de sombras, com as janelas cobertas por tábuas, o espaço enorme iluminado por algumas poucas velas. Sombras gigantescas se contorciam sem descanso nas paredes, mais distintas do que as pessoas que as projetavam.

Harper estava com o braço sobre o ombro de Ben Patchett conforme ele a levava até um banco no meio do corredor. Outro homem se apertou no seu lado direito, um sujeito gordinho e baixinho, um pouco mais velho do que Ben, com bochechas rosadas e rosto infantil. Ben o apresentou como Nelson Heinrich, que, em outra vida, fora dono de uma loja chamada Christmas-Mart, o que talvez explicasse por que ele vestia um suéter com uma rena quando o Halloween estava próximo.

A conversa animada morreu quando o Pai Storey subiu ao púlpito. Ele colocou os óculos sobre o nariz, olhou como uma coruja para o próprio cancioneiro e, então, anunciou:

— Se puderem abrir na página 332, começamos a noite de hoje com um hino simples, mas honorável, amado pelos peregrinos nos primeiros dias dos Estados Unidos.

Houve um punhado de risadas, embora Harper não tivesse entendido por que até Nelson abrir o cancioneiro na página certa. Era o cancioneiro do acampamento, para menininhos e menininhas, não um hinário de verdade, e a música na página 332 era "Holly Holy", de Neil Diamond. Harper aprovava. Se alguém poderia salvar a alma dela, provavelmente era Neil Diamond.

Carol se levantou do banco do órgão e foi até a frente do púlpito. Ela ergueu o ukulele para agradecer uma pequena onda de aplausos.

Nelson se inclinou na direção do ouvido de Harper e, bem alto, falou:

— É fácil, você vai ver! Moleza! É só relaxar e aproveitar! — *Uma afirmação infeliz com conotações infelizes*, pensou Harper.

Ben estremeceu e acrescentou:

— Nem sempre acontece na hora. Não se preocupe se nada acontecer com você hoje à noite. Seria impressionante se acontecesse! Como fazer um strike na primeira vez que se pega uma...

Mas ele não teve a chance de terminar a frase. Carol começou a tocar, cantando aquela melodia que parecia tanto uma marcha militar quanto uma música gospel. Quando todos a acompanharam — mais de cem vozes ressoando na escuridão —, um pombo se assustou em uma das vigas acima.

Allie e Nick estavam na fileira diretamente à frente dela, e a primeira vez que Harper soube que algo estava acontecendo foi quando o garoto virou a cabeça para ela, sorrindo, e os seus olhos, em geral verde-água, eram anéis de luz dourada.

As listras de Escama de Dragão nas costas da mão de Ben Patchett se acenderam, como fios de fibra ótica se enchendo de brilho.

Um brilho foi aumentando de todas as direções, sobrepondo-se à fraca iluminação vermelha das velas. Harper pensou em um clarão atômico se erguendo no deserto. O som da música foi aumentando junto à luz, até que Harper pôde ouvir todas aquelas vozes no peito.

No púlpito, o vestido branco com cinto de Carol ficou diáfano, o corpo abaixo pintado pela luz. Ela não parecia perceber ou se importar. Harper não conseguiu deixar de pensar nas silhuetas nuas e alucinatórias que davam piruetas durante os créditos dos filmes de James Bond.

A Enfermeira sentiu que estava sendo engolida por todo aquele barulho. O brilho não era belo, era horrível, como ser pego de surpresa por faróis correndo loucamente na sua direção.

Ben estava com o braço ao redor da sua cintura e inconscientemente massageava o quadril de Harper, um gesto que ela achava revoltante, mas do qual não conseguia se livrar. A mulher olhou para Nelson e viu que ele usava um colar de luz. Quando abriu a boca para berrar o verso seguinte, Harper viu a língua cintilar em um tom tóxico de verde.

Ela se perguntou se, caso começasse a gritar, alguém a ouviria com todas as outras vozes. Não que fosse gritar — tinha perdido todo o fôlego, não conseguia nem cantar. Se não fosse pelo tornozelo fraturado, poderia ter saído correndo.

A única coisa que a fez aguentar até o fim da música foi Renée e Don Lewiston. Os dois estavam do outro lado do corredor e um pouco mais perto do púlpito, mas Harper conseguia vê-los por uma brecha na multidão. A cabeça de Renée estava virada para ela, sorrindo de forma simpática. Os laços de Escama ao redor do seu pescoço brilhavam, mas era uma espécie de brilho fraco, e a luz não tinha chegado aos olhos claros e gentis. Mais importante, ela *ainda* estava lá, ainda estava presente, prestando atenção. E foi aí que Harper compreendeu o que achava tão enervante em relação aos outros.

De certa forma, Ben e Nelson, Allie e Nick, e todos os outros tinham abandonado o lugar, deixando para trás lâmpadas feitas de pele humana. O pensamento fora substituído pela luz, e a personalidade, pela harmonia, mas ao menos Renée ainda estava lá... assim como Don Lewiston, que cantava com obediência, mas não brilhava nem um pouco. Depois, Harper descobriria que Don só era capaz de cintilar com os outros de vez em quando. Quando se iluminava, isso acontecia com intensidade; contudo, o mais comum era que ele não fosse tocado pela música. Don disse que era porque não tinha um ouvido musical, mas Harper não se convenceu. Sua voz grave, estrondosa e rouca estava sempre afinada, e ele cantava com uma confiança casual e desinteressada.

Harper deu um sorriso fraco para Renée, mas se sentiu instável e doente. Teve que fechar os olhos para suportar a investida do último verso trovejante — sua Escama de Dragão formigava de maneira incômoda, e a única coisa em que ela conseguia pensar era *Parem, parem, parem* — e, quando acabou, e a capela irrompeu com pés batendo, assobios e aplausos, ela teve que se segurar para não chorar.

Ben acariciava seu quadril, distraído. Ela tinha certeza de que ele não sabia o que estava fazendo. A luz nas marcas da sua Escama exposta ia desaparecendo, mas um brilho da cor do bronze permaneceu nos seus olhos. Ele a encarou com carinho, mas não pareceu reconhecê-la de imediato.

— *Mmnada?* — perguntou Ben. Sua voz tinha um ar murmurante e musical, como se ele tivesse acabado de acordar de uma soneca restauradora. — Não conseguiu? Eu não estava prestando atenção. Meio que me perdi por um minuto.

— Não consegui — respondeu Harper. — Pode ser o tornozelo. Doeu a manhã inteira e me distraiu um pouco. Talvez eu fique sentada durante a próxima música para descansar.

E ela se sentou. Ela se sentou e fechou os olhos para não ver o brilho claro que parecia tanto com faróis vindo na sua direção.

Ela se sentou e esperou ser atropelada.

NOVEMBRO

7

HARPER ACORDOU NA NOITE do Dia de Ação de Graças após um sonho com Jakob e o *Arado da desolação*. Sentiu cheiro de fumaça e não conseguia ver o que estava queimando, então percebeu que era ela mesma.

Harper não estava em chamas, mas a marca na sua garganta queimara a gola da camiseta do Coldplay, deixando-a escura e esfumaçada. Abaixo da camiseta, ela tinha uma sensação semelhante à de um repelente contra insetos em um arranhão, só que por todo o corpo.

Ela afastou as cobertas com um grito e arrancou a camiseta. A listra que marcava sua pele com linhas escuras salpicava com grãos de luz vermelha venenosa. A queimadura de água-viva se intensificou, impossibilitando o ato de pensar.

O som que se espalhava, vindo das outras mulheres se mexendo nas camas, fez com que Harper pensasse pouco caridosamente em pombos assustados: um arrulhar nervoso. De repente, Allie estava lá. A garota colocou as pernas ao redor da cintura de Harper e a abraçou por trás. Ela cantava em um sussurro baixo, quase inaudível, os lábios próximos à orelha da Enfermeira. No instante seguinte, Renée estava a seu lado, segurando sua mão no escuro, entrelaçando os dedos.

Renée falou:

— Você não vai pegar fogo. Ninguém pega fogo aqui, é uma das regras. Quer desobedecer às regras e nos fazer ter problemas com Carol Storey? Respire fundo, Enfermeira Willowes. Respire fundo. Comigo agora: *para deeentro*. Para fora. *Para deeentro.*

E Allie cantou aquela música antiga do Oasis. Cantou que Harper era o porto seguro dela, em uma voz gentil, sem medo. Ela até fez isso imitando a voz do Bombeiro, com um belo sotaque inglês falso e esnobe.

Harper só chorou quando o brilho da Escama de Dragão diminuiu e se apagou, e a dor começou a passar. Ela deixou para trás uma dolorosa sensação de queimadura de sol por todo o esporo.

Allie parou de cantar, mas continuou a abraçando. O queixo ossudo descansava confortavelmente no ombro de Harper. Renée passou o dedão pelos nós dos dedos dela de maneira amorosa, maternal.

Nick Storey estava de pé no escuro, a quatro passos da cama de Harper, observando-a, inquieto. Nick era o único menino que dormia no dormitório feminino, dividindo a cama com a irmã mais velha. Ele apertava uma flauta de êmbolo no peito com uma das mãos. Não conseguia ouvi-la, mas sabia que podia tocá-la e chamar o Bombeiro. Mas o que ele faria? Talvez trouxesse uma mangueira para apagar as cinzas.

— Muito bem, garota — disse Renée. — Você está bem. Seu corpo está bem. Poderia ter sido pior.

— Poderia ter sido melhor também — falou Allie. — Você perdeu uma bela oportunidade para queimar uma camiseta horrível do Coldplay. Se um dia eu entrar em combustão espontânea, tomara que esteja segurando uma pilha de CDs deles.

Harper fez sons que poderiam ter sido risadas ou poderiam ter sido soluços. Nem ela tinha certeza. Talvez um pouco dos dois.

8

HARPER SEGUIU NOITE ADENTRO com a camiseta chamuscada do Coldplay, indo na direção do refeitório e do desjejum com o restante delas. Caminhava sem ver para onde estava indo, deixando a correnteza humana a carregar.

Um sonho. Um sonho quase a matara. Ela nunca tinha imaginado que dormir poderia ser tão perigoso quanto uma taça de vinho com Jakob e uma arma carregada.

No sonho, ela estava enormemente grávida, tão grande que era ao mesmo tempo horrível e cômico. Tentava correr, mas o melhor que conseguia era dar um gingado trágico e hilariante. Segurava o *Arado da desolação* junto aos seios doloridos e inchados, as páginas manchadas de sangue. Havia marcas de mãos sangrentas em todo o manuscrito. Harper tinha uma noção confusa de que batera com as folhas em Jakob até matá-lo e que agora precisava esconder a evidência.

Ela atravessava a rodovia para enterrar o livro, como se fosse um cadáver. Um vento gelado soprou pela estrada, apanhou o manuscrito e jogou-o no chão.

Harper se abaixou no asfalto congelado, agarrando páginas e tentando coletar o livro na escuridão fria. Na lógica do sonho, ela não podia perder página alguma. Tinha juntado mais ou menos um terço delas quando um par de faróis surgiu a menos de cem metros na estrada. Um caminhão de duas toneladas com um limpa-neve do tamanho da asa de um avião estava estacionado junto ao meio-fio.

— Ah, sua puta — gritou Jakob ao volante. — Sabe quanto eu trabalhei nisso? Cadê o respeito pela literatura?

As engrenagens giraram. O caminhão começou a andar. Jakob ligou os faróis no máximo, prendendo Harper à estrada com uma luz azul cegante. O homem acelerou, engatando a segunda marcha, o barulho do motor crescendo até formar um grito de diesel, e os faróis perfurando-a, os faróis quentes na sua pele, os faróis a *cozinhando*...

Só de lembrar, a Escama de Dragão formigava com um calor doentio.

Ela caminhava com a cabeça baixa, tão perdida em pensamentos desesperados e lúgubres que ficou surpresa quando alguém lhe deu um beijo frio e gentil na bochecha. Olhou para cima e foi beijada de novo, na pálpebra direita.

Estava nevando. Grandes flocos brancos do tamanho de penas flutuavam sem rumo na escuridão, tão suaves e leves que mal pareciam estar caindo. Ela fechou os olhos. Abriu a boca. Provou um floco de neve.

O refeitório estava quente e tinha cheiro de apresuntado grelhado e molho branco. Harper avançou por uma algazarra de gritos, risadas e talheres batendo.

As crianças tinham feito jogos americanos de papel no formato de perus e os coloriram. Todas elas estavam trabalhando como garçons naquela noite e usavam chapéus de peregrinos feitos de cartolina.

Renée levou Harper para uma das mesas compridas e as duas se sentaram juntas. Ben Patchett deslizou pelo outro lado, batendo no quadril da Enfermeira enquanto se acomodava no banco.

— Você queria se sentar conosco, Ben? — perguntou Renée, embora ele já tivesse se acomodado.

Nas últimas três semanas, Ben desenvolvera o hábito de ficar sempre por perto. Quando Harper caminhava na direção de uma porta, parecia que ele sempre estava lá para abri-la. Se ela mancava, ele se colocava a seu lado, sem ser solicitado, e envolvia sua cintura com o braço para servir de apoio. As mãos grandes e quentes a lembravam de massa fermentada e crua. Ele era inofensivo e tentava ser útil, e ela queria se sentir grata, mas, em vez disso, com frequência ficava preocupada ao vê-lo.

— Você está bem, Harper? — Ben apertou os olhos para ela. — Parece vermelha. Beba alguma coisa.

— Eu estou bem. Já bebi um pouco d'água e você não acreditaria no quanto estou mijando nesses dias.

— Eu falei para *beber*. — Ele empurrou um copo de papel de suco de cranberry na direção dela. — Ordens do dr. Ben.

Ela pegou o copo e bebeu, sobretudo para fazê-lo se calar. Harper sabia que Ben estava brincando, tentando se divertir com ela de uma maneira atrapalhada, mas a Enfermeira notou que ficou ainda mais irritada com ele do que de costume. Não era problema nenhum para *ele* entrar na Iluminação. Ben Patchett sempre se iluminava na capela, desde os primeiros acordes que Carol tocava no órgão. Ele nunca acordaria em chamas. Não precisava ficar com medo ao ir dormir.

O pesadelo de Harper de ser atropelada na estrada não a surpreendeu. Ela se sentia aprisionada no caminho de faróis em rota de colisão ao menos uma vez por dia, enquanto o restante deles cantava. Já fazia um mês que estava no acampamento e não conseguira entrar na Iluminação nem uma vez. Na capela, ela era uma lâmpada queimada em um pisca-pisca de árvore de Natal. Cerrava os punhos no colo todos os dias durante a cerimônia, uma aviadora com os nós dos dedos brancos rangendo os dentes ao passar por um período de turbulência violenta.

Recentemente, até Ben parou de lhe assegurar que era só uma questão de tempo para ela se *conectar* ou se *ligar*... frases que faziam parecer que ela precisava ficar on-line com uma espécie de modem da alma. Quando o serviço na capela acabava e todos iam embora, Harper notava pessoas evitando contato visual com ela. Aqueles que olhavam para Harper o faziam com sorrisinhos acanhados de pena.

Houve alguma comoção do outro lado do salão enquanto Carol ajudava o Pai Storey a subir em uma cadeira. O homem levantou ambas as mãos para pedir silêncio, sorrindo para todos no cômodo quase lotado e piscando através dos seus bifocais dourados.

— Eu... — começou ele, de um jeito meio resmungado e meio abafado, e então colocou a mão na boca e retirou de lá uma pedra branca. As pessoas responderam com um estrondo de risadas adoráveis.

Alguém (parecia a voz de Don Lewiston) gritou:

— Nossa, Pai, é isso que tem para o jantar? *Cristo*, a comida aqui é ruim.

Norma Heald olhou feio para quem quer que tivesse dito aquilo e falou:

— Nada de lanches antes das refeições, Pai.

O Pai Storey sorriu e falou:

— Achei que, como hoje é Dia de Ação de Graças, eu deveria falar alguma coisa antes de comermos. Vocês podem unir as mãos em prece se quiserem, ou segurar a mão de quem estiver a seu lado, ou me ignorar e escutar o vento, o que quiserem.

Pigarros foram ouvidos e pernas de cadeiras foram arrastadas. Ben Patchett pegou a mão de Harper, a palma úmida e massuda. Renée deu um olhar de soslaio para Harper cheio de simpatia sardônica — *Olha só quem tem um namorado! Sorte a sua!* — e pegou a outra mão dela.

— Todos nós, juntos, somos um coro de louvor, salvos pela música e pela luz — disse o Pai Storey. — Somos gratos pela chance de nos reunirmos em harmonia, salvos pelo amor que sentimos uns pelos outros.

Temos tanto a agradecer. Eu sei que sou grato pelo pão e pelo molho branco. O cheiro está incrível. Todos cantamos nossos agradecimentos a Norma Heald, que se esforçou muito para preparar um jantar de Dia de Ação de Graças com suprimentos tão limitados. Cantamos nossos agradecimentos às garotas que suaram em bicas ao ajudá-la na cozinha. Cantamos por Renée Gilmonton, que auxiliou as crianças com os chapéus de peregrinos e ensinou-as a serem garçons de primeira. Cantamos por John Rookwood, que não está aqui esta noite, mas que milagrosamente conseguiu o chocolate e os marshmallows que eu não deveria mencionar, porque não queremos que as crianças fiquem animadas demais.

Um guincho de felicidade correu por todo o salão, seguido pelo murmúrio indulgente das risadas dos adultos. O Pai Storey sorriu e, então, fechou os olhos. Seu cenho franziu ao pensar.

— Quando cantamos juntos, cantamos por todos os entes queridos que amamos, mas que não estão aqui esta noite. Cantamos em memória de cada minuto que passamos com eles. Perdi uma filha... uma filha linda, inteligente, engraçada, esforçada, difícil e inspiradora... e sinto tanta falta dela. Sei que outras pessoas aqui têm os mesmos sentimentos em relação àqueles que perderam. Canto pelo que tive com a minha Sarah. E, quando aumentamos nossas vozes em harmonia, eu a sinto aqui. Encontro seu espírito na Iluminação. Escuto *Sarah* cantando para *mim* enquanto canto para ela.

O vento soprou sob os beirais. Alguém respirou fundo de forma entrecortada. Harper conseguia perceber o silêncio nas suas terminações nervosas, um latejar suave e dolorido.

O Pai Storey abriu os olhos marejados e observou todos com gratidão e afeição.

— Quanto ao restante de nós, ainda estamos aqui, e isso é muito bom. Mais uma noite na Terra, com um pouco de música, pão fresco e boas conversas. É tudo que eu sempre quis. Não sei quanto a vocês. E agora acho que todos cantariam com alegria se eu calasse a boca para que começássemos a comer.

Houve uma comemoração, um grito alto de prazer, e depois aplausos. Don Lewiston se levantou. Então, alguns se levantaram com ele, empurrando os bancos e as cadeiras, para que pudessem bater palmas para o homem mais velho, que lhes disse que não havia problemas em ser feliz de vez em quando, mesmo agora. Conforme o Pai Storey saía da sua cadeira, eles se levantavam das suas, assobiando e aplaudindo, e Harper assobiou e aplaudiu também, grata pela presença dele. Por um instante, ao menos, não ficou preocupada em acordar sentindo cheiro de fumaça.

Eles comeram: cubos gordurosos de apresuntado, meio mergulhados em molho branco, sobre pãezinhos farinhentos e amanteigados. Harper não tinha um pingo de apetite e comia de forma mecânica, e ficou surpresa quando a comida acabou e ela vasculhou o prato pela última gota de molho. *Ela* podia não estar com fome, mas o bebê sempre estava no clima para fazer uma boquinha. Harper olhou para a metade do pãozinho no prato de Renée por tempo demais, e a mulher mais velha sorriu e usou um garfo de plástico para empurrá-lo até o prato da Enfermeira.

— Não — disse Harper. — Não faça isso. Não quero.

— Seria mais convincente se eu não visse você catando migalhas da toalha de mesa para comê-las.

— Meu Deus — falou Harper. — Eu sou uma porca. Você deve achar que está sentada do lado da porra de um suíno no chiqueiro.

Ben se contorceu e desviou o olhar. Harper não costumava falar palavrões, mas não conseguia se conter perto dele. Ben evitava obscenidades como um gato evitava água, falava *porcaria* em vez de *porra*, *meleca* em vez de *merda* e *caramba* em vez de *caralho*, um hábito que Harper achava desagradavelmente puritano. Quando ela soltava algum palavrão, ele nunca deixava de se encolher. Às vezes, Harper achava que ele parecia mais senhorinha do que Norma Heald.

Ela supôs que estava procurando por uma chance de fazê-lo pagar desde que decidira bancar o mandão e obrigá-la a beber o suco de cranberry. Assim que fez isso, no entanto, sentiu-se culpada. Era algo horrível querer ofender um sujeito que não fora nada além de decente com ela.

Ben baixou o garfo e levantou-se. Harper sentiu uma onda de horror ao se perguntar se ela o ofendera a ponto de o homem querer sair dali. Mas não, ele faria um discurso, pois subira no banco, colocara dois dedos entre os lábios e dera um assobio de estourar os tímpanos.

— Não tenho uma pedra na boca — disse Ben —, mas, quando acabar de falar, alguns de vocês provavelmente vão desejar que eu tivesse. — Ele sorriu, mas ninguém sabia muito bem se deveria rir ou não, o lugar permaneceu em silêncio, exceto por um burburinho baixo e intranquilo. — A neve pode ser bonita, mas vai tornar a nossa vida bem mais difícil. Até agora, tínhamos a liberdade de ir e vir pelo acampamento conforme queríamos e havia muito espaço para as crianças correrem e brincarem. Sinto muito, mas agora tudo isso vai ter que mudar. Hoje, os Vigias vão colocar tábuas para criar caminhos entre os prédios. Quando estiverem indo de um lugar para o outro, vocês *devem* caminhar sobre as tábuas. Se uma Patrulha de Quarentena passar por aqui e encontrar a neve toda chafurdada com pegadas, vai saber que há pessoas escondidas no acampamento. Quero que os Vigias me encontrem no Parque dos Monumentos depois do serviço de hoje. Temos que praticar como pegar as tábuas e escondê-las. Quero ser capaz de fazê-las desaparecer em dois minutos. Isso é possível, mas não vai ser fácil, então esperem lá fora por um tempo e usem roupas adequadas.

Essa fala foi recebida com grunhidos, mas Harper achou que eles não eram totalmente sinceros. Os adolescentes que tinham se voluntariado como Vigias adoravam ficar no frio, fingindo ser soldados em uma operação secreta. A maioria deles já se preparava para missões sigilosas pós-apocalípticas desde que alcançara idade suficiente para segurar um controle de Xbox.

— O Pai Storey mencionou que Norma Heald praticamente se matou de trabalhar para providenciar a refeição de hoje. Não foi fácil, considerando os ingredientes com os quais ela teve que trabalhar. O que me leva a notícias ruins. Norma, Carol e eu passamos seis horas na cozinha ontem, analisando os suprimentos. Não vou enganar vocês. Estamos numa situação complicada e tivemos que tomar algumas decisões difíceis. A partir da segunda-feira da semana que vem, todos entre treze e sessenta anos de idade, com exceção dos doentes e das grávidas — Ben olhou para Harper e piscou —, vão ter que sortear um papel de um chapéu antes do almoço. Se o papel tiver um X, vamos pedir que não faça a refeição. Num dia normal, é provável que trinta pessoas não almocem. Se você perder nos jogos vorazes… — Ele fez uma pausa, sorrindo, esperando por risadas. Quando ninguém riu, seu rosto ficou mais sombrio, e ele se apressou: — Você pode pular a loteria no almoço seguinte. Sinto muito. É uma matemática simples. O acampamento foi abastecido com suprimentos secos e enlatados para manter duzentas crianças alimentadas por alguns meses. Temos mais de cem pessoas aqui desde julho e outras aparecem toda semana. Os estoques estão baixos e não vão aumentar em breve.

Ninguém grunhiu dessa vez. Em vez disso, Harper ouviu sussurros nervosos e viu pessoas olhando, preocupadas, de um lado para outro. Allie, que estava a duas mesas de distância, se virou para Michael, sentado a seu lado, ergueu a mão para cobrir a boca e começou a murmurar furiosamente no ouvido dele.

— Qualquer pessoa que perder na loteria ainda vai poder beber café ou chá, e como agradecimento... bem, Norma achou um pouco de açúcar. Uma lata grande. Não está nem com formigas. Então, se você tirar um papel com X, poderá beber o que quiser com uma colher de chá de açúcar. *Uma.* Colher de chá. Não é muito, mas é alguma coisa. É o melhor que podemos fazer para demonstrar nossa gratidão. — A voz de Ben ficou mais dura e ele prosseguiu: — Aliás, por falar em suprimentos baixos e refeições perdidas: alguém está roubando latas de leite condensado. Um pouco de apresuntado desapareceu também, já não temos mais para dividir. Isso precisa parar. Não estou brincando. Você está literalmente roubando comida de crianças. E se alguém pegou a xícara de chá grande de Emily Waterman ontem, serei muito grato se a pessoa a colocar de volta na cama dela em algum momento. Não precisa se explicar. É só fazer isso. É uma xícara de chá bem grande, do tamanho de uma tigela de sopa, com estrelas pintadas no fundo. É a xícara das estrelas da sorte que Emily tem desde que era pequena e significa muito para ela. É só isso. Obrigado.

Ele esperou para ver se alguém ia aplaudir, mas ninguém bateu palmas e, por fim, Harper esticou o braço e pegou a mão quente e suada dele, enquanto Ben descia do banco. Não estava mais chateada com ele. A conversa retornou ao refeitório, mas fraca e preocupada.

Ben se sentou e ficou cutucando porções de molho no prato com o garfo de plástico. Renée se inclinou para olhar além de Harper e falou:

— Como está se sentindo, Ben?

— Já era ruim o suficiente ser o sujeito que tirou os celulares de todo mundo — respondeu ele. — Agora sou o sujeito que tirou o almoço. Ah, meleca.

Ele se levantou, levou o prato até o balcão e o jogou em um recipiente cheio de água cinza e ensaboada.

— Não me importo se *eu* perder alguns almoços. — Renée observou Ben levantar o colarinho e sair do refeitório sem olhar para trás. — Eles são horríveis de qualquer maneira, e eu queria mesmo perder uns quilinhos. É claro que ele entendeu tudo errado. As pessoas não ficaram com raiva dele quando pegou os celulares. Ficaram felizes! Ficaram aliviadas por alguém estar pensando em como manter todos a salvo. Não usam nada do que Ben fez contra ele. Nem mesmo o que aconteceu com Harold

Cross. A única pessoa que culpa Ben Patchett pelo que aconteceu a Harold é Ben Patchett.

— Harold Cross — disse Harper. — Já ouvi esse nome antes. Quem é Harold Cross e o que Ben fez com ele?

Renée piscou, encarando Harper, surpresa.

— Atirou nele. Não sabia disso? Atirou bem na garganta dele.

9

COMO SOBREMESA, FORAM SERVIDOS pequenos triângulos de torta cremosa de coco com crosta de biscoito, o melhor e mais doce prato que Harper tinha comido desde que chegou ao acampamento. Ela fechava os olhos após cada colherada, para se concentrar no sabor cremoso. Era tão bom que ela tinha vontade de chorar ou ao menos escrever um cartão de agradecimento sincero a Norma Heald.

Renée se ausentou por um tempo, ajudando a preparar o chocolate quente para as crianças, e quando retornou, tinha duas canecas de café e Don Lewiston e Allie Storey a tiracolo. Nick Storey também estava lá, seguindo de perto a irmã mais velha. Ele carregava uma caneca de chocolate quente à sua frente com uma espécie de reverência, não muito diferente de uma criança carregando as alianças de um casamento.

— Está tudo bem? — perguntou Renée. — Sua cara está esquisita.

— Essa é a minha cara quando tenho um orgasmo — respondeu Harper, engolindo o último pedaço de torta.

— Não acho que seja acidente algum que uma fatia de torta tenha exatamente o mesmo formato que uma boceta — disse Allie.

— Vocês, garotas, querem conversar entre si? — questionou Don. — Posso voltar outra hora. Esta conversa está tomando um rumo que pode ser desagradável para os ouvidos de um homem inocente como eu.

— Você pode se sentar — falou Renée — e explicar o que aconteceu com Harold Cross. Acho que Harper deve saber, e os dois vão poder contar muito melhor do que eu. Don, você trabalhou com ele. Allie, você o conheceu melhor do que todo mundo. E ambos estavam lá no final.

— Eu não diria que o conhecia tão bem assim. Chegou um momento em que eu não aguentava ficar no mesmo cômodo que ele — disse Allie.

— Mas você tentou — continuou Renée. — Fez um esforço. Não tem muito mais gente aqui que possa dizer o mesmo.

Nick se sentou no banco à esquerda de Allie. Olhou de Allie para Renée e de volta a Allie, então mexeu as mãos no ar, perguntando algo para a irmã. Allie franziu o cenho e começou a fazer gestos minuciosos com os dedos.

— Minha mãe era muito melhor na linguagem de sinais — comentou Allie. — Só confio mesmo nos sinais que faço com os dedos. Ele quer saber do que estamos conversando. Uma das coisas boas de esse carinha ser surdo. Não temos que nos preocupar com ele entreouvindo as piores partes da conversa e ficando triste.

— E Nick não lê lábios? — indagou Harper.

— Isso é só nos filmes.

Don bebericou o café e fez uma careta.

— Vou dizer o seguinte: nada cura um caso de felicidade com mais rapidez do que um gole desse café. Exceto falar sobre Harold Cross. — Ele colocou a caneca na mesa. — Harold quase sempre ficava sozinho. Era meio que um garoto gordo de quem ninguém gostava. Esperto demais para o próprio bem, entende? Mais inteligente do que todo mundo e não se importava de deixar isso claro. Se você estivesse cavando uma latrina, ele diria que havia um jeito melhor e mais científico de fazer isso... mas nem tocaria na pá. Daria a desculpa de que suas costas estavam doendo ou algo assim. Você conhece o tipo.

— Ele usava uma camiseta listrada e um short jeans preto, e nunca o vi vestindo nada diferente. Certa vez, uma meleca ficou grudada na camisa dele por três dias. Juro por Deus — disse Allie.

— Eu me lembro dessa meleca! — falou Don. — Aquilo ficou na camiseta dele por tanto tempo que merecia até um nome!

Nick ainda assistia à conversa, e agora perguntava outra coisa a Allie, com gestos cuidadosos e lentos. A resposta da irmã foi mais rápida dessa vez, e envolveu um nó do dedo atarraxado no nariz, imitando o ato de tirar meleca. Nick sorriu. Ele pegou um toco de lápis do bolso e escreveu alguma coisa no jogo americano em forma de peru. Então empurrou o papel para Harper, no outro lado da mesa.

Ele, às vezes, fumegava também. Nada grave, mas era como se você jogasse um monte de grama molhada numa fogueira. Uma fumacinha horrível escapava de baixo do short de Harold. Allie dizia que estava saindo do fiofó dele.

Quando Harper olhou de volta, Nick cobria a boca com a mão e dava um assobio fino e trêmulo. Ele podia não ter o poder do discurso, mas as risadinhas, ao que pareciam, permaneciam disponíveis mesmo para quem não falava.

Renée disse:

— Ele tinha sido estudante de medicina e, quando cheguei ao acampamento, era o responsável pela enfermaria. Acho que tinha vinte e quatro, talvez vinte e cinco anos. Andava por aí com um bloquinho de papel de jornalista e, às vezes, se sentava numa pedra e começava a escrever. Acho que isso deixava algumas pessoas preocupadas. Parecia que ele estava escrevendo sobre você.

Allie falou:

— De vez em quando, uma das meninas tentava pegar o bloco dele, para ver o que Harold estava escrevendo. Isso arriçava a Escama de Dragão dele, e Harold ficava furioso. *Literalmente* fumegando, sabe?

— Do fiofó — disse Don Lewiston, e dessa vez todos riram, *exceto* Nick, que tinha perdido o fio da meada e só conseguiu sorrir, curioso.

— Ele acendeu rápido quando entrou na Iluminação pela primeira vez — prosseguiu Allie. — Algumas pessoas conseguem fazer isso de imediato e outras, não. No caso de Harold, talvez tenha acontecido rápido *demais*. A Iluminação dele foi tão veloz e forte que ele ficou assustado. O rapaz gritou, se jogou no chão e rolou como se estivesse pegando fogo. Depois, falou que não gostava da sensação de ter outras pessoas na cabeça dele. E isso não acontece de *verdade*. *Não* é telepatia. Ninguém entra na sua cabeça. É só uma sensação boa, vinda das pessoas ao redor. É como estar num abraço perfeito. Após aquela primeira vez, Harold quase nunca mais se acendeu. Mantinha distância da gente. Não participava de nada... estava apenas nos observando.

— Sim. É isso mesmo — concordou Don. — Então, um dia, depois de mais ou menos duas semanas no acampamento, ele se levantou no final do serviço e disse que gostaria de falar a todos. Meio que pegou todo mundo de surpresa. Em geral, é o Pai Storey ou Carol que falam na capela. Foi como se estivesse assistindo à TV e, de repente, um dos figurantes decidisse fazer um discurso que não estava no roteiro.

— O Pai Storey — falou Renée —, Deus o abençoe, ele só enfiou a pedra de pensar na boca e sentou-se para escutar, feito um estudante se acomodando para uma aula da sua matéria favorita.

Allie passou a mão pela curvatura hirsuta da sua cabeça.

— Harold nos disse que tínhamos a obrigação moral de deixar o mundo conhecer a nossa "descoberta". Disse que não deveríamos ficar escondidos. Que deveríamos estar na televisão, que deveríamos ir a público para falar sobre o que conseguíamos fazer. Disse que nosso processo de subjugar a Escama de Dragão era de interesse científico e que havia muita gente que queria saber mais sobre nós. Tia Carol perguntou: "Harold, querido, o que quer dizer com *muita* gente quer saber mais sobre nós?". E Harold revelou que estava trocando mensagens com um médico de Berkeley que achava que a nossa comunidade representava um grande avanço. Havia outro médico na Argentina que queria que Harold tirasse amostras sanguíneas das pessoas quando elas estivessem na Iluminação. Harold falou tudo isso como se não fosse nada. Não parecia ter a mínima noção do que havia feito.

— Ah, Harper, foi ruim — disse Renée. — Aquela foi uma noite difícil.

— O sr. Patchett se levantou e perguntou com quantas pessoas ele tinha trocado mensagens e se havia feito isso dentro do acampamento. O sr. Patchett disse que rastrear a localização de um smartphone era a coisa mais fácil do mundo e que Harold havia colocado um grande X num mapa para as Patrulhas de Quarentena. As pessoas começaram a chorar, a abraçar os filhos. Éramos como pessoas num avião, que tinham acabado de ouvir do piloto que havia um terrorista na cabine. — O olhar de Allie ficou desfocado. Ela não estava mais vendo Harper, mas uma noite de medo e comoção no verão anterior. — O sr. Patchett fez Harold entregar o celular para ele e passou três minutos dando uma olhada nas mensagens. Descobriu que Harold entrara em contato com trinta pessoas diferentes no país inteiro. No mundo inteiro! E havia mandado fotos também, coisas que facilitariam a identificação do nosso esconderijo.

— Harold queria que o acampamento fizesse uma votação — falou Don Lewiston. — Bem. Ele conseguiu. Ben fez uma votação para confiscar todos os celulares do acampamento e pediu para Allie e Mikey coletarem os aparelhos num saco grande de lixo.

— Não gostei do que aconteceu com Harold depois disso — comentou Renée. — Se fizemos algum mal a ele, foi nessa época.

Allie assentiu com a cabeça.

— Depois que os telefones foram coletados, era como se Harold tivesse se transformado num inseto venenoso, e todo o acampamento quisesse mantê-lo num jarro, onde não pudesse picar ninguém. As crianças menores começaram a chamá-lo de Horrendo em vez de Harold. Ninguém se sentava com ele no refeitório, com exceção do meu avô, que se dá bem com qualquer um. Então, um dia, uma das garotas jogou um frisbee bem na cara dele e arrebentou seus óculos. Ela fingiu que tinha sido um acidente, como se tivesse jogado para ele pegar, mas foi um ato de merda, e falei para ela que foi um ato de merda. Eu sentia que alguém tinha que *tentar* defendê-lo. Então o ajudei a arrumar os óculos e comecei a me sentar com ele e meu avô durante o almoço. Eu me voluntariei para atividades com ele, para que não tivesse que trabalhar sozinho. Eu tinha toda uma ideia de que iria desenterrar o *verdadeiro* Harold. E foi o que aconteceu, só que o verdadeiro Harold era tão desagradável quanto o restante dele. Estávamos lavando a louça para a sra. Heald no refeitório um dia e, de repente, ele enfiou a mão dentro do meu short. Quando perguntei que porra ele estava fazendo, Harold respondeu que não havia razão para eu ser exigente com quem me comia, já que a humanidade estava indo para o brejo mesmo. Dei um empurrão tão forte nele que os óculos caíram e quebraram outra vez. Ele era assim.

Nick olhava de um rosto para o outro, com os olhos esbugalhados e fascinados. Seu chocolate estava quase no fim, e havia um bigodinho marrom ao redor dos lábios, e ele era a coisa mais Norman Rockwell que Harper já tinha visto. O menino mostrou a Allie algo que tinha escrito no jogo americano. Ela pegou o lápis emprestado para responder. Nick assentiu com a cabeça, então se inclinou, escreveu mais alguma coisa e mostrou para Harper.

Eu tentei alertar Allie de que ela não podia confiar nele. Harold costumava fazer as piores fumaças da bunda sempre que estava perto dela. Os surdos conseguem cheirar coisas que a maioria das pessoas não consegue, e eu conseguia sentir o cheiro da maldade ali.

Harper virou o jogo americano para que Renée o pudesse ler. Renée olhou para o papel, depois olhou para Harper e as duas gargalharam. Harper tremia, surpresa com a força da própria alegria; sentia-se inexplicavelmente a ponto de chorar. Nick as observou, confuso.

Ela tomou um gole da caneca para se acalmar, então sentiu uma bolha de hilaridade subindo nela outra vez e quase tossiu café pelas narinas. Renée bateu nas suas costas até o engasgo passar.

Don leu o que Nick tinha escrito e um canto da sua boca se levantou, formando um sorriso seco.

— É engraçado isso. Eu nunca senti o cheiro da maldade nele. Mas senti o cheiro de *outra coisa* nele uma vez... e, de certa forma, foi o primeiro dominó da série que o levou a ser morto. Harold pegou um trabalho em que deveria seguir as minhas ordens, escavando minhocas para usar de isca. Era engraçado, ele se voluntariando para um trabalho braçal. Como uma rainha se oferecendo para limpar privadas. Mas ninguém mais queria trabalhar com ele, então o peguei para a minha equipe. Harold me contou que conhecia um lugar no sul do acampamento, um terreno pantanoso em que as minhocas eram fáceis de achar. E sabia do que estava falando. Em muitos dias, ele aparecia com mais isca do que qualquer um dos rapazes que eu mandava para cavar por aí. Mas, em outros dias, ele aparecia com talvez duas minhocas no balde e dava de ombros, dizendo que tinha tido azar. Bem, pensei que nesses dias ele ia tirar uma soneca em algum lugar, e não me preocupava muito com isso. Até que um dia, no meio de agosto, ele aparece sem nada e, quando está abaixando o balde vazio, deixa escapar um arroto, e eu sinto cheiro de pizza na porra do seu bafo. Não aceitei aquilo muito bem. Vocês devem ter notado que pizza não está no cardápio aqui do Acampamento Wyndham. Dormi mal e, no dia seguinte, decidi que precisava ter uma conversa com Ben Patchett. Ben não pareceu nada satisfeito. Ele ficou rígido e pálido, sentou-se e esfregou o queixo por um tempo, e, por fim, falou que estava feliz por eu ter lhe contado aquilo. Então, me perguntou se eu me importava de aceitar o Michael como parte da equipe de iscas por uma semana. Eu sabia o que o Mikey ia cavar, e não eram minhocas, mas precisávamos descobrir o que Cross estava aprontando, então concordei. Bem, Mikey começou a segui-lo de longe. Nos primeiros dias, a pior coisa que ele viu Harold fazer foi cagar e usar as páginas de um dos livros da biblioteca do acampamento como papel higiênico.

Renée estremeceu.

— Era *O coração é um caçador solitário*. Nosso único exemplar. Se eu soubesse o que ele ia fazer com o livro, teria lhe dado *A revolta de Atlas*.

— No quarto dia, porém, nosso garoto Mike seguiu Harold até um chalé abandonado a quase um quilômetro daqui, com um gerador e internet. O rapaz estava lá com um notebook, digitando e-mails com uma das mãos e comendo Hot Pockets de pepperoni com a outra. Harold não só voltara a fazer a mesma coisa, contando segredos para as mesmas pessoas, mas também tinha um freezer cheio de comida que estava guardando só para si.

Don passou a tarefa de contar a história para Allie com um olhar de soslaio. A garota assentiu com a cabeça e seguiu em frente:

— Eu estava lá quando Mike apareceu. Isso foi na Casa da Estrela Preta, a casa em que a minha tia mora com o meu avô, não muito depois de a minha mãe morrer. — Allie falava baixo, sem esconder ou mostrar a sua dor. — Tia Carol estava com algumas das coisas da minha mãe e pediu para eu dar uma olhada, para ver se havia algo que eu queria guardar para Nick ou para mim. Não havia nada, de verdade, exceto isto. — Ela encostou no pingente dourado em formato de livro na garganta. — Quando Mike voltou e disse o que tinha visto, paramos o que estávamos fazendo, e o meu avô me mandou procurar o sr. Patchett. Quando voltei com Ben, a Tia Carol estava sentada com o rosto enterrado nas mãos, e havia fumaça preta escapando do corpo. Ela estava *tão* estressada.

"Ela disse que precisávamos forçar Harold a sair do acampamento. Mas o sr. Patchett falou que essa seria a pior coisa que poderíamos fazer. Se mandássemos Harold para longe e ele fosse pego por uma Patrulha de Quarentena, eles o obrigariam a contar tudo que Harold sabia sobre nós. O sr. Patchett queria prender Harold em algum lugar, mas meu avô falou que seria suficiente fazê-lo prometer que permaneceria na área do acampamento e pararia de entrar em contato com pessoas de fora. Carol e o sr. Patchett trocaram um olhar, tipo: 'Qual de nós vai contar a ele que essa foi a coisa mais senil que ele já falou?'. Mas a questão com meu avô é... é um pouco difícil convencê-lo de que as pessoas não vão fazer a coisa certa. Você odeia dizer qualquer coisa que soe hostil, desconfiada ou mesquinha perto dele. Sente que ele ficaria desapontado com você. O sr. Patchett cedeu. Fez com que meu avô concordasse que ficaríamos de olho em Harold e pronto."

Allie colocou os cotovelos na mesa e descansou o queixo nas mãos. Não observava nenhum deles no momento e baixara os olhos a fim de observar o próprio interior, de maneira desconsolada. Harper sentiu que estavam prestes a chegar ao fim da história de Harold Cross... que também era o fim de Harold Cross.

Por fim, Allie prosseguiu:

— Depois que o sr. Patchett confrontou Harold sobre o que ele estava fazendo, Harold teve dores de barriga e foi para a enfermaria. O sr. Patchett se certificou de que sempre houvesse um Vigia lá, noite e dia, para garantir que Harold não fugisse. Se não estivessem na enfermaria com ele, ficavam na sala de espera. Quando aconteceu, foi no *meu* turno, durante o dia, quando todos no acampamento dormiam. Em dado momento perto do fim do meu turno, perto do pôr do sol, precisei mijar e a única forma de chegar ao banheiro é atravessando a enfermaria. Fui andando na ponta dos pés, tomando muito cuidado para não acordar Harold. Ele estava em uma das camas com cortinas. Eu conseguia vê-lo sob os lençóis, através de uma abertura no tecido. Estava quase no banheiro quando meu quadril atingiu uma comadre, que caiu fazendo um barulho alto. Harold nem mesmo se mexeu. De repente, fiquei com uma sensaçao ruim e abri a cortina para dar uma olhada mais de perto. Só tinha travesseiros debaixo dos lençóis. — Ela olhou para cima e fitou Harper, seu olhar ferido e envergonhado. — Veja bem... eu dormi durante a maior parte da tarde, enquanto deveria estar de guarda na sala de espera. Disse para mim mesma que não tinha mal algum. Pensei que, se Harold tentasse passar por mim, eu o escutaria. Achei que tinha o sono leve demais para que ele não me acordasse. Que idiota. Eu devia estar em coma. Talvez Norma Heald tenha batizado o chá, na esperança de ter alguma sorte comigo. — O canto da sua boca formou um sorrisinho, mas o queixo estremeceu.

Don colocou a mão grossa, com aspecto de couro, na nuca dela e deu tapinhas meio gentis e desajeitados.

— Você já parou para pensar que, se estivesse acordada enquanto Harold escapava, ele poderia ter batido em você? Ele ia sair por aquela porta de um jeito ou de outro.

— Harold não ia conseguir passar nem por Nick numa briga — replicou Allie, limpando os olhos com as costas da mão.

— Quem disse que ele ia brigar? Ele poderia ter chamado você para a enfermaria e acertado sua cabeça com uma chave inglesa. Não, senhora. Ele ia nos deixar por bem ou por mal. Foi loucura pensar que poderíamos manter Harold como prisioneiro sem trancá-lo em algum lugar. Eu lutaria boxe com tubarões pelo seu avô, mas ele estava errado na forma como lidou com Harold, e Ben Patchett tinha razão.

Nick notou Allie esfregando os olhos. Ele escreveu alguma coisa no jogo americano. Allie leu e balançou a cabeça.

— Não, não quero o último marshmallow.

O menino escreveu mais alguma coisa, enfiou uma colher na caneca e tirou de lá o último marshmallow derretido. Allie suspirou, abriu a boca e se deixou ser alimentada pelo irmão.

— Ele diz que é remédio contra a tristeza — disse Allie, de um jeito um tanto abafado, mastigando o marshmallow. Uma lágrima clara descia pela sua bochecha. — Até que estou me sentindo melhor, mesmo.

Don Lewiston se inclinou, colocando os cotovelos na mesa.

— Posso contar o resto, suponho. Allie encontrou Mike, que correu para achar Ben Patchett. Minha cama fica do lado da de Ben, e os sussurros deles me acordaram. Quando ouvi que estavam se preparando para ver se conseguiam trazer Harold de volta, me ofereci para ir com eles. Talvez eu sentisse que *precisava* ir. Harold fizera parte da minha equipe. Minha falta de supervisão foi o que lhe deu a chance de voltar a entrar em contato com o mundo exterior. Não lembro quem pegou um rifle do estande de tiros, mas acho que todos pensávamos que Harold poderia não voltar de pura e espontânea vontade. Lembro que mandaram esta aqui — ele deu tapinhas no ombro de Allie — ficar no acampamento. Como devem adivinhar, isso funcionou tão bem quanto gritar com nuvens. Seguimos provavelmente por uns cinco quilômetros na trilha em vinte minutos, seguindo em linha reta para o esconderijo de Harold, e Allie foi na frente durante todo o caminho. E mesmo assim foi por muito pouco. Quando chegamos lá, era praticamente a pior situação possível. Talvez algumas das pessoas com quem Harold tinha trocado e-mails fossem quem disseram ser. Talvez a *maioria* delas fosse. Mas uma não era. Quando chegamos ao chalé, havia um furgão estacionado na frente e homens com armas. Não era uma Patrulha de Quarentena do estado. Eram os sujeitos da Cremação. Vimos tudo de trás de um muro de pedras nos fundos do chalé. Os homens tinham rifles Bushmaster e estavam batendo em Harold com a coronha das armas. Empurrando ele. Estavam se divertindo. Harold estava no chão, agarrado ao notebook e implorando por sua vida. Dizia que não era perigoso, que conseguia controlar a infecção. Estava falando para os homens que podia levá-los para um esconderijo onde havia um monte de gente que conseguia controlar a Escama de Dragão. Foi aí que Ben perguntou a Mikey se o rifle estava carregado.

— Achei que íamos lutar por Harold — falou Allie. — Como num programa de televisão. Quatro de nós contra doze deles. Bem idiota, não é? — Sua voz estava rouca e tensa, e Harper notou que Allie se controlava para não chorar. — As mãos de Mikey tremiam tanto que ele deixou as balas caírem no chão, mas Ben... ele se transformou em outro homem. Ele foi policial na sua vida antiga, sabe? Dava para ver o policial no rosto dele. Ficou calmo, mas também *implacável*. Falou: "É melhor me deixar fazer isso, filho", e pegou o rifle das mãos de Mikey. Colocou a primeira bala na garganta de Harold. A segunda, no notebook. O Esquadrão de Cremação se abaixou e, pelo que sei, podem muito bem ainda estar lá, porque nós nos levantamos, corremos como nunca e não olhamos para trás. — Seu café tinha acabado. Ele rolava a caneca entre as palmas das mãos. — Ben Patchett parecia frio o bastante na floresta, mas quando voltou, chorou sem parar. Sentou-se num dos bancos da capela com o Pai Storey o abraçando como uma criança. O Pai Storey o acalmou e disse que, se havia alguém para culpar, era ele mesmo, e não Ben.

O cenho de Nick estava franzido, e ele escreveu no jogo americano outra vez. Passou o papel para Allie, que leu a mensagem, e depois repassou o papel para que Renée e Harper a lessem também.

O sr. Patchett não devia ter mandado alguém pegar um rifle. Deveria ter mandado alguém para achar John. Ele poderia ter salvado Harold.

— Talvez — falou Don, que lia o jogo americano de cabeça para baixo. — Mas a gente estava com muita pressa. E, pelo visto, foi uma coisa boa termos corrido tanto. Se tivéssemos chegado até dois minutos depois, Harold poderia já ter confessado tudo. Aí, em vez de um garoto morto, teríamos um acampamento cheio de crianças mortas, e adultos mortos também. — Ele colocou a caneca na mesa com um barulho de vidro. As pessoas estavam se levantando, enchendo o cômodo com uma conversa alta e alegre. Era hora de ir à capela. Harper sentiu o familiar nó de pavor no estômago se apertando. Outra canção estava vindo, outra harmonia à qual ela não conseguiria se juntar, outra explosão avassaladora de ruído e luz.

— Acho que é só isso — disse Renée. — A triste balada de Harold Cross.

Harper não queria ir embora, então, quando falou, foi mais para enrolar do que por qualquer outro motivo.

— Não exatamente. Tem uma coisa que ainda está me deixando pensativa. O que havia no caderno? Alguém chegou a descobrir?

— Eu mesmo já me perguntei isso — respondeu Don, levantando-se. — Ele nunca apareceu. Talvez estivesse com ele quando foi morto. Se for o caso, não revelou a localização do acampamento, ou este lugar já teria sido completamente queimado. — Ele pigarreou e balançou a cabeça. — Acho que nunca saberemos. Alguns mistérios jamais serão resolvidos.

DEZEMBRO
10

DUAS IRMÃS, GAIL E Gillian Neighbors, estavam discutindo.

Elas compartilhavam um único frasco de esmalte vermelho, que havia desaparecido, e uma acusava a outra de tê-lo perdido ou escondido. As duas eram gêmeas e selvagens uma com a outra por natureza. Gillian já estava com um mamilo retorcido, e quando Harper as separou, Gail encostava uma meia suja no nariz sangrento. Gillian enfiara o dedão ao menos dois centímetros e meio em uma das narinas.

Harper fez uma patrulha no dormitório. Era bom pensar no problema de outras pessoas. Melhor do que se preocupar com o apagar das luzes, quando ela se deitava na cama, desesperada para dormir e doente com o pensamento do que poderia acontecer se dormisse.

Ela pensou que Allie saberia quem, se é que havia alguém, poderia ter usado o esmalte (a cor era chamada de "Incendiária", detalhe que as gêmeas Neighbors não pareceram perceber que era engraçado). Allie e outra garota estavam jogando cartas em uma pilha de valises. Harper se aproximou por trás da outra garota, Jamie Close, e esperou que elas a notassem.

— Fico feliz por *eu* não estar dormindo perto dela — dizia Jamie Close para Allie.

Jamie era uma das líderes dos Vigias, com dezenove anos, quase vinte. Tinha olhos juntos e um nariz arrebitado, que conspiravam para lhe dar um infeliz semblante suíno.

— Dormindo perto de quem? — perguntou Allie, distraída, segurando as cartas.

— Você sabe: a Enfermeira Feliz da Vida — respondeu Jamie. — Ela acordou tossindo fumaça na noite passada. Você ouviu? Eu fiquei, tipo, *queima* logo, para que a gente possa dormir. Tipo...

Allie pisou no pé de Jamie com força. Uma criança poderia ter visto aquilo como um acidente; uma criança muito pequena e inocente. Jamie enrijeceu e ficou em silêncio.

Depois de um instante, o olhar de Allie foi para cima e ela pareceu notar Harper pela primeira vez.

— Oi! O que você quer, Enfermeira Willowes?

— As gêmeas Neighbors perderam um vidrinho de esmalte. Só estou perguntando por aí se uma de vocês viu.

Jamie Close estava sentada rígida sobre um balde de cabeça para baixo. Sua camisa estava levantada para mostrar a tatuagem na lombar: um desenho da bandeira confederada acima da palavra REBELDE. Ela não teve coragem de olhar para Harper.

— Desculpe, senhora. Não faço nada com as minhas unhas a não ser roê-las.

Allie parecia querer dizer alguma coisa — os olhos estavam apologéticos e preocupados —, mas só abriu a boca, fechou-a e balançou a cabeça.

Harper deu um sorriso com esforço, agradeceu às duas e afastou-se. Sua Escama de Dragão pulsava com um calor desagradável, de tal maneira que a fazia pensar em alguém respirando fumaça de carvão.

11

HARPER SONHOU QUE USAVA um vestido de vespas e acordou quando elas começaram a picar.

O porão estava abafado e escuro no final da manhã, e ela permaneceu parada, ainda sentindo o ferrão das vespas na clavícula, na parte interna da coxa esquerda e entre dois dedos do pé.

Harper pressionou o queixo no peito, olhando para baixo, e viu um ponto vermelho queimando através da camiseta acima do seio esquerdo, como se alguém estivesse pressionando a ponta de um cigarro no algodão... pelo lado de *dentro*. Um fio sedoso de fumaça branca subia da queimadura crescente. Harper observou, em um estado de esgotamento horrível, o buraco se expandir, as bordas um rendilhado laranja bem claro. Por fim, apagou a queimadura com o polegar e tirou as faíscas do peito.

O corpo doía com quase uma dúzia dessas queimaduras de ferrão de vespas. Ela afastou as cobertas para ver se as roupas estavam queimando em outro lugar, e uma grande quantidade de fumaça preta subiu até o teto. Aquilo a lembrou de seu fascínio infantil por sinais de fumaça. O que aquela mensagem queria dizer? Provavelmente: *Socorro, vou queimar viva.*

Já chega, pensou ela.

Harper se sentou com muito cuidado, as molas de ferro rangendo. Não queria acordar ninguém, não queria causar problemas. Naqueles primeiros momentos, não tinha certeza do que pretendia fazer, só sabia que não queria conversar com ninguém sobre o assunto. Aquele *já chega* indicava uma espécie de decisão, mas ainda não estava claro para ela o que havia sido decidido.

Na cama seguinte, Renée dormia de lado, em sonhos profundos, sorrindo com algum evento imaginado. Harper meio que sentiu um impulso para se inclinar e beijar sua bochecha, ter um último momento de contato físico. *Último momento?* Ela descobriu que não conseguia encarar Renée por muito tempo. *Já chega* representava uma espécie de traição à amizade delas. *Já chega* machucaria Renée, a deixaria... como? *Desolada* foi a palavra que surgiu na sua mente. *Desolada* e *já chega* combinavam como noiva e noivo.

Harper pensou em colocar o livro *A mãe portátil* e as roupas na bolsa de viagem, mas *já chega* era um destino que não exigia bagagem. *Já chega* era uma reverberação lá no fundo, uma espécie de vazio vibrante, como se ela fosse um campanário no qual um sino havia sido solenemente tocado. Não pergunte por quem ele dobra.

Ela se levantou e caminhou pelo concreto frio e empoeirado. Harper parou no pé da escada para olhar para trás e ver o emaranhado de camas, um labirinto de mulheres dormindo. Naquele momento, Harper amava todas elas, mesmo a horrível Jamie Close com sua boca horrorosa e seu nariz arrebitado. Harper sempre quis ter uma amiga durona feito Jaime, uma pessoa rude e linguaruda, que poderia esfaquear uma vadia por falar merda. Ela amava Renée, e as garotas Neighbors, e a pequena Emily Waterman, e Allie, e Nick. Nick principalmente, com seus olhos verdes de garrafa de vidro e suas mãos hábeis, que desenhavam palavras no ar como um menino bruxo lançando feitiços.

Ela subiu três degraus até a porta, abriu a lingueta com um clique e saiu. Piscou com a luz do sol derretida. Não via luz do sol havia algum tempo, e ela machucou seus olhos.

O céu estava alto e pálido, como o telhado de lona sujo de uma tenda de circo. Subiu mais degraus, deixando fiapos de fumaça para trás. A Escama tinha feito buracos na sua roupa, buracos por toda a camiseta do *Rent*. Ela assistira a *Rent* com Jakob, e ele apertara sua mão enquanto ela chorava no final. Ficou surpresa ao notar que sentia saudade de Jakob naquele instante, da força dos braços enquanto ele a segurava pela cintura. Não parecia importar que a última vez que o vira ele tinha apontado uma arma para ela.

Supôs que Jakob estivesse certo. Teria sido muito mais fácil fazer as coisas da maneira dele. O marido sabia como seria horrível queimar até a morte. Tudo o que queria era poupá-la disso. E, por esse motivo, ela abriu o rosto dele com uma taça quebrada e desperdiçou a garrafa especial de vinho dos dois.

Harper dissera a si mesma que ia se manter viva pelo bebê, mas o bebê nunca teve nada a ver com isso, não de verdade. Ela estava aguentando porque não suportava dizer adeus à vida e a todas as coisas boas nela. Harper, de uma maneira egoísta, queria mais. Queria abraçar o pai mais uma vez e sentir o cheiro do seu perfume, que sempre a fazia se lembrar de cordas encharcadas pela água do mar. Queria se sentar na beirada de uma piscina em algum lugar, com o sol brilhando na sua pele quase toda nua, meio adormecida enquanto a mãe tagarelava sem parar sobre todas as coisas engraçadas que Stephen Colbert tinha dito na TV na noite anterior. Queria reler seus livros favoritos e visitar seus melhores amigos mais uma vez: Harry e Rony, Bilbo e Gandalf, Avelã e Topete, Mary e Bert. Queria chorar sozinha e ter outro ataque de risos de fazer xixi nas calças. Queria muito mais sexo, embora, pensando bem, a maior parte do seu histórico sexual envolvia dormir com homens de quem não gostava muito.

Ela dissera para si mesma que continuaria a viver porque queria que o filho (Harper tinha uma certeza curiosa de que era um menino, tinha essa certeza praticamente desde o início) experimentasse essas coisas boas também: conhecer os avós, ler bons livros, ficar com uma garota. Mas, na realidade, seu filho nunca faria nenhuma dessas coisas. Ia morrer antes mesmo de nascer. Ia queimar no útero dela. Ela tinha vivido apenas para matá-lo. Harper queria pedir desculpas para o bebê por tê-lo concebido. Sentia que já tinha falhado em manter a única promessa que lhe fizera.

Quando chegou ao último degrau da escada, percebeu que tinha esquecido os sapatos. Não importava. A crosta fina da primeira neve havia derretido, com exceção de algumas áreas debaixo dos pinheiros. O vento açoitava os altos emaranhados de grama morta e agitava o mar em pequenas ondas pontiagudas.

Harper não tinha certeza de que conseguiria aguentar o vento que soprava da água por muito tempo, não com as roupas finas e esfarrapadas, mas, por instantes, de qualquer forma, pensou que seria bom respirar um pouco da brisa marítima. Não deveria estar do lado de fora durante o dia — Ben Patchett ficaria chateado se soubesse —, mas o Acampamento Wyndham estava seco, frio e vazio, e não havia ninguém para vê-la.

Harper foi até o mar, caminhando pela grama úmida e podre. Parou uma vez, para inspecionar uma pedra branca do tamanho do crânio de um bebê, manchada com camadas pretas de mica de uma forma que a fez se lembrar da Escama de Dragão. Com certo esforço, foi capaz de enfiar a pedra em um dos bolsos da calça.

Caminhou por um bando de pinheiros e passou pelo ancoradouro coberto, coletando mais algumas rochas de aparência interessante conforme descia até o cais.

Harper cantarolava para si mesma, desconsolada, entoando as palavras de uma música que entreouviu algumas das crianças mais novas gritando para outras. Ela se perguntou se as crianças sabiam que a melodia parodiava "Hey Jude". Provavelmente não.

'ei, ***tuuuuuuu,***
vê se não ***chora***
se ***fritar*** *agora*
vai ser uma ***merdaaaaa,***

Que ***dó!***
Se virar uma ***pilha de pó!***
Vai sujar meu ***paletó!***
E também a calça.

Ela sorriu sem sentir prazer algum.

Queria ter acreditado no milagre da Tia Carol, queria tanto ter acreditado que poderia cantar em busca de afastar os problemas. Funcionava com todos os outros, mantendo-os a salvo e cheios de satisfação, e deveria ter funcionado com ela também, mas não funcionou, e Harper não conseguia evitar: ressentia-se por fazerem algo que ela não conseguia. Ressentia-se por sentirem pena dela.

Lá fora, sozinha na luz clara e amargamente fria da manhã, podia admitir a si mesma que achava repugnante quando todos acendiam na igreja. Ficar entre eles quando os olhos brilhavam e a Escama de Dragão pulsava era quase tão ruim quanto ser apalpada em uma multidão pela mão estranha de alguém. De todas as coisas que queria que acabassem, a Enfermeira queria o fim da capela pela manhã, do som e da fúria, da música e da luz.

Harper caminhou até o cais cheio de farpas. Ali, no oceano aberto, o ar salgado a atingia em golpes fortes e purificadores. As tábuas, desgastadas por uma década de espuma e umidade, eram agradáveis sob os pés. Ela foi até o final e sentou-se. As pedras nos bolsos bateram na madeira.

Harper encarou a ilha do Bombeiro, os dedos dos pés se arrastando sobre a água. Ela mergulhou o dedão e arfou: a água estava tão fria que fez as articulações do pé doerem.

Alguém havia deixado um pedaço de barbante verde desgastado enrolado em um dos postes. Ela começou, quase de forma preguiçosa, a desenrolar o fio. Achava importante não pensar muito sobre o que estava prestes a fazer nas docas. Se olhasse diretamente para aquilo, poderia perder a coragem.

Em um nível quase consciente, no entanto, sabia que a frieza do oceano seria quase tão insuportável quanto a sensação de picada de vespa da Escama de Dragão esquentando, e que o instinto a levaria de volta à terra firme. Porém, se amarrasse os pulsos, não seria capaz de nadar, e o frio logo ia transformar a dor em insensibilidade. Achou que abriria os olhos enquanto estivesse debaixo d'água. Sempre havia gostado da escuridão turva do mundo aquático.

As nuvens diminuíam ao leste, e ela conseguiu ver uma faixa azul-clara. Sentia-se tão limpa e aberta quanto o céu azul. Sentia-se bem. Começou a enrolar o barbante nos pulsos.

A brisa carregou um grito distante.

Ela hesitou e inclinou a cabeça para escutar.

Em uma das pontas da ilhota, estavam as ruínas de um chalé de um único cômodo. Apenas duas paredes permaneciam de pé. As outras haviam colapsado junto ao telhado. Vigas carbonizadas se entrecruzavam lá.

Uma construção menor, uma espécie de barracão sem janelas — pintado de verde com uma porta branca —, fora construída na praia que dava para o Acampamento Wyndham. Tinha telhado de grama, e uma duna fora soprada contra a parede dos fundos, de forma que lembrava uma casa de hobbit escavada na lateral de uma colina. Uma chaminé de estanho exalava um fio de fumaça durante o dia e a noite, mas, até onde Harper sabia, aquilo nunca atraiu a atenção do mundo exterior. Era impossível não olhar para o horizonte sem ver ao menos uma dezena de espirais de fumaça como aquela.

Agora, no entanto, a chaminé carregava o eco de uma voz tensa, baixa e distante.

— *Não! Não, você não pode! Não pode!* — gritou o Bombeiro. — *Não pode desistir!*

O coração saltou como uma armadilha. Por um momento alarmante, Harper teve certeza de que o Bombeiro falava com ela.

Mas é claro que ele não poderia vê-la de dentro do barracão. Ele não fazia ideia de que Harper estava lá.

— *Eu não fiz tudo que você queria?* — berrou o Bombeiro, o vento pegando sua voz e carregando-a claramente até ela por um truque perverso de acústica. — *Não fiz tudo que você pediu? Não acha que quero desistir? Mas ainda estou aqui. Se eu não posso partir, você também não pode.*

Ela sentiu que deveria correr — não tinha o direito de escutar nada daquilo —, mas não conseguiu se mover. A fúria que ouvia na voz do homem percorria seu corpo como um poste, mantendo-a no lugar.

Um grande barulho de ferro foi ouvido dentro do galpão. A porta tremeu no batente. Harper esperou, sem poder fazer nada, para ver o que aconteceria a seguir, torcendo com todas as forças para que ele não saísse e a visse.

O Bombeiro não saiu e mais nada aconteceu. A fumaça escapava de forma pacífica da chaminé, afinando-se rapidamente ao subir para o céu nublado. O vento açoitava os tufos de ervas marinhas da ilha.

Harper ouviu, esperou e observou até perceber que tremia de frio. Deixou cair o barbante que estava enrolando nos pulsos. Uma rajada o pegou, fazendo-o flutuar no ar e lançando-o na água. Harper juntou os joelhos no peito, abraçando as pernas para se aquecer. A pedra de crânio de bebê machucava seu quadril, então, ela a retirou do bolso e deixou-a na beira do cais.

Perto demais da beira. A pedra caiu para o lado. *Plup*, foi para o mar, que engoliu a pedra.

Era um som tão agradável que Harper jogou no mar todas as pedras que tinha coletado, uma a uma, só para ouvir aquele barulho de novo e de novo.

Norma Heald disse que havia fantasmas naquele lugar, fantasmas feitos de fumaça. Talvez John estivesse gritando com um deles. Talvez estivesse gritando com sombras. Ou consigo mesmo.

Fantasmas carregavam mensagens do além, mas não pareciam ser bons ouvintes. John soava tão infeliz e magoado que Harper pensou que *alguém* deveria ouvi-lo. Se os fantasmas não o ouvissem, ela o ouviria.

Além disso, Jakob sempre pensara saber o que era melhor para Harper, e, se ela cometesse suicídio, seria admitir que ele estava certo. Só isso já era razão para continuar viva — apenas para irritá-lo. Agora que estava mais desperta, sentia-se menos misericordiosa em relação à arma.

Ninguém escutou Harper voltando para o porão da capela. Seus cobertores tinham cheiro de fogueira, mas estavam tão aconchegantes que ela dormiu em minutos... e dessa vez não sonhou.

12

NA NOITE DA PRIMEIRA loteria para ver quem comeria ou não, Harper ficou responsável por trabalhar na cozinha. Norma a colocou ao lado da janela de onde serviam a comida, atrás de uma mesa dobrável com garrafas térmicas, canecas e uma latinha retangular de açúcar.

— Você pode adoçar o café dos perdedores. Uma colher cheia, nada mais. E deixe que vejam essa sua barriga, lembre-lhes porque não podem almoçar: por seu precioso e pequeno milagre — disse Norma.

Aquilo não fez Harper se sentir melhor. Fez Harper se sentir gorda, mimada e solitária. É claro que ela não estava gorda, não de verdade. Sim, tudo bem, não conseguia mais fechar a calça jeans, um fato que escondia ao usar casacos largos de moletom. Mas não era como se a mobília tremesse quando ela andava por um cômodo.

O almoço era mingau aguado com pêssegos como acompanhamento, retirados de mais uma lata. A função de distribuir os papéis da loteria recaiu sobre Nelson Heinrich, e ele apareceu para fazer o trabalho usando um dos seus suéteres de Natal: verde-escuro com biscoitos de gengibre dançando. O homem também usava um chapéu de Papai Noel, um toque obsceno, na opinião de Harper: era como se ele estivesse distribuindo bengalinhas doces e não impedindo pessoas de fazer refeições.

Os papéis foram colocados em uma bolsa feminina de couro marrom, sendo que os dos perdedores tinham um X preto neles. Harper pensou que aquela bolsa era uma espécie de oposto cármico do Chapéu Seletor. Em vez de ser selecionado para a Sonserina ou a Grifinória, você era selecionado para passar fome com uma caneca de café adocicado. Os perdedores não iam nem poder ficar no refeitório com os outros.

Não acho que seja uma boa ideia, explicara Ben Patchett. *Se deixarmos os perdedores ficarem, as pessoas vão sentir pena deles e começar a dividir a comida. Em geral, sou completamente a favor de dividir por todos, mas, nesse caso, iria acabar com todo o objetivo de loteria. Temos tão pouco para dividir, que, se as pessoas começarem a comer meia porção, vai ser como se ninguém estivesse se alimentando.*

Então, ele falou que haveria 29 tíquetes perdedores na bolsa. Ele decidira pegar o trigésimo, para mostrar que não estava pedindo a ninguém algo que ele mesmo não estivesse disposto a fazer.

Às duas da manhã — o horário em que normalmente almoçavam —, Norma abriu os ferrolhos das portas do refeitório e afastou-se conforme as pessoas começavam a entrar, a neve acumulada nos chapéus e ombros. Nevava novamente, de uma forma rápida, leve e pulverulenta.

Don Lewiston era o primeiro da fila e foi até Nelson Heinrich. Nelson piscou para ele, surpreso.

— Don, você tem sessenta e três anos! Pode ir pegar os pêssegos. Eu mesmo já comi os meus. Deus, eles estavam deliciosos!

— Vou participar da loteria, da mesma forma que os outros, muito obrigado, Nelson. Nunca fui muito de comer, de qualquer maneira, e quase prefiro uma caneca de café com um pouco de açúcar.

Antes que Don pudesse enfiar a mão na bolsa, porém, Allie foi para o lado dele e agarrou seu pulso.

— Sr. Lewiston, me desculpe, mas poderia esperar um minuto? Temos um monte de Vigias que ficaram a noite inteira no frio, limpando as tábuas entre os prédios. O Pai Storey disse que não teria problema se eles sorteassem primeiro — falou Allie.

Ela olhou para a fila e fez um gesto com a cabeça. Adolescentes começaram a se arrastar para a frente.

Alguém gritou:

— Ei, por que estão furando a fila? Todo mundo aqui quer almoçar.

Allie ignorou aquilo. Assim como Michael e os jovens que seguiam atrás dele. Michael contornou Don Lewiston com um aceno de cabeça, enfiou a mão na bolsa e retirou de lá uma pedra branca, do tamanho de um ovo de tordo.

— Hum — disse ele. — Olha só isso. Acho que perdi!

Ele meteu a pedra na boca e passou pela área em que a comida era servida, na direção da mesa de Harper. Lá, serviu um pouco de café para si mesmo em silêncio e segurou a caneca para que a mulher colocasse um pouco de açúcar.

Nelson Heinrich olhou para ele, a boca escancarada de uma forma bastante estúpida. O homem olhou para a bolsa, tentando entender de onde a pedra tinha saído.

Allie começou a assobiar uma musiquinha alegre.

Gillian Neighbors foi a próxima do sorteio. Outra pedra.

— Que azar! — disse ela, feliz, e colocou a pedra na boca. Caminhou até Harper, serviu o café e esperou o açúcar.

Atrás dela, sua irmã, Gail, enfiou a mão na bolsa, e dessa vez Harper viu que a garota já tinha uma pedra na palma, mesmo antes de começar a vasculhar os papéis.

Harper queria rir. Queria bater palmas. Sentia-se como uma garota cheia de hélio, tão leve que poderia se libertar do chão e bater no teto como um balão. A felicidade era tão grande que chegava a doer — uma felicidade feroz e clara de um tipo que não sentia desde que ficara com Escama de Dragão.

Queria pegar os adolescentes, os Vigias, os amigos de Allie, e apertá-los. E não só por causa do que estavam fazendo: ignorando a loteria e simplesmente se voluntariando para pular a refeição, assumindo a responsabilidade de não almoçar para que outros pudessem comer. Era também por causa do que Allie estava *assobiando*, uma música que Harper reconheceu desde os primeiros três acordes: uma melodia tão doce que achou que poderia parti-la em duas, assim como um vidro pode ser quebrado por certas notas musicais.

Allie assobiava "A Spoonful of Sugar", a melhor música do melhor filme já feito.

Gail Neighbors tirou outra pedra branca da bolsa, fez um som de risada e foi pegar o café. Todos os jovens estavam fazendo isso: os jovens de Allie. Todas as garotas adolescentes que rasparam a cabeça para ficar parecidas com ela e todos os meninos adolescentes que se voluntariam para ser Vigias só para ficar perto dela.

Don Lewiston empurrou para trás a boina, coçou a testa com o dedão e começou a assobiar também. Acenava com a cabeça conforme cada Vigia passava por ele para coletar uma pedra e não almoçar.

O Pai Storey também assobiava. Harper não o viu entrar, mas lá estava ele, parado ao lado da porta, com um sorriso enorme e piscando com lágrimas nos olhos. A Tia Carol estava a seu lado, a cabeça descansando no seu ombro, assobiando com todos, e seus olhos eram moedas de ouro. Quase uma dúzia de pessoas assobiava a música agora, a melodia tão amável quanto a primeira lufada de ar perfumada da primavera, e os olhos brilhavam como lâmpadas. Queimando gentilmente por dentro. Queimando com a música, com a Iluminação.

Gail Neighbors levantou a caneca para pegar o açúcar. Conforme Harper o servia, começou a cantar.

— *Just a spoonful of sugar* — cantarolou ela, a voz grossa de emoção — *makes the medicine go down, makes the medicine go dow-own...*

Ela cantou e por um instante esqueceu que estava grávida, que estava gorda, que estava sozinha, que estava coberta por uma espécie de esporo flamejante pronto para entrar em ignição. Ela cantou e esqueceu-se do livro horrível de Jakob e da arma horrível de Jakob. Esqueceu-se de que o mundo pegava fogo.

Um raio de calor surgiu na base da sua coluna e espalhou-se pelos laços de Escama de Dragão na sua pele, com uma urgência gentil e arrepiante. Ela se balançava sobre os calcanhares sem perceber. O mundo tinha uma nova qualidade líquida. Harper estava consciente de uma maré balançando no seu sangue, como se flutuasse em uma piscina de calor e luz, como se ela própria fosse um embrião, e não a portadora de um.

Da próxima vez que serviu o açúcar, os grãos brilhantes pareceram desabar em câmera lenta: uma cachoeira de riquezas. O brilho caiu em cascata ao longo da Escama de Dragão ao redor dos pulsos e da garganta, uma vibração branco-prateada. Ela era uma pipa, erguendo-se com a música em vez do vento. Estava tão quente quanto uma pipa ao sol também, a pele brilhando — de forma dolorosa, mas com uma onda de prazer. Sua mão usava uma luva de luz.

Os Vigias vieram e acenaram com a cabeça para ela e pegaram o café ou chá e seguiram em frente, e todos brilhavam; todos cintilavam feito fantasmas. Harper estava feliz por cada um deles, apaixonada por cada um deles, ainda que não conseguisse lembrar quem eram. Não conseguia se lembrar de nada que viera antes da música. Não conseguia se lembrar de nada que importasse mais do que a música. Não acreditava que uma colher de açúcar, independentemente da doçura, pudesse ser tão boa quanto a doçura derretida que corria por ela agora.

O Pai Storey foi o último a aparecer para o café. Ele retirara uma pedra da bolsa, é claro. Mas ainda não a colocara na boca, estava apenas segurando-a.

— Eis a srta. Willowes! — gritou ele. — Finalmente feliz. Feliz e parecendo bem!

— Srta... Willowes? — perguntou ela, voz tão devagar e sonhadora quanto o açúcar caindo da colher. — Quem é srta. Willowes?

— Você logo vai se lembrar — prometeu ele.

13

E HARPER SE LEMBROU. Seu nome voltou a ela antes do amanhecer, voltou a ela quase no mesmo instante que parou de tentar se lembrar dele. Seu subconsciente o tossiu sem qualquer aviso, de maneira bem parecida como daria uma resposta para uma questão de palavras cruzadas em que ela empacara.

Ela não acordou mais tossindo fumaça. Não houve mais clarões de calor queimando as camisetas à noite. Na vez seguinte que foram à capela, Carol se sentou ao órgão para tocar "Spirit in the Sky", e a congregação se levantou para cantar. Eles rugiram e pisaram no chão como marinheiros bêbados em uma história de Melville, completamente grogues e assustando as gaivotas com seus cantos do mar, e Harper berrou com eles, berrou até a garganta doer.

E eles brilharam, todos juntos, e Harper também. Seus olhos se acenderam como lâmpadas, sua pele zumbia com calor e prazer, seus pensamentos voaram para longe dela como um falcão subindo em uma corrente de ar quente de verão, e por algumas semanas tudo ficou quase bom.

LIVRO TRÊS

FALANDO NO DIABO

JANEIRO

1

ELA ACORDOU NO SEGUNDO dia de janeiro, não de um pesadelo, mas com a sensação de algo se mexendo dentro dela, forçando os músculos do seu abdômen.

Harper ficou acordada na escuridão, os olhos bem abertos, as mãos na sua barriga redonda e tensa.

Uma protuberância óssea, do tamanho da junta de um polegar, pressionada por dentro, subindo contra a palma da sua mão direita.

— Oi, você — sussurrou ela.

2

NA NOITE EM QUE o pingente sumiu, Renée e Harper estavam ouvindo o Homem Marlboro no rádio de pilha.

— Não entendo como conseguem aguentar esse homem. — Norma Heald estava passando pelas camas delas e tinha parado para ouvir o que estavam escutando. — Cada palavra é uma gota de veneno nos nossos ouvidos.

Renée falou:

— Ele é o mais próximo que temos de notícias locais.

— Mais importante — disse Harper —, somos mulheres atrozes e a atrocidade dele nos excita. Quanto pior, melhor.

— Sim — concordou Renée. — Isso também.

Harper estava dando beijos em pedaços de papel-manteiga, testando diversos tons de batom. Depois de um beijo, ela limpava a boca e tentava outro. Renée coletara batons diferentes de todas do porão.

Quando Harper fazia uma impressão agradável de batom, entregava para Renée, que enrolava o papel em um pau de canela ou em um pedaço ressecado de casca de limão e enfiava tudo em uma garrafinha de vidro para depois fechar com uma rolha. Eram beijos de emergência. Harper estava estocando a Mãe Portátil com eles de modo que, quando o filho precisasse de um beijo, teria muitos para escolher. A Mãe Portátil não era mais um livro, mas um pacote de coisas, uma coleção inteira de itens potencialmente úteis, que havia aumentado até ocupar toda a bolsa de viagem de Harper.

Nick estava a seus pés, jogando Yahtzee contra si mesmo. Os dados agitavam-se e chocavam-se dentro do copo de plástico. O porão estava cheio, com conversas altas, discussões, risadas, rangidos de molas de colchão, todos aprisionados ali enquanto nevava pesado lá fora.

No rádio, o Homem Marlboro disse:

— Você acha que uma garota com Escama de Dragão pode soprar anéis de fumaça pela boceta? Meu amigo, sempre me perguntei isso também. Bem, nesse fim de semana, o Homem Marlboro estava à solta em Portsmouth com os Incineradores do Litoral e tivemos a chance de descobrir. Vou contar tudo para vocês num instante, mas, primeiro, aqui vai uma história de Concord. O governador Ian Judd-Skiller disse que membros da Guarda Nacional estavam apenas se defendendo quando atiraram e mataram onze guimbas ontem na fronteira com o Canadá. A multidão atacou a barricada com paus, não com bandeiras brancas, como foi relatado em outro lugar, e os soldados acuados abriram fogo para dispersar…

— Ele é um assassino — declarou Norma, fungando. — Esse apresentador que vocês estão ouvindo. Ele matou gente como nós. E se *gaba* disso. Veneno nos ouvidos, é isso que ele é.

— Sim — falou Renée. — Ele é muito burro, sabe? Esta é outra razão para escutá-lo. Quanto mais soubermos *dele*, mais improvável que ele fique sabendo sobre *nós*. As pessoas telefonam dando dicas, e esse palhaço as transmite no ar ao vivo. Se alguém mencionar o Acampamento Wyndham ou apontar para a nossa direção, teremos algum tempo para nos preparar. E, mesmo que ninguém ligue, aprendi diversas coisas sobre o Esquadrão de Cremação com que ele anda, e isso só de prestar atenção ao programa dele. Descobri que o grupo conta com oito homens e mulheres, e que dois são ex-militares que foram capazes de fornecer artilharia pesada. Uma coisa de calibre cinquenta? Imagino que seja uma arma bem grande. Sei que eles têm dois veículos, uma van e um caminhão laranja. Sei que têm um rádio da polícia e que, na maior parte do tempo, os policiais locais ficam felizes em…

— Caminhão laranja? — perguntou Harper. — Quer dizer um caminhão do município?

Do outro lado do cômodo, Allie gritou:

— *Não, não!* — E virou a cama com um barulho ecoante.

Todas as cabeças se voltaram para lá — exceto a de Nick, é claro, visto que ele não ouviu nada.

Allie deu um chute em uma mala surrada, deixando cair roupa suja no chão.

— Merda! — berrou ela. — Merda! Merda *merda* merda *merda* MERDA!

As conversas se encerraram. Emily Waterman, com onze anos e pouco, uma garota que havia sobrevivido a toda a família e tinha penas de Escama de Dragão nas costas dos braços sardentos, entrou debaixo da cama e cobriu as orelhas.

Renée foi a primeira a se mexer, o rosto redondo e agradável permanecendo completamente calmo. Harper estava dois passos atrás dela.

Renée diminuiu a velocidade ao se aproximar de Allie, indo na direção da garota da mesma maneira que poderia ter tentado chegar perto de um gato selvagem. Harper ficou de joelhos para olhar debaixo da cama de Emily Waterman.

— Emily? Está tudo bem — disse Harper, esticando a mão para ela. Sussurrando, a Enfermeira acrescentou: — Allie está fazendo birra.

Mas Emily balançou a cabeça em negação e afastou-se da mão de Harper. A mulher desejou ter a lancheira da *Mary Poppins*, com os doces e o rabanete de emergência.

— Allie — disse Renée —, o que aconteceu?

— Ele sumiu, desapareceu, *porra*...

— O que sumiu? O que você perdeu?

— Eu não *perdi* nada. Meu pingente estava debaixo do meu travesseiro e agora não está porque uma dessas *putas* o pegou. — Ela olhou ao redor do porão.

Emily fez um guincho de terror e afastou o rosto da mão esticada de Harper. Pensou em tentar tirá-la de lá para lhe dar um abraço, decidiu que poderia ser alarmante demais e conformou-se em dar tapinhas nas suas costas.

Renée disse:

— Allie, sei que está chateada, mas precisa falar mais baixo...

— Não preciso fazer merda nenhuma.

— ... porque está assustando as meninas mais novas. Por que não pergunta a Nick...

— Já perguntei, você acha que não *perguntei* a ele quando comecei a *procurar*, quinze minutos atrás?

Um fio de fumaça pálida surgiu por baixo de uma perna do macacão largo de Emily Waterman.

— Allie! — gritou Harper. — Pare com isso. Você está fazendo Emily fumegar.

— Por favor, Allie — disse Renée, colocando a mão no ombro da adolescente. — Estamos todas sob tanta pressão que você não seria humana se não quisesse gritar de vez em quando. Mas, se você se sentar comigo...

— Pode parar de *encostar* em mim? — berrou Allie. Ela afastou a mão de Renée. — Você não sabe nada sobre mim. Não é a minha mãe. Minha mãe *queimou* até a morte. Você não é *ninguém* para mim. Não é minha mãe e não é minha amiga. É um abutre que se alimenta de *dor* e fica circulando por aí, procurando a próxima refeição. É por isso que passa todo o tempo livre lendo para as crianças. Adora os coraçõezinhos feridos delas. Você se alimenta da solidão delas como um vampiro. Adora crianças sem pais, porque elas *precisam* de alguém. É fácil ler uma história para elas e se sentir especial. Mas você não é especial. Pare de se alimentar da gente.

Um silêncio chocado recaiu sobre o porão.

Harper queria falar algo, mas perdeu o poder da fala. Não sabia se tinha sido silenciada pelo horror — nunca imaginara que Allie, que era tão ousada, tão esperta, tão linda e tão engraçada, pudesse ser tão cruel — ou por uma sensação paralisante de déjà-vu. Porque quando Allie insistiu que o altruísmo era, na verdade, egoísmo, e a gentileza, uma forma de manipulação, soou exatamente como Jakob. Ela tinha todo esse poder selvagem de lógica. Fazia uma pessoa se sentir ingênua e infantil por imaginar que poderia haver alguma bondade no mundo.

Renée tinha levantado o braço para proteger o rosto, como se esperasse levar um soco. Ela analisou Allie com uma fascinação silenciosa, ferida.

O lugar ainda esperava pela resposta dela — pela defesa dela — quando Nick atravessou o porão, colocando-se entre Allie e Renée. Ele segurava o cartão de pontos do Yahtzee, mostrando o verso dele, onde o menino havia escrito:

DOIS YAHTZEES SEGUIDOS!!

Allie encarou aquela mensagem sem compreender. Então pegou a folha de papel das mãos dele, amassou-a e jogou-a na cara do irmão. Ela quicou na testa e foi parar no chão.

Nick cambaleou para trás, como se tivesse sido empurrado. Seu ombro encostou no seio de Renée. Harper achou que nunca tinha visto tanta dor em um rosto antes.

Ele correu. Antes que alguém pudesse pegá-lo, disparou na direção da escada. Nick hesitou no primeiro degrau, dando uma última olhada na irmã mais velha e, por um instante, encarou-a com um olhar de desprezo tão forte quanto qualquer coisa que a própria Allie pudesse criar. Assim como a bela aparência élfica, um talento para o ódio talvez corresse na genética da família.

Harper chamou o nome dele, falou para ele esperar. Mas é claro que Nick não a ouviu — não *podia* ouvi-la. Harper se levantou para ir atrás dele, mas o menino já tinha subido a escada, batido a porta e lançado-se na neve cadente.

Ela lançou um olhar frustrado para Allie.

— O quê? *O quê?* Tem alguma coisa a dizer, Enfermeira Zé-ninguém? — perguntou Allie.

— Sim — disse Harper, invocando toda a Julie Andrews que tinha no coração. — Que *vergonha*, Allie. Que vergonha. Ele também perdeu a mãe, sabe, e você é *tudo* que ele tem. Que vergonha. Depois de ele acertar dois Yahtzees!

A resposta de Allie para isso chocou Harper mais do que qualquer outra coisa. Seu rosto se enrugou e ela começou a soluçar. Ela se sentou no chão, com as costas encostadas nas molas da cama virada.

Com essa sinalização repentina de derrota, as gêmeas Neighbors, Jamie Close e todas as participantes da sororidade não oficial e sem nome de Allie — a sociedade das garotas órfãs que raspavam a cabeça — foram para junto dela. Até Emily Waterman saiu de baixo da cama e correu para jogar os braços em volta do pescoço de Allie. As garotas pegaram as mãos dela e sentaram-se a seu lado, sussurrando calmamente e dando-lhe atenção. Gail Neighbors começou a juntar as coisas de Allie em silêncio. Uma pessoa que entrasse no porão teria imaginado que Allie era a pessoa que havia sido maltratada e humilhada, e não Renée ou Nick.

Harper voltou para a cama, que ficava à direita da de Renée. A mulher já estava sentada na ponta do colchão, parecendo tão cansada e desanimada quanto Harper.

— Será que deveríamos ir atrás de Nick? — perguntou Renée.

— Acho que não. Ele não vai chegar muito longe na neve. Os Vigias vão gritar se ele caminhar fora das tábuas. Um deles vai trazê-lo de volta em algum momento.

O Homem Marlboro ainda tagarelava, falando alguma coisa sobre uma mulher que cheirava a gato molhado enquanto queimava. Ele parecia ofendido por ela ter tido a falta de educação de feder enquanto morria. O rádio era o suficiente para Harper pensar que o fim do mundo não era tão ruim, afinal.

— Não aguento mais — disse Renée, e Harper pensou que ela estava falando da vida no acampamento, mas ela se referia apenas ao apresentador. Renée esticou a mão e, com um floreio irritado, mudou o rádio para AM e começou a passar por emissões de estática.

Harper falou:

— O que está fazendo? Por que as pessoas daqui estão sempre ouvindo estática? O que todos vocês estão procurando?

— Martha Quinn — respondeu Renée.

— Martha *Quinn*? Martha Quinn que costumava aparecer na MTV mil anos atrás?

— Ela está por aí... em algum lugar.

— Mentira — murmurou Norma Heald. — Tudo mentira. É um sonho impossível.

Renée a ignorou.

— Você sabe o que os jovens dizem.

— Não faço *ideia* do que os jovens dizem. O que eles dizem?

— Ela voltou dos anos 1980 para salvar a humanidade. Martha Quinn é nossa única esperança.

3

— EU MESMA NUNCA a ouvi, mas em teoria ela está transmitindo da costa do Maine. — Renée se esforçava para vestir uma parca laranja volumosa.

Algum tempo havia se passado. As mulheres se reuniam ao pé da escada do porão, pegando casacos e chapéus de caixas de papelão, preparando-se para a marcha de quase cem metros pela neve até o refeitório e o jantar. Lá fora, o vento gritava.

— De um barco?

— De uma ilha. Há uma cidadezinha e um laboratório de pesquisa, custeado pelo governo federal. Ou o que restou do governo federal, pelo menos. Estão fazendo testes com tratamentos experimentais.

Jamie Close sorriu, mostrando os dentes tortos, dois incisivos faltando da parte de baixo da boca.

— Eles têm um soro que dão a você com dezoito injeções. Que nem para raiva. Essa coisa suprime a Escama de Dragão, mas tem que ser dada *todo dia*. Abaixe-se, tire as calças e morda esse pedaço de pau, porque vai receber a injeção direto na bunda. Eu digo não, obrigada. Se quisesse alguém enfiando coisas dolorosas na minha bunda todo dia, era só eu falar com um tio meu.

O cachecol de Harper estava sobre a boca, dando voltas e mais voltas na parte de baixo do rosto, e ela sentiu que aquilo lhe dava permissão para não responder. A Enfermeira se espremeu na multidão de mulheres que subia os degraus, indo para a escuridão e o vendaval ensurdecedor.

— Não é tão ruim como ela disse — murmurou Gail Neighbors. Ao menos, Harper achava que fosse ela. Já era difícil diferenciar as gêmeas em qualquer situação, mas com um chapéu escondendo as sobrancelhas e o colarinho bufante da parca que tampava os ouvidos, Harper não conseguia ver quase nada do rosto. — Aparentemente, estão fazendo coisas ótimas com maconha medicinal. Todo mundo recebe sete baseados por semana. Maconha plantada pelo governo, então é bem limpa, bem tranquila.

— Além disso, a idade legal para começar a beber lá é de dezesseis anos — disse a outra, a que Harper pensava ser Gillian. As duas tinham feito dezesseis anos, Harper se lembrou, logo depois do Dia de Ação de Graças.

A pressão da multidão atrás de Harper a ejetou da escada para a noite. Um par de tábuas, uma do lado da outra, atravessava a neve, desaparecendo na escuridão. O vendaval salgado atingiu Harper, fazendo-a cambalear. Ela não estava mais tão estável quanto há alguns meses. Seu centro de gravidade estava mudando. Recuperou o equilíbrio se agarrando a um pedregulho coberto de neve.

As Neighbors passaram por ela, seguindo em frente. Emily Waterman dava saltinhos às suas costas, e Harper a ouviu falando:

— Tem sorvete lá às sextas! Sorvete feito em casa! Três sabores: morango, baunilha e café, acho. Café é meu favorito.

— Sorvete todo dia! — prometeu uma das garotas Neighbors.

— Sorvete de café da manhã! — disse a outra, e então elas desapareceram na noite.

Allie pegou o cotovelo de Harper e ajudou-a a se apoiar.

— Acha que Nick foi para o refeitório? — perguntou Allie com uma voz baixa e desalentada. Ele não tinha retornado ao dormitório, não havia sido visto desde que saíra de lá correndo.

— Não sei — falou Harper. — Provavelmente, sim.

— Acha que Renée vai voltar a falar comigo um dia?

— Acho que você vai se sentir melhor assim que pedir desculpas.

— Don Lewiston sabe onde é.

— Onde é o quê?

— A ilha. A ilha de Martha Quinn. Ao menos, ele *pensa* que sabe. Ele me mostrou num mapa uma vez. Diz que, tendo como base todas as informações, é provavelmente a Free Wolf Island, perto de Machias.

— Ele ouviu a transmissão?

— Não.

— E você?

— Não.

— *Alguém* ouviu Martha Quinn?

— *Não* — disse Carol Storey antes que Allie pudesse responder.

Elas tinham chegado a uma interseção, além do Parque dos Monumentos, em que o caminho da capela encontrava uma série de tábuas saindo da floresta. Carol apareceu na neve, que caía quase de lado, o pai em seu encalço. Ela o conduzia como se ele fosse uma criança, segurando a mão enluvada.

— Pode perguntar a qualquer um no acampamento — continuou Carol Storey. — Sempre foi outra pessoa que ouviu. E faz com que se sintam melhor o fato de ter um refúgio perfeito com o qual sonhar, qual é o problema? Eu mesma já procurei por estações AM de vez em quando. Mas vou dizer o seguinte: mesmo que ela esteja em algum lugar, Martha Quinn não tem nada do que precisamos. Já temos todo o necessário bem aqui.

Harper pisou no refeitório, a neve caindo das suas botas em aglomerados brancos. Pai Storey agitou o casaco e uma pequena nevasca caiu sobre as pernas dele. Harper deu uma olhada ao redor, procurando Nick, mas não o viu.

Eles pegaram as bandejas e foram para a fila a fim de serem servidos.

O Pai Storey disse:

— Sempre tive uma quedinha por Martha Quinn, usando aqueles coletes vistosos e gravatas finas. Tem alguma coisa numa mulher de gravata. Você tem vontade de agarrar a gravata e puxar a mulher para um abraço apertado. — Ele piscou. Norma Heald lhe serviu uma colher de ravioli. O molho tinha a consistência de lama. — Norma, isso parece delicioso. É uma receita própria?

— É a receita que vem escrita na parte de trás da caixa — disse ela.

— Maravilha! — falou ele, e seguiu para pegar alguns biscoitos.

Norma revirou os olhos ao vê-lo se afastar, então olhou de volta para Harper. Ela pegou outra colherada de ravioli, mas, em vez de colocá-la na tigela de Harper, apontou a colher enorme para a Enfermeira.

— Eu me lembro de quando ela estava na TV. Martha Quinn. Ensinando garotinhas a se vestirem feito prostitutas em miniatura. Ela, a Madonna e aquela com o cabelo que nem algodão-doce, Cyndi Lauper. Pessoas como Martha Quinn são a razão de este mundo estar sendo torturado com fogo. Pergunte a si mesma se Deus deixaria uma mulher assim viver, e faria dela Sua voz, chamando Seu povo para a segurança? Olhe no seu coração. Você sabe que Ele não permitiria isso. Ela está morta, e a Madonna está morta, e todo agiota judeu em Nova York que ficou rico transformando garotinhas em prostitutas estão mortos. Você sabe disso, e eu sei disso. — O ravioli caiu da colher para dentro da tigela de Harper fazendo um barulho espesso e úmido.

— Duvido muito que Deus tenha visões antissemitas em relação a Nova York ou a qualquer outro lugar, Norma — falou Harper. — Considerando que ele chamava os judeus de Seu povo escolhido, isso parece muito improvável. Você viu Nick? Ele apareceu para o jantar?

Norma Heald lhe lançou um olhar vidrado, aborrecido e não amigável.

— Não o vi. Por que não vai lá fora e grita o nome dele?

— Ele é surdo — respondeu Harper.

— Não deixe isso impedir você — falou Norma.

4

MICHAEL TROUXE NICK MINUTOS antes do amanhecer. Nick estava encharcado e tremendo da noite que passara a céu aberto, seu cabelo escuro emaranhado, seus olhos com olheiras profundas. Harper achou que ele parecia feral, como se tivesse sido criado por lobos.

O garoto passou pela cama de Allie sem nem olhar para a irmã, que dormia, e foi direto para a cama de Harper. Ele escreveu em um post-it: *não quero dormir mais com ela. posso dormir aqui?*

Harper pegou o post-it e escreveu: *me ensine a dizer "hora de dormir" em linguagem de sinais que temos um acordo.*

Foi assim que Nick Storey começou a dormir com Harper em vez de Allie, e que Harper renovou sua instrução na linguagem de sinais; eles estabeleceram uma nova palavra ou frase por noite como preço do ingresso para a cama dela. Ela era boa aluna, gostava de praticar com ele e ficou feliz pela distração.

Embora, talvez, ela estivesse distraída *demais*: quando a ladra roubou a Mãe Portátil, Harper nem percebeu que havia desaparecido até Renée Gilmonton perguntar o que tinha acontecido com a bolsa.

5

HARPER NUNCA TINHA VISTO o Bombeiro na capela antes — ninguém tinha — e ficou tão surpresa quanto qualquer um quando ele apareceu na noite depois que a Mãe Portátil foi roubada. Ele não chegou a entrar na capela, mas permaneceu no nártex, logo além do conjunto interno de portas. Sua presença contribuiu para um fraco, porém estável senso de antecipação que foi crescendo a noite inteira. Havia um rumor de que o Pai Storey ia falar sobre os roubos no dormitório feminino. Ele ia fazer alguma coisa.

— Acho que deveríamos mandar essa puta embora — disse Allie durante o desjejum. — Descobrir quem ela é e empacotar as coisas dela. Sem chance de dar ou pedir desculpas.

Harper falou:

— Mas e se a ladra for pega por um Esquadrão de Cremação? Eles não apenas a matariam como a forçariam a contar tudo sobre o acampamento.

— Ela não vai contar nada a eles. Não se arrancarmos a língua dela antes de a mandarmos embora. E quebrarmos os dedos para que não possa escrever.

— Ah, Allie. Não acho que esteja falando sério.

Allie apenas a encarou com uma expressão vidrada de serenidade indiferente. Como todos os Vigias, ela estava pulando refeições há mais de um mês. Suas maçãs do rosto se projetavam de uma maneira que deixava as pessoas bastante conscientes do crânio sob a pele dela.

Harper não queria que o Pai Storey ou qualquer outra pessoa se preocupasse com o que ela havia perdido. Todos tinham perdido alguma coisa: casa, família, esperança. Em comparação a essas coisas, a Mãe Portátil não parecia uma perda tão grande.

Isso não era o mesmo que dizer que não significava nada. Ela encontrara um sem-número de coisas para enfiar na bolsa e dar para o bebê. Havia uma espada de madeira com o punho de corda para quando ele precisasse praticar lutas com espadas. Havia um pequeno tocador de áudio em que Harper gravara canções de ninar, histórias para dormir e poemas. Havia um guarda-chuva para dias chuvosos e pantufas para dias de preguiça. Acima de tudo, havia o caderno que tinha dado início a tudo e que ela enchera de fatos (*seu avô — o meu pai — trabalhou na Nasa por trinta anos... ele fazia espaçonaves, juro!*), conselhos (*você pode colocar qualquer coisa numa salada — fatias de maçã, pimenta, nozes, passas, frango, qualquer coisa — e tudo vai ficar bom junto*), afeto (*eu não disse que te amo em nenhum lugar desta página, então aqui vai um lembrete: eu te amo*) e muitas letras maiúsculas e pontos de exclamação (*EU TE AMO!!!*).

Havia as contribuições de outras pessoas também. Allie Storey doou uma máscara de plástico do Homem de Ferro para quando ele estivesse executando missões secretas e precisasse de um disfarce. Renée Gilmonton pegou dezoito livros curtos da biblioteca do acampamento, um livro perfeito para cada ano da sua vida, começando com *Wheels on the Bus* e terminando com *Ratos e homens*. Don Lewiston deu de presente um barco dentro de uma garrafa. Carol Storey ofereceu a Harper um View-Master cheio de fotos de lugares históricos que não existiam mais. Naqueles dias, a Torre Eiffel era uma lança escura que perfurava um céu esfumaçado. A Strip, no centro de Las Vegas, era um descampado carbonizado. Mas, no View-Master, as luzes de neon e os chafarizes luxuosos seriam eternamente brilhantes.

Quando os últimos atrasados entraram na capela, o Pai Storey subiu os degraus até o púlpito, tirou a pedra de pensar da boca e falou:

— Achei que deveria reverter a ordem normal dos eventos hoje e dizer o que precisa ser dito antes de cantarmos e entrarmos na Iluminação. Vou me adiantar e já pedir desculpas. Por mais que adore me ouvir falando, sei que as músicas são a *minha* parte favorita da noite. Imagino que sintam o mesmo. Às vezes, penso que com metade do mundo em chamas... com tanta morte e tanta dor... é uma forma especial de pecado cantar e se sentir bem. Mas então penso que, bem, antes mesmo da Escama de Dragão, a vida da maioria dos humanos era injusta, brutal, cheia de perda, luto e confusão. A vida da maioria dos humanos era e é curta demais. A maior parte das pessoas viveu seus dias faminta e descalça, fugindo dessa guerra e daquela fome, uma praga aqui e uma inundação ali. Mas as pessoas precisam cantar mesmo assim. Mesmo um bebê que não é alimentado há dias vai parar de chorar e olhar ao redor se ouvir alguém cantando de alegria. Você canta e é como dar água a alguém com sede. É uma gentileza. Faz você brilhar. A prova de que vocês são importantes está na canção e na maneira como se acendem uns pelos outros. Outras pessoas podem cair e queimar... *vão* cair e queimar. Todo mundo neste lugar já viu isso acontecer. Mas ninguém queima aqui. Nós *brilhamos*. Uma alma assustada e sem fé é um incêndio perfeito...

— Amém — murmurou uma pessoa.

— ... e o egoísmo é tão ruim quanto o querosene. Quando alguém sente frio e você compartilha o cobertor, os dois ficam mais quentes do que se você estivesse sozinho. Você oferece o remédio aos doentes e a felicidade deles será o *seu* remédio. Uma pessoa provavelmente bem mais inteligente do que eu disse que o inferno são os outros. Eu digo que você está no inferno quando não dá algo a alguém necessitado, porque não consegue suportar ficar com menos. Está abrindo mão da sua própria alma. Precisamos cuidar uns dos outros ou estaremos caminhando sobre brasas, um fósforo pronto para ser riscado. É nisso que acredito, de qualquer maneira. Vocês acreditam nisso?

— Eu acredito — disse Ben Patchett à direita de Harper. Outros falaram o mesmo, inclusive Harper.

Sentada naqueles bancos, ela sentiu o amor que sentira por Jakob nos seus melhores momentos... ou até mais. Não por um dos homens ou uma das mulheres, mas por todos eles, por toda a igreja cheia de devotos. Todos os companheiros de viagem na Iluminação. Houvera momentos nas últimas semanas em que parecia que Harper estava descobrindo como era estar apaixonada pela primeira vez.

Jakob dissera a ela que todos os atos altruístas eram, na verdade, atos egoístas, que uma pessoa só fazia algo pelos outros para agradar a si mesma. E ele tinha razão, mesmo sem entender de verdade sobre o que tinha razão. Ele achava que o altruísmo era inútil se lhe trouxesse felicidade — que não era altruísmo de verdade —, sem ver que não havia problema em se sentir bem ao fazer outras pessoas se sentirem bem. Quando você dava sua felicidade, ela voltava em dobro. E continuava voltando, como os pães e os peixes. Esse aumento impossível era, talvez, o único milagre que não seria refutado pela ciência. Era a última maravilha permitida à religião. Viver para os outros era viver de maneira completa; viver só para si era um tipo frio de morte. O açúcar era mais doce quando você dava para outra pessoa experimentar.

Ela não se achava uma pessoa religiosa, mas, na igreja do Acampamento Wyndham, Harper havia descoberto que *todos são religiosos. Se você tinha a capacidade de cantar, tinha também a capacidade de acreditar e ser salvo.*

Com a possível exceção do Bombeiro, talvez. O Bombeiro observava o Pai Storey com uma expressão de distanciamento calmo, soltando anéis de fumaça. Ele não fumava um cigarro. Estava apenas criando os anéis em algum lugar na garganta, círculos gordos de fumaça que subiam em argolas ondulantes. Ele notou Harper olhando e sorriu. Exibido.

O Pai Storey retirou os óculos, limpou as lentes no suéter e colocou-os de volta.

— Mas acho que alguém aqui não acredita. Há mais ou menos dois meses, alguém começou a pegar itens da cozinha. Nada de mais: um pouco de leite, um pouco de carne assada. Quase não valia a pena mencionar. Quando paramos para pensar, roubar algumas latas de apresuntado poderia ser encarado como um ato de gentileza a todos. Então, outros objetos começaram a desaparecer do dormitório feminino. Emily Waterman teve a caneca roubada, a caneca estrelada da sorte. Um frasco de esmalte foi roubado das garotas Neighbors. Cinco dias atrás, alguém roubou o pingente da minha neta de baixo do travesseiro. Não sei se interessa que era de ouro, mas havia uma foto da minha filha na joia, tudo que sobrou da mãe de Allie, e ela ficou de coração partido ao perdê-lo. Ontem, a ladra pegou a bolsa de cuidados que a Enfermeira Willowes preparava para o filho que ainda está na barriga. Acredito que a maioria das pessoas aqui conhecia a bolsa de cuidados, que ela chamava de Mãe Portátil.

O Pai Storey colocou as mãos nos bolsos, e seu quadril balançou, e por um instante os óculos brilharam, refletindo a vela no púlpito, tornando-se círculos de chama vermelha.

— Tenho certeza de que a pessoa que pegou os itens do dormitório feminino deve estar se sentindo muito envergonhada e assustada. Não há ninguém nesta capela que não sofreu terrivelmente desde que descobriu o corpo marcado com a Escama e, sob um estresse desses, pode ser fácil agir de forma impulsiva, pegar algo de outro indivíduo, sem pensar em como poderia machucá-lo. Digo a quem pegou essas coisas e que está aqui entre nós agora: você não tem nada a temer ao se apresentar.

— Eu não apostaria nisso — sussurrou Allie, e as gêmeas Neighbors abafaram risadas nervosas. Allie, no entanto, não pareceu achar divertido.

— Seria necessária a mais profunda coragem para usar a voz, falar e admitir o que você fez. Mas se contar a verdade... se erguer a voz para devolver... todos aqui vão brilhar para você. A felicidade que todos sentimos quando cantamos juntos não será nada comparada a isso. Eu *sei*. Será mais doce do que qualquer canção, e cada coração vai lhe dar algo melhor do que os itens que você pegou. Vão lhe dar o perdão. Acredito nessas pessoas e na bondade delas, e quero que você saiba das mesmas coisas sobre elas que *eu* sei. Que elas podem amar você mesmo depois disso. Todos aqui sabem o que faz a Escama de Dragão brilhar. Não é a música... se fosse só a música, meu neto surdo não brilharia conosco. É a *harmonia*... a harmonia que temos uns com os outros. Ninguém vai envergonhar ou excluir você — ele baixou o queixo e lançou a todos um olhar quase severo sobre os óculos —, e, se o fizerem, vou remediar isso. Neste lugar, erguemos a voz para cantar, não para desrespeitar outra pessoa, e acredito que quem pegou essas coisas não podia evitar esses atos mais do que meu neto pode evitar ser surdo. Acredite na gente, e prometo que vai ficar *tudo bem*. — E o Pai Storey sorriu de forma tão doce que o coração de Harper se quebrou um pouco. Ele era como uma criança, olhando para uma noite de julho e esperando os fogos de artifício.

Ninguém se mexeu.

Uma tábua no chão rangeu. Alguém pigarreou.

A pequena vela tremulou no púlpito.

Harper percebeu que prendia a respiração. Não queria pensar que ninguém falaria e que o Pai Storey ficaria desapontado, que aquele sorriso seria apagado. Ele era o último homem inocente no mundo, e ela não suportaria se aquilo mudasse. Chegou a considerar — de maneira ridícula, mas intensa — em falar que *ela* tinha roubado os objetos, mas é claro que ninguém acreditaria, e ela não havia roubado coisa alguma, de forma que não poderia devolvê-las.

As irmãs Neighbors trocaram olhares ansiosos, cada uma apertando a mão da outra. Michael deu tapinhas nas costas de Allie até ela afastar o garoto. Ben Patchett exalou — uma respiração fina, tensa e infeliz. No púlpito, Carol Storey abraçou a si mesma com força, como se quisesse afastar o frio. Em todo o cômodo, talvez a única pessoa imune à tensão fosse Nick. Ele já não era um grande leitor de lábios sob as melhores condições, e com certeza não à luz de velas e a quinze metros de distância. Ele estava desenhando lápides no verso de um cancioneiro. Os falecidos incluíam os famosos CAIO E.M. COVAS, ZECA DÁVER e SILAS CANDO. Uma lápide dizia AQUI ESTÁ UM LADRÃO, ENTERRADO SEM QUALQUER PERDÃO..., talvez ele estivesse entendendo tudo direitinho.

Quando o Pai Storey enfim olhou para cima, ainda estava sorrindo. Não demonstrou o menor sinal de arrependimento.

— Ah — disse ele. — Era pedir demais, suponho. Imagino que a pessoa que tenha pegado as coisas da cozinha e do dormitório feminino deve estar sentindo uma pressão extrema. Só queria mostrar a você que todos aqui querem seu bem. Você é uma de nós. O lugar da sua voz é entre nós. Os itens que você pegou devem ser um peso terrível e tenho certeza de que gostaria de se livrar dele. Simplesmente, deixe as coisas que pegou em algum lugar em que possam ser encontradas facilmente e me entregue um bilhete dizendo onde procurar. Ou tenha uma palavrinha em particular comigo. Não vou julgar você e não tenho interesse em punições. Todos nós caminhamos com uma sentença de morte gravada na pele, então, que necessidade há de punição?

Todos nós somos culpados de sermos humanos. Há crimes piores. — Ele olhou para Carol e disse: — O que vamos cantar hoje, meu bem?

Carol abriu a boca, mas, antes que pudesse responder, alguém gritou:

— E se ela *não* se revelar?

Harper olhou ao redor: Allie. Ela tremia — de fúria, mas também, talvez, de nervosismo — e, ao mesmo tempo, o maxilar estava definido em uma expressão perfeitamente teimosa, perfeitamente hostil e perfeitamente Allie. De alguma forma, Harper não ficou surpresa. Allie era a única pessoa no acampamento que não ficava maravilhada com o Pai Storey.

— E se a ladra continuar pegando mais coisas? — perguntou Allie.

Pai Storey ergueu uma sobrancelha.

— Então, imagino que vamos ter que nos virar com menos.

— Não é justo — murmurou Gillian Neighbors. Sua voz era baixa, pouco acima de um sussurro, mas, no espaço ecoante da capela, todos conseguiram ouvi-la.

Carol deu um passo à frente, até a beirada do púlpito, olhando para os próprios pés. Quando ergueu o queixo, seus olhos estavam vermelhos, como se ela estivesse chorando ou prestes a se debulhar em lágrimas.

— Não estou com uma vontade especial de cantar — disse ela. — Acho que algo importante desapareceu hoje. Algo especial. Talvez a confiança que tínhamos uns nos outros. Allie, minha sobrinha, não quer mais ficar com as outras meninas, sabendo que há uma ladra lá. Ela não tem outras fotos da mãe, minha irmã. Não tem mais formas de se lembrar dela. Só a que estava no pingente. Aquele pingente nunca vai significar para ninguém o que significa para ela e para o irmão. Não entendo como alguém pode machucá-la dessa maneira e vir para cá e cantar como se essa pessoa se importasse com os outros. Faz tudo parecer uma farsa. Vou tocar uma música que todos conhecem, podem cantar, se quiserem, ou podem me acompanhar em silêncio. O que acharem certo. Uma parte de mim pensa que, se não podemos ser honestos uns com os outros, o silêncio pode ser melhor. Talvez todos devêssemos manter uma das pedras do Pai Storey na boca por um tempo, para pensar no que realmente importa.

Aquilo soou um pouco professoral, na opinião de Harper, mas ela viu pessoas assentindo com a cabeça. Viu também Allie limpar uma lágrima de raiva com o dedo para depois virar o rosto e sussurrar algo furiosamente para Gail e Gillian Neighbors.

Carol começou a tocar, mexendo nas cordas do ukulele, mas sem dedilhar. As notas surgiram como martelinhos batendo em sinos prateados.

Harper levou apenas um instante para reconhecer "Noite Feliz". Ninguém cantou. Houve, em vez disso, uma quietude reverente, a sala totalmente em silêncio, exceto pela música de Carol.

Harper não tinha certeza de quem havia acendido primeiro. Em algum ponto, no entanto, ela percebeu uma tênue luminescência na penumbra cavernosa. Olhos brilhavam com a cor azul-esverdeada de vaga-lumes se exibindo em uma noite de verão. A Escama de Dragão se tornou rascunho de uma leve fluorescência. Harper pensou naqueles peixes que viviam nas áreas mais fundas do oceano, iluminando as profundezas com os órgãos que brilhavam no escuro. Era uma luz fria e alienígena, diferente da usual intensidade quase cegante da Iluminação. Harper não imaginava que eles podiam criar harmonia sem som, que podiam se juntar em um coro silencioso de desaprovação em vez de canção.

Apenas metade da capela se acendeu, e Harper não estava entre eles. Pela primeira vez em semanas, não foi capaz de se juntar, de se *conectar* ao grupo. Nas últimas semanas, ela começou a ansiar pela hora da capela, e entrava na Iluminação da mesma forma que entraria em um banho quente. Agora, porém, a água estava fria. Não conseguia entender como qualquer um deles podia aguentar aquilo.

A última nota permaneceu no ar como um floco de neve que se recusava a cair. Conforme a nota ia morrendo, essa nova Iluminação de uma cor ruim morreu junto, e a escuridão ao redor deles retornou.

Carol piscou, os olhos com lágrimas. Pelas costas, o Pai Storey colocou os braços ao redor da filha e trouxe-a ao peito. Talvez a ladra tivesse roubado o pingente de quatro pessoas, afinal: a mulher morta fora irmã de Carol e filha de Tom Storey, além de mãe de Allie e Nick.

O Pai Storey espiou a capela por cima do ombro de Carol e sorriu.

— Bem. Isso foi lindo, mas espero que não se torne um hábito. Gosto de ouvir todos vocês. Vamos reorganizar os bancos para a leitura matinal e... ah! John! Quase esqueci. Obrigado por vir esta noite. Tem alguma coisa que gostaria de dizer a nós?

O Bombeiro sorriu dos fundos da capela.

— Encontrei dois homens que precisam de abrigo. Se me derem permissão, gostaria de trazê-los para o acampamento. Não posso garantir que serão boas pessoas, Pai... não consegui me aproximar o bastante para conversar com eles ainda. Os dois estão numa enrascada. Posso tirá-los de onde estão e criar uma distração para encobrir a fuga, mas preciso de ajuda para trazê-los para cá.

O Pai Storey franziu o cenho.

— Claro. Qualquer um que precisar de ajuda. Fico surpreso por você perguntar. Há alguma razão especial para a preocupação?

— Julgando pelos macacões laranja que usam — falou o Bombeiro —, aqueles que dizem "Prisão do Condado de Brentwood" nas costas, eles podem precisar de mais salvação do que um membro regular do seu rebanho, Pai.

6

QUANDO O PAI STOREY perguntou para o Bombeiro de quem ele precisava, Harper não esperava estar na lista, mas ela foi a única pessoa mencionada por nome.

— Dois ou três homens e a Enfermeira Willowes, se possível, Pai. Não sei em que estado eles vão estar. No mínimo, passaram vinte e quatro horas num esconderijo apertado, quase congelando, então estarão sofrendo de exposição ao frio. Pode fazer sentido ter ajuda médica à mão. O que dizem de nos reunirmos no Parque dos Monumentos em vinte minutos? Eu gostaria de ir logo.

O serviço religioso acabou. As pessoas se aglomeravam nos corredores, todas reclamando ao mesmo tempo. Harper abriu caminho através da multidão e do barulho. Ben Patchett estava dizendo alguma coisa — *Harper, você está grávida, ele enlouqueceu se...* —, mas ela fingiu não ouvir. Um instante depois, passou pelas enormes portas vermelhas e adentrou um frio tão seco e afiado que machucava os olhos.

Sozinha na enfermaria, ela abriu armários, juntando tudo que poderia ser útil em uma pequena sacola de nylon. Com a pressa, seu cotovelo bateu no modelo anatômico grande da cabeça humana, que tombou do balcão e espatifou-se no chão.

Harper soltou um palavrão e virou-se para afastar os cacos com o pé — estava com pressa demais para varrer aquilo —, logo hesitou.

A cabeça estava quebrada em vários pedaços grandes. Uma das metades do rosto a encarava com um espanto idiota. Havia um bloco de anotações, enrolado em forma de tubo e preso por grossos elásticos, entre os cacos.

Harper o pegou, retirou os elásticos e olhou para a capa.

CADERNO PESSOAL DE HAROLD CROSS
OBSERVAÇÕES MÉDICAS E INSIGHTS PESSOAIS
COM ALGUMAS POESIAS OCASIONAIS

Ela pensou no que fazer com o objeto, considerando que deveria haver um bocado de gente no acampamento que gostaria de saber o que Harold tinha escrito nas semanas antes da sua morte. Por fim, decidiu não tomar decisão alguma. Não havia tempo. Enfiou o caderno em uma gaveta e saiu de lá.

A Capitão América esperava por ela nos degraus da enfermaria.

— Tenho outras máscaras, se você quiser — disse Allie, andando na frente pelas tábuas bambas colocadas entre os prédios. — Tenho do Hulk, do Optimus Prime e da Sarah Palin.

— É importante esconder nossa identidade?

— Acho que não. Mas faz você se sentir mais durona. Que nem quando caras roubam um banco e estão usando máscaras assustadoras de palhaço? Eu tenho um tesão *enorme* por máscaras assustadoras de palhaço.

— A não ser que tenha uma da Mary Poppins, acho que vou como eu mesma. Mas obrigada por perguntar.

Allie a conduziu pelas imponentes rochas pagãs do Parque dos Monumentos, até um altar de pedra que teria sido o lugar perfeito para sacrificar Aslan. O Pai Storey estava atrás do altar, com o Bombeiro à sua direita, e Michael e Ben à esquerda — uma imagem que, estranhamente, fez Harper se lembrar de *A última ceia*. Michael até tinha a barba ruiva de Judas, mesmo que não tivesse um pingo da sua malícia ou do seu medo.

— Allie? — O Pai Storey ergueu uma das mãos, a palma para fora, como se estivesse benzendo algo. — Prometi à sua tia que você não participaria disso. Vá para o ônibus... você está de guarda no portão hoje à noite.

— Troquei com Mindy Skilling — falou Allie. — Ela não se importou.

— E tenho certeza de que não vai se importar se você trocar de volta.

Allie lançou um olhar hostil e questionador ao Bombeiro.

— Eu *sempre* vou. Desde quando não vou? O *Mike* está indo. Ele é só um ano mais velho do que eu. Eu comecei os Vigias, não ele. Eu fui a primeira.

— Da última vez que você saiu com John, sua tia Carol ficou sentada na frente da janela, segurando um dos seus suéteres e rezando — disse o Pai Storey. — Ela não estava rezando para Deus, Allie. Estava rezando para sua *mãe* manter você a salvo. Não a obrigue a ter outra noite assim. Tenha piedade dela. E tenha piedade de mim.

Allie continuou encarando o Bombeiro.

— Você concorda com essa besteira?

— Você escutou o homem — falou o Bombeiro. — Pode ir saindo daqui, Allie, e não me lance um desses seus olhares mortais de dezesseis anos. Desculpa por jogar um balde de água fria em você, garota.

A adolescente o fitou por mais um instante — encarando-o como se tentasse decidir qual era a melhor forma de se vingar. Então, encarou Michael e abriu a boca como se fosse suplicar para *ele*. O rapaz se virou um pouco, no entanto, coçando as costas com o cassetete de jacarandá, fingindo não a ver.

— Vão se foder — declarou Allie, a voz tremendo de raiva. — Vão se foder todos vocês.

No segundo seguinte, ela correu para as árvores. Harper tinha sido capaz de se mover daquele jeito um dia; ela se lembrava de maneira vívida como era ter dezesseis anos.

O Pai Storey sorriu de um jeito que parecia terrivelmente com uma careta.

— Da sua maneira gentil e calma, ela *consegue* deixar seus pontos bem claros, não? Eu diria também que, comparada à mãe, Allie Storey é um modelo de autocontrole.

— Meleca — disse Ben Patchett. — Esqueci de pegar uma lanterna.

— Sem problema, Ben — falou o Bombeiro, retirando a luva esquerda. — Eu trouxe uma luz.

Sua mão se acendeu formando uma gota de chama azul, com um barulho baixo, iluminando um círculo com três metros de diâmetro. Os monumentos de pedra lançavam sombras monstruosas na colina.

Ben Patchett engoliu em seco enquanto Harper ia para o lado dele.

— Nunca vou me acostumar com isso — admitiu.

7

ELES SEGUIRAM O BOMBEIRO para longe da igreja por sob os pinheiros, onde não havia tábuas nas quais caminhar. Mas a neve estava frágil ali, congelada e com aparência vítrea na superfície, e, pela maior parte do caminho, conseguiram descer a colina sem deixar rastros.

Descer a colina? Pareciam seguir para a água. Harper ficou surpresa, pois esperava que o grupo se apertaria em um carro.

O pé de Harper atravessou a superfície polida da neve, e ela caiu ao lado de Ben, que a pegou e enroscou um dos braços no dela.

— Deixe-me ajudá-la — disse ele. O homem lançou um olhar meio fechado para as costas do Bombeiro. — Foi uma loucura trazer você conosco.

Algo pesado e com um formato estranho no bolso dele pressionou o braço de Harper, e ela se encolheu. A mulher enfiou os dedos no bolso do seu casaco e encontrou um revólver: cabo de nogueira hachurada, cão de aço frio.

Ela se livrou do braço dele.

Ben olhou para Harper, sorrindo.

— Você devia ter me perguntado se era uma arma no meu bolso ou se eu estava feliz em ver você.

— Por que precisa disso?

— Tem mesmo que perguntar?

— Desculpe — disse ela. — Achei que íamos ajudar as pessoas, não atirar nelas.

— *Você* está aqui para ajudar as pessoas. Eu estou aqui para garantir que a minha enfermeira favorita volte para o acampamento sem se machucar. Não sabemos nada sobre esses homens. Não sabemos por que foram presos. Talvez, John Rookwood não se importe de arriscar a vida por dois fora da lei, mas eu me importo. — Seu rosto corou, e ele baixou o olhar. — Você já deve saber quanto me importo com você, Harp. Se algo acontecesse… Meu Deus.

Ela colocou a mão na parte de trás do seu braço e apertou. Esperava que Ben lesse aquilo como um *Obrigada por se importar comigo*, e não como um *Deus, estou com tanto tesão, a gente deveria trepar qualquer dia desses.* Na experiência dela, era muito difícil demonstrar afeto e gentileza a um homem sem dar a impressão de que também estava oferecendo uma transa.

Ele sorriu.

— Além disso, o regulamento diz que qualquer oficial transportando um prisioneiro deve estar armado o tempo inteiro. Dá para abrir mão do distintivo, mas é difícil se livrar da mentalidade. Não que eu tenha desistido *de verdade* do distintivo.

— Você ainda tem o distintivo?

— Mantenho-o junto do meu anel decodificador secreto e do bigode falso que uso para me disfarçar. — Ele esbarrou nela carinhosamente com o ombro.

A neve tinha a cor de aço azul, do metal de uma arma, sob a luz do luar.

— Às vezes, acho que eu deveria colocá-lo de novo — disse ele, refletindo.

— O bigode falso? — Ela olhou para o rosto de Ben. — Acho que você poderia ter um sem parecer muito desprezível. Você tem um bom rosto para um bigode.

— *Não.* O distintivo. Às vezes, acho que alguma lei cairia bem a essa comunidade. Ou, ao menos, alguma justiça. Pense na garota que anda por aí, pegando comida e joias. Se ela admitir o que fez... ou se descobrirmos quem ela é... isso *realmente* vai ser o fim de tudo? Vamos todos nos abraçar porque o Pai Storey mandou?

— Talvez, ela possa descascar batatas por uma semana ou algo assim.

— Ou poderíamos trancá-la em algum lugar por três meses, dar uma lição nela. Até sei onde faria isso. Tem um frigorífico abaixo do refeitório, mais ou menos do tamanho da cela de um presídio. É só levar uma cama e...

— Ben! — gritou Harper.

O quê? Ela não ia congelar. Provavelmente é mais quente lá do que no porão da igreja. Não temos eletricidade há meses.

— Isso é horrível. Confinamento solitário num cômodo que cheira a carne podre? Por causa de umas latas de leite condensado?

— E da Mãe Portátil.

— Foda-se a Mãe Portátil.

Ele se encolheu.

O Pai Storey e Michael Lindqvist caminhavam à frente deles, o idoso falando alguma coisa com a mão nas costas de Mike. O rapaz andava com o cassetete esticado para o lado, batendo-o contra um tronco de árvore de vez em quando, como um menino passando um pedaço de pau nas tábuas de uma cerca. Ben os observou por um instante, depois balançou a cabeça e bufou.

— Se eu fosse Mike, estaria aliviado em sair do acampamento e não sei se estaria com tanta pressa de voltar. Ele pode estar correndo um perigo maior.

— Por quê? — perguntou Harper.

— Por causa de Allie. Aquela garota tem um gênio. Não ia querer ficar no caminho dela.

— Você acha que ela ficou chateada por Michael não a defender?

— Ainda mais depois do que estavam fazendo antes da capela. Vi os dois escondidos atrás de um pinheiro na beira da floresta, se beijando como se nunca mais fossem se ver. Se eu fosse o pai dela, teria... mas não sou, e acho que nenhum deles é mais uma criança.

— Não sabia que eles eram um casal.

Ben balançou a mão.

— Eles vão e voltam. Aparentemente, voltaram. — Ele sorriu. Quando voltou a falar, a voz estava baixa e suave. — Colocar a ladra no frigorífico pode ser uma gentileza. Você não vê as coisas assim porque acha que todo mundo é gentil como você. O Pai Storey também não vê. Nesse sentido, você e ele são dois lados da mesma moeda.

— Como pode ser uma gentileza?

— Isso a impediria de ser morta. Não é tanto um castigo, é mais uma prisão protetiva.

Harper abriu a boca para discordar, mas aí se lembrou da conversa de Allie sobre encontrar a ladra e arrancar a língua dela. Então, fechou a boca e não falou nada.

Três canoas estavam amarradas no cais, boiando no mar. O Bombeiro baixou a mão esquerda em chamas para a aba da jaqueta e sufocou o fogo.

— Vai ser mais rápido e mais seguro seguirmos o restante do caminho pela água. — Ele entrou na canoa no fim do cais, colocando a halligan no fundo.

Ben franziu o cenho.

— Hum... John? Estou contando errado ou temos um barco a menos? Vamos resgatar dois homens, não? Então... onde vamos colocá-los?

— Teremos espaço para eles. Não vou voltar de barco. Arranjei outro meio de transporte. — O Bombeiro desfez um nó e empurrou a canoa no Atlântico. Ela afundou um bocado na água, e Harper se perguntou quanto pesava uma barra halligan.

Ben gesticulou para uma das outras canoas.

— Harper, não sei muito sobre barcos. Você quer guiar e eu...

— Na verdade — falou o Pai Storey —, tenho um assunto médico particular para discutir com a Enfermeira Willowes. Você se importa?

Ben se *importava* — por um instante, a decepção ficou tão clara em seu rosto que foi quase engraçado. Mas ele assentiu com a cabeça e entrou em uma das outras canoas.

— Vamos ver vocês quando chegarmos ao lugar para onde estamos indo. Cuidado com os icebergs.

Harper desamarrou a canoa enquanto o Pai Storey subia com cuidado na parte da frente. Ao entrarem na água, Harper fechou os olhos e inspirou profundamente. O ar estava tão limpo e cheirava tanto a mar que ela ficou tonta por um momento.

— Gosto do oceano. Sempre gostei — contou o Pai Storey, falando por cima do ombro. — Sabe, o acampamento tem um veleiro de quase doze metros na ilha de John. Grande o suficiente para... ah, olha só! — Ele apontou para a água com uma pá pingando.

Allie estava na frente da canoa do Bombeiro com um remo. Tinha se levantado e sentado assim que chegaram a quinze metros do cais.

— Você se lembra do que John disse para ela, ainda em terra? "Desculpa por jogar um balde de água fria em você." — O Pai Storey fez uma voz que lembrava um pouco Paul McCartney em "Yellow Submarine". Uma boa imitação do Bombeiro. Ele repetiu "Água fria!" com sotaque britânico. — Ah! Ele estava lhe dizendo que iríamos de canoa, para que Allie pudesse correr na frente e nos esperar. Bem. Ela herdou mesmo a personalidade "vão se ferrar" da mãe. Eu também não podia dizer à mãe dela, Sarah, o que fazer.

A costa, repleta de abetos, serpenteava de cada lado deles enquanto abandonavam o pequeno porto.

— O que o incomoda, Pai? O senhor mencionou que não estava se sentindo bem?

— Acredito que tenha dito que tinha um assunto médico particular. Creio que não falei que tinha algo a ver comigo. Acho que estou bem. Meu coração está um pouco deprimido. Você não trata isso, trata?

— Claro que trato. Tome dois chocolates e me ligue de manhã. Acho que Norma Heald tem alguns Hershey's Kisses na cozinha. Diga a ela que lhe dei a receita.

Ele não riu.

— Acho que vou ter que expulsar alguém. Tenho tentado descobrir como proteger uma pessoa que não será perdoada. Parece-me que mandá-la embora é a única esperança. Se ela ficar aqui, tenho medo do que o acampamento possa fazer com ela. — Ele lançou um olhar para Harper e sorriu um pouco. — Cada vez que os vejo cantando e brilhando juntos, sempre me pergunto o que aconteceria se formassem uma multidão de linchamento. Você acha que a Escama de Dragão gostaria de um linchamento assim como gosta de um coro? Eu acho.

8

***ELE SABE QUEM É** a ladra*, pensou Harper. A ideia foi um choque brusco, o equivalente mental de pisar em uma tachinha.

— Por que está me contando isso? — perguntou ela.

O Pai Storey olhou para a proa do barco.

— A pessoa de quem falo nunca iria embora por vontade própria. Você poderia, se tivesse que fazer isso, administrar alguma coisa? Para acalmar alguém que estivesse... histérica? Perigosa? Para si mesma ou... ou para outros?

Seja lá qual fosse o assunto sobre o qual Harper esperava conversar, não era aquele.

— Não tenho nada forte o suficiente nos meus suprimentos. Para ser sincera, Pai...

— Gostaria que não me chamasse assim — disse ele, com uma súbita amargura. — Nunca recebi nenhum título religioso. A única pessoa que deveria me chamar de pai é Carol. Não deveria ter deixado isso começar, mas satisfez meu ego. Ensinei ética e história do cristianismo numa escola em Massachusetts. Passei de "Velho careta na torre de marfim" para "Alto Papa-Dalai Lama da Nova Fé" em cinco meses. Se me mostrar alguém que consiga resistir a isso, eu lhe mostrarei um *verdadeiro* santo.

— Ora, *Pai*. Se eu ouvisse alguém zombando do senhor desse jeito, quebraria alguma coisa na cabeça da pessoa. O senhor não sabe que dá esperança a todo mundo? Você *me* dá esperança, e isso é tão mágico quanto uma igreja inteira cheia de gente brilhando feito pisca-piscas numa árvore de Natal. Comecei a acreditar que poderia viver para ver meu filho nascer, e isso aconteceu por sua causa, e pelas músicas, e por todas essas pessoas maravilhosas que se reuniram a seu redor.

— Ah. É muita generosidade sua, Harper. Apenas lembre-se de que não fiz nada para tornar todos vocês maravilhosos. Já eram assim quando os encontrei.

Eles contornaram um promontório em mar aberto. A margem ficava a doze metros de distância, uma colina íngreme que se erguia entre pedras e árvores esqueléticas e nuas.

— Voltando à sua pergunta, não tenho sedativo algum. Deus nos ajude se eu tiver que fazer uma cirurgia um dia. A droga mais potente no armário de remédios do acampamento é o Advil. Mas mesmo que tivesse algo mais forte, não gostaria de sedar alguém como medida punitiva. Eu não faço isso. Eu ajudo pessoas doentes.

— Essa pessoa... ela *é* doente. E antes que me pergunte, não, não quero dizer quem tenho em mente. Não até ter decidido com certeza absoluta quais passos tomar.

— Eu não ia perguntar. — Ela já havia percebido o jeito como o Pai Storey tentava evitar citar nomes.

Ele fez uma pausa, refletindo por um momento, depois questionou:

— O que acha da ilha de Martha Quinn?

— Acho que me sentiria bem melhor se conhecesse alguém que realmente ouviu a transmissão.

Pai Storey falou:

— Harold Cross afirmou ter ouvido. Uma vez. E ele estava trocando mensagens com alguém em Lubec, que funciona como capital do Maine desde que Augusta foi totalmente queimada.

— Harold estava mandando mensagens para alguém que *disse* estar em Lubec — argumentou Harper. — Eu não o conheci, mas pelo que parece, Harold era um bocado presunçoso.

— Não poderia concordar mais — disse o Pai Storey, e de novo houve aquele tom cáustico e desagradável de amargura que era tão incomum a ele.

Harper podia sentir o oceano sob o barco, sua força sonhadora. Se parassem de remar, a corrente levaria a canoa para o leste. Em meia hora estariam longe o suficiente para ver todas as luzes de Portsmouth; em uma hora, talvez longe o suficiente para ver todas as luzes da costa de New Hampshire. Uma hora depois, estariam longe demais para ver qualquer luz.

— Teremos que expulsar alguém, infelizmente. Forçar uma mulher a sair do acampamento — falou o Pai Storey. — Quando isso acontecer... bem, eu não mandaria alguém, por mais delirante que fosse, para o exílio, sozinha. Mais cedo ou mais tarde, um Esquadrão de Cremação iria pegá-la. Não. Acho que irei com ela. Talvez, no grande veleiro na ilha de John. Eu e Don Lewiston. Gostaria de procurar Martha Quinn.

— Mas quem vai cuidar do acampamento?

— Teria que ser John. Ele é o único que sei que está à altura do trabalho.

O grupo contornou o promontório até uma enseada estreita, com menos de vinte e cinco metros de comprimento, com casas de cada lado e deques construídos na água. À frente, havia uma ponte curta que atravessava a entrada da pequena baía além.

Ela não reconheceu onde estavam até deslizarem sob a ponte, onde sua respiração produzia ecos metálicos, ressoando na grade de ferro enferrujada acima. O lago South Mill se abriu diante dela, um corpo d'água em forma de cabaça entre um parque... e a delegacia de Portsmouth.

A maioria dos imóveis ao redor do lago estava às escuras, mas a delegacia e o estacionamento estavam iluminados como um estádio de futebol em noite de jogo. Harper conseguiu ver dois grandes montes de lixo queimando no terreno. Cada pilha tinha quase seis metros de altura. Ela se perguntou o que estavam destruindo... roupas contaminadas? Havia alguns caminhões de bombeiros nas proximidades, e o corpo de bombeiros controlava o fogaréu. Harper avistou homens com capacetes e jaquetas contra incêndio se movendo em torno das fogueiras. Os montes em chamas produziam uma fumaça maligna que avançava noite adentro, apagando as estrelas.

O Bombeiro começou a remar na direção da delegacia.

— Ah, John. — Pai Storey suspirou. — Espero que saiba o que está fazendo.

O lago não era maior do que um campo de futebol e era cortado ao meio por uma passarela que estava bem à frente deles. Não havia como atravessá-la até a água do outro lado sem que fosse necessário transportar as canoas. Harper não sabia onde o Bombeiro pretendia aportar, mas, de uma forma ou de outra, logo chegariam à costa.

Harper se inclinou para a frente e sibilou:

— Podemos conversar mais quando voltarmos ao acampamento. Claro que farei o possível para ajudá-lo. Se eu tivesse os remédios adequados, estaria disposta a sedar a ladra, depois de você confrontá-la... mas apenas como último recurso. Não acredito que chegaria a esse ponto. Se você e Carol abordarem essa pessoa juntos, em particular, e mostrarem a ela o tipo de empatia e compreensão sobre a qual conversaram na capela... bem, não consigo imaginar ninguém no acampamento que não responderia a isso.

Tom Storey virou a cabeça para olhar para ela, a testa franzida em perplexidade, uma pergunta nos olhos, formando-se nos lábios... como se ela tivesse apresentado um enigma muito desconcertante. Harper ficou surpresa. Sentiu que não poderia ter sido mais direta ou clara. Queria perguntar o que ele não entendia, mas não houve tempo. O Bombeiro os levava para a costa, perto da passarela. Harper apontou com o remo, e o Pai Storey assentiu com a cabeça e virou-se. *Depois*, pensou ela, sem imaginar que não haveria um depois.

Não para o Pai Storey.

9

A MARGEM TINHA BLOCOS de granito rusticamente talhados erguendo-se de uma faixa de areia. A canoa fez um barulho agonizante ao chegar à parte rasa. Ben já esperava para puxar o barco ao lado dos outros dois.

O Bombeiro apertou o ombro de Allie e apontou para a passarela. Ele murmurou algo no seu ouvido, e Allie assentiu com a cabeça e começou a caminhar ao longo da pequena saliência de areia, mantendo-se abaixada.

— Para onde ela está indo, John? — perguntou Harper, sussurrando.

— Os homens que viemos resgatar aqui estão do outro lado da passarela, e a única maneira de chegar até eles sem sermos vistos é por *ali*.

Ele apontou de novo e, desta vez, Harper viu a extremidade de um cano de drenagem debaixo da passarela. Na maré alta, a abertura estaria submersa, mas, naquele momento, estava quase seca. Allie se agachou e começou a limpar os galhos mortos e as latas de cerveja enferrujadas que obstruíam a entrada.

— Você está mandando uma garota de dezesseis anos para falar com dois criminosos? — indagou Ben. — O que vai acontecer quando um deles a agarrar pelo cabelo e a puxar para fora do cano?

— Ela não tem cabelo para ser agarrado, Ben, e sabe o que faz. Não é a primeira vez que Allie ajuda alguém a sair de uma situação difícil — respondeu o Bombeiro.

Ele voltou para a canoa. O aço soou. Ele se levantou com a halligan.

— Confio em você, John — disse o Pai Storey. — Contanto que prometa que Allie estará segura.

— Eu não poderia prometer isso mesmo se ela tivesse ficado no acampamento para tricotar com Norma Heald, Tom. Mas não tenho medo dos dois homens escondidos do outro lado da passarela. Eles querem fugir, não ser pegos.

Michael disse:

— Esse cano parece bem pequeno. Tem certeza de que eles vão conseguir segui-la de volta?

Allie lutava com um carrinho de compras enferrujado que bloqueava parcialmente a entrada.

— Tenho certeza de que não — respondeu o Bombeiro. — Um é tão alto quanto Boris Karloff e o outro tem aproximadamente o tamanho de um búfalo. Se tentassem segui-la, ficariam ainda mais presos do que estão agora. Não, eles vão ter que passar pela passarela assim que for seguro atravessá-la sem serem vistos. Ben, Michael, Pai: preparem-se para ajudá-los. Não sei se eles vão conseguir andar muito bem.

— *Como assim*, vão ter que atravessar a passarela? — perguntou Ben. — Quando será seguro para virem?

O Bombeiro subiu o declive íngreme do aterro, usando a ponta da halligan para içar a si mesmo. Ele olhou para trás e sussurrou:

— Quando a gritaria começar.

John chegou ao topo do muro, ficou parado por um momento na beira do estacionamento com o brilho bronzeado da luz do fogo refletindo nas suas feições, depois apoiou a halligan no ombro e saiu assobiando.

— Ele faz você se sentir um idiota? — indagou Ben a ninguém em particular. — Ele sempre me faz me sentir um idiota.

— E agora? — perguntou Harper.

— Acho melhor nos abaixarmos — sugeriu Ben. — E esperar para ver se algo dá errado.

O Bombeiro só tinha partido por um instante — o som forte e carregado do seu assobio tinha acabado de desaparecer — quando Allie recuou do cano de drenagem com um grito de horror, tropeçou e caiu de bunda na água.

— Isso foi rápido — comentou Michael.

10

HARPER FOI A PRIMEIRA a chegar até Allie, ajudando-a a se levantar.

— O quê? — sussurrou Harper. — O que foi?

Allie balançou a cabeça, os olhos brilhando nos buracos da sua máscara de Capitão América.

Harper contornou a garota e agachou-se na entrada do cano de drenagem. Havia um monte de lama, gravetos e folhas enfiados ali, uma massa espinhosa, um pouco além do alcance de um braço.

A massa de folhas se levantou e virou de lado.

Era um animal. Tinha a porra de um animal dentro no cano, um porco-espinho do tamanho de um corgi.

Harper avistou uma vara de uns sessenta centímetros de comprimento e bifurcada em uma das pontas. Teve a ideia de pegar a vara e puxar o porco-espinho com ela, arrastar o bicho para fora. Em vez disso, a ponta bifurcada da vara atingiu o animal na lateral. Os espinhos se eriçaram. O porco-espinho grunhiu e foi ainda mais para dentro do cano.

Ela olhou para trás em busca de Allie. Michael foi até ela e colocou a jaqueta em volta da garota. Sua calça jeans estava encharcada, e ela tremia convulsivamente. Tremia... e olhava para o cano com uma expressão sombria e alarmada. Harper nunca tinha visto o menor traço de medo em Allie Storey e, de certa forma, foi uma espécie de alívio saber que *alguma coisa* poderia afetá-la.

Harper não a culpava. A ideia de se espremer em um cano de um metro de largura com um porco-espinho grande e irritado era terrível, quase impensável.

Então, Harper não pensou. Ficou de gatinhas e enfiou o rosto no cano. Sentiu cheiro de lixo podre e um fedor quente de mamífero.

— No que diabos você está pensando? — perguntou Ben. — Ah, Harper. Não faça isso. Não entre aí. Deixa que eu...

Mas quando ele estendeu a mão, ela puxou o braço e empurrou os ombros para dentro do cano. Ben tinha um metro e oitenta de altura e mais de noventa quilos. Tinha tantas chances de passar pelo cano de esgoto quanto o carrinho de compras enferrujado que Allie jogara na parte rasa.

Harper, porém, era apenas um pouco mais alta que Allie, talvez sete quilos mais pesada, e sabia que, se algum deles pudesse passar pelo cano, seria ela. Não seria fácil, no entanto. Ela já podia sentir o túnel se apertando, as paredes forçando os ombros para perto do corpo.

Então, ela se lembrou de que estava no segundo trimestre e provavelmente *quinze* quilos mais pesada do que Allie. Ela se perguntou se tinha engordado o suficiente para ficar presa ali. Considerou voltar, mas avançou mais um pouco.

O porco-espinho parou de cambalear e virou-se de lado para vê-la se aproximando. Harper o cutucou de novo com a vara e o olho que a encarava pareceu brilhar de indignação. Era da cor do sangue congelado em uma gota de âmbar. O porco-espinho grunhiu e seguiu em frente.

Ela o seguiu, rastejando com as mãos e os joelhos sobre as caneluras em forma espiral de saca-rolhas. Tinha percorrido talvez um terço da distância quando o quadril travou.

Harper se inclinou para a frente para se libertar, mas não foi a lugar algum. Em vez disso, sentiu as paredes se apertarem com mais força a seu redor. Tentou voltar, mas não conseguiu, e se lembrou da imagem da rolha presa na garrafa de vinho, naquela última noite que passou com Jakob.

O porco-espinho hesitou e pareceu lhe lançar um olhar de especulação hostil: *O quê? Algo errado? Ficou presa? Talvez precise de uma cutucada amigável com um pedaço de pau para se mover novamente?*

A água que escorria entre suas mãos estava gelada e as paredes de aço inoxidável estavam cobertas de gelo, mas, de repente, Harper sentiu calor. O calor arrepiou as laterais de seu corpo e as clavículas. Não era o calor comum que uma pessoa às vezes sentia em um momento de ansiedade. Ela conhecia bem *aquilo*, uma sensação como repelente de insetos em um ferimento de pele. Respirou fundo outra vez e sentiu cheiro de fumaça, um fedor enjoativo e adocicado, como bacon com sabor de xarope de bordo queimando na frigideira.

É você, pensou ela, e, quando olhou para baixo, viu uma nuvem pálida de fumaça saindo do rendilhado de Escama de Dragão no dorso das suas mãos.

Eu avisei, sussurrou o porco-espinho, com a voz de Jakob. *Devíamos ter morrido juntos, como planejamos. Não teria sido melhor do que morrer queimada assim, num buraco escuro? Você poderia simplesmente ter dormido nos meus braços, sem problemas, sem dor. Em vez disso, vai assar aqui e, quando começar a gritar, vai chamar a atenção da polícia, e eles vão pegar Allie, o Pai Storey, Ben e Michael, e os farão se ajoelhar na areia, e colocarão balas nos seus cérebros, e a culpa será sua.*

Ela forçou novamente. O cano a manteve no lugar.

Harper piscou, os olhos lacrimejando por causa da fumaça. Não era o fogo que matava, ela compreendeu, então. Era o terror, ou talvez a rendição. Era o momento em que, com horror e vergonha, a pessoa percebia que estava presa em algum lugar e era fraca demais para se libertar. A Escama de Dragão era a bala, mas o medo era o dedo que puxava o gatilho.

Sua respiração gritava na garganta. Ela cutucou o porco-espinho com a vara antes que ele pudesse ter alguma ideia e arrancou um guincho abafado da criatura. O bicho começou a se afastar, movendo-se ainda mais rapidamente do que antes.

Ela não conseguia mais ver a outra extremidade do cano através da fumaça que saía dela. Não sabia por que não estava engasgando com aquilo. Respirou fundo, preparando-se para tossir, e pensou: *Cante. Cante para se libertar.*

— *Dum dilly dilly, hum dilly die* — sussurrou ela, com a voz entrecortada e rouca, e imediatamente parou.

Já era ruim o bastante ficar presa em um cano com um porco-espinho, e pior ainda ficar lá com uma pessoa louca, mesmo que a pessoa louca fosse ela. O desespero que ouviu na própria voz a enervou.

Uma nova onda de calor químico percorreu seu corpo. Vermes quentes rastejaram em seu couro cabeludo. Ela sentia o cheiro do cabelo encrespando e cozinhando e pensou que, se saísse do cano, deixaria Allie raspar a sua cabeça, mas ela não ia sair do cano, porque era tudo mentira, a ideia de que cantar poderia salvar alguém. As crianças britânicas cantavam umas para as outras durante a Blitz e o telhado ainda assim desabava sobre elas. Sua própria voz nunca importou. A fé de Tom Storey era uma oração para um armário vazio.

A fumaça queimava sua garganta. Nuvens brancas jorravam das narinas. Ela odiava cada momento de esperança que alguma vez se permitiu sentir. Odiava-se por cantar junto, cantar com os outros, cantar para os outros, cantar...

Cantar para *os outros*, pensou Harper. Cantar em harmonia. O Pai Storey disse que não era a *música*, mas a *harmonia* que importava. E não era possível criar harmonia sozinho.

Ela piscou para a fumaça, os olhos lacrimejando, as lágrimas pegajosas no rosto, e com uma voz suave e irregular, cantou novamente, a mente voltada para dentro, para a vida amarrada como um punho no seu ventre.

— *I'll be your candle on the water* — cantou ela. Não Julie Andrews desta vez, mas Helen Reddy. Foi a primeira música que lhe veio à mente e, ao ouvi-la, ecoando fracamente no cano, Harper sentiu uma vontade repentina e meio histérica de rir. — *My love for you will always burn*.

Ela estava muito desafinada, a voz vibrando de emoção, mas quase na primeira palavra, a Escama de Dragão pulsou e brilhou com uma luz suave e dourada, e aquela sensação da pele formigando com o calor químico começou a diminuir. Ao mesmo tempo, o bebê pareceu mudar sutilmente dentro dela, girando como um parafuso, e ela pensou: *Ele está lhe mostrando o que fazer. Ele está em harmonia*. Uma ideia ridícula, mas Harper girou o quadril, seguindo as ondulações do cano, e avançou. Ela se soltou tão de repente que bateu a cabeça com um gongo oco.

Harper rastejou para dentro de um funil de fumaça. Os pulmões se esforçaram para encontrar o oxigênio que não existia, mas a cabeça não girava e ela não sentia que estava prestes a desmaiar. Na verdade, tinha ar suficiente para continuar cantando para o bebê de um jeito exausto e sussurrado.

Abaixou a cabeça, piscando para afastar as lágrimas dos olhos, e quando olhou para cima com o olhar turvo, viu o porco-espinho bem na sua frente, tão perto que Harper quase colocou a mão nele. Seu manto de agulhas se eriçou.

Ela bateu o pedaço de pau na lateral do cano, puxou-o para trás e lançou-o no animal.

— Vou ser uma vela enfiada no seu cu se não continuar andando, gordinho — disse ela, meio cantando, meio se engasgando.

Ele começou a se afastar da Enfermeira outra vez, mas Harper estava farta do porco-espinho e do cano de drenagem. Colocou a vara bem embaixo do traseiro do bicho e empurrou-o. Sentiu que aquilo tinha as características de um novo esporte olímpico: o curling de porco-espinho.

O roedor começou o que parecia ser uma corrida para a sua espécie. Ele não hesitou quando chegou ao fim do cano e simplesmente desceu e saiu pela abertura. À luz bruxuleante do fogo laranja que iluminava a noite, Harper percebeu que o porco-espinho não era tão grande, afinal. Preso no cano, ele parecia do tamanho de um cachorrinho. Lá fora, sob o brilho pulsante das fogueiras, não passava de um hamster com espinhos.

Ele a encarou com um olhar de reprovação antes de continuar. Por um momento, Harper se sentiu quase culpada pela forma como o tratara. Ela também tinha sido expulsa de casa e identificou-se com o animal.

Harper ouviu um sussurro assustado vindo da esquerda, de fora do cano.

— Que porra é essa? — Alguém jogou uma pedra no porco-espinho e ele fugiu para o mato, a pobre criatura perseguida.

Ela avançou alguns centímetros, quase até a borda.

— Olá — falou em voz baixa.

A extremidade do cano ficou escura, o céu noturno eclipsado pela cabeça e pelos ombros de um homem grande.

Harper não estava mais fumegando e cantando, e em algum momento nos últimos segundos, as manchas douradas da Escama de Dragão tinham parado de brilhar. Em seus braços e suas costas, pintados com o fino e delicado desenho do esporo, ficou uma sensação dolorida, mas não totalmente desagradável.

— Quem é você? — perguntou o grandalhão espiando dentro do cano.

Mesmo desgastado, imundo e manchado de cinzas, o macacão cor de cenoura era chamativo nas sombras, tão brilhante quanto neon. Sua constituição era grosseira e o rosto, atarracado, com cicatrizes de acne... mas os olhos amarelados pareciam quase professorais a Harper. Aqueles olhos eram, na verdade, quase da mesma cor dos olhos do porco-espinho.

— Sou Harper Willowes. Sou enfermeira. Estou aqui para ajudá-los a fugir. Vocês são dois, não é?

— É, mas... ele já tentou se espremer pelo cano e não conseguiu entrar. E sou ainda maior do que ele.

— Vocês não vão passar pelo cano. Vão atravessar a passarela. Há amigos esperando do outro lado com barcos. Eles vão levar vocês para um local seguro.

— Senhora, estamos escondidos neste bueiro há vinte horas. Nenhum de nós está disposto a correr pela estrada. Meu parceiro aqui mal consegue ficar de pé. Agradeço por pensar na gente. De verdade. Mas não vai dar. Não importa se os barcos estão a apenas trinta metros de distância. Poderiam muito bem estar na lua. Há cinquenta homens naquele estacionamento, a maioria armado. Se sairmos daqui e corrermos para lá... e *mancar* seria a palavra mais adequada... eles vão atirar primeiro e nunca fazer perguntas.

— Vocês não vão correr — disse ela, lembrando-se do que o Bombeiro havia dito. — Vocês vão caminhar. E não serão vistos. Vamos criar uma distração.

— Que distração?

— Você vai ver — falou Harper, porque isso soava melhor do que admitir que não fazia ideia.

O homem sorriu para mostrar um dente de ouro no fundo da boca. Ele era o que seu pai teria classificado como feio pra burro.

— Por que não vem aqui? Venha e sente-se conosco, linda.

— Preciso voltar. Preparem-se — disse ela.

— Você não vai descer todo o cano de costas, não é? Não seria melhor sair e se virar?

Ela não tinha pensado em como voltar até então — era ridículo, mas também era verdade — e não sabia como responder. Ele estava certo, é claro. Era impossível para Harper ir rastejando de marcha à ré no cano, assim como era impossível desaparecer virando fumaça — na verdade, virar fumaça era uma possibilidade bem mais provável.

Se avançasse, mesmo que fosse um passo, imaginava o homem com aparência de urso agarrando um punhado do seu cabelo, o sorriso sumindo e o brilho dos olhos morrendo. Ele e seu amigo poderiam fazer o que quisessem com ela; Harper não iria gritar, trazer a lei para tratar deles, revelar a localização dos seus amigos. O Bombeiro disse que eles queriam fugir, não ser pegos, e era verdade. Mas também era verdade que os dois eram presidiários e ela era uma mulher grávida que não podia pedir ajuda. Era perfeitamente possível, Harper percebia agora, que eles a pegassem, a estuprassem e a assassinassem.

Ela estava presa de novo, talvez em situação pior do que a que enfrentara no meio do cano. Não conseguia enxergar o caminho de volta e não ousava seguir em frente. *Por que não canta para ele alguma coisa de um dos seus musicais favoritos?*, pensou ela, e quase riu.

Mas, na verdade, não havia nada para descobrir. Aquele foi um problema que nunca precisou de solução. O grandalhão estava distraído com alguma coisa na ponte. Seus olhos — refletindo a luz do fogo — estavam confusos e vidrados de medo.

— *Aaaaah*... — falou ele. — Santo... *Santo*...

Ela presumiu que ele estava tentando dizer *Santo Deus*, mas o homem nunca foi além da primeira palavra. E mais tarde ocorreu-lhe que, talvez, tivesse dito exatamente o que queria dizer: que o que estava acontecendo na estrada era uma espécie de manifestação sagrada, tão improvável quanto uma sarça ardente ou um céu noturno cheio de anjos brilhando sobre Belém.

Embora *santo* não tenha sido a palavra que lhe veio à mente quando Harper viu o que estava acontecendo na estrada.

Infernal era mais apropriado.

11

A LUZ DIMINUIU. ERA como se uma grande cortina preta tivesse caído entre a água e as fogueiras no estacionamento.

Os olhos do prisioneiro se arregalaram aos poucos.

— O quê? — perguntou ela.

Ele não respondeu, apenas balançou a cabeça de forma breve e distraída. O homem colocou a mão no joelho e empurrou, levantando-se com certo esforço. Ela podia ver que as pernas dele estavam machucadas. Ele deu um passo para a esquerda de Harper, saindo de seu campo de visão. Ela o ouviu sussurrando para alguém, um gemido baixo de dor e o barulho de sapatos na pedra. E mais nada.

Não, havia alguma coisa. Ao longe, ela ouviu gritos, gritos assustados.

Era como se toda a luz estivesse sendo engolida, estivesse sendo afogada. Harper não conseguia imaginar o que poderia sufocar a noite daquela maneira.

Ela lançou a cabeça para fora do cano para dar uma olhada, com a intenção de voltar correndo se visse o homem de laranja. Mas não havia ninguém esperando por ela. À esquerda havia outra parede inclinada de blocos de granito irregulares, com quase dois metros de altura. Um amplo bueiro revestido de concreto fora instalado ali, enterrado sob o estacionamento acima. Talvez houvesse espaço para dois homens se agacharem, fora de vista, sob o intradorso de concreto, mas barras enferrujadas bloqueavam o caminho para a passagem escura. Foi lá que eles se esconderam... enfiados naquele espaço apertado, juntos para se aquecerem encostados nas barras de ferro forjado.

Harper esticou o pescoço para ver a passarela, mas ainda estava quase toda dentro do cano e, daquele ângulo, não conseguia distinguir muita coisa. O que ela *podia* ver era fumaça: uma nuvem negra borbulhante, subindo para o céu, espalhando-se pela estrada e pelo estacionamento.

Ela deslizou para a frente de joelhos, libertou-se do cano, levantou-se e olhou, muda, para o topo da margem.

O demônio estava naquela nuvem imensa: um demônio com dois andares de altura, um demônio de ombros largos e um vasto conjunto de chifres.

Ele era uma aparição bruxuleante nas chamas, enterrada profundamente naquela nuvem de fumaça fervente. Segurava um martelo em uma das mãos e ergueu um braço tão grosso quanto um poste para batê-lo em uma bigorna vermelha incendiada. O aço ressoou — Harper ouviu com nitidez. Faíscas voaram de algum lugar da nuvem negra. A cauda do diabo — um chicote fino de três metros e meio trançado de fogo — açoitava atrás dele.

A nuvem negra era tão imensa que Harper não conseguia mais ver a delegacia, o estacionamento ou as fogueiras. A fumaça se espalhou pela passagem, uma muralha impenetrável de neblina tóxica.

Homens gritavam, uivavam e corriam do outro lado da fumaça.

O diabo bateu o martelo repetidas vezes, cada uma com um som retumbante. Ele jogou a cabeça em chamas para trás, os olhos como duas brasas vermelhas encantadas. De perfil, era impossível não o reconhecer como o Bombeiro.

O diabo terminou o trabalho, deixou de lado o martelo e ergueu o instrumento recém-forjado: uma lança de fogo, um tridente feito de chamas, tão longo quanto o próprio corpo.

Alguém do outro lado da fumaça chorava. Harper nunca tinha ouvido uma voz tão desesperada. Era o grito de um homem que temia pela própria alma.

Várias ideias lhe ocorreram em rápida sucessão, uma série de fogos de artifício tilintando.

Primeira: era um show de sombras. Ela não sabia como ele estava fazendo aquilo, mas tinha certeza de que o que estava vendo não era diferente de um garotinho apontando uma lanterna para a mão e evocando a sombra de um elefante na parede do quarto.

Segunda: ela precisava se mexer *imediatamente*. Aquilo não ia durar.

Terceira: o próprio John precisaria sair dali. Encerrar a apresentação e escapar. O Bombeiro havia produzido fumaça e caos mais do que suficientes para permitir que os prisioneiros mancassem pela passarela sem serem vistos.

Quarta e última: talvez ele não se importasse se conseguiria ou não. Talvez nunca tenha se importado. Talvez a possibilidade das próprias captura e morte não fosse uma preocupação, mas uma tentação.

Harper subiu a encosta de gatinhas, cravando os dedos nas fendas cobertas de musgo entre os blocos de pedra.

Ela lutou para ficar de pé e levantou-se naquela densa nuvem negra de fumaça. Sabia que não deveria inspirar, mas a garganta e as narinas começaram a queimar. Seria melhor se ela se abaixasse, mas só um pouco.

Harper avançou para a nuvem. Ela podia ver o asfalto sob os pés, mas só. A fumaça era densa demais para ver além disso.

Do outro lado da muralha de fumaça, Harper ouviu um novo barulho — um coro de gritos organizados e autoritários, o som de vários homens chamando uns aos outros enquanto trabalhavam juntos.

O jato de água atravessou a muralha de fumaça, atingindo o peito em chamas do demônio. Satanás piscou, ergueu os braços para proteger o rosto e, por um instante, o tridente estremeceu e assumiu a forma de uma enorme barra de halligan.

O Bombeiro berrou em algum lugar na fumaça, um grito de surpresa. O aço bateu e fez barulho.

Satanás cambaleou, girou e deixou cair o tridente tremeluzente. Fechou as asas ao redor do corpo, escondendo-se dentro delas, encolheu e desapareceu.

Os homens que seguravam a mangueira de incêndio continuaram jogando água na nuvem. Choveram gotículas perto de Harper, que chiavam na fumaça quente, e a nuvem mudou de cor e textura, passando de poluída e preta para úmida e pálida, não tanto fumaça quanto vapor.

Ela sabia o que tinha acontecido. Eles o pegaram, foi isso. O aríete de água derrubou o bombeiro.

Sem pensar, Harper correu mais fundo na fumaça, mergulhando na direção onde pensara ter ouvido a voz dele.

Mais gritos, mais perto agora. Alguns deles se moviam para dentro da nuvem, vindo na sua direção. Não: indo na direção do Bombeiro.

Seu pé prendeu em alguma coisa, uma barra de metal que bateu no asfalto. Ela tropeçou, mas se firmou. A halligan. Algo se moveu perto na neblina. Alguém vomitou.

O Bombeiro estava de gatinhas, instável. O capacete havia sido arrancado e o cabelo estava encharcado. Os ombros tremiam. Ele se engasgou e vomitou água.

— John? — perguntou ela.

Ele levantou a cabeça. Os olhos estavam confusos, infelizes.

— Que porra você está fazendo aqui? — indagou ele.

O homem ficou de joelhos, instável, e abriu a boca para dizer mais alguma coisa. Porém, antes que pudesse falar, uma forma surgiu na neblina à esquerda, chamando a atenção dele.

Uma coisa — uma monstruosidade com cara de inseto — saiu da fumaça. Os olhos escorregadios e brilhantes cintilavam na névoa, e ele tinha uma boca bulbosa e grotesca. Fora isso, parecia um homem vestido com uma jaqueta de bombeiro e botas que iam até os joelhos. Ele colocou uma daquelas botas pretas entre as omoplatas do Bombeiro e forçou, e John foi jogado de cara no chão.

— Seu filho da puta — disse o monstro, um bombeiro *de verdade* com máscara de gás. O Homem da Máscara de Gás disse: — Seu filho da puta, peguei você agora.

John começou a se levantar. O Homem da Máscara de Gás chutou as costelas dele, derrubando-o no chão.

— Vai se foder, seu filho da puta — falou o Homem da Máscara de Gás. — Seu filho da puta ... pessoal! *Pessoal*, eu peguei ele! Eu *peguei* o filho da puta!

Ele chutou o Bombeiro outra vez, desta vez na lateral, virando-o parcialmente.

Harper viu claramente que, dentro de instantes, John seria superado, morto a pontapés pelo Homem da Máscara de Gás e seus amigos.

Ela se abaixou e pegou a halligan...

... e gritou de surpresa e dor e deixou a barra cair. Olhou para a própria mão em estado de choque. Bolhas já se formavam na palma avermelhada. A halligan estava *quente*, quase tão quente quanto a extremidade de um ferro em brasa.

O grito chamou a atenção do Homem da Máscara de Gás. Ele a encarou com um olhar terrível e apontou a mão enluvada para Harper.

— Você! No chão, porra! Tetas para baixo, mãos atrás da porra da cabeça! *Vai*, agora, sua filha da...

John se levantou com um grito de raiva, abraçou a cintura do Homem da Máscara de Gás e tentou derrubá-lo. Tudo que conseguiu foi fazer o sujeito dar alguns passos antes que o Homem da Máscara de Gás — quinze centímetros mais alto e quase cinquenta quilos mais pesado que John Rookwood — começasse a empurrá-lo para o outro lado.

Eles lutaram, girando em círculos. O Homem da Máscara de Gás fechou as mãos ao redor do braço direito de John e torceu. Uma junta fez um estalo nauseante e estranhamente úmido. John desabou de joelhos, e o Homem da Máscara de Gás acertou uma joelhada no queixo dele, jogando a cabeça dele para trás. John caiu de costas. O Homem da Máscara de Gás deu um passo à frente, colocou a bota no peito do inglês e pisou firme. Ossos se quebraram.

Harper tirou o casaco, envolveu-o na mão direita queimada e pegou novamente a halligan. Mesmo através de um bocado de tecido, ela podia sentir o calor, podia sentir o cheiro do nylon derretendo.

Harper ergueu a halligan. O Homem da Máscara de Gás virou-se, tirou o pé do peito de John e avançou na direção dela, os braços abertos. Harper deu um golpe e a barra o atingiu no capacete com um baque. Ele deu mais um passo e mergulhou de cara no chão. O capacete voou, cortando a névoa como um frisbee e caindo no asfalto, com um amassado grotesco em um dos lados.

A visão daquele amassado a deixou enjoada. Ela sentiu a bile subindo no seu peito, sentiu o gosto no fundo da garganta. A visão daquele amassado era, de alguma forma, pior do que ver uma cabeça esmagada.

Ela não sabia o que a levara a fazer aquilo. Queria assustá-lo com a halligan, não esmagar sua cabeça. Então, largou com repulsa a barra, que caiu na grande poça suja que se espalhava pelo asfalto, o metal sibilando.

Mais gritos. Harper viu outro bombeiro correr através da nuvem branca de fumaça e vapor à sua esquerda. Passou correndo por eles, sem vê-los.

O Bombeiro — o dela — segurou-a pelo cotovelo. O braço direito dele pendia em um ângulo estranho ao lado do corpo e ele estava meio curvado, fazendo uma careta, como um corredor na tentativa de recuperar o fôlego.

— Você está bem? — perguntou ele.

Harper olhou para John como se ele estivesse falando em uma língua estrangeira.

— John! Eu ... eu o acertei com a halligan.

— Ah, é verdade! Parecia alguém tocando um tambor de aço. — Ele sorriu com admiração.

Alguém gritou do que pareciam ser apenas alguns metros de distância. Ele olhou por cima do ombro e, quando voltou o rosto para ela, o sorriso tinha quase desaparecido. John agarrou o ombro da mulher.

— Vamos — disse ele. — Temos que ir. Me ajude a pegar o casaco dele.

Quando ela não quis chegar mais perto do cadáver, ele a soltou e entrou na fumaça. O Bombeiro se curvou com algum esforço — mesmo em choque, Harper registrou a tensão de dor no rosto dele — e pegou o capacete amassado. Quando olhou para ela, a Enfermeira ainda não havia se mexido.

— O casaco, Willowes! — disse ele. — Rápido.

Harper balançou a cabeça. Não podia. Não conseguia nem olhar para ele. Ela tinha matado um homem, esmagado seus miolos, e estava fazendo tudo o que podia para não chorar, para não cair de joelhos.

— Esquece — disse John, e pela primeira vez pareceu impaciente com ela, até mesmo zangado. O Bombeiro despiu o próprio casaco (foi preciso muito cuidado para tirá-lo suavemente do braço direito pendurado) e, quando chegou perto dela, pendurou-o sobre seus ombros. Por baixo, ele usava uma camisa preta feita de algum tipo de material elástico e suspensórios amarelos e brilhantes.

Ele foi colocar o capacete amassado na cabeça de Harper, mas a mulher se encolheu e recuou. John seguiu o olhar dela até o corpo caído no chão e, enfim, pareceu entender.

— Ah, pelo amor de Deus — disse ele. — Você não o matou. Olha...

Ele enfiou a bota atrás da orelha do Homem da Máscara de Gás e deu uma cutucada suave. O Homem da Máscara de Gás fez um barulho baixo e infeliz.

— Não tem sangue nem miolos, então coloque-o e *me ajude* — disse ele, e desta vez a Enfermeira permitiu que o capacete fosse colocado em sua cabeça. John deu um passo para trás, olhou para Harper e sorriu novamente:
— Muito bem! Você é uma bombeira perfeita!

E, então, as pernas dele cederam.

12

ELA PEGOU JOHN ANTES que ele pudesse cair de joelhos e colocou uma das mãos em volta de sua cintura. Ele se jogou contra ela, cantarolando uma música desconcertantemente feliz, enquanto os dois andavam cambaleantes feito bêbados.

— O que é isso?

— Os Hooters! *And we danced!* — Ele quase cantou. — Um tesouro perdido de uma época melhor, dias de jeans desbotados e cabelos divertidos. Você gosta de música dos anos 1980, Enfermeira Willowes?

— Podemos discutir música velha outra hora?

— O quê? *O quê?* Música velha? Um homem já chutou as minhas costelas, e agora você arranca meu coração.

— Ei! — gritou alguém para eles, saindo da fumaça. Harper olhou e se deparou com outro Homem da Máscara de Gás vindo na direção deles, ainda maior que o anterior. — Vocês estão bem?

Ela percebeu que, na neblina inconstante, o homem acreditava que eles também fossem bombeiros.

— Ele escapou! O cara! O filho da puta que fez a fumaça! — gritou John, e sua voz não tinha um pingo de sotaque. — Ele nos deu uma surra e foi por ali! — John apontou através do vapor.

— Esse filho da puta... esse maldito filho da puta *de novo* — disse o segundo Homem da Máscara de Gás.

— Temos a porra de um homem caído! — berrou John, apontando de volta para o primeiro Homem da Máscara de Gás, esparramado no chão. — Porra porra porra! — Harper teve vontade de dar uma cotovelada nele, mas as costelas não aguentariam.

— Vamos, deem o fora daqui — disse o segundo Homem da Máscara de Gás. — Vocês dois. Afastem-se da porra da fumaça. Eu pego o cara.

Ela teve que ajudar John a andar, o braço dela em volta da cintura dele, o braço dele sobre os ombros dela. Os dois mancaram alguns passos para longe e então o segundo Homem da Máscara de Gás gritou atrás deles.

— Ei! Espera aí!

Ela se forçou a olhar para trás, com os olhos baixos.

O segundo Homem da Máscara de Gás estendeu a halligan caída.

— Pegue. Tem um monte de caras correndo por aí. Não quero que alguém caia e acerte o joelho com uma machadinha.

— Certo. Obrigada — disse Harper, depois acrescentou, só para garantir: — *Porra*.

O metal ainda estava quente — a palma da sua mão formigou dolorosamente quando ela a pegou —, mas a água fria no chão baixou a temperatura o suficiente para que ela pudesse segurá-la sem precisar proteger as mãos primeiro. Ela a segurou e puxou, mas, por um instante, o segundo Homem da Máscara de Gás não largou a ponta. Através das lentes da máscara, ela viu a testa dele se arquear. Ele estava olhando para os dois, realmente *olhando* para eles, talvez pela primeira vez. Possivelmente pensava que não havia muitas *bombeiras*, que eram tão poucas que ele conhecia todas pelo nome e, de repente, soube que ela não pertencia àquele lugar. Em um segundo, ele arrancaria a halligan da mão dela e os atacaria.

A fumaça branca e úmida rodopiava ao redor deles, desenhando fantasmas.

O segundo Homem da Máscara de Gás largou a barra e virou-se, balançando a cabeça. Ele se ajoelhou ao lado do homem no chão.

— Enfermeira Willowes — murmurou John, e ela percebeu que era seguro seguir em frente.

Ela o acompanhou pela fumaça. Homens passaram correndo por eles, indo na direção oposta, chamando uns aos outros.

— Ele disse "esse maldito filho da puta *de novo*" — falou ela, inclinando-se para sussurrar no ouvido dele. — Você passa muitas noites mantendo o corpo de bombeiros histérico com atos criativos de incêndio criminoso?

— Todo mundo precisa de um hobby — respondeu ele.

Então, atravessaram a fumaça e chegaram ao estacionamento, com a delegacia de Portsmouth a menos de cem passos à esquerda. A fumaça era uma muralha imponente de nuvens brancas que mascarava a passagem e todo o lago South Mill atrás deles.

Haviam chegado perto de uma das duas fogueiras. Ela fervilhava, um som que era impossível não associar à raiva, e Harper se perguntou, pela primeira vez, se o fogo poderia odiar... uma noção absurda e infantil que não conseguiu deixar de lado totalmente.

Homens da lei circulavam logo além das portas duplas de vidro que davam para a delegacia. Harper e John surgiram da fumaça bem ao lado de um policial de rosto redondo, sardento e inocente, vestido com um poncho preto e luvas de borracha também pretas. Ele não fitou a dupla, apenas arregalou os olhos para a fumaça. Harper pensou ter visto os lábios dele se movendo em uma oração silenciosa. Aquilo era realmente uma surpresa? O mundo inteiro estava em chamas e naquela noite eles tinham visto o diabo, vindo, finalmente, reivindicar seu reino de fogo.

Harper olhou para a primeira fogueira e notou que não estavam queimando pilhas de roupas, afinal. Ou melhor, *estavam* queimando pilhas de roupas — só que com pessoas ainda dentro delas. A fogueira à esquerda era uma pilha de corpos dessecados, cadáveres carbonizados e enrugados. Nas chamas, eles estalavam, assobiavam e crepitavam ruidosamente, como um graveto qualquer.

Ela vislumbrou uma mulher morta segurando uma criança morta de cerca de oito anos, o rosto do menino enterrado no seu peito. Não se encolheu com a visão. Harper já tinha visto muitos mortos no Portsmouth Hospital. Se sentiu alguma coisa, foi simplesmente que estava feliz pelo fato de os dois — mãe e filho — terem morrido juntos, abraçados. Ser abraçado pela mãe ou poder segurar o filho no final lhe pareceu uma espécie de bênção.

— Mantenha a cabeça baixa — murmurou John. — Ele pode estar vendo.

— Quem?

— O ex.

Ela olhou além da primeira fogueira para o grande caminhão laranja do outro lado. A porta de carga estava abaixada e o baú levantado, como se despejasse um monte de areia. Quatro ou cinco corpos permaneciam na parte de trás, sem deslizar dali por algum motivo. Talvez estivessem congelados no metal.

Jakob estava sentado na porta aberta do passageiro, com os cotovelos apoiados nos joelhos, fumando um Gauloise. Estava corado, coberto de suor do calor da fogueira e não se barbeava havia algum tempo. Tinha perdido peso, e isso transparecia no seu rosto, nas bochechas encovadas e nas profundas cavidades ao redor dos olhos.

Como se sentisse o olhar dela — um leve toque na sua bochecha cicatrizada —, Jakob virou a cabeça e fitou-a. Suas feridas haviam cicatrizado mal, cortes brancos e brilhantes esculpidos na lateral do rosto. Pior ainda era a marca preta no pescoço, uma queimadura horrível no formato da mão de um homem.

Harper olhou para baixo e seguiu em frente. Contou até dez e arriscou outro olhar. Ele tinha voltado a encarar a calçada, olhando fixamente para a fumaça. Não a reconhecera. Talvez isso não fosse tão surpreendente. Embora ela o tivesse reconhecido de imediato, de alguma forma obscura, sentiu que também não o conhecia.

— Ele não está doente — observou Harper.

— Não com Escama de Dragão.

Harper e John atravessaram devagar o estacionamento, deixando a delegacia para trás. A multidão diminuía à medida que eles se afastavam das luzes, embora a outra extremidade do estacionamento não estivesse totalmente às escuras. A segunda fogueira lançava um brilho vermelho pulsante na escuridão. O cheiro a revoltava, um fedor como se estivessem queimando carpete molhado. Ela não queria olhar, mas não pôde evitar.

Cachorros. Estavam queimando cachorros. Cinzas negras caíam na noite.

— Olha só essas cinzas — disse o Bombeiro, soprando um floco do nariz. — Idiotas. Em semanas, alguns destes homens vão estar do nosso lado da batalha. *Você* pode não ter infectado seu marido, Enfermeira Willowes, mas talvez ele ainda tenha essa sorte.

Harper lançou um olhar interrogativo a ele, mas o Bombeiro não pareceu inclinado a se explicar.

— Por que estão queimando cachorros? — perguntou a Enfermeira. — Eles não são infectados pela Escama, não é?

— Existem duas infecções correndo por aí. Uma é a Escama de Dragão, e a outra é o pânico.

— Sempre me surpreendo quando você faz isso.

— O quê?

— Diz algo inteligente.

Sua risada se transformou em um chiado fino e angustiado, e ambos tiveram que fazer uma pausa enquanto John cambaleava no mesmo lugar, abraçando a si mesmo.

— Meu peito está cheio de cacos de vidro — falou ele.

— Você precisa se deitar. Estamos longe?

— Ali — disse ele, indicando com a cabeça a escuridão.

Havia alguns carros e picapes estacionados no outro extremo do estacionamento, e entre eles estava um caminhão de bombeiros antigo — devia ter quase oitenta anos —, com um par de faróis próximos um do outro sobre uma grade alta.

Quando John tentou se sentar ao volante, quase perdeu o equilíbrio e caiu do estribo. Ela colocou as mãos no quadril dele, segurando e firmando o homem, que ficou pendurado na lateral do caminhão, ofegante. Seus olhos estavam tensos, como se o simples ato de respirar fosse um trabalho que exigisse vontade e concentração.

Quando se recuperou, tentou novamente, acomodando-se no velho assento de couro preto. Um sino de cobre estava pendurado em um suporte de metal preso na lateral do para-brisa. Um sino *de verdade*, com um pesado badalo de ferro dentro.

Ela deu a volta para o outro lado do caminhão e sentou-se ao lado do Bombeiro. Um par de suportes de aço enferrujados havia sido montado atrás dos assentos; a halligan se encaixou perfeitamente entre eles.

Ao ligar, o motor produziu uma série agradável de sons que fez Harper pensar não em um caminhão, mas em roupas rolando na secadora.

— Enfermeira Willowes, por favor, pode mexer o câmbio para a frente e para a direita?

Ele estava com o braço direito dobrado no colo e a mão esquerda no volante. Ela não gostou da forma como o pulso direito dele estava virado.

— É melhor me deixar dar uma olhada nesse braço — disse Harper.

— Talvez quando não estivermos com pressa — falou o Bombeiro. — A marcha.

Ela engatou a ré enquanto ele acionava a embreagem.

John tirou o caminhão da sombra de um grande carvalho e pegou a estrada, depois pediu que ela o colocasse em primeira para ele. Ao passarem pela delegacia de polícia e saírem do estacionamento, o Bombeiro estendeu a mão pela janela e tocou o sino, *ding-ding*. Aquilo a fez pensar em filmes antigos de bondes de São Francisco.

Talvez umas cinquenta pessoas os viram partir, e nenhuma delas pareceu se importar. Um policial até levantou o quepe para eles. Harper procurou novamente por Jakob, mas ele não estava mais sentado no caminhão, e ela não conseguiu localizá-lo no meio da multidão.

— Você tem seu próprio caminhão de bombeiros — disse ela.

— Num mundo com uma fogueira em cada esquina, é um carro surpreendentemente discreto. Além disso, não pode imaginar quantas vezes uma escada de vinte metros pode ser útil.

— Posso imaginar, *sim*. Você nunca sabe quando vai precisar ajudar uma criança a escapar do terceiro andar de um hospital.

Ele assentiu com a cabeça.

— Ou trocar uma lâmpada muuuuuito alta. Pode puxar o câmbio para trás novamente? Na segunda... ah, ótimo.

Deixaram as fogueiras, a fumaça e o cheiro de humanos e cachorros em combustão para trás, em um súbito aumento de velocidade.

Tinha sido uma noite fresca e invernal na água. No caminhão de bombeiros, movendo-se a cinquenta quilômetros por hora, o clima estava ártico.

Ele ligou os limpadores e espalhou faixas de cinzas no para-brisa.

— *Argh* — disse o Bombeiro. — Olhe só isso. Poderíamos infectar a maior parte de Rhode Island com o que temos no para-brisa.

Eles fugiram através da noite.

— As cinzas — disse Harper. — São as cinzas. Foi por isso que não deixei Jakob doente. A doença não passa através do toque. Você tem que entrar em contato com as cinzas.

— É uma forma bastante comum de propagação de fungos. Terceira marcha, por favor. Obrigado. Agricultores da América do Sul queimam uma colheita infectada e a corrente de ar transportará esporos de fungos nas cinzas para o outro lado do mundo, até a Nova Zelândia. O *Draco incendia trychophyton* não é diferente. Você o inala junto às cinzas que o protegem e o preparam para a reprodução e logo ele está ocupando terrenos nos seus pulmões. Poderia mudar para a quarta... sim, perfeito. — Ele sorriu fracamente e acrescentou: — Eu estava lá quando você foi infectada, sabe? No dia em que o hospital pegou fogo. Vi todos vocês respirando o fungo, mas já era tarde demais para avisar alguém.

Eles passaram por cima de um buraco — o caminhão não parecia ter nenhum sistema de suspensão, e ambos sentiam cada sulco, rachadura, cavidade e depressão —, e o Bombeiro gemeu.

— Ainda não é tarde para avisar o restante do mundo.

— O quê? Acha mesmo que sou a primeira pessoa a perceber que a Escama se espalha pelas cinzas? Sou um humilde micologista de uma faculdade estadual. Ou fui. Tenho certeza de que o processo é bem compreendido nos lugares onde o estudo da Escama do Dragão é uma preocupação ativa. Seja lá onde for isso.

— Não. Se compreendessem a transmissão, estariam alertando as pessoas.

— Talvez estejam... nas partes do país que não se deixaram cair no caos ou foram abandonadas para morrer. Mas veja bem, estamos na direção do vento. De *todo mundo*. A corrente de jato norte-americana varre tudo no nosso caminho. Quem não tem a doença hoje vai ter amanhã ou no ano que vem. Acredito que ele possa esperar muito tempo nas cinzas por um hospedeiro. Milhares de anos. Possivelmente milhões.

O caminhão de bombeiros desviou para a margem esquerda da estrada. A ponta do capô atingiu uma caixa de correio, fazendo-a voar. Harper pegou o volante e ajudou John a levar o caminhão de volta para o meio da pista.

John estremeceu um pouco e tocou os lábios secos com a língua. Não parecia guiar o caminhão tanto quanto o caminhão o guiava, com o indivíduo apenas pendurado no volante para salvar sua vida.

— É realmente um ciclo engenhoso quando você pensa nisso. As cinzas infectam um hospedeiro que acaba queimando vivo, criando mais cinzas para infectar novos hospedeiros. Neste momento, há os doentes e os sadios. Porém, dentro de alguns anos, serão apenas os doentes e os mortos. Haverá aqueles que aprenderam a conviver com a Escama de Dragão e aqueles que foram queimados... pelos próprios terror e ignorância.

O Bombeiro estendeu a mão na escuridão e começou a tocar o sino, tão alto que machucou os ouvidos de Harper e fez seus dentes doerem. Estavam chegando ao desvio. Ela queria que ele diminuísse a velocidade, estava tentando dizer isso — *mais devagar, John, por favor* — quando ele fez uma careta e virou o volante, saindo da Little Harbor Road.

O caminhão de bombeiros pulou na estrada coberta de neve que levava ao acampamento e navegou entre as pedras altas que ladeavam a entrada. Harper avistou uma moça magra de uns vinte anos parada ao lado da pista de terra, a jovem que havia sido designada para vigiar o ônibus. Ela ouviu John tocando o sino e sabia que deveria baixar a corrente para deixar o veículo passar.

— Leve-nos de volta para a terceira marcha, Enfermeira Willowes... ótimo.

John balançava de um lado para o outro enquanto o caminhão de bombeiros subia a colina, diminuindo a velocidade à medida que avançava. Harper começou a repassar mentalmente o que deveria ser feito quando o levasse para a enfermaria. Ela precisaria de esparadrapo, gaze, Advil, tesoura, tipoia, bandagens de compressão e tala de plástico. Além do Advil e do esparadrapo, não sabia a quantidade em estoque de nada. Os dois chegaram ao topo da colina...

... e continuaram pela pista. A capela passou à esquerda. Os pneus levantaram um jato brilhante de neve gelada.

— Você perdeu a curva para a enfermaria — avisou ela.

— Não vamos para a enfermaria. Não posso ficar longe de casa a noite toda. Meu fogo vai apagar.

— E daí? Sr. Rookwood, você não está fazendo sentido. Suas costelas estão quebradas e seu pulso está deslocado ou quebrado... possivelmente com uma fratura no antebraço ou no cotovelo também... Você precisa dar a volta nesta coisa.

— Infelizmente, já passei muito do ponto em que poderia voltar, Enfermeira Willowes.

O caminhão continuou a desacelerar, batendo e balançando de um lado para outro, conforme passava por uma abertura em uma espessa faixa de abetos e saía no ancoradouro coberto. Ele puxou o volante com esforço, freando enquanto o caminhão entrava no lugar, rodeado por prateleiras de caiaques e canoas, e estacionou o veículo no centro do pátio de concreto descoberto.

O Bombeiro girou a chave, e eles ficaram sentados na escuridão fria e silenciosa. John se inclinou até a testa descansar no volante.

— Tenho que atravessar a água, Enfermeira Willowes — disse ele, sem olhar para ela. — *Preciso* fazer isso. Por favor. Você afirmou que queria me ajudar. Se estava falando sério, vai me levar de volta à minha ilha, que é o meu lugar.

Ela desembarcou e deu a volta no caminhão para ajudá-lo a descer.

Ele colocou o braço bom sobre os ombros dela, e Harper o abaixou, com esforço, primeiro até o estribo, depois até o chão. Seu rosto estava tão pálido que brilhava no escuro. Seus olhos se arregalaram com uma surpresa repentina. Harper já vira aquilo muitas vezes na sua época como enfermeira. Quando a dor chegava por completo, muitas vezes os feridos ficavam surpresos como se tivessem visto um mágico levitar.

Mancaram juntos sobre a superfície branca e vítrea da neve, agarrados um no outro e rastejando nos passos pequenos típicos dos idosos.

Um barco a remo estava na margem, com remos dentro dele. Nenhuma canoa e nenhum sinal do Pai Storey e dos outros. Mas eles não voltariam antes de pelo menos uma hora. Tinham levado esse tempo para chegar ao lago South Mill nas canoas e não tiveram que lidar com a neblina.

Uma névoa surgiu e acumulou-se sobre a água, cobrindo o horizonte. A pequena ilha de John não ficava a mais de cem metros da costa (na maré baixa era quase possível chegar até ela a pé), mas agora Harper não conseguia ver qualquer sinal dela.

— Espero que eles consigam encontrar o caminho de volta — disse Harper. — E que descubram que voltei com você.

— O Pai Storey conhece o caminho — falou John. — Ele leva crianças para remar por esta costa desde que você era criança. Provavelmente há mais tempo. E ele sabe que eu também não deixaria você para trás. — Ignorando, pensou Harper, que se não fosse por ela, *ele* teria ficado para trás.

John se sentou cautelosamente na proa, e Harper empurrou o barco a remo para longe da margem, depois subiu na popa. Ela se acomodou na bancada e pegou os remos.

— Reme — pediu ele. — Leve-nos através do rio Lete, barqueiro. Barqueira. — Ele riu. — *Allons-y!*

O Bombeiro pegou uma lamparina a óleo, colocou-a no chão entre os assentos, ergueu a chaminé de vidro e acariciou com o dedo o pavio, que se acendeu: uma lambida quente de chama azul. Ele a olhou para ter certeza de que Harper estava observando. Mesmo machucado, John adorava atenção.

Os remos tilintavam nas travas. Ela teve a sensação de deslizar não pelo mar, mas em direção ao céu, através de quase cinco mil metros de nuvens flutuantes. A névoa se abriu diante deles, enrolando-se na proa em penas luminosas.

Harper ainda observava a névoa pálida, fria e ondulante, procurando a ilha, quando chegaram ao solo e pararam bruscamente.

— Vai ser um pouco desajeitado quando sairmos, mas não imagino que nenhum de nós vá se afogar na lama — disse ele. — Siga-me e pise onde eu pisar.

John passou uma das pernas pela lateral do barco antes que a Enfermeira pudesse alcançá-lo e depois caiu de lado. Ele estava segurando a lamparina, que voou de sua mão, quebrou em algum lugar no escuro e apagou-se. Ele gritou de dor, depois riu — uma gargalhada ruim e bêbada que tanto a assustou quanto a irritou.

Ela saltou do barco e afundou até os tornozelos na lama. Era como entrar em um pudim gelado e pegajoso. Harper perdeu uma das botas ao caminhar pela lama ao lado do Bombeiro. Perdeu a outra enquanto o ajudava a chegar a um terreno mais alto. O calçado foi arrancado do seu pé com uma sucção úmida, e ela seguiu em frente sem ele.

Os dois subiram de forma instável pela areia úmida e firme, através da neblina fria. Harper avistou o galpão, uma parede verde-escura com uma porta branca, e conduziu-o até lá.

— Você vai ter que voltar e arrastar o barco. — John levantou o trinco e encostou o ombro na porta. — A maré vai subir e o bote vai desaparecer se não fizer isso.

Os olhos dela precisaram de um momento para se ajustar à escuridão. Ela viu uma cama; roupas penduradas em um varal; pilhas de livros de bolso que pareciam ter sido encharcados e secos muitas vezes, e agora estavam inchados. Um brilho prateado de neblina atravessava duas claraboias, as únicas janelas do cômodo.

No fundo da oficina de um único cômodo — essas eram as palavras que melhor descreviam o lugar — havia um grande barril de ferro fundido, virado de lado e erguido do chão por pernas de metal. O pai dela tinha uma coisa parecida no quintal da sua casa na Flórida; ele a usava para assar lentamente a paleta de porco para o churrasco. Um cano de chaminé foi soldado em uma das extremidades e dobrado para desaparecer pela parede dos fundos.

O barril tinha uma portinhola deslizante na lateral. Madeira e montes de ervas marinhas secas estavam dispostos em pilhas organizadas ao lado da fornalha caseira. John a soltou e seguiu cambaleando pelo chão de tábuas estreitas, parando diante do barril. Ele olhou para uma chama que queimava em estranhos tons de verde e azul.

— Estou aqui, querida — disse ele para o fogo. — Cheguei.

O Bombeiro pegou alguns pedaços secos de madeira e empurrou-os para dentro da fornalha, enfiando as mãos nas chamas até os pulsos. Então recuou, abraçando a si mesmo. Seus olhos estavam vidrados e vazios, e John não desviava o olhar do barril. Ele recuou até a cama estreita. Quando as suas panturrilhas bateram ali, ele se sentou.

Harper o ajudou a se deitar e começou a desabotoar a camisa de John. Ele olhou além da Enfermeira para seu barril cheio de fogo. Parecia mantê-lo fascinado.

— Feche a portinhola — sussurrou ele.

Harper o ignorou e afrouxou os suspensórios.

— Quero tirar esta camisa.

— Por favor — disse ele, rindo de leve. — Ela pode nos ver e entender mal.

Harper colocou a palma da mão na lateral do rosto dele. Não gostou muito do calor febril que sentiu na bochecha. Então, puxou a camisa para cima e começou a tirá-la. Não foi difícil libertar o braço esquerdo, mas quando começou a movê-la ao longo do braço direito, o homem emitiu um som rápido e ofegante, algo entre um soluço e uma risada.

Seu cotovelo direito estava inchado, um tom feio de roxo salpicado de manchas mais escuras, quase pretas.

— Consegue dobrá-lo? — perguntou ela.

O Bombeiro gritou quando Harper levantou o braço suavemente, flexionando o cotovelo, e moveu os polegares com cuidado sobre as protuberâncias do osso. Não havia nada quebrado, mas os tecidos moles estavam inchados e nodosos, os ligamentos transformados em fios irregulares. O pulso estava pior do que o cotovelo, já tão grosso quanto a panturrilha, com um hematoma azul-escuro.

Harper pegou a mão direita do Bombeiro e agarrou o antebraço com a outra mão. Girou o pulso de um lado para o outro, à procura de uma subluxação. Um pedaço de osso — o semilunar — havia se soltado dos outros, ficando completamente fora do lugar.

— É ruim? — perguntou ele.

— Nada sério — respondeu ela. Seria necessário realinhá-lo, e quanto mais cedo, melhor. Harper cruzou os polegares sobre o pulso dele. Seu rosto pálido e quase incolor estava úmido de suor.

— Olha — disse John. — Você não está prestes a fazer algo horrível comigo, está?

Ela deu um sorriso de desculpas e *apertou*. O semilunar esguichou de volta para o lugar entre os outros ossos, fazendo um som úmido de encaixe. Ele estremeceu violentamente e fechou os olhos.

Harper olhou para além do braço direito, descolorido por uma grotesca colcha de hematomas. Passou os dedos pelas costelas dele. Fratura aqui. Fratura ali. Outra fratura. Uma quarta.

— Harper — disse ele, respirando com suavidade. — Acho que vou desmaiar.

— Não tem problema.

Mas John não desmaiou. Ainda não. Ele se curvou na beira do colchão, tremendo muito, o braço machucado pendendo ao lado da castigada lateral direita do seu corpo.

Harper queria uma tipoia. Ela se levantou e vasculhou a bagunça perto da cama. Encontrou uma caixa de frisbees sujos, bolas de tênis, aros de croqué e marretas. Tudo que alguém desejaria para uma tarde tranquila de brincadeiras ao ar livre. Escondido atrás da caixa estava um arco longo do acampamento, que já tinha visto dias melhores e — *ali*. Uma aljava de lona com flechas de aparência triste e sem penas dentro dela. Harper as jogou no chão, fazendo barulho. Mais um minuto de caça e conseguiu encontrar uma tesoura de jardim.

Ela cortou a aljava de uma ponta a outra, fazendo uma calha de lona. Harper afrouxou a alça que prendia a aljava às costas do arqueiro. Quando voltou à cama, John havia caído sobre o colchão, apoiado do lado esquerdo. Ainda tremia, mas menos agora. Suas pálpebras estavam fechadas.

Harper encaixou o braço direito na tipoia improvisada, do tipo "melhor do que nada", trabalhando com um cuidado paciente e deliberado para não empurrar de forma indevida o pulso ou o cotovelo. John respirou fundo algumas vezes, mas fora isso aguentou sem emitir som algum. Quando o braço foi colocado no lugar, ela pegou os pés dele e os jogou no colchão, depois colocou um cobertor sobre o Bombeiro.

Harper pensou que ele tivesse adormecido enquanto o colocava na cama, mas John sussurrou:

— Agora, a portinhola, por favor. Para conservar o calor. Isso evitará que o fogo se apague rápido demais.

Harper afastou uma mecha de cabelo castanho da têmpora suada e sussurrou:

— Tudo bem, John.

Ela foi até a fornalha, mas hesitou antes de fechar a portinhola, seu olhar atraído pelos tons estranhos e vibrantes do fogo lá dentro: ela teve vislumbres de explosões de jade e rosa. Harper assistiu em uma espécie de transe pacífico por quase meio minuto, e estava prestes a fechar o painel... quando a viu.

Por um momento, havia um rosto no fogo: o rosto de uma mulher, com olhos arregalados e assustados, bem afastados, os traços suaves de uma estátua clássica, um rosto bem parecido com o de Allie, porém mais cheio, mais velho e mais triste. Os lábios estavam entreabertos como se estivesse prestes a falar. Não foi uma alucinação, não foi imaginado, não era um truque da luz dançante do fogo. O rosto nas chamas olhou para a Enfermeira por cinco segundos inteiros.

Harper tentou gritar, mas estava sem ar. Quando, enfim, conseguiu inspirar, a mulher que ela vislumbrara no fogo havia desaparecido.

13

HARPER RECUOU, OBSERVANDO AS chamas em busca de outras maravilhas. Qualquer pensamento de fechar a portinhola desapareceu da sua mente. Olhou para John, para perguntar o que ela tinha acabado de ver — para perguntar o que *diabos* havia na fornalha —, e percebeu que o homem dormia. Sua respiração era um assobio fino e tenso.

Sentiu profundamente a própria exaustão. O cansaço era uma dor seca e amarga em todas as juntas. Acomodou-se em uma cadeira macia com almofadas de linho puídas, em uma boa posição para observar o fogo, para ficar de olho caso ele fizesse alguma outra coisa.

As chamas ondulavam e fluíam, lançando o antigo feitiço hipnótico, drenando a vontade e o pensamento da cabeça de Harper. Elas também lançavam um calor tão agradável quanto uma colcha velha e confortável. Uma parte dela temia que a mulher abrisse as cortinas de fogo carmesim e a encarasse mais uma vez. Outra parte ansiava por revê-la.

Ela pode ter fechado os olhos por um tempo.

Um grito a despertou — um pequeno gemido de dor ou de terror. Harper não tinha certeza de quanto tempo havia se passado, um minuto ou uma hora, e não sabia se o grito fora real ou imaginário. Escutou com atenção, mas não ouviu mais nada.

As chamas haviam diminuído um pouco, e Harper se lembrou de que John queria que ela fechasse a portinhola. Foi necessária toda sua energia para se levantar e fechar a porta deslizante de aço. Depois ela se sentou novamente e, por um longo tempo, flutuou, livre, na pacífica zona cinzenta entre o sono e o despertar. Estava tão livre e à deriva quanto um barco vazio em um mar vazio, uma boa maneira de se sentir, mas uma maneira ruim de se pensar, e, de repente, ela despertou por completo. O barco. John a avisou que o barco teria que ser puxado mais para dentro da praia ou eles ficariam presos.

A ideia de perder o barco a fez se levantar da cadeira e se colocar de pé. O restante das suas teias de aranha mentais se dissipou no instante que ela saiu em meio a uma rajada de vento abrasiva e salgada.

Já era quase de manhã e o nevoeiro estava perolado e sedoso à primeira luz. A brisa o espalhava, transformando-o em lenços prateados, e, através de uma grande fenda no tecido da névoa, Harper pôde vislumbrar a margem oposta.

Três canoas foram içadas na neve. Todos voltaram vivos, então. Nick estava na praia, arrastando uma das canoas pela areia. Harper se perguntou quem teria enviado um garoto sozinho para puxar os barcos de volta para o ancoradouro. Àquela hora da manhã, ele deveria estar na cama.

Ela acenou. No instante que a viu, o menino desistiu do que estava fazendo com a canoa e começou a acenar freneticamente, agitando os dois braços sobre a cabeça em um gesto universal de angústia. E Harper percebeu seu erro. Nick não estava vestido para aquele clima, usava apenas um casaco de lã preto e pantufas. E a canoa — ele não a arrastava *para* o ancoradouro, mas para dentro d'água. Ninguém o havia mandado guardar as canoas. O garoto saíra para procurar Harper.

Em apenas dois passos, ela estava mergulhada novamente até os tornozelos na lama salobra e fedorenta. Suas botas estavam ali em algum lugar. Ela não as procurou, apenas colocou o barco a remo na água e entrou.

Quando parou ao lado do cais, Nick estava esperando com uma corda coberta de musgo. Ele a enrolou em uma presilha na extremidade do barco e depois agarrou o braço da Enfermeira. Harper achava que, se fosse grande o suficiente, Nick a teria jogado nas tábuas de pinho, como um pescador puxando a sua pesca.

Ele queria correr, mas também não queria soltá-la, puxando-lhe o braço enquanto subiam a encosta íngreme. A respiração do menino gritava na sua garganta. Ela não conseguia ir tão rápido quanto ele queria, pisando na neve granulada com os pés descalços.

— Pare — pediu ela, e fez com que ele parasse, fingindo que precisava recuperar o fôlego quando, na verdade, pretendia que o menino recuperasse o dele. — Pode escrever? O que aconteceu, Nick?

Harper desenlaçou o braço para imitar o ato de escrever, rabiscando com uma caneta invisível na folha de papel do ar leitoso. Mas ele balançou a cabeça, desesperado, miserável, e continuou correndo, sem se preocupar mais em tentar arrastá-la.

A névoa descia pelos troncos dos pinheiros, fluindo como o fantasma de uma grande enchente, espalhando-se pelo chão, de volta ao mar, em câmera lenta.

Ela o seguiu — o perseguiu, na verdade — até a enfermaria, onde o menino, enfim, parou para esperá-la no pé da escada. Sua tia estava ao lado dele, vestida com um pijama fino de flanela e também descalça.

— Meu pai... — disse Carol, a voz saindo em explosões selvagens entre soluços em busca de ar, como se fosse ela, e não Harper, quem tivesse acabado de subir oitocentos metros colina acima, pela neve. — É meu pai. Eu rezei, *rezei* para que você voltasse e você está aqui e precisa dizer que vai salvá-lo, você tem que *dizer*.

— Vou fazer o possível — falou Harper, pegando o cotovelo de Carol e virando-a na direção da enfermaria. — O que aconteceu?

— Ele está chorando sangue — respondeu Carol. — E está falando com Deus. Quando o deixei, implorava a Deus para que perdoasse a pessoa que o matou.

14

HAVIA MUITA GENTE NA enfermaria. Carol e Harper se espremeram entre uma multidão que incluía Allie, as garotas Neighbors, Michael e outros Vigias. Alguns deles estavam de mãos dadas. Mike estava nu até a cintura e uma mancha vermelha — sangue e suor — brilhava no seu peito. Com a cabeça baixa, os olhos fechados e os lábios movendo-se em uma oração silenciosa, parecia um hippie da era de Aquário em uma tenda de suor. Uma garota estava no chão abraçando os joelhos contra o peito e soluçando de forma impotente.

Velas lotavam os balcões e acumulavam-se ao redor da pia, mas a sala permanecia mal iluminada. Tom Storey estava estirado em uma das camas do acampamento. Nas sombras, ele poderia ser um sobretudo jogado em cima dos lençóis. Don Lewiston estava na cabeceira da cama.

— Jovens — disse Harper, como se fosse décadas mais velha do que Allie e Michael, e não uma jovem de vinte e seis anos que terminara a faculdade havia apenas quatro. — Obrigada. Muito obrigada por tudo que fizeram. — Ela não tinha ideia se eles tinham feito qualquer coisa, mas não importava. Seria mais fácil tirá-los de lá se sentissem que suas importantes contribuições tinham sido reconhecidas, se acreditassem que tinham feito toda a diferença. — Tenho que pedir a vocês para saírem agora. Precisamos de ar e silêncio nesta sala.

Allie estivera chorando. Suas bochechas estavam coradas, mas linhas brancas e quentes indicavam a passagem das lágrimas. Sua máscara de Capitão América, suja e surrada, estava pendurada no pescoço. Ela deu a Harper um pequeno aceno assustado e apertou a mão de Michael. Os dois começaram a conduzir os outros de volta à sala de espera, e ninguém emitiu uma única palavra.

Harper agarrou o braço de Michael e puxou-o para trás. Em voz baixa, falou:

— Leve Carol também. Por favor. Diga que quer cantar com ela. Diga que Nick está triste e precisa da tia. Diga o que quiser, mas *tire-a desta sala*. Ela não pode ficar aqui.

Michael moveu a cabeça em um gesto leve de anuência e depois falou:

— Srta. Carol? Você vem cantar conosco? Pode nos ajudar a cantar para o Pai Storey?

— Não — respondeu Carol. — Preciso ficar com meu pai agora. Ele precisa de mim. Quero que ele saiba que estou aqui.

— Ele vai saber — disse Michael. — Vamos cantar juntos e chamá-lo para a Iluminação conosco. Se quer que ele a sinta por perto, é isso que deve fazer. Se o atrair para a Iluminação, seu pai saberá que você está com ele e não sentirá medo ou dor. Nada dói lá. É a única coisa que podemos fazer por ele agora.

Carol tremia em acessos nervosos. Harper se perguntou se ela estava em estado de choque.

— Sim. Sim, Michael, acho que tem razão. Acho...

O Pai Storey os chamou, com a voz bem-humorada, mas rouca, como se já falasse há muito tempo e a garganta estivesse cansada.

— Ah, Carol! Quando você canta, sinto que amo tanto você que meu coração poderia se quebrar. — Ele riu, uma risada sarcástica e nada parecida com a dele. — Depois daquela última música, meu coração está partido como uma janela! E isso é uma coisa boa! É difícil enxergar qualquer coisa através de vitrais.

Carol ficou paralisada, olhando para o pai, uma expressão fixa de dor e espanto no rosto, como se alguém tivesse enfiado uma faca nela.

Don Lewiston segurou a cabeça do Pai Storey, cobrindo o ferimento dele com algodão branco. A camisa de Michael estava embolada no travesseiro, a flanela já endurecida de sangue.

Os olhos de Pai Storey estavam bem abertos, cada um em uma direção diferente. Um olhava para baixo e para a esquerda. O outro estava apontado para a ponta das botas. Ele sorriu com certa astúcia.

— Mil orações a cada minuto em todos os lugares, e o que Deus responde? Nada! Porque o silêncio nunca mente. O silêncio é a vantagem final de Deus. É a forma mais pura de harmonia. Todos deveriam tentar. Coloque uma pedra na boca em vez de uma mentira. Coloque uma pedra na língua em vez de fofoca. Enterre os mentirosos e os ímpios sob as pedras até que não digam mais nada. Mais peso, aleluia. — Ele arfou mais uma vez e depois sussurrou: — O diabo está à solta. Eu o vi esta noite. Eu o vi saindo da fumaça. Então, minha cabeça desabou e agora está cheia de pedras. Mais peso, amém! É melhor tomar cuidado, Carol. Este acampamento pertence ao diabo, não a você. E ele também não está sozinho. Muitos o servem.

Carol olhou para o pai com uma fascinação horrorizada. Pai Storey lambeu os lábios.

— Eu mesmo causei isso. Chamei a fraqueza de bondade e contei mentiras quando deveria ter mantido uma pedra na boca. Fiz a pior coisa que um pai poderia fazer. Tinha uma favorita. Sinto muito, Carol. Por favor, me perdoe. Eu sempre gostei mais de Sarah. O correto é que eu vá até ela agora. Me dê outra pedra. Mais peso. Já falei o suficiente, amém.

Ele exalou de forma longa e sonhadora e ficou em silêncio.

Harper chamou a atenção de Carol.

— Ele não quis dizer isso. Está sofrendo de um hematoma subdural. Se está falando bobagem, é por causa da pressão no cérebro.

Carol olhou para ela com uma estranha falta de reconhecimento, como se as duas nunca tivessem se visto antes.

— Não é bobagem. É uma revelação! Ele está fazendo o que sempre fez. Está nos mostrando o caminho. — A mulher estendeu a mão às cegas para trás e agarrou a mão de Michael. Ela apertou os dedos do garoto. — Vamos cantar. Vamos cantar e chamá-lo para a Iluminação. Daremos a ele toda a luz necessária para encontrar o caminho de volta até nós. E se ele não puder voltar... se tiver que ir... — A voz dela ficou embargada. Carol tossiu, e seus ombros tremeram, mas continuou: — ... se ele tiver que ir, terá a nossa música para guiá-lo e reconfortá-lo.

— Sim — disse Harper. — Acho que tem razão. Vá e cante para ele agora. Ele precisa da sua força. E cante para mim, porque também preciso da sua força. Vou tentar ajudá-lo, mas estou com medo. Significaria muito para mim se pudesse cantar por nós dois.

Carol lançou-lhe um último olhar interrogativo, depois ficou na ponta dos pés e beijou-a no rosto. Foi, talvez, a última gentileza que ela demonstrou a Harper. Um instante depois, Carol passou pela cortina e desapareceu, levando os outros consigo.

Don Lewiston também se preparava para sair, puxando as mangas para abotoá-las.

— Você não, Don — anunciou Harper. — Você fica. Vou precisar da sua ajuda.

Harper deu a volta na cama, ocupando o lugar de Don Lewiston atrás da cabeça do Pai Storey. Ela levantou gentilmente a cabeça dele com ambas as mãos. Seu cabelo prateado estava encharcado de sangue. A Enfermeira podia sentir o lugar atrás da orelha direita onde o homem havia sido atingido, um caroço quente e úmido, e outro lugar, mais acima, onde poderia ter ocorrido um segundo golpe.

— Como isso aconteceu? — perguntou ela.

— Não sei — respondeu Don. — Não entendi toda a história. Mikey o carregou para o acampamento, encontrou-o meio morto na floresta. Acho que foi um dos presidiários. É o que estão dizendo. Ben está com eles agora.

Com eles? O que aquilo significava? Não importava. Não naquele momento.

— E o Pai Storey não pôde dizer nada sobre o ocorrido?

— Não algo que fizesse sentido. Disse que era um julgamento. Disse que era isso que ele merecia por proteger os ímpios.

— É a pressão no cérebro dele. Ele não faz ideia do que está falando.

— Eu sei.

Ela examinou as pupilas do Pai Storey, cheirou os lábios e sentiu um odor nada surpreendente de vômito. Pensou no que teria que fazer e também sentiu náuseas. Não pela ideia do que precisava ser feito — há tempos não tinha sensibilidade em relação a sangue —, mas pela ideia de errar.

Na sala de espera, ouviu vozes se aquecendo, ouviu os Vigias cantarolando juntos, tentando encontrar a mesma nota.

— Preciso de uma navalha para raspar o cabelo dele — disse Harper.

— Sim. Vou arranjar uma para você — falou Don, e deu um passo em direção à porta.

— Don?

— Sim?

— Consegue pegar uma furadeira também? Talvez da marcenaria? Uma furadeira elétrica seria o ideal, mas não acho que vá encontrar uma que esteja carregada. Eu me contento com qualquer coisa que possa acionar manualmente.

O olhar de Don foi de Harper para Tom Storey — seu cabelo branco lavado com espuma vermelha — e voltou para a mulher.

— Ai, meu Deus. Algo mais?

— Só água quente para esterilizar a broca, por favor. Obrigada.

Quando o homem não respondeu, Harper ergueu os olhos para dizer que era só isso e que ele deveria ir, mas Don já havia partido.

Na sala ao lado, começaram a cantar.

15

HARPER LIMPOU O ROSTO do Pai Storey com um pano de prato úmido e frio, removendo a fuligem e o sangue em longas faixas para revelar o rosto magro e curiosamente lupino por baixo. De vez em quando, o olho esquerdo dele sangrava. O líquido escorria até a orelha, e ela o limpava novamente.

Ele parecia atento, ouvindo as vozes na sala ao lado. O grupo cantava a mesma música que Harper ouvira na noite em que chegou ao acampamento, dizendo que eram um só sangue, dizendo que eram uma só vida. Harper tinha certeza de que ela mesma não entraria na Iluminação — não podia se dar ao luxo de se deixar levar por aquele brilho cintilante, onde tudo era mais fácil e melhor. O lugar dela era ali, com o moribundo. Harper se perguntava, porém, se o Pai Storey não se deixaria levar e se isso não representaria uma verdadeira ajuda para ele, um substituto para os sedativos e o plasma que ela não tinha.

Sua Escama de Dragão, porém, permaneceu fria, redemoinhos e rabiscos escuros na carne velha e solta.

— Deus é uma boa história — disse o Pai Storey, de repente. — Gosto dessa e também gosto da frigideira e Wendy. Lemos essa juntos, Sarah, quando você era pequena.

Na sua mente, Harper vislumbrou um rosto sereno e adorável moldado em chamas. Ela apertou a mão do homem.

— Não sou Sarah, Pai Storey — falou Harper. — Sou sua amiga, a Enfermeira Willowes.

— Bom. Enfermeira Willowes, tenho uma conversa médica particular com a qual insultá-la. Receio que alguém esteja nos manipulando como se faz com um ukulele. Alguém está colocando novas palavras em músicas antigas. É importante agir agora. Essas salvações não vão durar.

Ela disse:

— Primeiro temos que consertar a sua cabeça. Então podemos nos preocupar com a ladra.

— Eu não colocaria uma ladra na minha boca para roubar meu cérebro — falou ele. — De qualquer forma, pedras têm um gosto melhor. Acho que bati a cabeça em alguma coisa e perdi minha sombra. Você vai colocá-la de volta ou ela escapou?

— Só preciso de um pouco de agulha e linha, e você vai voltar a ficar forte como um touro.

— Ou pelo menos com um cérebro sem abalo — disse ele. — Estou indo pelo ralo. Você sabe que a minha pequena Sarah também era uma ladra horrível. Ela roubou de mim... roubou de todos nós. Até do Bombeiro. Pobre John Rookwood. Ele tentou não a matar. Imagino que vai tentar não matar você agora. Provavelmente está apaixonado por você, o que é um azar danado. Da frigideira para o Bombeiro.

— Claro que ele tentou não a matar, Pai Storey. Ele *não* a matou. Ouvi dizer que nem estava na ilha quando Sarah...

— Ah! Não, claro que não. Ele era um observador inocente. Nick também. Não dá para culpar o garoto. Ambos eram seus cúmplices relutantes. O que ela não conseguia de um, conseguia do outro. Sarah tinha muitos comparsas. Sei que John se culpa, mas não deveria. Ele foi incinerado por um crime que não cometeu. A noiva morreu, e todos nós choramos. Não que eles fossem casados. Nunca teriam se casado. Todos os bombeiros são casados com as cinzas, no fim das contas. Já ouviu aquela velha musiquinha? Com quem será, com quem será, com quem será que a Sarah vai queimar? — Ele fez uma pausa, então seu olho esquerdo se fixou em algo além do ombro dela. — Ali, minha sombra! Rápido! Costure-a novamente.

Ela olhou. Uma forma escura balançou a cabeça do outro lado da cortina verde entre a enfermaria e a sala de espera. Don Lewiston a abriu, segurando um balde de aço com água fumegante em uma das mãos e um saco de papel na outra.

— Você não vai acreditar na porra da nossa sorte — disse Don. — Encontrei a porra de uma furadeira elétrica, com bateria, ainda funcionando. Um velho que apareceu no acampamento esta semana tinha uma na caminhonete. Coloquei a broca na água quente agora mesmo.

— Você conseguiu a navalha? Ou uma tesoura?

— Sim, senhora.

— Ótimo. Venha aqui. Pai Storey? Tom?

Tom Storey disse de forma enrolada:

— Srta. Willowes?

— Tom, agora vou lhe dar um belo corte de cabelo. Venha.

— Vinho? Não sou muito de beber, mas posso tomar um vinho. Estou com tanta sede.

Don Lewiston disse:

— Você está entendendo alguma coisa?

— Don, eu quase não entendo você na maior parte do tempo. Levante a cabeça dele.

Na sala ao lado, a música terminou com uma última nota profunda de harmonia. Carol murmurou para o pequeno rebanho atento. Ela e os fiéis tinham mergulhado na Iluminação, lançando luz suficiente para fazer a cortina verde brilhar com um tom irradiado de limão.

Don segurou a cabeça do Pai Storey entre os dedos tortos enquanto Harper cortava mechas de cabelo ensanguentado do local atrás da orelha onde ele fora atingido. O couro cabeludo abaixo estava preto-arroxeado como uma berinjela.

Na sala de espera, as vozes se ergueram novamente. Era a vez dos Beatles. O sol estava nascendo, e o inverno longo e solitário havia acabado.

Pai Storey enrijeceu e começou a chutar os calcanhares.

— Ele está tendo uma convulsão — disse ela.

— Ele vai engasgar com a língua — falou Don Lewiston.

— Isso é anatomicamente impossível.

— Estamos perdendo ele.

Sim, pensou Harper. Se esta não fosse uma convulsão final, estava perto disso. Espuma escorria do canto da boca. Sua mão esquerda agarrou os lençóis, soltou-os e agarrou-os novamente. Ele não conseguia fazer nada com a mão direita. Harper segurava o pulso direito, monitorando os batimentos cardíacos irregulares e acelerados.

A música na sala ao lado atingiu uma nota alta, doce e perfeita, e os olhos do Pai Storey se abriram novamente, e suas íris eram anéis de luz dourada.

Suas costas estavam arqueadas, de forma que apenas a cabeça e os calcanhares encostavam no colchão, então, ele relaxou nos lençóis. Seu batimento cardíaco diminuiu. Rabiscos de luz vermelha opaca pulsaram na sua Escama de Dragão, desapareceram e voltaram a pulsar.

Ele quase pareceu sorrir, os cantos da boca subindo ligeiramente e as pálpebras se fechando.

— Ele apagou — disse Don. — Por Deus, deu certo. Todos cantaram, e ele conseguiu passar pelo pior.

— Sim, acho que sim. Coloque a broca para mim, por favor, Don?

— Vamos mesmo fazer isso?

— Ele já está bem fraco. Se não for agora, não teremos outra oportunidade depois.

Harper cortou o resto do cabelo da nuca do Pai Storey para revelar a carne machucada. Não adiantava perder tempo pensando. Não adiantava nada perder tempo pensando que talvez fosse matá-lo ou lobotomizá-lo, deixar escorregar a furadeira e enfiá-la fundo o suficiente para jogar pedaços de cérebro por todo o local.

Don enfiou a mão na água quase fervendo sem qualquer sinal de angústia — Harper achou que aquelas mãos eram pouco mais sensíveis do que um par de luvas de lona — e pegou a broca. Ele a conectou em uma furadeira Black & Decker que tinha saído direto da Home Depot e apertou o gatilho. A máquina zumbiu, ganhando vida com um som que lembrou a Enfermeira de batedeiras e cobertura de bolo.

Ele olhou para o hematoma arroxeado no couro cabeludo do Pai Storey e engoliu em seco.

— Você não vai me pedir… — começou ele, então se conteve e engoliu em seco de novo. — Não sei quantos peixes matei, eviscerei e limpei, mas… uma pessoa… *Tommy*… acho que não consigo…

— Não. Não vou pedir para você fazer isso. É melhor que seja eu, sr. Lewiston.

— Claro. Você já fez isso antes.

Da forma que ele falou, não era bem uma pergunta, e Harper achava que Don não precisava de uma resposta. Ela estendeu a mão para a furadeira. A broca fervia.

— Vou precisar que segure a cabeça dele. Não deixe que se mova enquanto eu estiver operando a furadeira, sr. Lewiston — falou ela, em um tom de comando frio que dificilmente parecia com a própria voz.

— Sim, senhora.

Ele passou os dedos pela cabeça do Pai Storey, levantando-a do travesseiro.

Harper examinou a furadeira, encontrou o botão que controlava a potência e aumentou-o até o máximo. Ela deu um aperto de teste no gatilho. Aquilo a assustou, a broca girando até se tornar um borrão cromado, a vibração descendo pelo seu braço.

— Gostaria que tivéssemos a porra de uma luz melhor — disse Don.

— Gostaria que tivéssemos a porra de um médico melhor — falou ela, abaixando-se e colocando a ponta da broca cinco centímetros para o lado da orelha direita do Pai Storey, onde o hematoma estava mais feio.

A Enfermeira apertou o gatilho.

O pedaço mastigou a fina camada de pele em um instante, transformando-a no que pareciam flocos de aveia cozida e úmida. O osso fumegava e gemia enquanto a broca o penetrava. Ela aplicou pressão devagar, com determinação. Suor brotava em seu rosto, mas Don estava ocupado segurando a cabeça do Pai Storey, e ela não podia lhe pedir que enxugasse sua testa. Uma única gota de suor ficou presa em um cílio e, quando Harper piscou, o olho começou a arder.

O sangue jorrou do buraco no crânio e subiu pelas ranhuras da broca. Ela pensou, de maneira obscena, em uma criança bebendo suco vermelho de canudo.

Sem abrir os olhos, o Pai Storey disse:

— Melhor, Harper. Obrigado.

Depois ficou em silêncio e não voltou a falar por dois meses.

LIVRO QUATRO

HOMEM MARLBORO

1

Do diário de Harold Cross:

18 DE JUNHO

AS GAROTAS DESTE ACAMPAMENTO SÃO UM BANDO DE VACAS LÉSBICAS E SE TODAS QUEIMASSEM AMANHÃ EU NÃO ME IMPORTARIA NEM UM POUCO.

AS NOTÍCIAS DE SF É QUE TEM 2,5 MIL PESSOAS VIVAS COM ESCAMA NO PRESÍDIO E NENHUMA DELAS ESTÁ QUEIMANDO. FODA-SE ESSA MERDA. VOU FAZER UM ANÚNCIO NA CAPELA AMANHÃ. ALGUÉM PRECISA DIZER A ESSES BOÇAIS QUE VOCÊ NÃO TEM QUE ADORAR A SANTA IGREJA DOS PENTELHOS SAGRADOS DA BOCETA DE CAROL STOREY PARA SOBREVIVER. QUALQUER LIBERAÇÃO DE OCITOCINA DIRÁ À ESCAMA QUE ELA ENCONTROU UM HOSPEDEIRO SEGURO.

SE EU OUVIR MAIS UMA RODADA DE "SPIRIT IN THE SKY" OU "HOLLY HOLY" VOU VOMITAR. PODERÍAMOS INATIVAR O ESPORO DA MESMA FORMA COM UMA GRANDE PUNHETA GRUPAL. UMA GIGANTESCA PUNHETA GRUPAL COM A BONITA E PEQUENA MÃO DE CAROL NA MINHA VARA. O PAI DELA PODE BATER UMA PARA ELA ENQUANTO ELA BATE UMA PARA MIM, É ISSO QUE ELA QUER DE QUALQUER FORMA.

FAZ DIAS QUE NÃO ESCREVO UM POEMA NOVO. EU ODEIO ESTE LUGAR.

2

HARPER LEU APENAS UMA página do diário de Harold, escolhida de forma aleatória, e depois folheou algumas outras. Vislumbrou rascunhos de seios e xoxotas, viu algumas palavras em letras maiúsculas escuras: VAGABUNDAS PROSTITUTAS CADELAS VADIAS. Harper não o conheceu, mas sentia que entendia Harold Cross muito bem. Achava que uma coletânea de poesias do sr. Cross provavelmente combinaria muito bem com um exemplar de *Arado da desolação.*

Ela voltou para o dia 18 de junho e deixou o olhar se demorar naquela frase: QUALQUER LIBERAÇÃO DE OCITOCINA DIRÁ À ESCAMA QUE ELA ENCONTROU UM HOSPEDEIRO SEGURO. Harper fechou o caderno, bateu-o na coxa e enfiou-o em uma das gavetas... e depois de um momento, pegou-o novamente.

O forro da enfermaria era feito de grandes quadrados brancos de aglomerado de madeira. Ela teve que subir em uma cadeira para alcançá-los. Levantou uma placa do teto e escondeu o caderno ali. Não era tão bom quanto um modelo anatômico da cabeça humana, mas serviria por enquanto.

Ela não saberia dizer de quem estava escondendo aquilo. Talvez fosse apenas porque o próprio Harold o tivesse escondido, o que significava que o rapaz achava que havia alguém ali que o tiraria dele se tivesse a chance.

Enquanto empurrava a cadeira de volta ao lugar, Harper notou sangue nos nós dos dedos direitos. O sangue de Tom Storey. Ela lavou a mão em água gelada e observou redemoinhos rosados dando voltas pelo ralo em listras de bengalinhas doces de Natal.

O Pai Storey dormia, o topo da cabeça enfaixado com uma touca de gaze branca e limpa. As janelas empoeiradas acima deixavam entrar raios leitosos de sol. Tal como o próprio Pai Storey, a luz do dia parecia cansada, quase inexistente. Mas o lençol estava enfiado sob o queixo, e não puxado sobre o rosto. Ele tinha sobrevivido à noite. Era um grande triunfo.

Harper estava tonta de exaustão, mas o bebê não a deixava dormir. O bebê estava com fome. O que o bebê queria era uma tigela funda e quente de mingau com muito xarope de bordo. Comer primeiro, dormir depois.

Conforme andava sobre a neve por um caminho de tábuas de pinho oscilantes em meio à névoa que chegava até os joelhos, ela tentava se lembrar do que sabia sobre a ocitocina. Tinha um apelido, "o hormônio do amor", porque era liberado quando a mãe segurava o bebê — tanto na mãe quanto no filho. Harper pensou em quando precisou rastejar por aquele cano cheio de fumaça e cantar para o bebê que ela ainda não tinha visto, e como ele havia inativado a Escama.

O cérebro libera a ocitocina quando se abraça alguém, quando recebe uma salva de palmas, quando canta em perfeita harmonia com outra pessoa. Fortes experiências comunitárias são ótimas para a produção do hormônio. Também dá para receber uma dose de ocitocina depois de uma boa experiência no Twitter ou no Facebook. Quando muitas pessoas retuitavam alguma coisa que você tivesse dito ou favoritavam uma foto sua, estavam apertando o botão para liberar outro jato do hormônio. Por que não o chamar de hormônio das redes sociais, então? Era melhor do que "hormônio do amor", porque... porque...

Ela não conseguia lembrar. Havia algo mais sobre a ocitocina, algo importante, mas já fazia muito tempo que ela não estudava. Por alguma razão, porém, quando fechou os olhos, imaginou soldados em uniformes com camuflagem de deserto e coturnos de cano alto, segurando rifles M16. Por quê? Por que a ocitocina também a fez pensar em cruzes queimadas na noite do Mississippi?

O refeitório estava trancado por fora e havia madeira pregada nas janelas. O lugar parecia fechado durante o inverno. Mas Harper tinha ajudado o suficiente na cozinha para saber onde a chave estava escondida, pendurada em um prego debaixo dos degraus.

Ela entrou na penumbra espaçosa e empoeirada. As cadeiras e os bancos estavam todos virados de cabeça para baixo nas mesas. A cozinha estava sombria, com tudo guardado.

Harper encontrou uma bandeja com biscoitos no forno, cobertos com papel-filme. Pegou um pote de manteiga de amendoim de um dos armários e estava atravessando o cômodo para encontrar uma faca quando quase pisou em um alçapão aberto e caiu no porão. Uma escada de madeira inclinada descia para a escuridão, que cheirava a terra e roedores.

Ela observava o buraco aberto com o cenho franzido quando ouviu um palavrão vindo lá de baixo, seguido por um baque suave, como se alguém tivesse deixado cair um saco de farinha. Um homem gemeu. Harper enfiou um biscoito na boca e começou a descer.

O porão era cheio de prateleiras de aço baratas, recipientes plásticos de óleo vegetal e sacos de farinha. Em uma das paredes, havia um frigorífico, a grossa porta de metal aberta cerca de meio metro e a luz acesa. Ela gritou um "Olá", mas não conseguiu emitir muito mais do que um grunhido, a garganta cheia de biscoito seco. Harper foi até a porta enorme e enfiou a cabeça ali dentro.

Os condenados estavam na ponta dos pés, encostados na parede oposta. Eles foram algemados juntos, a corrente enrolada em um cano localizado a quase dois metros de altura, de forma que tinham que ficar ali, cada um com um braço levantado, como alunos tentando chamar a atenção de um professor.

Harper já tinha visto um dos prisioneiros antes — o homem grande com estranhos olhos amarelados —, mas não o outro. O segundo homem poderia ser jovem ou velho, ter trinta ou cinquenta anos, era esguio e de constituição desajeitada, com uma testa alta que lembrava o monstro de Frankenstein e cabelo preto curto, entremeado com fios cinzentos. Os dois homens usavam meias grossas de lã e macacões laranja.

O sujeito que Harper conhecera na noite anterior sorriu e mostrou dentes rosados. Seu lábio superior estava aberto com um corte feio que ainda sangrava. A sala tinha um odor forte de carne estragada. Poças de sangue coagulado haviam secado no concreto, sob correntes enferrujadas que um dia suspenderam pedaços de carne.

Ben Patchett estava sentado em uma cadeira de madeira de encosto reto, a cabeça entre os joelhos. Ele parecia alguém que tentava não vomitar. Uma luminária à bateria estava no chão ao lado de um pano de prato cheio de caroços.

— O que está acontecendo aqui? — perguntou Harper.

Ben ergueu a cabeça e olhou para ela como se nunca a tivesse visto antes.

— O que está fazendo aqui? Você deveria estar na cama.

— Mas estou aqui. — Harper ficou surpresa com a mistura de indiferença e calma que ouviu na própria voz. Não era um tom que costumava usar entre amigos, mas aquele que reservava para pacientes irritantes. — Esses homens podem morrer de frio. Pendurá-los num cano não seria a minha recomendação como tratamento.

— Ah, Harp. Harper, você não tem ideia do que... *esse* cara. Esse cara aqui... — disse Ben, gesticulando com a arma. Harper não tinha notado até então que ele a segurava.

— *Eu?* — falou o prisioneiro com a boca ensanguentada. — Ah, sim, *eu*. É melhor eu confessar tudo mesmo. Cansei de ficar pendurado nessa porra de cano enquanto esse idiota gritava comigo. Deixei o meu mau humor tomar conta de mim e tentei atacar a arma dele com o meu rosto. É uma pena que você tenha nos interrompido. Eu estava pronto para atacar a bota dele com as minhas bolas.

Ben o encarou, furioso.

— Tudo que fiz com você foi em legítima defesa. — Ben olhou para Harper. — Ele me derrubou com um chute. Tentou pisar na minha cabeça também.

— Legítima defesa, é? Foi por isso que trouxe o pano cheio de pedras para cá? Previu que ia ter que se defender e o três oitão não era suficiente? — perguntou o homem que sangrava.

Ben corou. Harper nunca tinha visto um homem adulto corar tanto.

Ela ficou de joelhos e dobrou uma ponta do pano no chão. Estava cheio de pedras brancas. Olhou para cima, mas Ben não a fitou. Então, olhou para o homem com a boca arrebentada.

— Qual o seu nome?

— Mazzucchelli. Mark Mazzucchelli. Muitos caras me chamam de Mazz. Moça, sem ofensas, mas se eu soubesse que era isso que queria dizer quando falou que iria nos resgatar, acho que teria dito "valeu, mas não, obrigado". Eu estava morrendo muito bem naquele lugar.

— Desculpe. Nada disso deveria ter acontecido.

— Nisso você está certa, Harper — disse Ben. — A começar pelo momento em que esse sujeito decidiu bater na cabeça do Pai Storey e fugir. Um pessoal o encontrou todo sujo de sangue tentando fazer ligação direta num dos nossos carros.

— Sangue *antigo*. Deus, era sangue *antigo*. Qualquer um podia ver que era sangue antigo. Por que eu atacaria esse Pai de vocês, afinal? O cara tinha acabado de salvar minha vida. O que eu ganharia matando ele?

— *Suas botas* — respondeu Ben. — As que estava usando quando pegamos você. As botas e o casaco.

Mazz olhou para Harper com olhos magoados e suplicantes.

— O cara, esse Pai de vocês, ele me *deu* as botas quando viu que eu estava descalço. O casaco também. Ele me deu porque eu não conseguia mais sentir os pés por causa do frio. Esse é o tipo de cara que você retribui com uma pedrada na cabeça? Olha, eu estava falando para esse sujeito, eu falei para ele. O santo Pai e eu voltamos à frente dos outros dois barcos. Ele não foi nada além de bondoso comigo. Me deu as botas e o casaco, porque viu que eu não conseguia parar de tremer. Quando chegamos à costa, ele me levou para a floresta. Caminhamos, sei lá, algumas centenas de metros. Aí ele apontou para o campanário da igreja e disse para permanecer na trilha que, em mais um ou dois minutos, chegaria à capela e haveria gente para me ajudar. Ele falou que queria voltar para garantir que todos os outros tinham chegado bem à costa. Ofereci as botas de volta, mas ele não aceitou. E... tudo bem. Olha. Eu não *conheço* nenhum de vocês. Vi a capela, mas também vi um Buick em perfeitas condições estacionado atrás dela e pensei: *Merda, talvez eu possa ir a algum lugar onde* conheça *as pessoas*. Não quis dizer nada com isso. Não sabia que o carro pertencia a alguém.

— Isso mesmo. Você não sabia que o carro pertencia a alguém. E o mundo está cheio de carros de graça. São como colher margaridas na beira da estrada — disse Ben.

— O mundo está cheio de carros de graça *agora* — retrucou Mazz. — Por conta de uma pessoa abrir mão das propriedades depois de virar fumaça. Provavelmente há mil carros neste estado que ninguém nunca vai reclamar.

Harper deu um passo em direção aos condenados. Ben saltou da cadeira e agarrou seu pulso.

— Não. Não quero você perto dele. Fique atrás de mim. Esse cara...

— Precisa de tratamento médico. Meu braço, por favor, sr. Patchett.

Ele pareceu quase recuar diante do uso formal do seu nome. Ou talvez estivesse se esquivando do tom de voz dela: calmo, paciente, mas impessoal, no comando sem fazer alarde. Ben soltou o braço dela, e se havia uma surpresa infeliz no seu rosto, talvez fosse porque entendia que também estava abrindo mão do controle sobre a situação. Ele poderia discutir com Harper, mas não com a Enfermeira Willowes.

Ele olhou para os prisioneiros.

— Se tocarem nela... qualquer um de vocês... não vou usar a *coronha* da arma, entenderam?

Harper chegou perto o suficiente de Mazz para sentir seu hálito: um odor metálico de sangue fresco. Ela se inclinou para inspecionar os dentes rosados.

— Você não vai precisar de pontos. Mas gostaria de colocar uma compressa fria na sua boca. Como estão seus pés?

— Já faz um tempo que não consigo senti-los. Gilbert está pior. Gil mal consegue ficar de pé. — Ele indicou com a cabeça o outro presidiário, que ainda não havia falado. — E as minhas mãos... as algemas... estou sem circulação.

— Vamos resolver isso agora mesmo. Sr. Patchett?

— Não. Elas ficam.

— Você pode algemá-los a outra coisa se achar necessário, mas não pode mantê-los assim, nessa posição. Isso tem que parar. O que quer que pense que eles fizeram, não justifica o abuso.

— Deixa eu contar para você sobre o abuso! — gritou Mazz. — Manter a gente preso aqui é o de menos! Você deveria saber como acabei com a boca quebrada. Olha, eu aguentaria ficar aqui com o braço deslocado, sem comer, sem beber e sem descansar. O que me fez perder a compostura foi a sensação de que eu talvez precise soltar um barro. Esse sujeito diz que ficaria feliz em me ajudar com isso, assim que eu começar a responder às suas perguntas do jeito que ele quer que sejam respondidas. Ele disse que é melhor que a próxima coisa que saia da minha boca seja algo bom. Eu não queria decepcioná-lo, então cuspi nessa cara gorda de policial. Então, ele me arrebenta a boca. E teria me batido de novo, só que coloquei o joelho na sua barriga e o derrubei no chão, o que só mostra que posso chutar a bunda desse cara com uma mão algemada nas costas. *Literalmente.*

Ben disse:

— Por que não cala essa boca antes...

— Antes que dê outra surra num homem algemado, sr. Patchett? — perguntou Harper baixinho.

Ben lançou um olhar surpreso e envergonhado para ela, uma expressão que a fez pensar em um aluno do sexto ano pego no flagra olhando para pornografia.

— Meleca — sussurrou ele. Era óbvio que Ben não queria que os condenados o ouvissem, mas a acústica da sala de metal impossibilitava uma conversa particular. — Agora, Harper. Vamos. Não foi nada disso. Eu os algemei ali porque era o lugar mais fácil, não para causar sofrimento. O pano cheio de pedras... foi só para assustá-los. E esse cara tentou arrebentar a minha cabeça, assim como arrebentou a cabeça do Pai Storcy. Tive sorte de escapar. Não creio que você acreditaria na palavra dele em detrimento da minha. Sou levado a pensar que são os hormônios falando.

— Não me importa qual de vocês está falando a verdade — disse ela. Foi um esforço manter a voz livre de raiva. *Hormônios.* — Minha preocupação é médica. Este homem está ferido e não pode permanecer pendurado assim. Abaixe-o.

— Vou abaixá-lo. Mas vou prender as algemas direto na privada.

Mazz disse:

— Por mim, tudo bem. Contanto que prometa limpar a minha bunda quando eu terminar. E já vou avisando, irmão, parece que vai ser daqueles molhados.

— Isso não ajuda em nada — falou Harper.

— Entendido. Desculpe, senhora. — Mazz olhou para baixo, mas um sorriso surgiu nos cantos da sua boca.

— E você? — perguntou Harper, virando-se para o homem que não havia falado. — Gilbert. Precisa usar o banheiro?

— Não, obrigado, senhora. Estou bastante constipado. Meu intestino está preso há vários dias.

Isso foi recebido com um momento de silêncio, e então Harper riu. Não conseguiu evitar. Ela não sabia nem dizer por que aquilo era tão engraçado.

— Gilbert. Qual é o seu sobrenome?

— Cline, mas pode me chamar de Gil. Não preciso do banheiro, mas cometeria vários crimes para comer alguma coisa.

— Não se preocupe — disse Renée Gilmonton. — Não vamos deixar você passar fome, sr. Cline. Não será necessário cometer crime algum.

Harper se virou e viu Renée parada na porta aberta. Ela continuou:

— Mas não sei como consegue ter apetite aqui. *Uau*, o cheiro é horrível. Isso é o melhor que podemos fazer por eles?

— Deus — murmurou Ben. — Primeiro ela, agora você. Lamento que a porcaria do Hilton não tivesse quartos disponíveis para um homem que tentou cometer um homicídio e seu cúmplice. O que diabos está fazendo aqui? Você deveria estar dormindo. Ninguém deveria sair durante o dia. Temos regras por uma razão.

— As meninas queriam uma atualização sobre o Pai Storey e, quando fui verificar a enfermaria, Harper não estava lá. Achei que o refeitório seria a melhor aposta. Posso fazer alguma coisa para ajudar?

— Não — disse Ben.

— Sim — falou Harper. — Este homem precisa de uma compressa fria para o rosto, uma xícara de chá quente e uma visita ao banheiro, embora provavelmente não nessa ordem. Ambos deveriam tomar café da manhã. E você tem razão, este é um lugar imundo para eles. Há dois leitos não utilizados na enfermaria. Deveríamos...

— De jeito nenhum — interveio Ben. — Eles ficam aqui.

— Ambos? Certo. Eu estava querendo chegar a isso. Você falou que o sr. Mazzucchelli agrediu o Pai Storey. Não sei por que o sr. Cline também está preso.

— Porque eles estão juntos nisso, esses dois. Eles já formaram uma parceria para sair de um lugar antes.

— Mas presumo que o sr. Cline não estivesse nem perto do local do ataque ao Pai Storey?

Os olhos de Ben ficaram opacos e inexpressivos.

— Não. Ele estava no barco comigo. O Pai Storey e Mazzucchelli chegaram primeiro ao acampamento. Depois Allie e Mike. Cline e eu nos perdemos remando na neblina e por um tempo não consegui encontrar a baía. Por fim, avistei uma luz piscando e remamos em direção a ela. Era Allie, sinalizando para nós da praia. Ela ficou lá para ter certeza de que encontraríamos o caminho de volta, enquanto Michael seguia na frente. Mal havíamos puxado a canoa para a margem quando ouvimos Mike gritando por socorro. Seguimos para a cena do crime — Harper notou a maneira como Ben começou a contar a história, de forma inconsciente, como se estivesse prestando depoimento a um advogado hostil — e encontramos Mike sentado na neve com o Pai Storey e sangue por toda parte. Mike disse que alguém tinha matado ele. Mas quando Allie verificou o pulso, determinamos que ele ainda estava conosco. Michael carregou o Pai Storey até o acampamento, onde encontramos alguns homens segurando o sr. Mazzucchelli. Allie observou que Mazzucchelli usava as botas e o casaco do Pai Storey. Depois disso, a situação se agravou. Ambos os homens tiveram sorte de não terem sido mortos.

— Isso ainda não explica a razão pela qual o sr. Cline está sendo tratado como uma ameaça — disse Renée.

Gilbert respondeu:

— Quando as coisas ficaram feias, meu parceiro gritou por socorro. Eu o ajudei.

— Ele quebrou três dedos da mão direita de Frank Pendergrast — falou Ben. — E deu um soco na garganta de Jamie Close com tanta força que achei que tivesse esmagado a traqueia. A propósito, Jamie tem dezenove anos, é pouco mais que uma criança.

— Uma criança que tinha uma garrafa quebrada em mãos — disse Gilbert, quase se desculpando.

— Vou precisar ver os dois — declarou Harper. — Eu deveria ter visto o sr. Pendergrast antes.

— Ele não queria distrair você do Pai Storey — falou Ben. — Don fez um curativo com alguns trapos que tínhamos por aí.

— Maldição — praguejou ela.

Continuavam se acumulando os ferimentos que ela não conseguia tratar adequadamente porque não tinha os suprimentos: hematoma subdural, contusão facial, exposição avançada ao frio, entorses, costelas quebradas e luxações, agora uma mão gravemente quebrada. Ela tinha iodo, bandagens adesivas e Aspirina. Harper havia selado o buraco no crânio do Pai Storey com cortiça e cera de vela, como um médico do século XVII. *Era* o século XVII ali na floresta.

Ben continuou:

— O que quer que Cline tenha feito e por que o fez, vamos ser claros. Todos nós sabemos quem bateu na cabeça do Pai Storey, tanto Cline quanto a gente. Ele escolheu o seu lado.

— Ele optou por não ver o amigo ser morto num linchamento — disse Renée. — É compreensível.

Ben olhou para Gilbert Cline e disse:

— Pois acho que ele deveria escolher amigos melhores. Seu amigo quase matou um homem. Cline sabia disso. Poderia ter ficado fora dessa. Mas escolheu cometer alguns ataques perigosos. Se quiser contestar qualquer parte desta história, Cline, vá em frente e fale.

— Não, senhor — falou Gilbert Cline, mas olhava para Renée. — Foi assim que aconteceu. Mazz foi a única razão pela qual não morri na prisão. E eu nunca teria conseguido atravessar a fumaça e chegar às canoas se não fosse por ele. Mal conseguia mover as pernas. Ele praticamente me carregou. Senti-me obrigado a não recuar e vê-lo ser morto.

— E você acha que ele bateu na cabeça do Pai Storey? — perguntou Ben.

Cline olhou para Mazzucchelli e de volta para Ben. Seu rosto tinha uma expressão calma e composta.

— Isso nem me passou pela cabeça. Eu devia a ele.

Harper, até então, estava preocupada com lesões e exposição ao frio. Não parou para pensar no que significaria se Mark Mazzucchelli realmente tivesse feito aquilo... realmente tivesse dado uma pedrada na nuca do Pai Storey, tudo por um par de botas.

A pedra.

— A arma estava com o sr. Mazzucchelli quando você o descobriu tentando fugir? — indagou Harper.

— Não — disse Mazz. — Porque é tudo mentira. Nunca tive nenhuma arma.

— Não encontramos o que ele usou para esmagar a cabeça do Pai Storey — falou Ben, com a voz rígida. — Pelo menos até agora. Pode aparecer ainda.

— Então, o que você tem é um ataque sem testemunhas, sem uma arma e um homem que professa sua inocência mesmo depois de você tê-lo pendurado numa posição estressante e acertá-lo com o revólver.

— Não foi nem um pouco assim...

Harper ergueu a mão.

— Você não está no tribunal e não sou uma juíza. Não tenho autoridade para emitir julgamentos. *Mas você também não*. No que me diz respeito, você não tem provas de *nada* e, até que tenha, esses homens devem ser tratados tão bem quanto qualquer pessoa no acampamento.

Renée continuou:

— E sem qualquer evidência de irregularidades, estou curiosa para saber por quanto tempo planeja mantê-los trancados e com base em quê. Precisa haver algum tipo de processo justo. Eles têm direito à defesa. Eles têm direito a *direitos*.

— Eu adoraria dar aquela cagada agora — comentou Mazz, mas ninguém lhe deu ouvidos.

— Não sei se você ficou sabendo, Renée — falou Ben —, mas a Constituição pegou fogo junto ao restante de Washington, D.C.. As pessoas neste acampamento gostariam muito de não acabar em cinzas também, sra. União Americana pelas Liberdades Civis.

— Na verdade, eu fazia doações para eles todo ano — comentou Renée. — Mas não importa. Estou tentando argumentar uma coisa. Não precisamos apenas decidir se esse homem tentou ou não matar Tom Storey. Precisamos decidir *como* decidimos isso e *quem* toma a decisão. E se o sr. Mazzucchelli aqui *for* considerado culpado, teremos que fazer uma escolha, como comunidade, sobre o destino dele... sobre com o que podemos conviver. Essa é a parte difícil.

— Não acho que seja tão difícil. Acho que esta comunidade já fez essa escolha. Você saberia disso se estivesse lá quando começaram a atirar pedras. Não sei onde passou a noite toda, mas perdeu muita diversão.

— Talvez eu tenha ficado escondida na floresta — disse Renée —, esperando por uma chance de matar o Pai Storey.

Ben olhou para ela, a boca aberta e a testa franzida, como se a mulher tivesse acabado de propor um enigma particularmente irritante. Ele balançou a cabeça.

— Você não deveria fazer piadinhas. Não tem ideia do que Carol, Allie e aquela turba fariam com você se achassem... — Sua voz foi sumindo, e então ele recomeçou, com um sorriso rígido no rosto. — A questão, Renée, é que você é uma pessoa com boas intenções. Com seu chá, seus livros e as sessões de histórias para as crianças, você é tão inofensiva quanto parece. E como a maioria das pessoas realmente inofensivas, não tem a menor ideia do que os outros são capazes de fazer.

— Mas você não vê, Ben? É exatamente isso que estou dizendo. *Não* sabemos o que outras pessoas são capazes de fazer. Nenhum de nós sabe. Quem poderia afirmar que o Pai Storey não foi surpreendido por alguém do acampamento que lhe queria fazer algum mal? Até onde você sabe, *eu* posso ter um motivo para querer que ele morra e eu *posso* ter esperado por ele nas árvores com uma pedra. Poderia ter sido *qualquer um*, e sem essa certeza, não podemos executar um homem em público. Não deveríamos sequer prendê-lo indefinidamente.

— É aí que você se engana, Renée. É aí que você entra numa sinuca de bico. Veja, o Mark Mazzucchelli aqui, ele teve motivo *e* oportunidade. Isso é ruim. Mas o pior é que não consigo imaginar uma pessoa em todo esse acampamento que desejaria mal ao doce idoso que nos acolheu, que nos deu abrigo e que nos ensinou como nos proteger da Escama de Dragão. É simples assim. Não consigo pensar em uma só razão pela qual alguém ia querer ver o Pai Storey morto.

Foi então que Harper se lembrou do que Tom Storey lhe contara na canoa. *Acho que vou ter que expulsar alguém*, dissera ele. *Alguém que fez... coisas imperdoáveis*.

— Ah — falou Harper. — Eu posso pensar num motivo.

3

Do diário de Harold Cross:

19 DE JUNHO

ESSES MERDAS. ESSES MERDAS ASQUEROSOS E IGNORANTES.

19 DE JUNHO, MAIS TARDE

O MERDA DO OFICIAL PATÊ CONFISCOU MEU TELEFONE. E ANTES DE DESLIGAR ELE APAGOU TUDO, BEM NA MINHA FRENTE. TODAS AS MENSAGENS, TODOS OS E-MAILS, TODAS AS NOTAS.

ELES NÃO ENTENDERAM NADA. NEM TENTARAM ENTENDER. ASSIM QUE FALEI QUE ESTAVA ME COMUNICANDO COM PESSOAS DE FORA, FICARAM HISTÉRICOS. SE TIVESSEM O SUCO ENVENENADO DO JIM JONES À MÃO, TERIAM FORMADO UMA FILA PARA PEGAR UM COPO. AGORA QUE ME ACALMEI, ME PERGUNTO SE DEVERIA TER PREVISTO ISSO.

A CARACTERÍSTICA MAIS SINGULAR DO FUNGO É A FORMA COMO ELE SE CONECTA À MENTE. O DOUTOR SOLZHENITSYN EM NOVOSIBIRSK MOSTRA QUE O ESPORO É DENDRÍTICO POR NATUREZA E COMPATÍVEL COM A ARQUITETURA DO CÉREBRO. A OCITOCINA DIZ AO *DRACO INCENDIA TRYCHOPHYTON* QUE ELE ENCONTROU UM AMBIENTE SEGURO. O FUNGO, POR SUA VEZ, ESTIMULA O COMPORTAMENTO DE REBANHO PARA PRESERVAR O PRÓPRIO BEM-ESTAR, O MESMO PENSAMENTO DE GRUPO QUE FAZ UM MONTE DE PARDAIS GIRAR NUM MOVIMENTO ÚNICO. A ESCAMA É TÃO PODEROSA QUE PODE APAGAR TEMPORARIAMENTE NOÇÕES FUNDAMENTAIS DE IDENTIDADE PESSOAL. AS IDEIAS DE OUTRAS PESSOAS PARECEM SER SUAS, AS NECESSIDADES DE OUTRAS PESSOAS PARECEM MAIS IMPORTANTES QUE AS SUAS ETC. REALMENTE ESTAMOS VIVENDO O APOCALIPSE ZUMBI, SÓ QUE OS ZUMBIS SOMOS NÓS.

TUDO ISSO FAZ SENTIDO, DADA À NATUREZA DA OICTOCINA, QUE TRAZ CONFORTO A QUEM PARTICIPA DO COMPORTAMENTO TRIBAL. NÃO FAÇO PARTE DESSA ESTÚPIDA TRIBO CRISTÃ E É POR ISSO QUE ESTOU FUMEGANDO O TEMPO INTEIRO E NÃO OBTENHO BENEFÍCIO QUÍMICO NENHUM DOS SEUS CANTOS DIÁRIOS IDIOTAS. ISSO TAMBÉM EXPLICA POR QUE TODOS ESTAVAM TÃO ANSIOSOS PARA ENTREGAR OS CELULARES (SIM, O CUZÃO LEVOU TODOS, NÃO SÓ O MEU). A ESCAMA FEZ COM QUE TODO MUNDO FICASSE VICIADO EM APROVAÇÃO SOCIAL.

ADORARIA SABER POR QUE O BOMBEIRO PODE CONTROLAR A ESCAMA EM VEZ DE SER CONTROLADO POR ELA. ELE É O MAIS INDIFERENTE DE TODOS. EU MATARIA PARA SABER COMO ELE PODE ATEAR FOGO EM PARTES DE SI MESMO E NÃO SE MACHUCAR.

TAMBÉM NÃO SOU O ÚNICO QUE DESEJA SABER COMO ELE FAZ ISSO. ESTAVA NA PRAIA TRÊS DIAS ATRÁS E OUVI OS DOIS NA ILHA, GRITANDO UM COM O OUTRO. SEJA LÁ O QUE ELE SAIBA, NÃO VAI CONTAR A SARAH STOREY, E, RAPAZ, ELA FICOU PUTA.

SE ELA ARREBENTAR O CU DELE, AZAR DO SR. ROOKWOOD. O ENFERMEIRO ESTÁ SEM REMENDOS DE CU. E SEM QUALQUER OUTRA COISA.

4

HARPER BATEU COM O caderno na coxa e olhou pela janela. Flocos de neve do tamanho de penas de ganso flutuavam, sem conseguir se decidir se deviam cair ou subir. O acampamento era um globo de neve sacudido por um tipo de Deus-criança.

Ela estava acordada havia quinze minutos e ainda não sabia se era de manhã ou de tarde. A luz estava difusa e cinzenta, como se o mundo inteiro estivesse escondido debaixo de um lençol. A Enfermeira se sentou na beirada da cama do Pai Storey. De vez em quando, ele respirava de forma repentina e assustada, como se tivesse acabado de ler algo terrível no jornal. O obituário de um amigo, talvez. O próprio obituário.

Uma coisa que fora verdade no verão de Harold Cross era ainda mais verdadeira agora. A enfermaria estava sem remendos de cu e sem qualquer outra coisa. Ela desinfetou a trepanação do Pai Storey com um pouco de vinho do Porto e tratou o braço machucado de John Rookwood com uma dose fraca de boas intenções. Harper não tinha certeza se de boas intenções o inferno estava cheio, mas com certeza elas não eram o mais alto padrão de atendimento médico.

A mulher subiu na cadeira e estendeu a mão para colocar o diário de Harold no painel do teto. Algum pequeno movimento ou gesto no limite da sua visão chamou-lhe a atenção. A Enfermeira olhou em volta e descobriu que ela e o Pai Storey tinham companhia naquela manhã.

Nick estava na cama mais perto da porta, com os lençóis puxados até o peito. Seu cabelo era um lindo desgrenhado preto. O menino olhou para ela como se tivesse esquecido como piscar. Devia ter entrado enquanto ela dormia e acomodado-se em silêncio na primeira cama vazia.

Ela empurrou o caderno para longe, decidindo agir como se aquilo fosse algo perfeitamente normal de se fazer. Quando o forro voltou ao lugar, Harper desceu da cadeira e ficou ao pé da cama de Nick. A Enfermeira moveu as mãos com cuidado, usando o que ele lhe ensinara até então para perguntar por que estava ali.

Ele pegou o bloco de notas e a caneta que carregava consigo para onde quer que fosse e escreveu: *Minha barriga dói. Allie veio até aqui comigo. Ela teria que vir para a enfermaria de qualquer maneira porque vai ficar de guarda aqui hoje.* Harper se sentou ao lado dele na cama, pegou seu bloco de notas e escreveu: *Você vomitou? Teve diarreia?*

O menino balançou a cabeça. Ela suspeitava de ansiedade pelo Pai Storey, e não de intoxicação alimentar.

O que quer dizer com "Allie está de guarda aqui"?, escreveu Harper, passando o bloco e a caneta para ele.

Ela está na outra sala, rabiscou Nick.

Harper ergueu os ombros de forma exagerada, com as mãos estendidas e as palmas voltadas para cima: *Por quê?*

Allie está aqui para protessão. A tia Carol quer ter certesa de que o vovô vai ficar seguro. O que você acabou de colocar no teto? Antes que ela pudesse formular uma resposta, o menino acrescentou: *Prometo que, se me contar, não* DIREI UMA PALAVRA. Ela teve que sorrir. Claro que ele não faria isso.

São só algumas anotações minhas, disse ela, o que era verdade, mesmo com um ou dois detalhes omitidos.

Sobre o quê?

Se não me perguntar sobre isso, escreveu ela, *não vou perguntar se você está mesmo com dor de barriga.*

Ele bateu com a palma da mão na testa, um gesto que deve ter aprendido na televisão. Ela não julgou. Às vezes, Harper sentia que tinha passado metade da vida interpretando Julie Andrews na sua biografia cinematográfica. O problema com os modelos é que eles ensinam papéis.

Harper usou os dedos para dizer D-U-R-M-A.

Ele assentiu com a cabeça e respondeu: "Você vai dormir também, não?", falando em silêncio, as mãos movendo-se com precisão pelo ar, como se ajustassem as engrenagens de uma máquina invisível.

"Sim", disse ela com as próprias mãos, ainda que menos fluentes. "Logo volto."

"Tenha cuidado", disseram as mãos de Nick.

Allie estava na sala de espera, enrolada no sofá. Não dormia nem lia — apenas estava deitada ali com os nós dos dedos pressionados nos lábios. Ela piscou e olhou para cima. Por um momento, seus olhos ficaram desfocados e ela pareceu encarar Harper sem reconhecê-la.

— Nick disse que você estaria de guarda aqui.

— É o que parece. Você fez Ben e a Tia Carol pensarem que alguém no acampamento pode querer matar o vovô. Eu acho isso loucura... todo mundo sabe que foi aquele cara, o Mazz ... mas eu não dou as ordens.

— E Ben dá?

— Ele só está fazendo o que a Tia Carol quer. E ela quer o vovô em segurança. Você não pode culpá-la. Alguém *tentou* matar ele. A Tia Carol também quer que você fique aqui de agora em diante. Para que sempre haja equipe médica disponível, caso ele tenha uma convulsão ou algo assim.

— Vou começar a comer aqui também?

Harper estava brincando, mas Allie respondeu:

— Sim. Ela ficou muito chateada quando soube que você saiu ontem para pegar alguma coisa para comer e o deixou sozinho. O coração dele poderia ter parado. Ou alguém poderia ter entrado na enfermaria e colocado um travesseiro no rosto dele.

— Não posso ficar aqui. Não em tempo integral. Na verdade, tenho que sair agora. John está bastante machucado. Quero ir até a ilha dele e colocar uma atadura e uma braçadeira nele.

Harper não carregava nenhum dos itens, mas contava que Allie não percebesse aquilo, e de fato ela não notou.

— Não posso deixar — falou a garota. — Mesmo que você tivesse permissão de sair da enfermaria, estamos no meio do dia. Ninguém sai durante o dia.

— O que quer dizer com "mesmo que eu tivesse permissão"? Isso veio da Carol? Quem a colocou no comando?

— A gente.

— *Quem?*

— Todos nós. Nós votamos. Você não estava lá. Estava dormindo. Nós nos reunimos na igreja e cantamos para o Pai Storey. Cantamos para todos que perdemos nos mostrarem o que fazer. Juro que pude ouvi-los cantando conosco. Havia apenas 140 pessoas na igreja, mas era como se mil estivessem lá. — Os braços nus de Allie ficaram arrepiados ao se lembrar daquilo. Ela deu um abraço em si mesma. — Foi como ser *resgatado*... de todo sentimento ruim que você já teve. Acho que era exatamente aquilo de que precisávamos. Depois, nós nos sentamos, demos as mãos e conversamos. Conversamos sobre as coisas pelas quais ainda estávamos felizes. Agradecemos por elas. Como antes de uma refeição. E fizemos planos. Foi então que votamos para dar autoridade final a Ben em todas as questões de segurança. E votamos para nomear a Tia Carol como chefe dos serviços religiosos e do planejamento diário, que era o que o Pai Storey costumava fazer. No começo ela não quis. Disse que não poderia arcar com mais carga de trabalho. Disse que precisava cuidar do pai. Então, fizemos outra votação e todos votaram de novo na Carol. Ela disse que estávamos cometendo um erro. Disse que não era forte como o pai. Que ele era melhor do que ela em todos os sentidos. Mais gentil, atencioso e paciente. Só que fizemos uma *terceira* votação, e ela também venceu por unanimidade. Foi engraçado. Foi tão engraçado. Até Carol riu. Ela estava meio que chorando e rindo ao mesmo tempo.

Harper pensou em algo no diário de Harold — O FUNGO ESTIMULA O COMPORTAMENTO DE REBANHO PARA PRESERVAR O PRÓPRIO BEM-ESTAR, O MESMO PENSAMENTO DE GRUPO QUE FAZ UM MONTE DE PARDAIS GIRAR NUM MOVIMENTO ÚNICO —, mas não gostou de para onde esse pensamento a levava e deixou aquilo de lado.

Allie disse:

— Acho que não devo deixar você ir. Na última vez que estive de guarda na enfermaria e não fiz meu trabalho, uma pessoa morreu. — Ela deu a Harper um sorriso torto que não continha qualquer felicidade real.

— O que vai fazer comigo se eu for embora? Vai atacar uma mulher grávida?

— Não — falou Allie. — Eu provavelmente daria um tiro na sua perna ou algo assim.

Ela estava sorrindo quando disse aquilo, e Harper quase riu. Então, viu o rifle encostado em um canto da sala.

— Por que, em nome de Deus, você tem uma *arma*? — berrou Harper.

— O sr. Patchett decidiu que os Vigias de guarda deveriam ter rifles — explicou Allie. — Ele falou que já deveríamos ter distribuído as armas há muito tempo. Se um Esquadrão de Cremação aparecer, alguns tiros iriam...

— ... fazer com que muita gente fosse morta, é o que fariam. Nenhum de vocês deveria estar armado. Allie, alguns dos Vigias têm catorze anos. — Harper não mencionou que a própria Allie ainda não tinha nem dezessete. A Enfermeira ficava agitada com a ideia de crianças andando pela neve com armas carregadas, fazia com que ela quisesse dar uma forte cutucada na barriga molenga de Ben Patchett.

— São só os mais velhos — argumentou Allie, mas pela primeira vez parecia na defensiva.

— Estou indo — disse Harper.

— Não. *Não*. Por favor? Vamos esperar até escurecer e podemos falar com Carol. Não sair durante o dia é praticamente a regra mais importante do acampamento. Logo vai escurecer.

— Com essa neve, pode já estar escuro.

— Nós guardamos as tábuas. Você deixaria rastros.

— Não por muito tempo. Está nevando agora. Meus rastros vão ser cobertos. *Allie*. Você deixaria alguém dizer a *você* que não poderia ir?

Harper a pegara ali.

Allie olhou para uma penumbra azul coberta por um bilhão de diamantes voadores. Os músculos nos cantos da sua mandíbula se contraíram.

— Merda — falou por fim. — Isso é tão idiota. Eu não deveria fazer isso.

— Obrigada — agradeceu Harper.

— Você precisa voltar em duas horas ou menos. Se não voltar em duas horas, vou entregá-la aos lobos.

— Se eu não voltar em duas horas, vai precisar chamar Don Lewiston de qualquer maneira, só para verificar o estado do Pai Storey, ver como ele está.

Allie olhou para Harper.

— Você não tem ideia de como estamos fodidos. Todos nós, Vigias, nos encontramos depois da capela. Ben Patchett disse que muitos têm se colocado à frente do bem-estar do acampamento, fazendo o que querem. Ele disse que precisamos fazer algumas pessoas de *exemplo* para aqueles que não conseguem seguir as regras. Todos nós votamos. E concordamos. Fizemos um *pacto*.

— O sr. Patchett pode se preocupar com o bem-estar do acampamento — disse Harper. — Eu preciso me preocupar com o bem-estar dos meus pacientes. Se ele descobrir, diga que tentou me fazer ficar e não conseguiu me impedir. Mas ele não vai descobrir, porque logo estarei de volta.

— Pode ir, então. Antes que eu mude de ideia.

Harper estava com a mão na maçaneta quando Allie falou novamente:

— Fico feliz por ele gostar de você. John é a pessoa mais solitária que conheço.

Ela olhou para trás, mas Allie não a encarava. Ela estava jogada de lado, enrolada no sofá outra vez.

Harper achava que as bênçãos gentis das crianças eram muitas vezes tão espontâneas, inesperadas e desnecessárias quanto as suas crueldades. O Acampamento Wyndham naquele inverno não era nem Hogwarts nem a ilha de *O senhor das moscas*, mas um lugar de órfãos errantes e magoados, crianças que estavam dispostas a abrir mão do almoço para que houvesse comida suficiente para os outros.

— Já volto — anunciou Harper, e quando falou aquilo, acreditou no que dizia.

Mas ela só voltou muito, muito depois de escurecer, e, àquela altura, tudo no acampamento já havia mudado de novo.

5

AS ÁRVORES ERAM FANTASMAS de si mesmas em um mundo esfumaçado de nuvens baixas e neve cadente. A tarde moribunda cheirava a pinhas queimadas em um cinzeiro.

Harper falara sério quando havia prometido a Allie que iria remar até a ilha do Bombeiro, verificar o estado dele e voltar. Só havia deixado de fora a parte sobre ir até a casa dela primeiro, porque o armário da enfermaria estava praticamente vazio e Harper teria que procurar nos seus suprimentos pessoais os itens de que John precisava. Se Allie soubesse *disso*, poderia tê-la derrubado e sentado no seu peito para impedi-la de ir.

Ela pensou que poderia dar uma boa olhada enquanto estivesse em casa. Ver o que mais poderia encontrar que pudesse ser útil no Acampamento Wyndham. Xampus, livros e meias.

Mas quando chegou lá, descobriu que não havia tanto o que vasculhar quanto esperava. Ela parou na beira da floresta, olhando para o que restava da sua casa com uma sensação de choque tão intensa que chegava perto do espanto.

O lado da casa que dava para a rua tinha desabado, toda a frente do imóvel destruída. Alguma grande força arrastou o sofá da sala para o quintal e jogou-o na entrada da garagem. A neve havia se acumulado sobre ele, mas Harper ainda conseguia ver os apoios de braços. Ela imaginou que havia mais lixo espalhado pelo gramado, mas agora eram apenas coisas sob a neve. Parecia que a casa dela havia sido atingida por um tornado.

Harper recuperou o fôlego e pensou na noite da sua partida. Ela se lembrou de um barulho tão alto que fez o chão tremer. Jakob tinha subido no seu Freightliner e passado o limpa-neve pela frente da casa, derrubando o telhado sobre o que restava da vida deles juntos.

Havia papéis pendurados em galhos de árvores nus, espalhados por toda a orla da floresta. Harper puxou um: era uma página do *Arado da desolação*. Leu as primeiras palavras — `desespero não é nada mais do que um sinônimo para consciência, e demolição é o mesmo que arte` — e deixou a brisa inquieta puxar a folha da sua mão. Ela voou ao vento.

Harper estava tão atordoada que quase se esqueceu do plano e saiu da floresta para o quintal, deixando pegadas por todo o caminho. No entanto, um carro passou pela rua, fazendo um som que parecia mandá-la ficar em silêncio, e lembrou-a de tomar cuidado. A mulher foi até os fundos do imóvel, onde as árvores se aglomeravam perto do muro. De um único abeto pendia um galho molhado e brilhante sobre a neve, quase tocando o revestimento da casa.

Em um consultório médico da sua mente, a Enfermeira Willowes — vestida com um uniforme médico impecável — dirigiu-se à srta. Willowes, grávida de seis meses, sentada na mesa da sala de exames com uma camisola. *Ah, sim, srta. Willowes, espero que continue na academia. É importante permanecer saudável e ativa enquanto puder e estiver confortável!*

Com as duas mãos, Harper envolveu o galho, que ficava a menos de um metro e meio de altura, respirou fundo e *balançou*. Ela pendulou por cerca de dois metros de neve e estendeu os pés, e os dedos encontraram apoio no cascalho gelado que margeava a casa. Sentiu que ia escorregar para trás, correndo o risco de cair no chão congelado caso se soltasse. Ela deu passos na pedra solta, avançou e abriu as mãos. Harper caiu contra a parede, a barriga grande quicando suavemente nela. Descobriu que era útil ter um pouco de amortecimento extra.

Ela seguiu a estreita faixa de cascalho sob o beiral até os fundos da casa. A porta do porão não queria abrir, mas ela fez a combinação que Jakob lhe ensinara, de sacudir-*chutar*-bater com o ombro, e a porta se abriu. Ela entrou no ar frio e viciado e fechou a porta atrás de si.

Quando se mudaram, eles remodelaram o porão em um "salão de jogos" com bar e mesa de sinuca, mas o local nunca deixara de parecer um porão. Carpete barato e protuberante sobre o contrapiso. Um odor de canos de cobre e teias de aranha.

O colapso da casa acima levou a uma redecoração muito mais radical. A geladeira havia caído da cozinha e tombado de lado. A porta estava aberta para mostrar os condimentos e molhos para salada ainda nas prateleiras. Fios pendiam do buraco acima.

A mesa de sinuca permaneceu curiosamente intacta no centro da sala. Harper nunca tinha aprendido a jogar sinuca. Jakob, por outro lado, não só conseguia dominar a mesa, como também equilibrar um taco de sinuca em um único dedo e um prato na ponta do taco, outro dos seus truques circenses. Em retrospecto, Harper supôs que não valia a pena ficar muito impressionada com um homem só porque ele sabia andar de monociclo.

Os suprimentos para acampar — barraca, fogão portátil a gás, lamparina a óleo — estavam nos armários da parede dos fundos, e o kit de primeiros socorros estava lá também. Os dois sempre gostaram de acampar. Isso era algo que ela podia relembrar com carinho: ambos eram loucos por sexo na floresta.

Ela havia torcido gravemente um tornozelo quando estavam caminhando em Montana, e Jakob a carregou alegremente nas costas pelo último quilômetro até o Granite Park Chalet. Ela comprou o kit de primeiros socorros assim que chegaram em casa, para que estivessem preparados na próxima vez que um deles se machucasse durante uma caminhada, mas não houve próxima vez, e depois de alguns anos, não houve mais caminhadas.

O kit estava mais bem abastecido do que ela lembrava. Continha uma pilha de ataduras junto a bolsas de gelo e creme para queimaduras. Mas o verdadeiro prêmio fora colocado ao lado dos suprimentos de primeiros socorros, e era o que ela mais desejava, seu principal motivo para retornar: uma cotoveleira elástica preta, deixada ali dois anos antes. Jakob tinha se acidentado, ao jogar raquetebol com a esposa, e torcido o braço. Nunca mais jogaram depois disso. Jakob afirmava que o cotovelo, às vezes, ainda lhe dava uma pontada e dizia que não queria correr o risco de distendê-lo novamente, mas ela imaginava que o marido abandonara o raquetebol por razões muito menos compreensíveis. Harper estava ganhando no momento que o marido bateu o cotovelo na parede. Não era tanto que ele odiasse perder. Ele só odiava perder para *ela*. No relacionamento dos dois, ele tinha coordenação, e Harper era cômica e adoravelmente desajeitada. Jakob levou para o lado pessoal quando ela saiu do personagem.

Ela vasculhou os outros armários e encontrou um pacote de maços de cigarro enfiado em uma prateleira alta, o celofane descascado e alguns maços faltando. Jakob anunciara, um ano antes — um milhão de anos antes — que havia parado de fumar e que sentia pena das pessoas que não tinham força de vontade para fazer o mesmo. Pela primeira vez, Harper estava feliz por ele ter falado merda. Como em qualquer economia de guerrilha, não havia como subestimar o valor dos cigarros na atualidade. As pessoas erraram ao acumular ouro para o colapso da civilização. Elas deviam ter se abastecido de tabaco.

Harper foi para trás do bar a fim de ver o que tinham para beber. De frente para o balcão, às suas costas, havia uma porta de vidro fumê que dava para um buraco vazio onde um dia haviam planejado colocar um aparelho de som. Não tiveram tempo para isso. Jakob insistira em um sistema Bang & Olufsen que custava quase dez mil dólares, e qualquer plano para poupar aquele dinheiro permanecera estritamente hipotético.

Ela se agachou para dar uma olhada no armário de bebidas e encontrou uma garrafa de uísque Balvenie trinta anos que teria um sabor defumado e encheria uma pessoa com o hálito de um anjo. Havia também uma garrafa de rum barato com sabor de banana que seria ótimo se você quisesse ficar bêbado. Harper se perguntou o que John Rookwood poderia lhe dizer sobre a Escama de Dragão depois de um ou três copos de Balvenie com gelo.

Ela ainda estava curvada atrás do bar quando alguém sacudiu-*chutou*-bateu com o ombro na porta do porão.

— Grayson! — berrou uma voz rouca, ofegante, alta e, de alguma forma, familiar. Harper se engasgou com um grito. Não respondeu nem se moveu. Encurvada ali, congelada, esperou que quem quer que fosse lhe dissesse o que fazer. — Grayson! — berrou o homem novamente, e Harper percebeu que ele não estava lá fora, mas dentro da casa. — Funcionou! Vamos entrar.

— Eu queria consertar essa fechadura. Sempre tive medo de que alguém entrasse para roubar o uísque bom e estuprar minha esposa — disse Jakob. — Eu tinha sentimentos muito protetores em relação ao uísque.

A voz dele era como uma faca, algo que Harper sentia tanto no abdômen quanto nos ouvidos.

Harper abriu a porta de vidro fumê que dava para o buraco onde haviam planejado colocar o aparelho de som. Era tão profundo quanto a área debaixo de uma escrivaninha grande, e não havia nada ali, exceto alguns cabos pendurados. Ela entrou com o kit de primeiros socorros, a cotoveleira e os cigarros, espremendo-se com a bola de praia que era a sua barriga. Três dias antes, Harper havia passado por um cano de esgoto cheio de fumaça com aquela barriga. Não achava que seria capaz de fazer isso agora. Fechou a porta de vidro atrás de si.

— Certo — disse o primeiro homem, uma voz que fez Harper pensar em um sujeito gordo ofegando por causa de um prato de ovos mexidos com o dobro de bacon. — Entendi. Você não quer um canalha repreensível bebendo seu estoque de bebidas caras. Mas, infelizmente, você me trouxe para cá. — Ele riu, um som como o de alguém tocando um acordeão de brinquedo quebrado, uma espécie de suspiro musical. — Por que não sobe e dá uma olhada? Veja se ela esteve por aqui. Nós protegeremos o porão. E por "proteger", quero dizer beber o seu uísque, jogar sinuca e procurar por vídeos caseiros de sacanagem.

— Ela não esteve aqui. Eu venho para cá de vez em quando, sabe? Fico de olho no local. Achei que ela voltaria, mais cedo ou mais tarde. Por causa dos livros, ou do pijama favorito, ou do velho Ursinho Pooh. Juro, às vezes eu me sentia como um molestador de crianças dormindo com ela. Tínhamos que assistir a *Mary Poppins* todo Natal. Assim que terminávamos de abrir os presentes.

— Meu Deus — disse aquele com a voz de um homem gordo, e enfim Harper entendeu por que ela lhe era familiar. A Enfermeira já tinha ouvido o Homem Marlboro muitas vezes no rádio. — E você esperou ela ficar doente para tentar matá-la? — Ele gritou de tanto rir com a própria piada. Outro homem, que não era Jakob, confirmou a inteligência deste *bon mot* com uma risada estridente.

— Dá para ver que ninguém entrou aqui por causa da neve. Sem pegadas — falou Jakob.

— Você provavelmente tem razão. Mas vamos dar uma olhada mesmo assim. Só para ter certeza. Você sabe sobre mim e a transmissão secreta? Já contei sobre isso? O rádio na minha cabeça? Não? Quando eu tinha doze anos, podia colocar a mão em cima de um rádio desligado, fechar os olhos e *ouvir* o DJ anunciando "Walk This Way". Podia ouvi-lo *na minha mente*. Como se eu fosse a antena, puxando o sinal direto para meu cérebro. Eu dizia aos meus amigos: "Aposto com cada um de vocês que, se ligarmos o rádio agora, vai estar tocando 'Walk This Way'." Todo mundo apostava uns trocados. Eu ligava o rádio, e lá estava o Steven Tyler dizendo que a menstruação da sua namorada era demais. Ou, tipo, quando eu tinha idade suficiente para dirigir. Eu ficava sentado na porcaria do Trans Am do meu amigo, com o carro desligado, esperando que ele saísse de uma loja na esquina com seis latas de cerveja Schlitz. E, de repente, sabia que Mo Vaughn tinha acabado de fazer um *home run*. Eu *sabia*. Meu amigo aparecia, ligava o carro... e todo o Fenway comemorava a rebatida, Joe Castiglione gritando sobre quanto a bola de Mo foi longe. Por muito tempo, pensei que talvez estivesse captando sinais nas minhas obturações. Mas desde que os dias da peste começaram, tenho ouvido *novos* sinais. Às vezes, ouço minha *própria* voz na transmissão secreta, lendo uma reportagem. Fico me ouvindo falar sobre como havia uma dúzia de guimbas escondidas no porão da Biblioteca de Portsmouth que foram mortas a tiros por um heroico Esquadrão de Cremação. Então, reúno a turma e vamos até lá e batata: guimbas, escondidas no porão. Lembra, Marty? Lembra aquela vez que eu disse que deveríamos ir até a Biblioteca de Portsmouth e dar uma olhada nas coisas? Matamos todos aqueles filhos da puta. Tudo aconteceu exatamente como ouvi na minha reportagem telepática.

— Isso é verdade! — gritou o terceiro homem, com a voz estridente e obsequiosa. — Você *sabia* que eles estariam lá, Homem Marlboro! Você sabia antes de *qualquer* um de nós.

— Então, foi por isso que tivemos que vir aqui hoje? Você sentiu coceguinhas psíquicas porque minha esposa poderia ter voltado para casa? — perguntou Jakob. Ele parecia descrente.

— Pode ser. Talvez eu tenha ouvido uma vozinha me dizendo para passar aqui e dar uma olhada. Ou talvez eu tenha me lembrado de você mencionando um uísque bom que eu queria provar. Por que não dá uma olhada e descobriremos qual é?

— Claro — disse Jakob. — Veja atrás do bar. Deve ter sobrado um pouco.

Uma porta se abriu do outro lado da sala. Reboco e ripas quebradas caíram com um estrondo. Jakob praguejou. O homem chamado Marty fez sons de hiena que lembravam uma risada. Jakob se deslocou por sobre os escombros escorregadios, tombados e barulhentos.

Alguém se aproximou do bar. Harper pôde ver vagamente um homem com calças de neve através do vidro fumê. Um sujeito magro com cabelo crespo e avermelhado em um penteado afro espesso se inclinou, abriu o armário de bebidas e pegou o Balvenie.

— Isso é bom?

— Nota dez. Dá aqui. Deixa eu dar uma olhada. — Silêncio. — Caramba, isso custa mais do que eu ganhava numa semana. Você acha que a esposa dele é tão boa quanto a mesa de sinuca e o uísque? — indagou o Homem Marlboro.

— Não importa — falou Marty. — Ela tem a nojeira. Você não vai comer ela.

— Verdade. Falando em nojeira, veja se ele tem alguns copos. Não quero sua baba no gargalo.

O sujeito magro se abaixou e encontrou alguns copos.

— Quer ouvir música? Com base nessa mesa de sinuca e nesse uísque, aposto que ele tem um sistema de som do caralho — disse Marty. Ele se virou para o gabinete e apertou a trava magnética. A porta de vidro se abriu um centímetro. Harper fechou os olhos e pensou: *O desespero não é nada mais do que um sinônimo para consciência.*

— Não tem luz, idiota — falou o Homem Marlboro. — Um Porsche é só meia tonelada de ferro inútil se não tiver gasolina no tanque.

— Ah, porra. É mesmo, Homem Marlboro! Eu não estava pensando! — Ele fechou a porta do armário sem olhar para dentro.

— Está aí uma novidade.

Nenhum deles falou por instantes. Ela ouviu o gorgolejar do uísque caindo no copo e sendo engolido e os suspiros de reverência.

Quando Marty falou novamente, sua voz estava baixa.

— Ele é meio assustador, não acha?

— Quem? O Obras Públicas?

— Sim. Jakob. Com aquela queimadura no pescoço. Aquela mão assada escura bem na pele. E os olhos dele, sabe? Parecem vidro velho e empoeirado. Olhos de boneca.

— Olha só para você. É praticamente o Lord Byron com essas metáforas.

— Vou te falar. Acho que ele prefere encontrar o Bombeiro aqui à esposa. Acho que ele tem um tesão maior por ele do que pela noiva em fuga.

— Não existe Bombeiro nenhum.

Houve um silêncio desconfortável.

— Bom — disse Marty. — Homem Marlboro... *alguém* queimou o pescoço dele. E na outra noite? Oitenta caras viram o demônio, dois andares de altura, perto da delegacia. *Oitenta caras*. E Arlo Granger, do corpo de bombeiros, lutou contra um homem na fumaça. Um homem com sotaque britânico, vestido com capacete de bombeiro e tudo mais. Arlo teria dado um chute na cabeça dele, só que o Bombeiro tinha amigos, uns cinco amigos, que se uniram contra ele...

— Eu conheço Arlo Granger, e ele é um mentiroso do caralho. Certa vez, me contou que chegou nos bastidores de um show do Rush e cheirou cocaína com Neil Peart. Eu bem que *gostaria* que os caras do Rush cheirassem pó. Talvez isso os animasse e eles tentassem tocar rock-and-roll de verdade pela primeira vez, em vez daquela besteira de rock progressivo de pau mole.

— Minha prima está na Guarda Nacional. Amy Castigan, você a conhece...

— Amy... sua prima Amy... talvez. Sim, acho que ela chupou meu pau uma vez.

— Sim, sim, o meu também, mas escuta, *escuta*, Homem Marlboro. Amy estava no posto de controle na ponte Piscataqua em setembro, no meio da noite... e viu uma chama vermelha subindo o rio. Como se alguém tivesse disparado um foguete contra eles. Ela e os outros caras chegaram na ponte bem na hora. Um maldito pássaro de fogo gigante, com quase dez metros de uma ponta à outra, mergulhou na direção deles. Chegou tão perto que os sacos de areia pegaram fogo! E enquanto Amy e o pessoal da unidade dela procuravam abrigo, um carro passou pelo posto de controle e algumas guimbas escaparam para o Maine. Era ele também! É isso que ele faz! Ele descobriu como transformar a Escama de Dragão numa arma, cara.

— É uma possibilidade — disse o Homem Marlboro. — A outra é que sua prima seja a maior puta da Costa Leste, e alguém atravessou o posto de controle enquanto ela servia o boquete especial de Amy Castigan para toda a unidade. Não existe nenhum Bombeiro. E Satanás não apareceu na delegacia ontem à noite. As pessoas veem coisas nas chamas. Rostos estranhos e coisas assim. É só isso.

Harper pensou, inevitavelmente, na garota na fornalha de John: Sarah Storey, ela tinha certeza. O Homem Marlboro podia acreditar no que quisesse, mas, às vezes, o rosto no fogo *era* realmente alguém olhando para você.

Tábuas e placas de gesso deslizaram e bateram na escada.

— Nada — falou Jakob. — Nada nem ninguém. Eu falei. Se alguém estivesse aqui, haveria rastros. Ela está grávida de seis meses. Duvido que consiga dar cem passos e manter o fôlego.

— É um argumento justo, rapaz — disse o Homem Marlboro. — Minha ex, quando estava grávida, se quisesse alguma coisa... cigarro, cerveja, sorvete, qualquer coisa... me fazia pegar, mesmo que fosse no cômodo ao lado.

— Sinto muito que o flash psíquico não tenha funcionado. Mas pelo menos você encontrou o Balvenie. Podemos levá-lo conosco. A garrafa custa quinhentos dólares, então beba devagar.

— Qual é a pressa? Tome uns drinques e vou acabar com você num jogo de sinuca.

— Eu precisaria de mais do que alguns drinques para que isso acontecesse — falou Jakob.

— Quer apostar?

— O quê? Dinheiro não é o que costumava ser.

— Se eu ganhar, você tem que subir e me dar uma calcinha da sua esposa — disse o Homem Marlboro.

— Se *eu* ganhar, você tem que usá-la — falou Jakob.

— Ei, e se *eu* ganhar? — perguntou Marty.

— E se você inventar uma cura para a porra da Escama de Dragão? E se parar de rir como uma menina de treze anos com soluço?

Marty riu como uma menina de treze anos com soluço.

— Quem começa? — indagou Jakob.

Houve um estalo alto quando uma bola atingiu uma dúzia.

— É morte súbita? — perguntou Marty. — Ou melhor de três?

— Tanto faz — respondeu o Homem Marlboro. — Não tenho lugar nenhum para ir.

6

UMA NEVE PULVERULENTA GRANULAVA a noite. Harper vagou por uma escuridão congelada, as narinas ardendo de frio. A luz estava diminuindo quando ela entrou na casa. Agora, seis jogos de sinuca depois, só Deus sabia que horas eram — nove? dez? — e as suas pernas estavam com cãibras por causa das horas que passara enrolada no armário atrás da porta de vidro.

Jakob era melhor na sinuca, mas o Homem Marlboro era superior em aguentar a bebida. O homem gordo — só pela voz, Harper tinha certeza de que ele pesava pelo menos cento e trinta quilos — tinha saído com uma calcinha dela no bolso do casaco, assobiando "Centerfold". Ela aguardou pelo menos trinta minutos para sair do esconderijo, meio acreditando que Jakob e seus novos amigos ainda estariam lá, esperando em silêncio por ela. Tinham deixado a garrafa vazia de Balvenie de cabeça para baixo em um dos bolsos laterais da mesa de sinuca.

Ela deveria estar infeliz, engasgando-se com soluços ou tremendo desamparadamente em estado de choque. Em vez disso, sentia-se tonta, como se tivesse acabado de esquiar uma encosta no limite da sua habilidade, indo e voltando mais rápido do que jamais havia feito. Ela já ouvira falar de picos de adrenalina, mas não sabia se já havia tido um antes. A mulher mal tinha consciência de que suas pernas a levavam para a frente.

Harper não sabia para onde estava indo até chegar lá. Passou direto pela entrada do Acampamento Wyndham — pela corrente pendurada entre os monólitos de pedra, pelos destroços incendiados do ônibus — e seguiu pela Little Harbor Road até a estrada mudar para cascalho. Trinta metros depois, a rodovia se transformava em uma rampa para barcos, descendo em direção à espuma ondulante do Atlântico.

E lá estava a ilha do Bombeiro. Uma rápida escalada sobre um quebra-mar de pedra, uma caminhada de dois minutos ao longo dos seixos, e ela avistou o cais do Acampamento Wyndham.

Ela havia prometido a Allie que voltaria em duas horas. Tinha levado talvez o dobro disso. Harper temia enfrentar a adolescente, que provavelmente já estava em apuros, e que quase com certeza havia passado a tarde doente de preocupação. Harper decidiu fazer o que fosse necessário para reparar a situação.

No entanto, Allie teria que se preocupar um pouco mais. Harper deixara John Rookwood sozinho na sua ilha por três dias, com costelas quebradas, um cotovelo torcido e um pulso seriamente deslocado. Ele foi a razão para ela ter saído da enfermaria. Seria uma piada de mau gosto voltar sem vê-lo.

Além do mais, apesar de toda a conversa de Allie sobre como iriam começar a fazer de exemplo as pessoas que desobedecessem às regras, Harper não conseguia levar nada daquilo muito a sério. Para ela, era a escola tudo de novo. Havia regras, é claro, e consequências para quem não as seguisse... mas regras e consequências eram aplicadas pelos adultos às crianças, e Harper era adulta. Um aluno poderia levar uma bronca por se apressar no corredor, mas, se alguém da equipe começasse a correr, provavelmente havia um bom motivo para isso. Ben poderia estar irritado com ela, mas Harper conversaria com ele e resolveria tudo. Ela não se sentia mais ameaçada pela autoridade dele (ou pela de Carol) do que se sentiria ameaçada por um professor. Afinal, não era como se alguém fosse fazê-la escrever *Não vou sair do acampamento sem permissão* uma centena de vezes no quadro-negro.

Ela remou através de uma escuridão líquida e agitada. Também sentiu uma espécie de maré balançando devagar dentro de si, como se ela própria contivesse um pequeno mar.

Harper bateu ao batente da porta do galpão do Bombeiro.

— Quem é?

— Harper.

— Ah! Finalmente. Já vou avisando que não estou vestido.

— Vou esperar um minuto.

Ela respirou fundo o ar úmido, salgado e congelado e soltou-o em um fio de névoa branca. Nunca tinha olhado ao redor da ilha, não de verdade, e subiu a grande duna central para observar a vista do ponto mais alto.

Não era exatamente uma pedra. Muitos metros de comprimento, em formato de olho. Uma colina central corria ao longo da ilha longitudinalmente, com o pequeno galpão do Bombeiro construído em um dos lados. No extremo sul, havia as ruínas de uma casa, um retângulo desmoronado de vigas carbonizadas saindo de uma camada de neve não mais profunda que um lençol. Ela ficou surpresa por um momento ao ver o barco: estava logo acima das pedras na face leste da ilha, um veleiro de dez metros e meio de comprimento apoiado em um suporte de aço inoxidável com rodas, o convés coberto por uma lona branca e esticada. Mas o Pai Storey havia mencionado um barco ali e falado em levá-lo em busca de Martha Quinn. Se a neve continuasse caindo, logo pareceria apenas uma parte da paisagem, uma vasta duna branca elevando-se sobre as outras.

O frio estava deixando suas bochechas dormentes. Ela voltou pela areia e entrou no galpão do bombeiro sem bater, limpando as botas, esfregando as mãos e sacudindo a neve.

— Willowes! Nunca fiquei tão feliz em ver outro rosto humano! Parece que um carro está estacionado no meu peito. Não sinto tanta dor desde que o Guns N' Roses se separou.

— Desculpe — disse ela. A Enfermeira deixou cair a sacola de compras de pano que trouxera consigo. — Dia cheio.

Ela abriu a boca para contar sobre Jakob, e o Homem Marlboro, e sobre quase ter sido descoberta, mas se conteve.

O Bombeiro estava sentado na cama e ainda não usava tipoia alguma, exceto a que Harper havia feito com a aljava de lona. Seu único gesto de modéstia foi um lençol enrolado no colo e em volta do quadril. Sua pele estava toda rabiscada com a caligrafia do diabo em preto e dourado. Os hematomas abaixo da Escama haviam escurecido a pele em tons de amora e romã. Harper sentiu dor no próprio peito só de olhar para ele.

— Você ainda não está vestido.

— *Bem*. Eu não tinha certeza se deveria me preocupar. Não vai me examinar, de qualquer forma? Parecia muito esforço me vestir só para tirar tudo de novo. E onde você esteve? Fiquei preso neste pedaço de areia lamacenta por *dias*, sem ninguém com quem conversar além de mim mesmo.

— Pelo menos estava conversando com alguém que o considera inteligente.

Ele encarou a sacola de pano com um olhar voraz.

— É melhor que tenha morfina aí. E cigarros. E café fresco.

— Eu *gostaria* de ter morfina. Na verdade, teremos que conversar sobre isso.

— *Cigarros?*

— Não tenho cigarros para você neste momento, sr. Rookwood — disse ela, escolhendo as palavras com cuidado. Não era mentira... mas também não era completamente verdade. Harper estava começando a ficar bem treinada nesse tipo de evasão. — Veja isso como uma oportunidade para parar de fumar antes que o hábito mate você.

— Acha mesmo que fumar vai *me* matar? Quando *eu* solto fumaça, Enfermeira Willowes, são as outras pessoas que precisam se preocupar com a saúde. É melhor que tenha café fresco, então.

— Trouxe para vocês uns chás maravilhosos...

— *Chá!* Acha que eu quero chá?

— Por que não? Você é inglês.

— E então acha que eu tomo *chá*? O quê, você imagina que eu costumava passear no meio da neblina de Londres com um boné de caçador, conversando com os amigos em pentâmetro iâmbico? *Temos* Starbucks lá, mulher.

— Ah, que bom. Porque também tenho alguns pacotes de café instantâneo da Starbucks.

— Por que não disse logo?

— Porque você é um homem muito divertido de decepcionar. Que tal eu colocar a chaleira no fogo e você pelo menos vestir uma calça? Não me lembro de nenhuma lesão abaixo da cintura que exija opinião médica.

John varreu o chão com um olhar nebuloso e procurou com o pé ossudo as calças de bombeiro.

Harper respirou fundo para lhe contar sobre a volta para casa... e depois se distraiu novamente, dizendo:

— Você sempre quis ser bombeiro? Há quanto tempo se veste como um? Desde a infância? — Era a adrenalina falando. Ela se perguntou se era assim que as pessoas se sentiam depois de saltar de paraquedas. Suas mãos tremiam.

— De jeito nenhum. Eu queria ser um astro do rock. Queria usar calças de couro e passar fins de semana na cama com modelos chapadas e escrever músicas cheias de enigmas pretensiosos.

— Eu não sabia que você tinha dom para a música. Que instrumento tocava?

— Ah, acabei nunca aprendendo nenhum instrumento. Parecia trabalho demais. Além disso, como minha mãe era surda e meu pai, um babaca, a educação musical não era prioridade na família. O mais perto que cheguei da vida de astro do rock foi vender drogas.

— Você era traficante de drogas? Acho que não gosto muito disso. Quais drogas?

— Cogumelos alucinógenos. Parecia uma maneira sensata de lucrar com minha graduação em botânica. A micologia sempre foi minha área de estudo. Vendia uma forma de psilocibina chamada pau de Smurf, que era bem azul, bem popular e ficava deliciosa com ovos. Quer dividir uma omelete de pau de Smurf comigo algum dia, Enfermeira Willowes?

Ela virou de costas, procurando dar privacidade para ele vestir as calças.

— A Escama de Dragão... é uma espécie de esporo. Um fungo. Você deve saber muito sobre ela.

O Bombeiro não respondeu. Ela olhou para trás, e o rosto do homem estampava uma expressão de inocência benigna. Ele nem estava tentando pegar a calça, que ainda estava em volta dos seus pés. Harper ficou irritada por ele não se vestir. Aquilo o tornava mais pervertido do que ela gostaria. A Enfermeira desviou o olhar mais uma vez.

— É por isso que consegue controlá-la? Usá-la? Evitar queimar vivo como se estivesse revestido de amianto? É porque entende algo sobre ele que outras pessoas não entendem?

John deu um murmúrio suave e respondeu:

— Não tenho certeza se entendi o esporo tanto quanto o ajudei a compreender a *mim mesmo*. As panelas estão na caixa embaixo do forno.

— Por que preciso de uma panela?

— Você não vai fazer ovos para nós?

— Você tem ovos?

— Não. Você não tem? Nessa sua sacola de compras? Pelo amor de Deus, Enfermeira Willowes, você deve ter trazido *alguma* coisa para eu comer!

— Lamento dizer que não lhe trouxe ovos, café fresco ou morfina. Em vez disso, caminhei por cinco quilômetros e quase deparei com um Esquadrão de Cremação para conseguir uma cotoveleira e uma bandagem para o pulso. Meu ex-marido estava entre eles. — Ela sentiu um formigamento inesperado no fundo dos olhos, mas se recusou a deixar aquilo se transformar em algo mais. — Também trouxe um ótimo chá porque sou legal e pensei que isso iria animar você e nem pedi por um simples obrigado de volta. Tudo que pedi foi que vestisse a calça, mas nem isso você vai fazer, porque presumo que goste de ficar nu e ver se isso me abala.

— Não consigo.

— Não consegue *o quê*? Não consegue agradecer? Não consegue pedir desculpas? Não consegue mostrar cortesia humana básica?

— Não consigo colocar a calça. Não consigo me curvar para pegá-la. Dói muito. E você foi bastante gentil e, é claro, que eu deveria ter agradecido. Estou agradecendo agora. Obrigado, Enfermeira Willowes.

A contrição na sua voz a acalmou de alguma forma. A adrenalina diminuía, uma maré recuando para revelar o cansaço por baixo.

— Desculpa. Foram dias difíceis. E acabei de passar pelo pior. Voltei para casa a fim de pegar suprimentos, e Jakob apareceu lá, com alguns amigos novos. Um deles era aquele valentão do rádio, o Homem Marlboro, o que está sempre se gabando de todas as guimbas que matou. Tive que me esconder. Por um *bom* tempo.

— Você foi para casa? Sozinha? Por que não mandou alguém?

— Quem? Os Vigias são crianças. Crianças famintas e cansadas. Não quis colocar nenhum deles em risco. Não poderia mandar você, não com suas costelas como estão. Além disso, eu sabia onde procurar as coisas que queria. Parecia fazer mais sentido ir eu mesma. Você não me contou o que aconteceu com a minha casa.

— Que seu ex decidiu reformá-la com um limpa-neve de duas toneladas? Senti que você já tinha perdido o suficiente por uma semana. Por que colocar mais lenha na fogueira? Você está bem?

— Eu estava... assustada. Eu os ouvi conversando sobre mim. E falaram sobre você também.

— Não diga! — O Bombeiro parecia satisfeito.

— Sim. Falaram sobre um homem que usa a Escama de Dragão como arma, alguém que pode lançar chamas e que anda por aí vestido de bombeiro. Não conseguiram concluir se você era real ou lenda urbana.

— Ah! A meio caminho de enfim ser um astro do rock!

— Eles conversaram principalmente sobre o que fizeram com os doentes. O Homem Marlboro acompanha os números de todo o Esquadrão de Cremação e falava sobre quem matou mais no geral, quem matou mais em um dia, quem matou a garota mais feia, quem matou a garota mais gostosa. Era como se citasse as estatísticas do seu time de beisebol.

O Homem Marlboro elogiou Jakob pelo "trabalho árduo" no dia de Ano-Novo. Harper demorou vários minutos para perceber que o Homem Marlboro não estava falando de sexo, mas de assassinato. Jakob usou seu caminhão para bater na lateral de um Nissan com uma família doente: um homem, uma mulher e os dois filhos. O carro foi esmagado. Os corpos foram espremidos para fora dos destroços como pasta de dente, ou pelo menos foi o que disse o Homem Marlboro. Jakob aceitou o elogio sem tecer qualquer comentário, sem expressar orgulho ou horror.

Que coisa curiosa: pensar que o homem com quem ela se casou, um homem a quem amou e a quem se dedicou, cometeu assassinatos. Tinha matado e pretendia matar novamente. Dezoito meses antes, eles passavam as noites abraçados no sofá, assistindo a *Master of None*.

— Fiquei com medo de começar a tremer e me ouvirem. Eles ouviriam meus dentes batendo. Então, os três foram embora, e quando soube que estava tudo bem... que ia sair viva de casa... eu... eu senti... como se alguém tivesse jogado uma granada em mim que, por algum motivo, não explodiu. Saí de lá tonta e com as pernas bambas. Não vai me dar um sermão?

— Por ter sido uma idiota e se meter alegremente em encrencas?

— Sim.

— Não. Não consigo pensar em duas qualidades que admiro mais numa pessoa. Fico feliz que tenha voltado, no entanto. Não tomo café há dias.

Quando ela se virou, o Bombeiro estava bocejando, um punho cobrindo a boca e os olhos bem fechados, e o lençol havia caído para mostrar a linha do quadril. Harper ficou surpresa com a própria reação ao ver aquele corpo magro e peludo, a densa camada de pelos no peito afundado e machucado. Sentiu uma imediata onda de desejo físico, corada e absurda, onde não havia nada um minuto antes.

Ela marchou até a cama, sentindo que havia segurança no comportamento enérgico.

— Levante as pernas.

John obedeceu. Ela puxou a calça de bombeiro até os joelhos, depois sentou-se ao lado dele e deslizou um braço sob as suas axilas.

— No três, levanta essa bunda magra. — Mas ela fez a maior parte do esforço e, quando o pegou no colo, ouviu: a inspiração sibilante, o início estremecido de um suspiro, rapidamente interrompido. A pouca cor que havia no seu rosto desapareceu.

— O pior não é a dor quando me mexo. É a coceira no peito. Depois de cada respiração. Não consigo dormir com essa coceira.

— A coceira é boa. Nós gostamos de coceira, sr. Rookwood. Os ossos coçam quando estão se juntando.

— Suponho que vou me sentir melhor depois que você colocar uma bandagem no meu peito.

— Hum, não, me desculpe, isso não é mais feito. Não queremos contrair pulmões que precisam respirar. Mas eu gostaria de arrumar esse seu pulso e colocar essa cotoveleira em você.

Ela subiu lentamente o elástico pelo antebraço de John, colocou-o no lugar e depois começou a trabalhar no pulso inchado e ferido. Harper pressionou bolas de algodão em ambos os lados do pulso, depois enrolou esparadrapo ao redor, subindo e descendo, criando um gesso quase rígido, mas confortável, ao redor da articulação. Depois, levantou o braço direito dele para dar uma olhada no lado descolorido do Bombeiro. Passou os dedos pelas costelas, procurando com cuidado cada fratura. Tentou não sentir prazer nas articulações da sua coluna ou nos arabescos de Escama de Dragão na sua pele. Ele parecia um homem tatuado de um circo. Não havia como adivinhar quantas pessoas a Escama de Dragão havia matado, mas, apesar de tudo isso, a Enfermeira não pôde deixar de pensar que a doença era muito bonita. É claro que ela estava desesperadamente excitada. Isso não ajudou.

— Você pode ter que enfrentar algo pior do que uma bronca de Ben Patchett — comentou o Bombeiro. — E talvez receba um olhar bastante infeliz e alguns suspiros tristes de Tom Storey. Nada faz uma pessoa se sentir mais deprimida e envergonhada do que decepcionar o velho. É como dizer a um Papai Noel de shopping center que você sabe que a barba dele é falsa.

— Acho que não terei problemas com o Pai Storey.

Ele lhe lançou um olhar afiado e penetrante, e todo o humor desapareceu da sua expressão.

— Melhor me contar, então.

Ela falou sobre a trepanação do crânio do Pai Storey com uma furadeira e a assepsia com o vinho do Porto. Falou sobre Ben no frigorífico, os prisioneiros algemados e o pano de prato cheio de pedras. Depois, teve que voltar no tempo para falar sobre a última conversa que teve com o Pai Storey, na canoa.

O Bombeiro não fez muitas perguntas... não até ela mencionar a sua última conversa com o idoso.

— Ele ia expulsar uma pobre garota por roubar uma xícara de chá e latas de apresuntado?

— E um pingente. E a Mãe Portátil.

John balançou a cabeça em um sinal negativo.

— Ainda assim. Não parece uma atitude típica de Tom.

— Ele não ia exilá-la porque ela roubou. Ia exilá-la porque ela é *perigosa.*

— E Tom sabia disso porque a confrontou em relação aos roubos, e ela... o quê? Fez ameaças a ele?

— Algo assim — disse Harper.

Mas a Enfermeira franziu a testa. Era difícil lembrar agora exatamente o que Tom dissera e como dissera. Parecia uma conversa que aconteceu meses, não dias antes. Ela achou bem difícil rememorar o que ele contara sobre a ladra; houve momentos em que lhe pareceu que o Pai Storey não havia mencionado roubo algum.

— E por algum motivo ele decidiu que precisava se exilar *com* a ladra?

— Para cuidar dela. Ele ia procurar a ilha de Martha Quinn.

— Ah, a ilha de Martha Quinn. Gosto de imaginar que está lotada de refugiados dos anos 1980, vagando por aí vestidos com lycra e pele de leopardo. Espero que Tawny Kitaen esteja lá. Ela foi a figura central de todas as minhas primeiras fantasias sexuais. Quem Tom deixaria no comando do acampamento?

— Você.

— Eu! — O Bombeiro riu. — Tem certeza de que ele não disse isso *depois* de levar uma pancada na cabeça? Não consigo imaginar ninguém pior para o trabalho.

— E Carol?

Ele estava sorrindo, mas com isso seu olhar voltou a ficar infeliz.

— Gosto de Carol como suma sacerdotisa tanto quanto gostaria de levar outro chute nas costelas.

— Você não acha que ela tem boas intenções?

— Tenho *certeza* de que ela tem boas intenções. Quando o governo de vocês estava torturando pobres coitados para encontrar Bin Laden, *eles* tinham boas intenções. O pai de Carol exercia uma influência moderadora sobre ela, uma força que acalmava uma personalidade frágil. Sem ele... *bem*. Carol tem Patrulhas de Quarentena, a polícia e Esquadrões de Cremação ameaçando-a do lado de fora. Tem a ladra e aqueles dois prisioneiros para criar pressão interna. O medo não faz com que as pessoas sejam moderadas no uso de táticas extremas. Ainda mais pessoas como Carol.

— Não sei. Ela nem queria o cargo. Recusou três vezes antes de aceitar.

— Assim como César. Eu só queria que Sarah... — Ele parou de falar e lançou um olhar frustrado para a fornalha. Então, baixou os olhos e tentou novamente. — Não é que Sarah teria mantido Carol sob controle ou tentaria arrancar o acampamento dela ou algo assim. Mas ela teria tentado jogar uma boia para a irmã mais nova se a visse se afogando. É com isso que estou preocupado, sabe? Já era ruim o suficiente que Carol pudesse se afogar na própria paranoia. Mas o pior é que as vítimas de afogamento têm a tendência de levar outras pessoas consigo, e, nesse momento, Carol está com os braços em volta de todo o acampamento.

Um nó de madeira estalou na fornalha, seco e torrado.

— Como era Sarah? Não como Carol, imagino. Era mais parecida com Tom?

— Sarah tinha o senso de humor de Tom. Também tinha mais colhões do que qualquer um que conheci. Ela se jogava nas coisas como uma bola de boliche. Você vê um pouco disso em Allie. Sarah sempre me fez sentir como um dos dez pinos na pista de boliche. — Ele lançou um olhar longo, lento e ponderado para as chamas saltando na fornalha... depois virou a cabeça e deu a Harper um sorriso doce, quase infantil. — Acho que isso é uma descrição bastante precisa de um certo tipo de amor, não é?

7

— **O QUE POSSO** dizer sobre Sarah antes de ela me conhecer? Grávida aos dezessete anos do seu instrutor de piano, um lituano angelicalmente lindo, apenas alguns anos mais velho do que ela. Expulsa do colégio particular onde o pai era professor. Tom, seu melhor amigo no mundo inteiro e o homem mais misericordioso que ela já conheceu, lhe diz coisas terríveis e a manda morar com parentes. Termina o último ano em desgraça numa escola pública, com a barriguinha de grávida sob os suéteres. Ela se casa na prefeitura no dia seguinte ao recebimento do diploma. Seu lituano, humilhado e sem conseguir emprego como professor, volta às aulas particulares, quando Sarah descobre que trepar com as alunas é um dos seus tiques nervosos. Não importa... ela continua casada porque, se o deixasse, teria que voltar para casa, e prometeu a si mesma que nunca pediria mais nada ao pai enquanto estivesse viva. Em vez disso, decide que a única maneira de salvar o relacionamento é ter outro filho. Estou indo rápido demais? Prometo que logo vamos chegar à parte interessante.

— Que parte é essa? — perguntou Harper.

— A parte em que eu entro na história. Nick nasce. Nick é surdo. O pai sugere colocá-lo para adoção, já que ele nunca poderá se relacionar com um pirralho defeituoso que não aprecia sua música. Sarah sugere que o marido encontre um lugar novo para morar e o expulsa. Ele chuta a porta de tela às quatro da manhã numa noite de outubro e ameaça toda a família com uma raquete de badminton. Sarah consegue uma ordem de restrição contra ele. Ele responde aparecendo na escola de Allie, supostamente para levar a filha a uma consulta odontológica, e some na mesma hora com a criança.

— Meu Deus.

— Ele é preso quatro *longos* dias depois, num motel perto da fronteira do Canadá, onde tentava descobrir como chegar a Toronto sem um passaporte para a filha. Suponho que pretendia chegar à embaixada da Lituânia para tentar voltar para a Europa com ela. O cara estava em liberdade condicional quando se enforcou.

— Parece que Sarah e eu escolhemos nossos maridos na mesma loja — disse Harper.

— Houve uma coisa boa na última valsa com o professor de piano. Naqueles dias terríveis em que Sarah não sabia onde Allie estava, Tom Storey apareceu à sua porta para fazer o que pudesse por ela. O pai cuidava para que Sarah comesse e dormisse, abraçava-a quando ela chorava e tomava conta de Nick. Era a chance dele, sabe... de ser o pai que ela queria, o pai que Sarah acreditava que Tom era antes de falhar tão completa e colossalmente com ela. Conheço Tom e duvido que ele tenha se perdoado por se afastar da filha quando ela era uma criança grávida e assustada.

"Tom ficou com ela por meses. Mais tarde, Sarah mudou-se para mais perto da família, e o pai ajudou com as crianças enquanto ela voltava à faculdade para estudar serviço social. Ajudar pessoas com deficiência, essa era sua área.

"Acontece que Tom Storey supervisionava os serviços religiosos no Acampamento Wyndham desde os anos 1980 e foi nomeado diretor do acampamento uma década depois. Na primavera em que Nick completou sete anos, Sarah sugeriu que o acampamento organizasse um programa de duas semanas para surdos, e Tom fez com que isso acontecesse.

"Procuraram conselheiros que soubessem linguagem de sinais, e eu estava entre eles. Aprendi a linguagem de sinais quando menino com a minha mãe irlandesa surda... o que, acrescento, encantou muitas crianças, que gostavam de dizer que as minhas mãos tinham sotaque irlandês. Eu estava nos Estados Unidos para fazer mestrado e fiquei feliz por conseguir um emprego de verão com remuneração decente. Um homem simplesmente *não consegue* ganhar um salário digno vendendo pau de Smurf nesta nação arruinada. Devo dizer que seus traficantes de heroína e de metanfetamina tornaram este país um lugar horrível para um traficante de drogas simples e honesto que deseja proporcionar uma experiência especial aos clientes.

"Tom me contratou para ensinar coisas ao ar livre... quais frutas podem ser comidas, quais folhas não podem ser usadas para limpar a bunda, como fazer fogo sem fósforos. Sempre fui especialmente bom nesse último truque. Na chegada, cada um de nós recebeu um apelido fofo. O meu era John Vareta. Sarah era Patrulheira Sarah.

"Tivemos alguns dias de orientação e treinamento antes da chegada das crianças, e não demorou muito para eu perceber que ser chamado de Vareta seria um problema. Logo no primeiro dia, Sarah me cumprimentou dizendo: 'Bom dia, Vara', com um olhar de doce inocência no rosto. Os outros conselheiros a ouviram e caíram na gargalhada. Logo todo mundo estava falando coisas assim. 'Quem gosta de Vara?' 'Ei, galera, assim vocês vão endurecer a Vara.' 'Passei a manhã inteira segurando a Vara.' Você entende.

"Bem, na noite anterior à chegada das crianças, estávamos todos tomando cerveja, e falei a Sarah que talvez um dia, se ela tivesse sorte e fizesse tudo direitinho, poderia acordar com uma Vara. Isso rendeu algumas risadas. Ela respondeu que seria mais como acordar com uma farpinha num lugar estranho, o que arrancou mais risadas ainda.

"Perguntei como ela havia se tornado a Patrulheira Sarah, e ela contou que, como era diretora do programa, tinha permissão para escolher o próprio nome. Então, anunciei que, pela antiga lei inglesa, eu tinha o direito de desafiar a autoridade dela num julgamento por combate. Falei que resolveríamos aquilo no alvo de dardos. Cada um de nós teria uma jogada. Se eu acertasse mais perto do centro, poderia renomear nós dois. E avisei que escolheria Anaconda para mim e Perereca para ela. Sarah disse que eu ia perder e me contaria meu novo nome depois do jogo, e que em breve eu sentiria saudades dos dias em que era Vara.

"A essa altura todo mundo estava sério. E por 'sério' quero dizer 'rolando de rir no chão'. Claro que eu gostava das minhas probabilidades. Quando era estudante, passava mais tempo em bares jogando dardos do que em salas de aula fazendo anotações. Fiquei bem atrás e quase acertei na mosca sem nem sequer aquecer. De repente, todo mundo ficou em silêncio, impressionado com meus poderes.

"Sarah nem piscou. Ela puxou uma pequena machadinha do cinto, foi até a frente do alvo e a jogou. Ela não só acertou na mosca como dividiu o alvo ao meio. E me disse: 'Você nunca falou que eu tinha que lançar um dardo'. Bem, foi assim que me tornei John Poeteiro. Porque minhas habilidades no dardo eram quase poesia.

"E suponho que foi aí que tudo começou... a sensação de que pertencíamos um ao outro.

"Na época em que o acampamento começou oficialmente, Allie e a mãe mal se falavam. Allie, que tinha catorze anos, havia sido abandonada pelo seu terceiro terapeuta depois de jogar um peso de papel nas bolas dele. A menina tinha destruído o carro da mãe após levar alguns garotos para dar uma volta. Garotos mais velhos. Eu não saberia dizer quanto do comportamento dela era resultado de ter sido sequestrada pelo pai quando estava no terceiro ano, mas com certeza sua raiva ia muito além das coisas comuns da adolescência. Ela odiava a mãe por exercer qualquer controle sobre ela e estava furiosa por ter sido forçada a trabalhar como conselheira em treinamento. Aqueles primeiros dias foram feios. Allie se afastava das crianças para mexer no celular. Se não gostasse do que estavam servindo no refeitório, saía do acampamento e pegava carona até a cidade para se encontrar com amigos. Coisas assim.

"Sarah decidiu que Allie ia acompanhá-la numa caminhada de dois dias até o Poço de Jade... uma piscina de água gelada sob um penhasco de cinco metros e meio. Talvez ela tivesse decidido estrangular a filha e imaginado que seria mais fácil desovar o corpo na floresta escura e profunda. Elas precisavam de um terceiro adulto, então me convocaram. Lá fomos nós com doze crianças numa caminhada de quinze quilômetros, andando em meio a uma nuvem de mosquitos. Só posso dar graças a Deus pelas crianças serem surdas. Allie e Sarah trocaram palavrões o tempo inteiro. Quando Allie olhou para o telefone uma vez, Sarah o pegou. Allie deixava galhos baterem no rosto da mãe. As crianças sabiam que havia algo errado e ficaram cada vez mais agitadas.

"Quando chegamos ao Poço de Jade, as duas gritavam uma com a outra. Todos estavam queimados de sol e exaustos. Sarah estava furiosa com Allie por ter esquecido o repelente no ônibus, e Allie estava furiosa com Sarah por culpá-la pelo erro, e eu estava pronto para desistir. Ambas estavam paradas perto da beira do penhasco, e eu simplesmente não resisti. Peguei ambas pelo braço e as joguei lá embaixo, bem dentro do poço. E quer saber? Elas voltaram à superfície rindo... rindo e cuspindo água uma na outra.

"As duas ficaram me sacaneando pelo restante do passeio. Quando serviram cachorros-quentes, elas me passaram um belo absorvente fresco dentro de um pãozinho. Abriram o teto da minha barraca às duas da manhã e me encharcaram com água fria. E me borrifaram com spray de cabelo em vez de protetor solar. E sabe de uma coisa? Foi bom. A caminhada de volta foi tão boa quanto a de ida foi horrível. As crianças começaram a me proteger da Patrulheira Sarah e da Allie Castor-em-Treinamento. Sobretudo Nick. Acho que ele decidiu que era responsabilidade sua me proteger das loucas da sua família. Ele foi o meu guarda-costas pelo resto do verão.

"Houve mais um passeio no último fim de semana do acampamento. Aquela foi a noite em que Sarah abriu o zíper da minha barraca. Ela só disse uma coisa: 'Eu dei sorte e fiz tudo direitinho?'.

"Passamos quase exatamente um ano juntos como casal depois disso. Ela queria nadar na Grande Barreira de Corais. Gostaria que tivéssemos feito isso. Gostaria que tivéssemos lido livros um para o outro. Tivemos um fim de semana de momentos sensuais na cidade de Nova York enquanto o pai dela cuidava das crianças. Gostaria que tivéssemos tido mais. Gostaria que tivéssemos caminhado mais. Gostaria que não tivéssemos ficado tanto tempo sentados em frente à TV. Foi legal, nós nos abraçamos, rimos de Stephen Colbert e Seth Meyers, mas isso não cria muitas recordações. Fizemos coisas tão comuns e banais. Pedi pizza e joguei Trivial Pursuit com a irmã e o pai dela. Ajudamos as crianças com o dever de casa. Lavávamos pratos juntos mais do que fazíamos amor. Que tipo de vida é essa?"

— Vida real — disse Harper.

John não olhou para ela nenhuma vez enquanto contava a história do seu namoro. Em vez disso, encarava a própria sombra, que subia e descia em um movimento quase de maré enquanto a luz do fogo pulsava na fornalha aberta.

— Passo mais tempo pensando nas coisas que gostaria que tivéssemos feito do que nas coisas que *de fato* fizemos. É como se a gente tivesse aberto uma garrafa de vinho perfeita e cada um tomado um gole... e então um garçom desastrado derrubasse a garrafa no chão antes que pudéssemos beber mais.

"A primeira vez que ouvi falar do esporo foi num almoço da Sociedade de Micologia de Boston, três meses antes de Seattle." Ele não precisou explicar o que queria dizer com *Seattle*. Harper sabia que ele estava falando da Space Needle. "Um sujeito chamado Hawkins, que acabara de voltar da Rússia, apresentou um PowerPoint de quarenta minutos sobre o assunto. Não sei o que me assustou mais: as fotos ou o próprio Hawkins. Sua boca ficava seca toda hora. Ele bebeu meia jarra de água enquanto estava no palanque. E falava com uma voz tão baixa que todo mundo teve que se esforçar para ouvir o que estava dizendo. Só captávamos pequenos pedaços: 'vetores de doenças', 'pontos de contágio', 'combustão celular'. Enquanto isso, ele mostrava aquelas fotos de filme de terror de cadáveres carbonizados, só dentes e carne enegrecida. Vou te dizer, ninguém voltou até o bufê para repetir a comida, mas o bar com certeza estava cheio. Esse cara, Hawkins, encerrou dizendo que, embora houvesse apenas setenta e seis mortes conhecidas em Kamchatka como resultado direto do esporo, elas resultaram em incêndios florestais que acabaram com a vida de outras quinhentas e trinta pessoas. Houve quase oitenta milhões de dólares em danos às áreas urbanas, e os russos perderam aproximadamente dois mil hectares de uma das mais importantes áreas florestais do mundo. Hawkins falou que os três casos recentes no Alasca sugeriam que o patógeno podia ter um modo de transmissão diferente dos vírus tradicionais e que mais estudos eram necessários com urgência. Com base nos cálculos dele, duzentos e cinquenta mil doentes nos Estados Unidos facilmente levariam à morte de mais de vinte milhões de pessoas e transformariam uma área de cerca de dois milhões e meio de hectares num cinzeiro."

— Quanto é isso?

— Mais ou menos o tamanho de Massachusetts. Devo dizer que ele nos assustou muito na época, mas, em retrospecto, Hawkins era conservador demais. Suponho que seus cálculos não consideravam um colapso social tão grave que não sobraria ninguém para combater os incêndios.

"Mas, sabe... na hora do jantar, eu já tinha parado de pensar naquilo. Não demorou muito para que parecesse apenas outro dos possíveis, mas improváveis apocalipses deste século, como uma epidemia de gripe aviária que mataria bilhões de pessoas ou um asteroide que partiria o planeta ao meio. Você não pode fazer nada, e isso já está acontecendo com pessoas pobres do outro lado do mundo, e as crianças precisam de ajuda com o dever de casa, então você simplesmente para de pensar no assunto.

"Mas não *consegui* parar de todo. O esporo estava em todos os e-mails e nos trinta principais tópicos dos mais importantes fóruns da comunidade de micologia. Houve webinares e conferências, e também um comitê presidencial. Prepararam até um relatório para o Senado. Por um tempo, acompanhei por interesse acadêmico. Além disso, você me conhece, Enfermeira Willowes, sabe como gosto de me exibir. O que aprendi sobre o esporo me deu grande prestígio nos churrascos que fazíamos na vizinhança. Não acho que tenha me ocorrido que essa coisa poderia chegar à *nossa* vizinhança até que Manitoba começasse a pegar fogo e ninguém pudesse apagá-lo. Isso foi cerca de um mês antes dos primeiros casos em Boston.

"Mas do que adiantava saber? Se fosse uma praga como as outras, você se esconderia. Iria para a floresta. Pegaria seus entes queridos, se enfiaria em algum lugar, trancaria a porta e esperaria a infecção acabar. *Essa*, no entanto... Uma pessoa carregando o esporo poderia iniciar um incêndio que destruiria metade de um estado. Esconder-se na floresta seria como se esconder numa fábrica de fósforos. Pelo menos as cidades têm corpos de bombeiros.

"Posso dizer exatamente quando e como fiquei doente. Posso dizer onde estávamos quando *todos* pegamos a Escama de Dragão, porque é claro que estávamos juntos. Fizemos uma festinha para o trigésimo aniversário de Carol no início de maio. Sarah e eu tínhamos acabado de ir morar juntos. A casa tinha uma piscina pequena, embora estivesse tão frio que ninguém queria entrar, com exceção de Sarah. Não foi uma grande festa, apenas Tom, as crianças, Sarah, Carol, eu e um bolo sem glúten para a aniversariante.

"Sarah e eu muitas vezes tínhamos debates durante a madrugada sobre se Carol já havia transado ou não. Quando era mais nova, ela fora noiva por cinco anos de um jovem muito devoto que todos sabiam ser homossexual, exceto, aparentemente, Carol. Ele era, acho, um desses gays decentes e assustados que são atraídos pela religião porque esperam abafar os sentimentos homossexuais por meio da oração. Sarah me disse que não acreditava que eles tivessem dormido juntos, embora trocassem alguns e-mails bem apaixonados. Porém, enquanto o rapaz fazia residência num instituto teológico em Nova York, Carol apareceu lá de surpresa e pegou o noivo na cama com um estudante de dança cubano de dezenove anos.

"Perguntei a Sarah uma vez se ela achava que a *própria* Carol pudesse ser gay, e ela franziu a testa por um longo tempo e, por fim, respondeu que achava que Carol simplesmente odiava a ideia do sexo em si. Ela odiava a ideia de bagunça. Carol queria que o amor fosse como um sabonete: um esfoliante purificante e higiênico. Ela também disse que a irmã tinha plena posse do pai e que esse era o único homem que realmente importava para ela.

"Carol e Sarah podiam ser bastante desconfiadas uma da outra. Quando Sarah engravidou na adolescência, Carol enviou-lhe uma carta, repreendendo-a por ter partido o coração do pai e prometendo nunca mais falar com ela. E, de fato, Carol não falou com Sarah até Nick nascer. Sarah criou um lugar para a irmã mais nova na sua vida de novo, mas as coisas sempre foram difíceis entre elas. Carol competia por atenção de uma forma tão infantil que chegava a ser engraçado. Se Sarah estivesse ganhando no Scrabble, Carol teria um ataque de tosse, diria que havia entrado em contato com um alérgeno e obrigaria o pai a levá-la ao hospital. Se Sarah e Tom começassem a conversar sobre Victor Hugo, Carol insistiria que Sarah não apreciava de fato seus romances porque não os lera no original em francês. Sarah apenas ria desse tipo de coisa. Acho que ela sentia muita pena de Carol e se esforçava para fazer coisas boas para a irmã. Como a festa de aniversário.

"Eu estava juntando energia para entrar e pegar outra cerveja quando ouvi um grande baque... como algo pesado caindo de um caminhão muito distante, algo tão pesado que fez a água da piscina tremer. Todos olharam ao redor, até mesmo Nick, que sentiu a vibração nos pés.

"Sarah ficou na parte rasa, parecendo arrepiada e com os lábios azuis e linda, escutando com atenção para saber se haveria algo mais. Nick viu primeiro: uma torre de fumaça preta e grossa vinda do fim do quarteirão. Houve outro baque, e mais outro, e depois vários, próximos um do outro, altos o suficiente para sacudir as janelas e fazer os talheres saltarem das mesas.

"Sirenes soaram. Sarah disse que achava que era a drogaria da esquina e me pediu para ir até a rua e ver o que estava acontecendo.

"Muitos vizinhos tinham saído para as calçadas e estavam parados sob as árvores. A brisa mudou e soprou a fumaça rua abaixo. Ah, como fedia. Tinha o cheiro de pneus em chamas e ovo podre.

"Desci o quarteirão até chegar à drogaria. De um lado, havia uma parede pegando fogo. Uma mulher chorava na calçada, usando a camiseta para enxugar as lágrimas. Eu tinha um lenço, então entreguei a ela e perguntei se estava bem. A mulher respondeu que nunca tinha visto alguém morrer antes. Ela me contou que um cara de moto havia entrado na proteção de arame do lado de fora da drogaria, que ficava cheia de tanques de gás propano. Eles explodiram feito os maiores fogos de artifício do mundo. Alguém falou que foi um acidente e tanto, mas ela disse que não foi *só* isso. Disse que o cara estava pegando fogo *antes* de atingir os tanques de propano. Disse que era como o *Motoqueiro fantasma*. Disse que a viseira do capacete estava levantada e havia uma caveira em chamas ali... fogo e dentes sorridentes.

"Voltei para casa com a intenção de mandar todos entrarem. Não por qualquer motivo claro. Era apenas uma... apreensão vaga. Estavam exatamente onde os deixei, olhando para a fumaça. Estavam ali juntos na neve. Tinha começado a nevar, veja bem. Grandes flocos de cinzas como penas de ganso. Caindo no cabelo das pessoas. Caindo no bolo de aniversário.

"Semanas depois, Nick acordou Sarah e eu para nos mostrar a faixa no pulso. Ele nem perguntou o que era. Já sabia. Encontrei minha primeira marca naquela tarde. Em quatro dias, estávamos todos rabiscados com Escama de Dragão... todos menos Sarah."

8

— TODOS MENOS SARAH? — perguntou Harper.

— Uma história para outra noite, acho.

— Você deve sentir muita falta dela.

Sua voz havia diminuído e John encarava a fornalha aberta no outro lado do cômodo com olhos vazios e em transe. Então, despertou devagar, observou em volta e sorriu.

— Ela ainda está comigo.

A pulsação de Harper bateu forte na garganta.

— Como assim?

— Falo com ela quase todos os dias. — Ele estreitou os olhos, fitando com atenção a escuridão bruxuleante, como se imaginasse Sarah em algum lugar ali, do outro lado do galpão. — Sempre posso imaginar o que ela diria só para me irritar. Quando me faço uma pergunta, é a voz dela que responde. Somos ensinados a pensar na personalidade como algo singular e privado. Todas as ideias, crenças e atitudes que fazem você ser quem *é*... somos criados para pensar nelas como um conjunto de arquivos armazenados no cofre do seu cérebro. A maioria das pessoas não tem ideia de quanto de si mesmas armazenam *fora* do cérebro. Sua personalidade não é apenas uma questão do que você sabe sobre si mesmo, mas do que os outros sabem sobre você. Você é uma pessoa com sua mãe, outra com seu amante e outra com seu filho. Essas outras pessoas *criam* você... finalizam você... tanto quanto *você* cria você. Quando você se for, aqueles que ficaram para trás vão manter a mesma parte de você que sempre tiveram.

Ela franziu os lábios e exalou um suspiro sibilante. John estava falando de lembranças, não de fantasmas.

O olhar dele voltou para a escotilha aberta na lateral da fornalha, e Harper pensou: *Pergunte a ele sobre o que viu; pergunte a ele sobre o rosto.* Algum instinto cauteloso a impediu. Ela pensou que, se o pressionasse agora, ele iria se fazer de bobo, fingindo que não sabia do que ela estava falando. E havia, afinal de contas, outros assuntos mais importantes para serem tratados.

— Você mal tocou no café — disse ela. — Agora já esfriou.

— Isso é fácil de corrigir — falou o Bombeiro, erguendo a caneca de lata com a mão esquerda.

Os hieróglifos dourados que eram a Escama de Dragão brilharam. Sua mão se tornou um cálice de chamas. Ele girou a caneca lentamente entre os dedos e a bebida começou a fumegar.

— Eu gostaria que houvesse uma maneira de tratá-lo por gostar tanto de chamar atenção — disse ela.

— O quê, acha que estou me exibindo? Isso não é nada. Ontem, preso na cama, morrendo tanto de tédio quanto de dor no peito, aprendi sozinho a peidar anéis de fumaça em três cores diferentes. *Aquilo* foi impressionante.

— Que bom que alguém está se divertindo com o fim do mundo.

— O que a faz pensar que o mundo está acabando? — Ele parecia genuinamente surpreso.

— Definitivamente parece o fim do mundo para mim. Quinze milhões de pessoas estão infectadas. Maine é como Mordor agora, um cinturão de cinzas e veneno com centenas de quilômetros de largura. O sul da Califórnia é ainda pior. Na última vez que ouvi, o lugar estava pegando fogo de Escondido a Santa Maria.

— Merda. Eu sabia que não deveria ter adiado aquela viagem ao Universal Studios.

— Que parte do fim do mundo é engraçada para você?

— Todas. Sobretudo a noção arrogante de que o mundo vai acabar porque os humanos poderão não sobreviver a este século. Até onde sei, nunca fomos devidamente gratos por termos sobrevivido ao século passado. A humanidade é pior do que as moscas. Se vísceras secas sobreviverem às chamas, logo estaremos em cima delas. Brigaremos sobre a quem elas pertencem e venderemos os pedaços mais perfumados aos ricos e crédulos. Você tem medo de que seja o Fim dos Tempos porque estamos cercados pela morte e pela destruição. Enfermeira Willowes, você não sabe? A morte e a destruição são o ecossistema *preferido* do ser humano. Já leu sobre bactérias que vivem em vulcões, bem na beira de rochas em ebulição? Somos nós. A humanidade é um germe que prospera à beira da catástrofe.

— Para quem você faz esses discursos quando não estou por perto?

Ele latiu de tanto rir, depois se curvou e fez uma careta.

— A ideia de morrer rindo é mais romântica no conceito do que na realidade.

Ela se virou para encará-lo e cruzou as pernas como quem se prepara para meditar.

— Ensine-me a fazer o que você sabe fazer.

— O quê? Não. Não posso. Não adianta me perguntar como faço isso. Eu mesmo não entendo. Não posso ensinar você porque não há nada a ser ensinado.

— Meu Deus, você é um *péssimo* mentiroso.

Ele colocou a tigela de mingau de aveia no chão.

— Isso estava horrível. Foi como comer cola. Teria sido melhor pegar insetos da parte de baixo das rochas. O que você tem na sua bolsa de analgésicos? Preciso de algo poderoso para me nocautear. Não dormi mais de dez minutos seguidos nos últimos três dias.

Ela se levantou e vasculhou a bolsa de pano no chão. Voltou com dois saquinhos plásticos de Advil.

— Tudo que posso dar para você. Espere pelo menos seis horas antes de tomar o segundo...

— Em nome de Deus, o que é isso? — chorou ele. — *Advil?* Só *Advil*? Você não é uma enfermeira. É uma torturadora do terceiro mundo.

— Eu estou *desesperada*, sr. Rookwood. Está vendo aquela pequena sacola de compras? Há um kit de primeiros socorros ali. Ele contém mais da metade de todos os suprimentos médicos que tenho para cuidar de cento e cinquenta pessoas, incluindo um paciente idoso em coma com um buraco de um centímetro no crânio.

Ele lançou a ela um olhar abatido e exausto.

— Você precisa de suprimentos.

— E como. Gesso. Morfina. Antibióticos. Uma porrada de gaze para queimaduras. Anti-histamínicos. Pás para desfibriladores. Norma Heald tem artrite reumatoide e, numa manhã fria, mal consegue abrir as mãos. Ela precisa de hidroxicloroquina. Michael é diabético, e a sua insulina vai acabar em dez dias. Nelson Heinrich tem pressão alta e...

— Sim, sim, tudo bem. Entendi. Alguém precisa roubar uma farmácia.

— Alguém precisa roubar uma *ambulância*.

— Sim, suponho que isso daria conta do recado, não? — Ele tocou a lateral do corpo com cuidado. — Vou precisar de quatro ou cinco dias antes de estar pronto. Não, é melhor esperar uma semana. Estou muito dolorido e cansado para fazer o que precisa ser feito agora.

— Você não vai estar pronto para ir a lugar algum por duas a quatro semanas. Duvido que, no seu estado atual, consiga caminhar até a capela.

— Ah, eu não vou pessoalmente. Vou mandar a minha Fênix. Agora escute. Tem uma casa...

— O que isso significa, mandar uma fênix? — Enquanto falava, Harper se lembrou do amigo do Homem Marlboro, Marty, meio balbuciando: *Um maldito pássaro de fogo gigante, com quase dez metros de uma ponta à outra, mergulhou na direção deles. Chegou tão perto que os sacos de areia pegaram fogo!*

— Ah, outra das minhas pequenas brincadeiras. Alguns fogos de artifício para impressionar os nativos e, felizmente, algo que consigo fazer de longa distância. Você e algumas mãos confiáveis vão precisar encontrar uma rua lateral bem longe do acampamento. A Verdun Avenue seria boa, fica em frente ao cemitério, e sei que a casa dez está vazia. Estacione na entrada da garagem e...

— Como sabe que a casa dez está vazia?

— Sarah e eu morávamos lá. Daqui a uma semana, quero que ligue para o telefone de emergência. Use um celular, acho que Ben tem uma coleção deles. Diga que seu querido pai está tendo um infarto. Quando perguntarem, prometa que não tem Escama de Dragão. Diga a eles que você precisa de uma ambulância e espere.

— Não vão mandar uma ambulância sem escolta policial.

— Sim, mas não se preocupe. É para isso que serve a Fênix... meu pequeno show de luzes. Quando estacionarem na frente da casa, providenciarei para que todos sejam afugentados e você possa escapar com os suprimentos necessários. Eu gostaria que pudesse simplesmente ir embora com a ambulância, mas...

— Terá um localizador. Ou alguma outra maneira de rastrear o veículo.

— Exato.

— Não quero que ninguém se machuque. As pessoas na ambulância estão arriscando a vida para cuidar dos outros.

— Ninguém vai se machucar. Vou assustá-los, só isso.

— Odeio pedir ajuda a você. Você sempre faz isso. Transforma coisas que não precisam ser misteriosas num mistério, porque gosta de ser o centro das atenções. Só para ter uma ondinha.

— Não me negue os pequenos prazeres. Você vai conseguir tudo o que deseja. Não há razão para que eu não possa ter um pouco do que desejo também.

— Não vou conseguir *tudo*. Se eu pudesse fazer o que você faz, não *precisaria* implorar pela sua ajuda. Por favor, John. Não pode ao menos *tentar* me ensinar?

Seu olhar passou dela para a fornalha e voltou.

— É melhor pedir a um peixe que lhe ensine a respirar debaixo d'água. Agora vá embora. Minhas laterais estão doendo e preciso dormir um pouco. Não volte sem cigarros.

— Você tentou ensinar *ela*? Sarah?

O Bombeiro pareceu se encolher. Por um instante, houve tanto choque e dor nos seus olhos que foi como se ela tivesse lhe dado um soco nas costelas.

— Não. Eu não. — E isso foi, Harper pensou mais tarde, um tipo estranho de negação. Ele se esticou, virando-se sobre o lado bom, de modo que ela encarou a curva ossuda de suas costas. — Você não tem outros pacientes? Dê a outra pessoa o bálsamo calmante dos seus modos ao leito, Enfermeira Willowes. Já aguentei o bastante.

Harper se levantou e calçou os sapatos. Fechou o zíper da parca. Pegou a bolsa. Ela parou com a mão na maçaneta.

— Passei três horas escondida num armário hoje, com meu ex a menos de três metros de mim. Passei três horas ouvindo-o falar sobre as coisas que fez aos doentes. Ele e seus novos amigos. Três horas ouvindo-o falar sobre as coisas que faria comigo se tivesse a chance. Do ponto de vista deles, *nós* somos os vilões da história. Se ele me vir novamente, vai me matar. Se tivesse oportunidade, mataria todos no acampamento. E depois de fazer isso, sentiria que teve um bom dia de trabalho. Na cabeça de Jakob, ele é aquele sujeito com chapéu de cowboy de *The Walking Dead*, exterminando os zumbis.

O Bombeiro não disse nada.

Ela continuou:

— Você me salvou uma vez. Ficarei em dívida com você pelo resto da minha vida, por mais longa que seja. Mas, se eu morrer nos próximos meses, sendo que poderia ter me ensinado a ser como você... a me proteger? Seria como se você tivesse se escondido na floresta naquela noite e deixado Jakob me matar.

As molas da cama rangeram desconfortavelmente.

— Vou viver para ter esse bebê. Se Deus puder me ajudar a sobreviver nos próximos três meses, vou rezar. Se Carol Storey puder me manter viva, cantarei "Kumbaya" com ela até a garganta ficar rouca. E se você puder me ensinar algo útil, sr. Rookwood, até vou tolerar sua atitude superior, sua falta de educação e suas palestras de filosofia incompletas. Mas não imagine nem por um minuto que vou desistir. Você tem um remédio que garante a sobrevivência. Eu o quero. — Ela abriu a porta. O vento gemia em um tom ao mesmo tempo aterrorizante e melódico. — Outra coisa. Eu não disse que não tinha cigarros. Disse que não tinha cigarros *para você*. E *não* terei... até que assuma sua posição de professor e me dê minha primeira aula sobre como sobreviver à combustão espontânea. Até esse dia, os cigarros vão ficar na minha sacola de compras.

Quando ela fechou a porta, John começou a gritar. Harper aprendeu algumas obscenidades novas no caminho de volta ao barco. *Boceta rascante* foi uma boa. Ela teria que guardar aquele palavrão para uma ocasião especial.

9

HARPER NÃO SABIA QUE havia alguém à sua espera no cais até o barco chegar lá e uma pessoa se abaixar para pegar a proa.

— Quer ajuda, Enfermeira? — Jamie Close ofereceu a mão.

Era como se a própria escuridão estivesse falando. Harper mal conseguia distinguir a silhueta atarracada e corpulenta de Jamie contra os pinheiros ondulantes e pretos e o turbilhão preto de nuvens pretas em um céu preto. Havia mais alguém com ela, dando um nó na frente do barco. Allie. Harper a reconheceu pelo corpo ágil e juvenil e pela graça rápida.

A Enfermeira pegou a mão de Jamie e hesitou. A sacola de pano com suprimentos fora enfiada sob o banco em que ela estava sentada, contendo rum, cigarros, café instantâneo e chá, entre outras coisas. O que era dela pertencia a todos, de acordo com as antigas regras do acampamento... mas ela estava escrevendo as próprias regras agora. Se bebidas alcoólicas e cigarros pudessem comprar os segredos do Bombeiro, então o acampamento teria que ficar sem eles.

Harper enfiou a mão debaixo do assento e tirou o kit de primeiros socorros de cima do saco. Ela se levantou, deixando o restante para trás.

A mulher olhou além de Jamie, tentando chamar a atenção de Allie, mas a garota já havia se levantado e virado as costas. Ela tremia — de raiva, pensou Harper, não de frio. Allie estava com o rifle pendurado no ombro. Jamie também.

— Desculpe por não ter voltado antes, Allie. Entendo se estiver com raiva de mim. Se estiver em qualquer tipo de apuro, falarei com Ben, Carol ou quem quer que seja, e farei com que eles vejam que você não teve responsabilidade alguma. Mas não acho que deveria estar em apuros. Eu disse que ia ver o Bombeiro e que voltaria, e foi o que fiz. Mais ou menos.

— Mas deixou de fora a parte de ir para casa primeiro, não é, Enfermeira? — perguntou Jamie.

Então, elas sabiam que Harper havia feito um desvio no caminho para a ilha do Bombeiro. Ela ficou perto das árvores enquanto saía do acampamento, mas olhou para trás uma vez e imaginou se Michael, na torre da igreja, conseguia vê-la. O olho no campanário vê tudo.

— Estavam faltando suprimentos essenciais na enfermaria. Felizmente, eu sabia que poderia conseguir o que precisava no meu porão.

As duas ficaram uma de cada lado dela. Aquilo pareceu a Harper uma escolta policial acompanhando um prisioneiro até o tribunal.

Jamie disse:

— Foi muita sorte. Sabe o que mais foi sorte? Você não ter sido espancada até a morte com tacos de sinuca. A gente *teve* sorte também. Teve sorte de eles não seguirem seus rastros, entrando na floresta e voltando para o acampamento. Ah, é. A gente viu eles. O Esquadrão de Cremação que apareceu logo depois de você. Nós duas estávamos com os rifles, mas Allie falou que eu é que teria que atirar em você. Ela não suportava a ideia de fazer isso. A gente se escondeu na floresta, de olho, até o sol se pôr. Depois, não fazia mais sentido continuar.

Harper e as acompanhantes saíram dos abetos e chegaram ao lado do campo de futebol, que se tornara uma cesta coberta de neve cheia de brilho lunar. Harper não sabia determinar se a dor latejante no seu abdômen era uma câibra de tensão ou se o bebê havia enfiado o calcanhar nela.

— Allie — falou ela. — Desculpe por tê-la assustado. Não deveria ter feito você passar por nada disso. Mas tente entender, não suporto a ideia de colocar uma criança em perigo quando é algo que eu mesma posso fazer. E você é uma criança. Todos vocês, Vigias, são crianças.

— Mas você *colocou* a gente em perigo. Colocou o *acampamento* inteiro em perigo — retrucou Jamie.

— Tive cuidado. Eles não teriam encontrado meus rastros.

— Eles não precisavam encontrar rastro algum. Só precisavam encontrar *você*. Talvez ache que não diria nada, mas é engraçado como um taco de sinuca na boceta deixa alguém mais falante. Não deveria ter ido. *Sabia* que não deveria ter ido. E o que deixou Allie mais chateada foi saber que ela não deveria ter deixado você ir. A gente prometeu manter as pessoas seguras. Manter os idiotas bem-intencionados como você no acampamento, sob vigilância. Todos os Vigias prometeram à Mãe Carol…

— Mãe *QUEM?* Ela não é mãe *de ninguém*, Jamie. — Harper achou que Mãe Carol e os Vigias parecia uma banda que poderia ter tocado no Lilith Fair em 1996.

— Prometemos a ela, e prometemos uns aos outros, e estragamos tudo. Carol ficou furiosa quando soube que você tinha saído. Como se o que ela passou não fosse suficiente.

— Tá bom. Você já disse o que tinha a dizer. Fale para Carol que entregou a mensagem dela e, da próxima vez que eu estiver com vontade de respirar ar fresco, vou tentar deixar um bilhete para ela. E Allie, pode parar de me ignorar. Estou um pouco velha demais para ficar impressionada com isso. Tem algo a dizer? Faça-me um favor e fale logo.

Allie virou a cabeça e olhou para Harper com olhos marejados e acusadores. Jamie bufou.

— O quê? — perguntou Harper.

— *Você* acha que está em apuros. Mas isso não é nada comparado à avalanche de merda que Allie está enfrentando por ter deixado você ir. Ela está pagando penitência por isso agora. Pediu uma chance de se redimir, e a Mãe Storey deu a ela.

— Como? Fez voto de silêncio?

— Não exatamente. Você se lembra do que o Pai Storey costumava fazer? Aquela coisa de chupar uma pedra quando precisava pensar?

A neve guinchava sob seus pés enquanto subiam a colina. Harper precisou contar até três para entender aquilo. Fora uma longa noite.

— Você só pode estar de brincadeira.

— Não estou. Allie está com uma pedra na boca para refletir sobre seus erros e se concentrar novamente nas suas obrigações. A última vez que baixamos a guarda, alguém pegou uma pedra e a usou para esmagar a cabeça do Pai Storey. Todos nós carregamos pedras agora, para lembrar. — Jamie tirou uma das mãos do bolso e mostrou a Harper uma pedra do tamanho de uma bola de golfe.

— Ah, pelo amor de Deus. Então, por quanto tempo vai andar por aí chupando essa coisa, Allie? — perguntou Harper a ela, como se houvesse alguma esperança de resposta.

Allie parecia querer cuspir a pedra na cara de Harper.

— Tudo depende de você, não é? — falou Jamie. — Bem, você não estava na reunião quando concordamos que precisava haver consequências para as pessoas que pensam que estão acima das regras. Ninguém está muito chateado com você. Mikey viu você remando até a ilha do Bombeiro, então já faz um tempo que sabemos que estava em segurança. Ben e a Mãe Storey conversaram e concordaram que não seria justo dar grande importância ao fato de você ter saído do território seguro. Ao mesmo tempo, Carol temia que o restante do acampamento pudesse ficar com raiva se você não precisasse obedecer às mesmas regras que todos os outros. Então, eles tomaram uma decisão, e Allie concordou. Allie só precisa carregar a pedra na boca até que *você* a tire dela. E *você* só precisa carregá-la na boca por…

— Jamie, agradeço por ser tão direta comigo. Mas vocês precisam saber que, não importa o que pensam ter decidido, nunca vou chupar uma pedra num ato medieval de penitência. Se acham que sim, então Carol não é a única louca de pedra neste lugar.

Elas apareceram no canto sudeste da capela, perto dos degraus que levavam ao dormitório feminino no porão. Três Vigias estavam sentados em troncos, cantando um hino rústico e curiosamente brutal: "Eles o penduraram na cruz". Seus olhos brilhavam como moedas de latão, e a Escama de Dragão nas mãos expostas brilhava como renda ardente, banhando a neve com uma luz carmesim. A respiração deles saía dos lábios em fios de vapor vermelho. Todos pareciam famintos, com ossos aparentes nos rostos. Mãos finas, pescoços finos, têmporas encovadas, cortes de cabelo de campo de concentração. Uma noção aleatória ocorreu a Harper: *Quando você está de estômago vazio, sua cabeça também fica vazia.*

— Bem, espero que mude de ideia, Enfermeira. Porque a contrição de Allie não termina até que a sua comece.

— Allie — disse Harper. — Assumo a responsabilidade pela bosta que fiz. Responsabilidade *total*. Isso significa que, se quiser bancar a mártir, é com você. Não estou obrigando-a a fazer isso. — Ela lançou um olhar de soslaio para Jamie e acrescentou: — E ninguém vai *me* obrigar a fazer isso também. É degradante e infantil. Se alguém quiser que eu descasque batatas ou esfregue panelas, não tenho medo de arregaçar as mangas. Mas não vou participar desse ato grotesco de autodegradação, obrigada.

— Allie está pronta para fazer o que for necessário para consertar as coisas. As pessoas admiram você, Enfermeira... com certeza seria bom se fizesse o mesmo. Allie fica feliz em servir de exemplo, pelo tempo que for necessário.

— Ou até o jantar.

— Não. É aí que você se engana. Se não tirar a pedra de Allie e carregá-la na sua boca, ela permanecerá durante o desjejum, o almoço e o jantar... embora deva se lembrar que nós, Vigias, desistimos do *nosso* almoço há algum tempo, para que gente como *você* pudesse comer. Acho que Allie terá que tirá-la e colocá-la debaixo do travesseiro quando for dormir, mas é só.

— Não sei qual de vocês é pior. Ela com a boca cheia de pedra, ou você com a boca cheia de merda. — Harper parou de andar, deu as costas para Jamie Close e falou com Allie com as mãos.

"Pare com isso", disse ela, na linguagem silenciosa que Nick lhe ensinara.

Allie encarou Harper com olhos frios e odiosos. Ela só aprendera a soletrar com os dedos, por isso a resposta veio em um fio lento que Harper teve que fazer soar na mente:

V-O-C-Ê

S-A-B-E

C-O-M-O

M-E

F-A-Z-E-R

P-A-R-A-R.

A última parte da declaração envolveu o uso do dedo médio de Allie e era amplamente conhecida até mesmo por pessoas que não haviam estudado linguagem de sinais.

LIVRO CINCO

PRISIONEIROS

1

Do diário de Harold Cross:

30 DE JUNHO

DE VOLTA DO CHALÉ. NÃO DEVERIA TER COMIDO AQUELE TERCEIRO HOT POCKET. FIQUEI ME SENTINDO MEIO MAL E ATÉ OS MEUS MALDITOS PEIDOS ENFUMAÇADOS CHEIRAM A PEPPERONI.

NOTÍCIAS INTERESSANTES DE CÓRDOBA. DUZENTOS INFECTADOS MORTOS NUM MOSTEIRO JESUÍTICO EM ALTA GRACIA, CORPOS ENTERRADOS NUMA COVA RASA PELOS MILITARES. O DR. BÁ FOI CAPAZ DE RECUPERAR QUATRO CADÁVERES, INCLUINDO O CORPO DE EL HORNO DE CAMINAR, QUE SOZINHO ENFRENTOU O ATAQUE DOS MILITARES POR MAIS DE UMA HORA CRIANDO UM TIPO DE TORNADO FLAMEJANTE, UM ATO QUE PERMITIU QUE QUASE MIL PESSOAS COM ESCAMA DE DRAGÃO ESCAPASSEM PARA A FLORESTA. PARECE ALGUÉM QUE CONHECEMOS? TRADUZINDO, EL HORNO DE CAMINAR SIGNIFICA "O FORNO AMBULANTE".

O DR. BÁ TEVE A OPORTUNIDADE DE TRABALHAR NOS CORPOS RECUPERADOS E ME ENVIOU POR E-MAIL SUAS CONCLUSÕES PRELIMINARES. COISAS INTERESSANTES. ELE FEZ A AUTÓPSIA DO CÉREBRO DE UMA CRIANÇA RECENTEMENTE INFECTADA, QUE MOSTROU APENAS UMA PEQUENA PRESENÇA DO ESPORO NOS SEIOS CEREBRAIS E NO REVESTIMENTO DA MEMBRANA DO CÓRTEX CEREBRAL. MAS O BOMBEIRO ARGENTINO ESTAVA INFECTADO HAVIA MUITO MAIS TEMPO E O *DRACO INCENDIA TRYCHOPHYTON* PENETROU PROFUNDAMENTE NO SEU GIRO TEMPORAL SUPERIOR.

NOS PRIMEIROS DIAS DA PRAGA, EL HORNO DE CAMINAR DEU UMA ENTREVISTA A UM BLOG DE MEDICINA ALTERNATIVA E EXPLICOU COMO CONSEGUIA CONTROLAR O FOGO SEM SE MACHUCAR. "VOCÊ PODE PEDIR AO ESPORO PARA MANTÊ-LO SEGURO, MAS PRIMEIRO DEVE ESQUECER A PRÓPRIA VOZ. PODE PEDIR QUE ELE LUTE POR VOCÊ, MAS DEVE PEDIR COMO UM SUPLICANTE SEM LINGUAGEM." PROVAVELMENTE UMA TRADUÇÃO CAGADA, MAS ME PARECEU INTERESSANTE. O GIRO TEMPORAL SUPERIOR CONTÉM A ÁREA DE WERNICKE, UM DOS LUGARES RESPONSÁVEIS PELO DISCURSO. SINTO QUE ELE EXPLICOU TUDO, MAS AINDA NÃO ENTENDI NADA.

2

HARPER LIA O DIÁRIO no banheiro, com a porta trancada, para evitar que alguém a encontrasse com ele. Ela se sentia um pouco como uma adolescente vendo uma obra pornográfica com a boca seca e o coração palpitando.

Quando, enfim, voltou para a enfermaria, ao brilho leitoso do amanhecer, viu uma pedra branca ao pé da sua cama, com uma folha de papel embaixo dela. QUANDO VOCÊ VAI TOMAR SEU REMÉDIO?, alguém havia escrito.

O Pai Storey dormia em uma cama e Nick na outra. Com os dois adormecidos na mesma posição e com o mesmo olhar carrancudo de concentração no rosto, era impossível não ver a grande semelhança familiar. A criança ainda estava dentro do Pai Storey em algum lugar, como uma mosca perfeitamente preservada em uma gota de âmbar. Por sua vez, Nick se tornaria o velho, um sobretudo largo que o menino estaria pronto para vestir em seis décadas.

Harper olhou para a cortina da sala de espera, para ter certeza de que não estava sendo observada, e colocou o caderno de volta no teto. Então pegou a pedra e foi para a sala ao lado.

Mindy Skilling, uma garota bonita, mas de aparência doente agora, de cerca de vinte anos, estava de guarda. No mês anterior, Harper tinha tratado uma infecção urinária em Mindy. A garota lançou à Enfermeira um olhar marejado e cheio de pena. Ela tinha um rosto adorável e expressivo — olhos brilhantes e cílios longos e curvados —, e Harper lembrou que, em uma vida anterior, Mindy havia estudado para ser atriz.

— Você colocou isso na minha cama? — Harper estendeu a pedra.

Mindy balançou a cabeça, negando.

— Quem foi?

— Você não se sentiria melhor — perguntou ela — se acabasse logo com esse castigo? Sei que Allie se sentiria melhor. — Seus olhos se arregalaram em inspiração repentina. Ela foi para a beira do sofá. — E se você colocar a pedra na boca por cinco minutos? Eu diria a todos que foi por meia hora.

— Nem por cinco segundos — respondeu Harper. — Ah, e Mindy? Na próxima vez que estiver com a bexiga infectada...

Mindy a fitou com olhos apreensivos, prontos para serem magoados.

Você pode ir se foder, pensou Harper, mas na vida real apenas suspirou e disse:

— Esquece. — E voltou para a enfermaria.

Ela realmente não tinha o temperamento certo para comentários maldosos. Nas poucas vezes na vida em que falou coisas desagradáveis a alguém, ficou com um gosto ruim na boca. Uma pedra não ia ter um gosto pior.

3

HARPER LEVOU UMA NOVA bronca — e pior — na noite seguinte, durante a primeira refeição.

Já havia uma fila, que ia até o meio do refeitório, quando ela saiu do escuro, a neve derretendo no cabelo. Ela havia corrido da enfermaria, com o vento estridente nas costas durante todo o caminho. Não conseguia sentir as orelhas e ficou desesperadamente faminta quando sentiu o cheiro de xarope de bordo e aveia.

Metade do acampamento já estava sentada, e a sala, cheia de conversas e colheres raspando em tigelas. O barulho era tanto que, no início, Harper não ouviu Gail Neighbors, não sabia que alguém estava falando com ela até Gillian Neighbors cutucá-la nas costelas para chamar sua atenção.

As gêmeas Neighbors estavam logo atrás dela, lado a lado. Ambas usavam blusas de gola alta vermelha combinando, uma escolha infeliz de vestuário que sugeria uma semelhança com o Coisa Um e o Coisa Dois do livro do Dr. Seuss.

— Allie não comeu o dia todo ontem — disse Gail. Harper tinha quase certeza de que era Gail quem falava, era ela quem tinha o queixo pontudo.

Harper lhes deu as costas.

— Se Allie não quiser comer, a decisão é dela. Ninguém a está fazendo morrer de fome.

Uma das irmãs puxou sua manga, e Harper teve que olhar para trás.

Gillian parecia muito menos amigável do que Gail. Os lábios formavam uma fina linha branca. A cabeça não fora raspada recentemente, e o couro cabeludo estava azulado com o cabelo curto.

— É verdade que só lhe custaria meia hora com a pedra para corrigir seu erro? — perguntou Gillian.

— Isso e a minha dignidade.

As duas irmãs não responderam. Harper lhes deu as costas mais uma vez. A fila avançou devagar.

— Você é mesmo uma vadia arrogante — disse uma delas baixinho.

Desta vez, Harper não olhou para trás.

— Sabe, algumas pessoas acham que... — falou a outra, mas foi calada pela primeira.

Harper não se importava com o que algumas pessoas achavam e permaneceu calada.

Ela não sabia que Allie estava de serviço no refeitório, servindo colheradas de aveia, até chegar ao balcão. Pela maneira como a garota franzia os lábios, Harper percebeu que ela ainda estava com a pedra na boca.

Allie ergueu a cabeça e encarou Harper com olhos lacrimejantes e odiosos. Então enfiou a mão embaixo do balcão, encontrou um pedaço de granito liso em forma de ovo, colocou-o em uma tigela e estendeu-o para ela.

Harper largou a bandeja e foi embora, as irmãs Neighbors gritavam de tanto rir.

4

TARDE DA NOITE — ou de manhã cedo, dependendo de como se quisesse encarar a situação —, Nick dava aulas de como falar sem palavras, e Harper era sua aluna atenta, na solitária sala de aula da enfermaria.

Se alguém tivesse perguntado por que Nick estava na enfermaria, em vez de ficar com a irmã no dormitório feminino ou com os homens no dormitório masculino, Harper teria dito que queria mantê-lo sob observação. Ela alegaria que estava preocupada com uma hérnia inguinal de desenvolvimento tardio, como resultado da sua apendicectomia no verão. A palavra *inguinal* seria assustadora o suficiente para calar qualquer outra pergunta. Mas não houve perguntas, e Harper suspeitava que poucas pessoas se preocupavam em saber onde Nick dormia. Quando você não tinha voz, não tinha identidade. A maioria das pessoas prestava tanta atenção aos surdos quanto às próprias sombras.

Eles estavam sentados frente a frente na cama de Nick, de pijama. Harper mantinha três botões desabotoados abaixo dos seios para mostrar o globo rosado da sua barriga, e, quando terminaram de praticar os sinais, Nick tirou a tampa de uma caneta e desenhou uma carinha sorridente ali.

Como ela vai se chamar?, perguntou Nick. Ele tentou formar a frase em linguagem de sinais, mas Harper perdeu o fio da meada e o garoto teve que escrever.

"Um menino", respondeu ela com as mãos.

Ele pressionou as palmas das mãos na protuberância redonda da sua barriga, fechou os olhos e inalou suavemente. Então sinalizou:

"Tem cheiro de menina."

"Como é o cheiro das meninas?", indagou ela, as mãos encontrando as palavras de maneira automática — fato que produziu uma pequena faísca de orgulho.

Nick lançou um olhar confuso a ela e escreveu: *como açúcar e tempero e tudo que há de bom, dã.*

Você não consegue sentir o cheiro de uma menina, escreveu ela de volta.

Pessoas que perderam 1 sentido, rabiscou ele, *ficam com os outros mais fortes. Não sabia disso? Sinto cheiro de MUITAS coisas que outras pessoas não sentem.*

Como o quê?

Como se ainda houvesse algo erado dentro do Pai Storey. Agora o seu olhar estava solene e não piscava. *Ele cheira mal. Tem um cheiro...* <u>*doce demais*</u>. *Como flores quando apodrecem.*

Harper não gostou daquilo. Ela conheceu um médico na escola de enfermagem que afirmava sentir o cheiro da morte, que a ruína do corpo tinha uma fragrância particular. O homem insistia que era possível sentir o cheiro no sangue de alguém: um odor de coisas estragando.

O lençol cor de musgo entre a enfermaria e a sala de espera balançou, e Renée Gilmonton passou por ele, segurando uma tigela coberta com papel-alumínio.

— Norma me mandou trazer um pouco de mingau de aveia para o garoto doente — disse Renée, indo até a cama de Nick e afundando no colchão, bem em frente a Harper. Renée enfiou a mão em um bolso da sua parca e encontrou outra coisa embrulhada em papel-alumínio. — Achei que ele não seria o único menininho que poderia estar com vontade de fazer um lanche — falou, acenando para a barriga distendida de Harper.

Harper quase esperava encontrar uma pedra dentro do papel-alumínio. *Enfia isso na boca, vadia*, Renée diria a ela, *e então fique de joelhos e se arrependa para a Mãe Carol*. Mas é claro que não era uma pedra, ela percebeu antes mesmo de retirar o papel-alumínio, só pelo peso. Renée lhe trouxera um biscoito com uma improvável mancha de mel no meio.

— Allie deveria ter vergonha — comentou Renée. — Dando a você uma pedra em vez de café da manhã. Você está no segundo trimestre. Não pode pular refeições. Não estou nem aí para o que ela pensa que você fez.

— Eu a decepcionei. Ela confiou em mim para não fazer algo idiota, e ferrei com ela.

— Você estava tentando conseguir suprimentos médicos para cuidar dos pacientes. Estava tentando conseguir suprimentos médicos *na sua casa*. Ninguém pode proibi-la de voltar para casa. Ninguém pode tirar seus direitos.

— Não sei, não. O acampamento votou para colocar Ben e Carol no comando. Isso é democracia, não tirania.

— O caralho que aquilo foi uma eleição de verdade. Eles votaram depois de uma hora cantando e todos ficaram desorientados na Iluminação. A maior parte do grupo estava tão zonza que teria votado numa cartola acreditando estar elegendo Abraham Lincoln.

— As regras...

Renée balançou a cabeça em um indicativo de discordância.

— Não se trata de regras. Você não sabe disso? Trata-se de controle. Você foi para casa buscar suprimentos médicos... para *ajudar* as pessoas. Para ajudar o próprio pai de Carol! Seu verdadeiro crime não foi quebrar uma regra sobre deixar o acampamento. Seu *verdadeiro* crime foi decidir por si mesma o que seria melhor para as pessoas sob seus cuidados. Só que agora Carol e Ben decidem o que é melhor para as pessoas do Acampamento Wyndham. Carol diz que falamos numa só voz. O que ela não diz é que a voz é *dela*. Hoje em dia só tem uma música para cantar: a música de Carol. E se você não estiver em harmonia, pode enfiar uma pedra na boca e ficar calado.

Harper olhou de soslaio para Nick, que estava curvado sobre a tigela de mingau de aveia sem lhes dar atenção e, naquele momento, sem mostrar qualquer sinal da dor de barriga que o levara à enfermaria.

— Seria melhor se um Esquadrão de Cremação não tivesse aparecido enquanto eu estava em casa — disse Harper. — Se tivessem me encontrado, teriam me feito abrir a boca antes de me matar. Meu marido estava com eles. Meu ex. *Ele* teria me feito abrir a boca. Posso ver isso na minha cabeça. Posso imaginá-lo me fazendo perguntas com uma voz muito calma e razoável, enquanto usa uma tesoura de jardinagem para arrancar meus dedos.

— Sim. Bem. Essa parte é... Não sei o que pensar. Quero dizer, quais são as chances de aqueles homens aparecerem na sua casa enquanto você estava lá? É como ser atingida por um raio.

Harper considerou contar a Renée sobre o Homem Marlboro e a transmissão secreta — a estação de rádio que ele afirmava ouvir nos seus pensamentos, sua transmissão psíquica do futuro —, então decidiu que não queria pensar naquilo. Em vez disso, comeu o biscoito. No mel, sentiu gosto de jasmim, melaço e verão. Seu estômago roncou, um som tão alto quanto alguém deslizando móveis pelo chão, e as duas mulheres trocaram olhares de surpresa cômica.

— Eu gostaria de poder fazer algo para dizer a Allie que sinto muito — falou Harper.

— Você tentou pedir *desculpas* a ela?

— Sim.

— Então acabou e pronto. Isso deveria ser suficiente. Ela... ela não é mais a mesma, Harp. Allie e eu nunca nos demos tão bem, mas agora nem a reconheço mais.

Harper teria respondido, mas naquele momento estava comendo o restante do biscoito. Parecia grande na palma da sua mão, mas desapareceu com uma rapidez decepcionante.

— As contingências estão indo de mal a pior — continuou Renée. Harper pensou que ela estava brincando e foi pega de surpresa pelo desconforto que encontrou nos olhos da outra mulher. Renée lhe deu um sorriso cansado e torto e continuou: — Você perdeu uma bela cena na escola hoje de manhã. Dei às crianças um intervalo de vinte minutos depois da nossa pequena aula de História. Elas não podem sair, mas bloqueamos metade da capela com bancos para lhes dar algum espaço para correr. Notei Emily Waterman e Janet Cursory sussurrando juntas num canto. Uma ou duas vezes, Ogden Leavitt foi na direção delas, e as duas garotas o enxotaram. Bem, reuni todos depois do recreio para contar uma história, mas percebi que Ogden estava se sentindo triste, se esforçando para não chorar. Ele só tem sete anos e viu os pais morrerem... foram mortos tentando fugir de uma Patrulha de Quarentena. O menino só começou a falar de novo recentemente. Eu o peguei no colo e perguntei o que havia de errado, e ele disse que Emily e Janet eram super-heroínas e que ele queria ser um super-herói também, mas elas não queriam compartilhar com ele a rima mágica e ele achava que segredos eram contra as regras. Janet ficou com raiva e o chamou de dedo-duro, mas Emily empalideceu. Eu disse a Ogden que conhecia uma rima para superpoderes: *Abracadabra, alakazém, você tem superpoderes também!* Ele se animou e disse que agora podia voar, e eu pensei: *Bom trabalho, Renée Gilmonton, você salvou o dia de novo!* Tentei levar as coisas de volta à hora da história, mas então Emily se levantou e perguntou se poderia carregar uma pedra na boca porque tinha guardado um segredo. Falei que a regra só valia para segredos *sérios*, segredos de *adultos*, mas Emily parecia mal e disse que, se não se redimisse, não seria capaz de cantar junto na capela, e se você não cantasse e se juntasse à Iluminação, poderia pegar fogo. Aquilo assustou Janet, que também começou a implorar por uma pedra.

"Tentei tranquilizá-las. Disse-lhes que não tinham feito nada que precisasse ser redimido. Harper... elas estavam apenas sendo *crianças*. Mas então Chuck Cargill ouviu a comoção e se aproximou. Ele é um dos amigos de Allie e tem mais ou menos a idade dela. Faz parte dos Vigias, claro. E ele disse que era muito legal que elas quisessem fazer penitência como as crianças maiores e que, se cada uma carregasse uma pedra na boca por dez minutos, ficaria tudo bem. O rapaz pegou as duas pedras, e elas as chuparam durante todo o tempo da história, como se Cargill tivesse dado um pirulito para cada uma delas.

"Sabe qual é a pior parte, Harp? Assim que a hora da história acabou, Ogden correu até Chuck Cargill e falou que estava escondendo revistas em quadrinhos debaixo da cama e perguntou se ele também poderia fazer penitência. No final da aula, metade das crianças tinha pedras na boca... e Harp. Eles estavam *brilhando*. Seus olhos estavam brilhando. Como se estivessem todas cantando juntas."

— Ocitocina — murmurou Harper.

— Oxi*codona*? Isso não é um remédio para dor?

— O quê? Não. Não é nada. Esqueça.

— Você faltou à capela hoje — comentou Renée.

— Eu estava pensando numa maneira de alimentar o Pai Storey. — Harper acenou de volta para o idoso. Havia uma bolsa plástica com suco de maçã pendurada na luminária de chão ao lado da cama. O tubo dava duas voltas antes de desaparecer na sua narina.

Renée falou:

— Agora é diferente, sem o Pai Storey.

— Diferente como?

— Antes, quando todo mundo se juntava à Iluminação, era tipo... bem, todo mundo comparava a estar um pouco bêbado, não é? Como tomar alguns goles de um bom vinho tinto. Agora é como se a congregação estivesse entornando potes de uma aguardente barata e imunda. Eles cantam até ficarem roucos e depois só... *zunindo* por algum tempo. Ficam ali balançando e zunindo, com os olhos ardendo.

— Zunindo? — perguntou Harper.

— Como abelhas numa colmeia. Ou... ou como moscas perto de animais atropelados. — Renée estremeceu.

— Isso também acontece com você?

— Não — respondeu ela. — Tive dificuldade de participar. Don Lewiston também. E alguns outros. Não sei por quê.

Mas Harper achava que *ela* sabia. Quando leu pela primeira vez as anotações de Harold Cross sobre a ocitocina, pensou, aleatoriamente, em soldados no deserto e cruzes queimadas durante a noite. Não tinha visto a conexão então, mas via agora. A ocitocina era a droga que o corpo usava para recompensar alguém por obter a aprovação da sua tribo... mesmo que a tribo fosse a Ku Klux Klan ou um esquadrão de fuzileiros navais que humilhava prisioneiros em Abu Ghraib. Se você não fizesse parte da tribo, não receberia a recompensa. O acampamento estava se dividindo, de forma orgânica, natural, entre aqueles que faziam *parte* dele... e aqueles que eram ameaças.

Renée olhou, desconsolada, para o outro lado da sala e, com a voz vaga e distraída, disse:

— Às vezes, acho que seria melhor se, um dia desses, nós apenas...

A voz dela sumiu.

— Nós apenas... o quê? — perguntou Harper.

— Apenas pegássemos um dos carros e alguns suprimentos e partíssemos. Reunir as últimas pessoas sensatas no acampamento e correr. Ben Patchett escondeu as chaves dos carros em algum lugar, mas não precisaríamos nos preocupar com isso. Teríamos Gil, e ele pode... — Ela se conteve e ficou em silêncio.

— Gil?

— Gilbert. O sr. Cline.

Renée tinha uma expressão ensaiada e falsamente inocente. Harper não se deixou enganar nem por um instante. Algo provocou sua memória, uma cócega terrível na mente, e então ela se lembrou. No verão, quando Renée Gilmonton era paciente no Portsmouth Hospital, contou a Harper que fora voluntária na prisão estadual, onde organizou um grupo de leitura.

— Vocês dois se conhecem? — questionou Harper. A resposta estava nos olhos brilhantes e assustados de Renée.

Renée olhou para Nick, que agora estava sentado com a tigela vazia no colo, observando as duas com atenção.

— Ele não lê lábios — comentou Harper. — Não de verdade.

Renée sorriu para o menino, bagunçou seus cabelos e disse:

— Fico feliz em ver que ele está se recuperando daquela dor de barriga. — Ela ergueu o queixo, encontrou o olhar de Harper e falou: — Sim, eu o reconheci no momento em que o vi. Bem, New Hampshire é um estado pequeno. Seria um choque se alguns de nós não nos conhecêssemos das nossas vidas anteriores. Ele fazia parte do meu clube do livro, em Concord. Tenho certeza de que a maioria dos homens se juntou ao grupo de leitura para ter a chance de conversar com uma mulher. Os padrões caem depois que você fica preso por algum tempo, e mesmo alguém com quase cinquenta anos e o corpo do Sr. Cabeça de Batata começa a parecer bonito.

— Ah, Renée!

Ela riu e acrescentou:

— Mas Gil se importava com as histórias. Sei que sim. Ele me deixou nervosa no início, porque tinha um caderno e anotava tudo que eu falava. Mas acabamos ficando confortáveis na presença um do outro.

— O que quer dizer com "confortável"? Você deixou que *ele* se sentasse no seu colo na hora da história?

— Não fale assim! — gritou Renée, com uma expressão no rosto que sugeria que tal horror era, na verdade, encantador. — Era conversa literária, não conversa íntima. Ele tinha dificuldade de se soltar… tímido, você sabe… mas achei que tinha boas ideias e disse isso a ele. Eu o incentivei a estudar Letras na Universidade de New Hampshire. Acredito que ele tinha acabado de se inscrever num curso on-line quando os primeiros casos de Escama de Dragão começaram a aparecer na Nova Inglaterra. — Renée olhou para as botas e disse, em um tom casual: — Parece que estamos reunindo novamente o clube do livro, na verdade. Tenho permissão de Ben para visitar os prisioneiros. Ele até me deu permissão para colocar algumas cadeiras surradas e um pedaço de carpete num canto do porão. Uma vez por noite, os prisioneiros podem sair daquele frigorífico horrível para tomar uma xícara de chá e sentar-se comigo. Com um guarda presente, claro, embora quem nos observa em geral fique nas escadas do porão para nos dar alguma privacidade. Estamos lendo *Em busca de Watership Down*. Inicialmente, o sr. Mazzucchelli se opôs à leitura de uma história sobre coelhos, mas acho que o convenci. E Gil… o sr. Cline… bem, penso que ele tenha ficado feliz por ter alguém com quem conversar. — Renée hesitou, depois falou: — Também fico feliz por ter alguém com quem conversar.

— Que bom — disse Harper.

— Pelo que sei, Gil tem uma citação de Graham Greene tatuada no peito — falou Renée. Ela observava um pedaço de neve molhada que escorregava da ponta de uma das botas. Sua voz era indiferente de uma forma calculada. — Algo sobre a natureza da prisão. Mas é claro que nunca vi isso.

— Ah! — exclamou Harper. — Legal. Se Ben aparecer e Gil estiver nu da cintura para cima, diga-lhe que é uma questão de pesquisa literária urgente e peça que volte mais tarde… depois de você terminar de consultar o Bilac dele.

Renée estremeceu com uma alegria malcontida. Harper quase esperava que começasse a sair fumaça dos seus ouvidos e, naqueles dias de incêndio e peste, essa possibilidade não era de todo irrealista. Foi bom ver Renée rindo de uma obscenidade inocente. Parecia uma vida normal de novo.

— Opa. As galinhas estão cacarejando por causa de alguma coisa. — Ben Patchett passou pela cortina da enfermaria e ofereceu-lhes um sorriso incerto. — Devo me preocupar?

5

— FALANDO NO DIABO — disse Renée, enxugando os olhos com o polegar.

As galinhas estão cacarejando. Harper não sabia qual termo odiava mais para designar mulheres: cadela ou galinha. Uma galinha era algo que você mantinha em um galinheiro e seu único valor estava nos ovos. A cadela, ao menos, tinha dentes.

Se havia irritação no seu rosto, Ben não notou ou se recusou a notar. Ele caminhou até a cama do Pai Storey, analisando o tubo cheio de suco cor de âmbar e o saco plástico quase vazio pendurado na lamparina ao lado da cama.

— Isso é o ideal? — perguntou Ben.

— A alimentação feita com um saco Ziploc? Ou o buraco no crânio que fechei com rolha e cera de vela? Perfeitamente. Os melhores hospitais fariam igualzinho.

— Está bem, está bem. Não precisa ser sarcástica. Não estou criticando você. Sou seu fã, Harper! Você fez coisas incríveis aqui. — Ele se sentou na beira da cama do Pai Storey, de frente a ela. As molas rangeram. Ben olhou para o rosto sério e tranquilo do idoso. — Gostaria que o Pai Storey tivesse lhe contado mais sobre essa mulher que pretendia mandar para o exílio. Ele não falou nada, exceto que pensou que teria que expulsá-la e que talvez fosse com ela?

— Não. Ele disse mais uma coisa.

— O quê?

— Ele disse que, caso partisse, queria que John assumisse o comando do acampamento.

— John. O Bombeiro. — Sua voz não continha emoção.

— Sim.

— Essa é uma informação fascinante para se ouvir tão tarde. Por que o Pai... O Bombeiro nem faz parte do acampamento. Isso é ridículo. Por que não Carol? Por que ele não iria querer a própria filha para o trabalho?

— Talvez porque soubesse que ela era o tipo de paranoica nervosa que acharia uma boa ideia armar crianças com rifles — respondeu Harper.

Ben olhou rapidamente para a cortina da sala de espera, como se estivesse preocupado com a possibilidade de alguém estar do outro lado, escutando-os.

— Fui *eu* quem decidi distribuir as armas e ninguém com menos de dezesseis anos recebeu uma. E vou lhe falar outra coisa. Exijo que os Vigias andem com o ferrolho aberto o tempo inteiro, para provar que o rifle não está carregado. Se eu vir o ferrolho fechado de qualquer uma das armas, eles vão chupar uma pedra até... — Sua voz sumiu e ele deixou a frase inacabada. Um tom rosa inundou suas bochechas. — E talvez não queira ficar chamando Carol de "paranoica". Você já tem problemas suficientes. Na verdade, é por isso que estou aqui. Você saiu do acampamento há dois dias, foi para casa e quase deu de cara com um Esquadrão de Cremação. Então, depois de escapar... graças a Deus... em vez de voltar a seu posto, foi ver o Bombeiro e ficou lá a maior parte da noite.

— Meu posto?

— A Mãe Carol deixou claro que queria que você permanecesse ao lado do pai dela, noite e dia, até a crise passar. De uma forma ou de outra.

— A crise imediata *passou*, e tenho outros pacientes.

— Não na opinião da Mãe Carol. — Ben baixou a cabeça, pensou por um momento e depois ergueu os olhos. — O Bombeiro planeja agir quando as suas costelas quebradas estiverem curadas, então?

— Agir? Do que você está falando?

— Para assumir o comando.

— Ele não quer assumir nada. — Harper considerou que poderia ter cometido um erro tático ao dizer ao primeiro-tenente de Carol que o Pai Storey queria outra pessoa para o cargo da filha. Então pensou: *Foda-se*. Se a ideia de uma luta pelo poder com o Bombeiro fazia Ben estremecer, tudo bem. Que *ele* se sentisse assediado e ameaçado para variar. — Mas suponho que, no final, ele vai fazer o que for melhor para o acampamento. John sempre fez isso.

Renée tossiu de um jeito que parecia significar *Cale a boca*.

Ben levou um momento para se recompor. Ele entrelaçou os dedos no colo e olhou para a cuia formada com as palmas das mãos.

— Vamos voltar a quando você saiu do acampamento. Tenho tentado pensar no que fazer a respeito disso. Acho que sei como corrigir a questão.

— O que quer dizer com "corrigir"? Não há nada para ser corrigido. Fui, voltei, está tudo bem e acabou.

— Não é tão simples assim, Harper. Estamos tentando proteger cento e sessenta e três pessoas aqui. Cento e sessenta e quatro, se contarmos o bebê que está a caminho. *Temos* que tomar medidas para manter as pessoas seguras. Se elas fizerem coisas que comprometam a segurança dos outros, bem, devem encarar as consequências. Se roubarem. Se esconderem coisas. Se andarem por aí e forem capturadas pelos indivíduos que querem nos matar. Harp, eu *sei* por que você voltou. Sei que tinha as melhores intenções. Mas toda criança que já frequentou a escola dominical sabe qual é o lugar que está cheio de boas intenções. Você não estava apenas arriscando a *sua* vida e a vida da carga valiosa que carrega...

Harper não sabia dizer por que a expressão *carga valiosa* a fizera se sentir mal. Não era a parte do *valiosa*, era mais a parte da *carga*. Possivelmente também era uma aversão ao clichê. Porém, quando se tratava de falar em clichês, Ben Patchett era fluente.

— ... mas também estava arriscando a vida do Pai Storey e a vida de todos no acampamento. Foi perigoso, imprudente e violou regras que existem por um bom motivo. E isso não pode ficar impune. Nem se tratando de você. E acredite em mim: é preciso ter consequências para comportamentos imprudentes. É preciso haver uma maneira de manter a ordem. *Todo mundo* quer isso. Exige isso. As pessoas querem ter certeza de que estamos tomando medidas para manter este lugar seguro. As pessoas *precisam* de lei. Precisam saber que alguém está cuidando delas. Podem até se sentir melhor se souberem que tem alguns caras durões no comando. A força gera a confiança. O Pai Storey, que Deus o abençoe — ele lançou um olhar indiferente por cima do ombro ao homem que dormia sem sono atrás dele —, nunca pareceu entender isso. Sua resposta para tudo era perdoar e esquecer. Sua reação ao roubo de alguém foi dizer que bens são superestimados. As coisas estavam indo para o inferno antes mesmo de trazermos os condenados ao acampamento. Então.

— Então — disse Harper.

Ele ergueu os ombros e os deixou desabar com um grande suspiro.

— Então, pelo menos temos que fingir que estamos punindo você. E é isso que vamos fazer. Carol quer vê-la amanhã, para receber uma atualização sobre o pai dela. Eu levo você e ficamos por lá, tomando chá com ela. Quando voltarmos, direi que você se redimiu na Casa da Estrela Preta, que passou a maior parte do tempo com uma pedra na boca. Em muitos aspectos, essa é a maneira mais justa de lidar com a situação. Na minha área, dizemos que a ignorância da lei não é desculpa...

— *Ignorantia juris non excusat* — interrompeu Renée. — Mas considerando que as punições neste acampamento são aplicadas na hora, sem a oportunidade de apelação a um juiz imparcial ou apresentação de um julgamento...

— Renée — falou Ben, cansado. — Só porque você leu alguns livros de John Grisham, isso não a torna uma juíza da Suprema Corte. Estou dando uma saída para Harper, então pode me deixar em paz?

— Ben, obrigada — disse Harper suavemente.

O homem ficou em silêncio por um momento, depois ergueu o olhar e ofereceu-lhe um sorriso hesitante e fraco.

— Não tem de quê. Se alguém neste acampamento merece uma folga... — disse ele.

— Mas de jeito nenhum, porra — falou Harper.

Ele olhou para ela, a boca parcialmente aberta. Demorou um pouco para responder e, quando o fez, sua voz estava fina e rouca.

— O quê?

— Não — disse Harper. — Não vou colocar uma pedra na boca num ato idiota e humilhante de contrição quando não tenho nada do que me arrepender. E também não vou deixar você mentir para as pessoas e dizer que concordei com essa merda histérica.

— Pode parar de falar palavrões? — perguntou ele.

— Por quê? Falar palavrões também é contra as regras? Vou receber mais uma hora com uma pedra na boca? Ben: não. Eu disse *não*. Com toda a certeza, *não*. Eu sou a porra de uma enfermeira, e é o meu trabalho dizer quando alguma coisa está doente, e isso é doente.

— Estou tentando facilitar as coisas aqui, pelo amor de Deus.

— Facilitar para quem? Para mim? Ou para *você*? Ou talvez para Carol? Ela está preocupada que possa ter a autoridade minada se eu não me curvar e concordar com o restante de vocês? Se eu não entrar no jogo, talvez outras pessoas criem problemas, é isso?

— Ben — disse Renée —, manter segredos também não é contra as regras? Você não teria problemas por conspirar para tirar Harper de uma punição? Eu odiaria ver o nosso chefe de segurança andando por aí com uma pedra na boca. Isso pode ser custoso em termos de respeito.

— Deus — falou ele. — Meu Deus. Escutem só, vocês duas. Harper... eles vão *fazer* você... você não pode simplesmente... eu não posso *protegê-la* se não me deixar.

— Seu impulso de me proteger entra em conflito com minha necessidade de proteger meu respeito próprio. Desculpe. Além do mais, estou com uma sensação vagamente desconfortável de que está se oferecendo para *me* proteger de *si mesmo*. Isso não é uma gentileza... é coerção.

Ben ficou lá por um tempo. Por fim, em um tom rígido e afetado, falou:

— Carol ainda quer ver você amanhã.

— Ótimo, porque *eu* quero vê-la. Ir à minha casa buscar um kit de primeiros socorros foi um começo decente para reabastecer a enfermaria, mas está longe de ser o suficiente, e, da próxima vez que for procurar suprimentos, *vou* precisar de ajuda. Você e talvez mais alguns homens. Tenho certeza de que Carol vai querer opinar. Agradeço por ter feito os preparativos para a minha audiência com Sua Eminência.

Ben ficou de pé, torcendo o gorro de lã nas mãos. Os músculos se contraíram e soltaram-se em sua mandíbula.

— Eu tentei — disse ele.

Ele quase rasgou a cortina ao sair.

6

Do diário de Harold Cross:

13 DE JULHO

NÃO RESTOU NADA DE SARAH STOREY ALÉM DE UM CRÂNIO ASSADO E OS OSSOS DA COXA. O SURDO-MUDO ESTAVA NA CASA COM ELA QUANDO O LUGAR DESABOU, MAS ELE NEM SE QUEIMOU. PODERIA TER SAÍDO ILESO SE O TELHADO NÃO TIVESSE DESABADO POR CAUSA DAS CHAMAS. ESTOU MONITORANDO O MOLEQUE EM BUSCA DE SINAIS DE LESÕES INTERNAS, MAS NÃO HÁ MUITO QUE EU POSSA FAZER SE O MENINO TIVER UM INTESTINO ROMPIDO. ELE TERIA QUE IR PARA O PORTSMOUTH HOSPITAL E ISSO SERIA O FIM PARA O GAROTO. DEPOIS QUE VOCÊ ENTRA NO PORTSMOUTH HOSPITAL, NUNCA MAIS SAI.

NINGUÉM VAI FALAR ISSO NA CARA DO PAI STOREY, MAS SEI QUE MUITA GENTE ACHA QUE SARAH NÃO TERIA MORRIDO SE PASSASSE MAIS TEMPO NO ACAMPAMENTO, CANTANDO NA CAPELA COM O RESTANTE DE NÓS. NÃO ESTOU TÃO CONVENCIDO DISSO. QUERIA SABER MAIS SOBRE O QUE ELA ESTAVA FAZENDO LÁ COM O BOMBEIRO E O FILHO. PARA FALAR A VERDADE, TAMBÉM ESTOU ATORDOADO: ELA CONTRAIU ESCAMA DE DRAGÃO MENOS DE DUAS SEMANAS ATRÁS. POR MUITO TEMPO FOI A ÚNICA PESSOA "SAUDÁVEL" NO ACAMPAMENTO. NUNCA OUVI FALAR DE NINGUÉM QUEIMAR TÃO RÁPIDO APÓS A INFECÇÃO. TEREI QUE VOLTAR PARA O CHALÉ EM BREVE E FICAR ON-LINE, PARA CONSEGUIR PASSAR OS DETALHES DO CASO DELA PARA AS PESSOAS CERTAS.

O BOMBEIRO NÃO SAIU DA ILHA, NÃO DESDE O ACIDENTE. O MENINO SURDO ESTÁ AQUI NA ENFERMARIA COMIGO, PARA QUE EU POSSA MONITORAR SEU ESTADO. E ALLIE ESTÁ COM A TIA E O AVÔ. ELA ANDA POR AÍ PARECENDO DROGADA COM UM NARCÓTICO PESADO. É UMA VERSÃO ZUMBI DE SI MESMA, PÁLIDA E DE OLHOS MORTOS.

É ERRADO PENSAR EM COMO O LUTO É UM FAMOSO AFRODISÍACO? SE ALLIE ESTÁ PROCURANDO CONFORTO, O OMBRO DO SR. HAROLD CROSS É UM ÓTIMO LUGAR PARA ELA DERRAMAR SUAS LÁGRIMAS.

AH, EU SOU UM HOMEM MUITO MUITO MUITO MAU.

UM PENSAMENTO, INSPIRADO NO FILÉ À STOREY: SARAH STOREY SE TRANSFORMOU EM CINZAS, E AS CINZAS CONTÊM O ESPORO ATIVO, ESPERANDO POR UM NOVO HOSPEDEIRO. O QUE SIGNIFICA QUE O ESPORO ESTÁ PREPARADO PARA A REPRODUÇÃO PELO CALOR, MAS NÃO É DESTRUÍDO POR ELE. UMA ENZIMA DEVE PROTEGÊ-LO DE DANOS. BASTANTE DESSA ENZIMA PODERIA — TEORICAMENTE — TAMBÉM REVESTIR A PELE E ATUAR COMO RETARDANTE DO FOGO. ENTÃO, MINHA TEORIA: O BOMBEIRO PODE ENGANAR A ENZIMA PARA PROTEGER O HOSPEDEIRO. SARAH STOREY NÃO CONSEGUIU FAZER ISSO E AGORA ESTÁ FLAMBADA. MAS QUAL É O GATILHO DA ENZIMA? OUTRO ASSUNTO PARA DISCUTIR COM O PESSOAL ON-LINE.

NICK STOREY NÃO É UM MUDO COMPLETO. AGORA ESTÁ GEMENDO COMO SE NÃO AGUENTASSE DAR UMA CAGADA. E EU QUE ME FODA. NUNCA VOU CONSEGUIR DORMIR.

7

HARPER ACORDOU COM UM sobressalto, como se a cama fosse um barco que tivesse batido em uma rocha, o casco raspando na pedra. Ela piscou na escuridão, sem saber se havia passado um minuto ou um dia. O barco estremeceu nas rochas outra vez. Ben estava ao pé da cama, empurrando a estrutura com o joelho.

Ela dormira do amanhecer ao anoitecer e outra noite tinha chegado.

— Enfermeira — disse Ben. Mas não era o mesmo Ben que havia conversado com ela na noite anterior. Esse era o policial Patchett, o rosto redondo, suave e agradável agora pálido e formal. Ele estava até com o uniforme de policial: calça azul-escura, camisa azul bem passada, casaco azul-escuro com forro de lã branco e as palavras POLÍCIA DE PORTSMOUTH nas costas em grandes letras amarelas.

— Sim?

— A Mãe Carol está esperando uma atualização sobre o Pai Storey — falou Ben. — Assim que você estiver pronta, Jamie e eu a escoltaremos.

Jamie Close estava parada na porta da sala de espera, passando uma pedra branca de uma mão para a outra.

— Antes de atualizá-la sobre o progresso do paciente, preciso dar uma olhada nele. E preciso também de um minuto para me preparar. Pode esperar na outra sala?

Ben assentiu com a cabeça e lançou um olhar casual para Nick, que estava sentado na cama, observando com olhos arregalados e fascinados. Ben piscou para ele, mas Nick não sorriu.

O policial passou pela cortina, mas Jamie Close permaneceu.

— Você gosta de distribuir remédios — disse Jamie. — Vamos ver se gosta de tomá-los.

Harper estava tentando pensar em uma resposta corajosa e inteligente quando Jamie seguiu o superior de volta à sala de espera.

Nick sinalizou: "Não vá".

"Tenho que ir", disse ela com as mãos.

“Não”, falou Nick em silêncio. “Eles vão fazer uma coisa ruim.”

Ela pegou o bloco de papel e escreveu: *Não se preocupe. Você pode ficar com dor de barriga.*

Harper estava penteando o cabelo no banheiro quando ouviu uma batida leve.

— Sim? Pode entrar.

Michael abriu a porta em dez centímetros. O rosto sardento e infantil estava muito pálido por trás da barba acobreada.

— Injeção de insulina?

— Vá em frente. Estou vestida.

Ele removeu a tampa da parte de trás do vaso sanitário e pegou um saco plástico com alguns bastões descartáveis de insulina. Não era o lugar mais higiênico para guardar suprimentos médicos, mas aquilo os mantinha frios. Ele levantou a camisa para revelar uma borda ossuda do quadril branco como barriga de peixe e passou nela um pano antisséptico.

— Senhora — disse ele, sem olhar para Harper. — Você precisa tomar cuidado hoje. As pessoas não estão bem. Não estão pensando direito. Allie não está pensando direito.

— Você vai ficar aqui de olho na enfermaria enquanto eu estiver visitando Carol? — perguntou Harper.

— Sim, senhora.

— Que bom. Nick vai ficar feliz em ter um amigo por perto.

— Senhora? Você ouviu o que falei? Sobre as pessoas não estarem pensando direito? Tentei falar com Allie no desjejum. Não sei o que aconteceu com ela. Allie não come há dias e já não estava em condições de perder refeições antes. Alguém precisa fazer alguma coisa. Estou assustado...

— Michael Lindqvist! Ela pode tirar a pedra da boca e comer quando quiser. Sinto muito se você quer que eu dê a ela uma saída fácil, mas não vou encorajar mais esse absurdo bárbaro ao *concordar* com isso. Se veio aqui para ver se poderia me intimidar ou me culpar...

— Não, senhora, *não*! — gritou ele, com angústia verdadeira. — Não é isso que estou tentando fazer! Você não está fazendo nada errado. Não é isso que me preocupa. O que me preocupa é o modo como Carol, Ben e todos os amigos de Allie a aplaudem enquanto ela passa fome. Você fica na enfermaria dia e noite, então não vê essa parte. Não vê as irmãs Neighbors sussurrando para Allie que ela não pode ceder, que todo o acampamento acredita nela. Ou a maneira como seus amigos se sentam depois que ela perde outra refeição e cantam seu nome até seus olhos começarem a brilhar e ela entrar na

Iluminação. É quase como se ela precisasse que se orgulhassem dela mais do que precisasse comer. E nenhum deles se importa com quanto ela está emagrecendo ou ficando fragilizada. Estou com medo de que ela fique hipoglicêmica e desmaie. Desmaie e talvez engula aquela pedra! Meu Deus, é o suficiente... é o suficiente para fazer uma pessoa pensar em agarrá-la e... sabe... jogar algumas coisas numa mala.

Ele era o segundo indivíduo em vinte e quatro horas a admitir que havia pensado em fugir. Harper se perguntou quantos outros queriam escapar dali e se Carol sabia como era perigosamente escorregadio seu controle sobre o acampamento. Talvez ela soubesse. Talvez isso explicasse tudo.

Michael engoliu em seco. Com a voz mais firme e baixa, finalizou:

— Faça o que achar certo. Só não se machuque, senhora. Allie pode odiar você agora, mas ela se odiaria ainda mais se você se machucasse por conta dela. — Ele respirou fundo e acrescentou: — Eu amo Carol tanto quanto amei minha mãe, sabia disso? Eu a amo! Morreria por ela num piscar de olhos. — Seus olhos estavam úmidos e suplicantes e um *porém* silencioso pairava no ar entre eles.

Havia mais a dizer, mas não havia tempo para dizê-lo. Ben e Jamie Close estavam esperando.

8

BEN LIDEROU A CAMINHADA. O grupo seguiu sobre as tábuas de pinho dispostas de ponta a ponta sobre a neve. Parecia não haver luz no mundo exceto o disco branco da lanterna de Ben. Jamie Close ia atrás. Ela tinha o rifle pendurado no ombro esquerdo e um cabo de vassoura na mão direita, cortado curto, com uma das pontas enrolada com fita adesiva. A garota assobiava enquanto balançava o porrete para a frente e para trás.

Os três saíram de baixo dos abetos e seguiram para a Casa da Estrela Preta, o chalé onde Carol passava o inverno com o pai. Era um lugar arrumado de pavimento único — telhas marrons e venezianas pretas —, cujo nome se devia à enorme estrela de ferro pendurada no lado norte da casa entre um par de janelas. Harper achou que era uma bela peça de decoração, ideal para uma masmorra de inquisidor ou cripta de torturador. Dois Vigias estavam sentados no único degrau de pedra, mas ficaram de pé assim que Ben saiu das árvores. O policial não os saudou, apenas passou por eles e bateu à porta. Carol os mandou entrar.

A mulher estava sentada em uma poltrona antiga, forrada com couro brilhante e rachado. O móvel certamente pertencera a seu pai: era um lugar para ler Milton, fumar um cachimbo e ter pensamentos sábios e gentis, como os de Dumbledore. Havia um sofá de dois lugares no mesmo estilo com almofadas de couro claro, mas não havia ninguém acomodado ali. Carol tinha dois Vigias com ela, mas eles estavam sentados no chão, a seus pés. Um dos Vigias era Mindy Skilling, o olhar úmido de tanto adorar a Mãe Carol. O outro era um homem de aparência afeminada, com cabelo claro cortado rente, lábios femininos e uma grande faca no cinto fino. Quase todos no acampamento o chamavam de Bowie, mas Harper não sabia dizer se isso era devido à faca ou à sua semelhança com Ziggy Stardust. Observou os três entrarem por sob as pálpebras rosadas e caídas.

Harper não esperava ver Gilbert Cline ali também, mas o homem estava sentado na saliência baixa de pedra em frente ao fogo. Vermes vermelhos retorciam-se nas brasas amontoadas e o calor não chegava muito longe. As vidraças congeladas haviam se transformado em quadrados brilhantes de diamante e fizeram Harper sentir como se tivesse entrado em uma caverna atrás de uma cachoeira congelada.

Jamie Close fechou a porta e encostou-se nela. Ben se sentou no sofá com um grande suspiro, como se tivesse acabado de transportar uma grande quantidade de madeira. Ele deu tapinhas no lugar a seu lado, mas Harper fingiu não ver. Não queria sentar-se com ele e não queria parecer uma suplicante aos pés de Carol. Então, permaneceu perto da parede, de costas para a janela, com a respiração do inverno na nuca.

O olhar de Carol foi para Harper, os olhos vidrados, febris e injetados. Com a cabeça raspada e o rosto faminto e devastado, ela tinha a aparência de uma paciente idosa com câncer que estava respondendo mal à quimioterapia.

— É bom vê-la, Enfermeira Willowes. Estou feliz por ter vindo. Sei que tem andado ocupada. Estávamos ouvindo o sr. Cline contar como ele se escondeu perto do lago South Mill, a menos de cem metros da delegacia. Quer um pouco de chá? Algo para comer?

— Sim. Obrigada.

Mindy Skilling se levantou sem que ninguém falasse com ela e foi até a cozinha escura.

— Parece que o sr. Cline não poderia ter tido nada a ver com o que aconteceu a meu pai — disse Carol. — E estou interessada em saber algo sobre a pessoa por quem meu pai arriscou a vida. Talvez *tenha dado* a vida. Você não se importa, não é, Enfermeira Willowes? Ele estava apenas começando a nos contar a história da sua fuga.

— Não. Não me importo — falou Harper. Mindy já estava de volta, entregando-lhe uma pequena xícara de chá quente e um prato com uma fatia fina e perfumada de bolo de café com nozes. O estômago de Harper roncou ruidosamente. Bolo de café? Parecia apenas um pouco menos luxuoso do que uma banheira de hidromassagem cheia de espuma.

— Prossiga. Por favor, continue, sr. Cline. Você estava dizendo onde você e o sr. Mazzucchelli se conheceram?

— Isso foi em Brentwood, na prisão do condado. — Cline lançou a Harper um olhar persistente e curioso (*Por que você está aqui?*) antes de se virar para Carol. — O lugar tem uma cadeia capaz de abrigar uns quarenta prisioneiros. E havia cem de nós lá.

"A instalação tinha dez celas, cada uma com cerca de três metros de comprimento e dez homens apertados dentro. Colocaram uma TV no corredor e passavam *Se a minha cama voasse* e *Meu amigo, o dragão* para que tivéssemos algo a que assistir. Tudo o que tinham eram filmes infantis que guardavam para visitas familiares. Teve um cara que ficou maluco. Às vezes, ele começava a gritar '*I'll be your candle on the water!*' até que os caras começassem a bater nele para calar a sua boca. Depois de um tempo, comecei a suspeitar que os guardas colocavam aqueles dois filmes para torturar a gente."

Harper se chocou ao ouvir sobre alguém preso e enlouquecido de pânico enquanto cantava aquela música em particular. De certa forma, Gilbert Cline descreveu a própria Harper quando ela se viu entalada no bueiro.

— Nenhum de nós deveria ficar lá por mais de alguns dias. Não há muitos motivos para você acabar em Brentwood. A maioria dos homens aguardava julgamento. No meu caso, saí da prisão em Concord para prestar depoimento num caso em andamento, que não era o meu. Mazz foi trazido da prisão estadual de Berlin, New Hampshire, para recorrer da sua sentença.

— Por que ele estava preso? — perguntou Carol.

— Ele parece uma pessoa difícil de lidar — respondeu Gil —, mas estava preso por perjúrio. Não posso dizer se ele machucou seu pai ou não, senhora. No entanto, Mazz não é o tipo de cara que cria problemas com as mãos. É a boca que o atrapalha. Não consegue evitar. Ele não sabe contar uma história sem espalhar uma espessa camada de bosta por cima.

— Mais um motivo para saber da sua fuga de Brentwood por você e não por ele — comentou Carol.

— E pode nos poupar da sua boca suja enquanto faz isso, senhor — disse Ben. — Há mulheres presentes.

Harper quase se engasgou com o último pedaço de bolo de café. Ela não saberia explicar por que a expressão *boca suja* a incomodava mais do que a palavra *bosta*.

Ela limpou a garganta e considerou taciturnamente o pires vazio. Sua intenção tinha sido comer a fatia de bolo devagar, mas era uma fatia tão fina, e depois da primeira bocada de açúcar e noz-moscada, não conseguiu se conter. Agora tudo havia desaparecido de forma horrível, trágica e impossível. Harper colocou o pires em uma mesinha de canto para não ficar tentada a lambê-lo.

Gil continuou:

— Eu só deveria ficar em Brentwood até o depoimento. Mas o tribunal foi fechado. Esperei para ser mandado de volta, mas isso nunca aconteceu. Simplesmente continuaram trazendo mais prisioneiros. Certa vez, um jovem na minha cela foi até as grades para dizer que queria apresentar uma queixa e se encontrar com seu advogado. Um policial se aproximou e bateu na boca dele com o cassetete. Atingiu três dentes com o golpe. "Sua reclamação foi registrada. Por favor, nos diga se houver mais alguma coisa incomodando você", falou o policial, e então nos deu uma olhada para ver se mais alguém estava insatisfeito com o tratamento recebido.

— Isso nunca aconteceu — disse Ben. — Nos meus vinte anos de trabalho, ouvi milhares de relatos de brutalidade policial, e achei que apenas três eram válidos. O resto eram só drogados, bêbados e ladrões desgraçados querendo se vingar de quem os prendeu.

— Aconteceu, sim — retrucou Gilbert, em um tom calmo e despreocupado. — As coisas estão diferentes agora. A lei não é mais a lei. Sem alguém superior a quem responder, a lei é apenas quem está segurando um cassetete. Um cassetete... ou um pano de prato cheio de pedras.

Ben se irritou. Seu peito se inchou, ameaçando estourar um botão. Carol ergueu uma das mãos, com a palma voltada para ele, e Ben fechou a boca sem falar nada.

— Deixe-o continuar. Quero ouvir isso. Quero saber quem nós trouxemos para o acampamento. O que eles viram, o que fizeram e pelo que passaram. Prossiga, sr. Cline.

Gil baixou o olhar, como um homem tentando se lembrar de alguns versos de um poema que havia memorizado anos antes, talvez para uma antiga aula de escola. Por fim, olhou para cima, encontrando o olhar de Carol sem medo, e contou-lhes como as coisas ocorreram.

9

— **NEM TODOS OS** policiais de Brentwood eram maus. Não quero passar essa impressão. Havia indivíduos que se certificavam de que tínhamos comida, bebida, papel higiênico e outros itens necessários. Porém, quanto mais tempo ficávamos lá, mais difícil era encontrar um rosto amigável. Muitos policiais furiosos não queriam cuidar da gente. E quando as pessoas começaram a pegar Escama, eles não ficaram apenas com raiva. Ficaram com medo também.

"Qualquer um podia ver o que ia acontecer, pela forma como estávamos todos amontoados. Certa manhã, um cara de uma cela no fim do corredor apareceu com Escama de Dragão. Os outros prisioneiros entraram em pânico. Entendo por que fizeram aquilo. Gosto de pensar que não teria concordado com eles, mas é difícil dizer. Os companheiros encurralaram o rapaz infectado, sem tocar nele, apenas empurrando-o para trás com travesseiros e coisas assim. Então o golpearam até a morte.

— Cruzes — sussurrou Ben.

— Ele também não morreu com facilidade. Bateram a cabeça dele nas paredes, no chão e na lateral do vaso sanitário por vinte minutos, enquanto o maluco da outra cela cantava "Candle on the Water" e ria. No final, o prisioneiro infectado começou a arder e a queimar. Ele nunca pegou fogo por completo, mas fez muita fumaça antes de morrer. Era como estar numa tenda de suor. Os homens choravam por causa de toda a fumaça e tossiam as cinzas.

"Bem, depois de espancarem esse pobre garoto até a morte, os policiais arrastaram o cadáver para fora da cela com luvas de borracha e se livraram dele. Mas todo mundo sabia que aquilo iria se espalhar. Todo o lugar era uma placa de Pétri construída em concreto. Logo, alguns caras numa cela completamente diferente pegaram. Depois foram três rapazes de *outra* unidade. Não tenho ideia de como ou por que ela dava esses saltos."

Harper poderia ter contado a ele, mas aquilo não importava agora. O Bombeiro dissera que o mundo estava dividido entre os saudáveis e os doentes, mas que em breve estaria dividido entre os doentes e os mortos. Para todos na sala, o assunto de como a Escama de Dragão se espalhava se tornara de interesse apenas acadêmico.

— Os policiais não sabiam o que fazer. Não havia uma instalação para lidar com criminosos revestidos de Escama de Dragão, e não queriam libertar nenhum dos prisioneiros. Então, vestiram o equipamento da tropa de choque e luvas de borracha e reuniram todos os homens que tinham Escama numa só cela, todos juntos, enquanto tentavam descobrir o que fazer.

"Aí, certa manhã, um cara gritou: 'Estou com calor! Acho que vou morrer! Parece que tem formigas-de-fogo rastejando em cima de mim!'. Então, começou a sair fumaça da sua boca. A fumaça escapou da sua garganta antes que o restante dele começasse a queimar. Ouvi dizer que isso é um dragão completo, quando você solta fogo pela boca antes de morrer. Isso acontece porque os tecidos dos pulmões estão em chamas, então você queima de dentro para fora. Ele ficou correndo pela cela, gritando e soltando fumaça pela boca como um personagem de um desenho animado antigo que acidentalmente bebeu molho picante. Todos os outros homens pressionaram o corpo nos blocos de concreto para não pegar fogo.

"Bem, os policiais vieram correndo, liderados pelo chefe deles, um sujeito chamado Miller. O grupo olhou para o homem em chamas por alguns segundos e então começou a atirar." Gil esperou para ver se Ben falaria alguma coisa. Ben ficou sentado muito quieto, com os braços sobre os joelhos, olhando fixamente para Gilbert sob a luz vermelha oscilante do fogo. "Eles atiraram, sei lá, trezentas vezes? Mataram todo mundo. Mataram o cara que estava queimando e mataram os outros homens também.

"Depois do fim do tiroteio, esse policial, o Miller, puxou o cinto para cima como se tivesse acabado de terminar um grande café da manhã com panquecas e bacon e disse que salvou nossas vidas. Impediu o início de uma reação em cadeia. Se não atirassem em todo o grupo, o bloco da prisão teria se transformado num inferno. Os outros policiais ficaram lá, parecendo chocados, olhando para as armas nas suas mãos, como se não conseguissem entender como tudo havia acontecido.

"Alguns de nós vestiram luvas de borracha e levaram os corpos para fora. Eu me ofereci, para poder tomar um pouco de ar fresco. Fiquei em Brentwood por três, quatro meses, e nunca tiraram o cheiro de cabelo queimado e fumaça de pólvora da prisão. Ah, e aquela cela vazia? Ela logo foi reocupada. Não havia julgamento algum acontecendo. Ninguém estava sendo processado. Mas os policiais ainda prendiam pessoas por saques e coisas assim, e tinham que colocá-las em algum lugar.

"Eles nos alimentaram com carne enlatada e gelatina de limão durante os primeiros meses. Então, a situação alimentar ficou um pouco delicada. Um dia, comemos pêssego em calda no almoço. Em outro, três policiais arrombaram uma máquina de vendas e distribuíram barras de chocolate. Consumimos arroz por oito refeições seguidas. Certo dia, anunciaram que iriam parar de servir o café da manhã. Foi quando comecei a acreditar que ia morrer em Brentwood. Mais cedo ou mais tarde, parariam de servir o almoço. Então, um dia, os policiais não dariam mais as caras por lá."

Sua voz estava tão rouca que fez Harper pensar em alguém passando uma faca em uma tira de couro. A Enfermeira entrou na cozinha sem pedir permissão, pegou um copo e serviu um pouco de água da torneira. Ela o trouxe de volta e ofereceu a Gil, que aceitou com um olhar de surpresa e gratidão. Ele bebeu a água em três goles.

Quando acabou, o homem lambeu os beiços e continuou:

— Como eu disse. Alguns dos policiais eram legais. Tinha um sujeito chamado Devon. Um rapazinho delicado. A maioria dos caras o chamava de bicha pelas costas, e talvez ele fosse, mas vou dizer uma coisa: ele nunca atirou em ninguém e um dia trouxe dois sacos cheios de cerveja para a gente. Disse que era o aniversário dele e que queria comemorar. Ele nos serviu copos plásticos de cerveja quente, distribuiu cupcakes e todos nós cantamos "Parabéns a você" para ele. E esse foi o melhor aniversário que já vi. Cupcakes velhos de supermercado e cerveja em temperatura ambiente para acompanhar. — Ele olhou para Ben e disse: — Viu, tem alguns policiais bons nessa história.

Ben grunhiu.

Carol falou:

— Sempre há um pouco de decência nos piores lugares... e um pouco de egoísmo secreto nos melhores.

Harper se perguntou se Carol a estava atacando de maneira velada. Nesse caso, teria sido um golpe desajeitado e ineficaz... afinal, não era Harper quem tinha bolo de café no armário enquanto o restante do acampamento se contentava com beterraba em conserva. Ela supôs que uma pequena quantidade de suprimentos ainda chegava ao acampamento de vez em quando, de uma forma ou de outra, trazida por algum recém-chegado. E imaginou que as melhores coisas acabavam ali, cortesia de Ben e dos Vigias: guloseimas para ajudar a Mãe Carol a manter as forças naqueles tempos de provação.

— É, bem, essa não foi a única coisa decente que Devon fez pela gente. No final, ele fez um pouco mais por nós do que distribuir copos plásticos com cerveja. Vamos voltar a falar dele num minuto.

"A argamassa entre os blocos de cimento das paredes estava quebradiça. Não tão quebradiça a ponto de alguém poder lascá-la e escapar... nunca em um milhão de anos... mas, se esfregasse, você poderia ficar com uma espécie de resíduo de giz nos dedos. Mazz descobriu que, se misturasse esse resíduo com saliva, dava para fazer uma pasta branca. Foi isso que ele usou para cobrir as marcas da Escama de Dragão, e foi isso que usei também. Alguns negros da nossa cela pegaram a Escama, mas rasparam a pele e depois alegaram que tiveram uma briga. Um policial jogou um rolo de bandagens para eles, e eles usaram isso para cobrir as marcas. No final da semana, todos na nossa cela tinham Escama de Dragão, mas encobriam as marcas de uma forma ou de outra. Veja, todos nós tínhamos medo de que Miller e os outros viessem atirar na gente.

"Havia gente com Escama em outras celas também. Não sei se todo mundo do corredor já estava infectado em janeiro, mas acho que, no dia de Ano-Novo, a maioria já tinha a doença. Alguns eram bons em esconder as marcas. Outros, não. Os policiais souberam depois de um tempo. Deu para perceber porque começaram a servir a comida usando luvas até os cotovelos e capacetes, para o caso de alguém tentar cuspir neles. E também porque eles pareciam bem assustados por trás da proteção de plástico.

"Bem, certa manhã, Miller apareceu com outros doze policiais, todos com equipamento de tropa de choque e escudos. Ele falou que tinha boas notícias. Havia um veículo esperando lá fora. Qualquer pessoa doente era elegível para transferência para um acampamento em Concord, onde receberia o melhor tratamento médico disponível e três refeições por dia. Miller leu numa folha de papel que, naquela noite, serviriam presunto e abacaxi. Arroz pilaf e cenoura cozida no vapor. Sem cerveja, mas com leite integral gelado. As celas se abriram, e Miller mandou todo mundo com Escama de Dragão sair. Um cara negro baixo com um babado de Escama de Dragão subindo até a bochecha esquerda foi primeiro. Parecia a tatuagem de uma samambaia. A maioria das pessoas não fica com marcas na cara, mas ele tinha, e acho que não viu motivo para fingir que não estava doente. Outro cara foi atrás dele, e depois mais alguns, e aí alguns caras que eu nem sabia que estavam infectados. Logo, cerca de metade dos prisioneiros desaguava no corredor entre as celas. Eu mesmo estava indo. A questão do leite frio me pegou. Você sabe como é bom um copo de leite integral gelado, quando você não toma um há muito tempo? Minha garganta doía só de pensar. Até dei um passo à frente, mas Mazz pegou meu braço e balançou a cabeça de leve. Então eu fiquei.

“Mas a maioria dos caras da nossa cela foi. Um sujeito que estava conosco, Junot Gomez, me lançou um olhar confuso e murmurou: ‘Vou pensar em você quando estiver tomando café amanhã’.”

Gilbert levou o copo aos lábios antes de lembrar que estava vazio. Harper se ofereceu para pegar mais água, mas ele balançou a cabeça em uma negativa.

— O que aconteceu? — perguntou Carol.

— É tão óbvio assim que eles nunca comeram presunto e arroz pilaf? Acho que sim, né? Levaram os prisioneiros lá para fora e atiraram em todos eles. As armas dispararam alto o suficiente para sacudir as paredes, e a coisa toda durou quase meio minuto. Não eram pistolas. Estávamos escutando rajadas de fogo totalmente automáticas. Achei que nunca acabaria. Não se ouvia mais nada, nem gritos, nem berros... só as armas disparando, como se alguém alimentasse um picador de madeira com toras.

“Depois que o tiroteio parou, todo mundo ficou quieto. As celas nunca estiveram tão silenciosas, nem mesmo no meio da noite, quando as pessoas deveriam estar dormindo.

“Um tempo depois, Miller e os outros voltaram. Dava para sentir o cheiro de homicídio neles. Fumaça de pólvora e sangue. Eles trouxeram os rifles M16, e Miller enfiou o cano nas barras e eu pensei: *Bem, agora é a nossa vez.* Dane-se se fomos ou não. Fiquei doente com aquilo, mas não caí de joelhos e comecei a implorar pela minha vida.”

— Bom — disse Harper. — Bom para você.

— Ele falou: “Quero dez homens para uma equipe de limpeza. Se fizerem o trabalho direitinho, podem tomar um refrigerante depois”.

“E Mazz diz: ‘Que tal um copo de leite gelado?’. Só para espezinhá-lo, sabe? Só que Miller não sacou a piada. Ele apenas respondeu: ‘Claro, se tivermos algum’.

“E Mazz pergunta: ‘O que aconteceu lá fora?’. Como se a gente não soubesse.

“Miller responde: ‘Eles tentaram escapar. Tentaram pegar o caminhão’.

“E Mazz, ele só ri.

“Miller pisca para ele e diz: ‘Estavam todos mortos de qualquer maneira. É melhor assim. Fizemos um favor a eles. Foi rápido. Melhor do que queimar vivo’.

“Mazz diz: ‘É a sua cara, Miller. Sempre pensando em como ajudar o próximo. Você é a empatia em pessoa’. Como eu disse: Mazz tem o instinto de falar demais quando qualquer um sabe que deve calar a boca. Achei que ele iria levar um tiro, mas quer saber? Acho que Miller também estava em choque. Talvez seus ouvidos ainda estivessem zumbindo, e ele não conseguisse ouvir muito bem o que Mazz dizia. Tudo o que sei é que ele apenas assentiu com a cabeça, como se concordasse com ele.

"Miller abriu a cela, e eu e Mazz saímos. Alguns outros homens também saíram das outras celas. Os guardas nos fizeram sentar, tirar os sapatos e deixá-los para trás, para que não tentássemos fugir. Quando reuniram dez homens, subimos as escadas, ladeados por policiais com trajes da tropa de choque. Eles nos levaram por um longo corredor de concreto e por duas portas corta-fogo duplas até o estacionamento.

"Era uma manhã fria e clara, tão clara que tive dificuldade de enxergar. O mundo inteiro era apenas um borrão branco por pelo menos um minuto. Penso muito sobre isso desde então. Os homens que eles mataram... deviam estar cambaleando sem ver de onde vinham os tiros.

"Quando minha visão voltou, pude ver que a parede de tijolos tinha sido destruída. A maioria dos corpos estava contra a parede, mas alguns tentaram fugir. Pelo menos um cara correu seis metros antes de a sua cabeça explodir.

"Havia um caminhão municipal estacionado nos fundos do prédio. Então, nos entregaram luvas de borracha e nos disseram para começar a trabalhar. Queriam levar os corpos para Portsmouth para 'descarte'. E o cara de quem falei, Devon, o aniversariante que nos trouxe cerveja daquela vez, também estava lá fora, com uma prancheta nas mãos. Ele deu baixa na gente quando pegamos as luvas e teria que dar baixa novamente quando voltássemos para as celas. Devon parecia um homem diferente. Como se tivesse feito dez aniversários no último mês, e não um.

"No começo, foi fácil jogar os corpos na traseira do caminhão, mas, depois de um tempo, Mazz e eu tivemos que subir para arrumá-los e abrir espaço. Fazia frio, e os corpos já estavam ficando rígidos. Era mais como mexer com madeira queimada do que você imagina. Virei Junot Gomez, que morreu de boca aberta, como se fosse fazer uma pergunta a alguém. Talvez fosse perguntar o que estavam servindo no café da manhã em Concord." Gilbert Cline riu disso, um único som áspero que foi mais chocante do que um soluço teria sido. "Tínhamos cerca de quarenta cadáveres empilhados no caminhão quando Mazz agarrou meu cotovelo e me puxou para baixo consigo. Ele arrastou o corpo de Junot para cima da gente. Assim mesmo. Sem discussão. Como se tivéssemos planejado aquilo. Nunca me ocorreu ter dúvidas.

"Bem. Não sei se havia algo a ser pensado. Os guardas achavam que estávamos saudáveis naquele momento e não imaginariam dois homens sem Escama se contorcendo entre uma pilha de cadáveres infectados. E não era como se fosse seguro ficar. Mais cedo ou mais tarde, atirariam em todos nós, por um motivo ou outro. Atirariam na gente e diriam que era a coisa certa a ser feita, que nos salvaram da fome, de sermos queimados vivos ou de qualquer outra coisa. As pessoas no comando sempre conseguem justificar atos terríveis em nome de um bem maior. Uma matança aqui, uma pequena tortura ali. Torna-se moral fazer coisas que seriam imorais se um indivíduo comum as fizesse.

"Enfim. Não há muito mais para contar. A gente se escondeu debaixo dos corpos enquanto os outros prisioneiros continuavam a atirar mais cadáveres para dentro. Ninguém pareceu notar que tínhamos desaparecido. Então, quando estavam terminando, ouvi alguém pular no caminhão. Escutei saltos de botas batendo no metal. Os corpos não nos cobriam completamente, e eu podia ver entre eles e, de repente, estava olhando para Devon e sua prancheta, e juro que ele estava olhando de volta para mim. Nós nos encaramos pelo segundo mais longo da História. Então, ele assentiu com a cabeça, só um pouquinho. Desceu do caminhão, fechou a porta traseira e o veículo deu partida. Um guarda gritou para Devon e perguntou se todos estavam presentes, e Devon respondeu que sim. Ele mentiu por nós. Sabia que estávamos no caminhão e mentiu para que pudéssemos escapar. Um dia tudo isso vai acabar, e eu vou encontrar aquele cara e comprar uma cerveja para ele. Ninguém nunca mereceu tanto uma cerveja quanto ele."

O fogo assobiava e fervia.

— E então? — perguntou Carol.

— O motorista engatou a primeira marcha e saiu dali. Meia hora depois, chegamos ao grande terreno em Portsmouth onde estavam queimando os mortos. Mazz e eu saímos do caminhão sem sermos vistos, mas só chegamos até um bueiro na beira do lago. E ficamos presos. Era impossível atravessar o lago e era impossível atravessar o terreno. Não tenho certeza do que teria acontecido se o Bombeiro não tivesse aparecido. Acho que ou teríamos morrido congelados, ou nos entregaríamos e levaríamos um tiro. Espero ter a oportunidade de agradecê-lo. Deve ser muito bom tê-lo a seu lado. Dá quase para sentir pena de quem fica contra ele.

Seguiu-se um silêncio longo e constrangedor.

— Obrigada, sr. Cline — disse Carol. — Obrigada por compartilhar sua história. Você deve estar cansado depois de toda essa conversa. Jamie, pode levá-lo de volta à prisão?

— As algemas, Jamie — falou Ben.

Jamie deu um passo à frente enquanto Mindy se levantava, e as duas se aproximaram de Gil, uma de cada lado. Gil olhou de Carol para Ben, os olhos cinzentos cansados e caídos. Ele se pôs de pé e colocou as mãos às costas. As algemas fizeram um som metálico quando Jamie as colocou nos pulsos dele.

— Eu ia perguntar se havia a possibilidade de ser transferido do frigorífico para o dormitório dos homens — disse Gil. — Mas acho que não.

Carol falou:

— Sou muito grata pela franqueza que tem demonstrado. Grata... e feliz. Feliz por estar conosco. Feliz por não precisar mais temer ser levado até um estacionamento e morto a tiros. Mas depois do que o sr. Mazzucchelli fez por você, sr. Cline, não tenho certeza se é do interesse desta comunidade deixá-lo livre. Ele o ajudou a escapar, e você parece ter uma alma leal. Como pode não querer fazer o mesmo por ele? Não. De volta à prisão, Jamie. Pode parecer um tratamento horrível, mas você entende por que é necessário, sr. Cline. Você mesmo disse que as pessoas no comando sempre podem justificar atos terríveis em nome de um bem maior. Acho que sei muito bem o que queria dizer com isso. Acho que todos sabíamos que estava falando de *mim*.

Os cantos da boca de Gil se ergueram em um pequeno sorriso.

— Senhora — disse Cline —, eu me escondi debaixo de cadáveres que eram menos frios do que você. — Ele olhou para Harper e deu-lhe um breve aceno de cabeça. — Obrigado pela água, Enfermeira. Vejo você por aí.

Jamie bateu na lombar dele com o cabo de vassoura.

— Vamos, bonitão. Vamos voltar para a suíte de lua de mel.

Quando ela abriu a porta, o vento soprou neve até o meio do cômodo. Mindy e Jamie escoltaram Gilbert para fora, a porta se fechando atrás deles. A casa rangeu com o vendaval.

— Sua vez, Harper — anunciou Carol.

10

— **CONTE-ME SOBRE MEU** pai — disse Carol. — Ele está morrendo?

— Sua condição é estável agora.

— Mas ele não vai acordar.

— Tenho esperança de que sim.

— Ben diz que ele já deveria ter acordado.

— Sim. Se fosse um hematoma subdural sem complicações.

— Então, por que ele não acordou?

— Deve ter havido complicações.

— Como o quê? Que tipo de coisa é uma "complicação"?

— Eu não poderia dizer com certeza. Sou enfermeira, não neurologista. Um pedaço de osso no cérebro? Ou apenas um hematoma profundo. Ou, talvez, ele tenha tido um derrame enquanto estávamos fazendo a operação. Não tenho nenhum equipamento de diagnóstico necessário para descobrir isso.

— Se ele acordar — falou Carol, e sua respiração pareceu falhar antes que ela seguisse em frente, embora o rosto tenha permanecido frouxo e inexpressivo —, vai ficar muito retardado?

Não se usava a palavra *retardado* para discutir danos cerebrais, mas Harper não achou que fosse o momento ou o lugar certo para corrigi-la.

— Ele pode não sofrer prejuízo algum ou pode sofrer um dano sério. A esta altura, eu estaria apenas supondo.

— Mas você concorda — disse Carol — que ele já deveria ter se recuperado? Esse é um resultado inesperado, não é?

— Eu esperava que estivesse melhor, sim.

Carol assentiu com a cabeça, devagar, quase sonhadoramente.

— Há algo que possa fazer por ele?

— Com o que tenho em mãos? Não muito. Inventei uma maneira de passar líquidos para ele… suco de maçã diluído… mas isso só vai sustentá-lo por certo tempo. Porém, se a enfermaria estivesse mais bem abastecida, abriria um leque de opções para melhorar o tratamento. Eu teria mais flexibilidade com outros pacientes também. Era sobre isso que esperava falar com você. Conversei com John...

— Sim — falou Carol. — Foi o que ouvi dizer.

Harper continuou como se não tivesse sido interrompida.

— ... e ele tem um plano para conseguir suprimentos...

Desta vez, foi Ben quem interrompeu:

— Eu não disse? — perguntou ele para Carol. — Não disse que podíamos contar que o Bombeiro teria um plano para nós? — Ele falou de forma monótona, quase entediada, mas, por baixo, havia um tom cortante na voz.

Harper tentou de novo.

— John acha que pode nos ajudar a conseguir o que preciso para cuidar do seu pai e do tratamento de longo prazo dele, caso ele continue incapacitado. Acho que deveríamos levar o plano em consideração.

— Conte-o para mim — falou Carol.

Harper expôs o plano do Bombeiro: como ele queria que levassem a viatura policial de Ben até a Verdun Avenue, usassem um dos celulares do acampamento para chamar uma ambulância, esperassem até eles aparecerem e então...

— ... então John diz que enviará uma fênix para afugentar os paramédicos e qualquer policial que os estiver acompanhando — concluiu Harper. Ela sentiu que essa era uma maneira um tanto esfarrapada de encerrar e ficou brevemente irritada com John e seus impulsos teatrais perversos. — Não tenho certeza do que isso significa, mas ele não nos decepcionou no passado.

— Será mais uma das suas acrobacias — comentou Carol. — Uma de suas distrações. Ele gosta das distrações.

Ben disse:

— Não vejo por que precisamos da ajuda do Bombeiro. Podemos conseguir uma ambulância sem ele. Temos armas suficientes.

— Para matar quantas pessoas? — perguntou Harper.

— Ah, não vai chegar a isso. Vamos colocar dessa maneira: ou eles nos dão o que há na ambulância, ou vão acabar andando na parte traseira de uma. A maioria das pessoas é bastante cooperativa quando tem um rifle apontado para a cara.

— Eles também terão armas. Terão escolta policial.

— Claro. Mas quando os encontrarmos, estarei de uniforme e dirigindo minha viatura. Eles não estarão preparados. Vamos derrubá-los antes que saibam o que está acontecendo — respondeu Ben.

— Por que ir sozinho? — questionou Harper. — Por que não fazer do jeito que John falou?

— A última vez que fizemos as coisas do jeito de John, alguém quase matou meu pai — disse Carol.

— O que aconteceu com seu pai aconteceu *aqui*, dentro do acampamento. O plano de John *funcionou*.

— Sim. Funcionou muito bem para *ele*.

— O que você quer dizer com isso?

Em vez de responder, Carol falou:

— Quando John planejava nos conceder a dádiva da sua ajuda?

— Daqui a três noites.

— Não podemos esperar tanto tempo. Terá que ser amanhã. Ben, confio em você para fazer isso sem qualquer violência, a menos que não tenha outra maneira.

Ben disse:

— Certo. Bem. Serão quatro deles... dois socorristas na ambulância, dois na viatura policial... então é melhor que sejamos cinco. Jamie é a melhor atiradora do acampamento depois de mim. Nelson Heinrich tinha a própria página da Associação Nacional de Rifles no Facebook e aparentemente é bom com uma arma. Aquela garota, Mindy Skilling, que acabou de sair daqui, poderia fazer a ligação para a emergência. Ela tem idade suficiente, então não me sentiria irresponsável por levá-la junto, e ela é dramática. Foi para Emerson, acho? Acho que...

— Espere. *Espere* — interrompeu Harper. — Carol, não há motivo para não esperarmos três noites. Seu pai...

— ... tem quase setenta anos. Você esperaria três noites se fosse o seu? Se pudesse fazer algo agora?

Harper estava prestes a dizer: *Meu pai não ia querer que pessoas levassem tiros por causa dele*, mas não conseguiu fazer as palavras saírem da sua boca. Na verdade, ela achava que Carol tinha razão. Se fosse o pai dela, Harper teria implorado ao Bombeiro para fazer tudo que pudesse o mais rápido possível. Implorar não era o tipo de coisa que Julie Andrews fazia, mas Harper estava disposta a isso.

— Tudo bem. Vou falar com John. Ver se ele consegue adiantar as coisas para amanhã à noite.

Carol brincou com o cacho de cabelo preto que caía sobre sua testa.

— John John John John John John John John. Se John não está com pressa de ajudar meu pai, eu me sentiria péssima por apressá-lo.

— Ele não está atrasando o plano sem motivo. As costelas dele estão quebradas, Carol.

Carol assentiu de maneira empática.

— Sim. Sim, claro, John *deve* ter permissão para descansar. Não quero que ele seja perturbado. Não precisamos dele. Enfermeira Willowes, você terá que fazer uma lista para Ben detalhando tudo de que vai precisar para dar o *melhor* atendimento a meu pai.

— Isso não vai funcionar. Preciso ir com eles.

— Ah, não. Não, é impossível. É muito corajosa e gentil por querer ir, mas preciso que fique com meu pai. Não podemos correr risco.

— Vai ter que correr. Ben só terá alguns minutos dentro da ambulância. Você realmente quer que ele vasculhe duzentos frascos, tentando entender as abreviaturas farmacológicas? Pessoalmente, eu não arriscaria, se fosse meu pai — disse ela, virando o rosto para ver se Carol havia gostado do comentário.

Carol lhe deu um olhar sinistro.

— Meu pai precisa de mais do que bons remédios. Ele precisa de uma boa enfermeira — falou Carol. — Um não serve sem o outro. Certifique-se de voltar inteira.

Harper não sabia como responder. Toda a conversa tinha sido confusa, cheia de sugestões que ela não entendia e insinuações das quais não gostava.

Carol disse:

— Ben, quero conversar sobre o plano com você. Quero saber de tudo. Quem vai levar junto. Como é a Verdun Avenue. Tudo. Enfermeira... — Ela olhou para Harper uma vez mais. — Consegue voltar para a enfermaria sozinha, espero.

Harper ficou surpresa por estarem dispostos a deixá-la sair sem supervisão. Até certo ponto, ela se considerava tão prisioneira quanto Gilbert Cline, só que com uma cela melhor. Trouxeram-na para a Casa da Estrela Preta sob guarda, e ela esperava partir da mesma maneira.

Parte dela queria sair pela porta naquele instante, antes que Carol mudasse de ideia e decidisse mandá-la de volta com Bowie ou um dos Vigias do lado de fora. Ela já tinha em mente um modesto desvio no caminho de volta à enfermaria. Mas se forçou a esperar, mexendo nos botões pretos do casaco. Afinal, havia outro assunto a ser tratado.

— Carol... Queria conversar sobre Allie. Ela anda por aí com uma pedra na boca há dias, porque acredita que tem algo a expiar. Acho que ela está fazendo isso, em parte, porque a admira. Quer impressionar você. Quer que todos saibam quanto é dedicada ao acampamento. Você não pode fazê-la parar?

— Eu não posso — respondeu Carol. — Mas você pode.

— *Claro* que você pode fazê-la parar. Diga que já se puniu o suficiente. Você é tia dela, e Allie te ama. Ela vai ouvir. Você é quase tudo que ela tem. Você é *responsável* por ela. Precisa intervir antes que a garota tenha um colapso.

— Mas somos *todos* responsáveis *uns pelos outros* — falou Carol, o rosto assumindo uma serenidade enlouquecedora. — Somos um castelo de cartas. Se uma única carta deixar de suportar sua parte do peso, todo o acampamento entrará em colapso. É isso que Allie está tentando dizer a *você*. Ela carrega *sua* pedra na boca. Só você pode tirá-la de lá.

— Ela é uma criança e está agindo como tal. Você tem a obrigação de ser a adulta.

— Eu tenho a obrigação de cuidar de mais de 140 pessoas desesperadas. Mantê-las a salvo. Evitar que queimem vivas. De certa forma, sou uma enfermeira também. Tenho que proteger este acampamento da infecção da aflição e do egoísmo. Tenho que nos proteger de segredos, que podem ser como câncer. Da deslealdade e do descontentamento, que agem como febres. — Enquanto falava, Carol se endireitou na cadeira e seus olhos úmidos brilharam com um calor doentio. — Desde que meu pai se feriu, tenho tentado ser o que toda essa gente precisa que eu seja. O que elas merecem que eu seja. Meu pai queria que o Acampamento Wyndham fosse um lugar *agradável* para pessoas que não tinham outro lugar para ir. E isso é tudo que quero. Quero apenas que seja um lugar *agradável*... e acho que é mais agradável quando todos cuidamos uns dos outros. Meu pai também pensava assim. — Ela cerrou as mãos e depois apertou-as entre os joelhos. — Juntos somos mais fortes, Harper. E se você não está conosco, então está sozinha. Hoje em dia, não é bom ficar sozinha. — O olhar dela, pensou Harper, era quase de pena. — Você não vê?

11

HARPER SEGUIU UM CAMINHO quase imperceptível sob um céu escuro.

Para qualquer lado que virasse o rosto, a neve soprava nele. O vento estava forte. Uma árvore rangeu. As tábuas balançavam e vergavam sob seus pés, exigindo um avanço devagar para manter o equilíbrio.

Quando a Casa da Estrela Preta desapareceu atrás de si, Harper se manteve firme na escuridão congelada e com cheiro de pinho. Mais duzentos passos, e ela cruzaria a trilha que descia por entre as árvores e seguia até o cascalho e o cais. Poderia atravessar a água em dez minutos, dizer a John que iriam atrás da ambulância no dia seguinte, dizer a ele...

Uma criança correu entre os pinheiros à sua direita, uma sombra bruxuleante, e ela virou a cabeça para olhar e viu que não era criança alguma, apenas uma massa de neve, escapando por entre as árvores.

Pof!

Uma bola de neve atingiu a lateral da sua cabeça, mas Harper não percebeu até dar mais dois passos. Demorou todo esse tempo para registrar aquilo. Ela não percebeu que estava cambaleando para o lado ou que seu joelho direito cedeu até se ver ajoelhada na neve.

Harper notou um movimento borrado pelo canto do olho e levantou um cotovelo a tempo de bloquear a próxima bola de neve. O impacto anestesiou seu braço. Um choque retumbante correu do cotovelo para a mão. A bola de neve se desmanchou no momento que a atingiu. A pedra branca salpicada que estava dentro da bola rolou na neve à sua frente.

Formas femininas pularam de trás das árvores de cada lado dela, sem fôlego de tanto rir. Harper pensou ter visto uma bola de neve voando na direção da sua barriga e baixou os braços para protegê-la, mas, em vez disso, o projétil atingiu o lado do seu pescoço, uma picada aguda, seguida de dormência.

Elas a cercaram.

A água nos olhos queria virar gelo, congelar ali. Os rostos que a rodeavam eram rígidos, brancos e inexpressivos, como se ela estivesse sendo atacada por manequins de uma loja de departamentos.

Uma delas a atacou pelas costas e a empurrou. Harper caiu de lado.

— Por favor, cuidado, meninas — disse ela. — Estou grávida. Não vou brigar com vocês.

— Máscara de cal, máscara de cal! — cantou alguém que soava horrivelmente como Emily Waterman.

Alguém agarrou seu cabelo com a mão enluvada, pegou um punhado de neve com a outra e esfregou-a no seu rosto. Uma garota gritou de tanto rir.

Quando Harper piscou para afastar a neve, Tyrion Lannister de *Game of Thrones* estava agachado à sua frente. Ele a fitava com incredulidade: uma máscara de plástico barata. Ele — não, *ela*, era uma garota por trás daquela máscara — estendeu a mão, com a palma para cima. Uma pedra plana e branca repousava ali.

— Enfia isso na boca — falou a voz por trás da máscara. — Enfia na boca, vadia.

— Enfia na boca dela — disse outra garota.

— Enfia na boca, enfia na boca, enfia na boca — gritavam as meninas.

Harper estava de lado na neve, um braço cobrindo a barriga protuberante, o outro preso sob o corpo. A garota que segurava o cabelo dela puxou. Então puxou com mais força.

Harper abriu a boca e manteve-a aberta como uma criança deixando um médico examinar suas amígdalas. Tyrion Lannister enfiou a pedra: um peso frio e liso.

A Capitão América assistia entre dois pinheiros, a cinco passos de distância. Harper encarou Allie até seus olhos ficarem turvos de lágrimas e sua visão dobrar, triplicar.

Houve um som como se alguém tivesse rasgado um lençol ao meio. A mão que segurava seu cabelo puxou, trazendo o queixo de Harper para cima, forçando a cabeça para trás. Outra mão lhe deu um tapa na boca, com força. Um polegar se moveu de um lado para o outro, pressionando uma tira de fita adesiva sobre os lábios.

— Meia hora — disse a garota que a segurava pelo cabelo. — Vai ficar aí meia hora. Agora, levante-se. De joelhos.

Harper foi colocada de joelhos. As meninas puxaram os braços dela para trás e houve outro som de algo sendo rasgado, enquanto uma delas arrancava um novo pedaço de fita adesiva e amarrava-lhe os pulsos.

— *Mob'bê* — falou Harper, querendo dizer para terem cuidado com o *bebê*. Ela não tinha ideia se alguém a entendia.

Duas meninas dançavam juntas, de mãos dadas, girando e girando: uma usava uma máscara de Obama, a outra um rosto de Donald Trump. Durante todo esse tempo, a Capitão América não se mexeu, mas permaneceu entre dois abetos, imóvel e sem piscar, como uma coruja.

Lanternas brilhavam nos pinheiros, um enxame de luzes douradas cintilantes. Harper teve que olhar uma segunda vez antes de perceber que as garotas não tinham lanternas. Eram as próprias meninas, pulando, rindo, chutando neve nela. Estavam na Iluminação, como quando cantavam juntas na igreja. Brilhavam umas para as outras, a Escama latejando, intensa o suficiente para lançar uma luminância por baixo dos casacos, até os colarinhos abertos.

Então, havia outras maneiras de entrar no estado exaltado da Iluminação. Um coro ou um pelotão de fuzilamento: ambos serviriam para satisfazer à Escama. Um estupro coletivo era tão bom quanto o Evangelho.

Harper ouviu o barulho da tesoura. Seu cabelo dourado começou a cair na neve.

— Ha ha! Ha ha! — disse a menor das agressoras, a garota que ela tinha certeza de ser Emily Waterman. — Corta corta *corta*! — Sua voz era um zurro bêbado.

O vento suspirou, relutante, como um amante que percebe que é hora de partir. O cabelo de Harper caía em volta dela enquanto a tesoura fazia barulho.

— Qual é o gosto dessa pedra? — perguntou uma das meninas. — Aposto que não tão bom quanto o pau do Bombeiro.

A garota que cortava o cabelo dela disse:

— Não é sexy? O som da tesoura? — Ela a abriu e fechou perto da orelha de Harper. — Me dá arrepios. Gosto tanto de cortar seu cabelo que sinto muito por não ter mais o que cortar. Sinto muito por ter que parar. Talvez, da próxima vez, eu corte outra coisa. Você precisa decidir se está conosco ou contra nós. Se vai brilhar conosco ou não brilhar de jeito nenhum. Quer *meu* conselho médico? Eu prescrevo uma mudança na sua atitude, vadia.

Sim, todas brilhavam… todas exceto Allie. Allie deu um passo na sua direção e emitiu um som sutil e abafado de tristeza, mas, quando Harper voltou o olhar para ela, a adolescente vacilou e congelou no lugar. Ela até levantou uma das mãos, com a palma voltada para Harper, como se, de alguma forma, a Enfermeira pudesse saltar, livrar-se da fita adesiva e bater nela.

Harper pensou que havia uma chance de que logo uma delas chutasse sua barriga como uma bola de futebol, só por diversão. Elas não sabiam mais o que estavam fazendo. Talvez, já tivessem ido mais longe do que pretendiam. Talvez, quisessem apenas atirar bolas de neve e fugir. Haviam esquecido quem eram. Haviam esquecido o próprio nome, a voz da mãe, o rosto do pai. Harper pensou que era bem possível que a matassem ali na neve sem querer.

Usassem aquela tesoura para abrir sua garganta. Quando você entrava na Iluminação, tudo parecia bom, tudo parecia *certo*. Você não andava. Você dançava. O mundo pulsava com músicas secretas, e você era a estrela do seu próprio musical em Technicolor. O sangue jorrando da sua artéria carótida seria tão bonito para elas quanto uma faísca lançando uma chuva vermelha e ardente de fogos de artifício.

A garota que ficou atrás dela aquele tempo todo empurrou-a de lado na neve. Uma bolha de alguma emoção poderosa e perigosa estremeceu dentro dela, e Harper permaneceu imóvel para que não estourasse. Ela não queria descobrir o que era... se era tristeza, terror ou, pior de tudo, rendição.

Cada uma das garotas se revezava dançando até ela e chutando neve no seu rosto, e Harper fechou os olhos.

As meninas ficaram perto dela, sussurrando. Harper não suportava olhar para elas, ver aquele círculo de rostos mascarados reunidos a seu redor. Elas conversavam sem parar, em vozes suaves, sibilantes e ininteligíveis. Harper tremia violentamente. A calça jeans estava encharcada, os pulsos doíam e o rosto estava em carne viva e queimado por causa de toda a neve que havia sido jogada nele.

Por fim, ela abriu um pouco os olhos. Os sussurros continuavam, mas as meninas tinham ido embora. A única coisa que falava era o vento, pedindo que os pinheiros se calassem.

A Enfermeira se contorceu e torceu os pulsos. A fita adesiva estava nas luvas, não na pele, e, depois de um tempo, ela conseguiu libertar uma das mãos. Harper tirou a outra luva e jogou as duas de lado, ainda grudadas com fita. Ela não hesitou, não se deu tempo para pensar, mas encontrou a ponta da fita sobre a boca e arrancou-a, tirando um pouco do lábio superior no processo.

Harper cuspiu a pedra na neve. Estava rosa de sangue.

Ficou tão tonta ao se levantar que teve que apoiar a mão em um pinheiro para não perder o equilíbrio. Ela foi de tronco em tronco, como um bebê vacilante dando os primeiros passos e usando a mobília para se equilibrar. Encontrou a curva para a orla e começou a descer a colina. Tinha dado talvez doze passos quando alguém a chamou.

— Enfermeira Willowes? — gritou Nelson Heinrich. — Para onde está indo? A enfermaria é por aqui.

Ele estava nas pranchas com Jamie Close. Jamie usava as mesmas roupas da última vez que Harper a vira, a calça de neve laranja brilhante e a parca cor de ardósia. A única coisa diferente era que havia retirado a máscara de Tyrion Lannister.

— Essa neve pode chegar até o pescoço. Por que não volta aqui antes de ser enterrada viva? — O rosto de Nelson estava vermelho de frio, e ele sorriu, mostrando os dois dentes da frente.

A respiração de Harper fumegou. Quando lambeu o lábio superior, sentiu gosto de sangue.

Ela levou quase cinco minutos para percorrer os vinte passos de volta às tábuas, andando com a neve até a cintura, as botas molhadas por dentro.

— Jamie e eu estávamos saindo para substituir os Vigias na casa da Mãe Carol! Ainda bem que a gente apareceu agora. Você estava completamente perdida. — Ele estendeu as duas mãos para ajudá-la a subir nas tábuas. O rapaz franziu a testa, mas os olhos estavam alegres e divertidos. — Mas veja só todos esses rastros! Nós temos regras, você sabe! É proibido sair do caminho! Podemos mover as tábuas, mas não podemos fazer os rastros desaparecerem. E se um caçador passar por aqui? Por Deus, se fôssemos descobertos, eles nos mandariam para Concord! Se não atirassem na gente aqui mesmo! Sair do caminho coloca todo o acampamento em risco! O sr. Patchett e a Mãe Carol são muito claros em relação a isso. Uma hora com uma pedra deve lembrá-la das suas responsabilidades.

Jamie Close o contornou, segurando uma pedra branca na palma da mão. Ela sorriu para mostrar um dente lascado.

Harper pegou a pedra e obedientemente colocou-a na boca.

12

ELA FOI LEVADA, COMO uma prisioneira, por entre as árvores, Nelson conduzindo-a de volta ao acampamento, Jamie atrás dela com o rifle e a vassoura serrada. Harper ficou surpresa ao descobrir que não se importava tanto com a pedra quanto pensava. Acreditava que, com o tempo, poderia até começar a achar aquilo confortável. A pedra convidava à calma, à meditação. Insistia no silêncio... no silêncio interior, bem como no silêncio real.

Exigia toda a atenção, o que era um alívio, porque muito do que ela costumava pensar a perturbava: se conseguiria manter o Pai Storey vivo, se conseguiria se manter viva, o que faria se o bebê tivesse Escama de Dragão como ela, o que aconteceria se o estresse provocasse um trabalho de parto prematuro.

A pedra forçou tudo para longe, e, a princípio, ela achou que, se soubesse como era fácil viver com uma pedra na boca, não teria resistido tão furiosamente. Então pensou que, no fundo, sempre soube. Sempre entendeu que a obediência seria um grande conforto para ela, e foi exatamente por isso que resistiu. Sentiu que, se cedesse uma vez, apenas uma vez, a próxima seria mais fácil.

Eles saíram do bosque perto da capela. As portas duplas da igreja estavam abertas e as pessoas a observavam. Harper tinha certeza de que a maioria delas sabia do que ela estava se afastando.

Harper voltou o olhar para as pessoas, frio, remoto, desprovido de vergonha, e ficou satisfeita ao ver algumas delas recuando para as sombras. A maioria das crianças, no entanto, permaneceu no mesmo lugar. A punição de terceiros era um assunto de grande interesse para as crianças, uma fonte de tremenda gratificação.

Allie andava de um lado para o outro ao pé da escada da capela, mas, quando viu Harper, ficou imóvel.

— Mantenha essa bunda andando, Enfermeira — disse Jamie.

Allie esperou que Harper passasse e, então, não conseguiu mais se controlar. Ela correu pela neve na direção deles.

— Allie — disse Nelson Heinrich. — Você deveria estar no campanário hoje à noite. Volte para seu posto.

Allie o ignorou.

— Harper. Quero que saiba que eu nunca...

Mas Harper deixou cair silenciosamente a pedra da boca para a mão. Ela cuspiu catarro na bochecha de Allie, que se encolheu como se tivesse levado um tapa.

Jamie bateu na nuca de Harper, se com o punho ou com o bastão, ela não sabia.

— Essa pedra deve ficar na sua boca! — gritou Nelson. — E você pode mantê-la aí até o nascer do sol agora!

Harper nunca desviou o olhar de Allie, cujo rosto estava enrugado de choque e tristeza, os olhos assustados começando a transbordar. Harper assistiu até o primeiro soluço de Allie. Então, colocou a pedra de volta à boca e continuou andando até a enfermaria.

LIVRO SEIS

FÊNIX

FEVEREIRO

1

Do diário de Harold Cross:

10 DE AGOSTO

ELES ADORAM CANTAR HINOS ANTIGOS NESSE LUGAR. É "AMAZING GRACE" QUASE TODA NOITE, COM CAROL ACARICIANDO AS TECLAS DO ÓRGÃO ACHANDO QUE É RAY CHARLES. DEIXE-ME DIZER UMA COISA: NÃO HÁ NADA DIVINO E NÃO HÁ DEUS NENHUM E EU SOU A PROVA VIVA DISSO. SE EXISTISSE UM ESPÍRITO GENTIL E BONDOSO CUIDANDO DA GENTE, EU NÃO SERIA VIRGEM AOS VINTE E CINCO ANOS. TALVEZ EU SEJA O ÚNICO HOMEM BRANCO NORTE-AMERICANO COM MAIS DE DEZOITO ANOS QUE NÃO CONSEGUIU USAR O APOCALIPSE PARA CONSEGUIR UMA BOCETA.

ALLIE STOREY PASSOU DUAS SEMANAS DANDO EM CIMA DE MIM — PRATICAMENTE ME ENCOXANDO. SENTAVA COMIGO NA CAPELA. PEDIA MINHA "AJUDA" NA COZINHA QUANDO O LUGAR ESTAVA VAZIO, PARA PODERMOS FICAR JUNTOS SEM NINGUÉM POR PERTO. JOGAVA ÁGUA EM MIM PARA QUE EU JOGASSE NELA, PARA ME DEIXAR DAR UMA OLHADA NOS MELÕES DEBAIXO DA CAMISETA MOLHADA. PENSEI QUE ELA TALVEZ ESTIVESSE SE SENTINDO CARENTE POR CAUSA DA MORTE DA MÃE. COMO MENCIONEI ANTES, A PERDA DE ALLIE PODERIA SER UM GANHO PARA MIM: A MORTE DE UM ENTE QUERIDO É UM AFRODISÍACO NATURAL. ERA LÓGICO QUE ELA VERIA MEU PAU COMO UMA POTENCIAL FORMA DE ENFRENTAR O LUTO.

MAS AGORA ACHO QUE ALLIE ESTAVA FAZENDO A PORRA DE UM JOGUINHO COMIGO. TALVEZ TENHA FINGIDO GOSTAR DE MIM PARA DIVERTIR AS OUTRAS MENINAS — TALVEZ ELAS A TENHAM DESAFIADO A VER QUANTOS DIAS PODERIA ME ENGANAR, QUANTAS VEZES PODERIA ME DEIXAR COM TESÃO E DEPOIS NÃO FAZER NADA. FINALMENTE, APÓS SEMANAS SE JOGANDO EM CIMA DE MIM, EU TOMO UMA ATITUDE, E ELA AGE COMO SE FOSSE UMA TENTATIVA DE ESTUPRO.

"JESUS CRISTO, SEU MERDA, NÃO PODE DEIXAR NINGUÉM SER SÓ SEU AMIGO?", ELA FALOU.

"SIM", RESPONDI. "VAMOS SER AMIGOS. DEIXA MEU PAU SER AMIGO DA SUA XOXOTA."

ELA ME EMPURROU COM TANTA FORÇA QUE MEUS ÓCULOS CAÍRAM NO CHÃO, E ELA METEU O CALCANHAR NELES, E AGORA ESTOU PRATICAMENTE CEGO.

QUERIA QUE ELA ESTIVESSE NO CHALÉ QUANDO A MÃE DELA QUEIMOU. QUERIA QUE TIVESSEM QUEIMADO JUNTAS. QUERIA QUE ESTE LUGAR INTEIRO QUEIMASSE.

ESTE LUGAR É UM CAMPO DE CONCENTRAÇÃO QUENTE E EMPOEIRADO, E TODO MUNDO FICA DE OLHO EM MIM O TEMPO INTEIRO, MAS UMA AMIZADE TARDIA COM JR TORNOU POSSÍVEL A SAÍDA QUASE DIÁRIA DO ACAMPAMENTO. O HOMEM É MÁGICO. A CADA VEZ QUE VISITO O CHALÉ, ME PERGUNTO POR QUE DIABOS FICO NO ACAMPAMENTO WYNDHAM. NÃO SÓ TENHO GERADOR E INTERNET LÁ, COMO TENHO HOT POCKETS. CADA MORDIDA É EXTRADELICIOSA SABENDO QUE NINGUÉM NO ACAMPAMENTO TEM NADA PARECIDO.

RECEBI UM E-MAIL DE SÃO FRANCISCO: GRANDE AVANÇO NOS ESTUDOS DE PULMÕES INFECTADOS LÁ. TEM DUAS MIL PESSOAS NO PRESÍDIO COM DRACO INCENDIA TRYCHOPHYTON HÁ TRÊS MESES OU MAIS, E NOVE DELAS MOSTRARAM EVIDÊNCIAS DAS MESMAS HABILIDADES QUE O BOMBEIRO: IMUNIDADE LIMITADA CONTRA QUEIMADURAS, CAPACIDADE DE ACENDER-SE SELETIVAMENTE, PROJEÇÃO CONTROLADA DE CHAMA. NA COMUNIDADE MÉDICA, ESSES INDIVÍDUOS SÃO CHAMADOS DE PIROMAGOS. HÁ, INCLUSIVE, UMA SUGESTÃO DE QUE TODOS OS PIROMAGOS, E MUITOS DOS OUTROS CASOS DE LONGO PRAZO, CONSEGUIRIAM SUPORTAR NÍVEIS DE FUMAÇA QUE MATARIAM A MAIORIA DAS PESSOAS.

É CLARO QUE SABEMOS HÁ MUITO TEMPO QUE O ESPORO "COME" DIÓXIDO DE CARBONO E EXALA OXIGÊNIO. MAS NOS DOENTES DE LONGO PRAZO, ELE ACABA COBRINDO AS PARTES DO CÉREBRO QUE CONTROLAM A RESPIRAÇÃO (A PONTE E A MEDULA OBLONGATA). UMA TEORIA INICIAL AFIRMA QUE, QUANDO O HOSPEDEIRO COMEÇA A SOFRER DE INALAÇÃO DE FUMAÇA, O CÉREBRO DIZ À ESCAMA DE DRAGÃO NOS PULMÕES PARA TRABALHAR EM EXCESSO, CONSUMINDO AS TOXINAS E PRODUZINDO AR LIMPO E RESPIRÁVEL. UM NOME MELHOR PARA ESCAMA DE DRAGÃO SERIA VÍRUS NIETZSCHE — SE NÃO MATA, TORNA VOCÊ MAIS FORTE.

TRABALHANDO EM UM NOVO POEMA:

ALLIE STOREY É UMA PROSTITUTA VADIA,
QUE NEM SABE O QUE O ESPORO FAZIA,
ELE PROTEGE OS PULMÕES DA FUMAÇA,
QUANDO DEVERIA ACABAR COM SUA RAÇA

É, EU SEI. NÃO FICOU MUITO BOM.

GRAÇAS A DEUS TENHO MEU CHALÉ E INTERNET E AINDA RESTA UM POUCO DE PORNÔ. HOJE EM DIA TEM ATÉ PORNOGRAFIA DE ESCAMA DE DRAGÃO! É SURPREENDENTEMENTE QUENTE. HA HA. SACOU? SACOU?

2

O DODGE CHALLENGER AVANÇOU noite adentro com uma força que fazia lembrar um jato acelerando no final da pista. Era a primeira vez de Harper em uma viatura policial. Ela estava sentada na parte de trás, onde colocavam os prisioneiros. *Fazia algum sentido*, pensou.

Harper ficou imprensada entre Nelson Heinrich e Mindy Skilling. Mindy encarava a enfermeira e seu novo corte de cabelo com olhos úmidos e solidários. Harper a ignorou. De vez em quando, Nelson assobiava algumas notas de "I'd Like to Buy the World a Coke". Ela estava fazendo o possível para ignorá-lo também.

Ben dirigia. Jamie Close estava sentada no banco do passageiro, com um rifle Bushmaster sobre os joelhos. O Bushmaster fora retirado do porta-malas, junto com uma espingarda de calibre .410, que Ben entregou a Nelson. O rapaz estava com a arma entre os joelhos agora, o cano apontando para cima, bem abaixo do queixo. A cada vez que o Challenger passava por um buraco, Harper tinha a imagem nauseante da arma disparando com um barulho ensurdecedor e jogando o cérebro de Nelson no teto.

De todos eles, ela era a única que não estava armada. Não ficou muito surpresa por não terem lhe oferecido uma arma. Talvez, não tivessem certeza em quem Harper decidiria usá-la.

— E se os policiais que aparecem com a ambulância forem pessoas que você conhece? — perguntou Nelson. — Você foi da polícia de Portsmouth por muito tempo, deve conhecer todo mundo!

— Tenho certeza de que *serão* pessoas que conheço — respondeu Ben.

— Então... e se eles não desistirem da ambulância? Se forem caras de quem você era amigo... caras com quem você costumava beber... eles não esperariam que você *não* atirasse?

— Se forem caras que eu conheço, eles saberão que nunca blefo.

Nelson se recostou e assentiu com a cabeça de forma plácida.

— Não vale a pena se preocupar, acho. Não serão amigos *meus*. Se você tiver algum escrúpulo, saiba que pode contar comigo para fazer o que for necessário. — Ele assobiou mais um pouco de "I'd Like to Buy the World a Coke".

— Espere um instante — disse Ben, mas foi interrompido por Jamie Close.

— Não é a Verdun Avenue à esquerda, sr. Patchett? Não quero perder a nossa entrada.

— Sim — falou Ben. — Tudo parece diferente com as luzes apagadas.

Eles tinham viajado mais de três quilômetros desde o Acampamento Wyndham e não cruzaram com outro carro durante todo o caminho. A neve permanecia intacta na estrada. Havia postes de iluminação em estilo antigo ao longo das calçadas, mas eles não emitiam luz. A única iluminação era o brilho azul do luar na neve.

Ao entrarem na Verdun, passaram pelas ruínas incendiadas de uma farmácia, uma caixa de concreto sombria ladeada por buracos retangulares onde antes ficavam as vitrines de vidro laminado. Harper observou o local quase como se fosse uma cena de crime. A farmácia havia queimado e as cinzas do incêndio caíram como uma neve envenenada sobre todos que estavam na direção do vento, e quem sabe quantos tinham morrido como resultado.

A Verdun Avenue era uma pequena rua lateral de casas coloniais imponentes misturadas, aparentemente ao acaso, com modestos imóveis térreos que pareciam ser da década de 1960. O grupo diminuiu a velocidade diante de uma casinha com trepadeiras e uma cerca viva na altura do peito margeando o gramado. Ben engatou a marcha a ré, deu a volta no carro e estacionou.

Ele estendeu a mão sobre os joelhos de Jamie Close, abriu o porta-luvas e pegou o que parecia, à primeira vista, um enorme globo de neve. Ben colocou a coisa no painel e ligou: uma luz estroboscópica vermelha e azul iluminou a rua com flashes de máquinas de pinball.

Ben se virou e olhou para o banco de trás.

— Nelson? Vou colocá-lo ali, atrás da cerca viva. Mantenha-se abaixado. Depois que Mindy fizer a ligação, ela e a Enfermeira vão se acomodar no banco traseiro do carro. Jamie? Você e eu ficamos na frente, para saudar quem aparecer. Você fica do lado do passageiro do carro e tenta parecer uma policial. Eu estarei na estrada. Eles vão ver as luzes piscando e sair para conferir o que está acontecendo. Vou mandar se deitarem no chão com as mãos na cabeça. Essa é sua deixa para se levantar, Nelson. Dê um assobio, deixe que saibam que estão cercados. Não teremos problema algum quando eles virem isso. Há duas mochilas no porta-malas e um isopor cheio de gelo para qualquer coisa que precisarmos manter fria. Mindy e Harper vão pegar os remédios enquanto o restante de nós fica de olho nos socorristas. — Ben olhou de

Nelson para Jamie, fazendo contato visual cuidadosamente com cada um. — Nós os trataremos com respeito e compreensão. Sem gritos. Sem palavrões. Nada de: "Coloque a 'm' da sua bunda no chão ou vou explodir a 'm' da sua cabeça". Me entenderam? Se ficarmos calmos, eles vão ficar calmos. — Ben olhou para Mindy. — Você está pronta? Sabe o que vai dizer?

Mindy assentiu com a cabeça, tão solene quanto uma criança recebendo um segredo.

— Estou pronta.

Uma grade de arame resistente separava o banco dianteiro do traseiro, mas Ben conseguiu passar um celular por uma fenda estreita no centro. Mindy ligou o aparelho. A tela encheu a parte de trás do carro com todo o brilho de um pequeno holofote. Certa vez, Harper pensou que aquela superfície lisa e brilhante de vidro se parecia com o Futuro. Agora, pensava que nenhum outro objeto no mundo inteiro incorporava mais plenamente o Passado.

Mindy respirou fundo, preparando-se. O rosto se contraiu e o queixo se franziu de emoção, talvez por causa de alguma dor profunda relembrada. Ela ligou para o telefone de emergência.

— Alô? *Alô?* Meu nome é Mindy Skilling. — Ela ofegava, a respiração falhando enquanto lutava para não soluçar. — Estou na Verdun Avenue, número dez. *Verdun. Dez.* Por favor, preciso de uma ambulância. Acho que meu pai está tendo um ataque cardíaco. — Uma lágrima escorreu de seu olho, um fio brilhante. — Estou no meu celular. Faz semanas que o telefone fixo não funciona. Ele tem sessenta e sete anos. Está deitado. No chão da sala agora. Vomitou há alguns minutos. — Outro silêncio desesperado. — Não, não estou com ele. Tive que correr para fora da casa para conseguir sinal no telefone. Tem alguém vindo? Há uma ambulância a caminho? Por favor, mande alguém.

Ao longe, Harper podia ouvir a voz do outro lado da linha, um *squonk-squonk* como os adultos conversando em um desenho animado do Charlie Brown.

— Não. Nenhum de nós tem Escama de Dragão. Somos normais. Papai não deixa ninguém se aproximar da gente. Ele também não me deixa sair. Era por isso que estávamos brigando quando... Ah, meu Deus. Eu estava reclamando dele. Meu pai estava tentando se afastar de mim, eu o segui e continuei reclamando, e ele segurou meu pescoço. Ai, ai, eu sou tão burra.

Harper notou Nelson piscando por causa das lágrimas, observando extasiado.

— Por favor, venha. Rápido, por favor. Não deixe meu pai morrer. Verdun, dez. Por favor, por favor, por favor... — Mindy apertou abruptamente o botão TERMINAR CHAMADA.

Mindy limpou um olho com o polegar, depois o outro, enxugando as lágrimas. Ela fungou — um som úmido e congestionado —, embora sua expressão tivesse se revertido para uma de doce vazio. Ela devolveu o telefone ao banco dianteiro.

— Sempre fui boa em chorar — disse Mindy. — É incrível quanto trabalho você consegue se puder chorar na hora certa. Comerciais de seguros. Comerciais de antialérgicos. Promoções do Dia das Mães.

— Você foi ótima. — A voz de Nelson estava carregada de emoção. — Eu mesmo quase comecei a chorar.

Mindy fungou e passou as mãos pelas bochechas rosadas e molhadas.

— Obrigada.

Ben acenou com a cabeça para Jamie.

— Agora é a nossa vez de subir no palco. Vamos logo com isso.

Ben e Jamie desembarcaram do veículo e Jamie abriu a porta para Nelson sair. Quando ele estava parado ao lado do carro, Jamie bateu a porta novamente. Se todos morressem nos próximos minutos, Harper e Mindy Skilling ficariam presas na viatura. Mindy, pelo menos, tinha uma arma, uma pequena pistola calibre 22 prateada. Se ela pudesse manejar uma arma de fogo tão bem quanto conseguia interpretar uma filha enlutada, Harper achou que elas teriam uma chance.

— Chorar é fácil — revelou Mindy. Harper não achou que a garota estivesse falando com ela. Em vez disso, parecia se dirigir ao carro vazio, como se não tivesse notado que os outros tinham saído. — Pelo menos para mim. Acho que é mais difícil parecer genuinamente feliz… rir com sinceridade. E então, o mais difícil de tudo é morrer na frente de uma multidão. Tive que fazer uma cena de morte como Ofélia… os piores cinco minutos que já vivi no palco. Eu podia ouvir as pessoas rindo de mim. Quando a cena acabou, queria *mesmo* estar morta.

Harper acompanhou Ben e Jamie com o olhar enquanto eles se dirigiam para a frente do carro, iluminados por trás pelos faróis. A casa dez da Verdun Avenue ficava atrás de uma espessa cerca viva coberta de neve que chegava até o peito de Nelson Heinrich. Ben acenou com a mão, *Um pouco mais à direita, um pouco mais*, posicionando-o no meio da sebe.

A Enfermeira olhou para além de Nelson, para a casa onde o Bombeiro morara com Allie, Nick e a mulher morta. Em um dos lados do imóvel, ela conseguiu ver uma cerca de tábuas, o portão aberto apenas ligeiramente para mostrar o canto de uma piscina vazia.

Harper tentou imaginar John e os outros reunidos em torno de uma mesa de piquenique lá atrás. Imaginou Nick esguichando um pouco de mostarda em um cachorro-quente, Allie mexendo em um saco de batata chips, o plástico enrugando ruidosamente. Visualizou Tom e Carol Storey sentados de frente para o outro com um tabuleiro de Scrabble entre os dois, ouviu o clique das peças enquanto Tom formava uma palavra. Não foi difícil evocar o cheiro de hambúrgueres queimando na grelha, o odor misturando-se com o cheiro forte de cloro da piscina. E então, o que é isso? Os primeiros baques quando os tanques de propano começam a explodir na farmácia, e John se afastando da churrasqueira com a espátula em uma das mãos, e Sarah rígida e alerta na parte rasa da piscina, e... Harper se conteve ali, pensando em Sarah Storey na piscina. Pensando em cloro.

— Agora, *isso aqui* é emocionante — disse Mindy, inclinando-se para a frente, os grandes olhos úmidos brilhando no escuro.

— É mesmo?

— Sim — respondeu Mindy. — Sempre desejei fazer uma cena de assalto.

Harper ouviu o uivo de uma sirene se aproximando. Luzes azuis e prateadas transformaram a esquina em uma discoteca invernal. Uma viatura policial dobrou a esquina, sem pressa, e foi na direção deles.

Ben avançou, uma das mãos levantada em saudação, enquanto o motorista do carro da polícia saía do veículo. O interior da viatura estava totalmente iluminado. Um segundo policial, uma mulher atarracada, permaneceu no banco do passageiro com um notebook aberto sobre os joelhos.

O policial que dirigia se aproximou dos faróis, levantando a palma da mão para proteger os olhos e ver Ben com mais clareza. Era um homem baixinho, com cabelo grisalho como lascas de aço fosco e um par de óculos de aros dourados apoiados na ponta do nariz. A primeira impressão de Harper foi que ele parecia mais um contador do que um policial.

— Ben Patchett? — Ele sorriu de forma confusa. — Ei, acho que não vejo você há...

Uma compreensão chocada surgiu por trás dos seus olhos. O policial gorducho se virou e começou a correr de volta para o carro, as algemas tilintando no cinto.

— Bethann! Bethann, passe um rádio... — gritou ele.

Jamie Close pegou o seu Bushmaster entre os faróis do Challenger. A arma estava encostada na grade, meio escondida atrás dela.

Ben abaixou a cabeça e deu quatro passos apressados na direção da viatura policial, não na direção do policial que parecia um contador, mas cruzando na frente do capô, movendo-se para o lado do passageiro do carro.

— Ei! — berrou Jamie. — Ei, filho da puta, pare de correr ou alguém vai...

A espingarda disparou de trás da cerca viva com um som ensurdecedor. O pequeno policial grisalho tropeçou e os óculos de aros dourados caíram na estrada, e Harper pensou: *Ele levou um tiro, Nelson acabou de atirar nele*. Mas, então, o homenzinho se firmou e ficou imóvel, estendendo as mãos abertas nas laterais do corpo.

— Não atirem! — gritou ele. — Pelo amor de Deus, não atirem!

A policial dentro do carro virou a cabeça, de forma que seu queixo pressionava a clavícula. Sua mão estava no rádio preso ao ombro e apertava o botão. Ben, de pé a seu lado, apontava a pistola para sua têmpora através da janela.

— Está tudo certo — disse Ben. — Tudo certo! Possível ataque cardíaco, código vinte e quatro, código vinte e quatro. Fale isso para eles, Bethann.

Bethann observou Ben pelo rabo do olho e repetiu:

— Código vinte e quatro, código vinte e quatro na Verdun Avenue, dez, policiais no local, aguardando ambulância.

Ela largou o microfone sem que lhe mandassem fazer isso, fechou o notebook e apoiou as mãos em cima do aparelho.

Jamie caminhou pelo meio da estrada, a coronha do Bushmaster enfiada no ombro, mirando o pequeno policial na rua.

— Fique de joelhos — ordenou ela. — De joelhos, policial. Não queremos machucar ninguém.

— Bethann, se você sair do carro e se deitar de bruços na calçada, acho que conseguiremos passar por isso sem problema algum — falou Ben.

Harper ouviu outra sirene agora, um tenor mais profundo, aumentando de volume para fazer o ar frio reverberar de forma que ela podia sentir na pele. Mindy encarou a enfermeira, os olhos brilhando de empolgação.

— Queria que estivéssemos filmando isso — sussurrou ela.

— Ben — disse o policial grisalho, enquanto se ajoelhava. Jamie ficou de pé sobre ele, apontando o rifle para a sua nuca. — Você pegou essa merda, não é? Dá para ver essa merda toda em cima de você. Está doente.

— Estou com Escama de Dragão, mas não sei se você tem razão ao me chamar de doente, Peter. No meu modo de pensar, estou melhor do que nunca. — Ben recuou, mantendo a arma apontada para Bethann, que abriu a porta e saiu com as mãos erguidas. Sem desviar o olhar, Ben gritou: — Nelson, eu não lhe disse para manter o dedo fora do gatilho? Por que atirou?

Nelson ficou atrás da cerca viva, segurando a arma de forma que ela apontasse para o céu.

— Isso o impediu de correr, não foi?

Ben falou:

— Mas, quando você atirou, Bethann estava falando num microfone aberto.

— Ops!

— O que isso significa? — perguntou Jamie.

— Significa que, se vocês forem espertos, vão sair daqui enquanto ainda têm tempo de correr — falou Bethann. — Há uma boa chance de terem ouvido o tiro pelo rádio e já estarem enviando mais policiais.

— Ah, acho que não — disse Ben. — Na época em que parei de ir trabalhar, já estávamos tão sobrecarregados que poderia levar mais de meia hora para conseguir qualquer tipo de reforço. E isso foi há meses. Todo mundo sabe que as coisas só pioraram. Mesmo que a central estivesse ouvindo, não enviariam a cavalaria só porque talvez tenham escutado algo estranho ao fundo.

— Sim, é verdade! — concordou Peter, de joelhos na estrada, as mãos estendidas para os lados. — Mas hoje em dia não é só a central que está ouvindo. Você não sabe mais *quem* está no rádio.

— O que diabos quer dizer com isso? — indagou Ben, mas, se Peter respondeu, Harper não conseguiu ouvir. Sua voz foi abafada pelo barulho da ambulância virando na Verdun a partir da Sagamore.

Jamie foi a primeira a se mexer, contornando Peter, ajoelhado, e caminhando em direção à ambulância que estacionou atrás da viatura policial. Ela apontou o Bushmaster pelo para-brisa, gritando enquanto avançava:

— Ei, você! Tire as mãos do volante...

A espingarda de Nelson disparou com um estrondo. A ambulância foi para a frente, como uma pessoa pulando de surpresa. Jamie saltou para o lado a fim de sair do caminho e mesmo assim foi atingida pelo retrovisor. O veículo acertou o Bushmaster, que teria caído no chão se Jamie não estivesse usando a alça no pescoço.

O policial chamado Peter levantou-se sobre um pé, o outro joelho ainda tocando a estrada, e a espingarda disparou novamente. A cabeça de Peter foi para trás. O cabelo fino e cinzento que cobria sua careca se levantou. Ele começou a afundar, como se estivesse realizando algum tipo de pose avançada de ioga.

— *Pare de atirar!* — gritou alguém. Harper nunca soube quem. Até onde sabia, podia estar ouvindo a si mesma.

A ambulância começou a recuar. O para-choque dianteiro torto ficou preso no para-lama traseiro da viatura policial e arrastou o carro de Peter e Bethann junto, através de uma nuvem de fumaça. Ben observou a ambulância arrastando a viatura com uma espécie de perplexidade, como se ele próprio tivesse levado um tiro.

Quando Bethann saiu correndo, ela não tentou agarrar a arma de Ben e também não tentou sacar a sua. Em vez disso, ela tomou impulso na calçada e deu um empurrão cômico no ex-policial, uma das mãos no rosto dele, a outra no esterno. Ele cambaleou. A mulher se virou, deu um passo, depois outro. O pé direito de Ben passou do meio-fio. Ele caiu para trás em direção à rua. Sua pistola disparou. Bethann se curvou, expandindo o peito e arqueando as costas. Então, ela se endireitou e correu mais meia dúzia de passos, sua mão na coronha da Glock, antes de subitamente cair de cara na calçada cheia de neve gelada.

Os pneus da ambulância fumegavam e giravam. Jamie recuperou o Bushmaster e ergueu-o até o ombro, gritando algo que Harper não conseguiu ouvir. Houve um barulho violento de aço sendo dobrado. O para-lama traseiro da viatura de Peter e Bethann caiu na estrada. A ambulância, livre, disparou para trás, bateu em um poste e parou mais uma vez.

Os pneus gritaram e o veículo saltou para a frente, na direção de Jamie. O Bushmaster disparou em uma série de estalos. Os tiros soavam como palmas. Ben foi para a estrada, apontou a pistola e disparou um tiro após o outro.

O para-brisa da ambulância explodiu. A sirene engasgou, emitiu um lamento sombrio e agonizante e, por fim, ficou em silêncio. Um farol explodiu com um estalo brilhante.

Jamie recuou, afastando-se, depois ficou ali parada, observando em silêncio enquanto a ambulância passava calmamente, sem ganhar velocidade, movendo-se com uma lerdeza surreal como um zumbi em um filme de terror. Todos observaram enquanto ela rolava sobre o corpo do policial Peter. A coluna de Peter se partiu como um galho de árvore. A ambulância avançou mais uns quatro metros antes de parar no meio-fio, a grade fumegante e crivada de balas a seis metros da frente do Challenger de Ben.

3

BEN PATCHETT ESTAVA EM posição perfeita, como um atirador praticando no estande de tiro. Ele deu a volta na ambulância enquanto ela passava por ele, disparando o tempo todo. Por fim, baixou a arma e olhou em volta, para os vidros quebrados e para o sangue na rua, com uma espécie de espanto impressionado.

Estavam todos brilhando — todos eles. Até mesmo Harper estava na Iluminação, podia sentir o formigamento da Escama de Dragão correndo sobre a pele. Pelo visto, nada criava uma sensação de harmonia como um ato conjunto de homicídio.

— Uau! — gritou Nelson, com uma espécie de animação irregular, talvez até euforia, na voz. — Alguém se machucou?

— Alguém se *machucou*? — gritou Ben, quase se esgoelando. — Alguém se *MACHUCOU*, seu imbecil? — Harper nunca tinha ouvido ele dizer algo tão profano. — O que você acha? Temos quatro cadáveres aqui. Por que, em nome de Deus, você começou a atirar?

— Eu atirei no pneu traseiro — respondeu Nelson. — Para que não pudessem fugir. Os caras da ambulância. Eles estavam recuando. Você não viu?

— Eles só recuaram quando você começou a atirar! — Uma veia surgiu no centro da testa de Ben, um feio graveto vermelho pulsante.

— Não. Não! Eu juro, eles estavam fugindo. É sério! Jamie, você estava bem ao lado deles. Eles não estavam fugindo?

Jamie estava de pé diante do policial Peter, apontando o Bushmaster para o cadáver, como se ele pudesse se levantar e sair correndo de novo. Peter, no entanto, estava curvado para trás e grotescamente esmagado, com uma marca vermelha de pneu impressa no peito achatado. Algumas das suas entranhas tinham sido forçadas para cima e para fora da boca em uma massa vermelho-azulada de tecido escorregadio.

— O quê? — Jamie levantou a cabeça e olhou de Nelson para Ben, o rosto perplexo. Ela colocou um dedo atrás da orelha direita. — O que você disse? Não consigo ouvir nada.

— Olha. Se tivéssemos um replay instantâneo, poderíamos voltar e ver o que realmente aconteceu. Sei lá. Achei que estavam tentando fugir. Alguém tinha que tomar alguma atitude, então atirei num pneu. — Nelson encolheu os ombros. — Talvez tenha sido um erro de principiante. Se quer colocar toda a culpa em alguém, vá em frente! Pode me culpar! Não me importo de ser o bode expiatório.

Ben parecia ter sido esfaqueado, a boca aberta, os olhos arregalados e sem piscar. Ele foi colocar a pistola de volta no coldre e errou nas duas primeiras tentativas.

Jamie foi até o lado de Harper no carro e deixou-a sair.

— Vamos. Rápido. — disse ela, movendo-se para abrir o porta-malas e recolher as mochilas.

Harper sentia falta de ar, como se tivesse entrado em uma água muito fria. Suas pernas tremiam. Um zumbido agudo soava em seus ouvidos.

Ela caminhou até a ambulância, esmagando vidro sob os pés, e olhou para dentro. A motorista era uma jovem negra com o cabelo cortado rente e tingido de amarelo-banana. A boca estava aberta como se quisesse gritar. Os olhos estavam arregalados e assustados. O colo estava cheio de cacos de vidro.

Harper não conseguia ver um buraco de bala e não sabia o que matara a mulher. Ela não tinha dúvidas de que a motorista estava morta — dava para ver em seu rosto —, mas abriu a porta e colocou dois dedos no pescoço para sentir o pulso. Quando o fez, a cabeça da motorista deslizou e pousou no seu ombro direito, deixando uma mancha no encosto de cabeça de vinil. Uma única bala havia entrado na sua boca aberta e saído pela base do crânio.

A mulher no banco do passageiro — uma moça pequena e magra vestida com um macacão azul de paramédico — gemeu. Ela tinha caído de lado, de rosto para baixo no banco da frente.

Harper deixou a motorista e foi até o outro lado. Ela abriu a porta e subiu no degrau.

Havia sangue no banco e no ombro direito da passageira. Harper suspeitou que uma bala havia pulverizado sua escápula no caminho... doloroso, mas dificilmente fatal. Alguém que ela podia ajudar. Ela sentiu um alívio tão intenso que a deixou fraca.

— Pode me ouvir? — perguntou Harper. — Você tem um ferimento no ombro. Acha que consegue se mexer?

Porém, mesmo enquanto falava com a paramédica, Harper teve a sensação crescente de que havia mais coisa errada do que um ombro ferido. Era a forma como a pequena mulher respirava. As inspirações exigiam um esforço soluçante; as expirações eram piores, produzindo um som gorgolejante e extenuante.

Harper apoiou um joelho no espaço para os pés, inclinando-se para dentro da ambulância e segurando a mulher pelo quadril, levantando-a e girando-a ligeiramente. A paramédica tinha outro ferimento de bala bem no meio do peito. O sangue encharcava a frente do uniforme. Bolhas espumavam na ferida quando ela expirava.

Os olhos da mulher se moveram, cheios de dor. Ela olhou para Harper, e Harper olhou de volta, e então recuou, surpresa, batendo a cabeça no painel. Harper a *conhecia*. Ela havia cruzado com aquela mulher algumas vezes no verão, quando ambas trabalhavam no Portsmouth Hospital. A paramédica era bonita, com sardas e um jeito de menino: nariz arrebitado, cabelo curto.

— Charity — anunciou Harper, lembrando-se do nome da médica e dizendo-o em voz alta no mesmo instante. — Trabalhamos juntas no hospital. Não sei se você se lembra de mim. Vou cuidar de você. Você está em colapso pulmonar. Vou pegar a maca e colocar você nela. Você precisa de uma compressa torácica e oxigênio. Vai ficar tudo bem. Entendeu? Já volto para deixá-la mais confortável.

Charity agarrou a mão de Harper e apertou. Seus dedos estavam quentes e pegajosos por causa do sangue.

— Eu me lembro de você — falou Charity. — Você é a pequena Mary Poppins. Sempre cantarolando aquela música "A Spoonful of Sugar".

Harper sorriu apesar do sangue e do cheiro de pólvora.

— Sou eu.

— Quer saber de uma coisa, pequena Mary Poppins? — perguntou Charity. Harper assentiu com a cabeça. — Você e seus amigos acabaram de matar duas paramédicas. Eu vou morrer e você não vai me salvar. Coma uma colher de açúcar com isso, sua vadia. — A mulher fechou os olhos e virou o rosto.

Harper se encolheu e bateu a cabeça de novo enquanto recuava.

— Você não vai morrer hoje. Espere, Charity. Já volto. — Harper sabia que a própria voz estava uma oitava acima, irregular e pouco convincente.

Ela desceu da cabine. Estava a meio caminho da traseira da ambulância quando Ben segurou seu braço com gentileza.

Ele disse:

— Como sabe, você não pode fazer nada por ela. Gostaria muito que pudesse, mas não pode.

— Tire as mãos de mim. — Harper torceu o bíceps para se libertar do aperto.

Mindy passou por ela, com uma mochila vazia em cada mão, evitando olhar para o policial esmagado na estrada. Luzes vermelhas e azuis cortavam a noite em uma série de momentos congelados, pequenos pedaços de tempo capturados em vitrais.

— Temos que pegar o que viemos pegar e ir embora — avisou Ben. — Mais policiais virão em breve. *Não* podemos estar aqui quando eles chegarem, Harper.

— Deveriam ter pensado nisso antes de abrir fogo na rua, seus cuzões. Seus cuzões burros.

— Se pegarem um de nós, pegarão todos. Se você ama Nick, e Renée, e o Pai Storey, e o Bombeiro, vai pegar o que estamos procurando para darmos o fora.

Eu vou morrer e você não vai me salvar. Coma uma colher de açúcar com isso, sua vadia. Harper ouviu aquilo outra vez na cabeça e sentiu uma frustração — uma raiva — tão intensa que parecia náusea. Queria bater em Ben, gritar com ele. Queria bater nele repetidamente enquanto chorava.

Em vez disso, ela falou com uma voz suave que tremia de emoção e que mal reconheceu. Não estava acostumada a se ouvir implorar.

— Por favor, Ben. *Por favor.* Apenas uma compressa torácica. Ela *não* precisa morrer. Eu posso *salvá-la.* Posso garantir que ela ainda esteja viva quando a próxima viatura da polícia chegar aqui.

— Pegue o que precisamos para o acampamento e veremos se dá tempo — respondeu ele, e Harper entendeu que não teria permissão nem para aplicar a compressa torácica.

Ela abaixou a cabeça e foi para a parte traseira da ambulância.

Mindy já estava de pé no interior bem iluminado com as superfícies de aço inoxidável, a maca rolante, as gavetas e os armários. A sensação de frustração doentia de Harper já se transformava em uma forma rançosa de tristeza. Eles já haviam feito a matança; agora era hora do saque. De certa forma, ela sentia que a ideia *sempre* fora assassinar e roubar, e ela não apenas concordou com o plano, como praticamente o arquitetou.

A enfermeira juntou os itens sem pensar no que estava fazendo. Encheu o isopor com plasma e fluidos e mandou Mindy sair com ele. Encheu a primeira mochila, depois a segunda, recolhendo os itens que toda clínica de saúde respeitável teria em estoque e que estavam em falta na sua enfermaria: rolos de gaze, frascos de analgésicos, ampolas de antibióticos, fios e ferramentas esterilizados, um pacote de ataduras em gel para queimaduras. Quando Mindy voltou, Harper estava de joelhos, colocando fraldas para adultos na segunda mochila — ela as usava para isolar e proteger pequenos frascos de vidro de epinefrina e atropina — e perguntando-se se um tanque de oxigênio caberia ali.

Jamie bateu com o punho na porta de aço.

— Olha a hora. Temos que nos mandar.

— Não! Mais dois minutos. Mindy, quero aquele colar cervical e quero...

— O tempo *acabou* — disse Jamie, pegando a mochila que já estava cheia e colocando-a no chão.

— Pode ir — falou Mindy. — Eu pego o colar cervical, srta. Willowes.

Harper lançou um olhar infeliz e meio desesperado para os armários e as gavetas ainda abertos. Seu olhar encontrou as pás do desfibrilador, o aparelho do tamanho de uma maleta para notebook.

— Nelson! — gritou Harper.

O rapaz apareceu na parte traseira da ambulância, os olhos arregalados naquele rosto estranhamente liso, sem rugas e rosado que sempre a fazia pensar em um bebê gordo.

— As pás do desfibrilador — disse Harper. — Pegue-as para mim.

Ela pulou da parte traseira, uma mochila em uma das mãos e uma bandagem de compressão na outra. Passou por Nelson e caminhou rapidamente até a frente da ambulância.

— Vim assim que...

Charity não respirava mais daquela forma extenuante — ou de qualquer outra forma. Harper a deitou de costas e baixou o zíper da frente do macacão. Quando ele travou, ela rasgou o macacão. O buraco da bala estava logo abaixo do seio direito. Harper pegou o pulso de Charity para medir os batimentos cardíacos. Nada. Ela tinha certeza de que o coração estava parado havia muito tempo.

— Enfermeira — disse Jamie. — Não há mais nada que possa fazer por *ela*, mas há pessoas no acampamento que ainda podem receber ajuda. Vamos. Vamos para casa. — A voz dela não era cruel.

Harper deixou Jamie puxá-la para fora da ambulância pelo cotovelo. Ela foi virada, na direção do Challenger de Ben. Harper estendeu a mão às cegas e encontrou as alças da sua mochila.

— Vou chamar os outros. Vejo você no carro — falou Jamie.

Harper caminhou até o porta-malas aberto do carro de Ben, atordoada. Colocou a mochila ali, ao lado do isopor, e depois olhou para a rua.

No final da Verdun Avenue, havia a estrutura de concreto escuro e queimado que outrora fora a drogaria. Depois dela, bem no cruzamento da Verdun com a Sagamore, estava parada uma van branca sem janelas. Havia um indicativo de chamada pintado na lateral, palavras com chamas cartunescas: WKLL • A CASA DO HOMEM MARLBORO. De longe, Harper ouviu outro veículo descendo a Sagamore, pesado e lento: seu ouvido captou o silvo suave dos freios a ar e o zumbido do diesel de um motor pesado. Parecia um ônibus escolar.

A janela do passageiro da van da WKLL estava abaixada. Um homem se inclinou para fora com um holofote e apertou o interruptor. Um raio de luz ofuscante, tão claro quanto um diamante recém-cortado, atingiu Nelson Heinrich, prendendo-o no meio da estrada. Nelson tinha acabado de sair da ambulância com as pás do desfibrilador em ambas as mãos. Ele semicerrou os olhos para a claridade.

Uma rajada baixa de interferência veio de um conjunto de alto-falantes no teto da van.

Harper sentiu o sangue começando a correr dentro dela, o carrossel químico interno ganhando velocidade.

A voz que se seguiu explodiu como a voz de Deus. Era a voz rouca e áspera de um homem que gritou durante um show inteiro do Metallica. Harper ouvira aquela voz ao vivo apenas alguns dias atrás, na própria casa. Antes disso, ela a ouvira muitas vezes no rádio, narrando o apocalipse e proporcionando ao fim do mundo uma trilha sonora carregada de *cock rock* dos anos 1970.

— O que estamos fazendo aí, pessoal? Saqueando uma ambulância? Não há freiras que precisam ser estupradas ou um orfanato para queimar? Bem, vou dizer uma coisa. Tenho uma notícia boa e uma ainda melhor. Eu sou o Homem Marlboro, estou aqui com os Incineradores do Litoral e, se vocês estão atrás de um remédio, *rapaz*, vieram ao lugar certo. Temos a melhor solução para tratar sacos de carne infectados. A notícia ainda melhor é que há uma ambulância bem aí, então, depois que terminarmos com vocês, seus ladrões assassinos de merda, não teremos que ir muito longe para encontrar sacos mortuários.

— Protejam-se! — gritou Ben.

A porta lateral da van da WKLL se abriu. Harper só tinha visto algo parecido com a arma montada ali em filmes. Ela não sabia a marca ou o calibre — não sabia que estava olhando para uma Browning M2 calibre .50 —, sabia apenas que era o tipo de arma que, em geral, era aparafusada em cima de tanques ou dentro de helicópteros de combate. A Enfermeira podia ver que era alimentada por uma correia de munição. Um cinto de balas pendia de uma caixa de metal aberta.

Um homem estava sentado em um banquinho atrás dela, usando um protetor de orelhas amarelo-claro. Ela teve dois pensamentos antes que a noite fosse partida em fragmentos de som e chamas brancas.

O primeiro era ridículo, dizendo que tal arma não poderia ser legal.

O segundo era que o outro veículo, aquele que apareceu logo depois das ruínas da farmácia, não era um ônibus escolar, claro, mas um Freightliner laranja com um limpa-neve do tamanho de uma asa de avião na frente, e Jakob atrás do volante.

4

A BROWNING DISPAROU UMA série de concussões profundas que não poderiam ser consideradas meramente sonoras. Harper sentiu aquelas rajadas de gagueira por todo o corpo, nos dentes, nos globos oculares.

A ambulância estremeceu. Piche pulverizado saltou da rua enquanto a Browning metralhava da esquerda para a direita. As balas passaram pelas pernas de Nelson Heinrich, despedaçando-as e lançando uma fumaça vermelha no ar: o sangue se transformou em uma nuvem de vapor. Sua perna direita dobrou para trás na altura do joelho, como a perna de um louva-a-deus. O desfibrilador portátil soltou uma chuva de faíscas brancas. Nelson tremeu como um homem em uma celebração religiosa recebendo uma dose do Espírito Santo.

Harper ficou de gatinhas, caindo atrás da traseira do Challenger de Ben. Por trás do pneu, viu Ben na viatura de Peter e Bethann. Ben se ajoelhou no banco do motorista, inclinando-se para fora com a pistola automática. Ela viu o cano da arma abrir fogo, mas não conseguiu ouvir o estrondo por causa das pancadas implacáveis da metralhadora.

Então, Ben colocou a cabeça para dentro do carro e se encolheu. No instante seguinte, a viatura policial de Peter e Bethann balançava de um lado para o outro, como se estivesse sob um vendaval. As janelas se quebraram. As balas atingiram o aço, estouraram os pneus, arrancaram a porta aberta do lado do motorista — que caiu com estrondo na rua —, abriram o porta-malas, quebraram as lanternas traseiras.

Jamie havia recuado para trás da parte dianteira da ambulância e se agachado com o Bushmaster entre as pernas. O Dodge Challenger estava a apenas alguns passos de onde ela se abrigava, mas poderia muito bem estar em outra cidade. Tentar cruzar aquela distância fazia tanto sentido quanto mergulhar de cabeça em um picador de madeira.

Então o tiroteio acabou. Ao longe, Harper ouviu o tilintar de cartuchos vazios caindo na estrada. O ar pulsava com reverberações.

— Uau, uau, uau! — gritou o Homem Marlboro. — Eu vi o AC/DC com Bon Scott em 1979, e eles pareciam maricas comparados ao nosso som.

Fiquem quietos, a menos que queiram ouvir nosso bis. Deixe-me contar o que vai acontecer agora. Vocês todos vão…

Uma arma disparou da parte traseira da ambulância. Depois do barulho da Browning, a pequena pistola prateada de Mindy Skilling parecia um estalinho.

— Corra, sr. Patchett! — gritou Mindy. — Eu te dou cobertura! Corram, corram, todos vocês! Minha vida pela Mãe Carol! Minha vida pela Iluminação! — A arma disparou repetidas vezes. Mindy não estava mais na ambulância, estava agachada na calçada, atrás da traseira do veículo.

— Mindy! — berrou Ben. — Mindy, *não*…

O Freightliner engrenou a primeira marcha e avançou com um rugido irregular de diesel. Ele subiu o meio-fio, arrancando um arbusto de azevinho do chão e jogando-o para o lado em uma chuva de terra. O caminhão engrenou a segunda marcha com um ruído metálico e a terceira um instante depois. Fumaça suja jorrava do escapamento atrás da cabine. A pequena arma de Mindy estalava e estalava, as balas acertando musicalmente o limpa-neve. No último momento, Jamie Close largou o Bushmaster e saiu da ambulância, engatinhando pela calçada, para se abrigar atrás de um poste.

O Freightliner bateu na ambulância, levantou-a do asfalto e jogou-a no jardim da casa de número 10 da Verdun Avenue. Mindy Skilling ainda estava atrás dela e acompanhou-a no passeio, ficando embaixo da ambulância quando ela rolou para cima dela e deslizou pelo gramado. A carroceria do veículo de emergência arrancou grama e terra, deixando para trás uma marca larga e fumegante de derrapagem. Uma das botas de Mindy Skilling ficou profundamente enterrada no chão, mas o resto da garota estava sob os destroços deformados. Mindy dissera que era difícil morrer diante de uma plateia, mas, no final, fez com que parecesse fácil.

— Quem mais quer ser herói? — perguntou o Homem Marlboro, a voz explodindo pelos alto-falantes. — Temos a noite toda, muita munição e praticamente um tanque. Vocês podem sair com as mãos para cima e brincar de "Vamos fazer um acordo" ou podem tentar lutar. Mas deixe-me dizer uma coisa: se decidirem tentar fugir, nenhum de vocês viverá para ver a luz do dia. Todos me entenderam?

Ninguém falou nada. Harper não conseguiu encontrar a própria voz. Ela achava que nada poderia ser mais alto do que o som da metralhadora disparando na rua, mas o Freightliner colidindo com a ambulância foi como um ataque de setenta e cinco canhões de um navio de linha. Ela não se sentia capaz de começar um pensamento, muito menos de concluí-lo. Um momento se passou, depois outro, e foi o Homem Marlboro quem falou mais uma vez — só que desta vez havia uma incerteza distraída em sua voz.

— Que porra é essa? — disse ele com a voz abafada. Harper não tinha certeza se pretendia transmitir isso.

A rua se iluminou como se o sol tivesse, de forma impossível, saltado para o céu. Uma forte luz dourada brilhou e iluminou a rua com a perfeita clareza do meio-dia. Ou quase perfeita. Aquele sol invisível estava se *movendo*, mergulhando direto na pista. Um vendaval quente de verão sacudiu os carros, inundando-os com o cheiro do Quatro de Julho: um perfume de fogos de artifício, fogueiras, asfalto quente. Depois desapareceu, e a escuridão voltou a cair sobre a Verdun Avenue.

O Homem Marlboro riu, nervoso.

— Podem me dizer que porra foi essa? Alguém disparou um sinalizador contra nós?

A luz começou a crescer de novo: um brilho bronzeado que tornava o holofote na van tão desnecessário quanto uma lanterna ao meio-dia em julho. Harper se ajoelhou e virou a cabeça para olhar por cima do teto do Challenger... bem a tempo de ver uma lágrima de fogo, do tamanho de um jato particular, mergulhando na noite acima.

5

NO PRIMEIRO INSTANTE QUE a viu, a luz era tão intensa que Harper ficou meio cega e não conseguiu distinguir nenhuma característica do que estava caindo sobre eles. Era simplesmente um clarão vermelho, mergulhando em direção ao trecho da rua entre a van da WKLL e o Dodge Challenger.

Estava a menos de dez metros acima da estrada e ainda caía quando o raio de chamas abriu as asas para revelar o pássaro monstruoso e resplandecente que havia dentro dele. O calor deformou o ar ao redor — Harper conseguiu ver isso através das lágrimas. Ao vislumbrar a ave, ficou maravilhada e aterrorizada. As pessoas que testemunharam a nuvem em forma de cogumelo subindo de Hiroshima deviam ter sentido a mesma coisa. Tinha sete metros de envergadura em chamas. O bico aberto era grande o suficiente para engolir uma criança. Penas de fogo azul e verde, com metros de comprimento, ondulavam em sua cauda. Não emitia som algum, exceto um rugido intenso que lembrou a Harper um trem passando por um túnel do metrô.

O tempo congelou. O pássaro pairava a menos de três metros acima da rua. O asfalto abaixo dele começou a fumegar e a cheirar mal. Cada janela da rua refletia a luz da fogueira da Fênix.

Então, ela começou a se mover — e Harper também.

As asas batiam no ar e era como se alguém tivesse aberto a escotilha de uma grande fornalha. Uma onda fulminante de calor químico rolou pela rodovia, e o Dodge Challenger balançou com o vendaval. Harper rastejou até a porta do motorista.

A Fênix se lançou contra a van branca. Uma asa acertou uma cerca viva e o mato se incendiou, transformando-se em uma parede de chamas. A Fênix voou para dentro da porta lateral aberta da van. Harper vislumbrou o atirador atrás da Browning gritando e levantando os braços para proteger o rosto. As portas da frente se abriram. O motorista e o passageiro foram para a rua.

O enorme pássaro de fogo atingiu a van com tanta força que o veículo ficou sobre dois pneus, inclinando-se para o lado do motorista, ameaçando capotar, antes de voltar para as quatro rodas. O interior fervia com o fogo, com as asas de chamas debulhadoras. Uma bala disparou com um "*pow!*" metálico. Depois outra. Depois a munição da metralhadora estava explodindo como grãos de pipoca dentro da van branca, brilhando enquanto os projéteis estouravam, as balas ricocheteando no teto e nas paredes, deformando o carro por dentro.

Harper se acomodou diante do volante do Challenger de Ben, sentando em cima de cacos de vidro. As chaves estavam na ignição. Ela ficou abaixada, apenas espiando por cima do painel, enquanto ligava o carro.

Mais adiante na rua, o Freightliner fazia uma curva lenta, os pneus mastigando a neve e a terra na frente da casa dez da Verdun.

Harper engatou a primeira e pisou no acelerador. Ela percorreu apenas uma curta distância — menos de cinco metros — antes de pisar no freio. O Challenger parou com um grito agudo, perto de onde Jamie estava agachada atrás do poste. A jovem correu, atravessou o asfalto e mergulhou no banco do passageiro. Ela estava dizendo alguma coisa, gritando alguma coisa, mas Harper não ouviu e não se importou.

Mais adiante na estrada, a Fênix emergiu pela porta lateral da van, esticando a cabeça sobre um pescoço comicamente longo, como se fosse gritar triunfante noite adentro. A van continuou a tremer e a pular sobre as molas enquanto a munição estalava dentro dos destroços. O para-brisa explodiu. Alguém estava gritando.

Harper avançou com o Challenger pela rua, desviando dos escombros meio derretidos para parar ao lado da viatura policial baleada. Ben saiu dela, mancou pelo espaço entre os dois carros e caiu no banco de trás de bruços, com as pernas penduradas para fora. O ar cheirava a pneus queimados.

O Freightliner rugiu e saltou rua acima na direção da van e da Fênix. O limpa-neve atingiu a lateral do carro com um estrondo e jogou-o de lado como se fosse uma caixa de sapatos vazia. A van rolou, espalhando faíscas azuis, e o teto entrou em colapso. O caminhão avançou atrás dele, atingindo--o novamente, lançando-o para o outro lado da rua transversal, a Sagamore Avenue. A Fênix explodiu do para-brisa aberto e disparou para o céu — muito menor, Harper percebeu. Minutos antes, era do tamanho de um jatinho. Agora não chegava a uma asa-delta.

Seu pé encontrou o pedal do acelerador. O Challenger saltou adiante com força suficiente para empurrá-la de volta ao assento. As pernas de Ben ainda estavam penduradas. Ele havia enrolado as mãos nos cintos de segurança para não ser atirado do veículo e chutava os pés para tentar entrar mais no carro.

Ela olhou para fora enquanto o carro passava por Nelson Heinrich caído de costas na rua, as pernas estilhaçadas e esmagadas, dobradas em ângulos improváveis. O desfibrilador estava no peito do morto, o plástico preto com marcas de queimadura, um buraco de bala do tamanho de um punho no centro. Ao menos, ela achou que ele estava morto. Foi só depois de já terem passado pelo rapaz que Harper se perguntou se Nelson teria virado a cabeça para vê-los partir.

O Freightliner enchia a estrada diante deles. Harper desviou em direção ao estacionamento em frente à farmácia incendiada. O Challenger invadiu o meio-fio. Harper se sentiu sendo erguida, sem peso, do assento. O carro atingiu o estacionamento com uma rajada de faíscas, e Ben uivou, ainda se segurando.

Eles viraram na Sagamore Avenue, e Harper pisou fundo. Lá em cima, uma luz bronze iluminou o caminho. A Fênix os acompanhou por quase quinhentos metros, um clarão forte que tornava os faróis praticamente desnecessários — e então voou à frente. Por alguns momentos, ela deslizou de um lado para o outro na frente do carro, uma enorme pipa de fogo brilhante. Por fim, com um último movimento de asas, ela os deixou, ergueu-se em uma rajada brusca noite adentro e sumiu, desaparecendo entre as árvores a leste.

Um pedaço de vidro ou aço especialmente duro estava espetando a bunda de Harper, e ela enfiou a mão para se livrar do que quer que fosse. Descobriu que era o celular que Mindy Skilling usara para ligar para o número de emergência. Sem pensar muito, a mulher enfiou o aparelho no bolso do casaco pesado.

Ninguém a viu fazer isso.

6

HARPER NÃO ESTAVA PREPARADA para voltar e encontrar a enfermaria cheia de gente, lâmpadas acesas em todos os cantos e o ar úmido devido à quantidade de corpos reunidos. Ela sabia, antes que alguém falasse qualquer coisa, só pela maneira como olhavam para ela, que o grupo estava em pânico, e se perguntou como já sabiam do massacre na Verdun Avenue.

A sala de espera estava lotada de Vigias: Michael Lindqvist, as gêmeas Neighbors, Chuck Cargill, Bowie e alguns outros que Harper não conhecia de nome. Allie também estava lá e parecia tão assustada, tão pálida, perturbada e faminta que Harper não conseguia sentir raiva dela. Norma Heald estava sentada no canto, um monte trêmulo de carne branca em um vestido estampado de flores.

O que mais surpreendeu Harper foi encontrar Carol ali, enrolada em um roupão surrado rosa e amarelo, tão velho que as cores tinham adquirido um tom fraco e desgastado. Essas palavras — *fraco e desgastado* — também se aplicavam à própria Carol. A pele estava esticada sobre o crânio, os olhos queimando perigosamente nas órbitas.

Harper envolvia a cintura de Ben com o braço, ajudando-o a cambalear. A bochecha esquerda, o antebraço esquerdo, a mão esquerda e a nádega esquerda dele estavam cheios de cacos de vidro. Jamie vinha logo atrás, carregando o isopor cheio de plasma. Eles derramaram muito mais sangue do que conseguiram trazer para casa.

— O quê? — perguntou Harper. — Por que estão todos...

— Uma convulsão — disse Carol. — Meu pai teve uma convulsão. Enquanto você estava lá e ele estava aqui sozinho. O coração dele parou. Ele morreu.

7

DEPOIS, NICK CONTOU TUDO a Harper, usando uma combinação de linguagem de sinais e anotações. Ele presenciou a coisa toda. Estava segurando a mão do Pai Storey quando o idoso parou de respirar.

Nick estava nervoso quando Harper saiu com Ben para pegar a ambulância. De alguma forma, ele descobriu o que estava acontecendo e tinha certeza de que alguém morreria. Michael Lindqvist tentou acalmá-lo. Eles comeram feijão, tomaram chá e jogaram Batalha Naval. Na segunda vez que Nick bocejou, Michael disse que era hora de dormir e, embora o menino afirmasse não estar cansado, adormeceu na cama ao lado do avô em cinco minutos.

Ele sonhou com uma luz caindo na escuridão, uma tocha despencando de um céu azul como a meia-noite. A tocha mergulhou atrás de algumas colinas, e houve um clarão vermelho, e o mundo começou a tremer e a chacoalhar, como se algum andaime escondido sob a grama verde estivesse se desfazendo. Nick acordou sobressaltado, mas o barulho continuou.

Foi então que ele viu a cabeça do Pai Storey balançando de um lado para o outro e espuma escorrendo pelos cantos da boca. A cama do Pai Storey estremecia e balançava. Nick correu para a sala de espera, onde Michael estava de guarda, folheando uma *Ranger Rick* que era mais velha do que o próprio Nick. Ele arrastou Michael para fora do sofá e empurrou-o para a enfermaria, levando-o até Pai Storey. Michael congelou aos pés da cama, rígido de choque.

Nick deu a volta na cama até a pequena bolsa de roupas e livros e desenterrou o item mais valioso de todo o mundo naquela noite: a flauta de êmbolo. Ele abriu uma janela e começou a soprar.

Não foi o Bombeiro quem respondeu ao chamado, mas Allie, além de meia dúzia de Vigias. Quando chegaram lá, Pai Storey já estava imóvel. Seu peito havia parado de subir e descer. Suas pálpebras tinham uma palidez cinzenta e doentia. Nick segurou sua mão fria e magra, a pele solta sobre os ossos, enquanto Michael chorava com a selvageria de uma criança pequena desolada.

Allie passou por ambos. Usou a mão para limpar a espuma e o vômito da boca do Pai Storey, colocou os lábios sobre os dele e expirou nos pulmões do homem. A jovem entrelaçou os dedos e começou a empurrar o centro do peito do avô. Ela havia aprendido respiração boca a boca dois verões antes, quando era conselheira em treinamento no Acampamento Wyndham, e recebeu as instruções e a certificação de John Rookwood. Então, de certa forma, o Bombeiro respondeu à flauta, afinal.

Allie ficou nisso por quase cinco minutos, um tempo longo, desesperado, silencioso e atemporal, colocando as mãos no peito dele e respirando na sua boca na frente de um grupo cada vez maior de pessoas. Mas foi só quando Carol chegou — quando ela empurrou a cortina e gritou "Pai!" — que o Pai Storey tossiu, engasgou-se e, com um suspiro cansado, começou a respirar sozinho outra vez.

Tia Carol o chamou de volta dos mortos, Nick escreveu para Harper.

Sua irmã o chamou de volta, Harper rabiscou em resposta, mas ela tinha a desagradável noção de que a maioria das pessoas pensaria como Nick e creditaria a Carol uma espécie de milagre. Afinal, ela já afugentava a morte ao cantar com eles todos os dias. Aquilo era mesmo tão diferente? Mais uma vez, Carol enfrentou a morte, armada apenas com sua voz, e, mais uma vez, os condenados foram salvos.

Harper passou uma hora ao lado do Pai Storey, removendo o tubo de alimentação que havia enfiado em sua narina, aplicando soro limpo, trocando a fralda e a fronha, que estava manchada com uma mistura de vômito e sangue de cheiro acre. Seu pulso era forte, mas errático, acelerando por alguns instantes, perdendo a velocidade e depois voltando rapidamente. Seu rosto barbudo estava cinza, quase incolor, e suas pálpebras estavam abertas em fendas para mostrar o branco dos olhos.

Um derrame, pensou ela. Ele estava tendo um derrame lento. Qualquer coisa que a enfermeira esperasse ou na qual acreditasse até então, ela agora achava muito improvável que o bom velhinho abrisse os olhos ou sorrisse para ela de novo.

Ela desenterrou uma pinça, um fio esterilizado, uma agulha, bandagens e iodo e foi procurar Ben Patchett. Àquela altura, já era de manhã cedo, a luz aguada e sombria, que refletia perfeitamente seus sentimentos.

Harper encontrou Ben com Carol na sala de espera. Ele estava sentado com uma das nádegas na beirada da mesa de centro, mantendo o peso longe da outra. Vinha retirando de forma metódica os maiores pedaços de vidro do rosto e do braço e fazendo um amontoado deles: uma pilha reluzente de cacos brilhantes e vermelhos.

A maior parte das pessoas já havia partido, embora Michael e Allie permanecessem ali. Estavam sentados no sofá, de mãos dadas. Michael tinha parado de chorar, mas havia linhas brancas nas suas bochechas, revelando o caminho das suas lágrimas. Jamie se encostava na porta. A lateral do rosto dela estava inchada com um hematoma vermelho.

Carol disse:

— Ele está morrendo.

— Ele está estável. Está recebendo líquidos. Acho que está bem por enquanto. Você está cansada, Carol. Deveria ir para casa. Experimente descansar. Seu pai precisa que você seja forte.

— Sim. Eu vou ser. Pretendo fazer exatamente isso. Ser forte. — Carol encarou Harper com um olhar febril, sem piscar. — Tenho uma opinião para lhe dar. Se meu pai *tivesse* morrido, alguém neste acampamento ficaria feliz... talvez *algumas* pessoas. Quem bateu na cabeça dele está *rezando* para que ele morra. Você quer doença? Há pessoas neste lugar que desejam a morte do meu pai de todo o coração. Que provavelmente desejam que *eu* estivesse morta. Não sei por quê. Não consigo entender. Tudo que quero é que fiquemos seguros... seguros e de bem uns com os outros. Mas há aqueles que querem que meu pai morra, que querem que *eu* morra, que querem nos separar e nos colocar um contra o outro. *Isso* é doença, enfermeira Willowes, e nada que você trouxe da ambulância pode curá-la. Não pode ser curada. Só pode ser extirpada.

Harper achou que Carol parecia cansada e exausta demais e não achou que valesse a pena responder. Ela desviou o olhar para Allie. Harper queria agradecê-la por ter salvado a vida do Pai Storey, mas, quando abriu a boca, lembrou-se de como ela ficou lá parada, observando enquanto as outras meninas chutavam neve em cima dela e cortavam seu cabelo. As palavras morreram antes de chegarem aos lábios.

Em vez disso, falou para Ben:

— Entre na enfermaria e tire essa calça. Quero limpar suas feridas.

Antes que Ben pudesse se levantar, Carol falou novamente:

— Você se afastou do meu pai uma vez e quase foi capturada. Você se afastou uma segunda vez, e meu pai teve um ataque e quase morreu. Aliás, ele *morreu*. E foi chamado de volta. Você não vai sair novamente. Vai ficar na enfermaria até ele se recuperar.

— Carol — respondeu Harper, lutando com todo o coração por ternura —, não posso prometer que ele *vai* se recuperar. Não quero enganá-la sobre as chances dele.

— Também não quero enganar você quanto às suas chances — falou Carol. — Você pode achar que deixá-lo morrer abrirá espaço para você e o Bombeiro...

— *O quê?* — perguntou Harper.

— ... mas quando o tempo do meu pai neste acampamento terminar, o seu também chegará ao fim, srta. Willowes. Se ele morrer, você está *acabada*. Quero que entenda o que está em jogo. Você mesma disse que é hora de eu ser forte. Concordo. Preciso ser forte o suficiente para responsabilizar as pessoas, e é o que pretendo fazer.

A Escama de Dragão rabiscada no peito de Harper formigou dolorosamente, esquentando contra o suéter.

— Farei tudo que puder — disse Harper, lutando para manter a voz calma. — Eu amo seu pai. Assim como John. Ele não tem interesse algum em assumir ou comandar o show. Nem eu! Carol, eu só quero um lugar seguro para ver esse bebê crescer. Só isso. Não estou procurando prejudicar nada nem ninguém. Mas você precisa entender... se ele morrer, apesar dos meus esforços...

— Se isso acontecer, você sairá daqui — interrompeu Carol. De repente, havia uma nova calma em sua voz. Ela estava sentada mais ereta, uma pose quase majestosa. — Portanto, tenho certeza de que não deixará isso acontecer.

A respiração de Harper estava rápida e curta. Pela segunda vez naquela noite, sentiu-se presa, encurralada por um fogo letal.

— *Não* posso prometer que consigo mantê-lo vivo, Carol. Ninguém poderia prometer isso. Ele foi gravemente ferido e a idade torna uma recuperação completa... muito improvável. — Ela fez uma pausa e depois disse: — Você não está falando sério. Me mandar embora colocaria todo o acampamento em risco. E se eu fosse pega pelo tipo de pessoa que tentou nos matar hoje à noite? Eles me forçariam a contar tudo o que sei... é o que Ben diz.

— Não se seu bebê estivesse aqui conosco — falou Carol. — Você ficaria de boca calada, não importa o que fizessem com você. É claro que eu não iria mandá-la embora antes de dar à luz, não importa o que aconteça com meu pai. E é claro que não puniria o bebê mandando-o embora com você. Isso não é maneira de tratar uma criança. Não. Se meu pai morrer, você vai embora, mas o bebê vai ficar aqui conosco para garantir seu silêncio. Eu mesma cuidaria dele.

8

HARPER PASSOU O FIO preto na bochecha de Ben. Ele fechou os olhos, franzindo o rosto de dor. A enfermeira deu um puxão forte na linha para fazê-lo olhar para ela.

— Você a ouviu? — sussurrou Harper. O coração ainda batia forte no peito. — *Ben*. Você ouviu aquela loucura?

Ben estava sentado na cama dela. Os dois estavam na enfermaria, longe dos outros, ninguém mais ao alcance da voz exceto o Pai Storey e Nick, e nenhum deles estava ouvindo.

Do lado de fora das janelas, fileiras de pingentes de gelo pingavam água brilhante sob o brilho leitoso do sol. Ben respirou fundo e assobiou.

— Enfermeira? Acha que poderia, por favor, deixar meu rosto na minha cabeça? Sou meio que apegado a ele.

Ela sibilou:

— Não posso prometer a *ninguém* que conseguirei manter o Pai Storey vivo. Não posso prometer que vou salvá-lo. Quero saber o que você vai fazer se ele morrer. Vai ser a pessoa a tirar o bebê dos meus braços?

— Não! Não. Eu não tiraria seu filho de você, Harper — sussurrou ele de volta. — Mas tenho certeza de que muitas pessoas o fariam, se Carol lhes dissesse que teria que ser feito. Jamie Close. Norma Heald.

— E você simplesmente ficaria parado e deixaria acontecer?

Uma sombra atravessou a cortina entre a enfermaria e a sala de espera. Carol? Allie?

Ben respirou fundo e, quando voltou a falar, sua voz foi elevada para que ele pudesse ser ouvido na sala ao lado, e provavelmente a meio caminho do refeitório.

— Quase todos neste acampamento foram tirados de alguém. Quase todo mundo é órfão de alguma maneira. Seu bebê se encaixaria perfeitamente. Eu não gostaria de ver isso acontecer, mas há muitas coisas com as quais tive que conviver de que não gostei. Tenho certeza de que conseguiria aturar mais uma. O que não farei é negociar em segredo com você ou participar de uma campanha de sussurros contra a Mãe Carol. As pessoas que estão sussurrando não estão em harmonia com o restante do acampamento, e a única maneira de sobrevivermos é se todos falarmos com uma...

— Ah, dá um tempo, porra — disse Harper, e cutucou seu rosto com a agulha, dando-lhe um ponto que não era realmente necessário.

9

ELA LEVOU QUASE UMA semana para ligar o telefone.

Durante todo esse tempo, Harper o manteve no bolso do moletom. Várias vezes ao dia, colocava a mão sobre o aparelho, para ter certeza de que ainda estava lá. Era reconfortante mover o polegar ao longo de sua face vítrea e das curvas suaves de aço.

Ela não se atreveu a tentar usá-lo. Nos primeiros dias após retornarem do ataque, a enfermeira se sentiu desconfortavelmente consciente de estar sob vigilância. Sempre havia um Vigia na sala de espera — em teoria para proteger o Pai Storey —, e eles tinham o hábito de abrir a cortina em momentos aleatórios e enfiar a cabeça na enfermaria com uma desculpa qualquer. Harper nem teve coragem de tentar escondê-lo no teto com o caderno de Harold. Sentiu que havia uma grande chance de alguém se aproximar dela enquanto estivesse de pé na cadeira, tentando mover um painel do teto.

Harper determinou uma data para arriscar fazer uma ligação. O aniversário de seu pai era no dia dezenove. Ele faria sessenta e um anos, se ainda estivesse vivo. Mas seu autocontrole não conseguiu esperar tanto tempo.

Ela acordou cedo na manhã do dia dezessete com contrações fortes o suficiente para fazê-la ofegar. Suas entranhas eram massa crua nas mãos de um padeiro corpulento que estava tediosa, metódica e brutalmente empenhado em amassar cada centímetro de tecido. Foi uma sensação bem parecida com ser dominada pelas cólicas de uma diarreia, e o suor pinicou seu rosto enquanto ela esperava aquilo passar.

A enfermeira dentro dela identificou esse aperto rítmico como contrações de Braxton-Hicks, apenas um pouco de prática para o evento principal que se aproximava. A futura mãe alimentava noções doentias de nascimento prematuro. Ela estava com 28 semanas. Tal coisa não era impossível, sobretudo para uma mulher que havia sido exposta a todo tipo de estresse, tiroteios e massacres. A ideia de que ela poderia estar entrando em trabalho de parto — de que o bebê poderia estar nascendo *naquele exato momento* — fez com que ela sentisse como se estivesse dentro de um elevador que começara a cair, os cabos cedendo.

Mas antes que Harper ficasse agitada demais, as contrações diminuíram, deixando-a com gases, como se ela tivesse bebido uma Coca-Cola gelada. O sangue explodiu em seus ouvidos. E ocorreu-lhe a ideia de que deveria fazer a ligação naquele instante e avisar o pai que ela esperava dar-lhe um neto de aniversário. Era incrível pensar que seus pais não sabiam que ela estava grávida... muito menos que ainda estava viva. Sua mãe gritaria, literalmente gritaria.

Nick estava dormindo na cama ao lado, uma das mãos enroladas sob a bochecha. Ela não tinha medo de acordá-lo. O garoto continuaria dormindo mesmo que ela fizesse a ligação bem próxima à cama dele. O chão estava tão frio que doía andar com os pés descalços. Ela afastou a cortina para dar uma espiada na sala de espera. O Vigia lá fora, um garoto chamado Hud Loory, que costumava pescar com Don Lewiston, cochilava no sofá, o rifle no chão. Aquele menino ia comer uma pedra no café da manhã se Ben Patchett aparecesse para fazer uma inspeção.

Harper entrou no banheiro e trancou a porta. Ela se sentou na tampa do vaso sanitário e ligou o telefone. Tinha menos de vinte e cinco por cento de bateria e apenas uma única barra de sinal. Ela olhou para a tela plana, vítrea e incrivelmente brilhante por dez segundos, depois digitou de memória o celular da mãe e apertou o botão LIGAR.

O telefone produziu um barulho de chuvisco que durou três segundos. A gravação de uma mulher com a voz ofendida e acusatória disse:

— O número que você discou não está mais em serviço. Verifique a listagem e tente novamente.

Ela tentou o telefone do pai. O celular emitiu uma série de bipes rápidos, como se alguém telegrafasse uma mensagem em código Morse. Isso foi seguido por um berro raivoso horrível e ela teve que desligar.

Seu próximo pensamento foi enviar um e-mail. Ela abriu o navegador para entrar na sua conta do Gmail. Esperou, respirando superficialmente, que a página de login aparecesse. Mas isso nunca aconteceu.

Em vez disso, Harper foi redirecionada para a página principal do Google. Só que agora estava diferente. Em vez de uma grande página em branco com a palavra

Google

no centro, ela chegou a uma página com a palavra

Goodby

no seu lugar. Abaixo estava a caixa de texto e os dois botões já conhecidos. Quando ela visitou o Google pela última vez, um desses botões dizia **Pesquisa Google** e o outro, **Estou com sorte**. Agora, o botão à esquerda dizia

Nossa pesquisa acabou.

O botão à direita dizia

Tivemos muita sorte.

Por alguma razão — talvez porque ainda estivesse emocionalmente perturbada por causa do intenso ataque de contrações —, Harper ficou com as palmas das mãos úmidas e ansiosa ao ver a página do Google desfigurada daquela maneira. Ela tinha a sensação de que nada de bom resultaria de uma tentativa de pesquisa, mas, mesmo assim, digitou *Google Mail* na caixa de pesquisa e clicou em ENTER.

Em vez de trazer os resultados, as palavras digitadas na caixa de pesquisa sibilaram, escureceram e transformaram-se em cinzas pixeladas. Faixas pretas de fumaça digital subiam de uma pilha de migalhas queimadas.

Era ridículo chorar porque o Google não existia mais, porém, por um momento, Harper se sentiu bem perto disso. A ideia de que o Google poderia entrar em colapso e desaparecer era tão difícil de imaginar quanto a queda das Torres Gêmeas. Parecia uma parte pelo menos igualmente permanente da paisagem cultural.

Talvez não fosse apenas pelo Google que ela estivesse com vontade de chorar, mas por tudo, por todas as criações boas, inteligentes e espertas que agora estavam desaparecendo, afundando no passado. Harper sentia falta de mensagens de texto, TV, Instagram, micro-ondas, banhos quentes, compras compulsivas e manteiga de amendoim de qualidade. Ela se perguntou se ainda havia alguém cultivando amendoim e ficou muito triste e, quando engoliu em seco, sentiu o gosto das lágrimas. Sentia falta de tudo, mas principalmente da mãe, do pai e do irmão, e, pela primeira vez, permitiu-se considerar a possibilidade real de nunca mais ter notícias de qualquer um deles.

Harper não queria acordar o Vigia na sala de espera com um soluço repentino. Ela agarrou o telefone com as duas mãos e pressionou os nós dos dedos na boca e esperou a dor passar. Por fim, quando teve certeza de que estava bem, deu um beijo molhado na tela do telefone e disse:

— Feliz aniversário, pai. — E desligou o aparelho.

Quando voltou para a enfermaria, escondeu o telefone no teto junto com o caderno. Deslizou de volta para debaixo dos lençóis e deu uma bela chorada no travesseiro.

Logo parou de chorar e sentiu-se sonolenta e confortável. O bebê pressionou a mão hesitante contra a parede rígida e fibrosa da sua cela, os dedos abertos — ela podia senti-los, tinha certeza —, e pareceu lhe dar um tapinha desajeitado e reconfortante. Harper pressionou a mão na dele, menos de um centímetro de tecido entre os dois.

— Somos só você e eu agora, garoto — disse ela, mas é claro que eram só eles dois havia meses.

10

NAQUELA NOITE, ELA SONHOU com Jakob de novo, pela primeira vez em meses. Sonhou com Jakob e o Freightliner, os faróis avançando na sua direção e o motor gritando de uma forma que parecia expressar mais ódio do que qualquer voz humana seria capaz.

Mas Jakob não estava mais sozinho.

No sonho — que curioso! —, Nelson Heinrich estava no caminhão com ele.

11

QUATRO DIAS DEPOIS DE Harper ter guardado o telefone onde não a incomodaria mais, Michael Lindqvist assumiu o serviço de guarda na enfermaria. Ele veio vê-la assim que o turno começou.

— Senhora? — disse o jovem, enfiando o rosto entre a cortina e o batente da porta de um modo que fez a enfermeira se lembrar de Caco, o Sapo, estudando com nervosismo o público daquela noite. — Posso falar com você sobre uma coisa?

— Claro — respondeu Harper. — Não é necessário agendar um horário. Todos os planos de saúde são aceitos.

Ele se sentou na cama dela, e Harper puxou uma cortina verde-clara entre eles e Nick para terem alguma privacidade. Ela imaginou se Michael perguntaria a ela sobre camisinhas.

Em vez disso, o rapaz tirou uma folha de papel do bolso e entregou à enfermeira.

— Achei que gostaria de ver isso em particular. Nunca dá para saber quando o sr. Patchett pode aparecer para ter certeza de que todos estão se comportando direitinho.

Ela abriu o bilhete e começou a ler.

Prezada srta. Willowes,

O que aconteceu com você aquela noite na floresta foi culpa minha. Eu poderia ter parado a qualquer momento e não o fiz. Não espero que me perdoe, mas espero que algum dia possa reconquistar seu respeito, ou pelo menos sua confiança. Eu pediria desculpas cara a cara, mas ultimamente tenho irritado todo mundo e estou confinada no dormitório, então preciso me comunicar dessa maneira. Sinto muito, srta. Willowes. Nunca quis que você se machucasse. Nunca quis que ninguém se machucasse. Eu sou uma idiota.

Se houver algo que eu possa fazer para ajudá-la, é só contar ao Mike. Eu gostaria muito de compensar o que fiz. Você merece tudo de bom. E também: obrigada por ser uma mãe substituta de meio período e polivalente para o meu irmão. Você tem sido uma família melhor para ele do que eu. Por favor, diga-lhe que estou pensando nele e que sinto saudades. E também dê um beijo no meu avô por mim.

Por favor por favor por favor tenha cuidado.

Com sorte sua amiga novamente,
Allie

Michael estava sentado com os dedos entrelaçados e as mãos apertadas entre os joelhos. Ele parecia pálido e não conseguia parar de balançar uma perna.

— Obrigada por trazer isso para mim. Sei que poderia se meter em muitos problemas transportando mensagens secretas.

Ele encolheu os ombros.

— Não foi grande coisa.

— Foi, sim. — Harper se sentiu tão adorável e livre quanto uma menina de dez anos no primeiro dia de férias. A enfermeira já havia perdoado Allie. Ela tinha essa capacidade inata: podia perdoar com facilidade e leveza, com o melhor sentimento do mundo. Harper olhou novamente para a carta e franziu a testa: — O que Allie quer dizer com "estar confinada no dormitório"?

Os olhos de Michael se arregalaram com uma surpresa cômica. De todas as pessoas que Harper já conhecera, Michael era a que mais revelava coisas com o rosto.

— Você não sabe? Não. Não, claro que não. Você quase nunca sai deste lugar. Na noite que vocês roubaram a ambulância, Allie foi ver o Bombeiro para contar o que estava acontecendo. Ela é a razão pela qual ele sabia que precisava enviar uma Fênix para garantir que todos voltassem em segurança. Allie está na merda total desde então. Carol a expulsou dos Vigias e a fez carregar uma pedra na boca por três dias. Na opinião dela, Allie escolheu um lado e prejudicou sua imagem no processo. Agora, ela só pode sair do dormitório para fazer tarefas na cozinha e visitar a capela. E não brilha mais quando todos nós cantamos! Só fica lá com a cabeça baixa, sem olhar para ninguém.

— Aquela garota salvou a vida de Tom Storey — disse Harper. — Como Carol pode punir Allie depois de a garota salvar a vida de Tom?

— Hum — falou Michael.

— O quê?

— A história que corre no acampamento é que Allie *desistiu* de tentar salvar o Pai Storey e estava lá chorando quando Carol entrou e o chamou de volta, gritando seu nome. Ela chamou o Pai Storey das profundezas da Iluminação, que é para onde você vai quando morre.

— Allie não... ela não... que bobagem! *Você* estava lá, não contou... ninguém explicou o que realmente...

A cabeça de Michael afundou entre os ombros e seu rosto assumiu uma expressão desamparada.

— Você precisa ter cuidado com o tipo de história que conta hoje em dia. Carol e Ben têm a própria versão do que aconteceu. Não há espaço para outras versões. Quando Allie disse que aquilo não era verdade... e ela disse... Ben lhe deu outra pedra por desrespeitar a autoridade. As pessoas neste acampamento hoje em dia, bem... você deve ter ouvido que falamos apenas com uma voz agora. — Sua cabeça afundou ainda mais. Ele baixou o olhar. — Eu odeio isso, sabe? Tudo isso. Não apenas o que está acontecendo com Allie, mas também o que está acontecendo com Carol. Ela anda tão desconfiada, tensa e nervosa. Agora, há patrulhas circulando sua cabana, porque uma noite ela pensou ter visto sombras se movendo nas árvores. Emily Waterman saiu do refeitório rindo de alguma coisa, e Carol decidiu que devia estar rindo *dela* e deu-lhe uma pedra. Emily chorou e chorou. Ela é apenas uma criança.

Ele sacudia um pé. Os cadarços da sua bota não estavam amarrados e balançavam para a frente e para trás, batendo na parte inferior da estrutura da cama. Depois de um momento, Michael perguntou:

— Posso lhe contar uma coisa meio pessoal, senhora?

— Claro.

— Muita gente não sabe, mas tentei me matar uma vez. Logo depois que minhas irmãs morreram. Eu estava escondido no que restava da minha casa, que estava meio queimada. Meus pais tinham morrido. Minhas irmãs eram... dois montes de cinzas em formato de menina nos destroços da sala de estar. Eu só queria que tudo acabasse. Não queria mais sentir cheiro de fumaça. Não queria ficar sozinho. Eu tinha uma lambreta Honda que usava para entregar pizzas. Liguei-a na garagem e esperei o escapamento me matar. Primeiro tive dor de cabeça, depois vomitei. Por fim, desmaiei. Permaneci inconsciente por cerca de quarenta minutos antes de a lambreta ficar sem gasolina e aí acordei. Acho que a garagem não era muito hermética.

"Alguns dias depois, vaguei sem rumo. Tinha uma ideia de que talvez encontrasse o oceano para entrar nele e limpar o fedor."

Harper se lembrou da sua desolada caminhada matinal até o oceano, não muito depois de chegar ao acampamento. Ela se perguntou se Michael tinha ido para a água pelo mesmo motivo que ela, buscando um último mergulho frio na escuridão silenciosa e adeus preocupações, adeus solidão.

— Em vez disso, ouvi algumas meninas cantando. Estavam cantando muito bem, com vozes doces e claras. Eu... estava tão fora de mim que pensei que talvez fossem minhas irmãs me chamando. Saí das árvores e entrei no Parque dos Monumentos e vi que não eram elas. Eram Allie, Carol, Sarah Storey, o Bombeiro e alguns outros. Cantavam uma música bem antiga, aquela em que o cara diz que não entende muito de História. Sam Cooke, acho? Cantavam, e estavam todos iluminados, suaves e azuis e em paz. Olharam para mim como se tivessem me esperado o dia todo. Eu me acomodei para assistir e ouvir e, em algum momento, Carol sentou-se a meu lado com uma toalha molhada e começou a limpar a sujeira do meu rosto. Ela disse: "Ah, olha! Tem um garoto aqui embaixo!". E eu comecei a chorar, e ela apenas riu de mim e disse: "Essa é outra maneira de tirar a sujeira". Eu estava andando descalço e ela se abaixou para limpar o sangue e a sujeira dos meus pés. Me mataria fazer qualquer coisa para machucá-la. Achei que nunca seria amado como minha mãe e minhas irmãs me amavam e, então, encontrei o caminho até aqui.

Ele fez uma pausa, inquieto, então suspirou, e, quando voltou a falar, foi em voz baixa.

— Mas aquilo que Carol disse sobre tirar seu bebê: não sei por que ela *pensaria* numa coisa dessas. Não podemos fazer isso. E a maneira como ela trata Allie. Parece que Allie fica com uma pedra na boca o dia inteiro, todos os dias, e ela nunca vai cuspi-la, porque seria como admitir a derrota. Allie preferiria morrer de fome primeiro. Você sabe como ela é. E então... e então, às vezes, depois da capela, depois de cantarmos o máximo, minha consciência retorna, e minha cabeça está zumbindo como depois que tentei me matar na garagem. De vez em quando, penso que a maneira como nós nos entregamos à Iluminação agora *também* é como um pequeno suicídio. — Ele fungou e Harper percebeu que o rapaz estava à beira das lágrimas. — Antigamente era melhor. Costumava ser muito bom aqui. Enfim. Como Allie disse na carta. Você não está sozinha. Você tem a nós. Allie e eu.

— Obrigada, Michael.

— Há algo que eu possa fazer por você?

— Sim. Há. Mas se for demais, você deve negar. Não sinta que precisa fazer algo que possa colocá-lo em risco.

— Opa — disse ele. — Eu estava pensando que talvez você quisesse um pouco de creme para o café. Acho que está pensando em algo maior.

— Tem como eu sair daqui por uma hora para ver o Bombeiro? E se eu fizer isso, você pode ficar de olho no Pai Storey enquanto eu estiver fora?

Ele empalideceu.

— Desculpe. Não deveria ter pedido isso.

— Não — falou ele. — Tudo bem. Acho que poderia dar uma desculpa se o sr. Patchett aparecesse. Eu poderia puxar a cortina da sua cama, colocar alguns travesseiros sob os lençóis e falar que você está cochilando. Só que se você sair… se for encontrar o Bombeiro… promete que vai voltar? Você não vai entrar no carro com ele e fugir durante a noite, vai?

Para Harper, aquela era a última coisa que Michael poderia ter dito ou perguntado.

— Ah, Michael, claro que não. Eu não abandonaria o Pai Storey nessas condições.

— Que bom. Porque você não *pode* sair do acampamento — falou Michael, sentando-se de frente a ela e agarrando seu pulso. — Não sem levar Allie e eu.

12

HARPER DESCEU A COLINA em meio a um frio intenso que ardia em suas narinas e feria seus pulmões. Seu hálito fumegava, como se ela estivesse se tornando um dragão completo, queimando de dentro para fora.

Estava mais frio junto à água, deixando sensíveis as partes expostas do seu rosto. Um fio de fumaça subia da chaminé de lata do galpão do Bombeiro, o único sinal de vida em todo aquele mundo congelado. Ela odiou andar pelo cais, sentiu-se exposta, meio esperando que alguém gritasse. Mas ninguém a viu, e o próprio cais estava escondido do campanário da igreja por uma faixa de pinheiros altos. Ela entrou no barco a remo e desamarrou a corda. Uma vez na água, poderia ser vista (o olho no campanário vê tudo), mas não havia lua nem estrelas, e ela pensou que, na escuridão profunda, talvez passasse despercebida.

Dessa vez, Harper conseguiu caminhar até o galpão sem perder as botas na lama. A lama estava congelada até ficar com a dureza de um ladrilho. Harper bateu no batente da porta. Como ninguém respondeu, bateu outra vez. De dentro do galpão, ela sentiu o cheiro de fumaça de lenha e doença.

— Está aberta — disse o Bombeiro.

Ela entrou no pequeno cômodo, sob o calor sufocante e a luz dourada da fornalha aberta.

O Bombeiro estava na cama, com o lençol enrolado na cintura e nas pernas, o braço na tipoia imunda. A sala cheirava a catarro, e a respiração dele era extenuante.

Ela arrastou uma cadeira para o lado da cama e sentou-se. Então, inclinou-se e encostou o rosto no seu peito nu. Sua pele brilhava e cheirava a sândalo e suor. A Escama de Dragão decorava seu peito com padrões que lembravam os tapetes persas.

— Respire normalmente — instruiu a Enfermeira. — Eu não trouxe estetoscópio.

— Eu *estava* melhorando.

— Cale a boca. Estou ouvindo.

As inalações estalavam de leve, como alguém enrolando um filme plástico.

— Merda — disse ela. — Você desenvolveu uma atelectasia. Não tenho termômetro, mas dá para perceber que está com febre. Merda, merda. Eu não entendo.

— Achei que *Atelectasia* fosse um dos primeiros álbuns do Genesis. Um daqueles que eles gravaram antes de Phil Collins assumir os vocais e eles se transformarem naquela porcaria medíocre para a MTV.

— É uma palavra espertinha para um certo tipo de pneumonia. É uma complicação de costelas fraturadas, mas eu não esperaria isso num homem da sua idade. Você tem fumado?

— Não. Você sabe que não tenho cigarros.

— Você tem respirado ar fresco?

— Uma bela quantidade.

Ela estreitou os olhos.

— Quanto é uma bela quantidade?

— Hã, dezoito horas? Com duas horas a mais ou a menos?

— Por que ficou lá fora por *dezoito* horas?

— Eu não queria ficar. Eu desmaiei. Sempre desmaio quando mando uma Fênix para algum lugar. — Ele deu a ela um sorriso de desculpas. — Eu estava muito fraco, acho. Não estava pronto para criar uma Fênix. Exigiu muito de mim. Mas ainda bem que mandei uma. Como se a metralhadora deles não fosse ruim o suficiente, aquele limpa-neve que seu ex dirige é tão ruim quanto um tanque...

— Espere um minuto. Vamos voltar um pouco. Como sabe que meu ex apareceu na Verdun Avenue? Quem contou para você?

— Ninguém me contou. Eu estava lá com você.

— Como assim, estava *lá* comigo?

O Bombeiro suspirou, estremeceu e pressionou a mão boa na lateral ruim do corpo.

— Você se escondeu atrás da viatura policial de Ben quando começaram a atirar. Nelson foi o primeiro a morrer... foi cortado ao meio na rua. Então, o caminhão bateu na ambulância, e Mindy Skilling ficou esmagada embaixo dela. Depois, você saiu de lá como um dos seus pilotos americanos da Nascar. Eu me lembro de tudo até o momento em que seu ex quebrou a van e quase me esmagou. Quase esmagou a Fênix, quero dizer.

Harper não conseguia entender. Até agora, ela presumira que a Fênix tinha sido uma gloriosa exibição pirotécnica que poderia, de alguma forma, ser operada a distância, como um avião por controle remoto. Uma marionete de chamas, com John Rookwood puxando as cordas daqui da sua ilha.

No entanto, ele podia se lembrar do confronto com Jakob e o Homem Marlboro como se tivesse brigado com eles pessoalmente, um conceito que Harper achou desconcertante e também irritante, porque John claramente adorava ser impressionante e misterioso.

— Impossível. Você não pode ter visto tudo isso.

— Ah, não é exatamente impossível. É apenas improvável. E, além do mais, eu não *disse* que vi. Eu *não* vi. Mas me *lembro* de tudo. — John percebeu que Harper estava se preparando para interrompê-lo e ergueu a mão, com a palma estendida, para evitar perguntas. — Você sabe que a Escama de Dragão, com o passar do tempo, satura o cérebro humano. Ela escuta seus pensamentos e seus sentimentos e reage a eles. É de natureza dendrítica e se liga à mente.

— Sim. É por isso que as pessoas pegam fogo quando estão com medo ou sob estresse. O pânico libera cortisol. A Escama de Dragão reage ao cortisol presumindo que o hospedeiro não está mais seguro. Ela explode em chamas, produzindo muitas cinzas e permitindo que parta para um local melhor.

O Bombeiro a encarou com admiração.

— Sim. Esse é exatamente o mecanismo. Com quem você tem conversado?

— Harold Cross — respondeu Harper, satisfeita por surpreendê-lo pela primeira vez.

O Bombeiro ergueu um canto da boca em um sorriso.

— Você encontrou o caderno dele. Eu adoraria vê-lo qualquer dia.

— Talvez depois que eu terminar — disse ela. — O cortisol inicia a combustão espontânea. Mas a ocitocina... o hormônio das redes sociais... acalma a Escama de Dragão. Sempre que você sente o prazer da aprovação do grupo, aumenta a sensação de segurança da Escama de Dragão e diminui a probabilidade de queimar até a morte. Isso eu consigo entender. O que *não* consigo entender é como você pôde estar aqui na sua cabana e, ao mesmo tempo, ver coisas que estavam acontecendo a três quilômetros de distância.

— Mas eu já falei que não *vi*. Eu me *lembro* delas, e essa é a diferença. A Fênix tem uma nuvem de Escama de Dragão queimando no núcleo. Essa Escama de Dragão contém uma cópia grosseira dos meus pensamentos, dos meus sentimentos, das minhas respostas. É um cérebro externo. Acaba voltando para mim, retornando ao ninho, onde morre, tendo feito seu trabalho. As cinzas caíram sobre mim como neve enquanto eu estava inconsciente na praia e, nas horas seguintes, *sonhei* tudo o que o pássaro fez e viu. Tudo voltou à minha mente, fragmentado no início, mas, por fim, toda a cena horrível.

Harper considerou aquela ideia. Cinzas que podiam pensar, chamas que viviam e um esporo que podia trocar impulsos e recordações com a mente humana. *Era*, pensou ela, *exatamente o tipo de bobagem fantástica que a evolução sempre buscava*. A natureza era grandiosa em prestidigitação e truques de mágica.

Quando ela falou novamente, não se referia nem um pouco à Escama de Dragão.

— Você precisa de antibióticos. Por coincidência, eu tenho alguns. Vou mandar o Michael trazer um frasco de azitromicina. Ele deve conseguir dar uma escapada durante a mudança dos Vigias ao amanhecer. Agora, sr. Rookwood, vamos dar uma olhada no seu braço.

— Presumo que não estará disponível para trazer o remédio você mesma?

Harper não quis encontrar o olhar dele. Em vez disso, gentilmente afrouxou a tipoia e desdobrou o cotovelo do Bombeiro. Ele fez uma careta, mas Harper pensou que era mais por antecipação de dor do que por qualquer sofrimento real.

— As coisas estão azedando por aqui, John. Estou confinada na enfermaria, em prisão domiciliar e proibida de sair do lado do Pai Storey. Só estou aqui esta noite porque Michael estava de guarda e ele não está mais obedecendo às regras de Carol. Nem Allie, que está em prisão domiciliar permanente no dormitório feminino. Michael tinha medo de que, se me deixasse vir aqui, eu não voltaria. O rapaz não quer que eu vá embora sem ele. — A enfermeira considerou aquilo por um momento. — É apenas uma questão de tempo até que algumas dezenas de desertores tentem fugir. Encher alguns carros com suprimentos e se mandar. Renée já falou sobre partir com Don, os presidiários e mais alguns outros.

— Para onde vocês iriam?

— Ah, não sei se eu iria com eles, seja lá o que Michael pense. Enquanto ainda houver uma chance para o Pai Storey, não seria certo abandoná-lo.

Então, o Bombeiro fez uma coisa estranha. Olhou para a fornalha além dela — e aí se inclinou e falou com a voz baixa, como se não quisesse ser ouvido.

— Admiro uma boa dose de insensatez mais do que ninguém, Harper, mas não nesse caso. Sua principal obrigação é consigo mesma e com o bebê, não com Tom Storey. Ele tinha o coração maior do que qualquer homem que já conheci e tenho certeza de que não gostaria que você ficasse por causa dele. Tom está acamado há... quanto tempo? Seis semanas? Sete? Depois de um golpe esmagador na cabeça? Aos setenta anos? Ele se foi. Não vai voltar.

— Pessoas já se recuperaram de coisas piores — disse ela, embora, enquanto falava, tenha se perguntado se ainda sabia a diferença entre um diagnóstico e uma negação. — Além do mais. *John*. Está chegando a hora. Nove semanas?

Oito? Preciso de um lugar para ter esse bebê. A enfermaria é um bom lugar. Não sei se encontro um local melhor. Don poderia fazer o parto. Ele pescou muitos peixes... tenho certeza de que conseguiria pegar mais um. Nesse momento, tão perto da data do parto, eu não sairia do acampamento a menos que não tivesse escolha. — Não mencionou que, se o Pai Storey morresse, ela realmente não teria escolha. Fugiria com o bebê ou seria mandada para o exílio sem ele. Mas Harper não queria angustiar John contando-lhe sobre as ameaças de Carol, não naquele momento. John estava doente; tinha levado uma surra, estava com febre e seus pulmões estavam cheios de umidade imunda. O trabalho dela era providenciar empatia e cuidado, não os suscitar.

Ela se levantou, vasculhou algumas gavetas embaixo do que antes era uma escrivaninha e voltou com uma tesoura. Harper cortou a bandagem imunda do pulso dele. Ainda estava inchado e grotescamente descolorido, mas só um pouco rígido quando ela pediu para girá-lo, e a enfermeira decidiu que não precisava de um novo curativo.

— Acho que podemos parar com a tipoia também. Mas mantenha a cotoveleira até conseguir dobrar o braço sem sentir dor aguda. E *tente* descansar. Até que tenha um pouco mais de tempo para se curar, é melhor se limitar apenas à masturbação mental. Não queremos colocar qualquer pressão indevida nesse pulso.

Pela primeira vez, John não tinha nada a dizer.

Harper se recostou e falou:

— Sabe, Michael não vai deixar o acampamento sem Allie. E tenho certeza de que Allie não vai fugir sem Nick. Fico assustada pra cacete ao imaginá-los abandonando o acampamento e se arriscando na floresta. Mas e *você*? Eles estariam seguros se o acompanhassem. Você poderia cuidar deles: Allie e Nick.

O olhar do Bombeiro se deslocou brevemente para a fornalha atrás dela e depois baixou.

— E acha mesmo que tenho condições de ir a algum lugar?

— Talvez não agora. Mas vamos fazer você melhorar. *Eu* vou fazer você melhorar.

— Não vamos nos precipitar. Ainda nem bolaram um plano. Por enquanto, só há muita conversa fiada.

Harper lançou um olhar lento e inquieto para a fornalha aberta. Ela não viu ninguém devolvendo o olhar para ela das chamas: nem uma mulher misteriosa, nem Sirius Black. Ela pensou em como John olhou para o fogo antes de se aproximar para falar em voz baixa, como se não quisesse ser ouvido. Outra lembrança lhe ocorreu, quase aleatoriamente, algo que ele havia dito sobre a Fênix: *É um cérebro externo*. O pensamento provocou um arrepio na sua nuca.

— Não — disse ela. — Mas é melhor começarmos a pensar em um. Acho que deveríamos tentar nos encontrar aqui. *Todos* nós. Até os presidiários, se for possível. Não precisamos decidir apenas como vamos partir, mas também para onde iremos e como pretendemos sobreviver. — Ela juntou forças e acrescentou, de forma gentil: — Você disse que o Pai Storey não iria querer que eu arriscasse minha vida ou a vida do meu bebê ficando aqui. Eu digo que Sarah não gostaria que *você* arriscasse a sua ficando aqui.

— Ah, não sei, não — falou ele. — Não seria tão ruim assim: ser enterrado aqui. Por que não? De certa forma, sinto que foi aqui que minha vida começou de verdade. Aqui no Acampamento Wyndham, onde conheci Sarah e para onde todos voltamos depois que pegamos Escama de Dragão. Haveria certa elegância narrativa se a minha vida terminasse aqui também.

— Foda-se a elegância narrativa. *Como,* afinal, vocês decidiram se esconder nesse lugar?

— Não havia para onde ir. Simples assim, na verdade.

— Você pode fazer melhor que isso — disse Harper.

— Se você insiste — respondeu ele.

13

— **TODOS NÓS TÍNHAMOS** as marcas. As primeiras linhas apareceram no braço e nas costas de Nick. Três dias depois, parecia que havíamos ido ao mesmo estúdio de tatuagem no inferno. Exceto Sarah. No intervalo de setenta e duas horas, ela teve que enfrentar a ideia de perder o filho, a filha, a irmã, o pai e o namorado. Qualquer pessoa normal ia pirar.

"Mas ela não pirou. Os filhos ainda precisavam dela e, enquanto pudessem sentir, pensar e ser consolados, Sarah estava decidida a ser o que eles quisessem que ela fosse. Além disso, durante algumas semanas, ela presumiu que também tinha a infecção e simplesmente era assintomática. Acho que quando, enfim, percebeu que não estava doente, ficou mais chateada e chocada do que ficaria se *estivesse*. Como cada um de nós poderia ter a doença, mas ela não? Sarah ficou brava comigo algumas vezes, como se fosse culpa minha ela não estar infectada com Escama de Dragão. *Por que todos vocês têm, e eu não?* É o que ela ficava perguntando."

— Ela estava na piscina — murmurou Harper.

— Você descobriu, não foi? Sim. As cinzas envenenadas caíram do céu sobre nós, mas Sarah tinha ido nadar. O cloro matou o esporo, ou ao menos criou uma barreira contra ele. Em qualquer morte aleatória, a diferença entre viver e morrer quase nunca tem algo a ver com força de vontade, sabedoria ou coragem. É apenas uma questão de onde você está. Cinco centímetros para a direita e o ônibus acerta você. Se o seu escritório fica no nonagésimo segundo andar em vez do nonagésimo, você não consegue sair a tempo.

"Sarah adiou a dor. Adiou um colapso nervoso. Não sei como ela fez isso, mas fez. A única vez que a vi quase histérica foi quando Tom disse que deveríamos todos ir para a quarentena federal em Concord. A ideia de os filhos serem tirados dela era como ser cutucada com varetas quentes. Tivemos que desistir. Acho que todos tínhamos medo do que ela poderia fazer consigo mesma se criássemos uma situação em que Allie ou Nick fosse arrancado de sua vida para nunca mais ser visto.

"Durante alguns dias, Allie ficou chorando em posição fetal. Então, certa manhã, ela saiu do banheiro com a cabeça raspada e anunciou que não estava mais triste. Naquela noite, Sarah e Allie tomaram cogumelos juntas. Na noite seguinte, as duas roubaram um carro. Estavam doidas, mas felizes. Saquearam uma loja de fantasias. Sarah voltou para casa como Hillary Clinton. Allie pegou uma máscara do Capitão América porque gostou do grande 'A' nela. Elas pensaram em Nick e trouxeram uma máscara de Tony, o Tigre, para o menino. Eu disse que sempre quis ser um bombeiro e que, da próxima vez, esperava que pensassem em mim. Duas noites depois, as duas roubaram um caminhão de bombeiros antigo do estacionamento de um museu cheio de carros clássicos e todo o equipamento que havia dentro dele. Tiveram que estacioná-lo no ancoradouro coberto do Acampamento Wyndham, o único lugar disponível para colocá-lo. Allie estava determinada a criar um inferno antes de morrer, e Sarah sentiu que era importante para uma mãe apoiar os objetivos de vida da filha.

"Não achava que Carol ia durar muito. Eu me lembro disso. Ela perdeu cinco quilos. Parou de dormir. Ela assistia à TV, seminua, durante doze horas seguidas, tão insensível quanto alguém que sofreu uma lobotomia. Cheirava a fósforo aceso e estava sempre vazando fumaça. A única pessoa que podia tirá-la daquele estado era o pai, que garantia que ela comesse e dormisse, além de atender a outras necessidades.

"Então, certa manhã, ouvi portas batendo e gritos na rua. Era cedo, e eu era o único acordado. Fui devagar até a calçada e olhei acima da cerca viva. Havia um veículo em frente a uma casa na mesma rua, uma van da polícia que fora colocada em serviço pela Patrulha de Quarentena. Alguns caras com máscaras de gás que pareciam ser da SWAT lutavam para enfiar uma mulher dentro da van. Um médico os acompanhava, de máscara e luvas, carregando uma prancheta e dizendo que aquilo era para a proteção dos filhos dela. Dizendo a ela que entrariam em contato com um parente para vir buscar as crianças. Um menino de cerca de quatro anos soluçava muito, tentando segui-los. Um dos membros da Patrulha de Quarentena segurava-o pelo ombro e o virava. Em algum lugar dentro da casa, ouvi um bebê chorando. Pouco antes de empurrarem a mulher para dentro da van, ela virou a cabeça e vi seu rosto. Era a mesma moça que chorava na calçada no dia que a drogaria pegou fogo.

"Naquela tarde, tivemos uma reunião de família em volta da mesa de jantar e contei o que tinha visto. Allie disse que precisávamos de um plano, caso aquele pessoal voltasse e batesse à *nossa* porta. Tom disse que, se isso acontecesse, a melhor coisa que poderíamos fazer seria não estar lá para responder. Ele contou que tinha passado todos os verões dos últimos quarenta anos no Acampamento Wyndham e não via motivo para mudar os planos àquela altura, não importava que o acampamento de verão tivesse sido cancelado. Ele disse que já tinha ido ao acampamento com Carol uma vez e que havia comida enlatada suficiente para alimentar um exército por uma década. Ele errou por apenas nove anos.

"Ele se instalou na casa que sempre fora dele, supostamente com Carol para cuidar do pai, embora, na verdade, fosse o contrário. Sarah e eu reivindicamos um chalé perto do ancoradouro, porque Nick gostava de brincar de bombeiro no nosso caminhão roubado. Seria estranho dizer que aqueles foram dias maravilhosos? Comíamos ovos frescos e waffles e tomávamos café. Nadávamos ao amanhecer e fazíamos fogueiras ao entardecer. Sarah tirou o pó do órgão da igreja e tocava Billy Joel e Paul McCartney. Ela tentou fazer com que a irmã tocasse com ela, mas Carol permaneceu na Casa da Estrela Preta, fumegando sem parar. Esperando para morrer.

"Certa manhã, Sarah foi a Portsmouth buscar notícias e fazer compras. Ela podia fazer as compras, não estava doente. Então, voltou com as gêmeas Neighbors. Dois dias depois, Norma Heald apareceu sozinha. Ela havia trabalhado no refeitório nos verões anteriores e achava que seria mais seguro procurar comida aqui do que no supermercado. Esse foi o começo do povo de Tom.

"Poucos dias depois de Norma aparecer, Carol saiu em disparada da Casa da Estrela Preta, parecendo louca, quase incoerente de terror, encontrou Sarah e disse que estava acontecendo. Ela nos mandou vir rápido. Falou que Tom e Nick estavam acendendo... que os dois estavam prestes a pegar fogo.

"Corremos tão rápido que deixamos Carol para trás. Estávamos enjoados e assustados. Você não pode imaginar como é correr tanto em direção a algo que não quer ver. Como correr em direção ao próprio pelotão de fuzilamento. Eu tinha certeza de que encontraríamos os dois murchos e carbonizados, a casa em chamas.

"Sarah irrompeu pela porta da frente e parou tão de repente que esbarrei nela e a derrubei. Allie estava bem atrás de mim e tropeçou em nós dois. Estávamos todos emaranhados no chão quando os vi.

"A máquina de lavar louça daquela casa deve ser mais velha do que você, Harper. Ela já havia visto quase três décadas de serviço e batia e tremia quando era ligada. A batida, se você consegue imaginar, é bem parecida com a daquela velha música 'Wooly Bully'. Você conhece? Tom estava encostado na máquina, com Nick no colo e aquele baque de 'Wooly Bully' passando pelos dois. Tom estava com os dedos entrelaçados nos de Nick, e ele cantava, e os dois estavam *brilhando*. Tom havia arregaçado as mangas da camisa para mostrar a Escama nos antebraços, e ela era tão brilhante quanto redemoinhos de tinta que brilha no escuro.

"Tom não ficou nem um pouco incomodado ao nos ver entrando na sua casa como os Três Patetas. Ele nos lançou um olhar meio risonho e continuou cantando. Sarah disse: 'Ah, pai, ah, meu Deus, o que está acontecendo com você?'.

"E ele respondeu: 'Não tenho certeza, mas acho que a Escama de Dragão gosta de Sam the Sham. Venha cantar conosco e veja se não gosta da maneira como isso faz você se sentir'.

"Quando Carol passou pela porta, estávamos todos sentados em círculo perto da máquina de lavar louça, cantando rock antigo e cintilando feito um parque de diversões. Assim que a Escama de Dragão começava a aquecer e brilhar, dava para saber que tudo ia ficar bem. Que não ia queimar. Bem, você sabe como é na Iluminação.

"Cantamos até a lava-louça terminar o ciclo e, assim que a máquina parou de bater, nossa Escama de Dragão começou a esfriar e escurecer. Estávamos todos muito doidões. Não conseguia lembrar com qual das filhas de Tom eu estava namorando, então beijei as duas. Sarah riu disso. Allie continuou contando os dedos dos pés, porque não conseguia se lembrar de quantos tinha. Eu acho que seria justo dizer que estávamos bem chapados. Chapados! Rá! Entendeu? Não é... não? Ah. Tudo bem.

"Reunimos os outros na capela naquela noite. Sarah sentou-se ao órgão, e Carol afinou o ukulele, e elas tocaram 'Bridge over Troubled Water' e 'Let It Be', e nós nos iluminamos como faíscas soprando de uma fogueira. Suas vozes eram tão esfumaçadas e doces. Nunca estive tão bêbado ou tão feliz. Eu podia me sentir abandonando minha identidade, da mesma forma que você abandona uma mala pesada que não precisa mais carregar. Era, imagino, como as abelhas se sentem. Não como um indivíduo, mas como uma nota sussurrante em todo um mundo de música perfeita e útil.

"Depois da cantoria, Tom falou conosco. Aquilo parecia natural. Ele nos contou coisas que já sabíamos, mas precisávamos ouvir. Disse que tínhamos sorte por cada minuto que passávamos juntos, e eu sabia que era verdade. Disse que era uma bênção poder sentir o amor e a felicidade um do outro tão intensamente, bem na pele, e eu falei amém, e todos repetiram. Disse que nos momentos mais sombrios da História, a gentileza era a única luz que você tinha para encontrar o caminho para a segurança, e chorei ao ouvi-lo dizer isso. Sinto um pouco de vontade de chorar agora, só de lembrar. É fácil classificar a religião como sangrenta, cruel e tribal. Eu mesmo fiz isso. Mas não é a religião que é assim... é o próprio homem. No fundo, toda fé é uma forma de instrução na decência comum. Livros didáticos diferentes da mesma matéria. Elas todas não ensinam que fazer algo pelos outros é melhor do que fazer por si mesmo? Que a felicidade de outra pessoa não significa necessariamente menos felicidade para você?

"Só Sarah não brilhou, porque só ela não tinha a Escama de Dragão. Mas ela sabia tão bem quanto todos nós que havíamos solucionado alguma coisa. Que havíamos encontrado uma cura funcional. Não precisávamos de uma colher de açúcar para fazer o remédio descer. O açúcar *era* o remédio. Sarah cantou conosco, observou a gente se iluminar e ficou na dela. Eu já estava com ela há tempo suficiente para saber o que estava por vir. O que ela faria.

"Mas não vi o que estava por vir porque estava bêbado a maior parte do tempo. Não bêbado de bebida, você sabe. Bêbado com aquela onda de luz e prazer que tomava conta de mim quando todos cantamos juntos. Allie começou a sair à noite com a máscara de Capitão América, para espionar amigos, gente que ela conhecia da escola. Se visse que aquelas pessoas estavam doentes com Escama, ela as chamava. Dizia que havia uma maneira de permanecerem vivas. Que a infecção não precisava ser uma sentença de morte. Uma dúzia de pessoas novas chegava toda semana.

"Sarah me mandou ir junto com Allie para garantir que ela voltasse inteira ao acampamento. Comecei a me vestir de bombeiro, porque descobri que, num mundo cheio de coisas pegando fogo, ninguém olha duas vezes para um bombeiro. Não consegui nem me lembrar do meu próprio nome durante a maior parte de junho, de tão bêbado que estava na Iluminação. Eu era apenas... apenas o Bombeiro."

Ele tossiu de forma fraca. Uma nuvem de fumaça perfumada saiu da sua boca, transformou-se no fantasma de um caminhão de bombeiros do tamanho de um brinquedo e se dissolveu.

— Exibido — disse Harper. — O que aconteceu depois?

— Sarah morreu — respondeu ele, inclinando-se para a frente e surpreendendo Harper ao beijar seu nariz. — Fim.

LIVRO SETE

NENHUMA HONESTIDADE

MARÇO

1

Do diário de Harold Cross:

28 DE AGOSTO

MARTHA QUINN É REAL.

TEM UM SITE, MARTHAQUINNINMAINE. ELES TE RECEBEM EM MACHIAS, LIMPAM VOCÊ, DÃO ROUPAS NOVAS E UMA BELA REFEIÇÃO, E LEVAM VOCÊ EM UM ANTIGO BARCO DE PESCA DE LAGOSTA. O QUE RESTA DO CENTRO DE CONTROLE E PREVENÇÃO DE DOENÇAS ESTÁ LÁ, TRABALHANDO NA CURA.

EU VOU. AMANHÃ OU DEPOIS DE AMANHÃ. SE FICAR AQUI, MAIS CEDO OU MAIS TARDE, VOU QUEIMAR ATÉ A MORTE. OS OUTROS ESTÃO RECEBENDO O BENEFÍCIO DA CONEXÃO SOCIAL, MAS EU NÃO E, SEM DOSES REGULARES DE OCITOCINA, MEU FUSÍVEL BIOQUÍMICO AINDA ESTÁ SIBILANDO.

NÃO VOU PEDIR A PERMISSÃO DE NINGUÉM. SEI QUE NÃO VOU CONSEGUIR. CAROL ESTÁ ME OBSERVANDO DE PERTO. A ÚNICA COISA QUE TENHO É JR. ELE COMBINOU DE ME TIRAR DAQUI PARA QUE EU POSSA IR ATÉ O CHALÉ ESTA NOITE E ENVIAR OS ÚLTIMOS E-MAILS.

NÃO TENHO CERTEZA DE COMO VOU CHEGAR TÃO AO NORTE COM TODO O SUL DO MAINE PEGANDO FOGO, MAS JR DIZ QUE TALVEZ EM UM BARCO. MAL POSSO ESPERAR PARA IR EMBORA DESTE BURACO DE MERDA PARA SEMPRE.

2

SEU PRIMEIRO PENSAMENTO FOI: *Não pode ser tão fácil assim.*

Ela virou a página, esperando por mais, mas era só isso. Depois daquela folha, o caderno estava em branco.

Chovia, e a tempestade martelava o telhado de zinco em um estrondo contínuo. A chuva caía há dez horas seguidas. Às vezes, as árvores também caíam. Harper acordou com o som de uma delas desabando em algum lugar próximo, com um grande rangido e um estrondo que fez o chão tremer. O vento atingia a enfermaria sem parar, uma rajada atrás da outra. Era como o fim do mundo lá fora. Mas todo dia era como o fim do mundo agora, fizesse chuva ou sol.

Harper não imaginava que ainda restasse alguma coisa no diário para aprender, muito menos algo tão chocante. Martha Quinn era real. A ilha era real.

Nick a observava com atenção, o que não era surpresa alguma. Harper já havia parado de tentar manter o caderno escondido dele. De qualquer maneira, aquilo seria impossível dentro dos limites estreitos da enfermaria. Ela encontrou seu olhar intenso, inabalável e curioso. Ele não perguntou se ela havia lido algo importante. Ele *sabia* disso.

O Vigia que estava na sala de espera naquela noite se chamava Chuck Cargill. Ele havia entrado na enfermaria duas horas antes, quando Harper estava sem o suéter, passando creme na curva rosada da barriga estupenda. Ela estava de sutiã, mas, mesmo assim, Cargill ficou tão alarmado ao encontrá-la seminua que deixou cair a bandeja do café da manhã que carregava com um estrondo, como se, de repente, ela tivesse ficado quente demais para ser manuseada. O garoto cambaleou para trás, gaguejando uma espécie de pedido de desculpas incoerente, e saiu pela cortina. Desde então, teve o cuidado de pigarrear, bater no batente da porta e pedir permissão para entrar. Harper achava que Cargill talvez nunca mais conseguisse fazer contato visual com ela.

Ela também pensou que, se quisesse tirar o telefone do teto, o rapaz provavelmente não iria vê-la enquanto o estivesse usando. Ninguém faria isso. Nem mesmo Ben Patchett faria inspeções-surpresa em uma noite como aquela.

Harper virou a cadeira de encosto reto e subiu nela de modo instável. Estendeu a mão para o teto, encontrou o celular e desceu. Nick olhou para ela — para o *aparelho* — com olhos arregalados, fascinados e curiosos. Ela gesticulou com a cabeça: *Vem cá*.

Os dois caminharam até o outro extremo da enfermaria, colocando a maior distância possível entre eles e a cortina da área de espera. Harper e Nick se sentaram lado a lado na beirada da cama do Pai Storey, de costas para a passagem da sala contígua. Se Cargill *entrasse* de repente, o telefone ficaria escondido pelos seus corpos e ela teria tempo de desligá-lo e colocá-lo debaixo do colchão.

Harper apertou o botão de ligar. A tela brilhou em cinza e depois em um preto obsidiano profundo. A bateria estava em impressionantes nove por cento.

Harper abriu o navegador e digitou: marthaquinninmaine.

3

UMA MÚSICA TOCOU, FRACA e monótona, pelos pequenos alto-falantes do iPhone, quase inaudível sob a chuva, mas não menos adorável. Era uma música que Harper costumava cantar quando tinha oito anos, usando uma colher de pau como microfone, deslizando pelo linóleo da cozinha com as pantufas da Miss Piggy. Ric Ocasek cantava que aquela garota era tudo de que ele precisava, em uma melodia que avançava como uma mola descendo uma escada.

As fotos carregaram, mas devagar.

A primeira mostrava uma vasta inclinação gradual de grama que chegava até a cintura, ficando amarela no outono. O oceano era uma placa de aço desgastado ao fundo. Martha Quinn estava no meio de uma longa fileira de crianças, cinco de cada lado, os braços em volta da cintura das duas mais próximas. Ela continuava magra e, mesmo com quase sessenta anos, seu rosto era travesso e gentil, os olhos estreitados de um jeito que sugeria que ela tinha uma boa piada que queria contar. O vento soprava seu cabelo platinado para trás da testa alta. Suas mangas estavam arregaçadas para mostrar a Escama de Dragão nos antebraços, um arabesco preto e dourado que lembrava escritos antigos em kanji.

À medida que a música terminava, uma segunda fotografia carregou. Uma médica de jaleco branco, uma linda mulher asiática com uma prancheta na mão, agachada para ficar na altura dos olhos de uma adorável menina de nove anos. A garotinha segurava um guaxinim de pelúcia contra o peito, e seu nariz estava enrugado em uma gargalhada. Seus braços nus e rechonchudos estavam levemente rabiscados com Escama. As duas estavam no corredor branco, limpo e estéril de uma unidade hospitalar em algum lugar. Havia uma placa na parede ao fundo, borrada, quase fora de foco. Não era uma parte importante da imagem, então Harper viu sem realmente perceber… mas então olhou com mais atenção. Quando ela registrou o que dizia, a intensidade de suas emoções tirou todo o ar de seus pulmões. Apenas duas palavras:

- *Pediatria*
- *Maternidade*

A terceira foto começou a carregar quando a música chegou ao fim. Uma voz começou a falar — uma voz que Harper conhecia apenas por causa das retrospectivas da década de 1980 na VH1 e na MTV. O volume já estava tão baixo que Harper mal conseguia ouvir Martha Quinn por causa do furioso tamborilar da chuva no teto, mas, por precaução, ela o abaixou ainda mais e inclinou-se para ouvir.

— Uau, olá, era exatamente disso que *você* precisava? Era exatamente do que *eu* precisava. Bem, era *uma* das coisas de que eu precisava. Tenho uma lista bem longa. Preciso saber que Michael Fassbender ainda está vivo, porque, HELLO!, aquele homem era perfeito em muitos aspectos. Ele estava colocando fogo nas mulheres muito antes de o esporo se espalhar, entende o que quero dizer? Preciso de novos episódios de *Doctor Who*, mas vou esperar sentada, porque aposto que todo mundo que fez esse programa está morto ou se escondendo. A Inglaterra ainda existe? Espero que vocês não tenham queimado, Ilhas Britânicas! Onde estaria o mundo sem suas contribuições épicas para a cultura: Duran Duran, Idris Elba e *Simplesmente amor*? Me mande um e-mail, Inglaterra, quero saber se você ainda está aguentando firme!

A próxima imagem mostrava uma grande tenda com mesas dobráveis. Um centro de processamento. As mesas eram ocupadas por senhoras de ombros largos e cabelo azul, do tipo que trabalhava em refeitórios escolares... embora usassem os trajes espaciais amarelos que eram padrão para qualquer pessoa que pudesse entrar em contato com ebola, antraz ou Escama de Dragão. Uma das senhoras corpulentas oferecia uma pilha de cobertores, pijamas e formulários para uma espécie de família: um velho com sobrancelhas espessas e grisalhas, uma mulher de aparência cansada de talvez trinta anos e dois meninos com cabelo acobreado e brilhante.

— Preciso MUITO de uma torta de pêssego. Lamento dizer que não há torta de pêssego aqui na Free Wolf Island, mas temos nosso próprio pomar de maçãs e, cara, mal posso esperar até chegar a época da colheita para sair e conseguir uma cesta de Granny Smiths, Cortlands, Honeycrisps, Honey Boo Boos, Honey Grahams, Graham Nortons, Ed Nortons... só coisa boa. Não há maçãs podres aqui! Eu queria que tivesse uma fruta com o meu nome. Eu me pergunto qual seria o gosto de uma Quinn. Provavelmente teria gosto de 1987. A melhor coisa sobre o rádio é que você pode me imaginar exatamente como eu era em 1987, a fantasia de todo homem. E por "todo homem" quero dizer garotos tímidos de treze anos que gostavam de ler quadrinhos e ouvir The Cure. ENFIM! Preciso de mais painéis solares. Só tenho quatro painéis solares péssimos! Está tudo bem, é melhor do que nada. Mas como vocês sabem, só posso transmitir três horas por dia, ou então nosso transponder transpira e expira. Um aviso: você provavelmente não está me ouvindo ao vivo, mas num loop gravado. Carregamos um novo loop todos os dias, por volta das onze da manhã, aproximadamente a cada vinte e quatro horas.

Nick não conseguia ouvir Martha Quinn, mas podia ver as imagens sendo carregadas na tela e inclinou-se para a frente, os olhos tão arregalados que parecia hipnotizado.

— Do que mais eu preciso? Preciso que *você* arraste seu traseiro até Machias e venha para cá, porque temos chocolate! E barris de nozes! E um ex-garoto do tempo da TV que faz um pão fresco incrível num fogão a lenha! Sabe do que estou falando? Estou falando da Free Wolf Island, localizada a dezessete milhas da costa do Maine, um lugar onde é possível se estabelecer com segurança se *você*... sim, *você*!... for o feliz vencedor de um caso de Escama de Dragão. Temos uma cama para você. E não é só isso! Temos um centro médico operado pelo governo federal, onde você pode receber tratamentos experimentais de última geração para sua condição. Enquanto falo, eu mesma, Martha Quinn, estou lubrificada com uma pomada experimental de última geração que cheira e parece exatamente como cocô de ovelha, e adivinhe só! Não peguei fogo o dia inteiro! Não tive nem uma onda de calor! Minha última onda de calor foi em 2009, antes mesmo de a infecção começar.

Agora a foto de uma ilha vista ao largo da costa: uma cordilheira verde, uma praia de pedras azuis, uma série de chalés no estilo da Nova Inglaterra ao longo de uma única estrada de terra. O sol estava nascendo ou se pondo e lançava um brilho dourado sobre a água escura.

— Ninguém está dizendo a palavra *cura*. Nem mesmo sussurre a palavra *cura*. Há seiscentas pessoas infectadas nesta ilha, e o que mais deixa essas pessoas doentes, além do *Draco tryptoseiláoquê*, é ter muita esperança em relação ao tratamento mais recente. Mas direi que a nossa última morte num incêndio ocorreu há quase doze semanas. Isso mesmo: seiscentos infectados e apenas um morto nos últimos três meses.

Uma imagem final mostrava um casal idoso sorridente com uma criança. O homem era desengonçado, envelhecido, com maçãs do rosto salientes, quase aristocráticas, e um alívio cansado nos olhos. A esposa era pequena e rechonchuda, o canto dos olhos profundamente sulcados por rugas de expressão. O homem tinha um menino de cinco anos apoiado em um ombro.

Usavam roupas de outono: camisas de flanela, calças jeans, gorros de tricô. A mulher tinha Escama de Dragão rabiscada nas costas das mãos. A legenda dizia: *Sally, Neal e George Wannamaker chegam ao Centro de Processamento de Machias e preparem-se para partir para a Free Wolf Island. VOCÊ tem amigos e familiares na ilha?* ***Clique*** *para ver uma galeria de fotos de* — e aqui um contador mostrava o número 602 — *pessoas recebendo abrigo e conforto na Zona de Quarentena e Pesquisa da Free Wolf Island.*

— Quando você chegar a Machias... e você *vai* chegar aqui, tem que acreditar nisso; eu cheguei e você também vai conseguir... será direcionado para uma tenda de processamento. Lá, cuidarão de você. Vão lhe dar um travesseiro, um cobertor, um lindo par de chinelos de papel e uma refeição quente. Depois, vão colocá-lo num barco e mandá-lo direto para nós, onde será alimentado, vestido e receberá um teto. Tudo isso, além da oportunidade de conviver com celebridades incríveis como eu! E um cara que mostrava a previsão do tempo para um canal em Augusta, Maine! O que está esperando? Arrume suas coisas e venha para cá. Sua cama está feita. Hora de dormir nela.

"Vou tocar outra música e depois volto com uma lista das últimas rotas seguras do Canadá..."

Nick apontou para a foto da ilha e depois perguntou a Harper, em linguagem de sinais: "Esse lugar é real?".

"Pode apostar que sim", respondeu ela em gestos. "Um bom lugar para pessoas doentes."

"Quando vamos?", indagaram as mãos de Nick.

— Logo — disse Harper, inconscientemente falando em voz alta enquanto dizia o mesmo com um gesto.

Na cama atrás dela, o Pai Storey deu um suspiro profundo e, em uma voz de encorajamento calmo e gentil, falou:

— Logo.

4

QUANDO A PULSAÇÃO DE Harper se acalmou, ela verificou a do Pai Storey — segurando o pulso fino entre os dedos e monitorando a velocidade do sangue nas suas artérias. Os batimentos cardíacos dele eram leves e não completamente estáveis, mas ela achou que estavam um pouco mais acelerados do que no dia anterior. Quando Harper passou a unha no seu pé descalço, ele curvou os dedos e bufou suavemente de diversão. Quando ela o testou dessa forma na semana anterior, poderia muito bem estar fazendo cócegas em um pedaço de pão.

Ela não podia perguntar a Nick se ele tinha ouvido o Pai Storey falar, é claro — foi a única vez que a surdez do menino a frustrou. A enfermeira queria desesperadamente que alguém, *qualquer um*, o tivesse ouvido. Considerou mandar chamar Carol. Talvez Tom respondesse à voz da filha. Segundo alguns relatos, ele já tinha feito aquilo antes. Mesmo que ele não se mexesse de novo, Carol tinha o direito de saber que o pai havia falado.

Porém, depois de refletir sobre o assunto, ela reconsiderou. Carol ficaria feliz em saber que o pai estava se recuperando — mas a alegria poderia esperar. Harper queria falar com ele antes de qualquer outra pessoa. Queria ver o que ele lembrava, se é que se lembrava de alguma coisa, da noite em que levou uma pancada na cabeça. E queria avisá-lo sobre o que a tensão dos últimos meses fizera com Carol, como o inverno a deixara devastada, febril e desconfiada. Ele precisava saber sobre o massacre na Verdun Avenue, sobre as crianças marchando pelo acampamento com rifles e sobre as pessoas forçadas a carregar pedras na boca para que se calassem.

Não: na verdade, *Tom* não precisava saber dessas coisas. *Harper* precisava que ele soubesse. Ela queria o idoso de volta para consertar as coisas. Como ela sentia falta dele.

Harper ficou sentada com Tom pelo resto da noite, a mão dele na sua, acariciando os nós dos dedos. Ela conversava com o idoso algumas vezes.

— Você hibernou o inverno inteiro, como um urso, Tom Storey. Os pingentes estão derretendo. A neve quase desapareceu. É hora de acordar e rastejar para fora da sua caverna. Nick, Allie, Carol e John estão esperando por você. Assim como eu.

Mas Tom não voltou a falar e, em algum momento perto do amanhecer, ela cochilou com a mão dele no colo.

Nick a acordou uma hora depois. O sol nascente atravessava a névoa lá fora, adquirindo tons de limão e merengue, doce como uma torta.

"Ele olhou para mim", disse Nick com as mãos. "Ele olhou para mim e sorriu. Até piscou antes de dormir de novo. Ele está voltando."

Sim, pensou Harper. *Como Aslan, ele estava voltando e trazendo a primavera consigo. Bem na hora. Ele vai voltar bem a tempo e tudo vai ficar bem.*

Mais tarde, ela se lembraria de ter pensado isso e riria. Afinal, era rir ou chorar.

5

HARPER PRECISAVA ESFRIAR A cabeça, precisava pensar um pouco, então saiu da enfermaria para o frio intenso. Ninguém a impediu. Estavam todos na capela. Harper podia ouvi-los cantando, podia ver as luzes misteriosas piscando nas bordas das portas vermelhas fechadas.

O engraçado é que todos cantavam "Chim Chim Cher-ee", que não parecia o tipo de música que eles entoariam na capela. Quase todos na congregação tinham visto algum ente querido ser devorado pelo fogo, viviam com medo de se queimar. Mas agora as vozes se erguiam juntas em um louvor esperançoso às cinzas e à fuligem, vozes que tremiam com uma espécie de deleite histérico. Ela os deixou para trás.

O ar estava limpo e fresco, e a caminhada foi fácil. Harper havia deixado a barriga, e o bebê dentro dela, na enfermaria, pois precisava de uma folga da gravidez. Era bom ser magra outra vez. Ela permitiu que os pensamentos vagassem e, em pouco tempo, descobriu que havia chegado ao lugar onde a estrada de terra do acampamento se juntava à Little Harbor Road. Isso era mais longe do que pretendera ir, mais longe do que era necessariamente seguro. Ela olhou para o ônibus escolar azul enferrujado e surrado, esperando ouvir uma bronca de quem estivesse de guarda. Uma figura magra e escura estava sentada atrás do volante. Harper imaginou que a pessoa devia estar cochilando, fosse lá quem fosse.

Ela ia se virar e voltar quando viu o homem na estrada.

Havia alguém bem no meio da Little Harbor Road, a menos de trinta metros de distância, arrastando-se como um soldado sob arame farpado em um campo de batalha. Ou não: na verdade, ele se movimentava como alguém cujas pernas não funcionavam mais. Se algum carro aparecesse com pressa, ele seria atropelado. Além disso, era horrível vê-lo se esforçar pela pista gelada.

— Ei! — chamou Harper. — Ei, você!

Ela levantou a corrente pendurada na entrada do Acampamento Wyndham e avançou rapidamente em direção a ele. Era importante fazer isso — lidar com o homem na estrada — e sumir antes que um carro aparecesse.

Ela gritou mais uma vez. O homem levantou a cabeça, mas a única luz da rua estava atrás dele, de forma que seu rosto permaneceu nas sombras: uma face redonda, carnuda e gorda, com cabelo ralo na parte superior. Harper apressou o passo até o homem e ajoelhou-se.

— Você precisa de atendimento médico? — perguntou ela. — Consegue se levantar? Eu sou enfermeira. Se acha que pode se levantar, me dê a mão que levo você até minha enfermaria.

Nelson Heinrich levantou a cabeça e lançou-lhe um sorriso ensolarado. Seus dentes estavam vermelhos de sangue e alguém havia removido seu nariz, deixando um par de fendas vermelhas na carne irregular.

— Ah, tudo bem, Harper. Eu cheguei até aqui. Posso levá-los pelo resto do caminho sem sua ajuda.

Harper recuou e caiu na estrada, sentando-se com força.

— Nelson. Ah, meu Deus, Nelson, o que aconteceu com você?

— O que você acha? — perguntou Nelson. — Seu marido aconteceu comigo. E agora ele vai acontecer com você.

Os faróis se acenderam na rua, piscando sobre os dois. O Freightliner acordou com um estrondo de combustão e um rangido de engrenagens.

Nelson disse:

— Vá em frente, Harper. Volte. — Ele deu uma piscadela. — Vejo você em breve.

Ela ergueu as mãos sobre o rosto para proteger os olhos da luz e, quando as baixou, estava acordada, apoiada nos cotovelos na cama da enfermaria, tendo outra contração.

— São sonhos com a chegada do bebê — declarou Harper para si mesma, em voz baixa. — Não sobre Nelson Heinrich trazendo um Esquadrão de Cremação para o acampamento. Nelson Heinrich está morto. Ele foi despedaçado por tiros de metralhadora. Você o viu morto na estrada. Você o *viu*.

Era engraçado como quanto mais Harper repetia isso para si mesma, menos ela acreditava.

6

PASSARAM-SE CINCO DIAS ANTES que o Pai Storey falasse novamente.

— Michael? — murmurou o velho, em um tom confuso de perplexidade e curiosidade, e, um instante depois, Mike Lindqvist puxou a cortina e entrou na enfermaria.

— Você me chamou, senhora? — perguntou ele a Harper.

O som da voz do Pai Storey acelerou o pulso de Harper e fez o sangue vibrar de surpresa. Ela abriu a boca para dizer a Michael que tinha sido o idoso, mas depois pensou melhor. Michael levaria a notícia a Allie e quem sabe aonde isso iria chegar.

— Sim — disse Harper. — Preciso da sua ajuda. Preciso que leve um bilhete para Allie.

— Sem problema — falou ele.

— Infelizmente, vou precisar de um pouco mais do que isso. Quero me encontrar com o Bombeiro de novo. E quero que Allie vá comigo. Allie, Renée e Don Lewiston. Você também deveria estar lá, se conseguir. E… se possível… Gil Cline e Mazz. Existe alguma maneira… *qualquer* maneira… de tal coisa acontecer?

Michael empalideceu. Ele apoiou uma nádega na beirada do balcão, baixou a cabeça e puxou os fios de cobre do seu cavanhaque. Por fim, o garoto olhou para cima.

— Sobre o que é essa reunião?

— A possibilidade de sair daqui. A possibilidade de ficar aqui. Já passou da hora de alguns de nós fazermos planos sobre o futuro. O Pai Storey está estável no momento. Mas se a condição dele mudar de repente, é melhor que estejamos preparados.

— Para o pior?

— Para qualquer coisa.

Michael disse:

— Se Carol encontrá-los na ilha, fazendo planos secretos com o Bombeiro, ela vai trancafiar cada um de vocês. Ou pior.

— Talvez a gente tenha que enfrentar coisa pior mesmo sem fazer nada.

Michael passou a mão pela testa sardenta e inclinou a cabeça outra vez, pensativo. Por fim, ele assentiu, inquieto.

— Sei como fazer isso. Não é exatamente como tirá-los da penitenciária de San Quentin. Renée visita os presidiários no horário do almoço todos os dias... é quando eles se reúnem para seu pequeno clube do livro. É a única hora que eles saem do frigorífico. Renée arrumou um canto do porão, colocou um tapete e poltronas, para que tivessem um lugar agradável para ler e conversar. Enquanto eles se encontram, quem está de guarda entra no frigorífico para limpar o lugar. Esvaziar o balde onde eles fazem xixi durante o dia. Pegar as roupas sujas. Esse tipo de coisa. Então, talvez, enquanto o guarda estiver lá, Mazz pode voltar e dizer: "Opa, esqueci meu livro". E aí, ao sair, fechar a porta do frigorífico. O guarda fica preso lá durante uma hora inteira. Ele pode chutar e espernear quanto quiser. Com a porta fechada, não dá para ouvir nada. Nunca vão escutar ninguém com o barulho do almoço, não com o alçapão fechado.

— Mas Renée e os homens teriam que passar por todas as pessoas no refeitório.

Michael balançou a cabeça.

— O porão tem outra saída. Há uma escadinha que leva ao estacionamento nos fundos. Acho que era por lá que os caminhões traziam os suprimentos. Essas portas estão trancadas por fora com dois cadeados, mas posso garantir que fiquem destrancadas. Renée, Gil e Mazz teriam que estar de volta à uma da manhã, quando o pequeno clube do livro termina. Renée solta o guarda e diz: "Desculpe! Não sabíamos que você estava preso aí, não conseguimos ouvi-lo por causa de todo o barulho das pessoas acima de nós". Quem quer que esteja trabalhando no frigorífico vai ficar puto, mas aposto que nem vai contar a Ben Patchett. É muito constrangedor. Além disso, quem quer acabar com uma pedra na boca por dois dias, quando ninguém se machucou e tudo acabou bem?

Nick ficou sentado, observando Michael e Harper, os joelhos dobrados sob o queixo. Ele não sabia sobre o que estavam conversando, não lia lábios, mas seu rosto estava tão desgostoso quanto se observasse os dois manuseando bananas de dinamite.

— Bom, Michael. Isso é bom — concordou Harper. — É simples. Com esse tipo de coisa, quanto mais simples melhor, não acha?

Ele passou o polegar pelas curvas da barba.

— Acho ótimo... desde que os presidiários não decidam derrubar Renée e fugir assim que saírem do porão.

— Eles não *precisariam* derrubá-la — falou Harper. — Se decidissem fugir, Renée fugiria com eles. Mas acho... acho que ela pode convencê-los de que eles têm uma chance melhor de sobrevivência no longo prazo caso se aliem ao Bombeiro. Eles não querem apenas escapar, querem sobreviver. — Harper não tinha esquecido o modo como Gil falava do Bombeiro, com uma mistura de admiração silenciosa e algo que se aproximava da reverência.

— Sim, bem. Talvez. Mas talvez, quando saíssem do porão, seria melhor se Allie estivesse esperando por eles no estacionamento, com um rifle no ombro. Ela não precisa apontar a arma para eles. É o suficiente apenas ter o rifle consigo. Quando Allie não está confinada ao dormitório feminino, ela em geral está cumprindo uma ou outra tarefa de punição. Eu poderia providenciar para que ela esfregasse as panelas naquela noite. Ben Patchett calcula os detalhes das punições diárias, mas deixa que *eu* as aplique. Então, Allie recolhe todas as panelas da cozinha, sai e encontra a arma que deixei para ela. Fica esperando nas portas do porão quando Renée sai com os presidiários. Ela teria que estar de volta à uma da manhã também.

A ansiedade fez cócegas no estômago de Harper. Parecia que havia muita coisa que poderia dar errado.

— E Don Lewiston? — disse Harper.

— Essa é fácil. Ele passa a maior parte da noite à beira d'água, cuidando das suas varas de pescar. Ninguém se importa com ele. Não está sendo observado. Pode encontrá-los no cais e remar com vocês.

— E *você*? — perguntou Harper. — *Você* vem, Michael? Gostaria que estivesse lá. Acho que Allie também.

Ele lhe deu um pequeno sorriso de desculpas e balançou brevemente a cabeça.

— Não. Melhor não. Vou me certificar de ter sido designado para ficar de guarda na enfermaria, para que eu possa tirar você daqui e protegê-la enquanto estiver fora. De qualquer forma, não preciso fazer parte da conferência. Allie pode me contar depois. — Ele olhou de soslaio para Nick e disse: — Leve o garoto também. Aposto que ele adoraria ver a irmã. E John.

Harper disse:

— Estou lutando contra a vontade de abraçar você com muita força, Michael Lindqvist.

— Por que lutar contra isso? — perguntou ele.

7

MAS, NO FINAL, NICK não quis ir.

Quando chegou a hora, ele estava sentado na cadeira surrada ao lado da cama do Pai Storey, lendo uma história em quadrinhos: um homem feito de fogo lutava com um enorme robô amarelo e laranja que lembrava um Freightliner ambulante, com faróis no lugar dos olhos e pás no lugar das mãos. Ele disse que queria ficar com Tom.

"E se ele acordar e nós estivermos longe?", perguntou o menino a ela em linguagem de sinais. "Alguém deveria ficar aqui para o caso de ele abrir os olhos."

"Michael vai ficar", respondeu Harper.

Nick balançou a cabeça, o rosto solene. "Não é a mesma coisa." E acrescentou: "O vovô tem se mexido muito. Ele pode acordar a qualquer hora".

Era verdade. Às vezes, Tom Storey respirava fundo e soltava um grande suspiro de satisfação... ou produzia um zumbido repentino, como se tivesse acabado de ter um pensamento surpreendente. Outras vezes, sua mão direita subia para coçar o peito por um ou dois segundos antes de cair de lado. O que Harper mais gostava era a maneira como, de vez em quando, Tom levava um dedo aos lábios, em um gesto de *shh*, e sorria. Era uma expressão que fazia Harper pensar em uma criança convidando outra para compartilhar um esconderijo durante uma brincadeira de esconde-esconde. Tom estava escondido havia meses, mas talvez estivesse quase pronto para se revelar.

Harper assentiu com a cabeça, acariciou o cabelo de Nick e deixou-o na companhia do gibi e do avô silencioso. Michael estava na sala de espera... com Don Lewiston, que tinha aparecido para acompanhar Harper até a praia. Don usava um casaco xadrez de inverno e um boné com protetores de orelha, e seu nariz estava rosado por causa do frio. Ele permaneceu na porta entreaberta. Michael também estava de pé, não parecia capaz de se sentar, ficava andando pela sala, girando uma *Ranger Rick* nas mãos. A revista estava enrolada em um tubo apertado e torto.

— Nick não vem — disse Harper. — Talvez seja melhor assim. Se Ben Patchett aparecer para uma inspeção-surpresa, não vai pensar nada se você disser que estou cochilando. Nós, mulheres grávidas, dormimos sempre que podemos. Mas se ele não vir nenhum sinal meu *ou* de Nick, isso o deixará desconfiado. — Quando mencionou a possibilidade de uma inspeção-surpresa, Michael pareceu visivelmente enjoado, tanta cor saindo do seu rosto que até os lábios pareceram cinzentos. Ela se perguntou se o rapaz estava com dúvidas agora que o momento havia chegado. Então, questionou: — Como estamos?

Ela havia perguntado sobre o estado de espírito de Michael, mas Don respondeu como se tivesse indagado sobre os subterfúgios daquela noite.

— Os outros já estão a caminho da ilha. Encontrei Allie e Renée na floresta com os presidiários. Chuck Cargill está trancado no frigorífico. Ele se esgoelou e chutou a porta várias vezes, mas Renée diz que, depois que você atravessa metade do porão, o som se mistura com o barulho do andar de cima no refeitório.

— Vão logo — falou Michael. — Tenho tudo sob controle por aqui. Não precisa se preocupar, srta. Willowes, e *você* não precisa se apressar. Posso acobertar *você* até a mudança de turno, pouco antes de o sol nascer. Mas os outros não têm muito tempo. Se os presidiários não atravessarem a água de volta em 45 minutos, estaremos todos acabados.

Harper deu um passo em direção a Michael e colocou as mãos nas dele, para fazê-lo parar de torcer a *Ranger Rick*. Ela se inclinou e beijou a testa fria e seca do garoto.

— Você é muito corajoso, Michael — disse Harper. — É uma das pessoas mais corajosas que conheço. Obrigada.

Parte da tensão desapareceu dos seus ombros.

— Não exagere, senhora. Não tenho muita escolha. Se você ama alguém, precisa fazer o possível para manter essa pessoa segura. Eu não gostaria de olhar para trás depois e pensar que poderia ter sido útil, poderia ter ajudado, mas estava com muito medo.

Harper segurou sua bochecha rosada. Michael não conseguiu fitá-la nos olhos.

— Já contou isso para Allie? Que você a ama?

Ele mexeu os pés.

— Não com essas palavras, senhora. — O rapaz arriscou um olhar para o rosto de Harper. — Não vai falar nada para ela, não é? Gostaria que guardasse o que falei entre nós.

— Claro que não vou falar — disse Harper. — Mas não demore muito, Mike. Hoje em dia, não tenho certeza se é uma boa ideia deixar algo importante para o dia seguinte.

Don segurou a porta para ela, e Harper saiu para o frio escuro e cortante. Cada estrela se destacava com uma clareza amarga, um brilho como a ponta de uma agulha. Tábuas de pinho ainda ziguezagueavam entre os prédios, servindo de passarelas, mas a neve havia sumido e agora as tábuas atravessavam um deserto de lama cheio de calombos.

Eles saíram das tábuas para descer a colina, atravessando as árvores. Não havia chance de deixar rastros. Naquela hora ártica, a terra estava congelada, com um bilhão de partículas de gelo opalescente brilhando na terra. Don Lewiston lhe ofereceu o braço, ela aceitou, e os dois caminharam como um velho casal sobre o solo congelado.

A meio caminho da praia, eles pararam. Uma menina cantava no campanário da igreja, a voz doce e segura. Harper pensou que poderia ser uma das gêmeas Neighbors. Ambas cantavam *a cappella* na escola. A canção continuou no ar frio e claro, e a melodia era tão inocente e doce que causou arrepios nos braços de Harper. Era uma música antiga de Taylor Swift, algo sobre Romeu e Julieta... e isso fez Harper se lembrar de outra música mais antiga sobre aqueles amantes infelizes e azarados.

— Tem muita gente boa neste acampamento — disse ela a Don. — Talvez tenham concordado com algumas ideias ruins, mas é só porque estão com medo.

Don estreitou os olhos e encarou o campanário.

— Ela tem uma voz adorável, é verdade. Eu poderia ouvir essa menina cantar a noite inteira. Mas não sei se você ainda pensaria tão bem deste acampamento se tivesse ouvido todos cantando juntos na capela algumas horas atrás. Ainda era um canto quando eles começaram. Mas, depois de um tempo, todo mundo ficou apenas cantarolando uma nota longa e idiota. Você se sente dentro da maior colmeia do mundo e todos a seu redor parecem estar queimando por dentro. Seus olhos simplesmente... *ardem*. Eles não soltam fumaça, mas emitem calor, tanto calor que quase dá para desmaiar. Às vezes, fazem isso tão alto que sinto minha cabeça vibrando e quase tenho que enfiar o punho na boca para não gritar.

Eles voltaram a andar, as pedras e a terra rangendo sob seus pés.

— E você não consegue participar? Não brilha com eles?

— Brilhei uma ou duas vezes. Mas não me fez bem. A questão não é com quanta força essa coisa acerta você... ainda que, quando saio daquele estado, minha cabeça esteja sempre zumbindo tão forte que é como se eu tivesse entornado uma garrafa de Jack. A pior parte também não é esquecer quem sou. Isso é ruim... mas pensar que eu possa ser Carol é pior. É como se os pensamentos fossem uma estação de rádio distante, e a estação de Carol estivesse mais próxima, transmitindo a música dela diretamente sobre a sua. A dela vai ficando mais alta e clara, e a sua, mais fraca e fina. Você começa a pensar que o Pai Storey é *seu* pai, deitado na enfermaria com a cabeça esmagada, e a ideia de que a pessoa que fez isso ainda não foi punida deixa você tão doente e irritado que o sangue começa a ferver. Você se pergunta se alguém vai bater na *sua* cabeça em seguida, se há forças secretas e coisas assim trabalhando contra você. O que sente no coração é que, se tiver que morrer, quer morrer cantando, com todo o acampamento ao redor. Todos de mãos dadas. Você quase *torce* para que isso aconteça... para que um Esquadrão de Cremação chegue logo. Porque seria um alívio acabar com tudo isso, e você não tem medo de morrer, porque vai queimar com todas as pessoas que ama.

Harper estremeceu e inclinou-se para Don em busca de calor.

Eles foram até o cais e Don ajudou Harper a entrar no barco a remo. Ela ficou feliz por ter a mão dele segurando seu braço ao descer do cais. A enfermeira tinha feito aquela viagem muitas vezes ao longo dos últimos meses, mas agora, pela primeira vez, sentia-se instável nas pernas e insegura quanto ao próprio equilíbrio.

Com remadas profundas e constantes, eles deixaram a praia para trás. Don estava sentado no banco entre os remos, inclinando-se a cada puxão e voltando atrás, todo o corpo se estendendo em uma linha reta. Ele era velho, mas parecia carne desidratada: nodoso e duro.

Será que o olho no campanário (que tudo vê) os observaria agora? Don havia mencionado a Ben que poderia pegar o barco para pescar naquela noite. Ela esperava que os movimentos na água aquela noite pudessem ser aceitos como Don Lewiston remando, em busca de linguado... caso fossem avistados.

Sem qualquer aviso, Don pareceu continuar de onde havia parado alguns minutos antes.

— É ruim ficar com a cabeça cheia de Carol. É ruim não saber meu nome, não saber o nome da minha própria mãe. Mas vou contar uma coisa. Há um mês, todos nós cantamos muito, como costumamos fazer. E, então, Carol deu uma espécie de sermão, sobre como não existe história antes de pegarmos Escama de Dragão. Que uma nova história começou para cada um de nós quando adoecemos. Que a única vida que importa é a que temos agora, juntos, como comunidade, e não a que tínhamos antes. E então cantamos de novo e todos nos iluminamos... até eu... e cantarolamos muito forte, e depois saímos cambaleando de lá como marinheiros bêbados na véspera de Ano-Novo. E eu esqueci... — Sua respiração falhou quando ele se inclinou para a frente, puxando os remos mais uma vez. — ... eu esqueci o meu companheiro, Bill Ellroy, que pescou comigo por trinta anos. Ele foi arrancado da minha cabeça. Não apenas por horas. Por dias. Passei os melhores anos da minha vida no barco com Billy. É difícil dizer como aqueles anos foram bons. Pescávamos arduamente durante três semanas, depois voltávamos e descarregávamos o que tínhamos pegado em Portsmouth, e então levávamos o barco para Harbor Islands, lançávamos âncora e bebíamos cerveja. Eu odiava voltar para casa. Gostei de cada minuto que passei com Billy. Gostava de quem eu era quando estava com ele. — Don havia parado de remar por um instante. O barco balançou com as ondas. — Era como ter o oceano inteiro debaixo de você. Não conversávamos muito, sabe? Não era necessário. Você não fala com um oceano, e ele não responde. Você apenas... deixa o oceano te levar. — Ele recomeçou a remar. — Bem. Quando percebi que havia perdido Billy por um tempo... que ele havia sido eliminado... foi aí que decidi que estava farto deste lugar. Ninguém pode tirar Bill Ellroy de mim. Ninguém. Não sem motivo. Ninguém pode tirar nossa amizade. Havia uma ladra neste acampamento no último outono e, se Carol a tivesse pegado, ela teria fatiado a moça e dado cada pedacinho sangrento para cães selvagens. Mas vou te dizer. As coisas que são roubadas da gente todas as noites, quando cantamos juntos, são bem mais importantes do que a maior parte dos objetos levados pela ladra. E sabemos quem as está levando e, em vez de prendê-la, nós a elegemos como chefe de acampamento.

Don ficou em silêncio. Ele havia tomado a precaução de remar ao redor da ponta norte da ilha, até o outro lado da rocha, para poder parar o barco onde não pudesse ser visto da costa por um observador casual. Harper avistou duas canoas no cascalho. Mais além, afastado da água, estava o saveiro de dez metros, sentado na carruagem de aço e coberto por uma lona branca e esticada.

— O que você acha que aconteceu com a ladra, afinal? — perguntou Harper. — Até onde sei, nada foi roubado durante todo o inverno.

— Talvez ela tenha ficado sem coisas para roubar — respondeu Don. — Ou enfim tenha conseguido o que queria.

Harper observou Don se inclinar e puxar, se inclinar e puxar, e pensou que o poder da Iluminação não poderia competir com estar perto de alguém que você amava de todo o coração. Uma tirava coisas de você; a outra lhe dava acesso à sua melhor e mais feliz versão. *Gostava de quem eu era quando estava ao lado dele*, disse Don Lewiston, e Harper se perguntou se alguma vez houve alguém na sua vida que a fez se sentir dessa maneira em relação a si mesma e, naquele momento, o barco encalhou na areia com um barulho de água, e Don disse:

— Vamos ver o Bombeiro, então?

8

ANTES DE SAIR, HARPER enfiou a mão sob o banco e encontrou a sacola de compras que havia escondido, ainda com uma garrafa de rum barato sabor banana e a caixa de cigarros. Don a aguardou a meio caminho do xisto, sob a proa do longo saveiro branco. Ele estava com a mão no casco quando Harper o alcançou.

— Você conseguiria navegá-lo? — perguntou ela.

O homem ergueu uma sobrancelha e lançou-lhe um divertido olhar de soslaio.

— Dando a volta no Horn e seguindo até a exótica Xangai, se fosse preciso.

— Eu estava pensando um pouco mais acima na costa.

— Ah — disse ele. — Bem. Isso seria mais fácil.

Eles seguiram de braços dados pelas dunas, entraram na trilha estreita e coberta de mato, subiram o morro e chegaram ao galpão do Bombeiro. Don levantou o trinco e abriu a porta para encontrar risadas, calor e uma luz dourada inconstante.

Renée estava junto à fornalha, usando luvas térmicas e pendurando a chaleira no gancho sobre as brasas. Gilbert Cline havia se instalado perto dela, acomodado em uma cadeira de encosto reto junto à parede. Ele estava com o olhar voltado para a porta quando ela se abriu — *pronto para agir se não gostasse da companhia*, pensou Harper.

Mazz estava sentado em uma extremidade da cama de John Rookwood, com John na outra, ambos tremendo de tanto rir. O rosto largo e feio de Mazz estava coberto de um tom profundo de vermelho e ele piscava para afastar as lágrimas. Todos eles — todos, exceto Gil — olhavam para Allie, que estava de pé diante de um balde, fingindo que era um homem mijando. Ela usava o capacete de bombeiro de John e segurava um isqueiro de plástico na virilha.

— E essa é só a *segunda* coisa mais legal que sei fazer com meu pau! — anunciou Allie com seu sotaque britânico intencionalmente atroz. Ela acendeu o isqueiro, então o falso pau jorrou chamas. — Vou acender sua fogueira em pouco tempo, mas, se você estiver realmente com pressa para assar as salsichas, vou me abaixar e você pode…

Allie viu Harper na porta e sua voz sumiu. Seu sorriso vacilou. Ela deixou o isqueiro se apagar.

John, no entanto, continuou tremendo de diversão. Ele gesticulou para Mazz e falou:

— O que ela acabou de demonstrar, isso aconteceu *mesmo* comigo uma vez. Mas foi anos antes da Escama de Dragão, e um pouco de penicilina deu um jeito em tudo.

Mazz caiu na gargalhada, uma gargalhada tão estridente que era impossível não se divertir. O fantasma de um sorriso reapareceu brevemente nos lábios de Allie, mas apenas por um instante.

— Uau — disse ela. — Srta. Willowes, você está enorme.

— Fico feliz em ouvir sua voz, Allie. Faz muito tempo. Senti falta dela.

— Não sei por quê. Na maioria das vezes, quando eu *abro* a boca, parece que alguém simplesmente se machuca.

Seu olhar desabou. Seu rosto se enrugou, emocionado. Era difícil vê-la tentando não chorar, todos os músculos da face lutando ao mesmo tempo com o esforço para permanecerem impassíveis. Harper pegou as mãos de Allie e, quando o fez, a menina perdeu a luta e caiu no choro.

— Eu me sinto tão mal — confessou Allie. — Acho que deveríamos ser boas amigas, mas eu fodi com tudo e sinto muito.

— Ah, Allie — falou Harper, tentando abraçá-la. Sua barriga complicava o ato de apertar as pessoas e, em vez de um abraço, ela acabou dando uma pancada com a barriga em Allie. A garota emitiu um som estrangulado que era parte soluço e parte risada. — Nós *somos* boas amigas. E, para ser honesta, eu queria tentar um corte de cabelo mais curto há anos.

Dessa vez, Harper teve certeza de que o som feito por Allie foi uma risada, embora meio abafada; a jovem estava com o rosto enterrado no peito de Harper.

Por fim, Allie recuou, limpando o rosto molhado com as mãos.

— Sei que tudo no acampamento está indo de mal a pior. Sei que todo mundo está doido, especialmente minha tia. É assustador. *Ela* é assustadora. Ameaçar pegar seu bebê se o vovô morrer, quando você já fez tudo que qualquer um poderia fazer... isso é tão fodido e doentio.

John se sentou para a frente, o sorriso desaparecendo.

— Como é?

— Você não estava bem — disse Harper, sem olhar diretamente para ele e falando por cima do ombro. — Eu não queria tocar no assunto. A propósito, você parece melhor agora.

— Sim — falou John. — Antibióticos e Escama de Dragão têm muito em comum. Um é um mofo que cozinha bactérias, o outro é um mofo que cozinha a gente. Eu gostaria que existisse uma pílula que pudéssemos tomar para nos curar de Carol Storey. Ela perdeu a cabeça. Não pode estar falando sério. Pegar seu bebê? Que merda é essa?

Harper disse:

— Carol me falou... ela me falou que, se Tom morresse, ela me responsabilizaria e me mandaria embora. E ficaria com o bebê, para que, caso eu fosse capturada por uma Patrulha de Quarentena ou por um Esquadrão de Cremação, não ficasse tentada a revelar qualquer informação sobre o Acampamento Wyndham.

— Não é só isso. Ela realmente deseja que o bebê fique seguro. Ela quer nos proteger. *Todos* nós — disse Allie. Ela olhou ao redor, encarando cada um deles, e sua voz era quase suplicante. — Sei que ela é horrível. Sei que faz coisas terríveis agora. Mas a tia Carol *morreria* pelas pessoas deste acampamento. Sem pensar duas vezes. Ela realmente *ama* todo mundo... pelo menos todo mundo de quem não suspeita. E eu me lembro da época antes de o meu avô levar uma pancada na cabeça. Ela era *boa*. Quando soube que poderia ajudar as pessoas cantando, tocando música e mostrando-lhes como entrar na Iluminação, ela foi a melhor pessoa do mundo para se ter como amiga. Eu sempre poderia chorar no ombro dela se brigasse com minha mãe. Ela me fez chá e sanduíches de manteiga de amendoim. Então sei que todos vocês a odeiam e sei que temos que fazer alguma coisa. Mas também precisam saber que ainda a amo. Ela é fodida da cabeça, mas eu também sou. Acho que é de família.

John relaxou e recostou-se na parede.

— A *decência* é uma coisa da sua família, Allie. E um traço realmente perturbador de ousadia pessoal. E carisma. Todos nós esvoaçamos ao redor de vocês, os Storey, como mariposas em torno de velas.

Na mesma hora, Harper pensou em como o romance entre uma mariposa e uma vela em geral terminava: com a mariposa girando até a morte, as asas fumegando. Mas não parecia valer a pena compartilhar aquele pensamento por ora.

Gilbert Cline falou perto da fornalha. Quando Harper olhou para ele, percebeu que Gil estava com uma das mãos em volta da cintura de Renée.

— Com certeza é um alívio ficar fora daquele frigorífico por um tempo. Da próxima vez que eu sair para respirar ar fresco, prefiro não ter que voltar. Neste momento, porém, temos meia hora. Se há coisas para serem resolvidas, é melhor resolvermos agora.

Mazz ergueu o queixo e olhou por cima do nariz bulboso para a sacola de compras de Harper.

— Não sei vocês, mas sempre penso melhor depois que tomo uma bebida. E parece que a enfermeira trouxe exatamente o que o médico prescreveu.

Harper pegou a garrafa de rum de banana.

— Don, pode encontrar copos para nós?

Ela despejou um pouco da bebida em uma coleção de xícaras de café lascadas, canecas de alumínio e copos feios, e Don os distribuiu. A última xícara, Harper ofereceu a Allie.

— Sério? — perguntou a jovem.

— É mais gostoso que uma pedra.

Allie virou a xícara que Harper lhe dera de uma vez só e fez uma careta.

— Ah, Deus. Não é, não. Parece mijo. É como beber gasolina misturada com uma barra de chocolate. Ou como uma vitamina de banana que estragou. Horrível.

— Quer outra dose, então? — perguntou Harper.

— Sim, por favor — respondeu Allie.

— Que pena — disse Harper a ela. — Você é menor de idade e só ganha um gole.

— Eu costumava comer sardinha em lata e depois beber o óleo — falou Don. — Era uma coisa horrível de fazer. Aquele óleo sempre tinha pequenos rabos de peixe, olhos de peixe, tripas de peixe e pequenos fios pretos de merda de peixe, e eu bebia mesmo assim. Simplesmente não conseguia evitar.

Gil disse:

— Vi um filme certa vez em que um cara dizia que comia cachorro e vivia como um cachorro. Nunca comi cachorro, mas havia homens que pegavam e comiam ratos em Brentwood. Eles os chamavam de galinhas de porão.

— Pior coisa que já comi? — especulou Mazz. — Não gostaria de entrar em detalhes por causa da companhia educada, mas o nome dela era Ramona.

— Que lindo, Mazz. De muito bom gosto — disse Renée.

— Na verdade, o gosto era horrível — falou Mazz.

— Isso me lembra: você vai comer a placenta? — perguntou Renée a Harper. — Sei que isso é está na moda agora. Tinha um guia de gravidez na livraria com um capítulo inteiro de receitas de placenta no final. Omeletes, molhos para massas e assim por diante.

— Não, acho que não — disse Harper. — Jantar a placenta parece canibalismo, e eu tinha esperança de um apocalipse mais digno.

— As mães coelhas comem os próprios filhos — comentou Mazz. — Descobri isso lendo *Em busca de Watership Down*. Aparentemente, as mães comem os recém-nascidos o tempo todo. Dão à luz e comem os filhotes como pequenas balinhas de carne.

— A pior parte — disse Allie — é que todos vocês só tomaram uma dose.

Don perguntou:

— Então, quem é o capitão deste navio? Quem está definindo o curso?

— Você fica tão adorável quando é náutico — disse John Rookwood a ele.

— Mas ele tem razão — argumentou Renée. — Essa é a primeira coisa que temos que fazer, não é? Uma eleição.

— Eleição? — indagou Harper. Ela estava vagamente consciente de que era a única pessoa no círculo que não tinha um sorriso astuto no rosto... um fato que achou levemente irritante.

— Precisamos decidir quem é o gênio do mal — disse Renée a ela. — Alguém para definir a agenda quando tivermos reuniões. Alguém para convocar uma votação. Alguém para tomar decisões imediatas quando não há tempo para votar. Alguém para mandar nos lacaios.

— Isso é bobagem. Somos apenas sete. Oito, se contar Nick.

Don Lewiston ergueu as sobrancelhas e lançou uma expressão de expectativa para Renée Gilmonton.

— Você errou por quinze — falou Renée.

— Dezessete — corrigiu Don. — Os irmãos McLee também estão conosco.

— Há... o quê... vinte e cinco pessoas prontas para... lutar por conta própria? — perguntou Harper. *A Armada de Dumbledore*, pensou ela. *A Sociedade do Anel.*

— Ou lutar contra Ben e Carol — disse Don — e retomar o maldito acampamento. — Ele viu Allie empalidecer e acrescentou: — Lutar de forma suave, quero dizer. Com educação. Você sabe. Com boas maneiras.

— Podemos fazer algumas coisas por meio de votação — falou Renée. — Mas como estamos trabalhando em segredo, muitas escolhas exigirão uma decisão executiva. É uma função necessária, mas não creio que seja muito gratificante... ou particularmente segura. Vocês devem ter em mente o que pode acontecer com quem colocarmos no comando, se formos descobertos.

— Não *preciso* pensar nisso — disse Allie. — Eu sei. Quando minha tia fala em cortar o mal do acampamento pela raiz, ela não está brincando. Está falando em literalmente matar pessoas. E teria que dar o exemplo. — Allie sorriu para eles, mas parecia pálida. — Li, na aula de História, que as execuções públicas costumavam ser acontecimentos populares. Tenho certeza de que, se a Tia Carol anunciasse uma, a sra. Heald garantiria que houvesse pipoca para todos.

O fogo estalou e sibilou. Um carvão estourou.

— Você realmente acha que chegaria a isso? — perguntou Gil, a voz sugerindo apenas uma leve curiosidade. — Execuções públicas?

— Rapaz — disse Mazz. — Depois da merda que vimos acontecer em Brentwood, estou surpreso que você tenha perguntado. Eu mesmo não posso ficar muito preocupado com as consequências. Já decidi que farei *qualquer coisa* para sair daquele frigorífico no porão… de um jeito ou de outro. Seja com meus pés ou numa mortalha.

— Eu também — falou Gil.

Harper disse:

— Mas não *podemos* votar esta noite. Não se há quinze… dezessete… outras pessoas que queiram colaborar conosco. Como conseguiríamos uma coisa dessas?

Don, Renée e Allie trocaram olhares, e Harper sentiu mais uma vez que estavam um passo à frente dela.

— Harper — disse Renée. — *Já* fizemos isso. Todos votaram, exceto nós sete nesta sala, e talvez os irmãos McLee.

— Não — falou Don. — Eles também deixaram claros seus desejos.

— Então depende apenas de nós. E deixe-me dizer: foi difícil chegar até aqui. Não é fácil realizar eleições para o líder de uma sociedade secreta. Porque eu não podia contar a ninguém quem estava e quem não estava com a gente. Não gosto de ser paranoica. Mas não podia descartar a possibilidade de que algumas das pessoas que me disseram que queriam deixar o Acampamento Wyndham estivessem repassando informações para Carol. Por exemplo, ninguém nunca votou em Michael Lindqvist. Tenho certeza de que a maioria das pessoas ficaria *chocada* ao saber que ele está conosco. Ele sempre foi o braço direito de Ben Patchett. Não… a maior parte dos votos se concentrou em torno de dois ou três candidatos óbvios.

— O que torna alguém um candidato óbvio?

— Qualquer pessoa que não faça mais parte da Iluminação. Qualquer um que não esteja cantando a música da Carol. Basicamente, as pessoas nesta sala. Não apenas todos nós ainda temos que votar, como também somos todos os principais candidatos. — Renée enfiou a mão em uma bolsa listrada e surrada que trouxera consigo e tirou um bloco amarelo de papel pautado. Ela o colocou virado para baixo na mesa de cabeceira. — Depois de preenchermos as cédulas, contarei como todos os outros votaram. — Renée enfiou a mão na bolsa novamente e pegou um bloco de post-its vermelhos. Ela retirou os quadrados, um de cada vez, e os distribuiu. Don encontrou uma caneca lascada com canetas dentro e as distribuiu.

— Temos um título oficial para o homem ou a mulher que ganhar essa coisa? — perguntou Gil, franzindo a testa para o próprio quadrado em branco.

— Gosto de "Mestre Conspirador" — disse o Bombeiro. — Soa bem. Tem um toque de poesia e escuridão. Se você puder ser morto por ter esse cargo, deveria ao menos ter os prazeres de um título oficial com algum *sex appeal*.

— Assim será — falou Renée. — Votem no Mestre Conspirador.

Houve um silêncio inquieto e sons de canetas arranhando o papel. Quando terminaram, Renée estava esperando com o bloco na mão.

— Das quinze pessoas com quem falei… — começou ela, então pigarreou e continuou: — … tivemos dois votos para Don e dois votos para Allie.

— O quê? — gritou Allie, parecendo genuinamente surpresa.

— Três para o Bombeiro — continuou Renée —, quatro votos para Harper e quatro para mim.

Harper corou. Sua Escama de Dragão formigou — não de forma desagradável. Don disse:

— Quando falei com os garotos McLee, eles deixaram suas intenções bastante claras. Ambos escolheram Allie.

— Não, não, não, NÃO — protestou Allie. — Eu não quero esse cargo, porra. Tenho dezesseis anos. Se eu ganhar essa coisa, meu primeiro ato como chefona seria me debulhar em lágrimas. Além disso, Robert McLee só votou em mim porque tem um crush estranho. Um músculo se contrai sob um de seus olhos sempre que fala comigo. E o outro apenas faz o que Robert manda. Além disso, eles não deveriam ter direito a voto! Chris McLee já tem pentelhos?

— Concordo — disse o Bombeiro. — Sem pentelhos, sem voto. E como sou contra o sacrifício de crianças, sou a favor de permitir que Allie se *des*candidate. Quem votou na Allie tinha outra opção de voto?

— Na verdade — falou Renée, olhando para o bloco —, sim. Uma pessoa escolheu John como alternativa. A outra selecionou Don.

— Porra — praguejou Don.

— Os irmãos McLee fizeram outra escolha? — perguntou Renée.

— Não importaria se fizessem — respondeu Don —, já que concordamos que eles são muito jovens para votar. — Foi assim que Harper soube que eles também escolheram Don como alternativa.

— São três para Don e quatro para Harper, John e eu.

— Cinco para você, Renée — disse Gil, desdobrando o post-it e colocando-o na mesa diante de si. — Você fez a maior parte do planejamento e das reflexões que nos trouxeram até aqui. Não vejo razão para mudar de cavalo a esta altura da corrida.

Renée se inclinou em direção a ele e beijou levemente sua bochecha.

— Você é um homem tão gentil e meigo, Gil, que vou ignorar que acabou de me chamar de cavalo.

— E cinco para o Bombeiro — disse Mazz, levantando o próprio adesivo para que o resto da sala pudesse dar uma olhada. — Eu o vi levar o inferno para a polícia de Portsmouth. Na minha opinião, isso faz dele o cara.

Don desdobrou o próprio post-it e disse:

— Eu, particularmente, votei em Harper. Vi a forma como ela lidou com a enfermaria quando o Pai Storey foi trazido e vi a forma como ela perfurou a cabeça dele. — O homem ergueu os olhos azuis injetados e fitou Harper. — Quanto piores as coisas ficam... quanto mais as pessoas gritam, choram e agem de forma errada... mais calma você fica, enfermeira Willowes. Eu não conseguia parar de tremer, mas suas mãos estavam firmes como uma tábua. Quero que você ocupe esse cargo.

— Ainda temos um empate pela liderança.

— Não mais. São seis votos para Harper — anunciou Allie. — Também acho que deveria ser ela. Porque sei que não importa quanto eu estrague tudo, ela nunca vai enfiar uma pedra na minha boca e me fazer sentir como Judas. Mesmo que, depois do que fiz, Deus sabe que ela teria todo o direito.

— Ah, Allie — disse Harper. — Você já se desculpou uma vez. Não espero que faça isso repetidamente.

— Não é um pedido de desculpas. É um voto — falou Allie, encontrando o olhar de Harper quase com desafio.

— Sim, é — disse Renée. — E o meu voto também é para Harper. Foi muito gentil da parte de algumas pessoas terem me pedido para aceitar o cargo, mas prefiro ler sobre uma grande fuga do que planejar uma. Além disso, sou péssima em guardar segredos e odeio tramar contra as pessoas. Parece falta de educação. Não lido bem com a culpa e temo que possamos ferir alguns sentimentos no processo de nos defendermos. Além disso, estou fazendo malabarismo com alguns livros. Ser uma conspiradora em tempo integral diminuiria meu tempo de leitura. Então, terá que ser Harper.

— Ei! — protestou Harper. — Eu tenho livros para ler também, dona!

— Também me passou pela cabeça que você *está* muito grávida, e acho que isso torna bem mais improvável que enforquem você se formos pegos — concluiu Renée. — E, Harp, odeio dizer isso, mas acho que você está no comando. Pelas minhas contas, você acabou de ganhar a votação, cinco a sete.

— Seis a sete — disse Harper. — Porque eu votei em John.

— Que coincidência. — O Bombeiro abriu um sorriso cheio de dentes que o fez parecer um pouco perturbado. — Eu também — falou ele, abrindo o voto e virando-o para mostrar o que tinha escrito ali, uma única palavra: *eu*.

9

DEZ MINUTOS DEPOIS, OS outros tinham ido embora. Apenas Harper e o Bombeiro ficaram para trás.

— Diga a Michael que estarei lá em algumas horas e para ele não se preocupar — disse Harper a Don Lewiston.

Renée se inclinou para dentro através da porta entreaberta, com a mão no trinco.

— Não se esqueça de voltar, Harper — falou Renée, com os olhos brilhando: se de frio ou de alegria, era difícil dizer.

— Vá em frente — disse Harper. — Corra. Você não conhece a primeira regra para administrar uma conspiração? Não seja pega.

A porta se fechou. Harper e o Bombeiro ouviram sussurros, risadas sufocadas, Allie cantando um verso de "Love Shack", e o barulho de botas se afastando. Por fim, ficaram só os dois novamente, em um silêncio tenso, mas agradável, o tipo de silêncio que precede um primeiro beijo.

Eles não se beijaram, no entanto. Harper estava ciente da fornalha aberta às suas costas, do calor emitido pelas chamas inconstantes, e perguntou-se quem estaria observando. Ele havia se levantado duas vezes para colocar lenha na fogueira, e a cada vez ela pensava: *Se abandonarmos o Acampamento Wyndham, ele não virá conosco. Ele tem que ficar aqui para cuidar das suas chamas particulares.*

— Foi uma armação — observou ela. — Vocês contaram os votos com antecedência.

— *Bem.* Eu não diria isso. Digamos apenas que o resultado não foi totalmente imprevisto. Por que acha que Michael fez questão de avisar que não havia pressa em voltar esta noite?

Houve tempo, quando estavam todos juntos, para esboçar dois planos diferentes em linhas gerais. Um imaginava o que fariam se tivessem que sair às pressas. O outro planejava um método para tirar (gentilmente) o controle do acampamento das mãos de Carol. Coube a John e Harper resolver os detalhes de ambas as eventualidades.

— Estou pronto para tramar esquemas se você estiver — disse ele.

— Preciso de açúcar para meus melhores esquemas — falou ela, pegando sua bolsa de lona e puxando dela uma lancheira da Mary Poppins. — Nada me deixa mais conspiratória do que uma barra de chocolate ilícita, mesmo que tenha um ano de idade.

A testa dele franziu.

— Estou avisando. Afirmar que você tem barras de chocolate quando não tem seria uma violação grosseira do seu Juramento de Hipócrates de nunca infligir sofrimento desnecessário.

— Tenho novidades para você, Rookwood. Eu sou enfermeira. Não fazemos o Juramento de Hipócrates. Apenas os médicos fazem. As enfermeiras só juram uma coisa: o paciente vai tomar o remédio.

— Às vezes, você diz algo um pouco ameaçador e isso me dá um arrepio de felicidade — disse ele. E então, sem qualquer mudança de tom ou hesitação, ele acrescentou: — Eu queimaria o Acampamento Wyndham antes de deixar Carol e seus lambe-botas tirarem o bebê de você. Não sobraria nada deste lugar além de gravetos carbonizados. Espero que saiba disso.

— Não seria muito justo com o restante das pessoas, seria? — perguntou Harper. — Elas não são más, a maioria delas. Tudo que querem é se sentir seguras.

— Essa não é sempre uma permissão para a deploração e a crueldade? Tudo o que elas querem é se sentir seguras e não se importam com quem terão que destruir para permanecer assim. E as pessoas que querem nos matar, os Esquadrões de Cremação, tudo que eles querem é segurança também! E o homem que matei com a Fênix na outra noite... o homem por trás da metralhadora. Senti que tinha que fazer aquilo. Tinha que cozinhá-lo até os ossos. Era a única maneira de ter certeza de que você voltaria para mim.

John a olhou com uma curiosa mistura de perplexidade e tristeza. Harper queria pegar a mão dele. Em vez disso, deu-lhe uma barrinha de Snickers e pegou uma de Mounds para si.

— *Nós* vamos ter que matar pessoas para nos sentirmos seguros? — A voz dela estava muito baixa. — Você acha que chegará a isso? Com Ben? Com Carol? Porque, se pensa assim, acho que talvez eu deva remar de volta para a costa agora. Não quero fazer um plano para matar alguém.

— Se você remar de volta para a costa agora — disse ele —, isso pode *me* matar. Então, acho que terá que ficar.

— Acho que sim — falou ela, e serviu um pouco mais de rum para cada um.

10

ELE DISSE QUE A barra de chocolate era horrível e que precisava de outra para tirar o gosto da boca. Em vez disso, a Enfermeira lhe deu um cigarro e mais um pouco de rum. O Bombeiro o acendeu com o polegar.

Harper não tinha tanta certeza sobre o plano de fuga. Havia variáveis demais. Ela fez uma lista, começando com a letra *A* (o Pai Storey está respondendo), continuando até *E* (criar uma distração deixando o sino do campanário cair) e terminando com *Q* (Don lidera os outros barcos para o norte). As opções iam muito longe no alfabeto.

O Bombeiro, por outro lado, adorou o plano. Claro que sim. O papel principal era dele. Harper continuou tentando subtrair letras, e ele continuou tentando adicioná-las.

— Gostaria que tivéssemos tempo para cavar um túnel — disse o Bombeiro.

— Para *onde*?

— Não importa. Não se pode fazer uma fuga decente da prisão sem um túnel. O aspirante a romancista que há em mim quer um túnel secreto escondido atrás de uma parede falsa, ou um pôster de uma estrela de cinema famosa, ou possivelmente no fundo de um guarda-roupa. Poderíamos chamar de Operação Nárnia! Não me diga que não gostaria disso.

— Eu não gostaria que você virasse romancista. Talvez eu tenha que arrancar metade do seu rosto. Foi o que fiz com o último aspirante a escritor que cruzou meu caminho.

Ele girou a bebida de banana no copo de papel e bebeu o restante de uma vez só.

— Esqueci que seu marido era aspirante a romancista.

— Às vezes, acho que *todo* homem quer ser escritor. Eles querem inventar um mundo com a mulher imaginária perfeita, alguém para mandar e despir à vontade. Podem resolver a própria agressão com algumas cenas fictícias de estupro. Então, podem enviar o substituto fictício para salvá-la, um cavaleiro branco... ou um bombeiro! Alguém com todo o poder e toda a capacidade de ação. As mulheres reais, por outro lado, têm diversos interesses cansativos e não seguem um esboço. — Uma melancolia tomou conta dela. Passou por sua cabeça que ela nunca tinha sido amiga, esposa ou amante de Jakob, mas apenas seu tema, apenas seu *material*. Os escritores eram tão parasitas, ela supôs, quanto o próprio esporo.

— Estou cem por cento de acordo na questão dos esboços. Qualquer escritor que trabalhe assim deveria ser queimado na fogueira. Possivelmente com os próprios esboços usados como combustível para o fogo. Isso é o que mais me desagrada no nosso plano. É um esboço. A vida não funciona dessa maneira. Se eu estivesse escrevendo essa cena, nem me daria ao trabalho de descrever nosso plano, não em detalhes. Já sei que não vai funcionar como esperamos. Seria apenas perda de tempo do leitor. — Ele viu a expressão no rosto de Harper e chutou o pé dela. — Ora, vamos. Temos barras de chocolate, cigarros, bebidas e planos malignos. Não fique triste comigo. O que mais tem nessa lancheira?

Ela pegou uma batata deformada e colocou-a na cama.

O Bombeiro recuou.

— Ah! Pelas barbas do Profeta, que coisa horrível é essa?

— Isso? Isso aqui é o ouro de Yukon — respondeu ela.

— Ah, bem — disse ele. — Suponho que já comemos bastante chocolate. Que tal uma batata assada?

Ele pegou o tubérculo e apertou-o entre as mãos. A fumaça começou a subir entre seus dedos e, com ela, o cheiro de batata assada. O odor animou Harper. Ela não pôde evitar.

— Adoro um homem que sabe cozinhar — falou Harper.

11

JOHN PEGOU SAL E um copinho de azeite, e eles dividiram a batata. O cheiro perfumado preencheu o lugar. Estava tão bom que Harper sentiu lágrimas nos olhos e, quando acabou, lambeu o azeite e o sal das mãos.

— Sabe do que sinto falta? — perguntou ela.

— Se você disser Facebook, vai estragar uma noite perfeitamente agradável.

— Sinto falta de Coca-Cola. Isso teria sido tão bom com uma Coca. Sabe, podemos ter fodido o planeta, sugando todo o petróleo, derretendo as calotas polares, permitindo que o ska surgisse e florescesse, mas fizemos a Coca-Cola, então, droga, as pessoas não eram de todo ruim.

— Como espécie, talvez a gente não viva para se arrepender do derretimento das calotas polares. É daí que ele vem, sabe? O esporo. Tenho oitenta por cento de certeza. É por isso que todos os primeiros casos ocorreram ao longo do Círculo Polar Ártico. Estava sob as geleiras. Também acho que já aconteceu antes. Todos acreditam que os dinossauros foram extintos pela queda de um meteoro, mas imagino que tenha sido o esporo. Ele se esconde sob o gelo até que o mundo aqueça o suficiente para deixá-lo voltar. Depois queima tudo até que o mundo fique tão coberto de fumaça que o planeta congela de novo. O mofo desaparece, exceto um pouquinho que fica preservado mais uma vez sob o gelo. Houve seis eventos de extinção na vida deste planeta. Aposto que cada um deles foi causado pelo esporo.

— Você está dizendo que o esporo é uma célula T planetária. Ele ataca qualquer infecção que desequilibre o meio ambiente. Como nós.

O Bombeiro assentiu com a cabeça.

— Essa é a terceira melhor teoria que já ouvi. Gosto da ideia de que os russos criaram um superfungo na década de 1970 numa ilha para testar armas biológicas. Ilha do Renascimento, acho que era como se chamava. Eles tiveram que abandonar o local no ano 2000, depois que o esporo vazou. Mas a ilha ficava num lago que secou, e os animais andavam de um lado para o outro, carregando as cinzas no pelo. Todos os primeiros casos ocorreram na Rússia.

— Você disse "a *terceira* melhor teoria". Existe algo melhor do que o derretimento do Ártico ou uma ilha russa de pura maldade?

— Também gosto da ideia de que Deus está nos punindo com um pé de atleta assassino por usarmos Crocs. — Ela se serviu de mais um gole da bebida de banana. Na sua opinião médica, outro gole não faria com que o cérebro do bebê ficasse deformado. — Agora que o mundo acabou, o que mais se arrepende de não ter feito?

— De não ter pegado a Julianne Moore — disse ele. — E a Gillian Anderson. Ao mesmo tempo ou separadas, não faz diferença.

— Quero dizer: o que queria ter feito que *realmente pudesse ter acontecido*.

— Eu gostaria de ter descoberto um novo tipo de mofo que pudesse ter batizado com o nome de Sarah.

— Uau. Seu filho da puta romântico.

— E você, Harper Willowes? O que *você* sempre quis fazer?

— Eu? Julianne Moore, assim como você. Aquela putinha gostosa tinha uma bunda linda.

O Bombeiro foi pegar um pano de prato e, enquanto secava sua camisa, pediu desculpas repetidas vezes por ter cuspido rum de banana nela.

12

ELE SE LEVANTOU PARA atiçar o fogo e voltou com o arco que tinha ficado em um canto durante todo o inverno. O Bombeiro se esticou na cama, segurando o arco como se fosse uma guitarra e tocando a única corda atonal.

— Você acha que Keith Richards ainda está vivo? — perguntou ele.

— Claro. Nada pode matar aquele cara. Ele vai sobreviver a todos nós.

— Beatles ou Stones? — indagou John.

Ela cantou os versos de abertura de "Love Me Do".

— É um voto para os Beatles?

— Claro que escolho os Beatles. É uma pergunta idiota. É como perguntar: "O que você mais gosta: seda ou pelos pubianos?".

— Ah, isso é decepcionante.

— *Claro* que você escolheria os Stones. Qualquer um que anda por aí fingindo ser um bombeiro quando não é...

— O que *isso* tem a ver?

— Homens que amam os Stones têm fixação por pau. Sinto muito, mas essa é a única palavra que posso usar. E uma mangueira de incêndio é um pau simbólico. É patético. Homens que são fãs dos Stones estão congelados nos dezoito meses de idade, descobrindo a emoção de puxar o próprio falo. As mulheres fãs dos Stones são ainda *piores*. Mick Jagger tem uma boca estranha e nojenta que o faz parecer um bacalhau, e isso as deixa excitadas. Elas ficam sexualmente excitadas por um homem-peixe. São umas pervertidas.

— Então, qual é a fixação dos fãs dos Beatles? A glória da boceta?

— Exatamente. Strawberry Fields não é apenas um lugar em Liverpool, sr. Rookwood. — Ela estendeu a mão. — Me dê isso aqui. A cada vez que você balança a corda, aplica um torque desnecessário nas roldanas.

— Você fala como um mecânico quando está bêbada. Sabia disso?

— Eu não estou bêbada. Você está bêbado. Já fui instrutora de tiro com arco. Agora me dê isso.

Ele entregou o arco para Harper. Ela ficou de pé e passou os dedos pela superfície lisa da corda.

— Uma instrutora de tiro com arco?

— Quando estava no ensino médio. Para o departamento de recreação da cidade.

— O que inspirou você? Jennifer Lawrence? Você tinha uma fantasia de Katlícia Everdinha? Jennifer Lawrence era uma gostosa. Espero que não tenha morrido queimada.

— Não, isso foi antes de *Jogos vorazes*. Entrei nessa onda de Robin Hood quando tinha nove anos. Comecei a dizer *teu* e *tu* e, quando meus pais me pediam para fazer uma tarefa, eu colocava um joelho no chão e me curvava. No auge da minha obsessão, usei uma fantasia de Robin Hood para ir à escola.

— Era Halloween?

— Não. Só porque gostava da maneira como fazia eu me sentir.

— Ah, Deus. E seus pais deixaram? Não sabia que você tinha sido negligenciada na infância. Isso dá uma sensação triste nas minhas... — ele fez uma pausa, para tentar descobrir onde os sentimentos tristes estavam localizados — ... emoções.

— Meus pais são pessoas estáveis e práticas, que possuem vários cães parecidos com ratos. Eles foram muito bons comigo e sinto falta deles.

— Sinto muito pela sua perda.

— Não acho que estejam mortos. Mas estão na Flórida.

— É a primeira fase do declínio. — O Bombeiro assentiu com a cabeça, infeliz. — Suponho que eles coloquem suéteres nos cachorros.

— Às vezes, se estiver frio. Mas como sabia disso?

— Eles deixaram você brincar em público vestindo uma roupa de Robin Hood, o que só posso presumir que resultou num dilúvio de provocações cruéis dos seus colegas. É fácil adivinhar a forma como tratam os animais de estimação.

— Ah, não. Eles não sabiam da minha roupa de Robin Hood. Eu estava com ela na mochila e a vesti no banheiro da escola. Mas você está certo sobre as provocações. Aquele foi um dia sombrio para Harper Frances Willowes.

— Frances! Que adorável. Posso chamá-la de Frannie?

— Não. Pode me chamar de Harper. — Ela apoiou o queixo no topo do arco. — Meu pai me deu meu primeiro arco no Natal, quando eu tinha dez anos. Mas ele o tirou de mim antes do Ano-Novo.

— Você atirou em alguém?

— Ele me pegou encharcando flechas em fluido de isqueiro. Eu realmente queria atirar uma flecha flamejante em alguma coisa. Não importava o quê. Ainda quero fazer isso. Sinto que me completaria: ver uma flecha em chamas fazer *thwock* em alguma coisa e atear fogo. Suponho que é assim que os homens se sentem quando se imaginam metendo até as bolas numa bunda perfeita. Eu só quero um pequeno e sexy *thwock*.

John se engasgou com outro gole de rum de banana. Harper precisou bater nas costas dele para fazê-lo respirar novamente.

— Tenho certeza de que você está bêbada — disse ele.

— Não — falou ela. — Limitei-me a uma quantidade muito responsável de duas xícaras de vômito de cachorro com sabor de banana. Eu estou grávida.

Ele se engasgou e começou a tossir outra vez.

— Vamos — disse ela. — Vamos atirar flechas flamejantes. Quer ir? O ar fresco vai lhe fazer bem. Você precisa sair deste buraco com mais frequência.

Ele olhou para ela com olhos lacrimejantes.

— Vamos atirar no quê?

— Na lua.

— Ah — falou ele. — Um belo e amplo alvo. Posso atirar também?

— Claro — respondeu ela, empurrando a cadeira para trás. — Vou pegar as flechas. Tudo que você precisa fazer é levar o fogo.

13

O FRIO ERA TÃO forte depois do calor com cheiro de banana do galpão do Bombeiro que deixou Harper sem fôlego e ardeu em suas bochechas como se fosse um tapa.

Ela o conduziu ao redor do galpão, subindo pela grama alta e descendo a duna até o lado da ilha que era voltado para o oceano, fora da vista da costa. Quando John teve que se esforçar para andar na areia, ela pegou a mão dele para ajudá-lo.

Pararam em um canto do grande saveiro, que repousava na sua carruagem de aço. Dali, Harper podia ver o nome escrito na popa em letras douradas brilhantes: BOBBI SHAW. O *Bobbi Shaw* tinha destaque em seu plano, aparecendo nas etapas *F*, *H* e *M-Q*.

O Bombeiro olhou em volta, vestindo o casaco de borracha como uma capa e apertando-se dentro dele. Finalmente, encontrou o que estava procurando — a Lua, um botão cor de gelo preso na capa preta do céu.

— Lá está. Mate-a para que possamos voltar para dentro, onde está quente.

Harper tinha o arco em uma das mãos e um punhado de flechas na outra. Largou todas as flechas no xisto azul, exceto uma, que estendeu com a ponta virada para ele.

— Tem fogo?

John fechou o punho em torno do carbono preto da flecha e deslizou a mão ao longo dela. Seguiu-se um fogo azul, como se a flecha estivesse embebida em gasolina e ele tivesse acendido um fósforo.

Ela posicionou a flecha e mirou ao longo da haste em chamas. O fogo envolveu a seta como uma bandeira vermelha. Harper apontou para a Lua e soltou a corda.

Um cometa vermelho e brilhante cortou a escuridão. A flecha subiu sessenta metros, girou com força para a direita e caiu em uma chuva de brasas.

Ela segurou o arco sobre a cabeça, sentindo-se selvagem.

— Isso foi lindo! — elogiou ele.

A Enfermeira virou a mão dele e olhou para a palma.

— E não doeu?

— Nem um pouco. Não é tão difícil de entender. De verdade. A Escama de Dragão vai queimar um hospedeiro se for necessário, mas não destruirá a si mesma. Ensinei-a a parar de pensar em mim como um hospedeiro. Hackeei o código e reprogramei-o para esquecer que há uma diferença entre *mim* e *ela*.

— Odeio quando você explica as coisas. Quando termina, sempre tenho a impressão de que sei menos do que sabia antes de você começar a falar.

— Veja desta forma, Willowes. Você sabe que a coisa está no seu cérebro. Sabe que o esporo *sente*, mas não em palavras. Alimente-o com estresse e pânico, então ele interpretará isso como uma ameaça e pegará fogo para iniciar seu ciclo reprodutivo e escapar. Alimente-o com harmonia, contentamento e uma sensação de pertencimento, e ele interpretará isso como segurança. O esporo não apenas sente seu prazer, mas o *amplifica*. Ele fornece uma resposta agradável e oferece o barato mais ordinário do mundo. Mas, em ambos os casos, não é *ação*, é *re*ação. O que Nick me ensinou...

— Como? — perguntou Harper. — Nick? O que *Nick* ensinou a você?

Ele piscou, confuso e sem jeito.

— Sim, *bem*, Nick... Nick não vai... não... quer dizer, obviamente não mais, não depois... — Ele balançou a cabeça, acenando uma mão no ar para encerrar o assunto. — Por que você está trazendo Nick para a conversa, afinal? Agora fiquei confuso.

Eu não trouxe Nick para a conversa, Harper estava prestes a dizer. *Você fez isso*. Ela chegou a abrir a boca, mas a fechou novamente e deixou-o continuar.

— Quando vocês estão todos juntos na igreja, vocês *cantam* para o esporo. Ele *gosta* disso. É assim que ele é apaziguado. Mas vocês ainda estão perdendo tempo com as palavras, e ele não se importa com as palavras. Houve um escritor que disse que a linguagem não é uma forma de comunicação, e a Escama de Dragão concorda plenamente. Todas essas palavras na sua cabeça são lembretes constantes de que *você é uma hospedeira*. Você tem que pensar sobre o que deseja que a Escama de Dragão faça por você *sem* palavras. Imagine que você é surda, com pensamentos surdos, tendo os sinais como a primeira e principal língua.

— Como Nick — murmurou Harper.

— Sim, se quiser — disse ele, acenando de novo com a mão no ar, como se espantasse um mosquito irritante. — Nick pode sentir a batida de um tambor nos ossos e, se você lhe ensinar a letra de uma música, ele cantará para si mesmo, mas com as palavras sem som dos surdos. Se conseguir cantar para a Escama de Dragão *sem* palavras, *aí* está falando a língua *dela*. Então, ela não vai olhar mais para você como algo *separado*, mas como igual. Isso foi tudo que fiz. Isso é tudo que faço. Canto uma das minhas músicas favoritas, mas sem palavras. Canto para meu casaco e minha espada de fogo, e a Escama de Dragão os produz.

— E como Nick ensinou isso a você? Ele também consegue criar fogo? Lançar chamas, como você?

Ele lançou um olhar turvo, perplexo e miserável para ela. Então, com uma voz tão baixa que Harper mal ouviu, o Bombeiro disse:

— Bem melhor do que eu, na verdade.

Ela assentiu com a cabeça.

— Mas não mais?

O Bombeiro balançou a cabeça em negação. Ela entendeu e decidiu que poderiam voltar a falar sobre aquilo mais tarde.

— Que música você canta para o esporo?

— Ah. Você não conhece. — Ele acenou com a mão novamente e desviou o olhar. Ela pensou, porém, que John estava aliviado por ter deixado o assunto "Nick" de lado. — Embora eu tenha pensado nela quando conheci você... bem, uma das primeiras coisas que você me disse foi uma frase da música. Por um momento, pensei ter encontrado alguém que amava Dire Straits tanto quanto eu.

Ela se afastou dele. Balançou-se no ar congelado. Fechou os olhos, respirou fundo e começou a cantar, em um sussurro suave, grave e melodioso:

— "A lovestruck Romeo
sings the streets a serenade
laying everybody low
with a love song that he made
finds a streetlight
steps out of the shade
says summin' like:
'You and me, babe...
how 'bout it?'"

Harper abriu os olhos. John olhava para ela com o queixo caído, os olhos cintilantes e lacrimejantes, como se fosse começar a chorar.

— Você está *brilhando* — disse ele. — Está cantando minha música favorita no mundo e está brilhando como um diamante numa aliança.

Ela olhou para baixo e percebeu que era verdade. Estava com um colar de luz coral. Ela brilhava através do suéter.

Ele se inclinou na direção dela e beijou-a — um beijo caloroso e afetuoso que tinha gosto de rum, café, manteiga, nozes, cigarro e Inglaterra. Ele recuou e olhou para Harper, incerto.

— Sinto muito — disse ele.

— Espero que não.

— Você tem gosto de barra de chocolate.

— Uma colher de açúcar, pelo que sei, *faz* o remédio descer melhor.

— Isso é remédio?

— É uma parte importante da sua recuperação. Tome dois e me ligue de manhã.

— Dois?

Ela o beijou de novo, então se afastou e riu da expressão dele.

— Vamos, John. Sua vez de atirar. Você vai ser bom nisso. Você é inglês. Tem o sangue de Robin Hood correndo nas veias. Tome.

Ela lhe entregou o arco. Mostrou-lhe onde colocar as mãos, chutou seus pés para fazê-lo abrir as pernas.

— Puxe a corda até o canto da boca, assim — instruiu Harper, fazendo mímica para ele. — Pratique sem flecha primeiro.

Ele praticou, tremendo no frio intenso, o nariz vermelho e o restante do rosto da cor de cera.

— O que acha? Eu pareço Errol Flynn?

— Você é um filho da puta lindo — falou ela.

Harper pegou uma flecha nas pedras, segurou-a com um punho, fechou os olhos e franziu a testa, concentrada.

— O que está fazendo?

Ela não o olhou, mas sentiu seu olhar e ficou feliz. Naquele momento, sabia que conseguiria. Era como saber que você iria acertar no centro do alvo antes que a flecha saísse do arco.

Harper planejou mentalmente como moveria as mãos em sequência para dizer *you and me, babe, how 'bout it* sem usar palavra alguma. Ela viu tudo e, naquele momento, soube como era fácil. Você não precisava fazer nada para se conectar com a Escama de Dragão. Era como estar grávida. Ela sentiu a música nos tendões e nas terminações nervosas, sentiu-a fluir como sangue, sem som, sem palavras, sem sequer a memória das palavras. *You and me, babe, how 'bout it?*

Ela acendeu. Harper abriu os olhos para ver sua mão jorrar uma chama sem calor — uma chama azul e mística — ao redor da flecha, e ela gritou em choque e deixou-a cair.

O Bombeiro agarrou o braço dela e colocou a mão de Harper dentro do casaco antichamas. Sardas vermelhas apareceram no alto das bochechas dele. Seus olhos se estreitaram por trás dos óculos.

— O que você está *fazendo*?

— Nada — respondeu ela.

— Pelo amor de Deus, o que acha que está fazendo? Quer morrer?

— Eu... eu só queria ver...

Mas ele lhe deu as costas, o casaco esvoaçando, e começou a subir a duna.

Ela o alcançou no topo da cordilheira, o ponto mais alto da ilha. O galpão ficava abaixo, construído na lateral da encosta. Musgo e ervas marinhas cobriam o telhado. Ela tentou pegar o ombro do Bombeiro, mas ele se virou, tirando a mão dela do lugar.

Lançou-lhe um olhar confuso e pedante, os olhos tensos por trás dos óculos quadrados.

— Era disso que se tratava? Me embebedar e ficar comigo para ver se conseguia me *enganar* até eu lhe ensinar a queimar até a morte?

— Não. John. *Não*. Eu beijei você porque tive vontade.

— Você sabe o que aconteceu com a última pessoa que decidiu que queria tirar um coelho em chamas da cartola?

— Eu sei o que aconteceu.

— Não, não sabe. Você não tem ideia. Ela se transformou em cinzas. — Enquanto falava, ele se afastava de Harper de forma instável.

— Eu sei que ela morreu. Sei que foi terrível.

— Cale a boca. Você não sabe de nada, exceto que eu tenho algo que você deseja e que fará o que for preciso para consegui-lo: me embebedar, me seduzir, dar para mim se necessário.

— *Não* — falou ela. Harper sentiu que estava presa em urtigas. Não conseguia se libertar e tudo o que dizia era mais um passo para o fundo do emaranhado espinhoso. — John. *Por favor*.

— Você não sabe *o que* aconteceu com ela. Não sabe o que *ainda* está acontecendo com ela. Você não entende nada sobre nós.

Ele jogou o arco pela lateral do telhado, e foi quando ela percebeu que John havia recuado para o teto do galpão. Ele deu mais um passo para trás.

— Saia de perto de mim. E nunca mais repita o que acabou de fazer. — Ele estendeu as mãos. Uma luz dourada pulsou na Escama de Dragão. As palmas se transformaram em pratos rasos, cheios de chamas. — A menos que queira queimar assim para sempre.

— John, pare com isso, pare de se mexer. Fique onde está e...

Ele não estava ouvindo. Deu outro passo para trás e abriu os braços. Asas do fogo mais brilhante se espalharam em uma capa desde suas mãos até as laterais do corpo. Fumaça preta jorrou de suas narinas.

— A menos que queira ficar no inferno pelo resto da vida — disse ele. — Como e-e-ee-ee…

Seus olhos se arregalaram de surpresa. Ele começou a girar os braços em busca de equilíbrio, desenhando arcos flamejantes no ar. Seu pé direito deslizou ao longo do telhado. O Bombeiro caiu de joelhos, avançou e agarrou um punhado de grama. Por um momento de perfeita quietude, ficou pendurado em um ângulo torto. A grama alta e dura se transformou em fios de cobre e queimou na mão quente.

— John! — gritou ela.

Ele caiu, bateu no telhado de zinco, passou pela beirada e desabou na noite. Ela o ouviu atingir a duna com uma batida, uma pancada, um arquejo e um suspiro.

Silêncio.

— Nada quebrado! — gritou ele. — Não se preocupe! Estou bem!

John ficou quieto novamente.

— Exceto talvez o pulso — falou, a voz subitamente desconsolada.

Harper fechou os olhos e exalou de alívio.

— Ai — disse o Bombeiro.

14

DEPOIS DE COLOCAR O osso semilunar de volta — ele fez um *thwack!* carnudo e foi acompanhado de um grito estridente — e recolocar as bandagens no pulso, ela o obrigou a beber duas conchas de água gelada e a engolir quatro comprimidos de Advil. Então, Harper o forçou a se deitar e, em seguida, encostou-se nele na cama, com o braço envolvendo sua cintura.

— Seu idiota — disse ela. — Você teve sorte de não ter quebrado as costelas de novo.

John colocou a mão machucada sobre a dela.

— Sinto muito — falou. — Sobre o que eu disse.

— Quer me contar mais sobre isso? Sobre o que aconteceu com ela?

— Não. Sim. Você quer mesmo ouvir?

Harper pensou que já sabia muito sobre o assunto, mas apertou o polegar do homem entre os dedos, para que ele soubesse que estava pronta para ouvir. John suspirou — um som cansado e abatido.

— De vez em quando, Sarah e eu vínhamos de barco até aqui, sabe... até o chalé desta pequena ilha, para ficarmos longe dos outros. Allie não vinha conosco, ela já tinha se tornado quase completamente notívaga e dormia durante a maior parte do dia, acumulando energia para suas aventuras noturnas. Nick vinha junto, mas, em geral, cochilava depois de um piquenique nas dunas. Havia camas no chalé, mas ele gostava de dormir no bote. Gostava do movimento da maré e da maneira como o barco batia nos pilares de amarração. Na época, havia um pequeno cais ao lado do chalé. Era muito bom. Sarah e eu podíamos tomar um pouco de vinho e um pouco de ar fresco e fazer o que os adultos gostam de fazer dentro do chalé.

"Um dia, estávamos fazendo uma brincadeira sonolenta nos lençóis, depois de uma refeição de frango frio e algum tipo de salada com passas. Logo antes de pegar no sono, Sarah me perguntou se eu poderia dar uma olhada em Nick. Saí descalço e de calça jeans... e vi um pequeno jorro de chamas escapando do barco. Tenho certeza de que teria gritado, só que estava com medo de respirar. Cambaleei até o cais, tentando gritar o nome de Nick, como se ele pudesse me ouvir. Tudo que saía do bote era um chiado fino. Eu tinha certeza de que o encontraria em chamas.

"Mas ele não estava *pegando* fogo, estava *cuspindo* fogo. Cada vez que o barco batia nos postes, ele tossia uma nuvem de chamas vermelhas em forma de cogumelo e depois dava uma risadinha sonolenta. Não acho que ele estivesse totalmente acordado ou soubesse o que estava fazendo. Sei que não estava ciente de que eu assistia à cena. Afinal, ele não conseguia me ouvir e não estava olhando na minha direção, sua atenção ensonada focada nas chamas. A essa altura, eu já estava de joelhos. Minhas pernas ficaram bambas. Observei-o por dois ou três minutos. Ele soprava anéis de fogo e depois agitava os dedos e lançava um dardo de chamas entre os aros.

"Por fim, consegui me levantar, embora meus joelhos ainda tremessem. Fiz o caminho instável de volta para o chalé. Minha língua estava presa ao céu da boca e eu precisava beber água antes de poder falar. Acordei Sarah gentilmente e disse que precisava lhe mostrar algo e que ela não deveria sentir medo. Falei que era sobre Nick e que ele estava bem, mas que ela precisava ver o que o filho estava fazendo. E levei-a para fora.

"Quando Sarah viu as chamas jorrando do barco, ficou com as pernas bambas também e precisei segurar seu braço para que não caísse. Mas ela não berrou o nome dele nem gritou. Deixou-me levá-la até o menino, confiando na minha palavra de que não havia motivo para pânico.

"Ficamos ao lado de Nick e o observamos brincar com fogo por quase cinco minutos antes de ela cair de joelhos e enfiar a mão no barco para tocá-lo. Sarah passou a mão pelo cabelo do filho e ele saiu do transe em que estava e, por um momento, tossiu fumaça preta e piscou, ainda com sono. Ele pulou na borda, parecendo envergonhado, como se o tivéssemos encontrado folheando uma revista pornográfica.

"Ela subiu no barco, com o corpo todo trêmulo, e o abraçou. Fui atrás dela. Durante muito tempo, ficamos sentados, juntos, numa reunião silenciosa. Ele disse à mãe que não, não estava ferido, que aquilo não causava dor alguma. Ele nos disse que já fazia aquilo há dias e que nunca doeu. Disse que sempre fazia aquilo no bote, porque algo no balanço do oceano o ajudava. E enumerou os diversos feitos. Ele podia soltar fumaça pelas narinas, soprar torrentes de fogo e acender uma das mãos como uma tocha. E nos contou que criara pequenos pardais de fogo e os fizera voar, e que às vezes parecia que ele voava com as aves, outras parecia que ele próprio era um pardal. Pedi para Nick nos mostrar, e ele disse que não podia, não naquele momento. Falou que, depois de acender fogo em si mesmo, demorava um pouco para recarregar. Contou que após criar pardais... foi assim que descreveu em linguagem de sinais... às vezes era difícil se aquecer, que ele tinha arrepios e sentia que estava pegando uma gripe.

"Eu queria saber como ele fazia aquilo. Nick explicou da melhor maneira possível, mas é apenas um garotinho e não aprendemos muito, não naquele dia. Ele disse que você poderia colocar a Escama de Dragão para dormir balançando-a suavemente e cantando como se cantasse para um bebê. Exceto, é claro, que Nick é surdo e não faz ideia de como é cantar. Ele nos contou que achava que a música era como a maré ou a respiração: algo que ia e vinha numa espécie de ritmo calmante. Falou que colocava esse fluxo na mente, e aí a Escama de Dragão sonharia com o que ele quisesse que sonhasse. Faria anéis de fogo, pardais de chamas ou o que ele desejasse. Eu disse que não entendia e perguntei se ele poderia me mostrar. Ele olhou para a mãe, e Sarah assentiu e disse que tudo bem, ele poderia tentar me ensinar como fazer aquilo... mas, se algum de nós se machucasse, teríamos que parar na mesma hora.

"Na manhã seguinte, minhas aulas começaram. Depois de três dias, eu conseguia acender uma vela. Em uma semana, estava jogando cordas de fogo como um lança-chamas ambulante. Comecei a me exibir. Não pude evitar. Quando Allie e eu saíamos numa das nossas missões de resgate, eu criava uma parede de fumaça para fazer uma fuga impressionante. E uma vez, quando fomos perseguidos por um Esquadrão de Cremação, eu me virei e peguei fogo, me transformando num grande demônio ardente com asas para assustá-los. Eles fugiram chorando!

"Como adorei me tornar uma lenda. As pessoas olhavam para mim e cochichavam. Não existe em todo o mundo uma droga mais viciante do que ser uma celebridade. Eu me gabei para Sarah, dizendo que pegar Escama de Dragão foi a melhor coisa que já aconteceu comigo. Que se alguém descobrisse uma cura, eu me recusaria a aceitá-la. Que a Escama não era uma praga. Era uma evolução.

"Nós discutíamos as minhas ideias sobre a Escama de Dragão com frequência: como era transmitida, como se ligava à mente, como produzia enzimas para proteger Nick e eu de queimaduras. Eu disse que discutíamos as minhas ideias. Na verdade, eu palestrava, e Sarah ouvia. Ah, como eu gostava de ter um público para minhas ideias e teorias. Isso é o que deveria estar na certidão de óbito dela, sabe? Sarah Storey, morreu de cansaço ao ouvir John Rookwood falar. De certa forma, foi isso que aconteceu com ela.

"Lembro-me do dia seguinte ao que me transformei num demônio e assustei uma multidão de homens armados. Levei Sarah à ilha para um piquenique e uma transa comemorativa. Ela estava quieta, perdida nos próprios pensamentos, mas eu estava muito cheio de mim para notar. Fizemos amor e depois eu me deitei na cama, me sentindo como uma estrela do rock. Finalmente, uma estrela do rock. Ela se levantou, pegou a calça jeans e tirou um frasco do bolso, um frasco cheio de uma coisa branca. Perguntei-lhe o que era aquilo. Sarah disse que eram cinzas infectadas. Então, na minha frente, jogou as cinzas na bancada da cozinha e as inalou. Ela se envenenou de propósito. Fez isso antes que eu tivesse tempo de gritar. Ela sabia tudo sobre como se infectar, é claro, porque eu lhe contara como o esporo se espalhava.

"Após três dias, apareceram as primeiras marcas em suas costas. Parecia que tinha sido açoitada pelo diabo com um chicote ardente. Eu estava certo sobre o método de transmissão, mas, pela primeira vez, não tive prazer algum em dizer: 'Eu tinha razão'. Ela morreu menos de quatro semanas depois."

15

JOHN FEZ UMA CARETA, segurando o pulso direito com a mão esquerda.

— Está doendo muito? — perguntou a Enfermeira.

— Não é tão difícil falar sobre isso quanto eu esperava. É bom me lembrar dela, mesmo das coisas ruins no final. Às vezes, acho que passei os últimos nove meses acendendo fogueiras porque é muito bom queimar coisas. Tipo: se Sarah queimou, o resto do mundo também pode queimar. Criar incêndios é quase tão bom quanto tomar Prozac. — Ele ficou em silêncio, pensando. — Merda. Você não estava perguntando sobre dor psicológica, estava?

— É, eu queria saber sobre seu pulso.

— Ah. Hum. Muito dolorido, na verdade. Isso é normal?

— Depois de deslocar os ossos do pulso pela segunda vez? Sim.

Ele entrelaçou os dedos da mão boa nos dela e olhou para a fornalha do outro lado da sala, a escotilha aberta em um quadrado de chama amarela saltitante.

— Odeio um pouco o fato de como é boa essa sensação — confessou ele.

— Estamos apenas abraçados. Nem estamos nus.

— Eu não deveria ter beijado você lá fora.

— Estávamos bêbados. Estávamos nos divertindo.

— Ainda estou apaixonado por ela, Harper.

— Tudo bem, John. Isso não significa nada.

— Mas *significa*. Significa algo para mim.

— Ok. Para mim também. Mas não vamos fazer nada que o deixe mal. Você não foi abraçado desde que ela morreu, e as pessoas precisam disso. As pessoas precisam de proximidade.

A lenha assobiou e estalou.

— Mas ela *não* está morta. Ela não está viva, mas também não está morta. Está… presa.

— Eu sei.

O Bombeiro virou a cabeça a fim de encará-la, a feição magra cheia de alarme e surpresa.

— Já sei há algum tempo — disse Harper. — Eu a vi uma vez. No fogo. Sei que há *algo* lá, de qualquer forma, algo no fogo que você mantém vivo. Mas seja o que for, *não pode* ser uma pessoa. Não pode ter consciência. O fogo não pode ter consciência.

— O *esporo* pode. É por isso que a Fênix parece viva. Ela *está*. É parte de mim. Como uma mão. O corpo de Sarah queimou, mas a garota no fogo permanece. Enquanto eu mantiver o fogo aceso, alguma parte dela que não queima sobreviverá.

— Você deveria dormir.

— Acho que não consigo. Não com o pulso latejando como está. Além do mais. Talvez eu não precise apenas contar. Talvez você precise ouvir. Antes de prosseguir na estrada em que está e acabar se matando, como ela fez.

16

— ELA ENTROU DIRETO na Iluminação. Nunca vi ninguém fazer isso tão rápido. Quatro dias depois de desenvolver marcas visíveis, ela estava iluminada conosco na capela, cheia de brilho e alegria. Você sabe como a Escama pode ser peculiarmente bonita? Comparar Sarah com os outros era como comparar um raio com um vaga-lume. Era emocionante e um pouco assustador. Ela tinha mais poder do que qualquer um de nós. Tocava órgão e, depois, ninguém conseguia se lembrar do próprio nome... eles só conseguiam se lembrar do dela. Durante horas depois de nos reunirmos na Iluminação, as pessoas andavam por aí, falando como ela, andando como ela.

— Carol tem esse efeito nas pessoas agora. — Harper considerou aquilo por um momento, depois disse: — Allie também, acho. Em menor grau.

— Sarah queria que eu lhe mostrasse como pegar fogo, como lançar chamas. Queria saber como enviar sua consciência para o fogo. A essa altura, eu estava incorporando a Fênix nas tentativas de resgate, e Nick criava bandos de pardais para descobrir os infectados. Eu não queria ensiná-la, no entanto. Estava com raiva. Estava com tanta raiva. Com raiva e com medo. Uma coisa era ser contaminado por acidente e outra era se contaminar de propósito. Sarah também não me deixava em paz. Ela jogou cada vez que me gabei, cada sermão de sabe-tudo, cada certeza presunçosa de volta na minha cara. Se lançar fogo era seguro para seu filho surdo de nove anos e para seu namorado, era seguro para ela. Eu tinha dito que não trocaria a Escama por nada, que estava *feliz* por ter a doença. Não dizíamos *todos*, na capela, que tivemos sorte? Que éramos abençoados? Ela nos via cambaleando de prazer, de deleite. Como eu poderia querer isso para mim e negar a ela? Sarah tinha me visto lutar pelos doentes e queria lutar comigo. Como eu poderia recusar?

"Quanto mais ela falava, mais obstinado eu ficava. Eu a odiava, odiava a mim mesmo, odiava o mundo. Eu estava doente, cheio de rancor. Havia tanta coisa que eu não sabia. Apenas duas pessoas podiam atirar fogo sem se machucar: Nick e eu. Recusei-me a tentar ensinar Allie, embora ela me incomodasse com bastante frequência para fazê-lo. Eu tinha bons motivos para isso. Por exemplo: e se o domínio total da Escama de Dragão só fosse possível para aqueles com cromossomo Y? Tenho certeza de que isso soa machista, mas a natureza nunca teve grande interesse na igualdade de gênero. E se você precisasse de um determinado tipo sanguíneo para funcionar? E se for uma peculiaridade do DNA, como acontece com aquelas pessoas que são imunes ao HIV por causa de uma mutação que retira delas o receptor de que o vírus precisa para infectá-las?

"Então, eu não ensinaria Sarah. Nas últimas semanas quase não falei com ela. Gritávamos um com o outro, mas não era o que eu chamaria de conversa. Achei que se não a ensinasse, pelo menos ela não estaria em situação pior do que qualquer outra pessoa no acampamento. Pelo menos seria mantida em segurança ao entrar na Iluminação. Achei que poderia protegê-la a excluindo. Criando uma barreira entre nós."

Se escutasse com atenção, Harper podia ouvir as brasas assobiando suavemente na fornalha.

— Então ela recorreu a Nick — disse ela.

— Sim — respondeu ele, em tom apático. — Nick me contou depois que ela aprendeu muito rapidamente a acender velas com a ponta dos dedos. Ele disse que achou que, se a mãe conseguia fazer aquilo, não haveria problema em ensinar mais coisas. Mas ele também falou que, na primeira vez que acendeu uma vela, Sarah gritou como se tivesse se queimado, embora tenha dito que só gritou porque se assustou. Mais tarde, ele percebeu que a mãe sempre mantinha um copo de água fria à mão e, depois de acender as velas, segurava-o com força, como se as pontas dos dedos estivessem doloridas. Às vezes, ela até mergulhava os dedos na água. Tudo isso foi feito sem eu saber. Eles praticavam à noite, no chalé, quando eu estava com Allie, resgatando os doentes e aprimorando a minha lenda pessoal.

"Sarah queria aprender como transformar sua consciência em marionetes de fogo, como eu fazia com a Fênix e Nick fazia com seu bando de pardais flamejantes. O garoto achou que aquilo era como pular a adição básica e ir direto para as frações. Ele queria que Sarah primeiro tentasse transformar a mão numa tocha ou praticasse atirar bolas de fogo. Mas ela provocou, brincou e fez joguinhos com o filho. Nick nunca teve chance. Então, ele explicou os princípios gerais, apenas as ideias básicas. O garoto não achava que ela fosse... Presumiu que ela estivesse apenas curiosa... e..."

Ele ficou em silêncio de novo, olhando para a fornalha, o brilho laranja mudando sobre suas feições como um toque gentil.

— Eu tinha acabado de voltar de uma das minhas expedições com Allie. Havíamos retornado ao acampamento com alguns refugiados... o pobre Nelson Heinrich entre eles, acredito. Eu já estava a caminho da ilha quando vi a fumaça vindo do chalé. Tudo acabou muito antes que alguém no acampamento percebesse o que estava acontecendo.

"Remei até o cais no extremo sul da ilha... o cais que não existe mais. Quando subi nas tábuas, o telhado do chalé desabou. Entrei pela porta dos fundos e, um segundo depois, a chaminé caiu no cais atrás de mim, destruindo a maior parte da estrutura. Todo o primeiro andar tinha vigas antigas expostas. Uma delas caiu sobre Nick. Ele estava inconsciente, mas eu podia vê-lo respirando. O calor ondulava, distorcendo o ar. Tudo era fumaça e faíscas. Eu vi o menino... e vi *Sarah*. O que restava dela. Ossos e cinzas e... e... — John engoliu em seco, balançou a cabeça e deixou a lembrança de lado. — Tenho certeza de que, se Nick não estivesse lá, eu teria desistido. Eu estava histérico. Em choque. Mas ele *estava* lá, e eu precisava tirá-lo daquele lugar. Tentei levantar a viga, mas não consegui. Devia pesar quase duzentos quilos. Eu me esforcei, mas não pude movê-la, e gritei com Deus, gritei com Sarah, simplesmente gritei.

O Bombeiro continuou em voz baixa, contemplando a fornalha com o que era admiração ou pavor.

— Então ela estava lá comigo. Na outra ponta da viga, ao lado do filho. Estremeci ao vê-la. No meio de todo aquele calor escaldante, estremeci como alguém sob uma chuva gelada. Ela era tão adorável. Era a coisa mais adorável. Era uma chama ambulante, azul como um maçarico, o cabelo soltando tiras de fogo vermelho e dourado. Ela criou uma machadinha do nada... uma machadinha de fogo, você compreende... e passou-a por uma das pontas da viga. Quebrou-a em duas com um só golpe. Aquela machadinha estava tão quente que teria cortado a viga mesmo que fosse de ferro. Tirei o grande pedaço de madeira que estava em cima de Nick e saí de lá com ele. Só olhei para trás uma vez, para a porta. Sarah ainda estava lá, me observando sair com ele. Ela me *conhecia*. Pude ver o reconhecimento em sua expressão. Seu rosto estava lindo e... triste. Confuso. Eu *sabia* que ela tinha consciência. Em um momento, ela fora uma mulher. No seguinte, era um elemental do fogo.

"A casa caiu sobre ela. O fogo ardia baixo. Não saí da ilha. Sentei-me nas dunas e observei. As pessoas vinham até mim para oferecer comida ou conforto. Não lhes dei atenção. Allie ficou sentada comigo por horas. O sol nasceu quente e seco e assou a ilha abaixo dele, mas não me mexi. A casa ainda queimava quando o sol se pôs novamente, embora, àquela altura, a maior parte fosse composta de brasas fumegantes. Cochilei por um tempo. Quando acordei, ela estava no que restava das ruínas, um fantasma de chama dourada e pálida. Desapareceu de novo um instante depois de eu vê-la, mas aí eu já tinha certeza. O restante de sua consciência estava nas brasas, espalhado por um bilhão de partículas microscópicas de Escama de Dragão que não seriam nem poderiam ser destruídas. Ela era cinzas e chamas. Estou na ilha desde então e nunca deixei o fogo apagar. Ainda está queimando na fornalha. Ela ainda está lá. Ainda está comigo. Acredito que a consciência dela seja mantida no lugar pela energia produzida pelo fogo e só se desintegrará se as chamas morrerem para sempre.

"E suponho que isso seja tudo. Poucas pessoas no acampamento têm ideia do que Nick pode fazer. Ele não lança mais chamas. Você pode entender por quê. Ele se responsabiliza pela morte da mãe. Consegue imaginar ser uma criança de nove anos e ter esse pensamento na cabeça? Nick não sabe que a mãe ainda está conosco e não me atrevi a lhe mostrar. Tenho medo do que isso faria com o menino. E se ele achar que Sarah está sofrendo e que a culpa é dele?"

John se mexeu desconfortavelmente e seu olhar desviou-se da fornalha para a porta. O Bombeiro enrijeceu.

— Meu Deus. Você está aqui há horas. Tem que voltar para a enfermaria antes do nascer do sol. Já ficou aqui por muito tempo.

— Só mais um minuto — disse ela. — Michael prometeu que poderia me cobrir a noite toda, se necessário.

Ele rolou para encarar o rosto de Harper.

— Você precisa tomar cuidado, Harper. Tem um garoto que te ama muito. Você é a única coisa que o faz seguir em frente. — Demorou um pouco para ela perceber que John estava falando de Nick, não de si mesmo. — Ele ainda carrega toda aquela culpa. Está preso embaixo dela, da mesma forma que já esteve preso sob uma viga.

— Olha só quem fala — disse ela.

Por um momento, John não conseguiu fitá-la.

— Você *entende* por que quero que nunca mais faça algo parecido com o que fez com a flecha. Já perdi uma mulher de quem gosto. Você não pode queimar como ela, enfermeira Willowes. Não posso perder você também.

Ela o segurou por mais um momento, depois beijou sua bochecha barbuda e levantou da cama. Arrumou os lençóis e aconchegou-o. Harper ficou olhando para o rosto magro e cansado dele.

Ela disse:

— O que aconteceu com Sarah Storey não é culpa sua, sabe? Nem de Nick. Nenhum de vocês tem o direito de se culpar pela morte dela. Harold Cross poderia ter explicado por quê. Eu te amo, John Rookwood... — Ela nunca havia dito aquilo a ele antes, mas falou naquele momento, de forma firme e controlada, e continuou sem lhe dar chance de responder: — ... mas você *não* é médico e *não* entende a natureza dessa infecção. Sarah Storey não morreu porque Nick a ensinou mal. Não morreu porque não tem um cromossomo Y. Ou porque lhe faltava alguma mutação necessária. Ou por qualquer outro motivo aleatório que possa imaginar. Entre a poesia horrível e a misoginia de revirar o estômago, Harold preencheu um caderno com pesquisas sólidas. O esporo penetra no cérebro humano muito devagar. Demora cerca de seis semanas para chegar à área de Broca, que processa a comunicação. Mesmo nos surdos. Você disse que ela só estava infectada há... quanto tempo? Duas semanas? Três? Ela se apressou. É simples.

Ele olhou para ela, perplexo.

— Você não sabe disso. Não com certeza.

— *Sei*, sim, John. Você tem todo o direito de sofrer, mas a sua culpa não é merecida. Assim como seus medos sobre a minha segurança. Estou coberta de Escama de Dragão há quase nove meses. Está em cada célula do meu corpo. Não há nada que você saiba fazer que eu não possa aprender. Você deveria ter falado com Harold.

O Bombeiro soltou um longo suspiro e, de repente, pareceu menor, oco.

— Eu... eu não tive muito contato com Harold nas últimas semanas antes de o pobre garoto morrer. Ele foi grotesco com Allie, e eu estava aqui na ilha, de luto. Quase não o vi. Na verdade, eu o evitava.

— Do que está falando? Foi você quem o tirou da enfermaria. Ele mencionou isso no diário.

O Bombeiro lhe lançou um olhar surpreso e curioso.

— Ou você está enganada, ou ele estava escrevendo um diário de devaneios. Nesse caso, não acho que deveríamos depositar muita confiança nas informações médicas. Eu não o ajudei a sair da enfermaria. Nem uma vez. Você não consegue imaginar que pentelho odioso ele era.

Harper olhou para ele sem expressão, sentindo-se confusa. Ela havia consultado o diário muitas vezes e tinha certeza de que Harold dissera que John Rookwood fora seu único aliado nos últimos dias.

— Chega disso — disse ele, indicando a porta com a cabeça. — Você tem que ir. Mantenha a cabeça baixa e volte correndo para a enfermaria. Podemos esclarecer essa confusão depois. Haverá outra noite para isso.

Mas nunca houve.

17

HARPER VOLTOU NA ESCURIDÃO, o ar curiosamente quente e aromático com o cheiro de pinheiros e terra. Quando entrou na enfermaria, havia uma linha fina de luz leitosa criando um brilho pálido ao longo da extremidade leste do Atlântico. Ela encontrou Michael esparramado no sofá da sala de espera com uma *Ranger Rick* sobre o peito e os olhos cerrados. Quando fechou a porta, o jovem se mexeu, espreguiçou-se e esfregou o rosto macio de menino.

— Algum problema? — perguntou Harper.

— Um problemão — respondeu ele, erguendo a *Ranger Rick*. — Estou travado no meio do caça-palavras, o que é bastante patético quando você pensa que esta revista é para crianças. — Ele deu um sorriso grande, sonolento e inocente e disse: — Pelo que ouvi, os prisioneiros voltaram bem e ninguém percebeu. Acho que Chuck Cargill ficou muito irritado por passar uma hora trancado no frigorífico. Ele disse que arrancaria o couro deles se alguém contasse alguma coisa a Ben Patchett e o colocasse em apuros.

— Qualquer noite dessas, Michael, gostaria de fazer uma transfusão e colocar um pouco do seu sangue em mim. Uma dose da sua coragem seria bem útil.

— Estou feliz que tenha passado algum tempo com seu namorado. Se alguém neste acampamento merece uma noite de amor e carinho, é você.

Harper queria dizer a Michael que o Bombeiro não era exatamente namorado dela, mas, quando tentou responder, sentiu a garganta engasgada e havia uma queimação desconfortável no rosto que nada tinha a ver com a Escama de Dragão. Um tipo diferente de garoto poderia ter rido do constrangimento dela, mas Michael apenas redirecionou educadamente o olhar para o caça-palavras.

— Minhas duas irmãs já teriam terminado isso há horas, e elas não tinham nem dez anos. Acho que vou conseguir amanhã. Combinei com Ben de vigiar a enfermaria durante toda a semana, para o caso de você precisar de mais tempo para resolver as coisas com o sr. Rookwood, para passar mensagens para os outros ou qualquer coisa assim.

— Eu poderia beijá-lo na boca, Michael.

Michael ficou escarlate até as orelhas, e Harper riu.

Ela pensou que encontraria Nick dormindo quando chegasse, e o menino de fato estava dormindo... mas não na cama dele, nem na dela. Estava estendido ao lado do avô. O braço de Nick repousava sobre o peito de Tom Storey, a mão rechonchuda sobre o coração do idoso. Aquele peito subia, ficava parado por um período enervante e depois afundava, em um ciclo lento e cansado que fez Harper pensar em uma torre de petróleo enferrujada prestes a parar.

Um raio pálido do amanhecer recaiu sobre o rosto de Nick, realçando o calor rosado e saudável da pele impecável e tocando alguns cachos do cabelo preto desgrenhado, transformando as pontas em latão e cobre. Ela não conseguiu resistir. Quando deu a volta na cama para verificar o soro do Pai Storey, estendeu a mão e bagunçou de leve o cabelo do menino, deliciando-se com a maciez infantil.

Ele abriu os olhos devagar e deu um bocejo enorme.

"Desculpe", disse ela com as mãos. "Volte a dormir."

Ele a ignorou e respondeu em linguagem de sinais: "Ele acordou de novo".

"Por quanto tempo?"

"Só alguns minutos. Falou meu nome. Com a boca, não com linguagem de sinais, mas eu percebi."

"Ele disse mais alguma coisa?"

O rosto de Nick se fechou. "Perguntou onde estava a minha mãe. Ele não se lembrava dessa parte... de que ela tinha morrido. Não consegui contar a ele. Eu disse que não sabia onde ela estava." O menino virou o rosto e olhou pela janela, para o brilho sangrento da luz da manhã.

A Escama de Dragão podia reformular a biologia dos pulmões de uma pessoa para que ela pudesse respirar mesmo em meio a uma fumaça sufocante. Mas não podia fazer nada a respeito da vergonha, não podia fazer você respirar mais facilmente quando havia uma viga de culpa de quase duzentos quilos no peito. Ela queria dizer a Nick que ele não tinha matado ninguém. Que culpar-se pelo que aconteceu com a mãe era tão bobo quanto culpar a gravidade quando alguém pulava de uma janela e caía dez andares. Nem fazia sentido culpar a mãe dele — quando Sarah Storey pulou da janela, ela acreditava piamente, de todo o coração, que poderia voar. Afinal, a morte por peste não era um castigo por falhas morais. Homens e mulheres eram lenha, e, em uma época de contágio, os justos e os ímpios eram alimentados às chamas um por um, sem qualquer distinção entre eles.

"Algumas coisas voltarão a ele", disse Harper a Nick.

"E outras coisas não?"

"Outras coisas não."

"Tipo quem tentou matá-lo?"

"Dê um tempo a ele", disse ela. "Seu avô ainda pode se lembrar de muita coisa."

Nick franziu a testa e falou:

"Ele me disse que deseja conversar com você. Disse que só precisa dormir mais um pouquinho."

Harper sorriu.

"Ele falou quanto mais?"

"Só até hoje à noite."

"Foi isso que ele disse?", perguntou Harper.

Nick assentiu solenemente.

"Ok", disse Harper. "Mas tente não ficar desapontado se ele não acordar esta noite. Ainda vai demorar um bocado até ele melhorar."

"Ele vai estar pronto", respondeu Nick. "E você?"

18

EM UMA REVIRAVOLTA INESPERADA, o Pai Storey — completamente recuperado e usando uma sobrepeliz imaculada — disse a Harper para ficar perante o velho ônibus escolar, nos portões do Acampamento Wyndham, e vigiar a estrada. Ele até usou a palavra *perante*, como alguém citando versículos da Bíblia. Ele emitiu essa ordem de um trono de rocha branca e desolada, no centro do Círculo Memorial, enquanto o rebanho emergia das vastas portas vermelhas da capela atrás dele. As pessoas do Acampamento Wyndham estavam alegres, rindo e conversando animadamente, enquanto algumas crianças cantavam "Burning Down the House" com vozes agudas. Harper ficou preocupada ao observar alguns adultos carregando grandes latões vermelhos de gasolina.

— O que está acontecendo?

— A profecia disse que faríamos um churrasco — informou o Pai Storey. — Pois esperamos que amigos venham até nós essa noite, trazendo boas-novas. Eu vos digo: levante-se e siga pela estrada e fique de guarda. Prepararemos a fogueira e assaremos *s'mores* em nome da Iluminação. — Ele piscou para ela. — Não demore muito e guardarei um para você.

Ela queria perguntar quem havia feito aquela profecia, mas o tempo passou antes que pudesse descobrir, e então ela estava andando pela estrada, sob um céu escuro e sem estrelas. Ao longe, Harper podia ouvir a congregação gritando a música do Talking Heads, berrando sobre a doce liberdade de queimar tudo. Ela se apressou. Não queria perder os *s'mores*. Ela se perguntou quem havia trazido chocolate e marshmallows. Provavelmente a mesma pessoa que estava profetizando coisas.

Harper estava com tanta pressa que quase tropeçou no homem na estrada. Ela deu uma guinada na grama alta e molhada para evitar pisar nele. Ainda não havia chegado ao ônibus, que ficava mais abaixo na colina.

Nelson Heinrich ergueu a cabeça e olhou para ela. Harper sabia que era Nelson pelo suéter feio de Natal, embora metade de seu rosto tivesse sido esfolada, revelando os músculos vermelhos e inchados por baixo. Os olhos nebulosos e bem-humorados espiavam através daquela máscara carmesim brilhante. Ele parecia quase exatamente com o busto anatômico que uma vez ocupara o balcão da enfermaria.

— Eu falei que chegaria aqui! — disse Nelson. — Tomara que tenha *s'mores* suficientes para todos! Eu trouxe amigos!

O Freightliner rugia no sopé da colina, uma fumaça imunda saindo do cano de escapamento atrás da cabine.

Nelson se arrastou por mais quinze centímetros, braçada após braçada. As entranhas — pedaços longos de intestino — se arrastavam pela terra atrás dele.

— *Vamos lá pessoal!* — gritou ele. — *Eu disse que poderia mostrar onde eles estavam! Vamos pegar alguma coisa doce! Uma colher de açúcar para todos nós!*

Harper fugiu. Ela não fugia tão bem quanto antes. Grávida de oito meses, corria com toda a agilidade e a graça de uma mulher carregando uma grande cadeira estofada.

No entanto, era mais rápida do que Nelson, e o Freightliner ainda não estava em movimento. Ela subiu a colina à frente dos dois e vislumbrou um grande incêndio. Uma enorme fogueira ardia, uma montanha de carvão do tamanho de uma cabana, grandes línguas de fogo lambendo a noite nublada. Em vez de estrelas, o céu estava repleto de constelações rodopiantes de faíscas moribundas. Harper abriu a boca para gritar, mas não havia ninguém para ouvir, ninguém em volta do fogo com marshmallows em palitos, nenhum grupo de adultos bebendo sidra, nenhuma criança correndo e cantando. Eles não se reuniram para desfrutar do fogo: eles *eram* o fogo. Era uma grande colina de cadáveres queimados até os ossos, chamas esguichando pelas órbitas dos crânios carbonizados, o calor assobiando através das costelas queimadas. O fogo fazia um som bastante alegre, nós estalando, corpos fervendo. Nick estava sentado bem no topo da fogueira. Ela sabia que era Nick, porque, mesmo sendo um cadáver cozido e murcho, ele a encarava com os olhos ardentes, gesticulando freneticamente com as mãos: *Atrás de você atrás de você* ***atrás de você***.

Ela se virou no momento que Jakob puxou a buzina do Freightliner, um toque estridente e angustiante. O caminhão estava parado, com os faróis apagados, a seis metros de distância; o ex-marido não passava de uma silhueta escura atrás do volante.

— Estou aqui, amor! — gritou ele. — Eu e você, querida! Que tal?

Houve um grande estrondo quando ele engatou a marcha do grande caminhão laranja e os faróis se acenderam, tanta luz, tanta…

19

... LUZ BRILHANDO EM SEU rosto. Ela piscou e sentou-se, uma das mãos levantada para proteger os olhos do brilho. A bile ferveu em sua garganta.

Ela espiou além do facho da lanterna. Nick estava atrás dele, os olhos arregalados no rosto pequeno e bonito, o cabelo uma bagunça deliciosa. Ele levou um dedo à boca — *shh* — e depois apontou para o Pai Storey.

Os olhos do idoso estavam abertos e ele sorria para Harper, mostrando-lhe o velho, suave e gentil sorriso de Dumbledore. Seu olhar estava perfeitamente claro e alerta.

Harper se sentou e virou-se para encará-lo, pendurando as pernas para fora da cama. Uma vela brilhava em um prato raso ao lado da cama dele.

Em uma voz calma e frágil, o Pai Storey disse:

— De vez em quando, meu amigo John Rookwood me provoca dizendo que o estudo da teologia é tão inútil quanto um buraco na cabeça. Soube por Nick que você salvou minha vida com uma broca de seis milímetros na parte de trás do meu crânio. Acho que isso me coloca à frente de John. Teremos que avisá-lo. — Seus olhos brilharam. — Ele também gostava de me dizer que pessoas religiosas têm a mente fechada. Quem tem a mente aberta agora, hein?

— Você se lembra de quem eu sou, Pai? — perguntou ela.

— Lembro! A enfermeira. Tenho quase certeza de que éramos amigos, embora tenha dificuldade em me lembrar do seu nome agora. Você cortou o cabelo, e acho que isso está me confundindo. É... Juliet Andrews? Não. Isso... isso não está certo.

— Harper — disse ela.

— Ah! — falou ele. — Sim! Harper... — Ele franziu a testa. — Harper Gallows?

— Quase! Willowes. — Ela tomou o pulso dele. Estava forte, constante, lento. — Como está a cabeça?

— Não tão ruim quanto meu pé esquerdo — disse ele.

— O que há de errado com seu pé esquerdo?

— Parece que foi picado por uma formiga.

Ela foi até a ponta da cama e analisou o pé do idoso. Entre o dedão e o segundo dedo havia um caroço infectado, onde ele realmente poderia ter sido picado por uma aranha. Havia outras marcas vermelhas mais antigas onde ele fora picado outras vezes, e tudo isso estava rodeado por um hematoma amarelado.

— Hum — disse a Enfermeira. — *Alguma coisa* picou você. Desculpe por isso. Provavelmente estava mais preocupada em cuidar do buraco na sua cabeça. Você sofreu um hematoma subdural grave. Quase morreu.

— Por quanto tempo fiquei apagado? — questionou ele.

— Pouco mais de dois meses. Nos últimos dias, você ficou indo e voltando. Depois do ferimento na cabeça, houve... complicações sérias. Você sofreu pelo menos duas convulsões, com várias semanas de intervalo. Em certo ponto duvidei que se recuperaria.

— Derrames?

Ela se sentou na beirada da cama dele. Em linguagem de sinais, pediu a Nick para pegar a "coisa de colocar na orelha para ouvir o coração", e o menino foi até o balcão para encontrar o estetoscópio.

— Você está conversando com meu neto em linguagem de sinais? — perguntou o Pai Storey.

— Nick é um bom professor.

O idoso sorriu. Então, franziu a testa.

— Se tive um derrame, por que minha fala não está arrastada?

— Isso nem sempre acontece. Assim como a paralisia parcial. Mas você sente as duas mãos, os pés? Seu rosto está dormente?

Ele acariciou a barba e apertou o nariz.

— Não.

— Que bom — disse ela com a voz lenta, pensando. Visualizando em sua mente a picada de aranha vermelha e inchada entre os dedos dos pés e depois descartando-a.

Nick trouxe o estetoscópio. Ela ouviu o coração (forte) e os pulmões (limpos) do Pai Storey. Testou a visão dele, pedindo-lhe que seguisse a ponta de um cotonete com o olhar, movendo-o em direção ao nariz e depois para fora.

— Vou voltar ao coma? — perguntou ele.

— Acho que não.

— De onde veio o soro intravenoso? — indagou o idoso, olhando para ele.

— É uma longa história. Muita coisa mudou nos últimos meses.

Seus olhos brilharam de empolgação.

— Existe uma cura? Para a Escama?

— Não — respondeu ela.

— Não, claro que não. Ou não estaríamos escondidos no Acampamento Wyndham e você não estaria me tratando na enfermaria. — Ele analisou o rosto dela e seu sorriso ficou triste e preocupado. — Carol? O que ela fez?

— Vamos manter o foco em você, por enquanto. Gostaria de um gole d'água?

— Sim. Também gostaria que minha pergunta fosse respondida. Acredito que posso administrar as duas coisas ao mesmo tempo.

Ela não pediu a Nick para pegar a água, mas foi ela mesma servir um pouco. Queria tempo para pensar. Quando voltou para a cama, segurou a xícara e esperou enquanto o Pai Storey se esforçava para tirar a cabeça do travesseiro e tomar um gole. Quando terminou, o homem caiu para trás e estalou os lábios.

— Acho que seria melhor a própria Carol falar com você — sugeriu Harper. — Sua filha vai ficar aliviada ao saber que o senhor acordou. Ela está... tendo dificuldades sem você. Embora tenha contado com o apoio de Ben Patchett e da equipe de Vigias, o que significou muito. Mantiveram as coisas funcionando, de um jeito ou de outro. — Ela achou que era uma forma política de responder à pergunta.

O Pai Storey não sorria mais. Sua pele estava pálida e doentia, e ele tinha começado a suar.

— Não, é melhor eu ver John primeiro, srta. Willowes. Antes que minha filha seja notificada de que estou acordado. Você pode trazê-lo até aqui? Há assuntos que não podem esperar. — O Pai Storey fez uma pausa e, então, seu olhar encontrou o dela. — O que fizeram com a pessoa que me atacou?

— Não *sabemos* quem atacou você. Alguns pensam que foi um dos presidiários, um homem chamado Mark Mazzucchelli. Mas ele insiste que vocês se separaram na floresta e que, quando o deixou para trás, o senhor estava bem. Levantei a possibilidade de a agressão ter sido cometida pela ladra do acampamento, que queria calar sua boca antes que você pudesse...

— Expô-la por causa de algumas latas de apresuntado? — questionou o Pai Storey. — Enfim, o que eu sei sobre a ladra?

— Você me disse que sabia quem era.

— Eu disse? Eu não... não *acho* que eu soubesse. Mas suponho que posso ter me esquecido. Há várias coisas das quais não me lembro, inclusive quem decidiu me dar um golpe na cabeça. — Ele franziu os lábios e a testa, então balançou a cabeça. — Não. Acho que nunca descobri quem era a ladra.

— Você me disse na canoa que alguém teria que sair do acampamento. Você se lembra daquela conversa? — perguntou Harper. — Na noite que remamos juntos até South Mill Pond?

— Na verdade, não — disse o Pai Storey. — Mas tenho certeza de que não estava falando da ladra.

— De quem acha que estávamos falando, então? — questionou Harper.

— Imagino que estivéssemos falando sobre minha filha — respondeu o Pai Storey, como se fosse óbvio. — Carol. Ela chamou um Esquadrão de Cremação para atacar Harold Cross. Ela armou para ele… organizou tudo para que, quando Ben Patchett atirasse no pobre garoto, parecesse que ele *precisava* fazer isso, para proteger o acampamento e impedir que Harold desse informações aos nossos inimigos.

20

HARPER OLHOU DE SOSLAIO para Nick. Ele estava acomodado ao pé da cama dela, com as mãos cruzadas sob o queixo, para observar o avô. Seu rosto tinha uma expressão serena. A sala estava muito escura, com apenas a chama baixa daquela única vela para lançar alguma luz, e ela não sabia se Nick tinha alguma ideia do que o Pai Storey acabara de contar. Ela lembrou que o menino não era bom leitor labial, mesmo com a melhor luz.

— Como sabe disso? — perguntou Harper.

— A própria Carol me contou. Você deve lembrar que, na última vez que falei para a congregação, discuti a necessidade de encontrarmos nos nossos corações a capacidade de perdoar a ladra. Mais tarde, quando estávamos sozinhos, Carol e eu brigamos por causa disso. Ela disse que eu era fraco e que as pessoas no acampamento nos abandonariam se não demonstrássemos força. Disse que eu deveria ter feito de Harold Cross um exemplo. Comentei que Harold Cross *havia sido* feito de exemplo, um exemplo terrível, um exemplo que a agradara, eu tinha certeza. Eu estava sendo desagradável e exagerando, mas ela ficou confusa e disse, numa voz monótona: "Então você sabe". Senti um frio no peito e perguntei. "O que quer dizer?". E ela respondeu: "Que eu o usei como exemplo".

"Claro que eu só quis dizer que Harold tinha nos desobedecido e acabado morto, mas Carol me entendeu mal e achou que eu a estava confrontando sobre algo que ela fizera. Disse que ainda bem que chamou um Esquadrão de Cremação para pegar Harold. Se não o tivesse feito, Harold teria sido descoberto de qualquer maneira, só que poderia não haver ninguém por perto para impedi-lo de ser capturado vivo. Ela falou que não sentia vergonha. Que salvara a mim, a meus netos e a todos do acampamento. Estava corada e parecia... *triunfante*. Respondi que não acreditava que Ben Patchett faria parte desse esquema, e ela riu como se eu tivesse feito uma grande piada. Ela falou que eu não tinha ideia de como era difícil fingir que todos eram tão bons e gentis quanto eu esperava que fossem, para perpetuar minhas fantasias infantis de decência cotidiana e perdão abundante. Fiquei sem palavras. Não conseguia pensar. Carol disse que, de várias maneiras, eu era tão responsável pela morte de Harold quanto ela, que havia forçado todos nós a uma posição em que ele *teve* que ser baleado. E afirmou que, se tivéssemos aplicado punições mais severas no início... se, por exemplo, o tivéssemos mantido com algemas ou dado umas chibatadas nele em público... Harold não teria continuado a colocar todo mundo em risco ao sair do acampamento. Bem, antes mesmo que eu pudesse responder, Ben Patchett estava batendo à porta, dizendo que era hora de ir. Honestamente, não ousei tentar responder aos argumentos dela, não com Ben e Carol ali. Sei que minha filha não me machucaria, mas eu não tinha certeza do que Ben poderia..."

— Tem certeza mesmo? — perguntou Harper. — Se ela ficou abalada, se pensou que poderia ser exilada, não acha que pode ter sido ela quem lhe deu o golpe na cabeça?

— Nem por um segundo. Minha filha nunca, *jamais* tentaria me matar. Tenho tanta certeza disso quanto tenho do meu próprio nome. Não. Renego totalmente essa ideia. Diga-me... enquanto eu estava inconsciente, ela parecia de alguma forma ambivalente quanto à minha recuperação?

Harper respirou fundo, lembrando.

— Não. Na verdade, ela ameaçou me expulsar do acampamento e tirar meu bebê de mim se você morresse.

O Pai Storey empalideceu.

— Ela estava... ela tem estado... histérica com a ideia de que você poderia morrer — continuou Harper, balançando um pouco a cabeça. Ela estava se lembrando do que o Bombeiro lhe dissera, que Carol sempre fora desesperada para ter o pai só para si, que ele era, de certa forma, a única e verdadeira paixão da sua vida. O amor poderia se transformar em assassinato, é claro. Harper entendia isso melhor do que a maioria, talvez. Mas de alguma forma... não. Não parecia certo. Não de verdade. Carol poderia dar uma sentença de morte para Harold Cross, mas não para o pai. Nunca para o pai.

O Pai Storey pareceu ver exatamente essa conclusão na expressão carrancuda de Harper.

— Você não deve pensar que Carol achou que eu era algum tipo de ameaça. Ela não tinha vergonha do que havia feito. Estava orgulhosa! Ela sentiu, é claro, que, se todo o acampamento soubesse, aquilo poderia nos separar, que havia necessidade de sigilo. Mas não havia necessidade de vergonha. Não, não posso acreditar que minha própria filha concluiria que precisava me matar para preservar meu silêncio. É impossível de imaginar. Tenho certeza de que ela esperava que eu aceitasse seu modo de pensar com o tempo, entendendo que um pequeno assassinato era necessário para proteger o acampamento. No mínimo, esperava que eu continuasse a ser o rosto amoroso, decente e caridoso dos serviços noturnos na capela, e a deixasse cuidar dos "detalhes sujos" de cuidar da comunidade. Essas foram as palavras exatas dela.

Harper ficou com raiva por não conseguir entender o que havia acontecido com o Pai Storey na floresta. Ela sentiu que estava com tudo nas mãos, tudo que ela precisava saber, mas foi como encontrar um conhecido e não conseguir lembrar o nome dele. Não importava quanto se esforçasse, ela não conseguia ver.

Então deixe isso de lado, pensou. Não importava. Ela não precisava descobrir. Não agora.

— Traga John — disse o Pai Storey gentilmente. — Depois conversaremos com Carol. E Allie. E Nick. Eu gostaria que minha família ficasse perto de mim agora. Se houver coisas difíceis a serem ditas, vamos superá-las juntos. Foi o que fizemos no passado e funcionou muito bem. — Ele estreitou os olhos. — Você acha que... as pessoas vão entender o que Carol fez com o sr. Cross? Acha que vão perdoá-la?

Harper se perguntou quantas pessoas perdoariam o Pai Storey por expô-la, mas não disse isso. Ele viu a dúvida no seu rosto, porém.

— Você acha que será o fim do nosso acampamento? — perguntou ele.

Depois de um momento, ela respondeu... não com uma resposta, mas com uma pergunta própria.

— Você se lembra de toda a conversa sobre a ilha de Martha Quinn?

— Sim.

— É real. Nós sabemos onde é. Gostaria de ir para lá. Há um centro médico onde posso fazer o parto do meu bebê com segurança. Sei que alguns outros gostariam de ir também. Acho que... depois que se espalhar a notícia sobre Harold Cross... e de que você se recuperou... acho que sim, o acampamento pode acabar. Na noite em que foi atacado, você me disse que alguém teria que ser exilado do acampamento. Mandado embora para sempre. Eu não sabia que se referia a Carol. Suponho que... — e ela respirou fundo para se acalmar. Estava prestes a sugerir uma ideia que considerava repugnante — ... ela poderia vir comigo. Conosco. Aqueles que querem ir embora, se tivermos permissão para ir.

— Claro que vocês teriam permissão para ir — afirmou o Pai Storey. — E talvez seja melhor manter Carol aqui, afinal. Em alguma forma de confinamento. Eu também ficaria para trás, para cuidar dela. Para ajudá-la a voltar à sua melhor forma, se possível.

— Pai — falou Harper.

— Tom.

— *Tom.* Talvez devêssemos esperar mais um dia para falar com sua filha. Você está muito fraco agora. Acho que deveria descansar.

Ele disse:

— Descansarei melhor quando tiver visto minha neta e John. E, sim, também minha filha. Amo muito a Carol. Entendo se não puder... se você a odiar. Mas saiba que, seja qual for a culpa dela, quaisquer que sejam seus crimes, Carol sempre acreditou que estava fazendo isso para cuidar das pessoas que ama.

Harper achava que Carol tinha uma necessidade doentia de fazer os outros se conformarem — cederem — que nada tinha a ver com amor, mas Tom Storey era tão incapaz de enxergar isso na filha quanto Nick era de ouvir.

Ela não falou nada, no entanto. Se Tom realmente pretendia lidar com a filha naquela noite, haveria muitas coisas desagradáveis por vir, e ela não queria acrescentar nada. Então: John primeiro. E mandar uma mensagem para Allie. Allie traria Carol. O que quer que o Pai Storey tivesse de enfrentar, não o enfrentaria sozinho.

Ela se virou para Nick e falou com as mãos. "Vou chamar o Bombeiro. Faça companhia a seu avô. Ele precisa de você. Ele pode tomar goles de água, pequenos, não muitos. Entendeu? Minhas palavras é certas?"

Nick assentiu com a cabeça e suas mãos responderam: "Entendi. Pode ir".

Harper começou a agir. Estava feliz por isso, queria que seu corpo acompanhasse a velocidade de seus pensamentos. Passou pela cortina cor de musgo.

Michael estava de guarda, como havia prometido que estaria. Ele tinha deixado a *Ranger Rick* de lado e estava com o rifle sobre os joelhos, esfregando um pouco de óleo ou verniz na coronha com um pano.

— Michael — disse ela.

— Pois não?

— Ele está acordado. O Pai Storey.

O rapaz deu um pulo e pegou o rifle para evitar que caísse no chão.

— Você está brincando comigo. Sem chance.

Ela teve que sorrir, não conseguiu evitar. A simples surpresa em seu rosto — os olhos arregalados e inocentes — fez com que ele parecesse mais menino do que nunca. Sua expressão ingênua trouxe à mente de Harper o sobrinho de quatro anos, embora, na verdade, eles não se parecessem em nada.

— Está, sim. Está acordado e falando.

— Ele... — O pomo de adão de Michael subiu e desceu. — Ele se lembra de quem o atacou?

— Não. Mas acho que isso vai voltar para ele em breve. O Pai Storey está muito mais entusiasmado do que eu esperava. Ouça, ele quer que eu chame John. Quando John estiver aqui, deseja que a gente traga Carol. E Allie, claro. Ele quer toda a família a seu lado. E eu quero você lá também.

— Bem... não sei se deveria... — disse ele, hesitante.

— Essa pode ser uma reunião difícil. Eu gostaria que estivesse lá caso... as pessoas se deixem levar pelas emoções.

— Você acha que eles podem brigar por causa das coisas que a Mãe Carol tem feito? — perguntou ele.

— Você não tem ideia, Michael. Não é sobre o que ela fez enquanto o Pai Storey estava inconsciente. Foi o que ela fez *antes* de ele levar uma pancada na cabeça. Se as pessoas soubessem, ela nunca teria ficado encarregada de nada. Nem Ben Patchett. — Ela pensou em Ben Patchett atirando em Harold Cross e, de repente, sentiu o sabor agridoce da bile no fundo da garganta. — Aquele filho da puta do Ben Patchett.

Michael franziu a testa.

— Não acho que o sr. Patchett seja um cara *tão* ruim. Talvez ele tenha se empolgado um pouco quando aqueles bandidos foram trazidos para o acampamento, mas posso entender...

— Ele é um criminoso — interrompeu Harper. — Atirou num garoto indefeso.

— Harold Cross? Ah, srta. Willowes, ele *teve* que fazer aquilo.

— Será? Será que teve mesmo?

Havia tanta inocência, surpresa e perplexidade na expressão de Michael que ela não se conteve e precisou se inclinar para a frente e beijar sua testa sardenta. Os ombros do jovem saltaram com aquilo.

— Você me lembra do meu sobrinho — disse ela. — O pequeno Connor Willowes... Connor Jr. Não sei por quê. Vocês dois têm olhos gentis, suponho. Acha que pode ser corajoso por mais algum tempo, Michael? Pode fazer isso por mim?

Ele engoliu em seco.

— Espero que sim.

— Bom. Não deixe ninguém entrar para vê-lo até eu voltar. Estou confiando em você para cuidar dele.

Michael assentiu com a cabeça. Ele estava muito pálido por trás da barba acobreada.

— Sei o que tenho que fazer. Não se preocupe, senhora. Eu vou cuidar do Pai Storey.

21

ELA QUERIA CORRER, MAS não havia como. Sua barriga, pesada com o bebê, assumira uma firmeza e um tamanho magníficos, planetários. Então, ela ziguezagueou pelos pinheiros em uma caminhada rápida e cambaleante, suando e respirando com dificuldade.

No escuro, com a pulsação batendo forte atrás dos olhos, era duvidoso que ela tivesse visto Michael Lindqvist seguindo de longe, mesmo que o estivesse procurando. Ele foi com cuidado, sem pressa, observando por um longo tempo antes de passar de uma árvore para outra. Se ela o *tivesse* visto, poderia ter ficado surpresa com sua expressão, a boca pequena apertada e os olhos estreitos. Não havia nada de particularmente infantil no rapaz. Ele a seguiu até o ancoradouro coberto, mas, quando Harper foi em direção ao cais, ele entrou e logo desapareceu entre as sombras.

Harper demorou a descer os degraus de madeira no aterro arenoso, agarrando-se a cachos de ervas marinhas para se firmar. O oceano era uma placa de metal amassada, como se tivesse sido atingida por mil golpes de martelo. O luar brilhava prateado nas bordas das ondas. Parecia um pouco agitado lá fora. Harper só viu o homem sentado na ponta do cais quando já estava lá, a meio caminho do barco a remo.

Don Lewiston virou a cabeça para olhar por cima do ombro. Ele estava sentado com um balde de aço à direita e uma vara de pescar nos joelhos.

— Enfermeira Willowes! O que faz aqui? — perguntou ele.

Ele não estava sozinho. Chuck Cargill estava parado na praia de cascalho, segurando a própria vara de pescar, o rifle atrás dos pés nas rochas. Cargill semicerrou o olhar para eles, em dúvida.

— O Pai Storey acordou. Você pode vir comigo? Ele quer ver John o mais rápido possível.

As sobrancelhas emaranhadas de Don se ergueram e sua boca se abriu de forma quase cômica.

— Ah, eu acho… — Ele se levantou, colocando uma das mãos em volta da boca. — Chuckie, meu garoto! Segure as pontas aí. Tenho que levar a senhorita para ver John. Ela quer dar uma olhada naquela asa quebrada dele.

— Sr. Lewiston? Ei, hã... sr. Lewiston, não acho... — Um puxão na linha o distraiu. A ponta da vara se inclinou em direção à água. Ele lhe lançou um olhar irritado e depois voltou o olhar para Harper e Don Lewiston. — Sr. Lewiston, é melhor esperar antes de ir a qualquer lugar. Eu deveria esclarecer isso com a Mãe Carol primeiro.

Don jogou a vara de lado, pegou o braço de Harper e começou a ajudá-la a entrar no barco a remo.

— Já está liberado, ou a Mamãe Carol nunca deixaria a enfermeira vir aqui! Agora eu é que não vou deixar uma mulher grávida de oito meses tentar remar sozinha neste tempo.

— Sr. Lewiston... sr. Lewiston, você tem que esperar... — insistiu Cargill, dando um passo na direção deles, mas ainda segurando a vara, que agora estava curvada em um longo arco parabólico, a linha esticada na ponta.

— Você tem um peixão aí, Chuckie! — gritou Don, entrando no barco a remo. — Não se atreva a perder esse, é o jantar de Ben Patchett que mordeu a isca! Estarei de volta quando você o puxar!

Don se inclinou sobre os remos e o barco deu um salto brusco para longe do cais.

Enquanto ele os arrastava pela água, inclinando-se totalmente para a frente e depois totalmente para trás, os remos batendo nas argolas de ferro e mergulhando na água, Harper contou-lhe o que sabia. Quando chegou à parte sobre Carol armando para Harold, Don fez a cara de um homem que sentiu o cheiro de algo corrupto. O que era mais ou menos o caso, ela supôs.

— E Ben Patchett foi o pistoleiro dela?

— É o que parece.

Ele balançou a cabeça, em um sinal negativo.

— O quê?

— Quase consigo acreditar que Ben atiraria naquele gordinho nojento por ela. Ben Patchett pode se convencer a fazer qualquer coisa em nome da maldita proteção do seu povo. Mas *não* consigo imaginá-lo convocando um Esquadrão de Cremação para Harold. Muitas coisas poderiam ter dado errado. E se Harold gritasse sobre o Acampamento Wyndham *antes* que Ben tivesse a chance de acertá-lo? E se o Esquadrão de Cremação estivesse fortemente armado e reagisse? Não. Já Carol eu *consigo* ver fazendo isso. Ela é histérica. Não pensa nas consequências de suas ações. Mas Ben tem uma mente cuidadosa. Ele é meio policial, meio escrevente.

— Talvez Carol tenha ligado primeiro para o Esquadrão de Cremação e só depois tenha contado a Ben seu plano. Então ele teve que limpar a bagunça dela?

Don assentiu com a cabeça, carrancudo.

— Você ainda não gosta dessa ideia.

— Nem um pouco — disse Don.

— Por que não?

— Porque *ela* não tem a porra de um celular — respondeu Don. — Ben tem. Como ela iria ligar para alguém? Como saberia para *quem* ligar?

Don deu uma última puxada nos remos e empurrou o barco para dentro da lama. Ele saltou e a firmou enquanto Harper se levantava.

— Meu Deus, você ficou grande de repente — disse ele.

— Eu gosto — falou ela. — Parece bobo, não posso correr e não posso usar nada além de calças e casacos de moletom extra-*extra*grandes. Mas gosto da ideia de ser tão grande que posso facilmente atropelar seres inferiores. Não quero lutar contra meus inimigos, quero esmagá-los com minha enorme circunferência.

Don semicerrou os olhos em direção à costa, mas estava escuro demais para qualquer um deles ver o que Chuck Cargill estava fazendo. Então, ele olhou para além do galpão, para o topo da colina.

— Este acampamento está prestes a se transformar no cacete de um hospício. Acho que não vão sentir minha falta por algumas horas. Quero dar uma olhada no barco enquanto estou aqui. Ver se ele está pronto para o mar. Talvez eu até o coloque na água. — Ele lançou outro olhar para a barriga dela. — Se eu pudesse, estaríamos velejando amanhã à tarde. Esse bebê não vai esperar e talvez precisemos de uma ou duas semanas para chegar à costa.

— Vá examinar o barco. Posso remar de volta com o sr. Rookwood.

Don a acompanhou até a porta do galpão, com a mão em seu cotovelo, como se ela fosse uma inválida em recuperação. O Bombeiro atendeu à batida na porta vestindo uma calça de pijama de bolinhas e o casaco de bombeiro de borracha preto e amarelo por cima de uma camiseta encardida. Ele estava faminto, suado, precisava fazer a barba, cortar o cabelo e cheirava como uma fogueira. Harper lutou contra a vontade de enterrar o rosto no peito dele.

— Lázaro ressuscitado da maldita tumba — disse Don. Ele quase tremia de prazer, o rosto grande e áspero corado. — O Pai acordou. Perguntou por você. Quer ver você… e depois quer ver *Carol*. Ele tem um sermão para pregar para ela, e deixe-me dizer, Johnny, acho que esse pode conter um pouco de fogo e enxofre.

O Bombeiro coçou a garganta barbuda de maneira distraída, olhando de Don para Harper.

— É melhor eu colocar alguma coisa — concluiu ele. Harper esperava que ele fechasse a porta para poder vestir uma calça melhor e talvez um suéter. Em vez disso, John olhou em volta, meio atordoado, até ver seu capacete pendurado em um prego perto da porta. Ele colocou-o firmemente na cabeça e deu um suspiro de alívio. Olhou-se no espelho quadrado pregado junto à porta, virou o capacete dois centímetros imperceptíveis para a esquerda e sorriu de alegria. — Pronto. Perfeito. Podemos ir?

— Don vai ficar na ilha. Vai colocar o barco na água.

O Bombeiro pareceu mais surpreso com isso do que com a notícia de que o Pai Storey estava consciente.

— Ah. Suponho que vocês vão zarpar o mais rápido possível.

— Não *tão* rápido — disse Harper.

— Até o final da semana, na minha opinião — disse Don a ele. — Esse bebê não vai esperar por um momento conveniente. Está a caminho. Ela só tem quatro semanas, no máximo. Quanto mais cedo levarmos a enfermeira Willowes para a ilha de Martha Quinn e para o hospital de lá, melhor vou me sentir. Mas você não sabe da missa um terço. A Enfermeira acha que Carol Storey pode ir embora conosco. Depois que a notícia do que ela fez for divulgada, ela pode querer ir embora por conta própria... antes que a expulsem daqui.

O Bombeiro encarou Harper, fitando-a com um olhar que passou de nebuloso a fascinado em muito pouco tempo.

— O que ela fez? Quer dizer, além de usar punições do século XIX contra seus inimigos, manter Harper confinada na enfermaria e ameaçar sequestrar o bebê?

— Duas palavras. — Don balançou as sobrancelhas peludas. — Harold Cross.

— Eu conto para você no barco — completou Harper.

22

JOHN FICOU HORRORIZADO COM a ideia de que ela os levaria sozinha até a costa.

— Vou me sentar à esquerda — disse ele. — Não sinto dor ao usar o braço esquerdo. Você fica à direita. Remaremos juntos.

— Nunca vai funcionar. Nós dois nunca vamos estar em sincronia. Vamos apenas andar em círculos juntos.

— Ah, não vai ser tão ruim. Estamos fazendo isso há meses.

Harper o encarou, pensando que John estava zombando dela, mas então o homem se curvou para a proa do barco, empurrando-o para dentro da água, e ela teve que ficar ao lado para ajudar. Uma mulher grávida de oito meses e um homem se recuperando de costelas quebradas. E pensar que Carol tinha medo de ambos.

Quando estavam na parte rasa, ela subiu pela borda e estendeu o braço para pegar as mãos dele e puxá-lo. As botas de bombeiro guincharam no casco, buscando tração. Ele bateu o pulso machucado, e seu rosto ficou branco. John se contorceu na bancada ao lado dela, e Harper fingiu que não o viu limpar as lágrimas dos olhos. Ela estendeu a mão e gentilmente endireitou o capacete.

Os dois remaram, inclinando-se para a frente e para trás, lenta e cuidadosamente, os ombros se tocando. O barco rangeu e deslizou na água durante a noite.

— Conte-me sobre Harold Cross — pediu o Bombeiro.

Ele ouviu com a cabeça inclinada enquanto ela repetia tudo. Quando Harper terminou, John falou:

— Harold não tinha muitos amigos neste acampamento, mas eu concordo... quando a notícia sobre o que Carol fez se espalhar, chamando o Esquadrão de Cremação e tudo mais, *bem*... será o fim dela. Mandá-la embora com você é um grande ato de misericórdia, realmente. É fácil imaginar que poderia ser muito pior.

— Ela vem comigo — disse Harper. — E você vai ficar aqui.

— Sim. Vou ter que fazer isso. O Pai Storey estará fraco demais para cuidar do acampamento sozinho. Imagino que é por isso que estou sendo convocado para essa reunião. Estou sendo recrutado. — Sua boca se torceu em uma careta amarga.

— Você não iria embora de qualquer maneira. Precisa cuidar do seu fogo particular.

— Ninguém mais entenderia.

— Você deveria deixá-la ir e vir comigo. — Harper percebeu que não conseguia encará-lo ao dizer aquilo. Ela teve que virar o rosto em direção ao oceano. O vento espalhava a espuma do topo das ondas, e ela podia fingir que a água em seu rosto era um borrifo. — Aqui não é seguro. Faz muito tempo que não é seguro. Vão encontrar o Acampamento Wyndham. O Homem Marlboro e meu marido, ou homens como eles. Cedo ou tarde. — Ela pensou nos sonhos, em Nelson Heinrich com um suéter com estampa de bengalinhas doces manchado de sangue, sorrindo com o rosto sem pele, e estremeceu.

Ela não acreditava em um futuro fixo, não acreditava em precognição. Sequer acreditava na estação de rádio psíquica do Homem Marlboro, embora parecesse uma sorte tremenda ele ter aparecido no exato dia em que ela voltou para casa. Mas acreditava no subconsciente e em prestar atenção quando ele começasse a tremular bandeiras vermelhas. Ela havia deixado Nelson vivo — tinha quase certeza disso agora —, o que era uma má notícia para todos. E mesmo que Nelson nunca se recuperasse para liderar os Incineradores do Litoral ao acampamento, então seria outra coisa. Só era possível esconder uma pequena vila por um certo tempo.

Eles flutuaram, parando de remar. Depois de um momento, diante de algum sinal silencioso e tácito entre os dois, pegaram os remos e começaram a se mexer novamente.

— Vou levar Nick e Allie comigo — anunciou ela. — Não importa como as coisas aconteçam com Carol. Eu amo aquele garotinho. Vou levá-lo para um lugar seguro... mais seguro do que aqui.

— Que bom.

— Sarah ia querer que você fosse com eles, sabe? Ela teria gostado que você cuidasse deles.

— Você sabe que não posso. O velho vai precisar da minha ajuda por aqui.

— Então venha assim que ele melhorar.

— Veremos — respondeu, de uma forma que significava não.

— John. A vida dela acabou. A sua, não.

— A vida dela não…

— Acabou. Ela mesma disse isso. Você a mantém prisioneira. Presa numa lata enferrujada. Você não é diferente de Carol, que me manteve trancada na enfermaria durante todo o inverno.

Ele se virou para Harper de repente, o rosto cheio de dor.

— Que *besteira* pestilenta e espalhafatosa. Eu não sou *nada* parecido… e como Sarah poderia me dizer qualquer coisa? Ela é uma criatura de fogo. Não pode me dizer o que deseja ou sente. Ela perdeu a capacidade de falar quando perdeu o corpo.

— Não, não perdeu. Não sei o que é pior: você mentindo para mim ou mentindo para si mesmo. Eu *ouvi* você gritando com ela. No outono. Ela já *pediu* para você deixá-la sair.

— E como…

— Linguagem de sinais. Ela é pelo menos tão fluente quanto você.

Ambos haviam parado de remar, embora o cais estivesse à vista.

John Rookwood estava tremendo.

— Sua espiãzinha. Ouvindo meu…

— Poupe-me de suas insinuações paranoicas. Você estava bêbado na hora. Dava para ouvir na sua voz. Qualquer um poderia ter percebido, mesmo a oitocentos metros de distância, pelo jeito como você gritava.

Alguma luta terrível estava acontecendo nos músculos abaixo do seu rosto. Ele ficava apertando e soltando a mandíbula e respirando de forma estranha.

— É hora de apagar esse fogo, John. É hora de deixar sua ilha para trás. Allie e Nick ainda estão neste mundo e precisam de você. Eu também. Nunca poderei ser ela… nunca poderei ser o que ela significou para você… mas ainda posso tentar valer seu tempo.

— *Shh* — disse ele, desviando o olhar e piscando para conter as lágrimas. — Isso é uma coisa horrível de se dizer. Não ouse se rebaixar. Acha que eu não te amo, Enfermeira Willowes? Você, e sua ridícula barriga de grávida, e sua estranha admiração por Julie Andrews? Eu simplesmente odeio… *odeio*… a deslealdade disso. A deslealdade doentia de… de…

— Estar vivo quando ela não está — completou Harper. — De seguir em frente.

— Sim. Exato — falou ele, baixando o queixo até o peito. Lágrimas escorriam pela ponta de seu nariz. — Apaixonar-se: que coisa horrível. Tentei ter o mínimo possível de contato com você. Vê-la o mínimo possível. Não só porque não queria me apaixonar. Também não queria que *você* se apaixonasse. Eu estava ciente de como seria difícil para você resistir a meus encantos abundantes.

— Você acaba ocupando um lugar especial no coração das garotas — disse Harper. — Mais ou menos como o esporo.

LIVRO OITO

TUDO EM QUEDA

1

QUANDO O BOTE BATEU na lateral do cais, Harper olhou para a costa, mas Cargill havia desaparecido. O garoto havia deixado a vara de pescar nas rochas e levara o rifle.

Provavelmente tinha ido contar a Carol que algo estava acontecendo. Tudo bem. Ela iria saber em alguns minutos, de qualquer maneira.

Subir aquela colina íngreme foi um trabalho árduo para uma mulher com a gravidez tão avançada, e ela estava respirando pesado quando chegaram à enfermaria. Um suor horrível cobria o rosto de Harper e, assim que chegaram aos degraus diante da porta, ela foi atingida por uma contração de enfraquecer as pernas. Abaixou-se, segurando a parte inferior do abdômen com uma das mãos, e exalou um suspiro forte por entre os dentes cerrados.

— Você está bem? — perguntou John.

Ela assentiu com a cabeça e acenou para ele continuar. Harper não tinha ar para falar, embora a contração já estivesse diminuindo, deixando para trás uma dor opaca e uma sensação de que ela havia engolido uma pedra.

Harper seguiu John até a sala de espera, que estava vazia, Michael provavelmente na sala ao lado. O Bombeiro abriu a cortina cor de musgo e entrou na enfermaria, com Harper logo atrás.

— Pai... — disse o Bombeiro, e a coronha de um rifle atingiu seu pescoço com um baque surdo de revirar o estômago. Ele caiu como se tivesse sido cortado ao meio.

Harper abriu a boca para gritar, mas Michael já havia virado a arma para apontar o cano para Nick. O menino estava dormindo na cama, as mãos cuidadosamente cruzadas sobre a barriga, o queixo quase tocando o peito. Ele franzia a testa, pensativo, como se tentasse se lembrar de algo que achava que deveria saber.

— Por favor, não. Não gostaria de ter que atirar numa criança — disse Michael.

A cabeça do Pai Storey estava virada de modo que ele parecia estar olhando para Harper, mas, fosse lá o que o homem estivesse vendo, não estava na sala com eles. Seu rosto estava escuro, com um tom que lembrava nuvens de tempestade de verão. O soro intravenoso havia caído. A agulha não estava no braço. Manchas vermelhas brilhantes apareciam nos lençóis brancos.

Michael continuou, em um tom quase de quem pede desculpas:

— Nas próximas horas vai ser revelado que você matou o Pai Storey para mantê-lo calado. Que você ia matar Carol e Ben para assumir o acampamento. Tenho todo o necessário para fazer as pessoas acreditarem, mas *ajudaria* se dissesse que é verdade, senhora. Sei que não tem motivo algum para confiar em mim agora. Mas juro que, se fizer isso... se admitir que você e Rookwood queriam acabar com Carol... *juro* que vou evitar que Allie e Nick morram com você. Vou cuidar deles.

Harper se abaixou ao lado de John, que estava caído no chão. Mediu seu pulso e descobriu que estava constante e lento. Ela tremia. A princípio, pensou que era de tristeza, mas, quando falou, descobriu que era raiva.

— Você e Carol assassinaram Harold Cross.

— Eu não atirei nele. Foi Ben Patchett quem atirou — disse Michael. — Eu *ia* atirar nele, mas pensei que seria melhor se Ben disparasse. Então, entreguei-lhe o rifle. Além do mais. Nos últimos meses em que ele esteve aqui, comecei a gostar um pouco de Harold. Ele estava me ensinando a jogar xadrez. Tenho sentimentos como qualquer um. Realmente não queria ser a pessoa a puxar o gatilho.

— Foi você quem o tirou da enfermaria — falou Harper. — Mas no caderno dele, ele chamou você de... — *JR*, lembrou ela. Harold escrevia tudo em maiúsculas, como um grito, e por isso a enfermeira naturalmente presumiu que essas letras representassem John Rookwood. E entendeu por que Michael a lembrava do sobrinho. Tinha sido seu subconsciente, agitando outra bandeira, tentando alertá-la sobre a única coisa que Michael tinha em comum com o doce e inocente Connor Willowes: — Júnior.

— Sim. Era assim que Harold me chamava na maioria das vezes: Michael Lindqvist Júnior. Meu pai nunca me deu nada além do nome, se quer saber a verdade. O nome e, de vez em quando, uma surra.

— Ninguém vai acreditar que mantive o Pai Storey vivo durante três meses só para matá-lo agora — disse ela.

— Vão, sim. Você já tentou matá-lo às escondidas algumas vezes, aplicando insulina para provocar convulsões. Bem entre os dedos dos pés. Mas, então, não pôde fazer mais isso, porque Nick estava aqui e ficava de olho em você o tempo todo. E você estava com medo, acabou perdendo a coragem. — O jovem segurava o rifle com uma das mãos, o cano apontado para Nick do outro lado da sala. Estendeu a mão livre, agarrou o cabelo loiro curto dela e deu-lhe um chacoalhão forte na cabeça. — Isso é importante. Essa parte. *Não se esqueça.* Você aplicou a insulina. Você esperava que ele morresse de uma forma que parecesse natural. E também errou na cirurgia na cabeça, enfiou a broca no cérebro dele. Você fez tudo que pôde para acabar com o Pai Storey, mas ele estava protegido de você.

— Protegido como? — perguntou Harper.

— Protegido pela Iluminação — respondeu Michael com uma simplicidade calma na voz. — A mente e a alma dele não estão mais apenas no corpo. Estão na Escama de Dragão na pele. Estão armazenadas na Iluminação para todo o sempre, como os arquivos em backup num HD externo. Ele deixou um bilhete dizendo como a Iluminação o manteve seguro nos últimos meses. Eu o obriguei a escrever antes de matá-lo. Poderia ter feito eu mesmo, mas achei que ficaria melhor com a caligrafia dele. Está debaixo do travesseiro. Vou deixar Carol encontrá-lo. — Michael foi até o balcão lateral, pegou uma seringa e estendeu-a para Harper. — Enfie isso em você agora. Não no pulso ou no pescoço. Bem na bunda grande e redonda. Quero que vejam que peguei você de surpresa.

— Não.

— Então acho que você lutou comigo pela arma e Nick acabou levando um tiro — disse Mike. — Você teria me poupado de muitos problemas, sabe, se tivesse sido morta há alguns meses, como deveria ter acontecido. Liguei para os Incineradores do Litoral naquela vez que você foi para casa em busca de suprimentos médicos. Não sei por que não encontraram você. Liguei de novo na noite que vocês foram roubar a ambulância. Não sei como conseguiu escapar deles duas vezes.

— Como você os chamou? Achei que Ben tinha pegado todos os telefones.

— Quem você acha que ele enviou para buscá-los? Guardei alguns para mim.

Harper ficou surpresa e horrorizada por ter imaginado, por um instante sequer, que o Homem Marlboro realmente tivesse algum dom para a profecia, algum acesso sobrenatural ao conhecimento secreto. Ela sentiu que mesmo as crianças que tratou como enfermeira do ensino fundamental não teriam sido atraídas por uma ideia tão absurda.

— Chega de brincadeira — disse Michael. — Enfie essa agulha no corpo agora.

Harper pegou a seringa e olhou para o fluido transparente dentro dela.

— O que é isso?

— Midazolam? Esse é bom? Estava com os outros remédios pesados. Não sei muito sobre sedativos. Eu usei um em Allie certa vez... no dia que nos livramos de Harold. Eu precisava dar àquele gordo uma chance de escapar do acampamento, e ela estava de guarda. Mas, naquela época, eu tinha um pouco de eszopiclona que minha mãe costumava guardar no armário de remédios e sabia o que estava fazendo quando coloquei o remédio no seu café descafeinado.

— Michael, por favor. Estou grávida de oito meses. Não sei o que o midazolam faria com o bebê. Não tenho ideia.

— Não importa. Nós vamos amar o bebê mesmo que ele seja retardado ou aleijado. Carol vai cuidar dele e garantir que seja criado da forma certa. Todo o acampamento vai fazer isso. E não se preocupe. Eu conheço meu povo. Carol vai tirar o bebê da sua barriga antes de executarmos você. Vai arrancar o bebê e amá-lo como se fosse dela. Encontrei um livro de medicina na biblioteca do acampamento que ensina a fazer uma cesariana. Não parece tão difícil. Aposto que eu e Don Lewiston conseguiremos. Don vai buscar um jeito de não ser morto com você e o Bombeiro. Vai, agora. Enfie essa agulha. Não estou a fim de falar. Estou a fim de agir.

— Se você tentar uma cesariana sem nenhum treinamento médico, vai me matar e matar o bebê.

— Não. Além do mais. Vamos mantê-la acordada. Você pode nos contar sobre o procedimento. Não pode?

— Meu Deus — disse Harper, a primeira lágrima caindo quente pela bochecha. — Como pode fazer isso com Allie? Matar o avô dela. Ameaçar o irmão. Ela ama você. Achei que você a amava.

— Acho que amo, mais ou menos. Mas ela não é nenhuma Carol. Carol ainda é virgem. Trinta anos e ainda não sangrou. Ela deseja que *eu* faça isso com ela. Diz que esteve esperando por mim a vida inteira.

Ele parecia inspirado, os olhos brilhando de forma estranha. Harper se lembrou de Ben dizendo que tinha visto Michael e Allie se beijando freneticamente atrás da capela, na mesma noite que o Pai Storey levou o golpe na cabeça. Mas é claro que no escuro era fácil confundir a sobrinha com a tia. Elas quase poderiam ser interpretadas pela mesma atriz em um filme.

— Tom me disse que a filha nunca iria machucá-lo. Não acredito que ele estava tão errado sobre isso — falou Harper.

Ela ficou surpresa ao ver a cor surgindo nas bochechas de Michael. O rapaz levou um dedo aos lábios, quase como se a estivesse mandando se calar.

— Ah, eu meio que fiz isso por minha conta. Carol me disse que o Pai Storey sabia a forma como resolvemos o problema de Harold, mas ela pensou que, quando ele tivesse tempo para pensar, aceitaria que era o que tinha que ser feito. Mas, então, me encontrei com todos vocês para resgatar os presidiários. E, no caminho até a água, o Pai Storey me puxou de lado e avisou que teríamos que trancar a Mãe Carol quando voltássemos. Prendê-la e mandá-la para o exílio. Ele estava muito chateado. Achei que seria mais fácil se ele morresse pelo acampamento. Mas vou te dizer uma coisa: aquele filho da mãe tinha uma cabeça muito dura. Bati nele com o cassetete com força suficiente para transformar uma melancia em lama e ele não caiu por quase dez segundos. Só ficou balançando no mesmo lugar, olhando para mim com um sorriso meio perplexo no rosto.

— Quando Carol descobrir o que fez com o pai dela, vai mandar matar você. Ela mesma vai fazer isso.

— Carol não vai descobrir.

— Eu vou contar.

— Vai ser mentira. Tudo o que você disser vai ser mentira. E vou garantir que Nick e Allie morram com você. Ou morram depois. Tanto faz. Sua única chance de protegê-los é se sacrificando.

— Você não pode...

— Já cansei de falar — disse Michael, olhando para Nick. — Mais uma palavra sua, *mais uma*, e juro por Deus que vou estourar a cabeça vazia do menino surdo na porra do travesseiro dele. Enfie logo essa agulha. Rápido.

Harper enfiou a agulha.

2

ALGUÉM DEU UM TAPA no rosto de Harper, que fez sua cabeça virar.

— *Shinto muito* — disse ela, tentando se desculpar, certa de ter feito algo errado, mas sem conseguir lembrar o quê.

Jamie Close lhe deu outro tapa.

— Ainda não sentiu, mas vai sentir. Levanta, cacete. Eu não vou carregar sua bunda gorda, vadia.

Havia uma pessoa de cada lado dela, levantando-a pelos braços, mas cada vez que a soltavam, suas pernas se dobravam, como se não tivessem ossos, de forma que precisavam agarrá-la novamente.

— Cuidado — disse Carol. — O bebê. O bebê é inocente. Se o bebê for prejudicado, alguém responderá por isso.

O mundo era uma pintura ruim de Picasso. Os dois olhos de Carol estavam no lado esquerdo do rosto e a boca, virada de lado. Harper estava na sala de espera, mas o lugar era diferente, a geometria já não fazia sentido. A parede esquerda tinha o tamanho de um armário, enquanto a parede direita era tão grande quanto a tela de um cinema drive-in. O chão estava tão inclinado que Harper ficou surpresa que alguém conseguisse ficar de pé.

Ben Patchett estava atrás de Carol. Ben tinha a boca cheia de dentinhos de furão e olhinhos de furão no rosto redondo e macio. Aqueles olhos amarelos brilhavam de medo e fascínio.

— Me dê quatro horas com ela — falou Ben. — Harper vai me contar todos que estavam envolvidos com ela. E vai desistir de toda a conspiração. *Sei* que posso fazê-la abrir o bico.

— Você também pode fazê-la abortar. Não ouviu o que acabei de dizer sobre o bebê?

— Eu não iria machucá-la. Só quero conversar com ela. Quero lhe dar a chance de fazer a coisa certa.

"Eu amava o Pai Storey", Harper tentou dizer para Carol. Parecia um fato importante de se estabelecer. O que saiu, porém, foi:

— Eu amasso o pastoril.

— Não, Ben. Não quero que você a interrogue. Não quero a ajuda dela e não quero as informações dela. Não quero ouvir o lado dela da história. Não quero ouvir mais nenhuma palavra saída da sua boca mentirosa.

Harper olhou para Ben e, por um momento, a visão ficou mais nítida e as coisas entraram em foco. Sua voz também entrou em foco e ela falou seis palavras, pronunciando-as com o cuidado e a precisão de quem está profundamente bêbado.

— Ela e Michael armaram para Harold.

Mas a realidade exigia muito esforço para ser mantida. Quando Carol respondeu, sua boca estava do lado errado do rosto de novo.

— Faça ela ficar quieta, Jamie. Por favor.

Jamie Close agarrou o queixo de Harper, forçou-a a abrir a boca e enfiou uma pedra lá. Era grande demais. Parecia do tamanho de um punho. Jamie manteve a boca da Enfermeira fechada enquanto alguém enrolava fita adesiva em sua cabeça.

— Tudo o que você quiser saber, poderá descobrir com Renée Gilmonton ou Don Lewiston — disse Carol. — Sabemos que eles estavam envolvidos, de qualquer maneira. Temos o bloco de anotações de Gilmonton. Sabemos que ambos eram candidatos para comandar o show. Apenas cinco votos para ela, isso deve ter ferido seu orgulho.

— E quatro votos para Allie — falou Michael, de algum lugar à direita de Harper. — Que tal essa?

As feições de Carol boiavam em torno do rosto como flocos de neve flutuando sonhadoramente em um globo de neve, um efeito que Harper achou nauseante.

— Vamos dar uma chance a ela — disse Carol. — Daremos a ela uma última chance de fazer a coisa certa. Para mostrar que está conosco. Se ela não aceitar, não há como ajudá-la. Ela receberá o castigo que Renée Gilmonton e Don Lewiston receberem.

Uma garota falou de algum lugar atrás de Harper.

— Mãe Carol, Chuck Cargill está lá fora. Ele tem algo para lhe contar sobre Don Lewiston. Acho que é grave.

Harper estava enjoada e pensou que, se vomitasse, provavelmente morreria sufocada. A pedra áspera arranhava o céu da boca e achatava sua língua. No entanto, algo sobre a pedra — a frieza, a textura áspera — era tão real, tão concreto, tão *presente*, que ela sentiu que aquilo a tirava do torpor.

A sala de espera estava lotada: Ben, Carol, Jamie e mais quatro ou cinco Vigias armados. Michael estava na porta da enfermaria. A luz de uma lanterna tremeluzia — mas não dentro da sala, que era iluminada apenas por um par de lamparinas a óleo. Harper tinha, há muito tempo, consciência do que pensava ser um murmúrio de vento nas árvores, um suspiro e um silvo insistentes, mas agora ela havia determinado que aquele som era o barulho de uma multidão agitada e inquieta. Ela se perguntou se todo o acampamento estava lá fora. Provavelmente.

Você vai ser morta nos próximos minutos, pensou. Esse foi seu primeiro pensamento claro desde que fora acordada com um tapa, mas, assim que a ideia passou por sua mente, ela balançou a cabeça em uma negativa. Não. Ela não. *John* seria morto. Eles a matariam mais tarde, depois de arrancarem o bebê dela.

— Mande-o entrar — disse Ben Patchett. — Vamos.

Vozes suaves e nervosas. A porta se abriu com um rangido e fechou-se com um estrondo. Chuck Cargill contornou Harper e apresentou-se a Carol. Ele parecia doente, como se estivesse sem fôlego, o rosto pálido emoldurado por costeletas espessas. A calça jeans encharcada até as coxas.

— Sinto muito, Mãe Carol — disse ele. O rapaz tremia de frio, de nervosismo ou de uma combinação dos dois.

— Tenho certeza de que não há motivos para isso, Cargill — falou Carol, a voz fina e tensa.

— Fui até a ilha do Bombeiro com Hud Loory, exatamente como o sr. Patchett nos mandou fazer, para encontrar o sr. Lewiston. Ele havia tirado a lona do barco e subido algumas velas nas laterais para arejá-las ou coisa assim. Achamos que ele estivesse no convés inferior. Achamos que o velho não sabia que estávamos lá. Achamos que tínhamos uma vantagem. Havia uma escada de corda pendurada na lateral do barco e começamos a subir, em silêncio total. Mas tivemos que colocar o rifle no ombro para fazer isso. Hud estava na frente, e, quando ele pulou para dentro do barco, aquele velho… aquele velho filho da mãe bateu nele com um remo. E então eu estava olhando para o cano do rifle de Hud.

Ninguém disse nada, e Cargill parecia ter perdido a capacidade de falar por um instante. Os pedaços do rosto de Carol haviam parado de flutuar e suas feições, enfim, ficaram mais ou menos no lugar certo. Harper conseguia evitar que eles flutuassem soltos ao se concentrar intensamente, mas o esforço lhe dava dor de cabeça. Os lábios de Carol estavam brancos.

— O que aconteceu depois? — perguntou ela por fim.

— Tivemos que fazer aquilo. *Tivemos* — disse Cargill, e abaixou-se sobre um joelho, pegou a mão de Carol e começou a soluçar. Uma bolha verde de catarro cresceu em sua narina direita. — Sinto muito, Mãe Carol. Eu aceito uma pedra. Vou ficar com ela por uma semana!

— Você está dizendo que ele se foi? — indagou Carol.

Cargill assentiu com a cabeça e limpou as lágrimas e o catarro com as costas da mão dela, encostando os nós dos dedos na bochecha dele.

— Colocamos o barco na água. Ele nos obrigou. Quando Hud voltou a si, ele nos fez ajudá-lo a colocar o barco na água sob a mira da arma. Pegou nossos rifles e... e foi embora. Simplesmente se foi. Não havia nada que pudéssemos fazer. Ele levantou as velas como se não fosse nada, e nós... nós jogamos algumas pedras, sabe, e dissemos a ele... dissemos que se *arrependeria*... nós... nós... — Outro soluço irrompeu, e o rapaz fechou os olhos. — Mãe Carol, juro para você, vou carregar uma pedra pelo tempo que você quiser, só não me expulse!

Carol deixou que ele enxugasse as lágrimas na mão dela por mais um instante, mas quando o rapaz começou a beijar o nó de seus dedos, ela olhou de soslaio para Ben Patchett. O policial deu um passo à frente e agarrou Chuck pelos ombros, erguendo-o.

Ele falou:

— Você pode repassar o que aconteceu comigo outra hora, Chuck. A Mãe Carol perdeu o pai esta noite. Agora não é o momento para chorar sobre ela. Você não tem motivos para chorar, de qualquer maneira. Este é um lugar de misericórdia, filho.

— Para alguns — disse Jamie Close, em voz baixa.

Harper, porém, sentiu um alívio — um alívio de dor — não muito diferente de uma contração passando. Don havia escapado. Ben não usaria um alicate ou um pano de prato cheio de pedras para obrigá-lo a falar. Jamie Close não iria enfiar uma pedra na sua boca ou dar um nó com uma corda no seu pescoço. A ideia de Don em um barco com a brisa gelada jogando seu cabelo para trás com a vela esticada e cheia fez Harper se sentir um pouco melhor. Don ficaria bravo, talvez, xingando e tremendo, furioso consigo mesmo por ter deixado tantas pessoas boas para trás. Ela esperava que ele fizesse as pazes com isso. Era ficar e morrer ou fugir enquanto tivesse a chance. Ela estava feliz que pelo menos um deles sobreviveria àquela noite.

— Mãe Carol — disse Michael, da porta da enfermaria. Pela primeira vez, Harper ouviu: o tom suave de reverência em sua voz que sugeria não apenas afeto, mas obsessão. — O que deseja fazer com o Bombeiro? Não posso mantê-lo dopado para sempre. Já não temos mais midazolam. Usei a última dose.

Carol abaixou a cabeça. A luz da chama da lamparina a óleo transformou os ângulos agudos da cabeça raspada em bronze.

— Não pode depender de mim. Não consigo pensar. Meu pai sempre disse que, quando não conseguimos pensar, devemos ficar quietos e ouvir a voz de Deus, mas a única voz que ouço é aquela que diz, sem parar: *Faça com que isso não seja verdade. Faça com que isso não seja verdade. Faça com que meu pai esteja vivo.* Meu pai queria que eu amasse e cuidasse das pessoas, e não sei como fazer isso agora. O que quer que façamos com o Bombeiro, não pode depender de mim.

— Então, deve caber ao acampamento — disse Ben. — Você tem que dizer *alguma coisa* para eles, Carol. Estão todos lá fora e metade deles está tonta de medo. As pessoas estão chorando. Estão dizendo que é nosso fim. Você *precisa* conversar com eles. Compartilhar o que sabe. Apresentar-lhes a história. Se não consegue ouvir a voz de Deus, pode pelo menos ouvir a deles. Todas essas vozes nos ajudaram nos últimos nove meses e podem nos ajudar esta noite.

Carol cambaleou, olhando para o chão. Michael colocou a mão em seu braço nu — ela usava um pijama rosa de seda com mangas curtas, fino demais para a noite fria — e, por um instante, o polegar deslizou suavemente por seu ombro, uma carícia de amante que ninguém pareceu notar, exceto Harper.

— Tudo bem — falou ela. — Vamos trazê-los perante o acampamento.

— Na igreja? — perguntou Ben.

— Não! — gritou Carol, como se aquela fosse uma sugestão um tanto obscena. — Não quero que nenhum deles entre lá novamente. Em outro lugar. Qualquer lugar.

— E o Parque Memorial? — questionou Michael, o polegar movendo-se suavemente para cima e para baixo ao longo da parte de trás do braço dela outra vez.

— Sim — respondeu Carol, com os olhos arregalados, sem piscar e desfocados, como se ela mesma tivesse tomado uma pequena dose de midazolam. — É onde nos reuniremos. É lá que decidiremos.

3

DURANTE TODO O TEMPO que eles conversaram, Harper sentiu como se percorresse um interminável lance de escadas — subindo os degraus da torre do sino acima da igreja, talvez —, avançando constantemente em direção à luz e ao ar fresco. Só que aqueles milhares de passos estavam na sua cabeça, e, a cada passo, ela retornava para a consciência e a certeza. Era um trabalho cansativo e lhe dava dor de cabeça. Suas têmporas estavam cheias de lascas e agulhas. A boca estava cheia de pedra.

O que ela tinha em mente agora era a necessidade de manter a calma e salvar quem pudesse ser salvo. Nick e Allie vinham em primeiro lugar; depois, ela tentaria proteger o restante, Renée e todos os outros que depositaram sua confiança e suas esperanças no Bombeiro e na Enfermeira Willowes. Contaria as mentiras que fizessem mais sentido para limitar o sofrimento deles. Se tivesse permissão para falar, é claro.

Era pior, de certa forma, saber que teria que ver John morrer e que não teria permissão para morrer com ele. Eles a manteriam viva por tempo suficiente para abrir sua barriga e tirar o bebê, escorregadio e vermelho, do seu útero. Ela morreria, então. Eles a deixariam sangrar até a morte enquanto o bebê chorava.

Os dois Vigias que seguravam os braços de Harper a viraram para ficar de frente para a porta de tela.

As pessoas estavam reunidas ao longo do caminho lamacento que passava pelo refeitório até a capela e o Parque Memorial. Algumas delas seguravam tochas. Harper percebeu de súbito que a caminhada pelo acampamento seria muito ruim. Ela nunca foi muito de rezar — Jakob havia arruinado Deus para ela —, mas agora fazia algo como uma oração. Não tinha certeza a quem ela se dirigia: ao Pai Storey, talvez. Quando fechou os olhos por um instante, viu seu rosto franzido, enrugado e amoroso. Rezou pedindo forças para manter o melhor de si, ali no final.

— Anda logo, vadia — disse Jamie Close, agarrando a nuca de Harper e forçando-a para a frente.

As pernas de Harper ainda estavam trêmulas, e as Vigias que seguravam seus braços meio marcharam, meio a arrastaram para a noite fresca. Gail e Gillian Neighbors, percebeu Harper. As duas pareciam tão assustadas quanto ela. Harper queria lhes dizer para não terem medo, que estavam bem, mas é claro que havia uma pedra na sua boca e fita adesiva enrolada na sua cabeça.

A multidão se encolheu diante dela, como se Harper carregasse uma doença contagiosa pior que a Escama de Dragão. Crianças com rostos sujos assistiam à cena com uma espécie de horror admirado. Uma mulher de cabelo grisalho e óculos estilo gatinho chorava e balançava a cabeça.

Norma Heald foi a primeira a avançar, saindo da massa de espectadores, e cuspiu nela.

— Puta do assassino! — gritou ela com a voz rouca.

Harper se encolheu, cambaleou, e Gail apertou seu braço com força para equilibrá-la. Harper balançou a cabeça, reflexivamente — *não, eu não, não fui eu* —, mas se obrigou a parar. Durante a meia hora seguinte, ela teria que ser a puta do assassino. Não sabia o que aconteceria com Nick depois que morresse, mas, enquanto estivesse viva, tinha que fazer o possível.

— Como pôde *fazer* isso? — gritou uma bela jovem com o rosto manchado. Ruth alguma coisa? Ela usava uma camisola com pequenas flores azuis, sob uma parca laranja fofa. — Como pôde? Ele te amava! Ele teria morrido por você!

Outro cuspe grosso e coalhado caiu no cabelo curto de Harper.

À frente, Harper viu as pedras maciças e grosseiras e aquele banco de granito áspero que ela achava que parecia um lugar de sacrifício — um lugar onde uma rainha branca mataria um leão sagrado. O restante do acampamento esperava lá.

Quando chegaram ao anel externo do círculo, a perna direita de Harper cedeu, e ela caiu de joelhos. Gillian se inclinou sobre ela, como se fosse sussurrar algum encorajamento.

— Não me importo que esteja grávida — disse ela. — Espero que você morra aqui. — Ela apertou o nariz de Harper, fechando as narinas. — No que me diz respeito, você e o bebê podem morrer.

Por um momento terrível, Harper ficou sem ar. A cabeça estava tão vazia quanto os pulmões. Gillian poderia matá-la tão facilmente quanto apertaria um interruptor de luz. Então, Jamie voltou a agarrar Harper pela nuca, levantando-a e empurrando-a, dando-lhe um tapa na bunda para fazê-la se mover, e Harper pôde respirar de novo.

— Anda! — gritou Jamie, e alguns homens aplaudiram.

Harper olhou para trás e viu Michael caminhando entre Ben e Carol. Michael carregava o Bombeiro nos ombros, como se ele fosse um saco de aveia. O Bombeiro sempre pareceu um adulto, e Michael sempre pareceu uma criança, mas agora Harper podia ver que o menino ruivo era maior do que John, com ombros mais largos. Parecia haver alguma coisa — um saco de juta, talvez — cobrindo a cabeça do Bombeiro.

Harper foi conduzida até um daqueles pedestais de pedra altos e tortos. Um menino — o garoto que ela chamava de Bowie — se aproximou carregando um cabo amarelo de esfregão, e Harper se perguntou se estava prestes a levar uma surra. Não. As irmãs Neighbors puxaram os braços de Harper para trás. O cabo do esfregão passou pelo outro lado da coluna de pedra, e as meninas usaram mais fita adesiva para prender os pulsos de Harper nele. Quando terminaram, a Enfermeira estava presa, de costas para a pedra irregular e com os braços torcidos atrás de si.

Chuck Cargill e alguns outros garotos encostaram o Bombeiro em uma das pedras eretas a três metros de distância. Puxaram seus braços para trás e usaram a fita para amarrar os pulsos dele a uma pá apoiada no outro lado da rocha. Assim que o soltaram, suas pernas cederam — ele estava inconsciente —, e o Bombeiro se sentou, com os pés afastados e o queixo apoiado no peito.

Os membros do acampamento se afastaram deles e posicionaram-se ao longo do anel externo do círculo de pedras, olhando para dentro. Na luz laranja e instável das chamas, seus rostos não eram familiares para ela, borrões claros, olhos escuros brilhando de medo. Harper procurou alguém que conhecia e encontrou Emily Waterman, de onze anos. A moça tentou sorrir para ela com os olhos, mas Emily se encolheu como se estivesse diante do olhar de uma louca.

Houve uma comoção nos fundos da multidão, ao pé dos largos degraus que conduziam às portas abertas da capela. Harper ouviu gritos e notou pessoas saindo do lugar. Dois meninos empurravam Renée Gilmonton com coronhadas, atingindo-a na lombar e nos ombros. Eles não a estavam espancando. Não era uma surra. Estavam simplesmente movendo Renée naquela direção, batendo nela de vez em quando para lembrá-la da sua presença. Harper achou que Renée caminhava com grande dignidade, as mãos atadas atrás das costas com um barbante grosseiro, do tipo que se usa para amarrar um pacote em papel Kraft. Ela sangrava de um corte na testa, piscando por causa do sangue que escorria no olho esquerdo, mas, fora isso, o rosto estava calmo, o queixo um pouco erguido.

Allie estava bem atrás dela e gritava com a voz rouca e trêmula.

— Sai de cima de mim, porra! Tire suas malditas mãos de mim!

Seus braços também estavam presos para trás, e Jamie Close segurava seu cotovelo. Harper não havia percebido que Jamie saíra de seu lado, mas lá estava ela, conduzindo Allie. Jamie teve bastante ajuda: havia um garoto de cada lado de Allie, segurando seus ombros, e mais dois se aglomerando atrás. Sangue escorria da boca da garota. Seus dentes estavam vermelhos. Ela usava calça de pijama de flanela e um moletom com capuz do Red Sox, e seus pés estavam descalços e sujos.

— Fique de joelhos — falou Jamie ao chegarem à beira do círculo. — E feche a porra da matraca.

— Temos o direito de falar em nossa própria defesa — disse Renée Gilmonton, e a coronha de um rifle a atingiu na parte de trás da perna esquerda. Suas pernas dobraram, e ela caiu de joelhos.

— Você tem o direito de *calar a boca*! — gritou uma mulher. — Você tem o direito de calar essa boca *mentirosa*!

Harper não tinha visto Ben e Michael saindo juntos, mas os viu agora, passando pelas portas do refeitório. Traziam Gilbert Cline e Mazz.

A expressão de Gil era o olhar desinteressado de um jogador de pôquer experiente que poderia ter um *full house* ou nada nas mãos — simplesmente não dava para saber. Mazz, no entanto, estava em estado de grande ebulição. Embora estivesse vestido com uma jaqueta jeans por cima de uma camiseta manchada, o homem praticamente pulava enquanto se aproximava deles, andando com a confiança viva de um homem com um terno sob medida, a caminho do trabalho com salário de seis dígitos em um arranha-céu de Manhattan.

Gillian ajudou Carol a subir no banco de pedra localizado entre Harper e o Bombeiro. Carol cambaleava, com os olhos atordoados e o rosto manchado de lágrimas. Ela não levantou as mãos para pedir atenção. Não era necessário. O murmúrio baixo e febril, uma mistura de sussurros urgentes e soluços suaves, desapareceu. Em um instante, tudo ficou tão silencioso que o único som era o assobio e o crepitar das tochas.

— Meu pai morreu — anunciou Carol, e um gemido soluçante de consternação surgiu da multidão de quase cento e setenta pessoas. Carol não pronunciou uma palavra até que o silêncio voltasse, depois continuou: — O Bombeiro tentou matá-lo há três meses e não conseguiu. Ele tentou de novo esta noite e foi bem-sucedido. Ele ou a Enfermeira injetaram uma bolha de ar na sua corrente sanguínea e induziram um ataque cardíaco fatal.

— Isso é uma mentira deslavada — falou Renée, a voz clara e carregada.

Um dos meninos atrás dela acertou-a nas costas com a coronha do rifle e Renée caiu de cara no chão.

— *Deixe-a em paz!* — gritou Allie.

Jamie se curvou ao lado de Allie e disse:

— Abra essa boca mais uma vez que corto sua língua e a prego nas portas da igreja. — Jamie tinha uma faca na mão, uma faca comum, ao que parecia, com fio serrilhado, e ela a segurou perto do rosto de Allie, virando-a para que brilhasse à luz do fogo.

Allie lançou um olhar selvagem, furioso e assustado para a tia. Carol a encarou de volta com olhos que pareciam não reconhecer a sobrinha.

— Criança — disse ela —, você pode falar quando receber permissão, e não antes. Faça o que estou mandando ou não poderei protegê-la.

Harper tinha certeza de que Allie gritaria, diria algo desagradável, e Jamie a machucaria. Em vez disso, Allie olhou para a tia com espanto — como se tivesse levado um tapa — e começou a chorar, os ombros tensos com a força dos soluços.

Carol contemplou os fiéis, desviando o olhar de um rosto para outro. O ar estava úmido, fresco e cheirava a sal. A lua estava quase cheia. O menino na torre da igreja — o olho no campanário que tudo vê — estava com os cotovelos apoiados na grade e curvado para observar o que acontecia lá embaixo.

Carol disse:

— Acredito que o Bombeiro também matou minha irmã, Sarah. Acho que ela descobriu que ele pretendia assassinar meu pai e ele a matou antes que Sarah pudesse nos avisar. Não posso provar, mas é nisso que acredito.

— Você não pode provar *nada* disso! — gritou Renée. Ela ainda estava no chão, em uma posição humilhante, com a bunda para cima e as mãos amarradas atrás das costas. Tinha um arranhão no queixo, onde caíra com força na lama. — Nem uma palavra!

Carol lançou-lhe um olhar gelado e pesaroso.

— Posso, sim. Posso provar as partes mais importantes. Posso provar que você, a Enfermeira e o Bombeiro conspiraram para matar Ben Patchett e eu, esperavam se colocar acima de todos os outros, transformar este lugar num campo de prisioneiros. Posso provar que éramos os próximos.

Era tudo tão absurdo que Harper sentiu-se tonta e à beira de uma risada histérica. Não que ela conseguisse rir.

— Eles fizeram uma eleição! — berrou Carol. Ela ergueu uma folha de papel amarelo pautado, arrancada de um bloco tamanho ofício. — Uma eleição forjada, talvez, mas, mesmo assim, uma eleição. Mais de vinte pessoas neste acampamento votaram para que a Enfermeira Willowes e o Bombeiro pudessem fazer o que quisessem. Matar quem quisessem, machucar quem quisessem, prender quem quisessem. — Ela baixou a voz, e então, suavemente, disse: — Minha sobrinha estava entre as pessoas que votaram.

Um som trêmulo de tristeza percorreu a massa de indivíduos aglomerada nos limites do Parque Memorial.

— Não é verdade — gritou Allie.

Jamie apertou o queixo de Allie, puxou a cabeça da garota para trás com força, encostou a faca no rosto dela e olhou para Carol, à espera das ordens. Harper pôde ver uma artéria pulsando na garganta pálida de Allie.

— Eu a perdoo — disse Carol para a sobrinha. — Não sei que mentiras lhe contaram para que você ficasse contra mim, mas eu a perdoo de todo o coração. Devo isso à sua mãe. Você é tudo que me resta dela, sabe. Você e Nick. Talvez tenham feito você *pensar* que eu tinha que morrer. Espero que um dia entenda que *estou* pronta para morrer por você, Allie. Qualquer dia.

— Que tal hoje, sua manipuladora de merda? — falou Allie. Ela sussurrou aquilo, mas o som se espalhou por todo o parque.

Jamie passou a faca pelos lábios de Allie, cortando ambos. Allie gritou e caiu para a frente. Ela não conseguia estancar o sangramento com as mãos amarradas nas costas e se contorceu e chutou, espalhando sangue e terra no rosto.

Carol não gritou de horror ou protestou. Em vez disso, observou a sobrinha por um longo e trágico momento, depois desviou o olhar angustiado para a multidão. O silêncio no parque era assustador e apreensivo.

— Vocês veem o que fizeram com ela? — disse Carol. — O Bombeiro e a Enfermeira? Como eles a distorceram? Viraram-na contra nós? É claro que Allie também é amante do Bombeiro. Há meses já.

Allie balançou a cabeça e gemeu, um som de raiva, frustração e negação, mas não falou, talvez não conseguisse, com a boca cortada daquele jeito.

— Acho que foi por isso que John Rookwood decidiu matar meu pai. Por isso que o perseguiu na floresta e esmagou sua cabeça. Meu pai descobriu que o Bombeiro estava transformando uma garota de dezesseis anos numa prostituta e pretendia expô-lo. Expulsá-lo do acampamento. Mas o Bombeiro agiu antes e o derrubou com aquela ferramenta. Todos vocês o viram com essa coisa. A halligan. Ele sequer a limpou. Você ainda pode ver o sangue e o cabelo do meu pai nela. Michael, mostre a eles.

Michael contornou os condenados, carregando a longa barra enferrujada de ferro preto. Passou por Harper em direção à multidão, e, por um instante, ela deu uma boa olhada na halligan. Estava ligeiramente amassada onde, meses antes, havia atingido o Homem da Máscara de Gás na fumaça. Agora, porém, havia o que parecia ser sangue velho e pegajoso espalhado pela barra, e fios de cabelo que brilhavam em dourado e prateado à luz das tochas.

Michael ergueu a ferramenta, mostrando-a aos espectadores. Norma Heald estendeu a mão gorda, branca e trêmula e tocou-a, quase com reverência, depois olhou para as pontas dos dedos.

— Sangue! — berrou. — O sangue do Pai Storey ainda está aqui!

Harper desviou o olhar com desgosto. Ela se perguntou quando Michael teria ido até o ancoradouro para pegar a halligan do caminhão de bombeiros e prepará-la. Esperava que o Pai Storey já estivesse morto antes de o garoto espalhar o sangue do velho no ferro enferrujado e arrancar o cabelo da cabeça machucada.

Porém, quando olhou para Michael, viu algo que a fez perder o fôlego. O pé do bombeiro se moveu para a esquerda e depois para a direita. Se alguém mais percebeu, ela não sabia dizer. O saco de juta tremulou diante de sua boca, como se ele tivesse suspirado.

— Todos vocês sabem como meu pai é forte. Como ele lutou para voltar para nós, para recuperar seus pobres... seus pobres... — Por um segundo, Carol ficou tão emocionada que não conseguiu falar.

— Ele nunca nos abandonou! — berrou um homem. — Ele sempre esteve conosco na Iluminação!

Carol enrijeceu, como se fosse estabilizada por uma mão invisível.

— Sim. É verdade. Ele sempre esteve conosco lá e sempre estará. Isso me conforta. Isso pode confortar todos nós. Vivemos para sempre na Iluminação. Nossas vozes nunca são silenciadas lá. — Ela limpou uma lágrima com o nó do polegar. — Eu sei, também, que a Enfermeira Willowes tinha certeza de que havia destruído o cérebro dele durante a cirurgia no crânio quebrado, de que ele nunca se recuperaria, e, portanto, não havia razão para matá-lo. Na verdade, mantê-lo vivo era a melhor maneira de esconder suas verdadeiras intenções com relação a mim, Ben e o restante de nós. Mas sua arrogância foi sua ruína! Pois ele logo começou a dar sinais de recuperação, tirando força da nossa música, da Iluminação. Então, ela tentou induzir convulsões injetando insulina nele. Mas só ousou fazer isso uma ou duas vezes. Meu sobrinho estava lá, e sei que ela sentiu que o pequeno Nick fora espioná-la e cuidar do meu pai.

Ela fez outra pausa, recompondo-se. Sua voz estava baixa quando falou novamente, e muitos na multidão se inclinaram para ouvi-la.

— Meu pai. Meu pai era tão forte. Ele lutou para voltar diversas vezes. Começou a acordar. Acho que ele *desejou* acordar, contra todas as probabilidades. Ele sabia o perigo que corria. Encontrou papel e caneta e escreveu uma mensagem. — Ela agitou uma das mãos no ar, segurando uma folha dobrada de papel branco. Seus ombros estremeceram. — É a letra dele. Conheço-a desde que tinha idade suficiente para ler. Está instável, mas é dele. Diz... — Ela olhou para o papel, piscando por causa das lágrimas. — Diz: "Querida Carol, vou morrer em breve. Espero que encontre isso e não a Enfermeira. Proteja-se. Proteja as crianças. Proteja o acampamento. Proteja todos eles do Bombeiro. Lembre-se de que Jesus não veio para trazer a paz, mas a espada. Eu te amo".

Carol baixou o bilhete, fechou os olhos e cambaleou. Quando os abriu e olhou para cima, Michael estava esperando. Ela lhe entregou a folha de papel e, mais uma vez, o rapaz levou a prova para a multidão, para que a passassem de mão em mão e testemunhassem por si mesmos.

— Nada disso prova coisa alguma — gritou Renée de onde estava esparramada na lama. — Não há um só tribunal nos Estados Unidos que aceitaria *qualquer uma* dessas coisas como prova. Nem o bilhete do seu pai, que pode ter sido escrito sob coação, nem aquela barra de halligan, que pode ter sido adulterada. — Ela virou a cabeça, olhando em volta para a multidão reunida na beira do círculo de pedra. — Ninguém estava planejando matar *ninguém*. Conversamos sobre ir embora! Não sobre assassinato. Tudo que Harper e John queriam fazer era *tirar* um pequeno grupo de pessoas daqui e levá-los para a ilha de Martha Quinn... que é um lugar *real*. Com um celular carregado, poderíamos provar isso para vocês. O sinal deles é transmitido pela internet. Ninguém aqui... nem Carol, nem *qualquer outro*... pode oferecer alguma evidência em primeira mão de qualquer intenção criminosa que pudesse resistir num tribunal de verdade.

— Eu discordo — disse Mazz, da borda do círculo.

Quando Renée falou da ilha de Martha Quinn, houve um murmúrio quase imediato de surpresa nervosa, um zumbido baixo como um amplificador vibrando com a interferência. Mas, com isso, muitos ficaram em silêncio de novo.

— Apenas algumas noites atrás, todos nós nos encontramos numa conferência secreta na ilha do Bombeiro: eu, Gil, Renée, Don Lewiston, Allie, o Bombeiro e a Enfermeira — revelou Mazz. — Renée me perguntou se eu seria chefe da segurança do acampamento depois que o Bombeiro se livrasse de Ben Patchett e Carol. E a Enfermeira prometeu que eu poderia escolher as meninas, qualquer uma acima dos catorze anos. Tudo que eu precisava fazer era manter as pessoas na linha. O que eles não sabiam é que eu já havia avisado ao sr. Patchett que algo estava acontecendo e prometi trabalhar para o acampamento como uma espécie de agente duplo. Renée e Allie se acharam muito espertas ao nos tirarem do frigorífico para a reunião. Elas não sabiam que o sr. Patchett *deixou* que elas nos libertassem. Ben Patchett, Chuck Cargill e Michael Lindqvist armaram tudo para que eu pudesse coletar informações.

— E Cline vai confirmar tudo isso — disse Ben Patchett, dando um tapa nas costas de Cline. — Não vai, Cline?

Gilbert Cline voltou os olhos cinzentos e calmos para Renée. Ela parecia ter levado uma coronhada no estômago. Parecia ter vontade de vomitar.

— Posso confirmar uma coisa — falou Gil. — Posso confirmar que Mazz é um mentiroso que diria qualquer coisa a Patchett para sair daquele frigorífico. O resto é um sanduíche de merda, e não acredito que algum de vocês queira comê-lo.

Ben deu uma coronhada nas costas de Gil, produzindo um som baixo de batida, como nós dos dedos na madeira. Gil caiu de joelhos.

— Não! — protestou Renée. — Não, não o machuque! — Harper duvidava que alguém a tivesse ouvido por causa do som da multidão, que agora soltava um rugido abafado de surpresa e raiva.

Ben ficou atrás de Gil Cline, balançando a cabeça e olhando para Carol com uma expressão indignada.

— Ele contou uma história diferente no porão — disse Ben. — Contou, sim! Ele me disse que apoiaria Mazz totalmente, desde que lhe déssemos o mesmo acordo que demos a Mazzucchelli. Ele disse...

— Falei para você deixar Gil fora disso — interrompeu Mazz. — Por que acha que ele não está comigo desde o início? Falei que ele não iria...

— Chega! — gritou Carol, e a maior parte da conversa desapareceu. A maior parte. Mas não toda. As pessoas da congregação se tornaram inquietas, remexendo-se, sussurrando. — Qualquer um pode ver que Cline está apaixonado por Gilmonton e contaria qualquer mentira para protegê-la.

— Ah, sem dúvida! — falou Mazz. — Eles estão trepando há semanas! O falso clube do livro sempre foi só uma desculpa. Lendo *Em busca de Watership Down* o caralho. Esse era o código para o que realmente estavam fazendo, que era trepar que nem coelhos, sempre que podiam...

— Uma vez mentiroso, sempre mentiroso — disse Gil.

— O sr. Mazzucchelli não é a única testemunha! — gritou Carol. — Temos outra! Pergunte à Enfermeira! Pergunte a ela! Não é verdade? Ela não viu o Bombeiro injetar uma bolha de ar no meu pai e acabar com sua vida? Ela mesma não drogou meu sobrinho, Nick, para que pudessem cometer o homicídio em paz? Pergunte a ela! É *verdade*, Enfermeira Willowes? Sim ou não?

Harper levantou a cabeça e olhou em volta. Cento e setenta rostos a observavam, iluminados em um tom infernal de laranja pelas tochas. Eles a assistiam com medo e raiva. Emily Waterman parecia abalada. As lágrimas haviam limpado as linhas de sujeira em seu rosto. Jamie, por outro lado, parecia quase tremer de tanto propósito, ainda segurando Allie pelo queixo. Por fim, Harper encontrou Michael, que estava atrás dos dois presidiários, logo à direita de Ben Patchett. Ele havia recuperado o rifle e segurava-o na altura da cintura, o cano apontado na direção de Allie. Ele assentiu imperceptivelmente com a cabeça: *Confirme*.

Harper moveu o queixo para cima e para baixo. Sim. Era verdade.

Um grito — um berro de raiva angustiada — surgiu ao seu redor, e a própria escuridão pareceu tremer. Harper nunca tinha ouvido um barulho tão prolongado. Era um coro diferente, e, pela primeira vez, Harper viu alguns deles começando a brilhar. Os olhos de Jamie brilhavam como moedas de ouro sob a luz direta do sol do meio-dia. Os braços expostos de Norma Heald rastejavam com Escamas de Dragão, e as Escamas de Dragão rastejavam com um brilho vermelho lívido.

— *Hã* — disse o Bombeiro através do saco de juta. — O que foi? O que há de errado? O que está acontecendo?

Seu calcanhar deslizou pelo chão, na tentativa de encontrar apoio.

— Ele está acordando! — berrou Emily Waterman, a voz alta e estridente. — Ele vai nos matar! Vai queimar todo mundo!

Mais uma vez, Norma Heald foi a primeira na multidão a agir. Ela recuou e jogou uma pedra, uma pedrinha branca não muito maior que uma bola de golfe. Houve um repentino instante de silêncio, como se todos inspirassem ao mesmo tempo. A pedra atingiu o bombeiro no ombro com um *thwock!*

Um rugido selvagem de satisfação se ergueu da multidão.

Nenhum deles viu a porta da enfermaria, a noventa metros de distância, se abrir e fechar quando Nick passou por ela cambaleando, meio acordado e meio drogado.

Nem o vigia no campanário viu os faróis do ônibus, a menos de um quilômetro e meio de distância, lançando um alerta frenético no portão do Acampamento Wyndham. Ele estava olhando diretamente para baixo, para a ação. Observando enquanto as pedras começavam a voar.

4

UMA PEDRA ACERTOU O granito acima da cabeça do bombeiro. Ele se encolheu com o som. Uma pedra atingiu seu joelho com um estalo de osso.

Sua mão esquerda explodiu em chamas azuis, derretendo a fita adesiva e quebrando o cabo da pá.

Uma pedra branca do tamanho de um peso de papel atingiu o saco de juta que estava em sua cabeça, e sua mão esquerda desapareceu abruptamente em uma nuvem venenosa de fumaça preta. O queixo do Bombeiro caiu no peito. Pedras bateram nos seus ombros, na sua barriga, em uma das coxas e na face íngreme da rocha atrás dele.

Não, pensou Harper, *não não não...*

Ela fechou os olhos e voltou a mente para dentro de si e começou a cantarolar sem palavras, a cantar sem melodia.

5

O FILME DE ZAPRUDER, a filmagem muda e colorida que capturou o assassinato do presidente John F. Kennedy, dura menos de vinte e sete segundos, mas livros inteiros foram escritos na tentativa de explorar de maneira adequada tudo o que pode ser visto. A velocidade do filme deve ser reduzida para dar sentido a qualquer cena de verdadeiro caos — para mostrar a agitação de ação e reação humanas explodindo como múltiplas fileiras de fogos de artifício, tudo ao mesmo tempo. Cada visualização revela uma nova camada de nuances, um novo conjunto de impressões. Cada revisão das evidências revela um novo conjunto de narrativas sobrepostas, sugerindo não uma única história — o assassinato de um grande homem —, mas dezenas de histórias, todas capturadas freneticamente *in medias res*.

Harper Willowes não teve a vantagem — sem mencionar a distância ou a segurança — de ver o que aconteceu nos onze minutos seguintes em filme. Também não poderia assistir de novo à cena do massacre mais tarde, para ver o que poderia ter perdido. Se tal coisa fosse possível, ela teria recusado, não teria conseguido enfrentar aquilo de novo, enfrentar tudo que estava perdido.

No entanto, ela viu muito, muito mais do que qualquer outra pessoa, talvez porque não entrou em pânico. Era uma peculiaridade curiosa da natureza de Harper o fato de ela ficar mais calma nos momentos em que os outros estavam mais propensos a cair na histeria; de que costumava ser mais observadora e perspicaz nos momentos em que os outros não suportavam ver o que estava acontecendo. Ela teria sido uma ótima enfermeira no campo de batalha.

Ela abriu os olhos quando as chamas saltaram de suas mãos e a fita adesiva em volta dos pulsos murchou e derreteu com um fedor imundo. Então, seus braços estavam livres... livres e com fogo amarelo quase até os ombros. Não havia dor. Seus braços estavam abençoadamente frescos, como se ela os tivesse mergulhado no mar.

Não havia mais necessidade de tochas. O acampamento estava todo iluminado. Harper enfrentou uma multidão crescente de homens e mulheres com olhos brilhantes e ofuscados. Todos os corpos estavam rabiscados com linhas brilhantes de Escama de Dragão, o esporo lançando uma luz carmesim que brilhava através de suéteres e vestidos. Alguns estavam do lado de fora descalços e andavam com chinelos de bronze.

Norma Heald, com os olhos cintilando como gotas de neon cor de cereja, inclinou-se para pegar outra pedra do chão. Harper avançou, estendendo a mão direita, e um crescente de chamas do tamanho de um bumerangue saltou pela escuridão e atingiu o braço de Norma por trás em um respingo líquido de fogo. Norma gritou, tropeçou para trás e caiu, derrubando pelo menos duas pessoas que estavam às suas costas.

Harper ouviu gritos. Estava consciente do movimento nos limites da sua visão, pessoas correndo, empurrando umas às outras. Uma pedra passou perto da sua orelha esquerda e bateu no lugar onde ela estava amarrada.

Ela se virou para o Bombeiro e encontrou Gillian Neighbors parada no caminho. Harper ergueu a mão esquerda e abriu a palma, como se fosse dar um "toca aqui". Em vez disso, ela lançou um prato de fogo, como se fosse uma torta na cara. Gillian gritou, protegeu os olhos, caiu para trás e desapareceu.

Uma pedra atingiu a lombar de Harper, uma dor aguda e momentânea que logo desapareceu.

Harper estendeu a mão, agarrou a fita adesiva em volta da cabeça e puxou. Ela não se soltou exatamente, mas escorregou em uma pasta derretida. Harper abriu a boca, e a pedra caiu na palma da mão esquerda. Ela a apertou na mão e a pedra começou a esquentar, a superfície rachando, fissurando e ficando branca.

Lembre-se da pedra no seu punho.

Michael estendeu a mão para agarrar o pulso de Carol como Romeu se estendeu pela lateral da varanda para pegar a mão de Julieta, você e eu, querida, que tal?

Gilbert Cline saiu do chão, virou-se e enfiou o punho na barriga de Ben Patchett. Ben se dobrou e pareceu encolher, e Harper pensou em um padeiro batendo massa fermentada para fazê-la diminuir.

Outra pedra atingiu Harper no quadril e ela cambaleou. Allie se posicionou a seu lado, restaurando o equilíbrio de Harper com um toque de ombro. O rosto de Allie estava cheio de sangue. Ela sorriu através dos lábios cortados. Seus pulsos, amarrados com barbante grosseiro, estavam presos atrás das costas. Harper tocou neles com a mão envolta em uma luva branca de fogo. O barbante caiu como vermes alaranjados retorcidos.

Três passos depois, Harper e Allie estavam ao lado do Bombeiro. Harper agarrou-o pelas axilas e enterrou as mãos no material retardador de chamas do seu casaco. Suas luvas de fogo se apagaram com um jorro de fumaça negra, revelando a renda de Escama de Dragão enrolada em seus antebraços. O esporo ainda estava aceso em um dourado-avermelhado febril. Assim que as chamas se apagaram, seu corpo ficou pesado e estranho com arrepios, e ela se sentiu tão tonta que quase caiu, e Allie teve que apoiá-la com uma das mãos no ombro.

O sangue encharcava o saco de juta sobre a cabeça de John, manchando-o em dois lugares, um na boca e outro no lado esquerdo da cabeça. Allie arrancou-o para revelar a face embaixo. A maçã do rosto estava ferida e o lábio superior estava inchado, formando um sorriso de escárnio sangrento, mas Harper tinha se preparado para algo pior. Os olhos do homem rolaram de um lado a outro — e, então, seu olhar a encontrou. Ela e Allie.

— Consegue se levantar? — perguntou Harper. — Estamos em apuros.

— Qual é a novidade? — disse ele, o sangue jorrando da boca. O Bombeiro olhou de mulher para mulher com uma espécie de consternação turva. — Não se preocupe comigo. Vá.

— Ah, cale essa boca — falou Harper, levantando-o.

Mas ele não a ouvia mais. O Bombeiro apertou o ombro de Harper e apontou, a boca se abrindo em um anel ensanguentado e os olhos tensos nas órbitas. Ele indicava o céu.

— A mão de Deus! — gritou alguém. — É a mão de Deus!

Harper olhou para cima e viu uma grande mão flamejante, do tamanho de uma perua, que caiu no centro do círculo de pedras sobre o banco de granito onde Carol estava parada um segundo antes. Agora, Carol estava embaixo da mão e Michael a abraçava.

Aquela enorme mão em chamas atingiu o chão com força suficiente para fazê-lo estremecer. Ela explodiu em chamas vastas, que se espalharam pelo círculo interno de pedras monolíticas e chamuscaram o granito preto. A grama chiou, transformou-se em fios alaranjados e queimou. Uma rajada de ar quente explodiu do centro do círculo, com força suficiente para derrubar Harper no colo de John, com força suficiente para a multidão cambalear e fazer com que a primeira fileira de pessoas desse um passo para trás.

Houve gritos de angústia e berros de terror. Emily Waterman foi derrubada pelos adultos, que se dispersavam e tropeçavam, e um ex-encanador de mais de noventa quilos chamado Josh Martingale pisou no seu pulso esquerdo. Seu braço se quebrou com um estalo.

A mão ardente do céu se apagou quase no momento que encostou no chão, deixando para trás apenas grama queimada e o banco de pedra fumegante, Carol e Michael encolhidos debaixo dele, nos braços um do outro.

— Como? — perguntou Harper. — Quem...

— Nick — respondeu o Bombeiro.

Por alguns segundos, a congregação de Carol Storey tinha cintilado unida, em uma brilhante harmonia de raiva e triunfo, mas ninguém mais estava na Iluminação, e eles se chocavam uns contra os outros com toda a graça de bois em pânico. Ao norte, na direção da enfermaria, abriu-se uma brecha na multidão. As pessoas olharam ao redor, viram o que se aproximava e fugiram. Bill Hetworth, um ex-estudante de engenharia de vinte e dois anos que estava no acampamento havia quatro meses, viu o que marchava em direção a eles e sua bexiga se soltou, escurecendo a frente de sua calça jeans. Carrie Smalls, uma garota de catorze anos que estava no Acampamento Wyndham havia apenas três semanas, caiu de joelhos e começou a balbuciar:

— Pão nosso que estais no céu, santificado seja o vosso nome.

Nick seguia na direção deles, a cabeça em chamas, os olhos como brasas, as mãos como garras de fogo, deixando um longo manto preto de fumaça no caminho.

6

ELES SE SEPARARAM, UM mar humano diante de um Moisés envolto em um manto de chamas. Enquanto caminhava na direção deles, Nick já estava se apagando. A coroa azul de fogo que cercava sua cabeça se desintegrou, cintilou em diferentes tons — esmeralda, depois amarelo-pálido — antes de morrer em uma nuvem de fumaça branca. Seus olhos continuaram a arder, porém, e permaneceram brasas quentes e cegas.

— Vamos — disse o Bombeiro. — Essa é nossa deixa. — Quando ele tentava fazer um som fricativo, seus lábios estourados soltavam um fino jato de sangue.

Harper e Allie colocaram o Bombeiro de pé, cada uma delas segurando uma das suas mãos. Porém, ele não tinha equilíbrio nem força nas pernas e começou a mergulhar para a frente quase na mesma hora. Harper e Allie o firmaram, e ele colocou os braços sobre os ombros delas.

— Levem-nos até Nick — falou o Bombeiro. — Estão com medo dele. Estão pelo menos tão aterrorizados com ele quanto sempre estiveram comigo.

Porém, tinham dado apenas dois passos, Harper e Allie ajudando o Bombeiro, quando ouviram o toque de uma buzina de ar, um *bronk-bronk* profundo que pareceu atravessar o peito de Harper. Ela congelou e olhou ao redor, observando a estrada, em direção ao topo da colina.

Um par de faróis se acendeu, faróis de xênon de um azul vivo lançando um brilho ártico acima de um enorme limpa-neve.

Eles iluminaram um homem parado a menos de três metros de distância do caminhão, um sujeito com um suéter imundo de renas saltando sobre um fundo verde. Esse homem tinha um laço em volta do pescoço, a corda levando de volta à grade além do limpa-neve. As mãos estavam amarradas atrás das costas. Os faróis transformaram seus finos cabelos brancos em filamentos de aço.

Os faróis também caíram sobre Mark Mazzucchelli. Mazz estava a quase cinquenta metros de distância, avançando no meio da estrada de terra. Ele aparentemente havia decidido que já tinha passado tempo suficiente se deleitando com os prazeres do Acampamento Wyndham e estava a caminho de pastagens mais verdejantes. Quando as luzes se acenderam, no entanto, ele deu um último passo cambaleante e depois ficou imóvel.

— Que porra é essa? — disse Mazz, a voz sendo carregada no silêncio repentino.

Outro par de faróis se acendeu e depois um terceiro. Um par pertencia a um Humvee conversível. As outras luzes brilhavam na frente de um Chevy Silverado Intimidator tunado com seis pneus. Holofotes ofuscantes brilhavam acima da cabine. Havia pelo menos duas outras picapes na estrada atrás deles.

Nelson Heinrich, o homem manco na corda, olhou por cima do ombro para as luzes.

— *Viu!* — gritou ele. — *Viu, eu falei! Eu disse que eles estariam aqui! Todos eles! Pelo menos duzentos infectados! Eu disse que podia ajudar! Agora vocês têm que me deixar ir! Vocês prometeram! Vocês prometeram que me deixariam em paz!*

Uma voz amplificada — havia alto-falantes em cima do Intimidator, junto com os holofotes — explodiu noite adentro. Harper sabia. Todos eles sabiam. O Homem Marlboro era famoso em todo o litoral.

— Uma promessa é uma promessa — disse o Homem Marlboro. — E ninguém pode dizer que o Homem Marlboro não cumpre sua palavra. Alguém liberte o sr. Heinrich.

Um homem fardado se levantou do banco do passageiro do Humvee. Ele tinha uma Bushmaster e firmou o cano na borda superior do para-brisa antes de começar a atirar.

7

NELSON HEINRICH ARQUEOU A coluna, como se tivesse sido atingido na lombar por uma barra de aço. A fumaça vermelha explodiu do seu peito em baforadas, formando uma névoa carmesim no ar ao seu redor. Ele tentou correr, deu dois passos, e então a corda enrolada no seu pescoço o derrubou e ele caiu no chão.

Mazz se virou e correu também. Ele deu um passo, e um segundo, e então as balas rasgaram suas pernas. Outras balas atingiram suas costas com um som semelhante ao de chuva caindo sobre um tambor. O último projétil atingiu um de seus ombros enquanto ele caía e girou o corpo, de forma que ele ficou de cara para o céu noturno esfumaçado.

O Humvee decolou, batendo na estrada esburacada e levantando uma nuvem de giz branco. O carro acelerou na escuridão entre a igreja e o refeitório, bloqueando o caminho de fuga naquela direção. Os faróis cambalearam pelo chão lamacento e recaíram sobre Nick. O Hummer não diminuiu a velocidade, mas acelerou, avançando na sua direção. Harper gritou o nome do menino. Ele não ouviu, é claro.

O Humvee passou por cima de Mazz com um estalo e sacudiu como se tivesse batido em um buraco fundo. Nick se virou, quase casualmente, como em um sonho. Levantou a mão direita. Faíscas giraram para fora dela, subindo em um funil noite adentro, em direção às estrelas, milhares de estrelas quentes voando da sua mão. Só que, em vez de piscarem enquanto subiam, como costuma acontecer com as faíscas, elas brilhavam e inchavam. As faíscas formaram um bando de pardais em chamas, nenhum deles maior do que uma bola de golfe, uma centena de pássaros flamejantes em movimento, que então mergulharam.

Os pardais atingiram o Humvee sob uma chuva de luz vermelha quando o veículo ainda estava a quinze metros de distância. Os dardos ardentes formaram uma rajada de estalos úmidos e quebraram o para-brisa; acertaram os homens no banco da frente, transformando-os em efígies berrantes; açoitaram os pneus e criaram rodas de fogo; atiraram-se em uma caixa de munição e detonaram-na com um baque estrondoso e uma explosão de luzes brancas estroboscópicas.

O Humvee desviou para a esquerda. A borda direita do para-lama acertou Nick no caminho e jogou-o para o lado. O veículo continuou em movimento, virando para a esquerda. Os pneus do lado do passageiro atingiram uma rocha branca um pouco enterrada. O carro se ergueu sobre duas rodas e depois capotou com um estrondo. Um cadáver em chamas — o motorista — saltou para a noite.

Allie gritou o nome de Nick repetidas vezes. Ela não conseguia se mover. Estava paralisada. A garota tentou ir até ele, mas o Bombeiro apertou o braço sobre seus ombros.

— Ben vai pegá-lo, *Ben*... — disse o Bombeiro, segurando Allie por meio segundo antes de a garota se libertar e começar a correr na direção do irmão.

Ben Patchett estava muito à frente dela, no entanto. Ele cambaleava, mas, apesar disso, já estava a dois terços do caminho até o menino no chão. Uma das mãos segurava a pistola e atirava às cegas no Freightliner. Uma bala atingiu o limpa-neve e produziu faíscas azuis. Ben se ajoelhou, pegou o garoto fumegante nos braços e jogou-o por cima do ombro. Ele atirou de novo, apenas uma vez, e então começou a correr de volta, desta vez não tão rápido.

Havia homens atrás do limpa-neve, usando-o como cobertura. Canos brilharam. As armas dispararam. Ben tropeçou, saiu do curso e continuou. Harper não conseguiu distinguir onde a primeira bala o atingiu. A segunda o atingiu no ombro direito e virou-o parcialmente. Parecia certo que ele cairia ou derrubaria Nick. Ele não fez nenhuma das duas coisas. Ben se firmou e avançou, em uma espécie de corrida exausta, como um homem no final de uma longa maratona em um dia quente. A terceira bala que o atingiu arrancou o topo de sua cabeça. Harper só conseguia pensar em uma onda se lançando e espumando contra uma rocha. O crânio dele se desfez em uma explosão de espuma vermelha, cabelo, ossos e cérebro, que se espalharam na escuridão.

E ele continuou correndo, mais um passo, e um segundo. Quando caiu de joelhos, Allie estava ali, com os braços estendidos. Ben passou Nick para ela quase gentilmente, acomodando-o nos seus braços com um cuidado calmo, como se perder a metade superior do crânio não tivesse consequência alguma. Antes de Ben cair de cara no chão, Harper deu uma última olhada no seu rosto. Parecia que ele estava sorrindo.

— Corram! — gritou Carol. — Corram para a igreja! Todos corram! — Ela voltara a ficar de pé no banco, os braços estendidos para os lados, iluminados por trás pelos faróis. As balas chacoalharam e ricochetearam nas pedras altas ao seu redor, e uma vez Harper pensou ter visto a bainha do robe de Carol se sacudir, como se algo a tivesse atingido. Nem uma única bala a acertou. A fumaça subia da rocha escurecida sob seus pés. Ela parecia uma ilustração do Antigo Testamento, uma profetisa louca em uma cena de desolação à meia-noite, clamando a Deus para desferir um golpe de violência redentora.

O povo do Acampamento Wyndham já estava a caminho, toda a multidão. Eles correram para as escadas, cento e setenta indivíduos, empurrando e gritando. Emily Waterman, que ainda estava no chão, foi pisoteada por meia dúzia das pessoas. A última a pisar em cima dela, uma mulher chamada Sheila Duckworth, ex-assistente de dentista, colocou o pé na nuca de Emily, pressionando seu rosto na lama, onde a menina de onze anos sufocou. Àquela altura, seu pescoço estava quebrado e ela não conseguia levantar o rosto para respirar.

Harper procurou Renée e a viu no canto mais distante da igreja. Gilbert estava ao seu lado, puxando a mulher pelo braço. Eles não estavam entrando na capela, mas dando a volta pela lateral e por trás. Os olhos de Renée estavam úmidos, assustados e suplicantes, e parecia que ela queria ficar, mas Gil a puxou, e Harper pensou: *Vá, vá embora*. Foi como uma lufada profunda de ar fresco ver Renée escapar e desaparecer de vista. Era muito longe para ir com John — ele mal era capaz de ficar em pé —, mas Renée e Gil podiam escapar colina abaixo, entre as árvores. Talvez conseguissem pegar um caiaque e remar até Don Lewiston, se ele estivesse em algum lugar, observando da costa. Harper esperava que sim. Esperava que eles não olhassem para trás.

Michael saiu de baixo do altar, estendendo a mão para pegar a de Carol. Ela não lhe deu atenção. Permaneceu ali gritando para que a congregação corresse, e, quando o rapaz agarrou seus pulsos, ela se libertou. Michael agarrou-a pela cintura e levantou-a da pedra. Ele se virou e correu com ela, tal qual Ben tinha corrido com Nick apenas um minuto antes. Foi na direção da capela. A maior parte do resto do acampamento já havia entrado pelas portas vermelhas.

— Vamos — disse o Bombeiro. — A igreja.

Suas pernas cederam, e Harper o puxou de volta.

— Não — falou Harper. — É uma armadilha…

— É um abrigo, agora vá.

Suas entranhas se contraíram, como se estivessem sendo espremidas por uma cinta de aço. Seu abdômen doía tanto que ela ficou sem fôlego e se perguntou se havia chegado a hora, se o estresse adiantara o parto em um mês.

Então ela afastou o pensamento e começou a cambalear em direção à capela. O Bombeiro pedalava, imitando o ato de caminhar, mas, mesmo assim,

Harper o carregava. Allie se posicionou ao lado deles com Nick nos braços. O sangue escorria de seu queixo, mas os lábios estavam abertos em uma espécie de sorriso selvagem.

Eles subiram os degraus juntos: Allie carregando Nick, Harper carregando o Bombeiro e Michael carregando Carol. Assim que chegaram ao topo, a escada explodiu, as balas devorando os degraus e enchendo a noite com o doce odor de madeira recém-cortada.

O Chevy Intimidator — com um decalque flamejante com as letras WKLL na porta do passageiro — saiu da estrada e desceu a colina, dando a volta ao redor da borda externa do círculo de pedras. Ele estacionou no lado sul da capela, na estreita faixa de terreno aberto entre a igreja e o bosque. Uma espécie de arma automática saiu da caçamba. Harper não sabia o que era, mas tinha um som monótono e plástico, diferente das outras metralhadoras.

Duas outras picapes pararam no terreno aberto ao norte, posicionando-se para cobrir o outro lado da igreja. O Freightliner permaneceu no topo da colina, parado no mesmo lugar, como se Jakob estivesse esperando e observando para ver onde poderia ser mais útil.

Gail Neighbors estava logo na entrada, próxima a uma das grandes portas vermelhas. O menino magro e de traços élficos que parecia um jovem David Bowie estava do outro lado. Estavam quase fechando as portas quando Harper e o Bombeiro entraram para a escuridão, os soluços, os gritos e o terror. As portas se fecharam atrás deles — e nunca mais abriram.

8

MICHAEL SE INCLINOU PARA a frente e de forma gentil, reverente, colocou Carol de volta no chão nas sombras do hall de entrada.

— Você está machucada? — perguntou ele, com a voz embargada. — Ah, meu Deus, por favor... *por favor*... que você não tenha levado um tiro. Não sei o que eu faria sem você.

Os olhos de Carol rolaram como os de um cavalo em pânico. Ela mal parecia reconhecê-lo.

— Sim. Não estou machucada. A Iluminação. Acho que foi a Iluminação! Ela desviou as balas. Era como um campo de força feito de amor. Acho que protegeu você também!

Harper pigarreou e empurrou Carol para o lado com o cotovelo. Na mão esquerda, trazia uma pedra maior do que uma bola de golfe, a pedra que Jamie Close enfiara em sua boca há inacreditáveis quinze minutos. Àquela altura, a pedra fumegava, aquecida continuamente pelos rabiscos de Escama de Dragão. Ela acertou a mandíbula de Michael Lindqvist Jr., quebrando-lhe dois dentes.

— Não — disse Harper. — Nenhum campo de força sobre ele. — Quando o rapaz se dobrou e caiu, a Enfermeira colocou o joelho no seu rosto quebrado. Ao mesmo tempo, bateu no ombro dele com a rocha derretida. Faíscas voaram. O ombro saiu do encaixe com um som semelhante ao de alguém puxando uma rolha.

Harper poderia ter continuado batendo nele. Ela não se reconhecia mais. Seu braço estava funcionando sozinho e queria matar Michael. Mas isso significaria ficar de joelhos, e ela estava tendo algumas contrações e aquilo parecia exigir esforço demais. Além disso, o Bombeiro a segurou pelo braço e, embora estivesse fraco demais para puxá-la, pelo menos estava tentando.

— Espere — falou ela. — Estou bem. Já terminei.

Ela pensou que tinha terminado, mas então John a soltou e Harper deu um chute no pescoço de Michael.

— Ele era um velhinho amável — disse Harper, enquanto o Bombeiro a puxava para fora do alcance do rapaz. — Deveria ter vergonha de si mesmo!

Carol lançou um olhar perplexo e curioso a eles. Um dos lados de seu rosto estava rosado e inchado, a pele da orelha descascando. A queda da mão de Deus lhe causara uma queimadura instantânea em uma das bochechas.

— E você! — disse Harper a ela. — Acho que seu campo de força nunca foi ativado quando Mikey estava com vontade de dedar sua boceta.

Carol se encolheu como se Harper tivesse lhe dado um tapa. Sua bochecha esquerda começou a ficar do mesmo tom do lado do rosto que havia sido queimado.

— Pode me matar agora, se quiser — falou Carol. — Você só vai me mandar de volta aos braços do meu pai. Ele espera por mim na Iluminação. Todos que perdemos nos esperam na Iluminação. Essa é nossa única saída agora, de qualquer maneira.

Harper disse:

— Não vou matar você. Nunca quis matar você. Não *preciso* fazer isso. As pessoas lá fora vão cuidar disso para mim. Este lugar é uma caixa, e eles têm todas aquelas armas. Mas, talvez, tenhamos mais cinco ou dez minutos. Enquanto estamos aqui, pense no seguinte. Michael matou seu pai... por *você*. Para salvar *você*. E a *si mesmo*. Seu pai queria mandá-la embora pelo que fez a Harold Cross. Mikey bateu na cabeça dele para impedi-lo de contar ao acampamento sobre como você armou para Harold e o matou. Sabe quando mandou Harold para o túmulo? Mandou seu pai para baixo da terra junto a ele. Um levou naturalmente ao outro. Leve isso para a Iluminação com você.

A voz de Harper diminuiu constantemente enquanto falava, e, quando terminou, ela estava tremendo, a voz pouco mais do que um sussurro rouco. Afinal, ela não era muito boa em ser cruel com as pessoas, mesmo com quem merecia. O rosto assustado, pálido e confuso de Carol a deixou enojada. Havia círculos escuros sob seus olhos e a pele tinha um tom cinza sob o rosa das queimaduras. Harper achou que ela, enfim, parecia uma adulta: uma mulher desbotada, cansada e não muito atraente, que levara uma vida difícil.

Carol voltou o olhar perplexo para Allie, que estava ali segurando Nick com ambos os braços. Ao ver a sobrinha, seu rosto se contraiu, e ela começou a chorar.

— Allie — falou Carol, estendendo os braços. — Deixe-me segurar Nick. Deixe-me vê-lo. Por favor.

Allie cuspiu na cara de Carol, que piscou, as bochechas e a testa salpicadas de gotas vermelhas. A tia ergueu as mãos defensivamente, e Allie cuspiu nelas também, uma chuva de muco e sangue pegajoso.

— Porra nenhuma — disse Allie através da boca cortada. — Não quero que toque nele. Você tem algo pior que Escama de Dragão e não quero Nick perto disso, caso seja contagioso. — O sangue voava a cada sílaba. O corte em seus lábios estava feio. Harper achou que precisaria de pontos e provavelmente deixaria cicatrizes.

— Não temos tempo para isso — falou o Bombeiro. — Precisamos subir na torre do sino. Podemos lutar contra eles lá de cima.

Harper pensou que devia ser a coisa mais desesperada que já tinha ouvido, e abriu a boca para dizer isso, mas Jamie falou primeiro:

— Tem pelo menos um rifle lá em cima. — Seu rosto estava imundo e ela tremia bastante, embora Harper não soubesse dizer se era de choque ou de terror. — E uma caixa de munição. Sempre há pelo menos uma arma para quem está de guarda no campanário.

Jamie Close era selvagem e cruel, mas não era boba. Conseguia compreender a situação tão bem quanto eles e transferiu sua lealdade para os sobreviventes mais prováveis com a eficiência profissional de um caixa de banco contando moedas.

O Bombeiro assentiu com a cabeça.

— Bom. Isso é bom, Jamie. Suba lá. Nós a seguiremos. Podemos direcionar o fogo do campanário para abrir um caminho, das portas do porão até... — Ele fez uma pausa, os olhos tensos. John havia perdido os óculos em algum lugar. Harper sabia que estava visualizando o acampamento e vendo como as portas duplas do porão se abriam para o campo norte: uma vasta extensão de terreno descoberto. Havia dois caminhões ali cheios de homens e armas. Harper já havia pensado nisso também, e não via saída.

— Cadê a Gillian? — gritava Gail. — Alguém viu minha irmã? Alguém viu se minha irmã conseguiu entrar? — Ela se afastou das portas duplas e cambaleou até a nave, onde a maior parte da congregação estava reunida.

Harper apertou o ombro de John.

— Acha que consegue subir aquelas escadas?

— Vá — disse ele. — Vou segui-la.

— Não vou deixar você para trás. De jeito nenhum. Daremos os passos juntos.

John assentiu com a cabeça e limpou o sangue da bochecha.

— Vamos, então. Teremos uma boa posição sobre eles lá de cima. Não me importo com quantos deles há. Aquilo é um ninho de franco-atirador. Talvez ainda possamos atirar e encontrar uma saída. *De alguma forma.* Não é tarde demais, Willowes.

Mas era. O primeiro dos coquetéis molotov atingiu o lado sul da igreja um segundo depois, criando um estrondo e uma onda de chamas azuis.

9

CAROL DEU MEIA-VOLTA. A alta abóbada da nave ecoava com gritos por socorro, por Jesus, por misericórdia e por perdão. Carol observou o lugar comprido e lotado com o olhar abatido e confuso.

Alguns se esparramaram no chão. Outros se amontoaram nos bancos, abraçados. Muitos se sentaram ao pé do altar. Norma também se sentou nos degraus que levavam ao altar, oscilando para a frente e para trás, balançando a cabeça.

— Por que vocês estão *chorando*? — gritou ela. — Por que estão chorando? Acham que não vamos conseguir sair daqui? Acham que estamos *presos*? A Iluminação está *esperando* por nós, e ninguém pode nos impedir de voar até ela para sermos livres! Não é hora de chorar! É hora de *cantar*!

Os vitrais que ladeavam o longo corredor estavam cobertos com placas de compensado, pregadas na parte externa do prédio. Uma dessas placas estava em chamas, e o fogo ondulante lançava cores berrantes nos bancos.

— *É hora de cantar!* — berrou Norma novamente. — Vamos! Vamos lá! — Seu olhar selvagem encontrou Carol do outro lado da igreja, em meio ao tumulto da multidão. — Mãe Carol! Você sabe o que precisamos fazer! Você sabe!

Carol olhou para ela por um longo instante. Havia algo parecido com incompreensão em seu rosto. Mas, então, ela respirou fundo, ergueu a voz e começou a cantar:

— *O come all ye faithful*... — No início, foi difícil ouvi-la por causa dos gemidos e gritos.

As balas tamborilavam contra o exterior da capela, caindo como uma chuva forte.

— *Joyful and triumphant* — prosseguiu Carol, a voz trágica, aterrorizada e doce. Ela entrou na nave, contornando Michael e estendendo as mãos de cada lado do corpo. Sangue escorria pelas pontas de seus dedos.

Gail estava por perto. Ela parecia ter desistido de procurar a irmã. Carol pegou sua mão. Gail olhou para baixo, surpresa, dando um pequeno salto, como se Carol a tivesse beliscado.

Carol apertou os dedos dela e continuou:

— *O come ye... o come ye... to Bethlehem.*

— Sim! — rugiu Norma. — Sim! Para Belém! Para a Iluminação!

Uma segunda voz se juntou à de Carol, alguém cantando com ela em um tom assustado e desafinado.

Outra pessoa gritava sem parar:

— Nós vamos morrer! Vamos morrer aqui! Ah, meu Deus, nós vamos morrer!

Gail olhou para a mão de Carol segurando a sua e caiu em prantos. Chorava tanto que seus ombros tremiam. Mas começou a cantar também.

Já somavam meia dúzia, as vozes subindo juntas pelas vigas:

— *Come and behold him! Born the king of angels!*

E uma luz rosada metálica correu ao longo dos desenhos e das espirais da Escama de Dragão de Carol. Harper podia vê-la iluminando-se através da seda fina do pijama.

Com a voz estridente e embargada pela dor, Norma gritou:

— *O come let us adore him! O come let us adore him! O come let us adore him!* — Foi mais do que uma exortação. Parecia quase uma ameaça.

Outro coquetel molotov caiu no lado sul da igreja. As chamas lamberam parte da parede. Dois homens correram até lá e começaram a tentar apagá-las com os casacos.

— Acabou — disse Harper ao Bombeiro. — É o fim.

Carol caminhou devagar em direção ao altar e, conforme avançou no meio da multidão, as pessoas se levantaram e estenderam as mãos para ela. Os bancos berraram quando os empurraram para o lado. Elas passaram umas pelas outras para se aproximarem de Carol.

Os fiéis esticaram as mãos para Carol e cantaram, muitos contemplando-a com adoração. Um garotinho seguia atrás da mulher, pulando e batendo palmas em um inexplicável ataque de animação, como se conduzido até os portões de um parque de diversões com o qual sonhava há muito para visitar. Carol apertou as mãos enquanto avançava, não muito diferente de um político abrindo caminho por uma multidão, às vezes inclinando-se para roçar o nó dos dedos de alguém com os lábios, mas continuando com a música o tempo inteiro. Ela os amava, é claro. Era um tipo de amor doentio e podre — não era, pensou Harper, muito diferente do modo como Jakob a amara —, mas era real e era tudo o que lhe restava para dar.

As balas atingiram as portas de madeira atrás deles e tiraram Harper do transe. Ela virou o Bombeiro e meio que o puxou, meio que o carregou para a segurança do arco de pedra que dava para a escada. As balas zuniam, quebrando as lajes do chão atrás deles. Allie se espremeu ao lado de ambos, segurando o irmão nos braços.

— Alguma ideia? — perguntou ela, sem qualquer sombra de pânico.

— Pode haver uma saída pelo telhado — sugeriu o Bombeiro.

Harper sabia que, uma vez que subissem na torre do sino, não haveria como voltar a descer — ao menos, não para ela. Ela não escaparia pelo topo da capela. Era alto demais. Se caísse da inclinação íngreme do telhado, pulverizaria as pernas e provocaria um aborto.

Mas não falou nada disso a nenhum deles. Achava que Allie — a ágil e atlética Allie — poderia ser capaz de atravessar o telhado e descer até uma calha, pendurar-se na lateral dela e cair. Haveria muita fumaça e barulho, talvez o suficiente para lhe dar uma chance de chegar à floresta e se proteger.

— Sim — disse Harper, mas mesmo assim hesitou, permaneceu onde estava, esticando o pescoço para ver a nave.

As vozes de todos os que permaneceram elevaram-se em uma canção doce e agonizante. Eles cantavam e brilhavam. Os olhos cintilavam com um azul tão profundo quanto o de um maçarico. Uma menina com a cabeça raspada estava em um banco, cantando a plenos pulmões. A Escama de Dragão em seus braços nus brilhava tanto que tornava os próprios braços quase translúcidos, de modo que Harper conseguia ver as sombras dos ossos através da sua pele.

Norma foi a primeira a acender. Estava atrás do altar, balançando na frente da cruz, berrando a letra da música. Seu rosto grande e feio estava rosado e brilhante de suor quando ela abriu a boca para gritar:

— *Sing in exultation!* — O interior da sua garganta estava cheio de luz.

Norma respirou fundo para o próximo verso. Uma explosão amarela de chamas jorrou de sua boca. A cabeça foi jogada para trás. A garganta estava vermelha e tensa, como se estivesse fazendo um esforço terrível. Então, o pescoço começou a escurecer, enquanto uma fumaça preta saía das narinas. A Escama de Dragão na carne oscilante dos braços nus tinha um tom lívido e venenoso de vermelho profundo. Ela usava um vestido preto estampado de flores, aproximadamente do tamanho de um lençol. Chamas azuis subiram por trás dele.

Gail se engasgou, tropeçou e acertou o garotinho que pulava para cima e para baixo. Ela balançou uma das mãos, no ar, como se quisesse afastar mosquitos do rosto. Na terceira vez que fez isso, Harper viu que seu braço estava em chamas.

— O que está acontecendo? — gritou Jamie, que se juntara a eles no amplo arco de pedra.

— É uma reação em cadeia — respondeu o Bombeiro. — Vão todos cair juntos.

— *Glory in the highest!* — cantaram eles. Alguns, pelo menos. Outros começaram a gritar. Aqueles que não estavam queimando.

Quando Carol pegou fogo, ela estava no centro da multidão, com dezenas de fiéis estendendo a mão para tocá-la. E, de repente, a mulher se transformou em uma coluna de fogo branca e ondulante, com a cabeça jogada para trás e os braços abertos como se fosse abraçar um amante invisível. As chamas se ergueram como se ela tivesse sido encharcada de querosene. Ela não gritou — foi rápido demais.

As balas zuniam e assobiavam pela nave, abatendo pessoas aleatoriamente nos limites da multidão. Harper viu um adolescente, um garoto negro e magro, bater com a mão na testa, como se tivesse acabado de perceber que havia esquecido de levar o livro para a aula. Quando baixou a mão, ela viu um buraco no centro de sua testa.

Uma adolescente se dobrou, com as costas inteiras em chamas. O garoto magricela que parecia David Bowie caiu de joelhos no fundo da multidão, a cabeça baixa como se estivesse rezando, as mãos unidas. Sua cabeça estava em chamas, um fósforo preto no centro de uma chama amarela brilhante. Uma menininha corria de um lado para o outro no corredor, agitando as duas mãos em chamas no ar e gritando pela mãe. Seu rabo de cavalo era uma echarpe azul flamejante.

— Ah, John — disse Harper, virando o rosto. — Ah, John.

Ele a segurou pelo braço e puxou-a para a escuridão esfumaçada da escada, e eles começaram a subir juntos, para longe dos gritos, das risadas e das canções, mas, acima de tudo, para longe dos berros, que subiam em um refrão final comovente, um último ato de harmonia.

10

HARPER IMAGINARA COMO TERIA sido estar em uma das escadas das Torres Gêmeas no dia em que os aviões as derrubaram, o que as pessoas sentiram ao descer cegamente os degraus em meio à fumaça. Ela voltou a pensar nisso no dia que homens e mulheres começaram a saltar do topo da Space Needle, em Seattle, nas primeiras semanas de infecção generalizada. Naqueles dias de conflagração, isso aconteceu repetidamente — um prédio alto em chamas, as pessoas lá dentro correndo para escapar do fogo, tentando encontrar uma forma de fugir, sabendo o tempo todo que a única saída poderia ser um último salto e a queda vertiginosa e silenciosa: uma chance final de conseguir um momento de paz.

Acima de tudo, ela temia o pânico. Temia perder o controle de si mesma. Porém, à medida que subiam, Harper sentia-se quase uma profissional, concentrada em dar o passo seguinte e depois o outro. Isso, pelo menos, era motivo de alegria. Ela tinha menos medo de morrer do que de ser despojada da sua personalidade, de se transformar em um animal no matadouro, incapaz de ouvir os próprios pensamentos por causa do alarme estridente do desespero.

Harper subiu apoiando o Bombeiro, parando vez ou outra quando o homem ficava tonto ou quando ela precisava recuperar o fôlego. Os dois subiram como idosos: davam um passo, paravam, davam outro. Ele estava fraco demais para se apressar, e ela estava tendo contrações. Seu útero parecia uma pedra, um bloco duro no corpo dela.

Jamie Close já estava na torre. Ela havia passado por eles um minuto antes. Harper já conseguia ouvir o estalido ocasional de um rifle vindo de cima.

Allie estava um pouco à frente deles, carregando Nick nos braços. O queixo de Nick descansava no ombro da garota, e Harper podia ver o rosto do menino com bastante clareza. Ele usava uma máscara vermelha de sangue, o couro cabeludo rasgado onde fora beijado pelo Humvee, mas sua expressão era pacífica, sonolenta. Nick chegou a abrir o olho esquerdo para dar uma olhada nela, mas depois fechou-o de novo.

— Quase lá — disse o Bombeiro. — Quase lá.

E o que eles fariam quando chegassem lá? Esperar que o fogo viesse até eles, presumiu Harper. Ou ser baleado por baixo. Mas não compartilhou esse pensamento com ele. Estava grata por tê-lo por perto, pelo braço em sua cintura e pela cabeça em seu ombro.

— Fico feliz por ter me apaixonado por você, John Rookwood! — falou para ele, e beijou seu pescoço.

— Ah, eu também — disse ele.

Atrás deles, a cantoria continuava, embora agora os gritos ameaçassem abafá-la. Os gritos e as risadas. Alguém estava rindo muito alto.

A fumaça no campanário era perfumada, cheirava a pinhão assado.

— John — disse ela, tomada por uma ideia repentina. — E se voltássemos? E se tentássemos *passar* pelas chamas? A Escama de Dragão nos protegeria, não é?

— Não dos tiros, infelizmente. Além disso, Allie não conseguiria. Ela não sabe controlar a Escama como eu... ou como você. E Nick está inconsciente, então não sei... mas olha, se quiser tentar, deixe-me subir primeiro. Veremos se é possível providenciar alguma cobertura para você. Talvez... com toda a confusão... — Seus olhos brilharam quando ele se animou com a ideia.

— Não — falou Harper. — Você tem razão. Eu não estava pensando em Allie ou Nick. Não vou a lugar algum sem eles.

Os dois haviam chegado ao patamar mais alto. Uma porta estava entreaberta, dando para uma noite escura e cheia de fumaça. Ele agarrou os ombros dela e apertou.

— Você tem uma criança em quem pensar.

— Mais que uma, sr. Rookwood.

Ele a olhou com ternura e a beijou, e Harper retribuiu o beijo.

— Bem — disse ela. — Acho que é melhor começarmos a brigar. Rapidinho, lá vamos nós.

— Lá vamos nós, Enfermeira Willowes.

A torre do sino era um poço aberto, com tábuas de pinho contornando os quatro lados do buraco quadrado. O sino de cobre, manchado de verde pelo tempo, pendia sobre o precipício. Ele dobrava sempre que era atingido por uma bala vinda de baixo. Balaústres de pedra branca sustentavam um guarda-corpo de mármore na altura da cintura. O chumbo partia a rocha, formando pequenas nuvens brancas de pó.

Harper não esperava passar por cima de um cadáver, mas havia um menino morto no último lance de escadas. Ele estava de bruços, com um buraco vermelho nas costas da camisa de cambraia. O Vigia que estava de guarda no campanário naquela noite, supôs Harper. Ele havia perdido o sinal do ônibus, no final da estrada, pois estava ocupado demais com o apedrejamento que ocorria lá embaixo, mas pagou pela sua falta de atenção. Harper inclinou-se para sentir o pulso. Seu pescoço já estava frio. Ela o deixou, ajudou John a passar por cima dele e saiu noite adentro.

Allie sentou-se no chão, abaixo da grade, com o irmão nos braços. Ambos pareciam ter rastejado de braços dados por um abatedouro particularmente imundo.

Jamie estava abaixada, o rifle do sentinela morto apoiado na grade de pedra. A arma disparou com um som abafado. Ela praguejou, deslizou o ferrolho e pegou uma bala em uma caixa de papelão surrada que estava perto de seu joelho.

Harper se agachara instintivamente ao sair para o ar livre. Agora levantou a cabeça para contemplar um panorama de ruína. Dali ela podia ver tudo, tinha uma visão todo-poderosa do acampamento inteiro.

O Parque Memorial ficava logo depois dos degraus da frente da capela. De lá, aquele círculo de rochas bárbaras eretas parecia ainda mais com o Stonehenge. Seis homens se espalhavam entre as pedras e os pedestais em busca de cobertura. Um deles, um cara magrelo com óculos de armação preta e grossa, estava agachado atrás do altar escurecido com o que parecia ser uma Uzi. Ele sorria, o rosto branco — sob um cabelo afro — todo sujo de fuligem.

Algum truque perverso das correntes de ar levou sua voz até Harper. Ela reconheceu imediatamente o guincho de gato, lembrava-se bem dele da tarde em que o Homem Marlboro quase a encontrou escondida na sua casa.

— Esta merda é a melhor! — gritou Marty. A arma tremia nas suas mãos. — Esta merda é a melhor arma daqui!

Ao norte, ficava a extensão nua e lamacenta do campo de futebol, onde o Hummer estava tombado. Duas caminhonetes pretas haviam estacionado ali, para cobrir as portas duplas que saíam do porão. Com a fumaça, era difícil dizer quantos homens estavam nas caçambas, mas Harper via os constantes estalo e piscar de tiros, disparando como flashes de uma câmera. O Freightliner descia a colina, movendo-se para se juntar aos outros no lado norte da capela. Talvez Jakob esperasse que as portas do porão se abrissem e algumas pessoas fugissem desesperadamente e ele tivesse algo a fazer com o limpa-neve.

Era mais difícil ver o sul. Havia um trecho de grama tão largo e regular quanto uma avenida de mão dupla, no espaço entre a igreja e a floresta. Harper sabia que o Homem Marlboro estava lá embaixo, em seu grande Intimidator prateado, mas ela mal conseguia vislumbrar o teto da cabine ao esticar a cabeça. Estava estacionado muito perto do prédio para conseguir enxergá-lo bem.

Uma fumaça preta e imunda vinha de baixo, vazando pelos beirais e fervendo pelo buraco aberto na torre do sino, exatamente como teria saído de uma chaminé. Uma luz doentia pulsava em meio à fumaça agitada. Harper suspeitava que a torre estivesse apenas vagamente visível do chão, talvez a única coisa que eles tinham a seu favor.

Toda aquela fumaça formou um banco de nuvens que se espalhava para o leste, descendo a colina em direção à água. Harper não conseguia ver a maior parte do céu, a nuvem sufocando as estrelas e a Lua.

O telhado ficava quase cinco metros abaixo da grade da torre e era uma superfície de ardósia preta com inclinações acentuadas. Harper se viu saltando, caindo, batendo com os pés primeiro, os tornozelos se rompendo, acertando o quadril com um estalo vítreo, deslizando pela lateral do telhado e rasgando por dentro conforme seu útero se desfazia e…

— Foda-se — disse para si mesma.

Ela se arrastou para ficar ao lado de Allie.

— Como está minha boca? — perguntou a garota.

— Nada mal — respondeu Harper.

— Vai se foder, é claro que está ruim. Mas eu amo isso. Agora sou punk rock. Eu sempre quis ser punk rock. — Allie passou a mão pelo cabelo de Nick. — Tentei fazer a coisa certa no final, srta. Willowes. Talvez eu tenha sido reprovada no teste, mas pelo menos consegui algum crédito extra.

— Teste de quê?

— Humanidade básica — disse Allie, piscando para afastar as lágrimas. — Você segura minha mão? Estou assustada.

Harper pegou a mão dela e apertou.

O Bombeiro contornou a passarela até o lado sul da torre, para ficar ao lado de Jamie.

— Tem uns filhos da puta no Silverado — disse Jamie. — Estão muito perto da lateral do prédio. Não consigo acertá-los. Se pudéssemos expulsá-los, poderíamos pendurar uma corda…

— Que corda? — perguntou o Bombeiro.

— Não sei. Talvez a gente possa fazer uma corda com as roupas. Entrar nas árvores. Correr para a estrada. Roubar um carro. — Sua voz era apressada e distraída, saltando de uma improbabilidade para a outra. — Conheço gente em Rochester. Vão nos esconder. Mas primeiro precisamos afastar aquele caminhão.

O Bombeiro assentiu com a cabeça, cansado.

— Talvez eu possa fazer algo sobre isso.

Porém, quando John tentou se levantar, ele balançou de maneira perigosa. Harper viu suas pálpebras tremerem, como se ele fosse uma mocinha ingênua em uma comédia musical dos anos 1940 prestes a ser beijada. Por um momento, foi muito fácil imaginá-lo caindo para trás e passando por cima da grade de ferro, que chegava até a cintura, e afundando na escuridão enfumaçada.

Jamie segurou seu cotovelo antes que ele pudesse cambalear para trás. Harper gritou, soltou a mão de Allie e correu pela passarela em direção a ele. Quando o alcançou, ele já havia caído sobre um joelho.

Ela tocou sua bochecha e sentiu um suor pegajoso.

— O sino está tocando? — murmurou John, grogue.

— Não — respondeu ela. — Não no momento.

— Deus. Esse som deve estar na minha cabeça, então. — Ele pressionou a palma das mãos nas têmporas. — Acho que vou vomitar.

— Não tente se levantar.

— Precisamos expulsá-los se quisermos ter alguma chance de escapar daqui.

— Fique abaixado. Pegue um pouco de ar. Não vai adiantar nada se desmaiar.

A Enfermeira soltou as mãos dele e se levantou, investindo todo o coração em uma canção sem palavras. Sua mão direita era uma cimitarra de fogo. *Tomem uma colherada disso, seus filhos da puta.*

Harper lançou uma lâmina curva de fogo azul na escuridão. Ela zumbiu, deixando cair pedaços de luz resplandecente enquanto voava, e enganchou-se de forma estranha logo além do telhado da capela, caindo fora de vista sobre o Intimidator Silverado abaixo. Homens gritaram quando o capô do carro explodiu em um jato de luz.

Balas atingiram o sino, atingiram o corrimão, voaram pelo ar com um zumbido furioso, como vespas de chumbo, e Harper se abaixou de novo, a mão em chamas se esvoaçando em uma nuvem de fumaça.

Uma dessas balas atingiu a corda que mantinha o sino no lugar, cortando-a quase completamente. O sino gigante girou e emitiu um zumbido baixo. Os últimos resquícios de corda que o seguravam estalaram e se romperam de modo musical, como as cordas de um violão. O sino caiu pelo buraco aberto. Um momento depois, atingiu o chão da igreja abaixo com um *BANG* retumbante que estremeceu no ar, sacudindo visivelmente a fumaça ao redor deles e fazendo os tímpanos de Harper latejarem.

Nick levantou a cabeça e observou em volta, confuso. O sino fora tão alto, pensou Harper, que havia acordado os surdos.

— Ah, meu Deus, que porra é essa… — gritou Jamie, olhando em direção ao norte para depois passar correndo pelo Bombeiro e dar a volta para aquele lado da torre.

Jakob.

O Freightliner tinha se virado para o amplo lado norte da igreja. Com um rugido estrondoso, o caminhão avançou trovejando, com o limpa-neve baixado, em direção à lateral da capela.

Jamie estava com o rifle encaixado no ombro. Ela disparou. Uma faísca branca atingiu um canto da cabine do caminhão. Ela puxou o ferrolho e o cartucho vazio saltou no ar, um lampejo brilhante de latão. Enfiou uma bala nova e atirou novamente. Uma rachadura azul surgiu no para-brisa. O caminhão balançou um pouco para a esquerda, e Harper pensou: *Acertou ele*, mas então o Freightliner mudou para uma marcha mais alta, avançando os últimos quinze metros, e o limpa-neve se enterrou na lateral da capela.

Harper foi jogada contra o balaústre de pedra. Era como se uma enorme mão invisível tivesse se estendido e *reajustado* todo o edifício, libertando-o dos alicerces para deslocá-lo alguns metros para o sul. O canto norte da capela desabou com um gemido e um estrondo de ardósia caindo e de madeira quebrada. Uma grande pilha em chamas caiu na frente do Freightliner, o limpa-neve desaparecendo em meio à fumaça grossa e aos detritos pulverizados. O choque balançou a torre. Jamie estava recuando para abrir o ferrolho do rifle e se desequilibrou. Sua bunda bateu no corrimão baixo de metal sobre o buraco aberto. Ela largou o rifle e agarrou — o ar.

— Jamie! — gritou Allie, chamando a garota que havia cortado seu rosto, mas ela estava embaixo de Nick e não conseguia nem ficar de pé, e, de qualquer forma, não havia tempo.

Um segundo depois, o sino tocou suavemente lá embaixo quando Jamie o acertou.

O Bombeiro olhou em volta, atordoado, com sangue escorrendo do rosto. Harper afastou o cabelo dos olhos dele e depois, gentil e cuidadosamente, colocou os braços ao seu redor. A Enfermeira sentiu que era hora de parar de lutar. Era hora de apenas abraçarem uns ao outros, os quatro, sua pequena família fodida. Cinco deles, contando o bebê. Eles se abraçariam e haveria amor e proximidade no final. Teriam isso pelo menos até Jakob recuar e atingir a capela novamente, desta vez mais perto da torre, e jogá-los todos nas chamas.

O sino abaixo ainda ecoava, fazendo um *ding-ding-ding* sutil, penetrante e *nítido*, um ruído semelhante ao de um sino muito menor. O Bombeiro levantou a cabeça e olhou para a fumaça, na direção sul da capela.

O caminhão de bombeiros — com Gilbert Cline ao volante, uma das mãos fora da janela para tocar o sino de latão — lançou-se através da fumaça fervente ao sul da igreja e bateu de frente no Chevy Silverado. O velho caminhão de bombeiros com o número cinco na grade pesava quase três toneladas. O veículo achatou a parte dianteira do Intimidator como o salto de uma bota pressionando uma lata de cerveja. O motor do Chevy voltou pelo painel e cortou o motorista em dois. A picape se levantou do chão, as rodas dianteiras girando no ar por um momento, antes de virar sobre os homens armados na carroceria.

E ainda assim o caminhão de bombeiros empurrava o Chevy, forçando-o pela terra até a frente da igreja. O caminhão de bombeiros parou com um suspiro dos freios a ar. Uma mulher gordinha com tranças grisalhas desceu do banco do passageiro e correu até o degrau cromado do para-choque traseiro.

Renée subiu até o topo do caminhão de bombeiros e levantou a escada de madeira, girando-a para ficar de frente para a lateral da igreja. As pontas da escada bateram na parede externa. Então, Renée ficou parada ali, olhando para a esquerda e para a direita, como se tivesse deixado cair alguma coisa, talvez um brinco, e tentasse localizá-lo. Ela se abaixou e abriu um compartimento no teto do caminhão, e olhou para uma coleção de machados de incêndio e postes de aço. Balançou a cabeça, frustrada.

— Está perto dos seus pés! — gritou o Bombeiro para ela. Ele parecia saber por instinto o que ela procurava. Colocou uma das mãos em volta da boca e repetiu: — *PERTO DOS SEUS PÉS*.

Renée semicerrou os olhos para ele, observando a fumaça, e enxugou o suor do rosto com o braço. A mulher olhou para baixo novamente, entre os pés, depois assentiu com a cabeça e caiu de joelhos. Havia uma manivela de ferro enferrujada instalada em uma depressão circular no telhado. Ela começou, com esforço, a girá-la. A escada de madeira vibrou, tremeu e começou a subir pela lateral da igreja em direção à torre.

No círculo de pedras monolíticas, o sujeito que Harper conhecia como Marty esticou o pescoço para ver o que estava acontecendo além do Chevy capotado. Uma bala atingiu o banco de pedra, bem na frente das suas pernas, e ele gritou, cambaleou para trás, enroscou os pés e caiu.

— Droga — disse Allie. Ela estava de pé, com a coronha do rifle de Jamie apoiada no ombro. Ela acionou a alavanca e um cartucho vazio deu um salto brilhante na noite.

Harper estava olhando para Allie, não para o caminhão de bombeiros e o Chevy capotado, então não viu um homem careca com uma camisa jeans azul sair do banco do passageiro do Silverado. Mas ela o viu imediatamente quando olhou para trás. Havia uma bandeira dos Estados Unidos bordada nas costas da sua camisa, a coisa mais brilhante na escuridão. O homem sangrava pelo couro cabeludo e cambaleava um pouco. Tinha ombros e peito largos, com a constituição de um jogador de futebol americano envelhecido que se mantinha em forma na academia para retardar a descida até a meia--idade. Ele segurava uma arma, uma pistola preta.

A escada de incêndio fez barulho, bateu e ficou presa sob os beirais, a meio caminho deles.

O sujeito com a arma — Harper tinha certeza de que era o Homem Marlboro; com aquela bandeira nas costas da camisa, tinha que ser — começou a se arrastar em direção ao lado do motorista do caminhão de bombeiros.

— Renée! — gritou Harper. — Renée, cuidado! Ele está vindo! — Ela o indicava com o dedo.

Renée Gilmonton estava no teto do caminhão, segurando a escada com ambas as mãos, ajustando-a de alguma forma, tentando movê-la para que pudesse passar do beiral. Quando ficou do jeito que queria, ela deu um passo para trás e semicerrou os olhos em direção ao campanário.

— Cuidado! Arma! — gritou Harper.

— Homem armado! Homem armado! — berrou o Bombeiro.

Renée apontou para o ouvido e balançou a cabeça. Ajoelhou-se e começou a girar a manivela outra vez. A escada bateu na beirada do telhado, subindo mais uma vez em direção à torre, erguendo-se no céu alguns centímetros de cada vez.

O Homem Marlboro rastejou até a cabine do carro de bombeiros e agachou--se sob a porta do motorista.

Harper se levantou, pensando: *Vou atirar fogo, derrubá-lo e salvar meus amigos*. Ela começou a cantar sem palavras mais uma vez. A Escama de Dragão rabiscada na palma de sua mão brilhou constantemente como uma bobina elétrica esquentando. Mas a mão latejava, doía e não acendia, e, enquanto ela esperava a primeira onda de chamas, o Homem Marlboro se levantou, plantou o pé no estribo, enfiou a arma pela janela e disparou.

Renée enrijeceu, ergueu a cabeça, olhou para a frente do caminhão e depois caiu de bruços, espalhando-se pelo teto do carro de bombeiros.

A escada permanecia fora de alcance, a três metros e meio de distância.

O rifle de Allie estalou. Havia seis homens armados no círculo de pedras e ela os mantinha ali, escondidos atrás das rochas. Ela xingou e recarregou a arma.

O Homem Marlboro se encostou na lateral do caminhão de bombeiros e desapareceu de vista. Harper não conseguia vê-lo do ângulo em que estava. Nem Renée poderia. Mas ele estava lá embaixo — avançando pela lateral do caminhão e chegando a uma posição de onde pudesse se levantar e atirar em Renée Gilmonton.

Harper percebeu que Nick estava ao lado dela, olhando para baixo com uma expressão sonolenta e atordoada. Ela estendeu a mão para agarrar o ombro do menino e virou-o — de modo que o rosto dele ficou pressionado contra seu peito, como havia feito há quase um ano com um garoto chamado Raymond Bly, que queria olhar pela janela e ver o que estava acontecendo no pátio da escola. Harper não queria que Nick visse o que aconteceria a seguir — embora ela mesma não conseguisse desviar o olhar.

Renée se manteve deitada e imóvel no teto do caminhão de bombeiros. Seu braço direito era a única coisa que se movia — ela estava tateando algo. Seus dedos encontraram a borda do compartimento que ela havia aberto enquanto procurava uma maneira de levantar a escada. Ela enfiou a mão lá dentro e agarrou o cabo de um machado.

O Homem Marlboro surgiu como um palhaço de brinquedo saindo da sua caixa, a boca bem aberta em um sorriso animalesco e sem humor, apontando a arma para o telhado. Renée bateu com o machado no seu pulso e ele caiu para trás, gritando. Ele deixou a mão no telhado, ainda apertando com força a pistola. Renée bateu nela com a lâmina do machado, afastando aquela coisa. A mão direita do Homem Marlboro deslizou pela beirada do telhado e desapareceu de vista.

O Homem Marlboro uivou, sua voz era um grito baixo e profundo de fúria e mágoa que parecia ecoar de um poço.

Renée sentou-se de joelhos, na beira do telhado. Ela virou a cabeça e olhou para a cabine. Renée gritou alguma coisa, mas Harper estava muito longe para ouvir exatamente o que ela disse. Uma vez pensou ter ouvido Renée chamar Gil. Renée ficou ali sentada pelo que pareceu um longo tempo, embora, na verdade, tenham sido apenas alguns segundos. Então, ela se virou e começou a girar a manivela mais uma vez, virando-a agora com uma espécie de exaustão monótona.

O Homem Marlboro gritou e gritou de novo.

O Freightliner soltou uma tosse aguda e começou a dar ré. Outro arrepio percorreu toda a igreja quando o limpa-neve saiu do buraco que havia feito e os destroços se espalharam pelo campo de futebol.

O caminhão enorme recuou quase cinquenta metros e parou bruscamente. Jamie conseguira criar uma fratura como uma teia de aranha no para-brisa do lado do motorista, e Harper teve um pensamento repentino: Jamie havia conseguido machucar Jakob, arrancado algo dele. Talvez até tenha chegado perto de matá-lo.

Allie largou o rifle e se agachou.

— Estou sem munição! — gritou ela. — As balas acabaram.

Os degraus da escada de incêndio surgiram enquanto ela subia lentamente até o corrimão. O Bombeiro ficou de pé — balançando um pouco sobre os calcanhares —, estendeu a mão e se firmou.

— Vá. Lá para baixo. Agora. Você primeiro — disse o Bombeiro, acenando para Harper.

— Nick...

— Allie terá que levá-lo nas costas.

— Deixa comigo — falou Allie, rastejando pela passarela até o irmão.

Do outro lado da igreja, o Freightliner começou a se mover, rumo à base da torre do sino.

Harper não gostava de altura, e a ideia de colocar a perna para o lado de fora a deixava tonta. Mas ela já estava montada no corrimão, alcançando com um pé descalço o primeiro degrau.

Ela olhou por cima do ombro, procurando a escada, e viu o caminhão dos bombeiros doze metros abaixo, parecendo pequeno o suficiente para ser pego com a mão, e por um momento ela teve a impressão de que toda a torre do sino balançava como uma flor, prestes a cair. Harper apertou as mãos no corrimão de pedra e fechou os olhos.

— Você consegue, Harper — falou o Bombeiro, e beijou-a no rosto.

Ela assentiu com a cabeça. Queria dizer algo fofo e ousado, mas não conseguia engolir, muito menos falar.

Harper balançou a outra perna para o lado.

Ela desceu o pé direito até o segundo degrau, soltou o corrimão de pedra, agarrou-se com força, colocou as mãos na escada. A coisa toda balançou embaixo dela, instável.

Do outro lado do prédio, ela ouviu o som distinto do Freightliner engatando uma nova marcha enquanto acelerava.

Ela não havia descido mais do que cinco degraus quando o Bombeiro ajudou Allie a subir na escada, com Nick agarrado às suas costas. Allie correu atrás de Harper, levando Nick tão levemente quanto levaria uma mochila para a escola.

O Bombeiro colocou uma perna por cima do corrimão e plantou a bota no degrau mais alto. O outro pé encontrou o segundo degrau. Ele se abaixou e colocou uma das mãos na escada, ficando ali, agarrado ao topo dela.

O Freightliner atingiu o lado norte da capela a quase oitenta quilômetros por hora. Virou no último instante, destruindo todo o canto frontal da igreja, jogando madeira, pedra e vidro suficientes para encher um caminhão basculante.

O campanário balançou, firmou-se por um momento — e desabou. Em um momento estava lá. No próximo não estava. Caiu sobre si mesmo, a grade de pedra, os balaústres, o telhado da torre, as vigas, a passarela de madeira. Desabou com um estrondo violento que Harper sentiu no peito, como uma pulsação no sangue. De repente, o topo da escada de incêndio balançou no ar vazio. John Rookwood estava suspenso lá. Um jorro negro de fumaça subiu das ruínas, obscurecendo-o em um redemoinho de escuridão cheia de faíscas.

Uma rajada de vento frio com cheiro de mar levou embora um pouco daquela fumaça um momento depois, e o Bombeiro havia desaparecido.

Harper abriu a boca para gritar, mas, então, seu olhar o encontrou, já a dez degraus do topo e avançando em direção à terra abaixo. A escada balançou e quicou ao ar livre. Allie se movia tão rapidamente que quase pisou nas mãos de Harper.

A Enfermeira avançou com esforço em direção ao veículo. Mais abaixo, a escada ainda tinha algum teto para se apoiar. A metade sul da igreja permanecera intacta. Harper só percebeu que havia chegado ao teto do caminhão quando sentiu o metal sob os pés descalços. Ela desceu da escada com as pernas trêmulas e olhou em volta, à procura de Renée. A mulher não estava mais em cima do motor, havia descido em algum momento.

Naquele momento, Harper sentia-se trêmula e fraca, com frio até nos ossos. O tremor passava das pernas para o restante do corpo. Seu primeiro pensamento foi que ela estava entrando em estado de choque. Então, ocorreu-lhe que poderia ser algo completamente diferente. John havia dito que lançar chamas consumia calorias e oxigênio, e depois você ficava tonto e doente e poderia facilmente ter problemas se não encontrasse um lugar para descansar.

Ela cambaleou até a traseira do caminhão, onde havia uma velha e enferrujada escada curta de ferro. Desceu até o para-choque e saiu, as pernas colapsando sem nenhum aviso. Sentou-se de modo desjeitoso na grama molhada. Faíscas e fumaça giravam devagar acima dela, como um carrossel começando a parar.

Ela forçou a sensação de fraqueza para trás e usou o para-choque para se levantar.

— *Ah, sua puta! Minha mão! Minha MÃO!*

Harper contornou o caminhão de bombeiros, avançando em direção aos gritos. O Homem Marlboro estava deitado de costas na grama, arqueando a coluna e enterrando os calcanhares na lama. Ele parecia estar tentando abrir caminho pela terra. Segurava o pulso direito com a mão esquerda. Não havia mão direita. Havia apenas um pedaço quebrado de osso rosa saindo do lugar que era da mão.

Harper passou por cima dele para chegar até Renée, que estava encostada na porta aberta do motorista. Quando chegou lá, Renée segurava Gilbert Cline nos braços. O sangue ainda vazava do ferimento de bala no pescoço, mas sem muito entusiasmo. Havia sangue por todo o banco da frente.

Harper notou — quase distraidamente — uma mão decepada, ainda segurando uma arma, colocada cuidadosamente sobre o painel. Renée a tinha pegado e colocado onde o Homem Marlboro não pudesse ir atrás dela, na tentativa de recuperar a pistola.

— Estávamos quase no fim de *Em busca de Watership Down* — disse Renée. — Gil disse que nunca pensou que pudesse gostar tanto de uma história sobre animais falantes. Eu falei que a vida era estranha, que nunca tinha esperado me apaixonar por um homem que roubava carros. — Ela não estava chorando e falava com muita clareza. — Ele fez ligação direta no caminhão. Não conseguimos encontrar as chaves. Enquanto fazia isso, ele me disse que era apenas mais uma prova de que a maioria dos criminosos voltava ao que sabia fazer de melhor assim que saía da prisão. Ele disse que lamentava aumentar a taxa de reincidência. Levei um momento para perceber que estava brincando. Ele estava muito seco. Ele nem *sorria* com as próprias piadas, muito menos ria delas. Não dava pista alguma de que estava sendo engraçado. Ah, Harper, não quero viver sem ele. Sinto que passei a vida inteira incapaz de sentir o gosto da comida. Aí Gil veio para o acampamento e de repente tudo ganhou sabor. Tudo estava delicioso. E então aquele homem horrível atirou nele, e Gil está morto, e eu vou ter que voltar a não poder sentir o gosto das coisas. Não sei se posso fazer isso.

Harper desejou que houvesse algo a ser dito. Talvez houvesse, mas ela estava tonta demais para pensar a respeito. Então, colocou o braço em volta de Renée e beijou-a desajeitadamente na orelha. A amiga fechou os olhos, abaixou a cabeça e chorou de uma forma muito silenciosa e privada.

O Homem Marlboro gritou.

Harper se virou e viu Allie parada perto dele. Allie estava com o irmão nos braços novamente. Ela havia feito uma pausa, pensou Harper, para chutar as costelas do Homem Marlboro.

— Ah, sua vadia, você vai queimar, e eu vou gozar nos seus peitos carbonizados — falou o Homem Marlboro.

— Se quer bater punheta — disse Allie —, vai ter que aprender a fazer isso com a mão esquerda, maneta.

— Acho que ele não deveria viver — afirmou Renée, enxugando o rosto. — Não quando tantas outras pessoas estão mortas. Não parece justo.

— Quer que eu o mate? — ofereceu o Bombeiro. Harper não tinha percebido que ele estava no chão, atrás dela. John estava balançando e parecia se sentir tão mal quanto ela, talvez pior. O suor escorria por seu rosto branco e devastado. Seus olhos, porém, estavam sombrios como penas de corvo e perfeitamente serenos.

Ele colocou a mão no machado de incêndio que estava encostado na lateral do caminhão.

Renée pensou um pouco e depois balançou a cabeça, negando.

— Não, acho que não. Suponho que eu seja muito fraca e tola, para não me vingar enquanto posso.

— Isso faz de você a pessoa mais forte que posso imaginar — disse o Bombeiro. Ele olhou para Allie, que se juntou a eles. — Você vai ter que dirigir o caminhão de bombeiros, Allie. E terá que encontrar um lugar onde possam se esconder, algum lugar próximo. Encontro vocês mais tarde.

— Do que está falando? — perguntou Harper. — Você vem conosco.

— Agora não. Logo.

— Isso é loucura. John. Você não pode ficar sozinho. Mal consegue ficar de pé.

Ele descartou essa ideia com um aceno da mão e balançou a cabeça.

— Não estou mais vendo em dobro. Isso só pode ser um sinal de progresso. — E ao ver a expressão dela, insistiu: — *Não* vou abandonar você. *Nenhum* de vocês. Juro que estarei com vocês em menos de um dia. Dois, no máximo.

— Como vai nos encontrar? — indagou Harper.

— Nick vai mandar me chamar — disse o Bombeiro, olhando por cima do ombro de Allie para o rosto inchado, sujo e atordoado do menino.

O Bombeiro fez alguma coisa com as mãos, movendo-as aqui e ali. Nick piscou devagar e pareceu assentir. Harper pensou que o Bombeiro tivesse dito algo sobre pássaros.

Renée disse:

— Teremos que nos espremer com Gil. Espero que não se importem. Não vou deixá-lo aqui.

— Não — falou Harper. — Claro que não.

Renée assentiu com a cabeça, depois subiu no estribo e gentilmente afastou Gilbert para o lado, abrindo espaço atrás do volante.

O Bombeiro deu meia-volta e caminhou pela grama emaranhada. Ele se agachou sobre o Homem Marlboro.

— Você — disse o Homem Marlboro. — Sei quem você é. Você vai morrer. Meu amigo Jakob vai atropelar essa sua bunda britânica arrombada. Vai pintar a estrada com você. Jakob adora matar as guimbas... diz que é a primeira coisa na vida que consegue fazer realmente bem. Mas, acima de tudo, ele está ansioso para matar *você*. Quer fazer isso enquanto ela assiste.

— Jakob gosta de matar as guimbas, hein? — perguntou o Bombeiro. Ele ergueu a mão esquerda e um fio de chama verde tremulou como uma fita de seda na ponta do dedo indicador. O Bombeiro olhou para a chama com ar sonolento e especulativo, depois a apagou, deixando a ponta do dedo cheia de cinzas. O Bombeiro baixou a mão e espalhou as cinzas na testa do Homem Marlboro, desenhando uma cruz. O Homem Marlboro estremeceu. — *Bem*. Então é melhor se levantar e se mexer, o mais rápido que puder. Porque você é um de *nós* agora, amigo. Essa cinza está cheia do meu veneno. Talvez, se tiver sorte, você encontrará algumas outras pessoas infectadas que vão abrigá-lo e cuidar de você, como o pessoal deste acampamento já fez por nós. Talvez... mas eu duvido. Acho que a maioria das pessoas fechará a porta na sua cara no instante que você abrir essa boca grande para pedir ajuda. Você tem uma voz bastante reconhecível.

O Homem Marlboro bateu os pés no chão e deslizou quinze centímetros pela terra, balançando a cabeça freneticamente, e começou a gritar.

— Não! Não não não, você não pode! Não pode! Escute aqui! *Escute aqui!*

— Na verdade — disse o Bombeiro —, acho que já escutei mais do que suficiente. A única coisa pior do que ouvir homens como você no rádio é encontrá-los na vida real. Porque aqui não existe um jeito de mudar de estação. — E ele o chutou embaixo da mandíbula, de leve, quase com humor. A cabeça do Homem Marlboro caiu para trás e seus dentes se fecharam na ponta da língua, e seu grito tornou-se um lamento alto, hediondo e rudimentar.

O Bombeiro se afastou, cambaleando um pouco, o casaco esvoaçando à sua volta.

— Se eu não vir você até amanhã à noite — gritou Harper —, venho te procurar.

Ele olhou por cima do ombro e deu-lhe um sorriso torto.

— Bem quando pensei que tinha saído da frigideira. Tente não se preocupar. Estarei com você em breve.

— Vamos, srta. Willowes — chamou Allie. Ela estava no caminhão, atrás do volante, com a mão na porta e inclinando-se para encará-la. — Temos que ir. Ainda há homens armados por aí. Ainda há aquele limpa-neve.

Harper assentiu com a cabeça e depois se virou para dar uma última olhada em John. Mas ele não estava lá. A fumaça o havia reivindicado.

11

O CAMINHÃO DE BOMBEIROS afastou os destroços do Chevy Intimidator com uma indiferença quase casual, fazendo-o girar em direção ao círculo de pedras. Atingiu um dos monólitos com um estrondo. Marty Casselman estava se aproximando do Chevy capotado quando o carro de bombeiros o atingiu. Ele mergulhou para fora do caminho, mas a Uzi na sua mão direita disparou com um estrondo, e as balas explodiram três dedos do seu pé.

O grande Freightliner estava recuando da fogueira meio desmoronada que outrora fora uma capela. O motorista viu o caminhão de bombeiros subindo a colina, mas quando Jakob conseguiu dar meia-volta com o Freightliner, sua esposa, Renée Gilmonton e os dois jovens que estavam com elas já haviam partido.

12

ALLIE PAROU O CAMINHÃO onde a estrada de terra encontrava a Little Harbor Road.

— Para onde agora? — perguntou ela.

Harper olhou pela janela do passageiro em direção à carroceria azul e enferrujada do ônibus escolar. Os faróis estavam acesos. Uma garota magra de cerca de quinze anos, com a cabeça raspada, estava sentada atrás do volante. Alguém havia enfiado um facão na sua nuca.

Nick estendeu a mão para tocar o queixo de Harper, virando a cabeça dela na direção dele. O menino estava sentado no colo dela. Ele fedia a cabelo queimado, e parecia que tinha participado daquele jogo de abocanhar maçãs mergulhadas em suco vermelho, de tão manchado e pegajoso de sangue que estava seu rosto — mas os olhos estavam mais alertas agora. Ele falou com as mãos.

— Nick diz que conhece um lugar aonde podemos ir — falou Harper, então estreitou os olhos. Ela respondeu com alguns gestos próprios: "Que lugar?".

"Confie em mim", respondeu Nick em linguagem de sinais. "É seguro. Ninguém nos encontrará. Foi onde escondi tudo o que roubei." Ele encontrou o olhar da Enfermeira com uma solenidade assombrada. "Eu sou o ladrão."

LIVRO NOVE

MOTOR

1

NOS MINUTOS APÓS A meia-noite — enquanto março se tornava abril —, o caminhão de bombeiros avançou pela Little Harbor Road, seguindo até onde a estrada terminava, na Sagamore Avenue. Nick gesticulou para que Allie virasse à direita. Eles tinham percorrido menos de um quilômetro e meio quando Nick sinalizou para que ela parasse.

Allie virou na entrada do cemitério South Street, um lugar tão antigo quanto as colônias e com oitocentos metros de largura. Ela parou em frente aos portões pretos, que eram mantidos fechados por uma corrente pesada e um cadeado. Nick abriu a porta do passageiro e saltou do colo de Harper.

O menino agarrou a corrente com uma das mãos e baixou a cabeça. O metal líquido sibilou e pingou entre seus dedos na terra. A corrente se partiu em duas, e ele empurrou o portão, a mão ainda soltando fumaça. Allie passou com o veículo e esperou. Nick estendeu a mão através das barras, deu um nó frouxo nas duas metades da corrente e agarrou-a com firmeza. Ele produziu mais fumaça, os olhos ficando vermelhos como brasas, e, quando soltou a corrente, havia soldado os elos novamente.

O cemitério South Street era uma espécie de cidade, em que a maioria das residências ficava debaixo da terra. Nick as guiou pelas ruas e becos, pelos subúrbios sinuosos e campos abertos. Eles continuaram até encontrar a estrada de terra que corria na parte de trás da necrópole. Um segundo tipo de cemitério, mais modesto, aguardava na grama molhada e na vegetação rasteira: uma dúzia de carros em vários estados de ruína, imundos, queimados, a carroceria encostando nos aros das rodas. Vários estavam meio submersos em ervas daninhas, ilhas de ferrugem em um mar raso de arbustos venenosos.

De um lado desse local de descanso final para carros não lamentados, havia um prédio de cimento, baixo e feio, com telhado de zinco. Janelas cobertas de teias de aranha apareciam sob os beirais. Em uma extremidade da edícula havia um par de portas de garagem de alumínio ondulado. O centro de operações para a equipe de coveiros, presumiu Harper... na época em que o cemitério South Street ainda tinha uma equipe de coveiros. A grama que chegava até os joelhos e avançava sobre os degraus da frente sugeria que já fazia algum tempo que ninguém batia ponto.

Além dos veículos havia um amplo poço de areia, com algum tipo de entulho empilhado lá dentro, escondido sob lonas plásticas marrons sobrepostas. Allie estacionou o caminhão entre o buraco e um Pontiac Firebird que havia queimado até o chassi. Ela procurou embaixo do volante, encontrou alguns fios desencapados retorcidos, os quais aproximou e separou, produzindo um zumbido de eletricidade. O caminhão de bombeiros engasgou, tossiu e morreu.

Eles ficaram sentados em silêncio. Através dos carvalhos na parte de trás do cemitério, Harper pôde ver uma baía, uma praia de cascalho e edifícios escuros do outro lado da água. "Venha para o cemitério South Street." "Vista para o mar." "Vizinhos tranquilos."

— Isso só vai funcionar até o sol nascer. Aí o caminhão será visível do ar — disse Renée.

Harper olhou para as portas da garagem do prédio dos coveiros e se perguntou se havia espaço suficiente ali para um caminhão de bombeiros antigo. Nick voltou a sair do colo dela e abriu a porta. Ele pulou na névoa.

— Também não creio que seja longe o suficiente do Acampamento Wyndham — falou Renée. Sua voz estava monótona e desinteressada. Ela se sentava à esquerda de Harper, segurando Gilbert nos braços. O cadáver estava entre as pernas dela, a cabeça apoiada no seu ombro, e os braços dela envolviam a cintura do homem. — Há um caminho na floresta. São apenas quinze minutos daqui até o campo de tiro com arco. Eu mesma vim para cá uma ou duas vezes no verão passado.

— Mas são mais de seis quilômetros pela estrada — disse Allie. — E eles esperam que continuemos dirigindo. Não. Acho que pode servir se conseguirmos esconder o caminhão... O que ele está fazendo? — perguntou a jovem, tirando o cinto e saindo.

Nick havia subido no poço arenoso. Puxou uma aba de uma lona para revelar uma pilha de flores murchas, guirlandas enegrecidas e ursinhos de pelúcia mofados. Até mesmo o luto, ao que parecia, tinha prazo de validade. Allie o alcançou, encontrou outra ponta da lona e ajudou o irmão a arrastá-la até o caminhão de bombeiros. Precisariam apenas de duas para esconder completamente o veículo.

Harper desceu do caminhão, colocou as mãos na lombar e espreguiçou-se, estalando a coluna. Seu corpo doía como se estivesse se recuperando de uma gripe, todos os músculos e articulações doloridos.

Ela olhou de volta para o veículo e para Renée.

— Vamos cobrir o caminhão e entrar. — Como Renée não respondeu, Harper acrescentou: — Acho que você deveria sair agora.

Renée ergueu os ombros com um suspiro cansado.

— Tudo bem. Allie pode me ajudar a carregar Gil para dentro?

Allie e Nick já haviam arrastado a lona para a lateral do caminhão. A garota enrijeceu e lançou um olhar inquieto para Harper. A enfermeira acenou ligeiramente com a cabeça para ela.

— Claro que sim, sra. Gilmonton — disse Allie, em um tom despreocupado que não combinava com seu olhar pálido de consternação.

Retirar o pesado cadáver de Gilbert Cline do caminhão de bombeiros foi uma tarefa desajeitada. Renée o segurou pelas axilas, arquejando e empurrando Gil em direção à porta do passageiro, alguns centímetros de cada vez. Allie o pegou pelos tornozelos e elas começaram a tirá-lo do veículo, mas Renée bateu a cabeça e perdeu o controle, e a metade superior do corpo dele caiu de repente. A cabeça acertou o degrau da cabine. Renée soltou um grito estridente de horror e quase caiu ao tentar pegá-lo.

— Ah, não! — disse ela. — Ah, não, ah, não, ah, Gil, eu sou tão fraca. Sou uma inútil.

— Calma — falou Harper, passando por Renée e curvando-se para pegar Gil pelas axilas.

— Você não pode — afirmou Renée. — Não, Harper. Você está grávida de nove meses.

— Não é problema algum — falou Harper, embora seus tornozelos ardessem e suas costas doessem quando ela se endireitou.

Elas caminharam com Gilbert através do mato alto, a grama molhada batendo nas costas dele. Sua cabeça pendia. Ele tinha uma aparência estoica, quase paciente, os olhos claros e bastante azuis parecendo observar Harper o tempo todo.

Tiveram que colocar o homem morto no chão quando chegaram ao canto da garagem, para que Harper descansasse e Allie procurasse uma maneira de entrar. A porta estava trancada e não havia chave sob o capacho ou debaixo de qualquer um dos vasos de flores no degrau da frente (que estavam cheios de terra e tinham uma plantação florescente de ervas daninhas decorativas). Mas Nick não pretendia entrar pela porta. Ele caminhou pela lateral do prédio, espiando pelos beirais. Por fim, o menino parou e apontou para uma das janelas. Estava um metro e meio acima da sua cabeça, tão alto que era difícil imaginar que deixasse entrar alguma luz do dia.

A janela era uma fenda longa e estreita, e um pedaço triangular de vidro estava faltando em uma vidraça quebrada. Nenhum homem conseguiria passar a mão pela abertura, mas o braço de uma criança poderia caber.

Nick precisou que Allie se curvasse para poder subir em seus ombros. Mesmo quando a irmã ficou de pé, ele mal conseguia alcançar o vidro. O garoto teve que se esticar para passar a mão pela janela e girar o trinco. Ele a empurrou, agarrou--se ao parapeito, levantou-se e desapareceu de cabeça na escuridão.

Devia haver alguma coisa lá dentro perto da janela que permitisse descer — talvez alguma prateleira —, porque Harper não o ouviu cair. Nick se foi sem fazer barulho.

— Eu me pergunto quem o ajudou a entrar da última vez — disse a Enfermeira e, quando Allie lhe lançou um olhar questionador, ela acenou com a cabeça em direção à janela alta. — Ele obviamente já fez isso antes, mas é baixo demais para alcançar a janela sozinho.

Allie franziu a testa.

A porta da frente se abriu, e Nick colocou a cabeça para fora e acenou para que elas entrassem, a casa dele agora era delas.

2

QUANDO AMANHECEU, O VEÍCULO estava completamente coberto por um par de lonas, uma na frente e outra na traseira. Harper imaginara que poderiam colocar o caminhão de bombeiros dentro da garagem, mas ela já continha um trator John Deere e uma retroescavadeira. Uma coleção ordenada, embora cheia de teias de aranha, de ancinhos e pás pendurados em ganchos cobria uma parede. Uma ampla mesa de trabalho ocupava toda a extensão da outra. Foi lá que colocaram Gilbert, cobrindo-o com uma terceira lona.

Nos fundos da garagem, uma fileira de janelas dava para um escritório bagunçado: duas escrivaninhas, um quadro de cortiça na parede, um bebedouro vazio e um sofá de cor verde-catarro cremoso. Foi lá que dormiram. Harper ficou com o sofá. Allie e Nick adormeceram abraçados no chão, enrolados em um cobertor cinza que Allie encontrou no compartimento traseiro do caminhão de bombeiros. Renée não se juntou a eles. Ela se sentou em um banquinho ao lado da mesa de trabalho, segurando a mão de Gilbert. Às vezes falava com ele. Às vezes ela ria, como se ele tivesse dito algo engraçado. Muitas vezes ela apenas passava o polegar pelos nós dos dedos de Gil ou pressionava a mão fria dele na sua bochecha.

Nick dissera a Harper que ele era o ladrão e prometera levá-la até onde havia escondido sua pilhagem. Mas a Mãe Portátil não estava à vista. O mesmo acontecia com todos os outros pequenos objetos de valor que haviam desaparecido do acampamento. Harper presumiu que Nick explicaria quando estivesse pronto.

Ela se enrolou de lado com uma jaqueta preta. A roupa tinha uma estampa da Morte nas costas, uma das mãos esqueléticas segurando uma foice... e a outra, um sutiã de renda. COVEIROS DA ÁREA 13 — RUINS ATÉ OS OSSOS, dizia. O casaco cheirava a café e mentol e a fez se lembrar do pai, que estava sempre passando pomada no pescoço. Harper chorou até dormir, pensando no pai, que poderia estar morto agora e que ela duvidava que veria de novo em vida. Mas chorou baixinho, sem querer incomodar ninguém.

Quando acordou, as crianças ainda dormiam. Allie ainda era uma criança? Olhando sua bochecha macia e seus cílios longos, Harper teve vontade de acreditar que sim. Mesmo durante o sono, porém, ela tinha um aspecto reduzido que a fazia parecer uma jovem mulher, desgastada pelos cuidados e pelas preocupações, ocupada demais para pensar nas coisas que faziam as crianças felizes.

Harper olhou através de uma das janelas panorâmicas que davam para a garagem e viu que Renée havia subido na mesa de madeira compensada e cochilado junto a Gil, com uma das mãos gordinhas apoiada no seu peito. As janelas altas sob os beirais davam para uma escuridão indefinida. Harper dormira durante o dia e poderia ter dormido boa parte da noite seguinte se não estivesse com tanta fome. Eles teriam que tomar providências com relação à comida em breve.

O escritório tinha um balcão de fórmica com pia, micro-ondas, cafeteira e um rádio tão antigo que tinha um toca-fitas embutido. Estava conectado a uma tomada na parede, mas é claro que não havia energia. Havia uma geladeira, mas Harper não olhou lá dentro, não queria cheirar o que poderia estar lá. Ela virou o rádio e encontrou um compartimento de bateria na parte de trás. Eram necessárias seis grandes pilhas tamanho D. Havia um pacote dessas na terceira gaveta que ela abriu.

Harper levou o rádio para fora do escritório, para o silêncio fresco e rochoso da garagem. Ela parou na bancada, ao lado de Renée e Gil. A lona havia escorregado até a cintura do cadáver. A camisa de Gil estava ligeiramente desabotoada, e a mão de Renée estava enrolada no seu peito, a bochecha apoiada no ombro do homem.

No peito de Gil, escritas em letras azuis desbotadas, ornamentadas, quase góticas, havia três linhas:

É impossível passar a vida sem confiança:
é ficar preso na pior cela que há, você mesmo.
– G. Greene

Harper levantou a lona, alisando-a sobre os dois, e deixou-os a sós.

Ela se acomodou no degrau de cimento naquela noite de calor surpreendente, quase líquido, repleta de canções de grilos. Harper flexionou os dedos dos pés na terra úmida e arenosa. Quando inclinou a cabeça para trás e olhou para o céu, viu tantas estrelas e sentiu tanto amor pelo mundo que aquilo doeu. E que coisa era ainda amar o mundo, mesmo agora. A face do rádio brilhou como um vaga-lume. O que era melhor do que uma noite quente de primavera, pés descalços na terra quente, cheiro de árvores florescendo no ar e um pouco de música no rádio? Só faltava uma cerveja gelada.

Ela explorou as frequências FM, esperando ouvir Martha Quinn e sabendo que não ouviria. Não a encontrou. Através de um silvo de estática, achou uma estação que tocava antigas músicas de black gospel, mas, depois de algumas canções, o rádio ficou em silêncio. Mais adiante no mostrador, ela ouviu um jovem — ou seria uma criança? Sua voz tinha um quê estridente e tenso que Harper associava à puberdade incipiente — informando sobre o treinamento de primavera do Red Sox em Fort Myers. Ela ficou ali por um tempo, com o pulso batendo forte, abalada pela ideia de que o beisebol ainda acontecia em algum lugar do mundo.

Porém, depois de metade de um *inning*, ela começou a suspeitar de que o garoto inventava tudo à medida que avançava. Bill Buckner estava jogando na primeira base novamente, mais de vinte e cinco anos depois do seu último jogo, e todas as bolas passaram entre as suas pernas. Vin Diesel rebatia para o Red Sox e acertou a bola em um interbase chamado Caco Ossapo. Quando Ossapo pegou a bola, a força do golpe o fez destroncar o braço. O Sox jogava contra um time chamado Hereges, composto em grande parte por Muppets, monstros e loucos, que explodiam em chamas e morriam no campo sempre que cometiam um erro. Harper ouviu, sorrindo, por mais um *inning*. O Sox tinha a vantagem de 3½ a 1 quando ela mudou de estação. Ela não tinha certeza de como o time havia conseguido marcar meia corrida. O garoto que narrava o jogo parecia ter onze anos e estar se divertindo muito.

Bem no final do mostrador, ela encontrou um coral de meninos cantando "O Come All Ye Faithful" e parou para ouvir. Em algum momento, percebeu que estava chorando. Harper não queria que nenhum deles morresse. Nem um único indivíduo, não importava quão difícil tivesse sido conviver com eles.

Quando a música acabou, uma mulher começou a relatar:

— Hoje em Bênçãos. — Era uma espécie de noticiário. Ela disse que chegou a notícia de que J.K. Rowling, autora dos malditos romances de Harry Potter, havia sido morta por um pelotão de fuzilamento em Edimburgo. A execução foi exibida pelo que restou da internet. Ela estava toda rabiscada com a caligrafia do diabo e tinha usado seu dinheiro e seu status para proteger e transportar outras pessoas que estavam doentes. Quando lhe foi oferecida a chance de pedir perdão por seus muitos pecados (iludir as crianças, esconder os contaminados), Rowling desprezou a oportunidade e disse que não se desculparia por um único advérbio. A locutora considerou uma bênção ela queimar eternamente no inferno, louvado fosse Jesus.

Em bençãos locais, a Guarda Nacional, apoiada pelos Incineradores do Litoral — uma milícia voluntária —, descobrira seiscentos pecadores infectados escondidos nos terrenos do Acampamento Wyndham. Seguiu-se uma batalha, que terminou quando os doentes morreram queimados em uma igreja que tinham convertido em um complexo fortemente armado, aleluia, irmãos.

Mais ao norte, novos incêndios havia começado no sul do Maine, mas, em sinal da misericórdia do Senhor, o fogaréu foi contido em uma faixa de apenas trinta e poucos quilômetros. Os Soldados por Cristo de New Hampshire prometeram enviar mais de cem homens e uma dúzia de caminhões de bombeiros durante a semana. O grande cabo Ian Judaskiller estava em comunicação com os serviços florestais do Maine e pronto para ajudar qualquer um que ouvisse e aceitasse a verdade de suas revelações divinas, glorificado fosse. Grande cabo? Seu antigo título era governador, mas também, naquela época, o nome dele era Ian Judd-Skiller.

O coral de meninos voltou a cantar algo em latim.

Quando Harper ergueu o olhar, Nick estava sentado do outro lado do degrau, apertando os joelhos contra o peito.

"Bom aqui fora", disse ela com gestos, não com a voz. "Adoro uma noite quente. Quase como o verão."

Ele assentiu com a cabeça, só um pouco, o queixo pairando logo acima dos joelhos.

"Comer nós temos que", falou ela, ciente de que não estava sinalizando direito. "Vou encontrar para comer. Trazer aqui. Não se preocupe se mim não voltar logo."

Nick balançou a cabeça, negando.

"Eu sei onde tem comida", disse ele com as mãos eloquentes e expressivas. "Vamos."

Ele se levantou e levou-a para o cemitério.

3

DURANTE ALGUM TEMPO, OS dois seguiram pela estrada que passava nos fundos do cemitério. Então, Nick entrou em meio às lápides, através da grama que chegava até a cintura. O menino parou diante de uma pedra velha, áspera e acinzentada com o nome MCDANIELS escrito. Ele se agachou e tocou a borda da tumba. Harper viu um traço de tinta vermelha brilhante.

O garoto se virou e continuou, e Harper o seguiu. Em uma laje de mármore azul que comemorava a vida de um certo ERNEST GRAPESEED, Nick se inclinou, apontou para outra pequena linha vermelha e depois olhou de forma significativa para ela.

Nick falou com os dedos: “Esmalte”.

Harper se lembrou, então, de um dos primeiros itens roubado: um frasco de esmalte vermelho que pertencera às irmãs Neighbors. Cada uma acreditava que a outra havia surrupiado o objeto, e as duas tiveram uma briga feia.

Ele a conduziu para cima e para baixo na terra verde e enrugada. A grama crescia por todo o cemitério. Harper pensou que, em meados de junho, todos, exceto os túmulos mais altos, estariam afundados sob uma profusão de verde selvagem. Isso não parecia tão ruim. Ela achava que havia mais beleza nas flores silvestres e nos tufos de capim-da-praia do que em um parque inteiro com um gramado bem cuidado.

Chegaram a uma cripta, com paredes de pedra branca sob trepadeiras de hera e folhas verdes. Havia um leme gravado na entrada, acima do nome O’BRIAN. Um pedaço de pedra, com outra pitada de esmalte de unha, mantinha a porta entreaberta.

Nick forçou a porta com o ombro. Ela deslizou com um grito estridente.

Não havia luz para ver e Harper desejou ter trazido uma lanterna — *tinha* que haver uma na garagem —, mas Nick foi rapidamente até um dos caixões de pedra encostados na parede. A ponta de seu dedo se acendeu, espalhando uma faixa de fogo verde-azulado. Ele encostou em uma série de velas, a maioria delas derretida em tocos deformados, e então sacudiu a chama para apagá-la.

A bolsa de Harper estava em um dos caixões. O pingente de ouro de Allie estava pendurado na alça. Harper sentiu uma sensação estranha ao ver a Mãe Portátil novamente. Foi como encontrar um menino de quem ela gostara havia muito tempo — talvez na escola — e descobrir que ele continuava tão bonito quanto ela lembrava.

Uma xícara de chá gigante, do tamanho de uma tigela de sopa, repousava sobre a tampa de pedra de outro caixão. A xícara estrelada de Emily Waterman. O interior estava cheio de pedaços velhos de carne desidratada. Empilhadas perto da parede, havia três latas de apresuntado e três latas de leite condensado.

O menino se içou para se sentar com velas de cada lado. Harper se acomodou à sua frente, inclinou a cabeça e esperou.

"Eu estava tentando pegar o gato", disse ele com as mãos. "Um grande gato com listras como um tigre. Quando o acariciei, pude senti-lo ronronando, como um pequeno motor. Não consigo *ouvir* o ronronar, mas consigo senti-lo, e parece a melhor coisa do mundo. Mas quando tentava capturá-lo, ele sempre escapava. Uma vez, eu o prendi numa caixa e o carreguei até metade do caminho de volta ao acampamento. Mas ele forçou a cabeça para fora pelo lado de baixo e fugiu."

Ela acenou com a cabeça para mostrar que o estava acompanhando até então.

"Michael disse que me ajudaria a pegá-lo. Era para ser um segredo. Nós o pegaríamos juntos e o levaríamos ao acampamento, e eu poderia ficar com ele. Mike me disse para roubar apresuntado e leite do refeitório. Depois, me encontrou com coisas que *ele* tirou do acampamento, como refrigerantes e barras de chocolate. Perguntei se teríamos problemas, e ele respondeu que, se ninguém descobrisse, não. Eu sabia que estávamos sendo maus. Eu ficava triste... *às vezes*."

"Mas foi legal também... Michael estava prestando atenção em você", falou Harper, movendo as mãos de forma bastante deliberada, para ter certeza de que tinha dito exatamente o que queria.

Nick assentiu com uma ansiedade que partiu um pouco seu coração.

"A maioria das outras crianças nem parecia notar que eu estava lá. Nenhuma delas entendia a linguagem de sinais... e eu não consigo acompanhar uma conversa falada. Eu me sentava com elas no refeitório, mas, na maior parte das vezes, não podia entender o que estavam falando. Se todas riam, eu sorria, como se soubesse o que era engraçado, mas não sabia. Eles poderiam muito bem estar fazendo piadas às minhas custas."

O menino abaixou a cabeça e olhou para as mãos. Elas se contorceram, fazendo pequenos movimentos, e Harper pensou, com uma onda de surpresa, prazer e tristeza, que ele estivesse falando sozinho, e aqueles pequenos movimentos dos dedos fossem sua versão de um sussurro. Por fim, Nick ergueu o queixo, encontrou o olhar dela e começou a se comunicar novamente.

"Mike não conhecia a linguagem de sinais, mas escrevíamos bilhetes um para o outro. Ele era muito bom em esperar que eu terminasse de escrever quando tinha muito a dizer. Podia ficar lá sentado, balançando os pés, por cinco minutos enquanto eu rabiscava. A maioria das pessoas não é tão paciente. Ele me ajudou a construir armadilhas para o gato. Algumas das nossas armadilhas eram bem engraçadas, saindo direto das revistas em quadrinhos. Uma vez roubamos uma jaqueta camuflada, estendemos sobre um buraco e cobrimos com folhas. Como se talvez o gato fosse idiota o suficiente para cair naquilo."

Harper se lembrou do dia em que uma jaqueta camuflada desapareceu. Pertencera a uma adolescente chamada Nellie Lance, que ficou irritada e perplexa com o desaparecimento. *Tem uns dez mil casacos mais bonitos que ela poderia ter roubado*, dissera Nellie.

Ela. O acampamento sempre acreditou que os objetos eram roubados por uma mulher. Tudo que foi afanado desapareceu das cozinhas ou do dormitório feminino. Mas é claro que havia *um* homem no dormitório feminino. Nick passou o outono inteiro lá, dividindo a cama com a irmã e depois pulando para a cama de Harper.

Nick continuou:

"Tudo que roubamos escondemos aqui. Usei o esmalte para criar uma trilha, para que sempre pudéssemos encontrar o caminho. Às vezes, invadíamos a garagem dos coveiros. Mike descobriu que podia me colocar nos ombros para eu entrar pela janela."

"As pessoas ficaram com raiva", disse Harper. "Quando você sabia pessoas com raiva, por que não contar? Poderia ter explicado tudo e ninguém bravo."

"Você vai pensar que sou um idiota."

"Explique."

"Eu não sabia que estavam *procurando* por um ladrão. Não por muito, *muito* tempo. Todo mundo estava falando disso, mas ninguém falou *comigo*. As pessoas faziam anúncios na capela que eu não conseguia ouvir. Às vezes, eu perguntava a Mike sobre o que estavam falando, mas ele sempre dizia que não era nada. Uma vez, Allie estava com tanta raiva que tremia, e eu perguntei por quê, e ela me disse que uma vadia estava roubando coisas no dormitório feminino. Fui tão idiota que nem percebi que ela estava falando de *mim*. Achei que *outra pessoa* estava roubando coisas. Coisas *importantes*. Só peguei esmalte, uma xícara de chá idiota e apresuntado. Todo mundo odiava apresuntado." Ele baixou os olhos. "E uma vez peguei o pingente de Allie." Então, o garoto olhou para cima, com um desafio brilhante nos olhos. "Mas só porque era para ser *meu* pingente também. *Deveríamos* compartilhar. Mas Allie disse que pingentes são para meninas e por isso o guardou para si e nunca me deixou usá-lo ou mesmo olhar para ele."

"E a Mãe Portátil?", perguntou Harper.

Ele apoiou o queixo no peito e piscou. Lágrimas caíram em suas coxas.

"Desculpe."

"Sem desculpa. Diga por quê."

"Mike disse que era grande o suficiente para colocar o gato dentro. Ele falou que seria muito útil para uma armadilha e que poderíamos devolvê-la mais tarde. Eu não ia pegar tudo o que havia nela... não no início. Ia esvaziar e usar a bolsa. Mas aí me lembrei do meu View-Master."

"O quê?"

Ele se virou e abriu o fecho dourado da bolsa. Tateou lá dentro e encontrou um View-Master de plástico vermelho.

"Eu lembro. Carol me deu", disse Harper. "Para bebê."

O rosto do menino escureceu.

"Não era dela. Era *meu*. Tia Carol me disse um dia que eu já estava velho demais para o View-Master e, então, deu para você. Ela me mandou encarar a situação como um mocinho. Por isso peguei a bolsa inteira. Eu roubei. Mesmo você sendo minha amiga. E foi muito ruim." Ele enxugou os olhos com uma das mãos. Os músculos do rosto tremiam com a força de uma emoção malcontida. "Depois que peguei, eu *quis* devolver. De verdade. Michael me encontrou aqui na tumba e disse que não podíamos arriscar. Ele falou que o Pai Storey havia anunciado que a pessoa que roubou a Mãe Portátil teria que deixar o acampamento para sempre. Disse que roubar de uma mulher grávida era o pior pecado depois do assassinato. Mike me falou que eu não poderia devolvê-lo em segredo, porque Ben Patchett tiraria as impressões digitais. E Allie me disse que quem pegou o pingente teria as mãos decepadas. Mesmo assim, pensei que poderia contar ao Pai Storey o que tinha feito. Era o que eu ia fazer. Assim que ele voltasse do resgate dos presidiários com o Bombeiro. Mas..." Suas mãos pararam por um momento, enquanto ele esfregava os olhos. Logo, porém, voltaram a se mexer. "Mike disse que talvez fosse *sorte* minha o Pai Storey ter levado uma pancada na cabeça. Disse que tinha certeza de que o Pai Storey *suspeitava* de mim. Disse que antes de o Pai Storey ficar com a cabeça esmagada, ele avisou a Mike que teria que me fazer algumas perguntas sobre as coisas que haviam sido roubadas, e que, se eu não respondesse direito, ele provavelmente teria que mandar *Allie e eu* embora, para sempre. Mike disse que o Pai Storey se livraria de nós dois porque era função de Allie garantir que eu me comportasse. E o Pai Storey também disse que era importante que o acampamento soubesse que ele não me trataria de maneira diferente só porque eu era neto dele."

"Ele mentira. Muita mentira. Pai Storey nunca machucar você ou sua irmã. Ele nunca deixar ninguém machucar vocês."

Harper podia ver que Nick não queria olhar para ela, não queria fazer contato visual —, mas era a maldição dos surdos não poder esconder os olhos se quisessem se comunicar. Nick tinha que manter o olhar nas mãos dela. Ele piscou por causa das lágrimas e limpou o nariz com o braço.

"Eu sei *agora*. Mas estava com medo. E foi por isso que fiquei com você na enfermaria. Porque, se o Pai Storey acordasse, eu poderia pedir desculpas e pedir para ele, por favor, que não punisse Allie por algo que eu tinha feito. E Mike disse que era uma boa ideia e que ele também ficaria na enfermaria o máximo que pudesse. Dessa forma, se o Pai Storey acordasse, ele poderia assumir a maior parte da culpa. Mike disse que deveria assumir a maior parte da responsabilidade de qualquer maneira, porque era mais velho."

"Não culpa sua", disse Harper. "Michael era um mentiroso. Ele enganou *todos* nós."

Os ombros de Nick se contraíram convulsivamente. Ele ergueu as mãos e deixou-as cair, ergueu-as e tentou outra vez.

"Acordei uma vez para ir ao banheiro e encontrei Mike curvado sobre os pés do Pai Storey. Ele ficou surpreso ao me ver e se levantou muito rápido, parecendo assustado. Ele tinha uma agulha na mão. Perguntei o que estava fazendo, e Mike respondeu que tinha vindo aplicar sua injeção de insulina e depois parou para fazer uma oração pelo Pai Storey. Ele estava tentando matar o Pai Storey, não estava?"

"Sim. Quando acontecer?"

"Fevereiro."

Harper pensou e assentiu com a cabeça. "Pai Storey parar de ter convulsões em fevereiro. Foi quando começar a melhorar. Depois que os ataques pararam. Você salvou a vida do Pai Storey. Você assustou Mike depois de pegá-lo com a agulha. Ele não tentou envenenar de novo."

Nick balançou a cabeça. "Eu não o salvei. Michael ainda o matou."

Harper se inclinou para a frente e apoiou os cotovelos nos joelhos. "Mas não antes de o Pai Storey acordar e dizer quanto ele amava você. Entende? Você foi muito amor. Não é nenhum um garoto mau."

Nick parecia tão desconsolado que ela teve que se levantar, beijar a sua cabeça e abraçá-lo.

Quando o soltou, o menino pelo menos não estava mais chorando. A Enfermeira disse:

"Você acha que aquela lata com carne ainda boa?".

"*Nunca* foi boa. Mas provavelmente podemos comê-la."

Harper juntou o apresuntado e o leite condensado em ambos os braços. Quando ela se virou, Nick estava diante dela, usando o pingente em volta do pescoço e segurando a Mãe Portátil bem aberta. Ela assentiu com a cabeça e colocou as latas dentro da bolsa.

Ambos escorregaram para a escuridão e começaram a voltar pelo caminho escuro por onde vieram. Porém, não tinham avançado nem trinta metros quando Harper ouviu o gemido e o rugido de um motor grande e familiar, um som que fez com que suas entranhas se contraíssem de nervoso. Ela agarrou a manga da camisa de Nick e puxou-o para se agachar atrás de uma Virgem Maria.

O limpa-neve laranja passou ruidosamente pela rua, estragando a noite com seu fedor de diesel. Movia-se devagar, e um holofote montado no topo da cabine mergulhava e balançava, iluminando o muro de pedra e invadindo o cemitério. Sombras de anjos e cruzes com três metros de comprimento avançaram pela grama em direção a Harper e depois recuaram. Ela soltou um suspiro instável.

Ainda lá fora. Ainda procurando. Jakob sabia em que veículo eles haviam fugido. Talvez soubesse que não tinham ido muito longe. Um caminhão de bombeiros não era o carro de fuga mais discreto do mundo.

Ela se virou para olhar para Nick — e ficou surpresa ao encontrar o garoto sorrindo. Ele não estava olhando para a rua. Em vez disso, observava com atenção a estrada de cascalho que margeava os fundos do cemitério, de olho em algo na vegetação alta e emaranhada. Harper viu as samambaias se contorcerem enquanto algo escapava.

"O quê?", perguntou ela com as mãos.

"O gato", respondeu ele. "Acabei de ver o gato. Ele também sobreviveu ao inverno."

4

HARPER ESTAVA PREPARADA PARA se colocar entre Allie e Nick, estava preparada para ameaças, lágrimas e mobília voadora. Mas Allie não pareceu nem um pouco surpresa ao ver a Mãe Portátil novamente ou ao encontrar Nick usando o pingente. Quando voltaram ao escritório, Allie se sentou na beirada do sofá, esfregando o rosto com ambas as mãos. Encarou os dois com os olhos turvos e não fez perguntas. Harper tirou uma lata de apresuntado da bolsa e procurou no armário algo para acompanhar. Encontrou uma caixa de bolachas de água e sal e sentiu uma pontada de gratidão que se aproximava de algo espiritual.

Nick parou na frente de Allie, com o queixo esticado, esperando que ela dissesse alguma coisa. A irmã, enfim, gesticulou:

"Acho que pode usá-lo. Pensei que ele o faria parecer uma garotinha, mas pelo menos você é uma garota fofa".

Harper encontrou uma fita cassete, *Aftermath*, dos Rolling Stones, e colocou-a no toca-fitas. Mick Jagger avisava à namorada que o tempo dela estava acabando. *Bem por aí*, pensou Harper.

Harper apresentou a Allie uma versão mais curta do que Nick lhe contara na tumba, enquanto espalhava o apresuntado gelatinoso nos biscoitos. Allie não interrompeu nem fez perguntas. Quando Harper terminou e todos estavam sentados juntos no sofá, comendo carne pastosa, Allie usou as mãos para dizer:

"Não acredito que você caiu na besteira de Mike sobre impressões digitais. Isso é muito idiota até para você".

Nick respondeu:

"Eu sei. Mas quando comecei a pensar que Michael estava errado sobre as impressões digitais, havia neve no chão e ninguém podia sair do acampamento, então não havia como eu trazer alguma coisa de volta sem deixar pegadas. Além do mais. *Você* foi a idiota que me disse que, quando encontrassem a pessoa que estava roubando, Ben ia cortar as mãos dela na frente de todo o acampamento."

Ela assentiu com a cabeça.

"Não se preocupe. Você tem apenas nove anos. *É esperado* que seja burro. Eu tenho dezessete. Qual é a minha desculpa?"

Harper se perguntou quando Allie tinha completado dezessete anos, e passou-lhe pela cabeça que ela havia esquecido o *próprio* aniversário, quatro semanas antes.

— Quanto tempo o apresuntado vai durar? — perguntou Allie. Ela falava com um pouco de dificuldade. Seu lábio superior estava feio, dividido em duas metades onde Jamie havia cortado sua boca. Harper precisava encontrar agulha e linha.

— Só temos duas latas, então... não muito.

— Bom. Porque será uma misericórdia quando acabar e pudermos morrer de fome em paz.

— Eu esperava evitar isso — disse Harper, e começou a falar com Nick de novo com as mãos. "O Bombeiro disse que você pode encontrá-lo e mostrar onde estamos."

"Se for preciso."

"É preciso."

"Eu teria que lançar fogo. Não gosto de fazer isso."

"Sei que não."

Ele lhe lançou um olhar cauteloso e assombrado. "John contou por que não gosto de fazer isso?"

Harper assentiu com a cabeça.

Allie olhava devagar de um lado para outro, alternando entre Harper e Nick.

Harper ia tentar se comunicar pela linguagem de sinais, mas não funcionaria. Ela se levantou, vasculhou as gavetas e voltou com um bloco de papel e uma caneta esferográfica.

O que aconteceu <u>não</u> foi culpa sua. Demora no mínimo seis semanas para que o esporo alcance a parte do cérebro que torna possível controlá-lo. Talvez mais. Sua mãe queria controlar o fogo, como John faz com a Fênix ou como você fez ontem à noite com os passarinhos. Mas o cérebro dela não estava pronto. O que ela fez foi como induzir o parto antes que um bebê estivesse preparado para sobreviver fora do útero. Em vez de ter um filho, você acaba abortando. Mas ela não sabia. Nenhum de vocês sabia. NÃO FOI CULPA SUA. Ou dela. Foi um acidente de merda. Só isso.

Mas o menino balançou a cabeça, dobrou o bilhete uma, duas vezes e enfiou-o no bolso. O rosto — inchado de tanto chorar, rosado onde ele havia se queimado, imundo e ainda manchado de sangue — não tinha um pingo de tranquilidade ou aceitação.

"Você não sabe", disse ele com as mãos. "Você não faz ideia."

Antes que ela pudesse responder, o menino se impulsionou do sofá com os dois punhos e foi até a porta da garagem. Então, olhou para trás.

"Vocês vêm ou não?", perguntou ele.

Ele as conduziu para trás do prédio. Uma gaita pulsante enchia a noite e parecia fazer o próprio ar vibrar: o canto compartilhado de mil grilos. Nick se afastou das mulheres e foi para a grama alta. Ele andava em círculos, pisoteando a grama. Ervas daninhas molhadas guinchavam sob seus tênis. Ele deu voltas e mais voltas, indo cada vez mais rápido, balançando a cabeça para a frente e para trás. Seus dedos dançavam e se moviam, e Harper pensou que ele estivesse cantando sem uma canção, ouvindo uma melodia que não tinha som. Fazendo um pedido sem usar palavras. Foi um pouco assustador observá-lo em movimento como uma estatueta em uma caixa de música silenciosa balançando ao longo do trilho. Seus olhos estavam fechados. Logo não estavam mais. Eles se abriram, dando vista para uma fornalha. Seus dedos deixavam rastros de faíscas laranja.

Nick ergueu a mão esquerda e saiu fogo dela. Pequenas chamas escaparam, flutuando no ar, mas, em vez de encolherem e desaparecerem, tomaram forma, transformando-se em delicados pássaros de fogo. Um bando flamejante deles saiu da sua mão em chamas e disparou para um lado e para o outro, girando como foguetes noite adentro. Uma dúzia. Duas dúzias. Cem.

— Meu Deus — disse Renée, que tinha ido até a porta dos fundos para assistir. — Como eles simplesmente não queimam e desaparecem? O que estão usando como combustível?

— Ele — respondeu Allie, acenando com a cabeça para o irmão. — Ele é tanto a pederneira quanto a lenha. O fluido de isqueiro e o fósforo.

— Não, não é isso — falou Harper. — Não faz sentido. Ainda não consegui entender essa parte, não importa quanto John tenha tentado...

Mas Nick havia parado de andar em círculos. Rapidamente agitou as mãos para a frente e para trás e colocou-as sob as axilas, e as chamas amarelo-azuladas se apagaram em um caprichoso jato de fumaça rosa. Ele se abaixou para soprar as palmas das mãos e, enquanto se inclinava para a frente, algo cedeu e ele caiu de cabeça na grama.

Allie chegou até o irmão primeiro, pegando-o com ambos os braços. A cabeça pendia sobre um pescoço que não parecia ter ossos. Allie olhou feio para Harper.

— Nick não estava pronto para isso — ralhou ela. — Ele já passou por muita coisa. Deveríamos ter esperado mais uma noite. *Você* deveria ter esperado.

— Mas John...

— John Rookwood pode se cuidar sozinho — falou Allie. — Nick, não.

E ela passou por Harper e entrou na garagem.

Era disso que Allie precisava, Harper supôs: uma chance de defender o irmão, de retomar o papel de protetora de Nick... ou pelo menos parte dele.

— Eu realmente não entendo — disse Harper para Renée. — O que Allie falou há pouco sobre Nick ser a pederneira e o querosene... é poético, mas não faz o menor sentido.

— É para isso que serve o discurso poético: para as coisas que são verdadeiras, mas não fazem sentido. Para a besta selvagem e o torvelinho crescente — falou Renée, e ergueu o olhar para contemplar a noite, onde uma centena de pássaros flamejantes girava em um círculo cada vez maior antes de se espalhar pelas estrelas.

5

HARPER ENCONTROU UMA LINHA de pesca e um anzol em uma caixa de ferramentas sob a escrivaninha e usou as duas coisas para dar dois pontos no lábio superior de Allie. A jovem se sentou rigidamente enquanto a Enfermeira costurava, o olhar apontado para o teto, os olhos cheios de lágrimas nervosas. Ela não emitiu som algum o tempo inteiro. Harper não tinha certeza se a garota a estava ignorando ou apenas sendo estoica.

Quando terminou, Harper se voltou para Nick. Ele estava profundamente adormecido e apenas franziu a testa enquanto Harper dava quatro pontos na sua cabeça rasgada. A Enfermeira usou a mesma agulha, mas a esterilizou segurando-a entre o polegar e o indicador até que o aço ficasse quente e branco.

Depois, Harper saiu para se sentar na varanda e observar o céu noturno claro. Às vezes, parecia que uma das estrelas se soltava do firmamento e navegava com velocidade vertiginosa para um canto distante da noite. Nas horas escuras antes do nascer do sol, as constelações se desfizeram, restabeleceram-se e caíram em faixas ardentes.

Por fim, na luz cinzenta do amanhecer, um pequeno pardal de fogo saiu ziguezagueando das árvores atrás do cemitério e exauriu-se em um sopro de fumaça. Um instante depois, o Bombeiro o seguiu, cambaleando da floresta para os braços de Harper.

A visão dele a deixou horrorizada. O longo corte na maçã do rosto esquerda era uma linha irregular preta. A lateral do pescoço estava vermelha com o que parecia ser uma queimadura de sol agonizante. Ele fedia como se tivesse rolado nas ruínas de uma fogueira.

Na mão esquerda, havia um balde de aço cheio de carvão.

— Eu a salvei — disse John, arfando. — Precisamos colocá-la em algum lugar seguro e conseguir lenha fresca. — Ele lançou a Harper um olhar frenético. — Ela está morrendo de fome.

Com relutância, ele permitiu que Harper tirasse o balde da sua mão. A alça de metal estava quente — talvez abrasadora —, mas a palma da mão de Harper acendeu suavemente e ela não sentiu dor.

Harper colocou o balde na varanda e guiou o Bombeiro para dentro.

Ele desmaiou um segundo depois que ela terminou de costurar a bochecha cortada. A Enfermeira o deixou no sofá, onde ele dormiu com o próprio casaco como cobertor.

Harper saiu de novo, sentindo-se muito cansada e muito grávida. A lombar gritava constantemente e ela sentia fortes dores de natureza ginecológica.

O balde de brasas estava no degrau dos fundos, próximo ao toca-fitas. Mick Jagger prometia que estava indo para casa, por cima de uma linha de baixo pomposa. Aquelas brasas aumentavam de brilho, diminuíam e aumentavam novamente, combinando com o ritmo da música.

Harper teve vontade de chutar o balde na grama.

Em vez disso, ela o carregou até um grande tambor de aço, no meio do mato atrás da garagem, um em um conjunto de latas de lixo. Ela despejou o carvão em cima do lixo velho: tábuas lascadas, latas de cerveja enferrujadas, trapos oleosos. As chamas se espalharam e saltaram, o lixo acendendo com um *whump* leve e faminto. Harper encontrou gravetos e um tronco podre cheio de insetos e jogou-os no fogo.

— O que é isso? — perguntou Renée. — É para cozinhar?

— Mais como uma dessas fogueiras que você acende para se lembrar de alguém.

— Uma chama eterna?

Harper disse:

— Espero que não.

6

ELES DORMIAM NO SOFÁ em turnos, comiam o apresuntado, bebiam as latas de leite. A garagem era quente e claustrofóbica, cheirando a carne enlatada, concreto e diesel. Eles teriam que fazer algo com relação a Gil em breve. Mais um dia, e ele começaria a apodrecer.

Quando o sol se pôs, Harper saiu pela porta dos fundos para tomar ar fresco. Era melhor sob as estrelas. A noite tinha uma qualidade quase líquida, era como entrar em uma piscina quente, uma piscina cheia de escuridão flutuante em vez de água. Enquanto Harper não prestava atenção, a primavera exuberante havia chegado.

Algo estourou na lata de lixo. Harper se virou e encontrou Allie parada sobre as chamas, observando as brasas com olhos arregalados, atordoados e assustados. A garota se abraçava com força, as mãos apertando os cotovelos.

— Você está bem? — perguntou Harper.

Allie se virou e olhou para Harper sem expressão alguma.

— Não — respondeu ela, e entrou.

Harper espiou as chamas, mas enxergou apenas brasas.

Ela se sentou na varanda dos fundos. Contou quantos dias faltavam para o parto e depois contou novamente para ter certeza. O parto seria no dia dezoito, se acontecesse no tempo correto. Às vezes, as mulheres se atrasavam com o primeiro filho.

Ela ouviu *Aftermath* e apoiou as mãos no hilário globo da sua barriga grávida. Mas teve que desligar os Stones quando chegou a "Under My Thumb". Durante toda a vida, ela desejou um mundo que funcionasse como um musical da Disney do início dos anos 1960, com apresentações espontâneas de música e dança para celebrar eventos importantes, como compartilhar um primeiro beijo ou deixar a cozinha impecável. Se não pudesse ter *Mary Poppins*, se contentaria com *A Hard Day's Night*. Mas a vida era mais parecida com o tipo de música que os Stones escreviam: você não recebia satisfação alguma; levava um golpe atrás do outro; se fosse mulher, era uma vadia que pertencia a alguém; e, se queria que o médico receitasse o remedinho da mamãe, era melhor ter a prata, pegar ou largar, e não me venha chorar por compaixão, isso é só para o diabo.

Ela mexeu nas estações. Um grupo gospel batia palmas para Jesus. O garoto do beisebol estava de volta: os Red Sox jogavam contra o Shakespeare All-Stars. Romeu estava pronto para rebater. Ele rebateu, quebrou o bastão no joelho, engoliu veneno e morreu no *home plate*. Julieta saiu correndo do *on-deck circle*, chorou por alguns momentos e depois enfiou a haste do bastão no coração. O arremessador, Tom Gordon, esperou com a mão no quadril enquanto Rosencrantz e Guildenstern arrastavam os corpos para fora do campo.

Mais adiante no receptor de estações, uma mulher relatou que o general-marechal sênior Ian Judaskiller havia assinado uma ordem de execução para o Bombeiro, que matara dois Soldados por Cristo de New Hampshire no tiroteio ocorrido no Acampamento Wyndham, três dias antes. Em outras notícias, doze mil japoneses ímpios tinham se matado no maior suicídio em massa já registrado, em Okinawa. Em Iowa, um rebanho de vacas foi fotografado do céu em formação de cruz. Os últimos dias haviam chegado e logo o último selo seria aberto e a trombeta final soaria.

Algo leve roçou seus dedos. Harper olhou para baixo e deparou-se com um gato peludo, escuro com listras douradas, erguendo o queixo para cheirar o odor de apresuntado sob suas unhas. Harper o estudou por um instante — sentindo, de alguma forma, que já tinha visto aquele gato antes — e, então, estendeu a mão para acariciar sua cabeça. O felino se encolheu diante do toque dela, lançou-se em um túnel verde e úmido na grama alta e desapareceu.

Harper ainda estava olhando para ele quando John Rookwood apareceu na varanda, vestido para o serviço, com capacete e casaco.

— Para onde pensa que está indo? — perguntou Harper.

John olhou para si mesmo, como se quisesse se lembrar do que estava vestindo.

— *Bem*. Não posso ir a um funeral vestido assim. E você não pode ir a um funeral com *isso* — disse ele, acenando para a blusa do Red Sox e a calça de moletom encardidas. A calça já havia sido azul, mas agora estava quase preta de fuligem e manchada de impressões digitais ensanguentadas. — Então, suponho que vou fazer umas compras.

— Vamos enterrar Gil?

— Acho que estamos enterrando o acampamento inteiro — disse ele. — De certa forma. Renée precisa disso.

— Todos nós precisamos.

Ele baixou a cabeça com um único aceno e começou a se afastar.

— Estão procurando você — disse ela. — Eu ouvi no rádio.

— É melhor tomarem cuidado — respondeu ele, sem olhar para Harper. — Pode ser que me encontrem.

7

ELE VOLTOU DUAS HORAS depois do nascer do sol, empurrando um carrinho de compras enferrujado pela grama sufocante. John o deixou perto do degrau dos fundos e entrou na garagem.

O carrinho transbordava paletós e gravatas, vestidos e blusas, botas e sapatos de salto alto, cachecóis e chapéus. Debaixo da pilha de roupa havia comida suficiente para sobreviver por mais uma semana: frutas enlatadas, uma caixa de mingau de aveia instantâneo e seis latas de um refrigerante chamado Nozz-A-La que Harper não via desde que era pequena. Entre os mantimentos havia uma fita cassete. Harper não teve oportunidade de dar uma boa olhada. O Bombeiro arrancou a fita das mãos dela e colocou-a no bolso do casaco.

— O velório será esta noite. Vista-se de forma adequada — disse ele.

— Eu fico com a cartola — falou Allie, e delicadamente colocou uma chaminé preta na cabeça. — Cartolas são do caramba.

Nick encontrou um par de luvas de ópera e calçou-as. Eram tão longas que chegavam até os seus ombros.

Foi a primeira vez que Harper o viu sorrir em semanas.

8

OS ENLUTADOS ATRAVESSARAM A grama selvagem do cemitério sob um céu estrelado. O Bombeiro os conduziu, uma das mãos queimando em azul. Nick caminhou no meio, deixando um rastro de fogo verde pelos dedos. Harper vinha na retaguarda, a mão um candelabro de chama dourada.

O Bombeiro converteu o carrinho de compras em um esquife improvisado. Colocou duas tábuas no fundo e prendeu-as com cordas elásticas. O morto havia sido colocado em cima da lona que lhe servia de mortalha. Renée o empurrava, com Allie logo atrás, carregando o toca-fitas, a música já tocando, baixa.

Allie estava bem-vestida, com a cartola e um casaco longo preto que balançava nos tornozelos. Nick acabou dispensando as luvas de ópera e usava um fraque amarelo-canário e o medalhão da mãe. O Bombeiro apareceu com um enorme moletom preto dos Patriots para Harper, um XXXXG. Para uma mulher enorme de grávida, era o melhor que podia ser feito para um luto apropriado. Renée atravessou o cemitério com um vestido de veludo azul como a meia-noite, com fenda alta o suficiente para mostrar as covinhas nos joelhos. Ela tinha pernas muito elegantes e bonitas. Harper esperava que Gilbert as tivesse apreciado de forma adequada.

Ninguém sabia onde o Bombeiro tinha conseguido *suas* roupas: um kilt que deixava à mostra as pernas ossudas e peludas, uma boina preta e um paletó curto da mesma cor. Harper não acreditava que ele estivesse zombando da ocasião. Ela achava que a vestimenta representava o esforço mais sincero para parecer respeitável.

O Bombeiro abriu a porta da tumba dos O'Brian com a mão em chamas. O fogo iluminou um cubo de mármore bem-cuidado, as sombras pairando, parecendo balançar ao som da melodia. Ele havia encontrado uma cópia de *Making Movies*, do Dire Straits, e estavam ouvindo "Romeo and Juliet". A canção soava bem, misturada com a música dos grilos.

Ele apagou a mão direita antes de entrar com o carrinho de compras. Renée o seguiu e, após contarem até três, tiraram a mortalha do carrinho e colocaram-na em um dos caixões de pedra. Nick acendeu velas com a ponta do dedo. Com o gravador, Allie se juntou ao grupo, mas Harper permaneceu do lado de fora, a mão queimando, sem qualquer sensação de calor. Aquilo a confortou. A chama brilhante lhe pareceu, naquela noite, ser a própria alma tornada visível.

A música ecoou na pequena tumba de pedra, e Harper começou a cantar junto em voz baixa. O Bombeiro se juntou a ela e, quando começou a cantar, pegou uma das mãos de Renée. Nick agarrou a outra. O garotinho estendeu a mão para a irmã, que, por sua vez, estendeu a mão para Harper, unindo todos em uma corrente humana oscilante. Renée abaixou a cabeça e fechou os olhos, talvez para chorar, talvez para rezar. Só que, quando ela, enfim, olhou para cima, as íris estavam cheias de luz. As espirais de Escama de Dragão em volta dos braços nus brilhavam em um tom profundo de ameixa, correndo até os pulsos. O brilho saltou das mãos dela para a do Bombeiro e para a de Nick. Harper sentiu a própria Escama responder, uma onda de luz e calor.

Todos brilharam na escuridão: mechas pálidas e cintilantes com anéis de luz no lugar dos olhos, como se *eles* fossem os mortos — fantasmas ressuscitados do túmulo —, e não Gilbert Cline. Harper sentiu a dor deles como uma lenta corrente de água fria, sendo que ela mesma era uma folha dando voltas sobre a corrente.

À medida que se movia ao som da música, ela sentia o próprio eu se esvair, o caráter particular do que era Harper. Sua identidade foi engolida pela corrente que fluía por todos eles. Não era mais Harper. Era Renée, lembrando-se da sensação da queixo barbudo de Gil arranhando seu pescoço e do cheiro de serragem no cabelo dele. Ela se lembrou da primeira vez que Gil a beijou em um canto do porão, uma das mãos firmemente apoiada em sua lombar, como se tivesse experimentado aquilo em primeira mão. Teias de aranha na lâmpada apagada acima. Cheiro de poeira e tijolos velhos, a pressão dos lábios secos dele nos dela. Ela estava à deriva nas lembranças de Renée, correndo pela superfície delas, sendo levada para dentro de...

... uma recordação de Carol segurando-a e embalando-a na noite que sua mãe morreu. Carol a segurou e a embalou para a frente e para trás e foi sábia o suficiente para não dizer nada, sem oferecer uma única palavra falsa de conforto. Carol também chorava, e as lágrimas caíam juntas, e Harper podia saboreá-las naquele momento, de pé no túmulo, podia sentir o que Allie havia sentido na noite que Sarah Storey queimou. As percepções eram uma folha, girando rapidamente agora, derramando-se de novo por outra queda em...

... uma lembrança de ser jogada. Gail Neighbors a agarrou pelos tornozelos e Gillian segurou seus pulsos, e elas a balançaram para a frente e para trás como uma rede, e a jogaram em um silêncio vertiginoso, e ela caiu na cama sem fazer barulho, os pulmões convulsionando com risadas que ela não conseguia ouvir. No incrível silêncio do mundo surdo de Nick, as cores pareciam gritar. Como ele amava a maneira como as garotas o jogavam sem parar, como ele amava a felicidade delas, como sentia falta delas e desejava poder tê-las de volta. Mas a consciência de Harper estava avançando, mergulhando na queda mais alta até então, uma dor tão profunda que era quase impossível ver o fundo dela, caindo em cascata até...

... a cabeça de John e os pensamentos que ele mantinha sobre Sarah. Harper sentiu Sarah sentada em seu colo, seu nariz estava no cabelo dela, saboreando o delicado odor de biscoito açucarado. Ela fazia palavras cruzadas, mordiscando a caneta esferográfica, pensativa, e quanta graça, quanta confiança era necessária para resolver o quebra-cabeça com a caneta! Um quadrado perfeito de sol iluminava a curva do seu esbelto ombro marrom. Harper nunca esteve tão consciente da luz e da quietude sem estar sob o efeito de cogumelos. Ela pensou, com uma espécie de alegria selvagem, no pai, aquele bêbado brilhante, literário, distante e ressentido. *Posso ser feliz*, pensou Harper, com sotaque britânico, *e isso significa que venci você. Isso significa que ganhei.* Sarah se pressionou no peito ossudo de Harper. *Uma palavra de quatro letras para alegria duradoura*, ela perguntou, e Harper tocou seu cabelo, empurrando uma mecha para trás da sua orelha delicada e rosada, e sussurrou *hoje*. Ter tido tanto contentamento e perdê-lo era como uma queimadura que nunca cicatrizava. Pensar nela era como pegar em metal quente, era ser queimado vivo.

E, por fim, no próprio poço de mágoa, de saudade de todas as coisas boas que um dia foram suas e tinham deixado de existir: café no Starbucks enquanto a garoa fria batia nas janelas, passar aspirador de calcinha e sutiã e cantar canções de Bruce Springsteen, deixar o olhar vagar pelas lombadas dos livros em uma pequena livraria com prateleiras altas, comer uma maçã gelada no jardim da frente e juntar folhas, corredores cheios de crianças balbuciantes, rindo e brigando na escola, Coca-Cola em garrafas de vidro. Muitas das melhores coisas da vida passavam despercebidas nos momentos em que você as experimentava.

A corrente que se desvanecia fez a pequena folha girar e girar e arrastou-a para longe de todas as lembranças, para longe da dor, parando finalmente em uma costa firme e arenosa. O toca-fitas desligou. A música acabou.

9

ELA ESTAVA SENTADA EM uma margem arenosa, os ombros apoiados na parede de pedra estriada da tumba. O Bombeiro sentou-se a seu lado. De alguma forma, acabaram de mãos dadas. Ele havia levado o rádio para fora e o aparelho estava sintonizado em uma estação FM. Um coro entoava um cantochão retumbante e triste. As estrelas iluminavam a noite.

Harper tinha a sensação leve e fluida de estar ligeiramente bêbada. Estava relaxada e foi bom colocar a cabeça no ombro dele.

— O que Renée está fazendo? — perguntou ela.

— Ainda lá dentro. Conversando com Gil. Repassando as coisas que mais amava nele. E o que teriam feito se tivessem tido mais tempo.

— E as crianças?

— Voltaram para a garagem. Encontrei um saco de marshmallows. Os dois vão assá-los, acredito.

— Você acha que é... seguro? Para eles cozinharem marshmallows?

— *Bem*, levando em consideração tudo o que passaram, não acho que temos muito a temer com relação a marshmallows quentes. Na pior das hipóteses, alguém queima o céu da boca.

— Eu estava me referindo ao que eles poderiam ver no fogo.

— Ah. — John franziu os lábios. — Não acho que ela se revelaria a eles de maneira casual. E talvez *ela* gostasse de vê-los. Não somos os únicos que nos sentimos mal com todas as coisas boas que já se foram. Não somos os únicos que precisam enfrentar o luto.

Ela passou o polegar pelos nós dos dedos dele e apertou sua mão.

— Não ficava tão bêbado com a Iluminação... bem, eu nem *entrava* na Iluminação há seis meses. — Ele suspirou. — Desde que aprendi a me comunicar diretamente com o esporo, não preciso dos benefícios protetores da harmonia. Esqueci como é bom. Mesmo quando o que está sendo compartilhado é doloroso, é uma dor boa.

Será que eles haviam mesmo compartilhado lembranças e pensamentos? Harper tinha dúvidas sobre isso. As crianças do Acampamento Wyndham sempre acreditaram que o esporo era uma espécie de rede, uma mente coletiva colocada diretamente na pele, uma teia orgânica à qual qualquer pessoa infectada poderia se conectar. Não havia dúvida de que poderia carregar ideias e sentimentos. Por outro lado, quando alguém estava na Iluminação, ficava propenso à fantasia. O dom da telepatia parecia bom, mas Harper achava que ter imaginação era suficiente.

Uma estrela caiu. Ela desejou que ele não se mexesse, que ficasse no mesmo lugar, a cabeça dela no ombro dele. Se o tempo algum dia fosse interrompido, ela desejava que ficasse preso ali, com John junto dela e o ar primaveril em seus rostos.

Ele se sentou tão rapidamente que Harper quase caiu. Ele estendeu a mão e mexeu no volume do rádio.

Aquela mulher louca estava falando sobre o grande herói Ian Judaskiller.

— Ah, essa puta doida — disse Harper. Ela não usaria a palavra *puta* sóbria, mas era muito menos afetada quando estava bêbada, e era assim que se sentia agora. — Sabe, toda vez que ela menciona esse cara, Ian Judaskiller, dá um título diferente a ele. Num minuto ele é um grande marechal, no minuto seguinte é um general de campo. Qualquer dia desses, ela vai dizer que ele foi consagrado como o poderoso chupador de boceta...

— *Shh* — disse ele, levantando uma das mãos.

Ela escutou. A mulher no rádio disse que Sua Excelência havia prometido enviar doze caminhões ao Maine para combater o ressurgimento dos incêndios florestais a partir do meio-dia de sexta-feira, louvado fosse Jesus e o Espírito Santo...

— Vamos com eles — falou o Bombeiro.

— Ir com Jesus e o Espírito Santo? — perguntou ela. — Achei que era isso que estávamos tentando evitar.

— A equipe de bombeiros — disse ele, os olhos arregalados no rosto ossudo. — Vamos atravessar a ponte e entrar no Maine com eles. Eles vão nos deixar passar junto aos outros. — Ele virou a cabeça e encontrou o olhar dela. — Eles vão partir em dois dias. Podemos estar na ilha de Martha Quinn na semana que vem.

10

QUANDO CHEGOU A HORA, John a acordou com um toque, a mão roçando de leve sua bochecha.

Ela esfregou o rosto e apoiou-se nos cotovelos.

— Eu não... O quê? Não é cedo demais? Achei que eles só fossem partir ao meio-dia de sexta-feira.

Allie se sentou no chão. Nick estava dormindo a seu lado. A garota deu um bocejo enorme, cobrindo a boca com o dorso da mão.

— Já é meio-dia?

— Já é sexta-feira? — perguntou Harper.

— Sim para sexta, não para o meio-dia. São cerca de oito horas. Mas se forem lá fora, poderão *ouvi-los*. Eu disse que teríamos bastante aviso-prévio quando eles estivessem prontos para partir. Por que acham que tantos meninos querem ser bombeiros quando crescerem? Para que possam tocar a sirene. Uma dúzia de caminhões faria barulho suficiente para acordar a cidade inteira.

Ele não estava brincando. Harper os ouviu antes mesmo de sair para o ar enfumaçado e um pouco frio da manhã: o grito e o guincho de sirenes concorrentes, soando a menos de um quilômetro de distância. Uma delas gritava por alguns momentos, depois ficava em silêncio e outra tomava seu lugar. John previra que eles se reuniriam no quartel-general dos bombeiros, logo depois da prefeitura, e a apenas uma curta caminhada do cemitério pela estrada.

— Com quanta pressa estamos? — perguntou ela ao Bombeiro.

— Não queremos cruzar a ponte na frente deles, óbvio — respondeu John. — Mas também não queremos ficar muito para trás. Venha comigo. Vamos colocar as crianças no caminhão. — Era como se eles fossem pais experientes e estivessem se referindo aos próprios filhos e a uma viagem planejada um tanto longa para visitar parentes chatos. Harper supôs que Allie e Nick *eram* filhos deles agora.

Renée já estava na traseira do caminhão, abrindo os armários de madeira localizados acima do para-lama traseiro. O veículo havia saído de uma fábrica Studebaker em 1935, com mais de catorze metros de comprimento, vermelho como uma maçã e elegante como um foguete em uma tirinha de Buck Rogers. O caminhão sempre se pareceria esplendidamente com a ideia de futuro do passado e com a ideia de passado do futuro. Os armários estavam cheios de mangueiras de incêndio imundas, fileiras de extintores de aço, pilhas de casacos e inúmeras botas, estendendo-se em uma escuridão cavernosa. Parecia perfeitamente possível que Nárnia fosse encontrada em algum lugar no fundo de um daqueles compartimentos. Renée levantou Nick, e ele entrou.

— Fique debaixo da mangueira — disse Renée a ele, e então se repreendeu por tentar falar com o menino. — Harper, pode dizer a ele para ficar sob as mangueiras?

Harper não precisou. Ele já estava cuidando disso. Allie pulou no para-choque cromado, sentou-se ao lado do irmão e começou a ajudá-lo, arrumando habilmente rolos de mangueira em cima dele.

— Foi quase exatamente assim que Gil fugiu da prisão — disse Renée.

— De onde acha que John tirou a ideia? — perguntou Harper. — Gil ainda está nos ajudando, você sabe.

— Sim — falou Renée, apertando a mão de Harper. — Vou pegar minhas coisas, tal como estão. E o rádio. Não vá embora sem mim.

Harper colocou a Mãe Portátil no compartimento traseiro direito, enfiando a bolsa atrás de três fileiras de extintores de incêndio cromados, ao lado de uma sacola de compras. Havia espaço lá atrás para Renée e Harper se aconchegarem fora de vista, debaixo de um cobertor grosso.

E o Bombeiro — o Bombeiro dirigiria.

— Eu odeio essa parte do plano — falou ela a John.

O Bombeiro estava no estribo, próximo ao lado do passageiro do carro. Ele tinha um balde de carvão nas mãos. Colocou-o perto do cano de escapamento, que se projetava no ar de uma saliência atrás da cabine. John se inclinou, e Harper viu a ponta de seu dedo indicador acender, ficando vermelha e transparente — ela pensou inevitavelmente em *E.T.* —, brilhando até fazer os olhos doerem. Faíscas cuspiram quando ele soldou o balde na parte externa do escapamento com o dedo.

— Qual parte? — perguntou ele, distraído.

— A parte que você tenta dirigir essa coisa pela ponte. Estão caçando você. Há pessoas que viram você, que sabem como é sua aparência.

Chegou até a passar pela cabeça de Harper que tudo aquilo era apenas uma manobra para atraí-los, aquela bem anunciada caravana de caminhões de bombeiros indo para o Maine a fim de combater os incêndios lá. Quanto mais pensava no assunto, mais achava que era bem possível que estivessem caindo em uma armadilha e que estariam todos mortos na hora do chá.

No final, o que a levou a aceitar correr esse risco foi uma série de contrações que duraram meia hora e fizeram seu útero parecer uma massa de concreto que endurecia rapidamente. A certa altura, a dor era tão aguda e rítmica, e a respiração de Harper tão rápida e curta, que ela teve certeza de que o bebê estava para nascer. Naquele preciso momento de certeza quase total, as contrações começaram a diminuir e logo passaram, deixando-a suando muito e com as mãos trêmulas. Duas semanas — apenas duas semanas até a data do parto, mais ou menos alguns dias.

O que estavam fazendo no momento era uma investida desesperada, como os soldados da Primeira Guerra Mundial saindo de uma trincheira e correndo para a terra de ninguém, sem se importar que as últimas quatro levas de soldados que fizeram isso tivessem sido reduzidas a nada. Mas eles não podiam ficar, porque não era possível criar um bebê em uma trincheira.

Não era apenas uma questão de ter o bebê com segurança. Era também sobre o que aconteceria nos minutos, nas horas e nos dias seguintes. Sobretudo se o menino não tivesse Escama. Já tinham se passado meses desde a última vez que Harper tivera acesso a qualquer dado, mas, na época em que ainda tinha internet, havia números que sugeriam que até oitenta por cento dos filhos dos infectados nasciam saudáveis. O garotinho viria ao mundo rosado e sem marcas, e a única maneira de garantir que permanecesse assim era encontrar alguém saudável que pudesse levá-lo embora... um pensamento que Harper se recusava a considerar. Primeiro ela precisava encontrar um lugar onde pudesse parir o bebê. Depois resolveria a próxima parte: encontrar um lar para o filho não infectado. Presumivelmente, os médicos da ilha de Martha Quinn não tinham Escama. Talvez um deles pudesse ficar com a criança. Talvez o bebê pudesse até permanecer na ilha com ela!

Não. Era esperar demais. Ela estava determinada a aceitar o que fosse melhor para a criança, embora isso provavelmente significasse que o dia do seu nascimento seria a última vez que a veria. Harper já havia decidido que, quando o momento chegasse, lidaria com a situação como Mary Poppins. Disse a si mesma que o filho era só dela até que o vento oeste soprasse... e quando o vendaval surgisse, ela calmamente abriria o guarda-chuva e flutuaria para longe, deixando-o aos cuidados de alguém amoroso, confiável e sábio, se tal coisa pudesse ser administrada. Ela não poderia tê-lo, mas ele poderia tê-la, de certa forma. A Mãe Portátil ficaria com ele.

— Não acho que Nick saiba dirigir um veículo com marcha. Renée nunca conduziu nada tão grande. Allie é muito jovem. Você está muito grávida. Além do mais... o fodido que eles estão procurando fala que nem a porra do príncipe Charles, não a porra do Don Lewiston — disse o Bombeiro, alterando seu sotaque, de modo que de repente ele soou como se fosse da Manchester do Maine, não da Manchester do Reino Unido. — Posso fazer parecer que sou daqui por alguns minutos, tempo suficiente para passarmos pelo posto de controle.

— E seu pulso? — perguntou Harper, tocando no braço direito dele, que ainda estava com um curativo imundo.

— Ah, está bem o suficiente para usar a alavanca de câmbio. Não se preocupe, Willowes. Vou passar pelo posto de controle. Você esquece quanto gosto de atuar.

Mas Harper não o estava ouvindo com toda a atenção.

Renée tinha parado a dez passos do caminhão e estava curvada com as mãos para baixo, para que um gato de pelo comprido com listras douradas cheirasse o dorso da sua mão. O animal havia saído da grama com pedaços de folhas mortas no pelo e a cauda erguida. Ele ronronava tão alto que parecia que alguém havia ligado uma máquina de costura elétrica.

Nick saiu de baixo da pilha de mangueiras para observar. Ele olhou para Allie com súbita animação e começou a gesticular com os dedos. Ela avançou, engatinhando.

— Ele diz que esse é o gato que tem alimentado desde o verão passado — falou ela.

Quando Harper olhou para trás, o gato grande estava nos braços de Renée. Ele estreitou os olhos, contente. Renée colocou o rádio no chão e passou suavemente o punho pela espinha dorsal do bicho.

— Este é o *meu* gato. — Renée parecia atordoada, como se alguém tivesse acabado de acordá-la de um sono profundo. — O gato que deixei fugir de casa em maio do ano passado. É o sr. Trufas. Bem, Truffaut, na verdade, mas Trufas para os íntimos.

O Bombeiro saltou do estribo. Seu rosto estava duro.

— Tem certeza disso?

— Claro que sim. Acho que conheço meu gato.

— Mas ele não tem coleira nem outra identificação. Não dá para ter certeza.

Renée corou.

— Ele veio direto para mim. Pulou nos meus braços. — Como John continuou calado, ela acrescentou: — Por que não poderia ser ele? Este é meu bairro. Eu costumava morar nesta rua, sabe? A um quilômetro e meio para o sul, mas ainda *nesta* rua.

— O gato fica — declarou ele.

Renée abriu a boca para responder, conteve-se e olhou para ele — primeiro com incompreensão e depois com um olhar de aceitação.

— Claro — disse ela. — É absurdo pensar que... claro, você tem razão.

Ela esfregou o nariz no focinho do gato e colocou-o delicadamente no chão.

— Não! — gritou Allie. — O que você está fazendo? Podemos levá-lo.

— Sim. Posso mantê-lo comigo — falou Harper.

Ela pensava na expressão que vislumbrara no rosto de Renée quando reconheceu seu gato. Foi mais do que uma expressão de prazer — foi um lampejo de choque. Harper pensou que alguma parte de Renée havia desistido da felicidade, deixando-a para trás na tumba com Gilbert, e a possibilidade de deleite a pegou de surpresa. Nick também já havia saltado do veículo e caído de joelhos no chão sujo, rastejando cuidadosamente em direção ao animal com uma expressão atenta, quase hipnotizada. O gato se enroscou entre os tornozelos de Renée e observou o menino com olhos cautelosos de jade.

— E se olharem nos armários de trás e o descobrirem? — perguntou o Bombeiro.

— Vão pensar que um gato se escondeu no seu caminhão. E vão rir.

— Não. Vão começar a vasculhar as coisas, é o que vão fazer.

— Vamos fazer uma votação — disse Harper.

— Nada disso, porra! Não é seguro. O gato fica.

Harper disse:

— Sr. Rookwood, já estou farta de pessoas reivindicando autoridade para decidir o que é ou não melhor para os outros. Tentei o casamento e, durante cinco anos, ouvi que as coisas que me faziam sentir como um ser humano não eram boas para mim. Tentei a religião... a igreja assustadora do canto sagrado, o templo da Iluminação... e era mais do mesmo. Estamos rumo à democracia agora e vamos votar. Não faça beicinho, você também tem um voto.

— Três vivas para o processo eleitoral! — berrou Allie.

O Bombeiro lançou um olhar hostil para ela e o irmão.

— A maioria das sociedades reconhece que crianças não são maduras o suficiente para participar do debate público.

— A maioria das crianças não salvou seu traseiro magrelo e ingrato de um apedrejamento público. Vamos votar. Todos nós. E eu voto pelo gato — disse Harper.

— Eu voto por um futuro livre de felinos — falou o Bombeiro, e apontou um dedo para Renée. — E ela também. Porque, ao contrário de você, Renée Gilmonton é uma mulher que segue razão, lógica e cautela, *não é*, Renée?

Renée passou o dorso da mão na bochecha molhada.

— Ele tem razão. Se alguma coisa acontecesse com as crianças porque trouxemos o gato, eu não aguentaria. É um risco injustificável. E, além disso, eu... suponho que talvez não seja meu gato, afinal.

— Você está mentindo, Renée, dá para ver perfeitamente — observou Harper. Ela virou a cabeça e olhou com uma fúria justificada para os dois jovens. — Como vocês votam?

— Eu voto pelo gato — disse Allie.

Nick ergueu o polegar no ar.

— Vocês dois foram derrotados! — gritou Harper. — O sr. Trufas vem conosco!

Renée estremeceu.

— Harper. *Não. Sério*. Você não... não podemos...

— Podemos — falou Harper. — E vamos. Democracia, filhos da puta. É bom se acostumarem.

O sr. Trufas esfregou a coluna no tornozelo de Renée e olhou para Harper com uma expressão que sugeria que o assunto nunca esteve em discussão.

11

HARPER SE ESTICOU NO escuro ao lado de Renée com o gato aninhado entre elas, no espaço atrás de três fileiras de extintores de incêndio. Allie e Nick haviam se acomodado sob as mangueiras do outro compartimento. O rosto de Harper estava enterrado no pelo do sr. Trufas e, a cada inspiração, ela sentia o cheiro dos últimos nove meses da sua vida secreta de gato: mofo, poeira, terra de túmulos, porões e grama alta, praia e cano de esgoto, lixeira e dentes-de-leão.

O caminhão zumbia e fazia barulho. Eles estavam na South Street agora, Harper percebeu pelo progresso lento e por todo o balanço. Havia muitas curvas na South Street. O carro passou por cima de um buraco, e os dentes dela bateram.

— O trajeto até Machias costumava durar cinco horas. Quanto tempo acha que leva agora? — perguntou Renée baixinho.

— Não sabemos como está a interestadual. O incêndio no outono do ano passado queimou de Boothbay Harbor até a fronteira. Centenas e centenas de quilômetros. Quem sabe se conseguiremos dirigir todo o caminho. Se tivermos que caminhar pela maior parte, isso pode levar… bem, muito tempo.

O rom-rom do sr. Trufas ecoava no armário de madeira, um chocalho rítmico que fazia Harper pensar em alguém tocando uma tábua de lavar roupa em uma banda de *bluegrass*.

— Mas se a estrada estiver livre, *talvez* possamos chegar à ilha esta noite — arriscou Renée.

— Não sabemos quanto tempo vão levar para nos processar. Ou com que frequência enviam os barcos.

— Não seria legal tomar um banho de água quente?

— Você está louca. Em seguida, vai sonhar acordada com comida fresca.

— Você dormiu com ele? — perguntou Renée, do nada.

O caminhão de bombeiros mudou de marcha e começou a acelerar. Tinham saído da South Street e encontravam-se na Middle Road. O asfalto sob os pneus era mais novo, Harper percebeu pela suavidade do passeio.

— Não — disse Harper. — Quer dizer... já nos deitamos juntos, mas apenas nos abraçamos. As costelas dele. O braço machucado. — A Enfermeira não sabia como explicar sobre a outra mulher que estava sempre com eles, a mulher nas chamas. — Mais recentemente, estive muito grávida.

— Acho que pode resolver isso quando estiver na ilha. — O caminhão de bombeiros balançou e fez barulho. — Eu gostaria que Gil e eu tivéssemos feito isso. Gostaria que tivesse havido um jeito... só que Mazz estava sempre observando, sempre na sala conosco. Sei que não sou muito bonita. Quer dizer, sou gorda e tenho quase cinquenta anos. Mas ele estava na prisão há tanto tempo e...

— Renée, você é perfeitamente comível — disse Harper. — E teria abalado o mundo dele.

Renée tapou a boca com a mão e estremeceu, impotente.

Os extintores de incêndio tilintaram, batendo uns nos outros.

Quando Renée recuperou o controle de si mesma, ela perguntou:

— Mas você o beijou? E usou a palavra que começa com A?

— Sim.

— Bom. Gil nunca disse isso para mim, então eu nunca disse isso para ele. Eu não queria dizer e fazer com que ele se sentisse obrigado. Agora gostaria de ter feito isso. Arriscado. Não me importo se ele dissesse de volta ou não. Só queria que ele tivesse ouvido de mim.

— Ele sabia — assegurou Harper.

O som dos pneus mudou, tornou-se de alguma forma mais profundo e oco. Harper pensou que poderiam estar na rampa, subindo para a I-95. *A qualquer minuto*, pensou ela. *A qualquer minuto. A qualquer minuto.* Quando subissem na ponte, ela ouviria um rugido rápido de aço. Não haveria dúvidas. O posto de controle estava localizado a um terço do caminho através da ponte.

— Gostaria de ter dito a *ele* esta manhã. Se formos parados e nos encontrarem, talvez eu não tenha a chance — falou Harper. Seu pulso acelerou enquanto o caminhão ganhava velocidade. — Eu amo muito *você*, Renée Gilmonton. É a pessoa mais atenciosa que conheço. Espero poder ser como você quando crescer.

— Ah, Harper. Nunca seja ninguém além de si mesma, por favor. Você é perfeita do jeito que é.

A ponte começou a ressoar sob os pneus e o caminhão seguiu mais devagar.

Com os olhos fechados, Harper conseguia visualizar a ponte com seis pistas de largura, três para o sul e três para o norte, com uma ilha de concreto separando as duas. Antigamente, era possível atravessar para o Maine sem parar, mas o governador havia montado um posto de controle de segurança no outono. Haveria algo bloqueando duas das três pistas em direção ao norte: viaturas policiais, ou Humvees, ou uma barreira de concreto. Quantos homens? Quantas armas? Os freios a ar guincharam. O caminhão de bombeiros parou.

Botas fizeram barulho. Ela ouviu uma conversa abafada, seguida por uma inesperada explosão de risadas — de John, pensou Harper. Mais conversa. Harper percebeu que não estava respirando e forçou-se a expirar longa e lentamente.

— Posso segurar sua mão? — sussurrou Renée.

Harper estendeu a mão às cegas pela escuridão e encontrou a palma quente e macia de Renée.

A porta na parte traseira do compartimento abriu um centímetro.

Harper prendeu a respiração. Ela pensou: *É agora. É agora que vão olhar para dentro*. Ela e Renée estavam completamente imóveis debaixo do cobertor, no espaço atrás dos extintores de incêndio. Harper percebeu que era simples. Se aquelas pessoas olhassem atrás dos extintores, todos morreriam. Se não o fizessem, todos sobreviveriam.

A porta do armário abriu mais um centímetro, e Harper se perguntou — com uma espécie de irritação — por que diabos o sujeito simplesmente não abria a porta toda.

— Ah, meu Deus — disse Renée, compreendendo a situação antes de Harper por uma fração de segundo.

Harper se apoiou nos cotovelos, o pulso saltando na garganta.

Não era alguém do lado de fora abrindo a porta. A porta estava sendo aberta por dentro. O sr. Trufas colocou a cabeça para fora e olhou para a manhã ensolarada. Então, forçou os ombros para a frente, empurrando a porta para abri-la mais quinze centímetros, e saltou. *Obrigado pela carona, crianças, é aqui que eu desço.*

Renée apertava a mão de Harper com tanta força que seus dedos doíam.

— Ah, meu Deus — sussurrou Renée. — Ah, Deus.

Harper libertou a mão e sentou-se de joelhos para olhar por cima dos extintores de incêndio. Ela viu um pedaço do glorioso céu azul, ficando branco à distância, e a curva cinzenta da ponte voltando para o solo de New Hampshire.

Destroços alinhavam-se no acostamento, estendendo-se até o pé da ponte e além. Havia talvez uma centena de veículos vazios lá atrás: todos os carros que tentaram furar o bloqueio e falharam. Buracos de bala formavam teias de aranha nos para-brisas e perfuravam capôs e portas.

Vozes chegaram até elas vindas da frente do caminhão. Alguém estava dizendo:

— Você está de brincadeira comigo. Quando foi a última vez que essa coisa foi usada?

Harper levantou delicadamente um dos extintores de incêndio e afastou-o. Ele tilintou suavemente.

— Não, Harper — sussurrou Renée, mas Harper não ia colocar essa questão para voto. Se o gato aparecesse, chamaria a atenção para a traseira do caminhão.

Ela moveu outro extintor de incêndio. *Clink*.

— Ah, geralmente o tiramos da garagem todo Quatro de Julho. Nós molhamos as crianças com a mangueira, as derrubamos, elas acham que é uma diversão só. — Um lacônico nativo do Maine falava na frente do caminhão. Sua voz era vagamente familiar. — Elas não iam achar tão divertido assim se usássemos a pressão total. Haveria crianças de seis anos voando em direção às porras das árvores.

Isso foi recebido com a gargalhada estridente de pelo menos meia dúzia de homens. Naquele instante, Harper percebeu quem estava falando. O velho brincalhão que não calava o bico era o Bombeiro, fazendo sua melhor imitação de Don Lewiston.

Ela empurrou a porta e enfiou a cabeça para fora.

O ar cheirava a rio, um doce aroma mineral com um leve odor podre por baixo. Não havia ninguém na estrada atrás do caminhão. Os guardas estavam de pé ao lado da cabine. A guarita branca com janelas empoeiradas de acrílico logo à direita estava vazia. Um rádio sobre a mesa de fórmica estalava e cuspia.

— Sua dianteira parece bastante danificada. Você bateu em alguma coisa? — perguntou um dos guardas.

— Ah, isso foi há alguns meses. Achei que era só a porra de um buraco. Mas acontece que passei por cima de um Prius com algumas guimbas dentro. Ops!

Risadas mais altas desta vez.

O sr. Trufas observou Harper da estrada, estreitou os olhos, bocejou, depois ergueu a perna traseira e começou a lamber as bolas peludas.

— Não vejo você na minha lista — disse um dos guardas. Ele não parecia hostil, mas sua voz também não estava exatamente trêmula de tanto rir. — Tenho uma lista de todos os caminhões aprovados que vão para o norte. Não encontrei sua placa.

— Posso dar uma olhada? — perguntou o Bombeiro.

Papéis se agitaram.

Harper colocou o pé no asfalto e passou por cima do para-choque.

A fila de destroços baleados continuava, seguindo a beira da estrada até a extremidade da ponte e desaparecendo de vista. Harper viu uma caminhonete com meia dúzia de buracos de bala no para-brisa caído. Havia uma cadeirinha de criança presa atrás.

— Ah, aqui — disse o Bombeiro. — Aqui está. Meu grande amor.

Harper pensou que o sotaque dele havia diminuído por um instante, e se perguntou se mais alguém havia notado.

— O Studebaker de 1963? Não sou especialista, mas este caminhão de bombeiros não parece algo de 1963.

— Não, com certeza. Não é um '63. É um '36. Eles inverteram dois dos números. A porra da placa está errada também. O que você tem aqui provavelmente são as placas velhas. Elas foram trocadas por placas antigas três... porra, quatro? Pelo menos quatro anos atrás.

O sujeito suspirou.

— Alguém vai ficar na merda por causa disso.

— Sim. Pode contar com *isso* — disse o Bombeiro. — Ah, foda-se. Se *alguém* tiver que se meter em encrenca, é melhor que seja *eu*. Como vão me dar uma bronca? Se alguém quiser gritar comigo, vai ter que ir para o norte até o Maine e me encontrar. Me dê a caneta. Vou escrever a placa certa.

— Você faria isso?

— Sim. Vou até rubricar.

— Ei, Glen? Quer que eu confirme isso pelo rádio? — perguntou alguém. Ele parecia jovem, a voz quase embargada. — Eu poderia esclarecer isso em cinco minutos com a prefeitura.

Harper pegou o sr. Trufas com ambas as mãos. Ele miou suavemente. Ela começou a voltar em direção ao caminhão de bombeiros, então congelou, olhando para a cabine vazia.

Uma câmera de vídeo, montada sob o beiral, apontava para ela. A Enfermeira podia se ver, um pouco fora de foco, em uma tela de TV azul no balcão dentro da cabine.

Ainda estava olhando para si mesma no monitor de segurança quando um dos guardas apareceu, entrando no espaço entre ela e o quiosque empoeirado. Ele era pouco mais do que uma criança, com cabelo curto cor de cenoura e um fuzil M16 no ombro. Estava de costas para ela. Se olhasse por cima do ombro, a encontraria. Se olhasse para dentro da cabine, veria a imagem dela no monitor. Mas não fez nenhuma das duas coisas. O guarda estava olhando para a frente do caminhão de bombeiros. Ele apontou com o polegar para a cabine.

— Conheço todo mundo do Departamento de Obras Públicas — disse ele. — Eles têm uma lista de todos os veículos aprovados e sempre tem alguém no escritório... Alvin Whipple, talvez, ou Jakob Grayson. Eles podem nos dizer o que fazer.

Harper empurrou o sr. Trufas para dentro do armário. Ela levantou o pé com cuidado, esticando a perna o mais alto que pôde, e acomodou-se na parte de trás.

— Boa ideia! Faça isso — gritou o Bombeiro. — Não, espera... Merda, volte aqui. Você vai querer a prancheta para poder dizer a placa correta.

Harper espiou pela porta do armário, ainda aberta, e observou o garoto ruivo correr de volta para a frente do caminhão. Em um instante, ele desapareceu de vista.

Harper fechou a porta.

Ela entregou o sr. Trufas para Renée e reorganizou os extintores para escondê-los... uma tarefa desnecessária, pois ninguém nunca abriu os compartimentos traseiros, e, um segundo depois, eles estavam se movendo. Harper se deitou. Um músculo se contraía nervosamente em sua perna esquerda.

O sr. Trufas ronronava baixinho. Renée acariciava os pelos da cabeça dele.

— Quer saber uma coisa, Harper? — perguntou Renée, baixinho.

— O quê? — disse Harper.

— Acho que esse *não* é o meu gato — respondeu Renée.

12

O CAMINHÃO DE BOMBEIROS engatou, pareceu recuar uns trinta ou sessenta centímetros e depois avançou, quase com relutância. Os sulcos de metal no asfalto começaram a cantar outra vez sob os pneus. Harper ouviu ao longe o *ding-ding* do sino de latão, o Bombeiro tocando-o em adeus.

O caminhão ganhou velocidade, seguindo para o norte.

— Conseguimos — disse Renée. Ela se apoiou nos cotovelos. — Acho que estamos seguras.

Harper não respondeu. Ela ergueu ligeiramente a cabeça e bateu-a de volta no chão de aço, pensando na câmera.

— O quê? — perguntou Renée.

Harper balançou a cabeça.

O caminhão continuou por um tempo. Harper achava que John havia chegado aos cem ou cento e dez, tinha a sensação de que o veículo seguia de forma suave e rápida. Ela pensou que, com o tempo, o balanço e a rápida velocidade poderiam fazê-la dormir.

Depois de dez minutos, porém, ele reduziu a marcha. O caminhão parou suavemente, o cascalho rangendo sob os pneus e as pedras fazendo barulho no chassi.

Harper estava de joelhos quando o bombeiro abriu a porta do armário.

— Estamos com problemas, não estamos? — disse ela.

— Não. — Ele tinha um hábito péssimo: quando mentia, sempre olhava bem nos olhos. — Pensei em ver se queria se sentar comigo lá na frente.

O outro compartimento se abriu e Allie colocou a cabeça para fora, passando a mão nos fios cor de mel que cresciam em seu couro cabeludo.

— Leve Nick também. Ele está com chulé.

— Tudo bem, então — respondeu o Bombeiro.

— Acho que não deveria ter parado aqui — disse Harper. — Estamos muito perto da fronteira.

— Tenho que alimentar o balde — falou ele.

Todos eles desceram e se alongaram. Harper esticou a lombar e estalou as articulações da coluna. Uma brisa, sedimentada com areia fina, soprou o cabelo em sua testa.

O grupo estava ao norte de Cape Neddick, no que antes era uma reserva natural. De um lado da estrada, ainda era. Carvalhos pesados, esplêndidos com novas folhas verdes, agitavam os galhos. Abelhas zumbiam na grama amarelada.

Do outro lado, havia uma paisagem agreste de gravetos carbonizados e rochas enegrecidas, em meio a montes de cinzas. Os restos destruídos das árvores pareciam sombras desenhadas contra um fundo de sujeira pálida. Uma construção de aço ondulado ficava a trinta metros da estrada, as laterais dobradas pela exposição ao calor, tão deformada que lembrava o desenho de uma casa feito por uma criança de cinco anos. Aqueles hectares de desolação continuavam indefinidamente até onde Harper conseguia ver.

— Está tudo assim? — perguntou Renée, protegendo os olhos com uma das mãos.

— O estado do Maine? Com base no que ouvi, não. Mais ao norte, está bem pior. — Ele olhou para trás, por onde tinham vindo. — Não tenho ideia de como as estradas à frente estarão. A equipe de bombeiros da qual fingimos fazer parte só seguia a 95 até York, depois se ramificava para pegar uma rodovia estadual direto para o norte. Estamos um pouco além de York agora, numa grande área desconhecida.

Harper o seguiu para fora da estrada, em direção ao mato. Ele vasculhou o local, coletando galhos de árvores velhos e secos. Nick ficou na linha das árvores, de costas para eles, mijando nas samambaias.

— Não vai demorar muito para descobrirem que não deveriam ter nos deixado passar — disse Harper.

— Não importa. Quando perceberem o erro, imagino que simplesmente vão ficar de boca fechada. Afinal, é muito mais fácil fazer com que *eles* sirvam de exemplo do que *nós*. Os superiores não precisam *pegá-los*. Não, acho que estaremos...

— Acho que você não entendeu. Algo aconteceu na ponte. Uma merda. O gato saiu do caminhão. Fiquei com medo de que alguém o visse e decidisse fazer uma busca completa. Então, saí para pegá-lo e havia uma câmera na cabine. Eles têm um vídeo que *prova* que você transportava passageiros clandestinamente.

— Se é que assistem a essas coisas — disse John. Então olhou para ela e falou: — Eu avisei que trazer aquele gato era um erro!

— Existe alguma coisa no mundo que você goste mais do que dizer: "Eu avisei"? — Aquelas eram as palavras favoritas de Jakob. Ela não gostava da ideia de John se parecer de alguma forma com Jakob. Bastava pensar naquilo para querer dar um soco *forte* na cara dele.

O Bombeiro se virou com o braço cheio de galhos secos e voltou para o caminhão.

— Não vão mandar ninguém atrás da gente — disse ele, por fim. — New Hampshire está isolado... é um estado policial. Não *podem* enviar ninguém atrás da gente. Não podem arriscar. Qualquer pessoa que enviarem pode decidir não voltar. Este é o problema dos estados policiais. Os guardas também são prisioneiros, e a maioria deles sabe disso.

Mas o Bombeiro fitou seus olhos durante todo o tempo em que lhe dava o sermão, e foi por isso que ela soube que ele próprio não acreditava nisso.

Ele subiu no estribo e começou a enfiar gravetos no balde fumegante. Ainda estava alimentando as chamas quando Nick voltou dos pinheiros.

"Por que tem um balde cheio de carvão no caminhão?", perguntou Nick com as mãos.

Ela precisava soletrar um pouco para explicar.

"É uma lembrança do fogo favorito dele."

"Às vezes, eu esqueço que ele é um maluco de merda", disse Nick.

"Modere o linguajar ou vou lavar suas mãos imundas com sabão, mocinho."

"Ha ha", falou ele. "Entendi. Muito engraçado. Todo mundo adora uma boa piada de surdos. Sabe por que Deus fez os peidos serem fedorentos? Para que os surdos também pudessem apreciá-los."

Quando voltaram para a I-95, o Bombeiro se inclinou para fora da janela e tocou o sino no vazio.

13

QUANTO MAIS PARA O norte eles iam, menos parecia que estavam dirigindo na Terra. Dunas de cinzas se espalhavam pela estrada, às vezes tão altas e largas — ilhas de sujeira pálida e fofa — que parecia mais sensato diminuir a velocidade e contorná-las. A paisagem era da cor do concreto. Havia árvores carbonizadas em ambos os lados da estrada, cintilando com um brilho mineral sob um céu que ficava cada vez mais pálido e rosado. Nada crescia. Harper tinha ouvido falar que as ervas daninhas e a grama se recuperavam rapidamente após um incêndio florestal, mas o solo estava enterrado sob cinzas endurecidas, uma argila esbranquiçada que não permitia qualquer vestígio de verde sobre ela.

A brisa soprou, o pó voou pelo para-brisa, e o Bombeiro ligou os limpadores, que espalharam longas listras cinzentas no vidro.

Já estavam na estrada há cerca de vinte minutos quando Harper viu casas, uma fileira de casas simples, em uma colina a leste do carro. Não sobrou nada delas. Eram conchas pretas, janelas quebradas, telhados desabados. As casas passaram rapidamente, uma fileira de caixas de sapato de alumínio deformadas, abertas para o céu.

Àquela altura, eles seguiam a pouco mais de trinta quilômetros por hora, o Bombeiro ziguezagueando em torno de montes de cinzas e de uma ou outra árvore no meio da estrada. Passaram sobre um riacho. A água era uma calha de lama cinzenta. Entulho era arrastado com relutância pela água imunda: Harper viu um pneu, uma bicicleta torta e o que parecia ser um porco inchado usando um macacão jeans, com a carne estragada fervilhando de moscas. Então Harper viu que não era um porco e estendeu a mão para cobrir os olhos de Nick.

Eles desceram para Biddeford. Parecia que a cidade tinha sido bombardeada. Chaminés pretas erguiam-se entre paredes de tijolos desabadas. Uma fileira de postes telefônicos queimados formava uma longa fila, semelhantes a cruzes esperando por um sacrifício. O Southern Maine Medical elevava-se acima de tudo, uma pilha de blocos da cor de obsidiana, com fumaça ainda saindo do interior. Biddeford era um império em ruínas.

Nick perguntou: "Você acha que a maioria das pessoas que morava aqui escapou?".

"Sim", respondeu Harper. "A maioria fugiu." Era mais fácil mentir com as mãos do que quando você tinha que dizer alguma coisa.

Eles deixaram Biddeford para trás.

— Pensei que encontraríamos refugiados — disse Harper. — Ou patrulhas.

— Conforme seguimos para o norte, suspeito que a fumaça vai se intensificar, assim como outras toxinas no ar. Sem mencionar as cinzas. O ar pode ficar venenoso muito rápido. Não para nós, veja bem. Acho que a Escama de Dragão nos nossos pulmões cuidará disso. Mas para as pessoas normais. — John sorriu de leve. — A humanidade pode estar em vias de extinção, mas temos a sorte de fazer parte do que vier a seguir.

— Eba — falou Harper, olhando para os hectares de terra devastada. — Veja que sorte a nossa. Os mansos herdarão a terra. Não que alguém queira o que sobrou dela.

O Bombeiro ligou o rádio e avançou por uma névoa de estática, passando por vozes distantes e abafadas, um coro de meninos alcançando uma nota alta em uma catedral reverberante, e então — através do chiado —, o som de um baixo saltitante, quase bobo, e um homem lamentando que sua amante estava determinada a *fugir, fugir*. O sinal era fraco e vinha através de estalos enlouquecedores, mas o Bombeiro se inclinou para a frente, ouvindo com os olhos arregalados e depois olhando para Harper.

Harper olhou de volta, depois assentiu com a cabeça.

— Estou ouvindo o que acho que estou ouvindo? — perguntou o Bombeiro.

— Parece mesmo o English Beat — respondeu Harper. — Continue dirigindo, sr. Rookwood. Nosso futuro nos espera. Chegaremos lá mais cedo ou mais tarde.

— Quem diria que o futuro se pareceria tanto com o passado? — disse ele.

14

ALGUNS QUILÔMETROS AO NORTE de Biddeford, o Bombeiro tirou o pé do acelerador e o caminhão começou a parar.

— Sendo justo — disse ele —, tivemos mais de sessenta quilômetros de navegação tranquila, o que era mais do que eu esperava conseguir.

Um caminhão de dezoito rodas estava estacionado na pista norte. Como tudo o que tinham visto na última hora, parecia que uma bomba havia explodido perto dele. A cabine era uma carcaça totalmente queimada. O contêiner na parte de trás estava coberto de fuligem, mas, através da sujeira, Harper podia ver vagamente a palavra WALMART.

Acima do logotipo corporativo, alguém limpou a sujeira e pintou uma mensagem em letras vermelhas:

PORTLAND NÃO EXISTE MAIS
ESTRADAS DESTRUÍDAS, SEM AUTOESTRADA
SAUDÁVEL? PROCURE DEKE HAWKINS EM PROUTS NECK
INFECTADOS SERÃO ELIMINADOS NO LOCAL
DEUS NOS PERDOE, DEUS O AJUDE

O Bombeiro abriu a porta e subiu no estribo.

— Eu tenho uma corrente de reboque. Talvez consiga puxar esse caminhão para o lado. Não parece que precisaríamos de muito espaço para contornar isso. Talvez devêssemos alimentar o balde enquanto estamos aqui.

Nick seguiu Harper até a traseira do caminhão de bombeiros, para verificar Allie e Renée. Allie estava na estrada, ajudando Renée a descer do para-choque. Renée parecia quase tão cinzenta quanto a paisagem. Ela apertava o gato no peito.

— Como você está, senhorinha? — perguntou Harper.

— Você não vai me ouvir reclamar — respondeu ela.

— Não brinca — disse Allie. — Quem poderia ouvir alguma coisa além desse gato berrando?

— Nosso pequeno caroneiro decidiu que não gosta de andar na classe econômica — falou Renée.

— Ele pode sentar na frente, então — disse Harper. — E você pode ficar com ele.

Renée parecia abatida e cansada, mas sorriu ao escutar isso.

— Não mesmo.

— Você não vai atrás, srta. Willowes — anunciou Allie. — Se acertarmos um daqueles buracos profundos, o bebê provavelmente vai sair voando. Parto em projétil.

Renée empalideceu.

— Que imagem deliciosa.

— Não é? Quem quer comer? — disse Allie, enfiando a mão em um dos compartimentos traseiros para pegar a sacola de compras.

Harper levou uma lata de pêssegos e uma colher de plástico até a frente do caminhão, pensando que John gostaria de compartilhá-la com ela. A Enfermeira o encontrou parado no capô do grande caminhão de dezoito rodas, protegendo os olhos com uma das mãos e observando a estrada.

— Como estão as coisas adiante? — perguntou ela.

O Bombeiro se sentou e deslizou para fora do capô.

— Nada bem. Estão faltando grandes pedaços da estrada, e vejo uma árvore enorme caída a quase um quilômetro. Além disso, ainda há fumaça.

— Isso é loucura. Esse fogo tem... o quê? Oito meses de idade? Nove?

— O fogo não vai morrer enquanto ainda houver algo para queimar. Essas cinzas servem como manta protetora para as brasas que estão abaixo. — Ele havia tirado a jaqueta e estava com uma camiseta manchada. Era meio-dia e o calor oscilava no asfalto. — Vamos dirigir até não podermos mais. Depois saímos do caminhão e seguimos a pé. — Ele olhou para a barriga dela por um momento. — Não vou dourar a pílula para você. Vai fazer calor e poderemos ficar andando por dias.

Ela havia tentado não se permitir a fantasia de chegar à ilha de Martha Quinn naquela noite — tentado não imaginar uma cama feita com lençóis limpos, um banho quente ou o cheiro de sabonete —, mas não conseguiu se conter totalmente. Ficou desanimada ao saber que chegar lá seria mais demorado e difícil do que esperava, do que todos esperavam. Mas assim que notou a própria decepção, decidiu deixá-la de lado. Eles estavam a caminho e tinham saído de New Hampshire. Era bom o suficiente por hoje.

— O quê? — disse ela. — Acha que sou a primeira grávida que teve que caminhar? Aqui. Coma um pêssego. Isso lhe dará algo para ocupar essa boca além dos discursos severos e das previsões sombrias. Você sabe que é extremamente sexy até o minuto em que começa a falar? Então vira um idiota colossal.

Ele abriu a boca para engolir uma colher de plástico cheia de pêssego. Em seguida, ela lhe deu um longo beijo que tinha gosto de calda dourada. Quando se afastou dele, John estava sorrindo.

Nick, Renée e Allie começaram a bater palmas, formando uma fileira atrás deles. Harper mostrou-lhes o dedo médio e beijou-o de novo.

15

JOHN E ALLIE AMARRARAM uma corrente de reboque no engate na frente do caminhão de bombeiros e conduziram a outra ponta até o veículo de dezoito rodas. Enquanto prendiam a corrente na parte traseira do caminhão, Harper deu uma olhada dentro do longo contêiner do Walmart. O interior cheirava a metal e cabelo queimado, mas havia uma pilha de estrados de madeira encostados na parede dos fundos. Harper arrastou um para fora, para ver se conseguia quebrá-lo e colocar os pedaços no balde de carvão.

Renée trouxe para ela um pé de cabra e um machado. Harper encostou o estrado na grade de proteção queimada pelo fogo e começou a bater nele. Pedaços de pinheiro se estilhaçaram e voaram.

Renée semicerrou os olhos para a tarde ensolarada em direção ao balde soldado atrás da cabine.

— Eu queria perguntar... — disse ela.

— Provavelmente é melhor não fazer isso.

— Ok.

Harper carregou a madeira quebrada até o caminhão, subiu no estribo e olhou dentro do balde. Os carvões pulsavam. Harper alimentou o fogo com pedaços de madeira, um por um. Cada pedaço acendia em um silvo vibrante de fogo branco ao entrar. Harper enfiou quatro ou cinco ripas e depois parou, segurando outra sobre o balde, tentando descobrir onde colocá-la.

Uma faixa vermelha deformada de chamas, no formato da mão de uma criança, estendeu-se e agarrou a ripa. Harper soltou um grito suave e pulou do estribo. As pernas pareciam molengas embaixo dela. Renée colocou a mão no seu cotovelo para firmá-la.

— Já ouvi falar em línguas de fogo — disse Renée, suavemente. — Mas não em braços.

Harper balançou a cabeça concordando, sem conseguir encontrar a voz.

O Bombeiro bateu a porta do motorista e deu ré no caminhão de bombeiros. O cabo de reboque se esticou com um estalo. Os pneus do caminhão de bombeiros giraram, soltaram fumaça, encontraram apoio e, com um grito metálico, arrastaram a traseira do veículo de dezoito rodas para o lado.

Quando o grande veículo foi retirado, Harper pôde ver a estrada pela primeira vez. A menos de seis metros, uma cratera do tamanho de um carro compacto havia engolido uma pista. Não muito depois havia *outra* cratera, mas na faixa de ultrapassagem. A menos de um quilômetro na estrada, Harper viu uma enorme árvore cruzando a interestadual, um gigantesco pinheiro-larício que de alguma forma havia sido cristalizado pelo fogo. Parecia que era feito de açúcar queimado. A estrada era longa e reta, e a distorção causada pelo calor subia das ruínas amolecidas e deformadas do asfalto.

— Teremos que ir devagar daqui em diante — disse o Bombeiro.

Mas ele estava errado.

16

O BOMBEIRO CONTORNOU OS grandes buracos na estrada, rolou até a árvore caída e parou novamente. Harper e os outros nem se deram ao trabalho de ir com ele no caminhão, seguindo esse percurso a pé. O céu ficou nublado como se fosse chover, só que não iria chover e a cor das nuvens estava errada. Aquelas nuvens eram cor de salmão, como se fossem iluminadas pelo pôr do sol, não interessava que fosse meio-dia. O ar tinha aquela sensação de estática que, às vezes, alertava para a existência de trovoadas. A pressão fazia cócegas desagradáveis nos tímpanos de Harper.

O Bombeiro amarrou o reboque na árvore caída e deu ré no caminhão. Houve um estalo alto. Ele xingou da sua forma artística.

— Você ouviu o que ele disse? *Nenhuma* mulher poderia fazer isso — disse Renée. — É anatomicamente impossível.

Ele pulou de trás do volante. O cabo de reboque havia arrancado um galho de três metros.

— Você tem que passar a corrente pelo tronco — falou Allie. — Ou a árvore vai quebrar em pedaços.

Nick se sentou no para-choque traseiro do caminhão de bombeiros com Renée e Harper, enquanto Allie e o Bombeiro passavam a corrente pelo centro da árvore.

— Vamos brincar de alguma coisa — disse Renée. — Vinte perguntas. Quem quer ir primeiro?

Harper traduziu. Nick respondeu em sinais.

— Ele quer saber se é animal, vegetal ou mineral.

— Mineral. Mais ou menos. Ih, rapaz. Começamos mal.

A conversa ia e voltava, Harper servindo como intermediária.

— É amarelo? — perguntou Harper por ele.

— Sim, mas também meio laranja.

— Agora ele quer saber se é maior do que um carro.

— Sim. Bem maior.

Nick falou rapidamente com as mãos.

— Ele diz: "Um caminhão" — falou Harper.

— Não! — respondeu Renée alegremente.

Nick pulou do para-choque traseiro, com as mãos voando e os braços balançando.

— Ele diz: "Um caminhão laranja enorme" — falou Harper.

— *Não!* — repetiu Renée, franzindo a testa. — Diga a ele que *não*. Ele está desperdiçando perguntas.

Mas àquela altura, a própria Harper já havia descido do para-lama, olhando para a interestadual.

— Temos que ir — anunciou ela.

Nick já estava correndo em direção à frente do caminhão de bombeiros. Harper foi atrás dele, gritando o tempo todo, a voz passando de um grito para algo que oscilava no limite de um berro.

— John! Temos que ir! Temos que ir. *Agora! AGORA!*

John estava meio dentro da cabine, uma das mãos no volante e um pé no estribo. Ele se inclinou para fora do carro de bombeiros a fim de gritar instruções para Allie, que estava montada na árvore, ajustando a corrente de reboque em volta do tronco. Quando ouviu Harper gritando, observou ao redor, depois estreitou os olhos e viu além dela.

Na elevação distante, a um quilômetro e meio de distância, um caminhão laranja piscava ao sol. Harper podia ouvir ao longe o rugido crescente do motor enquanto o Freightliner avançava na direção deles.

— Allie, saia da árvore! — gritou John.

A jovem levou a mão ao ouvido e balançou a cabeça em negação. *Não consigo ouvir você*. A própria Harper mal conseguia ouvir John por causa do motor do caminhão de bombeiros em ponto morto.

Harper pulou no estribo ao lado do bombeiro e tocou o sino de latão, o mais forte e alto que pôde. Allie leu o rosto de Harper, saltou da árvore e veio correndo.

— Para dentro, para dentro! — berrou John. — Rápido, preciso dar ré.

Allie tirou Nick do chão, os braços em volta das coxas, levantou-o da estrada e correu para a traseira do caminhão de bombeiros.

John lhes deu talvez dez segundos para subirem e então acionou a ré no caminhão de bombeiros e ligou o motor. A árvore pegou o caminhão e o ancorou no lugar. Os pneus giraram. Harper ficou no estribo, segurando a porta aberta com uma das mãos e o braço de John com a outra.

O Freightliner de Jakob estava a menos de um quilômetro e meio de distância, o sol brilhando tristemente no para-brisa estilhaçado. Harper podia ouvir o gemido fraco do veículo enquanto acelerava.

John aplicou mais pressão, e a árvore balançou, virou e começou a deslizar pelas cinzas. Galhos estalaram e quebraram, sujando a estrada.

A oitocentos metros de distância, o limpa-neve de Jakob bateu na traseira do caminhão do Walmart e despedaçou o semirreboque, lançando-o para fora do caminho com um estrondo metálico.

A árvore ficou presa em uma fissura na estrada e não se moveu mais. John praguejou. Ele engatou a primeira, avançou três metros e deu ré novamente. O veículo correu de volta, os pneus cantando. Harper aguentou firme, cerrando os dentes, o pulso acelerado e doentio, preparando-se para o choque. O pinheiro saltou no ar e caiu novamente, os galhos se estilhaçando e voando, rolando o suficiente para o lado a fim de abrir caminho.

— Vou nos soltar — disse Harper. Ela pulou e correu para a frente do caminhão.

— Depressa, Willowes — gritou o Bombeiro. O som do Freightliner se elevou a um rugido estrondoso. — Entra, *entra*.

Harper soltou o cabo de reboque do engate dianteiro e correu para o lado do passageiro.

— Vai! — gritou ela, agarrando a porta do passageiro e subindo no estribo.

O caminhão de bombeiros avançou pesadamente. Galhos grossos estalaram e quebraram sob os pneus. Quando Harper subiu até o banco do passageiro, o veículo estava a pouco mais de trinta quilômetros por hora. Ele contornou o tronco, ganhando velocidade em um trecho reto de estrada que subia até o topo de uma pequena elevação.

O limpa-neve atingiu a árvore. O pinheiro foi pulverizado, os galhos se despedaçando em uma nuvem de pó cinza e fragmentos pretos. O Freightliner gritou. Harper sentiu que estava ouvindo a verdadeira voz de Jakob pela primeira vez.

Ela estava com um joelho apoiado no banco do passageiro quando o Freightliner bateu na traseira do caminhão. O impacto a derrubou. Suas pernas foram para fora da cabine e ficaram penduradas. Ela passou um braço pela janela aberta do passageiro, segurando-se na porta. A outra mão agarrou o assento.

— Harp! — gritou o Bombeiro. — Ai, meu Deus, Harp, entre, entre!

— Mais rápido — disse ela. — Não se atreva a diminuir a velocidade, Rookwood.

Harper se impulsionou com os pés, mas não conseguiu subir no assento. Grande parte dela estava pendurada para fora da porta do passageiro e seu centro de gravidade estava muito baixo, toda a massa e o peso pendurados acima da estrada.

Harper virou a cabeça para ver onde o Freightliner estava e, no mesmo instante, Jakob os atingiu novamente. Harper o *viu* então, atrás do volante: o rosto faminto, eriçado e cheio de cicatrizes de Jakob. Ele não sorria nem parecia zangado. Balançava a cabeça como se estivesse sob o efeito de algum anestésico pesado.

— Pelo amor de Deus, pode entrar no caminhão? — disse o Bombeiro, que tinha uma das mãos no volante, mas não olhava mais pelo para-brisa. Ele se esticou por todo o banco do passageiro para agarrá-la, estendendo a mão direita com o pulso machucado.

Ela avançou violentamente pelo braço dele e pegou sua mão. John a puxou, esforçando-se contra o turbilhão que queria aspirá-la para fora do banco da frente. Seus pés chutaram no ar, e então o joelho encontrou a área de descanso dos pés, e ela estava na cabine.

O caminhão de bombeiros ficou à deriva enquanto ele a puxava. Eles bateram em um Honda Civic quebrado, estacionado na margem esquerda da rodovia interestadual. A traseira do Honda girou no ar como se uma mina tivesse explodido sob os pneus traseiros. Eles logo deixaram o veículo para trás.

O Honda cruzou a rodovia atrás deles com um baque surdo. O limpa-neve atingiu-o um instante depois e jogou-o para o lado com um grito estridente, um som de fúria quase humana, misturado com o barulho de vidro estourando.

Ela subiu no assento, a porta do passageiro ainda aberta e balançando. Harper agarrou a tira de couro preta pendurada acima da porta e colocou a cabeça para fora, olhando para trás.

— Que porra você está... — perguntou o Bombeiro.

Ela estava cheia de música, uma canção de indignação e tristeza que não tinha palavras nem melodia, e sua mão pegou fogo como um pano encharcado de gasolina ao ser tocado por um fósforo. Uma chama azul rugiu e ela jogou, jogou uma bola de fogo que atingiu o para-brisa do Freightliner, espalhou-se pelo vidro em um leque líquido de chamas — e apagou-se.

Harper jogou fogo repetidas vezes. Uma explosão de chama azul acertou o retrovisor do lado do passageiro do limpa-neve. Um raio atingiu o próprio limpa-neve, transformando-o brevemente em uma calha rasa cheia de chamas brancas crepitantes. Na quarta vez que ela lançou chamas, elas fizeram uma curva, como um bumerangue, e atingiram o pneu dianteiro do lado do passageiro. A roda tornou-se um aro em chamas.

— Você pode cegá-lo? — perguntou o Bombeiro.

— O quê? — questionou Harper.

— Cegue-o. Apenas cegue-o por dez segundos. *Agora*, se possível. E pelo amor de Deus, coloque o cinto de segurança.

Os tendões se destacavam no pescoço de John. Os lábios estavam repuxados para trás em uma careta horrorizada. Eles subiam uma colina em direção a algum tipo de viaduto. A frente do caminhão de bombeiros acertou uma placa laranja em forma de diamante, um aviso. Harper não teve tempo de ver o que dizia antes de o Bombeiro fazê-la girar.

Harper não se preocupou com o cinto. Não conseguiria afivelá-lo e ainda se inclinar o suficiente para fora da porta em busca de lançar chamas diretamente em Jakob. Ela enfiou a cabeça no ar escaldante da tarde e olhou para o Freightliner. Jakob a encarou de volta através do para-brisa coberto de rachaduras, que saíam de um único buraco de bala, logo à direita de onde ele estava sentado. Harper achou que Jamie Close estivera muito perto de acertar o pulmão dele naquela noite na torre da igreja.

Ela respirou fundo e jogou um punhado de fogo. Acertou o para-brisa no buraco da bala. A chama esguichou para fora, seguindo as rachaduras e, formando uma teia de fogo. Um pouco dela respingou pelo buraco e Jakob se encolheu e virou a cabeça. Harper pensou, por um momento, que ele tinha fechado os olhos.

Harper virou-se para ver o que havia adiante e notou que o viaduto tinha desaparecido. PONTE DESMORONADA — era o que a placa laranja de segurança dizia. O viaduto desabara no centro, deixando um abismo de quase dez metros de largura, com vergalhões saindo do concreto quebrado. No último instante, ocorreu-lhe que ainda não estava com o cinto de segurança.

John pisou no freio e virou o volante para o lado, desviando de forma repentina e brusca da queda.

Foi quase brusco demais. O caminhão de bombeiros girou de lado, os pneus cantando, um gemido alto e irregular de borracha queimada. Fumaça azul saiu do chassi inferior. Harper sentiu que o caminhão queria tombar. John estava com todo o corpo apoiado no volante, puxando-o. O caminhão deslizou para o lado, estremecendo com a força de uma britadeira. *Vou perder esse bebê*, pensou Harper.

O Freightliner bateu na traseira deles ao passar. O caminhão de bombeiros girou como uma porta de banco. Por um instante, eles olharam na direção de onde haviam vindo e ainda deslizavam para trás. A força centrífuga jogou Harper contra a porta. Se ela não a tivesse fechado no segundo anterior, teria saído voando. O volante girou tão rapidamente nas mãos do Bombeiro que ele o soltou com um grito de dor.

Eles estavam olhando na direção de New Hampshire, ainda patinando no asfalto, então Harper não viu quando o Freightliner passou por eles e caiu dez metros, atingindo a estrada abaixo com um estrondo contundente que pareceu fazer o mundo tremer. Era como se uma bomba tivesse explodido embaixo deles.

Harper ainda sentia como se eles estivessem girando, mesmo depois que o caminhão de bombeiros parou de se mover. Ela olhou para John, que a observava com olhos arregalados e perplexos. Ele moveu os lábios. Harper acreditava que ele estava dizendo seu nome, mas não tinha certeza, não conseguia ouvir por causa do zumbido nos ouvidos. Nick estava certo. Ler lábios era difícil.

Ele gesticulou com as mãos, um pequeno movimento de enxotar. Saia. Ele lutava contra o cinto de segurança.

Harper assentiu com a cabeça, desceu pela porta aberta com as pernas trêmulas, subiu no estribo e foi para a estrada. Então, olhou para a abertura no viaduto e sentiu todo o ar sair dos seus pulmões.

A metade traseira do caminhão de bombeiros estava pendurada na beira do abismo, e ele estava se inclinando. Enquanto Harper observava, o veículo balançou para trás, os pneus dianteiros erguendo-se no ar.

Harper mal teve tempo de recuperar o fôlego. Ela estava se preparando para gritar o nome de John quando o caminhão de bombeiros tombou para o lado e caiu no vão, levando o Bombeiro consigo.

17

HARPER CORREU ATÉ A beirada do vão e olhou para baixo, além dos vergalhões retorcidos e do concreto esfarelado. O carro de bombeiros tinha caído para trás e virado para o lado do passageiro. Ela estava no ângulo errado, não conseguia ver a cabine, não conseguia ver John. O Freightliner estava de cabeça para baixo. Algo queimava lá; Harper sentiu o cheiro de borracha queimada.

Foi apenas o choque que a manteve no lugar, um grande formigamento de emoção que ela podia sentir nas terminações nervosas, na ponta dos dedos. *Todos estão mortos*, pensou ela. *Todos estão mortos, todos estão mortos, John e Nick e Allie e Renée e John e Nick e Allie e Renée e John e Nick e Allie e Renée.*

Sua garganta doeu, e ela percebeu que estava gritando, estava gritando há quase um minuto inteiro, e se obrigou a ficar quieta. A coisa a fazer era descer até lá. Ir até lá e ver o que poderia fazer.

Ela se virou — e quase tropeçou em Allie. O rosto da garota estava brilhando de suor e ela ofegava por causa da corrida.

— De onde você veio? — perguntou Harper. — Como saiu?

Harper olhou fixamente para além da adolescente. A pouco menos de um quilômetro, viu Nick trotando ao longo da margem da estrada, conduzindo Renée pela mão.

— Nunca entrei — disse Allie. — Nunca tive chance. Renée nos empurrou para dentro de uma vala assim que cheguei à traseira do caminhão com Nick. Logo em seguida, você e John estavam partindo sem nós. Cadê o John? Cadê...

Enquanto Allie falava, ela estava passando por Harper para olhar pelo vão. Harper a agarrou pelo braço e a afastou antes que a garota chegasse à beirada.

— Não olhe. Não quero que Nick veja e também não quero que você veja. Fique aqui e não venha a menos que eu chame.

Harper queria fugir, mas seus dias de corrida haviam terminado várias semanas antes. Ela fez uma espécie de trote engraçado de mulher grávida, segurando a barriga. Escalou uma grade de proteção e deslizou pela margem apoiada em seu grande traseiro grávido, agarrando punhados de arbustos para retardar a descida.

A estrada abaixo era uma rodovia dividida, que corria para leste e oeste. O caminhão de bombeiros estava na pista leste. Um lago de fogo crepitava e jorrava pelo asfalto, e Harper pensou, desvairada: *Gasolina, está derramando gasolina, vai explodir*. Ela pulou sobre as chamas e alcançou a frente do caminhão de bombeiros.

Ela podia ver através do para-brisa, que estava quebrado e tinha saído da estrutura. John pendia de lado, ainda afivelado no assento, a cabeça apoiada no ombro direito e sangue escorrendo por baixo da linha do cabelo e do nariz. Mas vivo. Harper podia ver o peito subindo e descendo.

O que ela não conseguia ver era uma forma de tirá-lo de lá. Ela estava grávida demais para subir até a porta do motorista, que atualmente encarava o céu. Não conseguiria quebrar o que restava do para-brisa sem uma ferramenta e tinha medo de borrifar vidro quebrado em cima dele.

Uma escada, pensou Harper. Não a grande escada presa ao caminhão, mas uma das menores, guardadas nos armários traseiros.

Ela pulou de volta sobre aquela longa faixa de fogo (o que exatamente estava queimando? Não cheirava a gasolina) e foi até a traseira do caminhão. Os compartimentos ao longo de todo o carro de bombeiros tinham sido abertos e ela passou com cuidado por um emaranhado de cabos de machados e pés de cabra da Lincoln Log. Ela estava com pressa e quase pisou no gato, recuando quando o bicho miou alarmado para ela.

Harper se conteve e deu um passo para trás. O sr. Trufas olhou para ela, os olhos cor de jade vidrados de choque, o pelo desgrenhado. Renée tinha tirado todos eles do caminhão, exceto o gato, ao que parecia.

— Ah, você — disse Harper, agachando-se e estendendo a mão em direção a ele. — Meu Deus, como *você* sobreviveu? Eu me pergunto quantas das suas sete vidas você acabou de usar.

— Todas — falou Jakob, e uma pá desceu pela fumaça, acertando o gato como um martelo de críquete atingindo a bola.

O sr. Trufas voou, com o pescoço quebrado e morto, pelo ar até o mato. Harper gritou e caiu para trás. Jakob levantou a pá acima da cabeça com as duas mãos. Ela se empurrou para trás com os calcanhares e a lâmina da pá atingiu o asfalto macio entre seus pés.

Ela se arrastou para longe, passando o traseiro nos vidros quebrados e nas pedras soltas. Jakob teve que balançar o cabo da pá para a frente e para trás para soltar a lâmina do chão antes que pudesse dar um passo, e ela teve tempo de dar uma boa olhada nele. A mão direita estava escura e queimada até ficar com a textura de pele de frango frito. A carne podre e rosada por baixo estava à mostra, brilhando com o pus. O lado direito do seu rosto também estava carbonizado, e o cabelo daquele lado da sua cabeça ainda fumegava. Uma velha queimadura preta no formato de uma mão salpicava a carne solta da sua garganta.

Ele avançou, com passos pesados e lentos, sem nada da sua antiga graça de dançarino. Quando falou, sua voz estava grossa e arrastada. Seus lábios haviam se fundido em um canto da boca.

— Eu estava certo quando disse que você me deixou doente, minha querida — falou ele. — É verdade que não me contaminou com Escama de Dragão, mas me deixou doente de um jeito diferente. Um jeito pior. Ficar perto de você era como estar com febre baixa. Uma mulher como você é uma espécie de infecção. Você se alimentava de mim como uma bactéria. Não sabe quanto eu quero ficar bem. Me curar de você.

O homem deu outro golpe, mas ela se apoiou nos calcanhares. A lâmina da pá cortou a névoa, arrastando pedaços sedosos de fumaça atrás dela.

— Um dia, pensei que você seria minha musa — disse ele, e riu, um som estranho e desafinado. — Achei que iria me inspirar! Bem. No final, você com certeza me inspirou. No final, você me conduziu à minha verdadeira vocação: apagar incêndios. Sou um bombeiro tão bom que os apago antes mesmo de começarem. Você vê? De certa forma, você *foi* minha musa!

Ela era tão musa quanto ele tinha sido escritor, pensou Harper, e ela não se sentia culpada, não por isso. Jakob só conseguia vê-la em termos de culpa ou inspiração, mas de um jeito ou de outro aquilo a reduzia a uma espécie de combustível. De um jeito ou de outro, ela sempre foi algo para ele queimar.

— Seu namorado ainda está vivo? — perguntou Jakob, apontando de volta para o caminhão. — Tomara que sim. Quero cortar sua cabeça e colocá-la no colo dele antes de matá-lo. Quero que ele olhe para seu rosto uma última vez e diga seu nome. Quero que ele saiba que não pôde ficar com o que tirou de mim.

Em sua mente, Harper começou a cantar sem palavras. Sua mão esquerda crepitou, fumegou, brilhou e começou a tremeluzir com a luz do fogo. Ela a levantou, mas Jakob a atingiu com a pá e a chama se apagou. Harper gritou de dor.

— Ele ensinou uns truques para você? — perguntou Jakob. — Além de como chupar o pau dele? Pena que ele não ensinou a não brincar com fogo. Uma mulher da sua idade deveria saber como isso termina, minha querida. As meninas que brincam com fogo acabam se queimando. Ficam totalmente queimadas.

Mas Harper não estava ouvindo. Harper olhava além dele. Ela sentiu uma onda de sangue doentia no coração e tinha dificuldade para respirar.

— *Preste atenção em mim* — disse Jakob. Ele colocou a ponta da pá sob o queixo dela e usou-a para levantar a cabeça, forçando Harper a olhar em seus olhos. — Estou *falando* com você, minha querida. Ao menos ouviu o que acabei de dizer? Você me ouviu? As menininhas não deveriam brincar com fogo. É assim que as pessoas se machucam.

— Sim — sussurrou Harper. — Você tem razão. Sinto muito, Jakob.

Ele estreitou os olhos e depois começou a virar a cabeça.

Àquela altura, a mulher flamejante já havia atravessado metade da distância entre ele e o caminhão. Ela tinha a mesma altura de Jakob e o cabelo caía por metros atrás dela, amarelo e vermelho. Ela estava nua, em certo sentido, embora sua silhueta instável e oscilante parecesse mais uma forma feita de sedas vermelhas. Apenas os olhos ardiam em um azul quente, como a chama de um maçarico. Ela deixava pegadas atrás de si — pegadas de chamas vermelhas.

— Mãe? — disse Allie, a dez metros de distância. Ela havia descido a inclinação e estava ali segurando a mão de Nick. Sua voz estava baixa e confusa.

A mulher lançou uma machadinha de fogo. A machadinha não estava lá até o instante em que ela jogou a mão para trás. Acertou Jakob no rosto, e ele gritou, as chamas se espalhando por suas feições e subindo até o cabelo. Ela jogou a mão para trás e uma nova machadinha de fogo apareceu, saltando de seu punho. A mulher a jogou novamente na direção dele. A segunda machadinha atingiu-o no peito e os restos imundos e manchados de óleo da sua camiseta branca pegaram fogo. Ele deu um passo cambaleante em direção à mulher, mas não conseguia ver através da fumaça preta que envolvia sua cabeça. Ela deu um passo para o lado como um toureiro. Jakob tropeçou e caiu de joelhos.

Ela se afundou ao lado dele e tomou-o gentilmente nos braços ardentes.

18

ALLIE ESTAVA AGACHADA NO final do barranco com Nick nos braços. Ela apertava o rosto do irmão contra o peito e enterrou a cabeça no seu ombro, os dois juntos como as duas metades de uma noz.

A chama que uma vez fora uma mulher surgiu do cadáver negro e fumegante de Jakob Grayson. Ela deixou o corpo para trás e caminhou em direção às crianças. Seus calcanhares deixavam pegadas borbulhantes, liquefazendo o asfalto abaixo deles.

Quando estava a três metros de Nick e Allie, ela se abaixou com uma graça extraordinária, enganchando os tornozelos e sentando-se de pernas cruzadas. Allie levantou a cabeça e a encarou, depois apertou o ombro de Nick para que ele soubesse que não havia problema em olhar.

O cabelo dourado da mulher fluía e estalava. A estrada abaixo de si derretia, transformando-se em uma poça de alcatrão.

Nick falou com as mãos: "Mãe?".

Ela assentiu com a cabeça. "Eu já fui", respondeu ela, movendo as mãos em redemoinhos de fogo. "A maior parte de quem eu era foi queimada."

"Senti sua falta", disse ele, e Allie soletrou com os dedos: "Eu também. Muito".

Sarah assentiu de novo. O topo de sua cabeça era um cálice de chama aberto. Qualquer que fosse o combustível que ela estivesse queimando para ficar com eles… o ar e um milhão de grãos rodopiantes de esporos… ela o consumia rapidamente agora, esfriando, esfriando. Quando a brisa soprava, ela ondulava como um reflexo em águas agitadas.

"Foi tudo culpa minha", disse Nick com as mãos.

"Não se culpa um fósforo por iniciar um incêndio", falou a Sarah em chamas. "Você culpa a pessoa que o acende. Você era apenas um fósforo."

"Você ainda estaria conosco se eu não tivesse tentado ensiná-la a lançar fogo."

Com as mãos, ela disse:

"*Ainda* estou com vocês. Estou sempre com vocês. O amor nunca se apaga. Ele simplesmente continua, indefinidamente."

Os filhos estavam chorando de novo. Talvez a mãe também chorasse. A chama escorria de seu rosto e respingava na estrada.

As crianças conversavam com ela com as mãos, e ela assentia e respondia da mesma forma, mas Harper se afastou deles e não viu o fim da conversa. O que disseram um ao outro era apenas para eles.

Harper se levantou cambaleante e olhou em volta. O cadáver carbonizado e murcho de Jakob soltava uma fumaça escura e imunda. Harper caminhou até a parte traseira dos destroços e vasculhou os rolos sujos de mangueira. Pegou um cobertor antifogo e jogou-o sobre a cabeça e os ombros de Jakob, depois recuou, afastando a fumaça do rosto. Cheirava a lixo queimado.

Ela esbarrou em alguém parado atrás de si. Renée colocou a mão firme em seu ombro; ela, enfim, tinha descido a inclinação para se juntar a eles.

— Você viu o gato? — perguntou ela, com a voz tensa e atordoada.

— Ele... ele não sobreviveu, Renée — disse Harper. — Foi... jogado na hora do acidente. Sinto muito.

— Ah — falou Renée, e piscou. — E quanto a...

— John. Está vivo. Mas ferido. Preciso de ajuda para tirá-lo do caminhão.

— Sim. Claro. — Renée olhou para Allie e Nick e para a mulher em chamas. — Isso... o que é isso?

— Ela veio com John — explicou Harper.

— Ela é... — falou Renée, depois engoliu em seco, lambeu os lábios e tentou novamente. — Ela é... — Sua voz ficou presa na garganta outra vez.

— Uma chama antiga — respondeu Harper.

19

RENÉE ENFIOU UM PÉ de cabra sob um canto do para-brisa e o soltou. Ele caiu inteiro na estrada, um manto tilintante de vidro de segurança azul com mil fissuras, mantendo-se impossivelmente unido. Harper e Renée se espremeram, juntas, na cabine e ficaram abaixo de John, que estava pendurado acima delas, preso pelo cinto de segurança. Uma gota de sangue caiu no olho direito de Harper e, por um momento, ela enxergou o mundo através de um vitral vermelho.

As duas fizeram o possível para colocá-lo no chão sem impacto, mas quando o pé direito bateu no asfalto, seus olhos se abriram e ele soltou um grito baixo. As mulheres o arrastaram dos destroços do caminhão. Renée foi buscar algo para colocar debaixo da sua cabeça e voltou com a *Mãe Portátil*, que servia muito bem como travesseiro.

— Ah — exclamou ele. — Ah, minha perna. É ruim, não é? Não consigo olhar.

Harper moveu as mãos sobre a coxa, sentindo a ruptura no fêmur através da borracha grossa das suas calças de bombeiro. Ela não achava que tivesse perfurado a pele e tinha certeza de que não havia cortado nenhuma artéria importante. Se tivesse, ele não estaria perguntando sobre a perna. Estaria inconsciente pela perda de sangue ou morto.

— Posso lidar com isso. Vou ter que colocar uma tala e, sem analgésicos, vai doer. — Ela sondou o peito. John arquejou uma vez, fechou os olhos e enfiou a cabeça com força na sacola que estava embaixo. — Estou mais preocupada com as costelas. Estão quebradas de novo. Vou ter que dar uma olhada, ver o que tenho para colocar na sua perna. — Harper sentiu um calor nas costas e sabia quem estava atrás dela. — Tem alguém aqui para fazer companhia a você enquanto estou vasculhando.

Ela o beijou na bochecha, levantou-se e deu um passo para o lado.

Sarah ficou sobre ele, em chamas. Ajoelhou-se e contemplou o rosto de John, e Harper pensou que ela estava sorrindo. Era difícil dizer. Seu rosto era pouco mais que trapos de chamas. Quando Sarah apareceu pela primeira vez, ela era uma mortalha de fogo branco com um núcleo de calor quase ofuscante bem no centro. Agora, porém, o tom dominante era um vermelho opaco e profundo, e ela havia diminuído para proporções infantis, estava mais ou menos do tamanho de Nick.

— Ah. *Sarah*. Ah, olhe para você — disse John. — Espere um pouco. Vamos recolher um pouco de madeira. Nós vamos manter você. — Ele ergueu as mãos, tentando dizer isso por meio de gestos.

Sarah negou com a cabeça. Harper tinha certeza de que ela sorria agora. A dama de fogo ergueu o queixo, a brisa soprando suavemente as últimas chamas do seu cabelo, e pareceu olhar diretamente para Harper — olhava para ela da mesma maneira sonhadora que a própria Harper muitas vezes encarava chamas em movimento. Por fim, Harper pensou que Sarah lhe dera uma piscadela.

Quando ela apagou, aconteceu de uma vez só. A garota em chamas desmoronou em meio a uma chuva torrencial de cinzas. Mil faíscas verdes subiram redemoinhando pela tarde. Harper ergueu uma das mãos para proteger os olhos e foi toda picada — suavemente picada — enquanto as faíscas choviam sobre ela, tocando-lhe os braços nus, a testa, o pescoço e as bochechas. Ela se encolheu, mas o leve formigamento desapareceu em um instante. Enxugou o rosto e saiu com a palma da mão manchada de cinza.

Harper esfregou as cinzas entre o polegar e o indicador, observando a sujeira pálida flutuar na brisa leve, pensando no que falavam nos funerais, a parte que dizia do pó ao pó, e continuava com algo sobre a certeza da ressurreição.

20

OS OLHOS DE JOHN estavam assustados, o rosto coberto de suor e fuligem. Estava sem calças. A coxa direita estava preta e inchada, duas vezes maior que a esquerda. As palmas rechonchudas de Renée repousavam abaixo da fratura, enquanto as de Harper agarraram a perna acima dela.

— Está preparado? — perguntou Harper.

John deu-lhe um aceno tenso e assustado.

— Vamos acabar logo com esse procedimento médico da Idade das Trevas.

Allie estava a cerca de dez metros de distância, mas quando o Bombeiro começou a gritar, ela virou de costas e tapou os ouvidos. O osso fez um som de trituração quando as duas partes quebradas se encaixaram, um ruído que lembrou a Harper alguém arrastando uma pedra sobre um quadro-negro.

21

FOI ALLIE QUEM DESCOBRIU como fazer uma estrutura para carregar o Bombeiro dobrando cobertores em um segmento da escada de incêndio. Amarraram-no, passando cordas elásticas nas suas canelas e nos ossos do quadril. Um último cordão amarrava a testa. Eram os únicos lugares onde podiam colocar os cabos sem cruzar com um osso quebrado.

Àquela altura ele estava inconsciente, mas inquieto, soprando ar pelos lábios e tentando balançar a cabeça. John parecia muito velho, pensou Harper, com as bochechas e as têmporas encovadas, a testa franzida. Ele também tinha uma expressão confusa e parva que a deixou com o coração partido.

Renée desapareceu por um tempo, mas, quando voltou, tinha um mapa rodoviário da Nova Inglaterra, que havia descoberto no porta-luvas do Freightliner de Jakob. Harper sentou-se com o mapa sobre os joelhos durante algum tempo e depois informou ao grupo que estavam a trezentos e vinte quilômetros de Machias.

— Se estabelecermos um ritmo de trinta quilômetros por dia — comentou Harper —, podemos estar lá em pouco mais de uma semana.

Harper esperou que alguém perguntasse se ela estava brincando.

Em vez disso, Allie se agachou, pegou as pontas da estrutura em que o Bombeiro estava e levantou-se. A cabeça de John se ergueu no ar até ficar quase na altura da lombar dela. O rosto de Allie era uma máscara sombria e estoica.

— É melhor irmos, então — declarou Allie. — Se começarmos agora, podemos percorrer dezesseis quilômetros antes de perdermos a luz. Não vejo nenhuma boa razão para desperdiçar o dia. E vocês?

A garota olhou para eles, como se esperasse um desafio. Ninguém falou nada.

— Dez dias em pé — falou Renée. Ela olhou para a barriga distendida de Harper. — Quando é a data do parto?

Harper lhe deu um sorriso tenso.

— Temos muito tempo.

Ela não sabia mais a data exata, mas tinha certeza de que aconteceria em menos de duas semanas.

Renée resgatou uma sacola de compras dos destroços, e Harper tirou a *Mãe Portátil* da estrada. Já haviam subido com esforço a encosta até a I-95 quando Harper percebeu que Nick carregava um machado de incêndio. Ele era uma criança prática.

Onde não estava destruída, a estrada se encontrava coberta de cinzas. Não havia nada para ver no horizonte, exceto colinas cinzentas e a ponta carbonizada dos pinheiros.

Poucas horas antes do anoitecer, chegaram a um lugar onde a rodovia interestadual tinha desabado no que antes fora um riacho. A água estava sufocada com cinzas, transformando-se em uma lama cor de magnésio. Um Mercury 1979 flutuava lá, parecendo um crocodilo-robô gigante patrulhando um canal tóxico.

Allie colocou na beira da estrada a estrutura em que John estava.

— Vou seguir rio acima para checar se tem outra passagem.

— Não gosto da ideia de você ir sozinha — disse Harper. — Não sabemos quem pode estar por aí. Não posso perder mais uma pessoa que amo, Allie.

Allie foi surpreendida ao ouvir Harper dizer que a amava. Ela olhou para Harper com uma expressão de choque, prazer e vergonha que a fez parecer muito mais jovem do que realmente era: doze anos, não dezessete.

— Eu vou voltar — falou Allie. — Prometo. Além do mais… — Ela puxou o machado das mãos de Nick. — Minha mãe não é a única que sabe usar um desses.

A adolescente desceu a encosta íngreme ao lado da estrada, balançando a lâmina de um lado para o outro a fim de abrir caminho através da grama na altura dos ombros.

Voltou bem no momento em que anoitecia, o céu adquirindo um tom doentio de amarelo. Quando Harper perguntou se ela havia encontrado algo, Allie apenas balançou a cabeça, cansada, e não disse nada.

Acamparam às margens do rio, sob a saliência da ponte desabada. À noite, o Bombeiro começou a delirar.

— *Chim-chaminé, chim-chaminé, chim-chim-chirentro, me dê uma água, antes que eu queime por dentro! Chim-chaminé, chim-chaminé, chim-chim-chireça! Se eu estivesse em chamas, mijaria na minha cabeça?*

— *Shh* — disse Harper, uma das mãos na sua cintura, encostada nele para mantê-lo aquecido. O dia tinha sido sombrio e quente, mas depois de escurecer, o ar estava tão frio e cortante que eles poderiam muito bem estar no cume de uma montanha. Seu rosto estava encharcado de um suor gelado e doentio, mas ele continuava agarrando a gola da camisa e puxando-a, como se estivesse pegando fogo. — *Shh.* Tente dormir.

Suas pálpebras tremeram, e John lhe lançou um olhar selvagem e distraído.

— Jakob ainda está atrás da gente?

— Não. Ele se foi.

— Pensei ter ouvido o caminhão dele. Pensei tê-lo ouvido chegando.

— Não, meu amor.

O Bombeiro deu um tapinha na mão dela e acenou com a cabeça, aliviado, e dormiu por um tempo.

22

ELES PASSARAM A MAIOR parte da manhã seguinte voltando, refazendo os seus passos até uma rampa de saída, que os levou até as ruínas de uma Pizza Hut coberta de napalm. O Bombeiro dormiu durante a maior parte do caminho. Quando acordou, seus olhos estavam atordoados e perplexos.

Ele não tinha muito a dizer — a princípio — e às vezes era necessário fazer uma pergunta algumas vezes antes que ele a ouvisse. As respostas, no entanto, eram coerentes e sensatas. Sim, ele *gostaria* de um pouco de água. Sim, a perna dele doía, mas estava tudo bem, era suportável. O peito não doía tanto, mas parecia *pesado*, *apertado*. Pediu várias vezes a Allie para afrouxar a alça no peito. No início, ela respondeu que *não* havia uma alça ali, mas, na terceira vez que ele pediu, ela disse que claro, sem problemas, e ele agradeceu e abandonou o assunto.

Apenas uma vez o Bombeiro fez algo particularmente preocupante. Moveu as mãos, falando com Nick. A resposta do menino foi fácil de entender: ele balançou a cabeça, dizendo *não*. Então, ele correu para alcançar Harper e caminhou ao lado da Enfermeira, evitando contato visual com John.

"O que ele falou?", perguntou Harper.

"Que tinha certeza de que o caminhão ainda estava atrás da gente. O grande limpa-neve. Respondi que não, mas ele disse que podia *ouvi-lo*. Ele disse que estava vindo e que, se chegasse mais perto, teríamos que abandoná-lo."

"Ele está doente. Não se preocupe. Está confuso."

"Eu sei", disse Nick. "Sua linguagem de sinais está ficando muito boa."

Harper ia dizer: "Talvez eu ensine linguagem de sinais para meu filho", mas lembrou que, se tudo corresse conforme o planejado, ela nunca conheceria o próprio filho. Entregaria-o a alguém saudável. Harper colocou as mãos nos bolsos do moletom e deixou-as lá, sem querer conversa por um tempo.

Pararam para almoçar em um improvável bosque de bétulas, localizado na ilha central entre duas pistas de uma estrada secundária. As colinas de ambos os lados da estrada estavam repletas de árvores queimadas, mas a pequena ilha em forma de lágrima não havia sido tocada pelo fogo e era uma zona verde e fresca de samambaias.

Beberam água engarrafada e comeram pretzels. A certa altura, uma chuva seca e macia começou a cair em volta deles, atingindo seus ombros e as árvores, as folhas e as samambaias. Harper encontrou uma joaninha rastejando no dorso da mão e outra no pulso. Ela passou a mão pelo cabelo e jogou meia dúzia de joaninhas na grama.

Ao levantar a cabeça, pôde ver centenas delas rastejando nos troncos das árvores ou abrindo as asas para deslizar na brisa. Não, *milhares*. Joaninhas voavam nas correntes ascendentes, centenas de metros acima, como uma lenta tempestade flutuante. Renée levantou-se com diversas joaninhas cobrindo os braços, como luvas que iam até os cotovelos. Ela as afastou, e os insetos caíram nas samambaias. John estava coberto delas até Allie gentilmente o espanar com uma samambaia.

Acamparam naquela noite nas ruínas de um chalé à beira da estrada. A parede da casa voltada para oeste havia sido varrida pelo fogo e desabado, soterrando a sala de estar e a cozinha com gravetos carbonizados e telhas queimadas. Mas a ala leste estava misteriosamente intocada: revestimento branco, venezianas pretas, persianas fechadas atrás das janelas. Eles se instalaram no que antes era um quarto de hóspedes, onde encontraram uma cama *queen size* bem arrumada. Um feixe seco e murcho de viburno branco repousava sobre o travesseiro. Um ex-hóspede havia escrito uma mensagem na parede: A FAMÍLIA CROWTHER SE HOSPEDOU AQUI A CAMINHO DE VER MARTHA QUINN, seguida de uma data do outono anterior.

Ao anoitecer, John tremia incontrolavelmente, e seu corpo só relaxou quando Harper se aninhou contra ele sob a colcha. O Bombeiro brilhava com o calor, e não era a Escama de Dragão. Aquilo a assustou, o fogo seco e constante da febre dele. Harper cuidadosamente encostou a orelha no peito dele, ouvindo os pulmões, e escutou um som como o de alguém tirando uma bota da lama. Pneumonia, então. Pneumonia de novo, e pior do que antes.

Nick se deitou do outro lado de John. O menino havia descoberto um exemplar de um guia de pássaros em uma mesa de canto e estava folheando as páginas, estudando as imagens à luz de um dedo em chamas.

"No que está pensando?", indagou Harper.

"Estou me perguntando quantos deles foram extintos", respondeu Nick.

No dia seguinte, o Bombeiro estava pegajoso de suor.

— Ele está pegando fogo — constatou Renée, encostando a mão na bochecha dele.

— Seria engraçado se eu cozinhasse até morrer — murmurou ele, e todos deram um salto de susto. Ele não falou de novo o dia todo.

23

ELES CHAPINHARAM ATRAVÉS DE uma neblina espessa cor de mostarda Dijon, sob árvores enfeitadas com serpentinas de névoa suja. Caminharam para o norte e, no meio da manhã, o sol não passava de um tênue disco marrom abrindo um buraco enferrujado em uma mortalha. Era impossível ver mais do que alguns metros adiante. Harper avistou o que pensou ser uma motocicleta enorme encostada nas ruínas de uma cerca de arame farpado, mas descobriu que era uma vaca morta, com a pele escurecida e fissurada para mostrar a carne podre e estragada por baixo, as órbitas vazias zumbindo com moscas. Renée passou cambaleando, tossindo, segurando a garganta, tentando não vomitar.

Foi a primeira e última vez que Harper ouviu alguém tossir durante todo o dia. Até a respiração do Bombeiro era longa, lenta e regular. Embora os olhos e as narinas dela estivessem queimando, ela poderia estar respirando o ar fresco dos Alpes, se não fosse toda aquela fumaça turbulenta.

Ocorreu-lhe a ideia de que o grupo estava respirando veneno em um ambiente tão hospitaleiro para a vida humana quanto Vênus. Mas isso não os impediu, e Harper revirou esse pensamento na mente. Era a Escama de Dragão, claro, fazendo seu trabalho. Ela já sabia há algum tempo que o esporo convertia as toxinas da fumaça em oxigênio. Isso, porém, levou a outra ideia, e ela pediu que Allie parasse.

Allie parou, corada e suja. Harper se ajoelhou ao lado da estrutura em que John estava, desabotoou a camisa e colocou a orelha em seu peito.

Ela ainda ouvia um som seco e áspero de que não gostava, mas, se não havia melhorado, também não havia piorado. John sorria e, durante o sono, quase parecia com seu antigo eu: calmo e sarcástico. A fumaça ao redor deles era tão boa quanto uma tenda de oxigênio. Não faria com que a pneumonia desaparecesse — a melhor chance para isso era tomar antibióticos —, mas poderia lhe ganhar tempo.

No início da tarde, porém, eles o arrastaram para fora da neblina e seguiram sob um céu azul-claro, sem nuvens e odioso, o sol lançando clarões ofuscantes em cada pedaço de metal e cada fragmento de vidro. Quando, enfim, saíram da estrada, John estava pior do que Harper jamais o vira. A febre tinha voltado, suor brotando nas bochechas e nas têmporas cinzentas e deprimidas. A língua ficava saindo da boca, parecendo inchada e sem cor. Os dentes batiam. Ele falava com pessoas que não estavam lá.

— Os incas tinham razão em adorar o sol, Pai — disse o Bombeiro ao Pai Storey. — Deus *é* fogo. A combustão é a única bênção indiscutível. Uma árvore, petróleo, carvão, um homem, uma civilização, uma alma. Todos vão ter que queimar um dia. O calor causado pela sua morte pode ser a salvação de outros. O valor final da Bíblia, ou da Constituição, ou de qualquer obra literária, na verdade, é que todas elas queimam muito bem e, por um tempo, afastam o frio.

O grupo se instalou em um hangar de aviões ao lado de uma pequena pista de pouso particular. O hangar, um prédio de metal azul com teto curvo, não tinha aviões, mas dispunha de um sofá de couro preto dentro de um escritório. Harper decidiu que deveriam prender John ali, para que ele não caísse durante a noite.

Enquanto a Enfermeira o amarrava, os olhos confusos dele se fixaram no rosto dela.

— O caminhão. Eu vi o caminhão hoje à tarde. Você deveria me deixar para trás. Estou atrasando vocês, e o limpa-neve está chegando.

— Impossível — disse Harper, afastando o cabelo suado da testa dele. — Não vou a lugar algum sem você. Somos você e eu, querido.

— Você e eu, querida — repetiu ele, e abriu um sorriso comovente. — Que tal?

Depois que John caiu em um sono agitado, o restante do grupo se reuniu perto das portas abertas do hangar. Allie quebrou uma estante de livros com um martelo e Nick fez uma fogueira com as prateleiras e pilhas de manuais de voo. Ele acendeu toda a bagunça com um movimento da sua mão direita em chamas. Renée encontrou garrafas d'água e macarrão em um armário. Harper segurou uma panela sobre as chamas, esperando a água ferver. A mão dela se estendia diretamente no fogo, as chamas lambendo os nós dos dedos. Depois de dominar a Escama de Dragão, as luvas térmicas não são mais necessárias.

— Se ele morrer — disse Allie —, eu desisto. Não quero nem saber da ilha de Martha Quinn. Eu nem gosto de música dos anos 1980.

O fogo estalou e estourou.

— Esta é a hora em que você me promete que ele não vai morrer — falou Allie.

Harper não pronunciou uma palavra durante dez minutos, e tudo o que disse foi:

— O macarrão está pronto.

24

NO FINAL DA MANHÃ seguinte, o pequeno grupo de peregrinos fez uma curva e parou, arrastando os pés cansados.

O que os deteve inicialmente foi um choque de cores. No lado esquerdo da estrada, havia o tipo de cenário a que estavam acostumados: árvores destruídas e uma longa encosta de gravetos queimados e ruínas. Mas à direita havia uma floresta de pinheiros verde-acinzentada. Os galhos dos abetos estavam cobertos de cinzas, mas as árvores abaixo eram saudáveis, sem danos, e a grama que crescia abaixo delas era rica e viçosa. Por trás das sempre-vivas, eles viram um brilho de água negra.

Havia um outdoor do lado verde da estrada. Originalmente, apresentava o anúncio de uma seguradora. Uma pequena lagartixa sugeria que quinze minutos ou menos poderiam economizar um ou dois dólares. Pintada com spray diretamente abaixo desta sugestão útil, havia uma mensagem em preto:

ZONA LIVRE DO NOVO MAINE
INFECTADOS PEGAR LUVAS + CAPA
CONTINUEM NA ESTRADA PARA O NORTE
PARA MACHIAS E A ILHA DE MARTHA QUINN
INFECTADOS USAR VESTIMENTAS LARANJA DE SEGURANÇA
O TEMPO TODO!

Uma caminhonete antiga estava estacionada ao lado do outdoor. Na caçamba, havia caixas de leite cheias de luvas grossas de um laranja brilhante. Uma pilha de capas de chuva da mesma cor estava ao lado delas. Nick subiu para fuçar, pegou uma das capas impermeáveis e virou-a para que pudessem ver.

Um símbolo de risco biológico estava gravado em preto nas costas.

— E agora? — perguntou Renée.

— Parece que vamos nos vestir — disse Harper. — Pode me arranjar uma capa? Não quero tentar subir lá.

Dez minutos depois, eles seguiram em frente, todos com as capas e as luvas laranja que os marcavam como doentes. Eles não tentaram vestir uma capa no Bombeiro, apenas a jogaram sobre seu peito.

O lago que eles avistaram por entre as árvores revelou-se um corpo d'água desagradável. Massas de peixes mortos apodreciam nas pedras à beira da água, e as partes rasas ficavam escondidas sob um manto flutuante de cinzas, embora o centro do pequeno lago estivesse limpo e preto. Havia chalés intactos e vazios construídos perto da água, dos dias anteriores às regras de construção que diziam que as casas deveriam ficar a certa distância dos corpos d'água. Avisos foram pregados nas portas da frente, acima de mais símbolos de risco biológico.

— Esperem — anunciou Harper, deixando os outros na estrada.

Ela subiu os degraus do primeiro chalé e leu o aviso.

ESTA CASA FOI DESIGNADA COMO ABRIGO TEMPORÁRIO NOTURNO PARA PESSOAS INFECTADAS COM DRACO INCENDIA TRYCHOPHYTON, TAMBÉM CONHECIDO COMO ESCAMA DE DRAGÃO. SE VOCÊ ESTIVER SAUDÁVEL, NÃO ENTRE.

NÃO BEBA A ÁGUA NEM USE O BANHEIRO. HÁ ÁGUA ENGARRAFADA NA GELADEIRA E PRODUTOS ENLATADOS. NÃO PEGUE MAIS DO QUE O NECESSÁRIO. NÃO DEVE HAVER OCUPAÇÃO PERMANENTE EM HIPÓTESE ALGUMA. OS VISITANTES DEVEM PARTIR EM DOZE HORAS. ESTA RESIDÊNCIA É MONITORADA PELAS AUTORIDADES LOCAIS.

USE SEMPRE AS ROUPAS DE SEGURANÇA LARANJA. INFECTADOS ENCONTRADOS SEM AS ROUPAS QUE OS MARQUEM COMO DOENTES SERÃO CONSIDERADOS HOSTIS E PODERÃO SER BALEADOS.

VOCÊ ESTÁ A 210 QUILÔMETROS DE MACHIAS, ONDE PODERÁ RECEBER TRANSPORTE PARA A UNIDADE DE TRATAMENTO DE D.I.T. DA FREE WOLF ISLAND. ESTAMOS REZANDO POR VOCÊ.

— O que diz aí? — gritou Allie.

— Diz que podemos passar a noite aqui se precisarmos — falou Harper, mas ela já sabia que não fariam isso. Era muito cedo para parar.

Ela empurrou a porta e entrou no hall. O chalé tinha um cheiro de fumaça de cachimbo e livro empoeirado que Harper associava aos idosos. O telefone na parede era de discar.

Harper foi até uma cozinha com vista para o lago. Uma geladeira da década de 1950, da cor de milk-shake de banana, estava encostada em uma parede. Uma foto do Urso Smokey em uma moldura rústica de madeira estava pendurada ao lado da porta de tela dos fundos. SÓ VOCÊ PODE EVITAR INCÊNDIOS FLORESTAIS.

Os interruptores de luz não funcionaram. Ela espiou dentro da geladeira e encontrou garrafas d'água em temperatura ambiente. O banheiro estava escuro como um armário, e Harper se atrapalhou um pouco antes de encontrar a trava do armário de remédios.

Cinco minutos depois, quando saiu da casa do lago, Harper tinha uma embalagem de água debaixo do braço esquerdo e um frasco de aspirina na mão direita. Ela se agachou no caminho de lajes e usou uma pedra para esmagar quatro comprimidos de aspirina até formar um pó fino. Ela deu as pílulas amassadas para John em uma colher, intercaladas com pequenos goles de água.

— Isso vai fazer ele melhorar? — perguntou Allie.

— Vai baixar a febre dele — disse Harper. *Por um tempo*, ela pensou. Se não lhe dessem antibióticos logo, nem toda a aspirina do mundo conseguiria manter em funcionamento seu sistema respiratório infectado. Ele sufocaria com os próprios fluidos.

— *Chim-chaminé, chim-chaminé* — murmurou John. — *Chim-chim-chirão. Lá vem Jakob com seu caminhão. Chim-chaminé, chim-chaminé. Chim-chim-chirudo. O arado da desolação varre tudo.*

Harper beijou a bochecha úmida e suada dele, levantou-se e acenou com a cabeça para Allie. A garota se abaixou e pegou as alças da escada.

— Vamos — disse Harper.

25

ELES DEIXARAM O LAGO para trás e logo voltaram para outra zona queimada. Nuvens baixas de fumaça sufocavam o céu, e eles estavam com calor e suados nas capas impermeáveis. Um vento soprava em espasmos, jogando areia neles. Harper tinha cinzas na boca e nos olhos. Allie acumulava cinzas nos longos cílios, nas sobrancelhas e no cabelo curto e eriçado. Com os olhos rosados e irritados pela poeira, ela parecia muito com alguém albino. Quando pararam para descansar, Harper mediu o pulso de John. Estava superficial e errático. Ela esmagou mais quatro aspirinas e forçou-o a tomá-las.

No final da tarde, subiram uma colina e olharam para mais verde, daquela vez em ambos os lados da estrada. À direita estavam sempre-vivas balançantes. À esquerda havia um prado de palha avermelhada, cercado por arbustos de mirtilo que ainda demorariam meses para dar frutos. A um quilômetro e meio de distância, avistaram uma casa de fazenda branca, um celeiro e um silo de aço reluzente.

Ao se aproximarem da casa, Harper viu uma mulher parada no pátio, protegendo os olhos com uma das mãos e encarando o grupo. Uma porta de tela se fechou. Um cachorro latiu.

Chegaram a uma cerca de troncos descascados e brilhantes, com as construções da fazenda do outro lado. Um golden retriever preto corria de um lado para o outro preso a uma corrente, lançando-se na direção deles e latindo sem parar. Seus olhos brilhavam com uma loucura alegre.

Um lençol branco estava pendurado sobre a cerca, um canto balançando com a brisa. Palavras foram escritas nele com uma caneta Sharpie.

ESTAMOS SAUDÁVEIS. POR FAVOR,
PROSSIGA. MACHIAS, 202 KM.
QUE DEUS O ABENÇOE. AJUDA ADIANTE.

— Esses escrotos — sussurrou Allie.

— Esses escrotos podem ter filhos — disse Harper. — E talvez não queiram que eles morram queimados.

— Morram queimados! — gritou John Rookwood, grasnando como um corvo. Ele começou a tossir, uma tosse seca e dilacerante, contorcendo-se violentamente na maca.

A mulher continuou a observá-los do degrau da frente. Ela parecia ter saído de outro século, com o vestido até os tornozelos e a blusa jeans azul, um lenço segurando para trás o cabelo castanho que ia ficando grisalho.

Copos de papel tinham sido colocados ao longo da cerca. Eles continham o que parecia ser Gatorade laranja.

Nick pegou um, cheirou-o e olhou para Harper pedindo permissão. Ela assentiu com a cabeça, sinalizando que não havia problema em beber.

— E se for veneno? — perguntou Allie.

— Existem maneiras mais fáceis de nos matar — disse Harper. — Poderiam simplesmente atirar na gente. Quem quer apostar que aquele homem que assiste do segundo andar tem uma arma?

Allie lançou um olhar surpreso para a casa. Um homem de queixo proeminente e cabelo preto como um corvo — ficando grisalho nas têmporas, penteado para trás — observava-os de uma janela acima e à direita da porta da frente. Seu olhar era desapaixonado e não piscava. Olhos de atirador.

A mulher os observou beber, mas não falou nada. Harper pensou que a coisa laranja poderia ser Tang. Fosse o que fosse, era doce e limpo e a fazia se sentir quase humana.

— Obrigada — disse Harper.

A mulher assentiu com a cabeça.

Harper estava prestes a continuar, mas parou e se inclinou por cima da cerca.

— Nosso amigo está doente. *Muito* doente. Ele precisa de antibióticos. Vocês têm?

A testa da mulher enrugou-se em pensamento. Ela olhou para o Bombeiro, amarrado à estrutura, e de volta para Harper. Então deu um passo em direção à cerca e abriu a boca para falar, mas a janela do segundo andar se abriu.

— Continuem andando — gritou o homem, e Harper estava certa. Ele tinha um rifle, embora não o apontasse para eles, apenas o segurasse contra o peito. — Se der um passo no nosso lado da cerca, não dará outro. Há um lugar para pessoas como você no norte.

— Um deles está doente — falou a mulher.

O marido riu.

— Todos estão doentes.

26

DURANTE TODA A MANHÃ seguinte, Harper teve a consciência de estar sendo observada, às vezes de forma sorrateira, outras de forma aberta. Um velho de regata olhou para eles por trás da porta de tela da sua casa. Três garotos pequenos e quase idênticos, de nariz escorrendo, observaram da janela da casa larga. Nick acenou. Eles não acenaram de volta.

Outra vez, um carro preto os seguiu, cerca de quatrocentos metros atrás, com cascalho rangendo sob os pneus. Parou quando eles pararam e, quando prosseguiram, seguiu em frente. Havia quatro homens ali dentro, dois na frente, dois atrás, homens com casacos de caça de flanela e chapéus Pork Pie.

— Acho que estão armados — comentou Renée. — Você acha que estamos seguros? Não, não responda. Dizem que não existem perguntas idiotas, mas acredito que acabei de fazer uma. Não estamos seguros há meses.

O carro preto acompanhou o ritmo deles por mais de uma hora antes de acelerar repentinamente e sair da rodovia para uma estrada estreita, com os pneus atirando pedras. Um dos passageiros jogou uma lata de cerveja vazia pela janela, mas Harper não tinha certeza se foi na direção deles. Ela não viu nenhuma arma, mas quando viraram a esquina, um homem gordo e de rosto corado no banco de trás fez uma pistola com a mão, apontou o dedo para Nick e puxou um gatilho imaginário. *Pow*.

Mais tarde naquele dia, chegaram ao Posto Comercial de Bucksport, que tinha a aparência de um estábulo antigo, com um poste de amarração na frente e os caixilhos das janelas de pinho sem tratamento. Chifres de veado se erguiam acima da porta da frente. Uma máquina de Coca-Cola quebrada dos anos 1940 acumulava poeira na varanda de tábuas. O lote de terra estava vazio, com uma corrente pendurada na entrada. Havia um lençol branco sobre a corrente, com palavras escritas em tinta preta:

TODOS SAUDÁVEIS AQUI DOENTES SIGAM EM FRENTE

Mas uma mesa dobrável havia sido colocada ao lado da corrente enferrujada e oscilante. Nela, havia tigelas de papel com canja de galinha e macarrão. Copos de papel com água foram dispostos em fila.

O cheiro da sopa foi suficiente para fazer as glândulas salivares de Harper funcionarem e seu estômago se apertar de fome, mas não foi isso que realmente a animou. Em um canto da mesa havia um frasco com uma espécie de xarope rosa e uma pequena seringa de plástico. Era o tipo de seringa que seria usada para administrar remédios por via oral a um cachorro ou uma criança pequena. O rótulo do frasco dizia ERITROMICINA e indicava a dosagem para alguém chamado Lucky. O prazo de validade havia expirado há mais de um ano e o frasco estava na metade, a parte externa da garrafa pegajosa com xarope seco. Presa embaixo da garrafa havia uma folha pautada de caderno:

Ouvi dizer que estão com alguém inválido isso vai ajudar?

Harper pegou o frasco com uma das mãos e olhou para o Posto Comercial de Bucksport. Um homem negro com camisa de flanela e óculos dourados apoiados na ponta do nariz espiava por trás de uma janela repleta de bugigangas: um alce entalhado em madeira, uma luminária de madeira de construção. Harper levantou a mão em um gesto de agradecimento. Ele assentiu com a cabeça, os óculos brilhando, e recuou para a penumbra.

Ela deu a John a primeira dose, esguichando-a no fundo da boca, e em seguida lhe deu aspirina, enquanto os outros estavam sentados na beira da estrada, levando as tigelas de papel à boca para tomarem a sopa morna.

Uma placa laranja de DESVIO PARA DOENTES indicava-os para oeste, ao longo de uma estrada sinuosa, longe da própria cidade de Bucksport. Mas eles pararam em um cavalete de madeira (DOENTES NÃO CRUZAR) para espiar ao longo de uma estrada que levava à cidade e descia em direção ao mar. A rua era sombreada por grandes carvalhos frondosos e ladeada por casas coloniais de dois e três andares. Já era tarde e Harper podia ver as luzes acesas nas casas — luzes elétricas — e um poste de luz lançando um brilho azul metálico.

— Meu Deus — disse Renée. — Estamos de volta a uma parte do mundo que tem energia elétrica.

— Não, não estamos — retrucou Allie. — Essa parte do mundo fica do outro lado do cavalete. O que você acha que aconteceria se tentássemos atravessar?

— Não sei e não vamos descobrir. Vamos seguir as placas e fazer o que nos mandam — falou Harper.

— Venha por aqui — disse Allie. — Suba a rampa e entre no matadouro. Fila única, por favor. Sem empurrões.

— Se quisessem mesmo nos matar, tiveram muitas oportunidades — observou Renée.

— Não ligue para mim — disse Allie. — Sou apenas uma típica adolescente leprosa cansada.

27

ELES PASSARAM A NOITE em um acampamento público marcado especificamente para uso dos infectados. A estrada de terra era ladeada por um par de enormes cabeças de madeira, esculpidas para parecerem nobres chefes indígenas, com olhos tristes e sábios e cocares de penas. Pendurada acima da entrada havia uma faixa que proclamava DOENTES FIQUEM AQUI ÁGUA COMIDA BANHEIROS.

O grupo dormiu sob mesas de piquenique, a chuva caindo nas tábuas de madeira e pingando em cima deles. Mas havia banheiros químicos, um luxo inconcebível depois de mais de uma semana usando trapos para se limpar, e John surpreendeu Harper ao dormir a noite toda, o peito subindo e descendo profundamente, o rosto magro e enrugado em uma expressão de calma sonhadora. Ele acordou apenas uma vez, quando a Enfermeira colocou a seringa na sua boca para lhe dar outra dose de antibiótico, e, mesmo assim, fez apenas um pequeno som, uma espécie de bufo divertido, e adormeceu novamente.

Eles ficaram no acampamento a maior parte da manhã, esperando a chuva passar. A intempérie parou por volta da hora do almoço e a tarde estava boa para caminhar. Uma brisa fresca soprava nos carvalhos de folhas grandes. A luz do dia brilhava em todas as superfícies molhadas, transformando teias de aranha em redes cravejadas de diamantes.

Eles seguiram as placas que diziam DOENTES POR AQUI para o norte e o leste — sobretudo para o norte —, passando por florestas e lagos. Certa vez, encontraram uma mesa dobrável à beira da estrada, onde alguém havia colocado uma tigela cheia de biscoitos Oreo embalados individualmente, uma jarra de aço com leite frio e copos de papel. Não havia casas à vista. A mesa estava sozinha no final de uma estrada de terra que levava de volta às árvores.

— Este leite é fresco — disse Harper. Ela fechou os olhos para saborear um gole gelado. — Não tem como estar aqui fora há muito tempo.

— Não. Claro que não. Sabem que estamos chegando — grasnou o Bombeiro da sua maca.

Harper quase tossiu leite pelo nariz.

No instante seguinte, estavam todos de joelhos em volta da maca improvisada. John os encarou com os olhos semicerrados, o queixo eriçado e as bochechas magras por causa de todo o peso que havia perdido. Sua cor era horrível. Seu sorriso era afetuoso, mas fraco.

— Eu mesmo não recusaria um pouco desse leite, Enfermeira Willowes — disse ele. — Se não for interferir na minha recuperação.

— De jeito nenhum. Mas quero que tome uma aspirina junto.

Ela colocou a mão atrás da cabeça dele, apoiando-a, e deu-lhe goles lentos do seu copo. Harper não disse nada. Durante os dez minutos seguintes, Allie e Renée falaram simultaneamente enquanto Nick gesticulava furiosamente com as mãos, todos tentando contar a história da última semana e meia ao mesmo tempo. O Bombeiro olhava para um lado e para outro e, às vezes, balançava a cabeça, fazendo um esforço sonolento para entender cada um deles. Harper não tinha certeza do quanto ele estava compreendendo, embora tenha franzido a testa quando Allie lhe contou que haviam deixado Bucksport para trás naquela manhã.

— Vocês quatro me carregaram até Bucksport?

— Não — disse Harper. — Só a Allie.

— Sorte que sua bunda inglesa magricela é leve — falou Allie.

— Sorte que você não sabe desistir — replicou John. — Sorte minha. Obrigado, Allie. Eu te amo, garota.

Allie não era boa com questões emocionais. Ela olhou para as árvores, cerrando a mandíbula e reprimindo uma intensa onda de sentimento.

— Tente não quase morrer de novo — rebateu ela, quando conseguiu falar.

Todos pareceram ficar sem ter o que dizer ao mesmo tempo, e então houve um silêncio agradável, nenhum som exceto o farfalhar do vento fresco nas árvores e o chilrear dos pássaros. Harper se viu segurando a mão de John.

— Talvez possamos arranjar uma muleta para mim — disse ele. — Ou fazer uma. Eu não gostaria de sobrecarregar vocês por mais tempo.

— Não vamos nos precipitar — falou Harper. — Ontem, a esta hora, eu não tinha certeza se você viveria para ver outra manhã.

— Tão ruim assim?

— Amigo — disse Harper —, achei que você ia virar fumaça.

— Rá-rá — falou ele. — Essa foi boa, Willowes.

28

ELE DORMIU A MAIOR parte das vinte e quatro horas seguintes, acordando apenas para fazer as refeições. O jantar foi ensopado de carne frio, deixado na beira da estrada em uma panela funda de aço. Não havia tigelas, então eles se revezaram para beber direto da concha.

Estava gostoso — tão gostoso que deixou Harper um pouco tonta —, com uma consistência salgada e pegajosa. Cenouras grandes, pedaços de carne amanteigados e um toque defumado de bourbon. Harper não se importou que estivesse frio. Não conseguia se lembrar de uma refeição melhor em toda a vida. John não conseguiu comer os pedaços grandes, mas engoliu algumas ervilhas e pedaços menores de carne, e, quando cochilou novamente, Harper achou que seu aspecto estava melhor.

No começo da tarde do dia seguinte, o grupo se viu no início de uma longa subida, as margens da estrada repletas de carvalhos frondosos, de modo que o asfalto de duas pistas passava sob uma cobertura verde-clara. A luz do sol cintilava e piscava através dos galhos ondulantes e um brilho manchado dançava pela estrada. Foi uma caminhada longa e suada até o topo da colina, mas a subida valeu a pena. No topo, as árvores se abriam para a direita, revelando uma vista que se estendia por quilômetros, através de prados e faixas densas de floresta. Harper viu vacas pastando e os telhados de algumas casas de fazenda. E, além de tudo isso, havia um oceano azul-escuro. Quando Harper respirou profundamente, pensou que quase podia sentir o cheiro dele.

John não tinha visto o mar quando atravessaram Bucksport e pediu a Allie que o virasse para que pudesse admirar a paisagem. Ela o segurou inclinado quase na vertical enquanto ele observava os campos, encharcados pela luz dourada do meio da tarde, e a água azul profunda. O vento afastava o cabelo dele da testa lisa. A cada vez que Harper olhava para aquela testa, queria beijá-la.

— Aquilo é um veleiro? — disse John, estreitando os olhos. — Alguém mais vê uma vela?

Todos eles ficaram ali, de olhos semicerrados.

— Não vejo nada — falou Renée.

— Eu também não — disse Harper.

Allie apontou.

— Sim. Lá.

John perguntou:

— Você vê alguma coisa *na* vela? Um pouco de vermelho?

Allie olhou para longe.

— *Nnnããããoo.* Por quê?

Mas John já tinha virado a cabeça e, com alguns gestos, perguntou a Nick o que ele via. Nick assentiu com a cabeça e respondeu. Harper não entendeu.

— O que ele falou?

— Os olhos do Nick são melhores — respondeu John, em um tom de satisfação um pouco irritante. — Ele vê o pequeno toque vermelho também.

— E daí? — indagou Harper.

— Você nunca viu o *Bobbie Shaw* na água — disse ele. — O barco. Mas eu vi. Estive nele uma ou duas vezes, no ano em que fui conselheiro no Acampamento Wyndham. Há um desenho de um grande caranguejo vermelho na vela.

— Não — falou Renée. — Sei o que você está dizendo, John, mas não pode ser Don Lewiston. Não pode ser. Já se passaram quatro semanas. Não sei quanto tempo levaria para ir de Portsmouth, New Hampshire, até Machias de barco, mas não quase um mês.

— Tivemos alguns contratempos no caminho — disse ele suavemente. — Talvez Don também tenha encontrado obstáculos.

Eles ficaram ali por mais algum tempo, e, então, sem dizer uma palavra, Allie virou a estrutura e começou a andar. Um por um, os outros a seguiram, até que apenas Harper permaneceu. Apertando os olhos para o horizonte.

Lá. Na própria linha do horizonte. Uma pequena lasca branca contra todo aquele azul.

Com uma pequena mancha vermelha.

29

ELES ESTAVAM, TALVEZ, A oitenta quilômetros de Machias na manhã em que encontraram a muleta.

Àquela altura, já fazia dois dias que John havia acordado e pedido um copo de leite. Allie continuou puxando o trenó — não havia alternativa razoável —, e John redescobriu sua voz, com a qual ele reclamava sobre ser sacudido e esbarrar nas coisas. Reclamava de coceiras que não conseguia alcançar, de dores nas costas e do sol nos olhos.

— Gostava mais quando você estava morrendo — disse Allie. — Você não reclamava tanto.

— Preste atenção, Allie. Acho que você perdeu um buraco lá atrás. Você não quer quebrar a sequência de me arrastar por cima de todos eles.

Allie diminuiu a velocidade e esticou as costas.

— Você quer uma folga de mim? Cuidado com o que deseja, espertinho. Pois pode acabar conseguindo. Aquilo é o que eu penso que é?

Estava encostada no tronco de um carvalho grande e velho, com uma bandana vermelha amarrada para chamar atenção: uma muleta de aço inoxidável com uma almofada de espuma amarela nas axilas. Nenhum bilhete, nenhuma explicação. Havia uma cabana branca atrás de uma cerca próxima, mas as janelas estavam escuras. Se estivessem sendo observados — e Harper tinha certeza de que estavam —, ela não sabia dizer de onde.

Nick retirou as cordas elásticas que prendiam John à estrutura improvisada e ajudou-o a se levantar. Allie o apoiou enquanto ele colocava a muleta debaixo do braço. Ele a estava testando, mancando em pequenos círculos, quando Harper notou Renée piscando por causa das lágrimas.

— Tanta gentileza — disse Renée. — Tanta gente cuidando de nós. Não sabem nada sobre a gente, exceto que estamos necessitados. Li uma vez um romance de Cormac McCarthy sobre o fim do mundo. Pessoas caçando cachorros, e umas às outras, e fritando bebês, uma coisa horrível. Mas precisamos de bondade como precisamos de comida. Satisfaz algo em nós de que não podemos prescindir.

— Ou talvez eles só queiram que a gente se apresse — falou Allie. — Quanto mais cedo seguirmos nosso caminho, mais seguros estarão.

— É difícil imaginar um objetivo sinistro por trás da comida que deixaram para nós. A sopa, as jarras de leite. Eu simplesmente não consigo imaginar um propósito secreto e perverso por trás de nos fornecer guloseimas infinitas.

— Nem João e Maria — disse o Bombeiro. — Vamos mancando? Acho que vou esticar a minha perna boa por um tempo.

30

DEMOROU CINCO MINUTOS PARA ele se sentar no meio-fio, branco, suado e trêmulo, e concordou em subir na maca novamente. John pareceu ter deixado todas as reclamações para trás e suportava cada pancada e solavanco com os dentes cerrados.

No dia seguinte, porém, ele os acompanhou durante meia hora pela manhã e mais vinte minutos à tarde. Estava ainda melhor no dia seguinte e andou com a muleta durante a maior parte da manhã.

No quarto dia depois de encontrarem a muleta, mancou sozinho do café da manhã ao almoço, descansando apenas quando Harper insistia. O almoço foi uma seleção de cupcakes marrons moles e sanduíches de mortadela embrulhados em papel-manteiga. Alguém os tinha colocado em uma sacola plástica e os deixado pendurados em uma caixa de correio no final de uma entrada de cascalho. Harper desembrulhou um dos sanduíches e deu uma cheirada. Tinha um odor levemente podre, como o interior de um tênis.

Eles ficaram com os cupcakes — no início. Mas Harper carregou a sacola e, em dado momento, no final do dia, se viu comendo um dos sanduíches, apesar de tudo.

— Espero que isso não deixe você doente — disse Renée. — Você está grávida de nove meses.

— Nove meses e uma semana. E é por isso que estou comendo — falou Harper. — Não consigo evitar.

Após a terceira mordida, porém, ela conseguiu *sentir o gosto* do sanduíche e sabia que estava estragado. A princípio, Harper não tinha percebido a textura viscosa da carne e um sabor amargo, fraco, mas presente, que lhe lembrava sepse. Ela cuspiu e jogou o que restava do sanduíche na grama com uma repulsa que se aproximava do horror moral.

Estava lambendo, cheia de culpa, a mostarda amarela brilhante das pontas dos dedos quando o Bombeiro disse:

— Parem.

Harper ergueu a cabeça para ver o que havia chamado a atenção dele e vislumbrou dois jipes estacionados de forma a bloquear as duas faixas da rodovia, frente a frente. Dois homens usavam macacões amarelos de borracha e máscaras amarelas com placas transparentes, além de botas amarelas e luvas amarelas. Harper notou que era o mesmo traje que ela usara durante as semanas como enfermeira no Portsmouth Hospital. Os guardas carregavam rifles. Um deles deu um passo à frente, com a mão levantada e a palma voltada para fora. Harper não tinha certeza se o gesto significava que era para eles pararem ou se estava simplesmente acenando.

Allie parou de andar, pegou a mão de Nick e apertou-a para indicar que ele deveria parar também. Renée passou por eles sem perder um passo.

— Acha mesmo que deveríamos nos entregar? — perguntou Allie.

Renée lançou um olhar casual para trás.

— Ah, Allie, estamos nas mãos deles há dias.

Um terceiro homem estava sentado em um dos jipes. Também usava amarelo, embora estivesse sem capuz, de modo que Harper podia ver uma cabeça cheia de cabelo branco e um rosto largo e enrugado. Ele tinha um joelho no volante e um livro fino aberto na coxa. Parecia estar fazendo palavras cruzadas.

— Cinco na estrada, Jim — anunciou um dos homens armados, com a voz abafada pela máscara.

Jim ergueu os olhos do livro e observou ao redor. Ele tinha um nariz grande e engraçado, olhos claros e sobrancelhas peludas. Ele largou as palavras cruzadas e saltou do carro. Espremeu-se entre os homens armados e, ao fazê-lo, estendeu a mão distraidamente e colocou-a no cano de uma das armas, cutucando-a para que apontasse para o asfalto. Harper interpretou aquilo como um gesto promissor.

— Bem-vindos a Machias! — disse o homem chamado Jim, diminuindo a velocidade enquanto caminhava em direção a eles. — Vocês andaram bastante. Dorothy não precisou ir tão longe com Totó.

— Você vai nos levar a Oz? — perguntou Renée Gilmonton.

— Não é exatamente a Cidade Esmeralda — falou Jim. — Mas eles têm água quente e energia elétrica na ilha. — Seu olhar se desviou para a barriga de Harper, e por um momento seu sorriso vacilou, e ele pareceu pensativo e um pouco triste. — E médicos também, embora o pesquisador principal, o professor Huston, tenha morrido no grande incêndio de janeiro.

— Grande incêndio? — indagou Renée. — Isso significa o que acho que significa?

— Não há cura, receio — respondeu Jim. — E houve uma boa quantidade de contratempos. Incluindo um acidente que foi, bem, bastante terrível. Não há como evitar. Todo um grupo de controle de trinta infectados teve algum tipo de reação a um medicamento que estavam testando. Todos pegaram fogo com horas de diferença um do outro. O incêndio saiu do controle e destruiu as instalações médicas centrais, embora o restante da equipe tenha se instalado numa casa de fazenda. Agora, não se preocupem. Enviamos a notícia de que há uma grávida no grupo e parece bastante avançada. Quando será o parto?

— Acredito que já estou alguns dias atrasada, na verdade — disse Harper.

Jim balançou a cabeça.

— Pelo menos não precisou parir na estrada. Os médicos da ilha estão cientes da sua condição. Já até arrumaram uma cama para você.

Harper ficou surpresa com a intensidade do seu alívio. Por um momento, as pernas ficaram bambas. Alguma coisa, alguma dor muscular, um aperto, pareceu se soltar do seu peito... uma parte dela que estava contraída, talvez há meses.

— Se a gente agilizar, podemos fazer com que cheguem lá à meia-noite — disse Jim. — São três horas de viagem de barco e vocês precisam passar pelo processamento antes de partirmos. A boa notícia é que sabíamos que estavam vindo. O barco já está carregado, preparado para zarpar.

"O que ele está dizendo?", perguntou Nick com as mãos.

Harper explicou. O homem chamado Jim assistiu, com as sobrancelhas espessas unidas e um meio sorriso no rosto.

— Surdo? — perguntou ele e, quando ela assentiu, o homem balançou a cabeça. — Surdo *e* infectado. Algumas crianças têm toda a sorte. — Ele se agachou, com as mãos nos joelhos, para olhar no rosto de Nick, e em voz bem alta, movendo os lábios lentamente, ele falou: — *Tem muitas! Crianças! Para onde você está indo! Muitos pequeninos! Com quem brincar!*

Nick olhou para Harper e ela explicou com as mãos, ficando de lado. A resposta de Nick não exigiu tradução. Ele fez sinal de positivo.

Jim assentiu com a cabeça, satisfeito, e colocou a máscara na cabeça.

— Vamos. Entrem no jipe.

Harper caminhou ao lado do Bombeiro, segurando o cotovelo dele com uma das mãos e carregando a Mãe Portátil na outra. Ela levantou a voz para ser ouvida em meio a uma rajada de vento repentina.

— Só tenho duas perguntas: quando vamos conhecer Martha Quinn, e ela aceita pedidos de música?

Jim olhou para eles enquanto se sentava ao volante. Através da janela de plástico da máscara, ele sorriu.

— Você vai estar com ela antes que perceba.

Mas não respondeu a segunda pergunta.

31

DEPOIS DE VINTE DIAS de caminhada, Harper achou um pouco alarmante o fato de andar em alta velocidade em um jipe. Sentou-se na frente, ao lado de Jim. Renée e o Bombeiro foram atrás, Allie espremida entre eles e Nick empoleirado no colo de Renée. Um dos homens armados também viajou com eles, embora estivesse sentado bem na traseira do jipe, segurando-se na barra de proteção, os pés pendurados no para-lama traseiro e a arma balançando de forma descuidada em uma alça em volta do pescoço.

Não foi de nenhuma ajuda para o estômago embrulhado de Harper quando Jim virou o jipe e o dirigiu por um caminho largo de cascalho, e não uma estrada. Saltavam sobre sulcos e buracos, os galhos dos pinheiros passando acima deles. Jim disse que estavam em algo chamado Sunrise Trail.

— Essa coisa foi feita para bicicletas — contou ele, como se pedisse desculpas. — E andarilhos. Mas é o melhor caminho para o centro de processamento sem passar pela cidade.

O Bombeiro se inclinou para a frente.

— Estou surpreso que você esteja usando todo esse equipamento. Já devem compreender como a transmissão funciona agora, depois de, o quê, um ano de estudo? Se *nós* entendemos, *eles* também devem ter compreendido. Seus especialistas na ilha.

Jim ouviu, mas não respondeu.

— São as cinzas! — gritou o Bombeiro para ser ouvido acima do rugido do turbilhão. — Se você não entrar em contato com as cinzas, não há com o que se preocupar!

— É uma teoria — disse Jim.

— Não é uma teoria. É um fato! — disse o Bombeiro.

— Você é algum tipo de biólogo?

— Eu dava aulas na Universidade de New Hampshire.

— Tenho certeza de que ficarão felizes em contar com sua experiência — respondeu Jim. — Vão colocar você direto para trabalhar.

Do jeito que ele disse isso, Harper não tinha certeza se estava zombando ou falando sério.

De volta à estrada, havia um crepúsculo escuro e rosado. Sob as árvores já era noite, os pinheiros se balançando em uma explosão quente de escuridão. Através das brechas nas árvores, Harper vislumbrou um estuário, uma ampla placa de vidro preto sob um céu avermelhado. Ela avistou luzes elétricas, a cidade ali em algum lugar.

O Bombeiro se inclinou novamente.

— Vocês ainda têm energia elétrica. Também têm cobertura de celular? Estou curioso para saber como as pessoas conseguiram passar a notícia de que estávamos vindo.

— Somos muito gratos a todos que disponibilizaram comida para nós! — falou Renée.

Harper era grata a todos que ofereceram comida, exceto a quem decidiu se livrar da mortadela rançosa entregando-a para uma mulher grávida. Seu estômago era um nó de vermes.

— Sim, temos energia em alguns lugares. Embora seja instável, com um bocado de blecautes. Não há cobertura de celular, mas temos um sistema de telefone fixo funcionando em Machias... o governador cuidou disso... e podemos nos comunicar com pessoas mais distantes por rádio. — Jim pensou por um momento, o volante balançando suavemente nas suas mãos, depois disse: — Já não recebemos muitas pessoas vindas do sul. Não através das terras devastadas. Não recebemos *quase ninguém* hoje em dia, mas, quando temos recém-chegados, geralmente são do norte. Do Canadá.

— Quantos vocês salvaram? — gritou Harper. Ela pensou que conversar poderia ajudar a afastar a mente da náusea crescente.

— Seiscentos e noventa e quatro homens, mulheres e crianças — proclamou Jim. — E com vocês serão seiscentos e noventa e nove. Não, setecentos certinho, contando o bebê! Não posso me esquecer do bebê!

— Precisamos conversar sobre isso — disse Harper. — Sobre quem vai levá-lo, supondo que ele nasça livre da doença.

— Como assim?

— Já faz um tempo que não tenho acesso à literatura médica, mas da última vez que ouvi, havia uma hipótese de que é improvável que os filhos de mães com Escama de Dragão sejam portadores da infecção.

— Receio que a minha experiência médica termine com a colocação de band-aids no joelho ralado da minha filha de oito anos.

— Mas deve ter havido crianças nascidas na ilha, com quase setecentas pessoas lá. Talvez?

— Isso está acima do meu nível salarial! — disse ele alegremente.

As árvores começaram a rarear e, à direita do jipe, Harper observou grama alta, um trecho de areia molhada e água distante. Do outro lado da baía, havia um farol iluminando o oceano. Na verdade, parecia uma vela sobre a água, uma vela branca e grossa, acesa para marcar o primeiro aniversário de uma criança, talvez.

— Se o bebê nascer livre da doença — falou Harper, tentando outra vez —, eu gostaria de saber quem poderia adotá-lo.

— Não sei nada sobre isso. Não ouvi falar de ninguém que adotou bebês doentes.

— Ele *não* vai ser doente — disse ela, sentindo que Jim não estava entendendo um ponto crucial.

O sorriso de Jim se alargou por trás da máscara de plástico transparente.

— É um menino? Tem certeza disso?

— Sim — afirmou Harper. Parecia certo para ela.

Harper esperou que ele fizesse algum comentário, mas Jim voltou a ficar quieto. A Enfermeira decidiu deixar aquilo de lado, supondo que poderia coordenar o assunto com a equipe médica da ilha. As árvores ficaram para trás e eles seguiram em frente. À direita, havia uma cerca inclinada de estacas e arame. Harper avistou, ao longe, uma tenda listrada de amarelo e branco, intensamente iluminada, uma visão que a fez pensar nos parques de diversões de cidades pequenas. Haveria um balde para abocanhar maçãs ali e um lugar para comprar pipoca doce.

Ao se aproximarem do pavilhão, a grama ficou mais rala à esquerda e Harper notou uma estrada estreita paralela à trilha. Mais à frente havia um estacionamento, ao lado da grande tenda listrada, com alguns carros parados ali. Harper sentiu o cheiro do barco antes de vê-lo, um fedor nauseante de diesel barato. Seu estômago se embrulhou. Enquanto percorriam as últimas centenas de metros até a área de processamento, viu um cais no final de uma ponta e uma traineira de pesca suja, com as palavras MAGGIE ATWOOD escritas em letras alegres na traseira. Homens com trajes completos de risco biológico carregaram caixas de papelão pela rampa até o convés.

Abaixo do pavilhão, havia algumas mesas dobráveis longas. Luzes de natal foram penduradas nos tubos de aço acima, criando um ar estranhamente festivo. Estava quase lotado, nove ou dez pessoas em trajes de borracha amarelos circulando atrás das mesas. Uma panela de aço fumegava em um fogareiro a gás em um canto.

— Eles têm chocolate quente — explicou Jim. — E biscoitos de gengibre. E um ótimo ensopado de peru. Todos devem comer antes de embarcar.

Harper se virou na cadeira e moveu as mãos, passando a boa notícia para Nick.

O menino sorriu e sinalizou para ela: "Veja todas as luzes! É como onde o Papai Noel mora! É como se estivéssemos indo até a Terra do Natal!".

Harper sinalizou: "Acho que você está se referindo ao Polo Norte", mas Nick não estava mais prestando atenção e esticava a cabeça para observar o interior do pavilhão.

Jim dirigiu o jipe para um lugar onde a grama estava achatada e desligou o motor. Eles o seguiram até a tenda, sob as luzes festivas.

— Venham conhecer as voluntárias — disse ele.

As voluntárias eram todas mulheres, a maioria de meia-idade ou mais. Elas lembravam a Harper o tipo de idosa alegre e eficiente que organizava eventos sociais para a igreja. Jim conduziu os refugiados até as mesas dobráveis, onde a primeira das mulheres os esperava com formulários em uma prancheta. Através da janela transparente da máscara de borracha, ela exibia um sorriso ansioso e parecia especialmente encantada ao se deparar com um garotinho com eles.

— Olá! E que longo caminho *vocês* percorreram a pé! Devem estar *exaustos*. Meu nome é Vivian, vou pegar suas informações. Depois tiraremos uma foto de cada um para o site e lhes daremos as designações de moradia e suprimentos para a viagem.

— E um pouco de sopa, espero — disse Renée. — Cheira tão bem que está me deixando tonta.

A própria Harper sentia o cheiro, um odor de caldo de galinha e cenoura cozida, misturado com o fedor do barco. Isso a fez se sentir muito perto de vomitar. Estava horrorizada por ter sido estúpida o suficiente para ter dado uma única mordida naquele sanduíche podre. Devia ter tido algum bom senso, pelo menos um pouco de autocontrole. Ela deixou a gravidez transformá-la em uma porca suja e agora estava recebendo o que merecia. Harper sabia que vomitaria, só não sabia quando.

— Pode apostar! — falou Vivian. — Sopa, leite fresco e café para os mais crescidos, e vocês estarão prontos para ir! Faremos com que o processo seja o mais rápido e indolor possível. Vamos começar com o básico... *quem* são vocês?

Harper abriu a boca para falar, mas Renée chegou primeiro.

— Somos o que sobrou da conspiração do Acampamento Wyndham. Estes são os nossos líderes maléficos, o sr. Rookwood e a Enfermeira Harper. Nós viemos em paz.

Jim, que tinha ido para trás das mesas dobráveis para se juntar às vovozinhas, jogou a cabeça para trás e soltou uma gargalhada.

— Uau! — disse Vivian. — Uma conspiração maligna! Ainda não tínhamos encontrado uma dessas.

— Bem, somos uma conspiração democrática. Todo mundo tem direito a voto. Até as crianças.

— Não sei como me sinto com relação a isso. *Meus* filhos provavelmente votariam em sorvete para o jantar e pela abolição da hora de dormir. Você pôde votar na sua hora de dormir? — perguntou Vivian a Nick, abaixando-se para olhar seu rosto.

— Ele é surdo — disse o Bombeiro.

— Você é britânico!

— Os melhores líderes maléficos são. E, se meu filho pudesse votar, provavelmente votaria no ensopado de frango antes de preenchermos os formulários. — Harper quase não percebeu o Bombeiro dizendo *meu filho*, mas não deixou de perceber quando John passou o braço em volta da cintura dela e acrescentou: — Minha esposa também.

Vivian os colocou na prancheta exatamente como ele disse: marido e mulher, sr. e sra. Rookwood. Harper não se opôs. Ela sentiu que, em muitos aspectos, John havia dito a verdade. Ela apoiou a cabeça no ombro dele enquanto Vivian fazia perguntas e rabiscava as respostas.

Vivian queria saber a distância que haviam percorrido e de onde tinham vindo. Ela perguntou quando eles ficaram doentes e para onde haviam viajado desde a infecção. Queria detalhes sobre os sintomas, se eram propensos a ondas de calor, carbonização, soltar fumaça.

— De jeito nenhum! — declarou Renée. — Temos uma técnica para pacificar a infecção: cantorias diárias. Evita que a situação fique crítica. É possível controlar o esporo com quase qualquer tipo de atividade em grupo que dê prazer. Tem algo a ver com um hormônio que o seu cérebro libera, a ocitocina? A enfermeira Harper pode explicar melhor.

Mas a enfermeira Harper não precisou explicar nada. Vivian sorriu.

— Sei que as terapias em grupo são muito populares na ilha e ainda são o tratamento de maior sucesso. Eles cantam músicas dos anos 1980 depois do café da manhã. Toto e Hall & Oates.

— Nesse caso — disse o Bombeiro —, acho que prefiro queimar vivo.

Houve muitas perguntas sobre o bebê. Todas as mulheres ficaram entusiasmadas, e a velha rechonchuda que tirou as fotos contou longamente a Harper sobre sua primeira neta, a pequena Kelly, que nascera três semanas antes e que, segundo ela, parecia uma ovelha quando chorava.

— *Béé! Béé!* — disse a mulher mais velha, rindo.

Mas quando Harper disse que esperava conversar com alguém sobre a adoção do bebê, presumindo que ele fosse saudável, a nova avó começou a mexer na câmera e pareceu irritada.

— Essa coisa! — falou ela, e se afastou.

Mais adiante na mesa, a Mãe Portátil foi aberta e revistada em busca de armas por uma mulher magra e indiferente, com um rosto estreito e acentuado sem nada a dizer. Outra senhora entregou-lhes pastas azuis, com um pacote grosso grampeado dentro de cada uma. Harper viu um documento xerocado de trinta páginas, *Free Wolf Island: Um guia para a saúde e a segurança*, publicado pelo Centro de Controle e Prevenção de Doenças.

Cada pasta continha também uma listagem de imóveis. Foi oferecido a Harper, John e as crianças um chalé de dois quartos e dois banheiros no número três da Longbay Road. Uma foto borrada em preto e branco mostrava um pequeno chalé branco e um quintal coberto de folhas com um playground para crianças. Foi oferecido a Renée um quarto no número dezoito da Longbay, no Longbay Bed & Breakfast, que era uma espécie de dormitório para meia dúzia de outras pessoas. Algumas fotocópias coloridas mostravam a ilha de cima, em um dia de outono, as árvores com as cores outonais, uma colcha de retalhos de tons laranja enferrujados e amarelos amanteigados. Um mapa da cidade marcava a clínica, as estufas comunitárias, a biblioteca municipal, um antigo armazém que agora servia como centro de distribuição de suprimentos e outros pontos de interesse.

No final da fila de mesas, uma radiante avó asiática serviu tigelas de papel com ensopado e copos de papel com leite, e eles foram instruídos a sentar e descansar os pés em uma pilha de fardos de feno do lado externo do pavilhão. Harper não conseguia comer. Quando, enfim, terminaram o processamento, ela estava tendo contrações — contrações fortes — e seu estômago fervia de enjoo. Ela se sentou na beira de um dos fardos e segurou o abdômen com as duas mãos, fazendo uma careta. Sua angústia perturbou John, que também pulou a refeição e sentou-se ao lado dela, esfregando as suas costas em círculos.

— Eu nunca vi você assim — disse ele. — Acha que vai entrar em trabalho de parto?

A barriga doeu e ela emitiu um pequeno som de infelicidade, depois balançou a cabeça.

— Pegue algo para comer, John. Você precisa da sua força.

— Talvez daqui a um minuto, Harper — falou ele, mas não se levantou, embora Nick lhe tenha trazido um café cremoso e açucarado.

Eles ficaram sentados nos fardos, no limite exterior da luz, John acariciando as costas de Harper e Harper esperando que as contrações passassem. Elas, enfim, passaram, mas a sensação desagradável e escorregadia na barriga e no intestino permaneceu. Nuvens imundas de fumaça preta subiram do barco até a praia e, quando ela sentiu o fedor, precisou de toda a força de vontade para não vomitar.

Antes de partirem, a mulher chamada Vivian se aproximou, segurando uma caixinha de sapato. Ela a entregou para Nick, falando com o Bombeiro para que ele pudesse traduzir.

— Esses são todos os episódios de *Doctor Who* que tenho — disse ela. — Há um menino que foi para a ilha há três meses. Ele é alguns anos mais velho que o Nick aqui, tem cerca de catorze anos, e sei que é fã de ficção científica. Prometi que lhe daria minha coleção para que ele tivesse algo para assistir. Você pode dizer a Nick para dar isso a Jared Morris? E, por favor, diga a Nick que ele também pode vê-los. Acho que Jared gostaria disso. Acho que Jared também gostaria de ter um amigo inteligente que pudesse lhe ensinar linguagem de sinais.

— Você é muito gentil — falou John Rookwood, e explicou a Nick, que solenemente pegou a caixa de sapato cheia de DVDs.

Quando Vivian se levantou, seus olhos brilhavam com lágrimas.

— Ah, vocês. Não consigo imaginar pelo que passaram. Rezo todas as noites para que sejam curados. Muitos de nós fazemos isso. Um dia vocês estarão de volta e ficarão bem, e que histórias terão para contar.

— Obrigada por tudo que a senhora faz — falou Harper, a voz embargada.

— Queria que fosse mais — disse Vivian. — Ensopado de peru e DVDs antigos para pessoas que passaram pelo inferno.

— Ensopado de peru e episódios antigos de *Doctor Who* chegam bem perto da minha ideia de paraíso — disse Renée.

Vivian assentiu com a cabeça. Ela não conseguia falar, estava obviamente tomada pela emoção. Colocou a ponta dos dedos enluvados no painel frontal e fingiu beijá-los, então estendeu a mão e tocou a bochecha de Nick.

— Diga a Jared que a tia dele o ama.

Ela ergueu a mão em um último aceno e virou-se, piscando com os olhos úmidos.

— Gostou do ensopado? — perguntou Renée a Allie.

Allie lhe lançou um olhar vazio.

— Estava bom. Podemos ir?

— Sim! — disse Jim, caminhando até eles. — Vamos. O iate espera por vocês.

32

O BARCO DESCEU POR uma ampla enseada, em direção às ondas, que batiam forte. Harper vomitou antes que as luzes do pavilhão desaparecessem de vista. John acariciava seu pescoço enquanto ela ofegava e cuspia.

— Quer um pouco do meu café? — disse ele. — Ainda tenho metade. Isso vai tirar o gosto da sua boca.

Ela recusou com um aceno de cabeça. Ele jogou o resto do café para o lado e o copo de papel também.

— De qualquer forma, não estava muito bom — falou ele.

O barco estava sujo, o convés encharcado com alguns milímetros de água imunda. Um cano de escapamento se projetava da parte traseira da pequena cabine do capitão e o vento soprava a fumaça de volta sobre eles, onde ficaram sentados ao ar livre, na popa. Amontoaram-se em assentos almofadados nas laterais, espremidos nos coletes salva-vidas laranja. O colete de Nick era tão grande que a maior parte do menino havia desaparecido por trás dele: não havia mais nada para ver do garoto, exceto a cabeça aparecendo pela gola e os pés para fora.

— Está chovendo? — perguntou Harper. Borrifos frios e salgados caíam sobre eles.

— A água está vindo das ondas — falou John.

— Acho que odeio o mar aberto — disse Harper.

Eles bateram em uma onda e Harper virou a cabeça e vomitou de novo.

Havia três homens em trajes de risco biológico na cabine do piloto: Jim, um dos homens armados do posto de controle e quem quer que estivesse no comando. O capitão, imaginou Harper. Eles não tinham sido apresentados.

— Você disse a eles que somos casados — falou Harper, quando se recuperou e enxugou os lábios. — Eu estava me perguntando sobre isso. Lembra quando disse que um bombeiro poderia divorciar pessoas? E casar?

— Vou contar um segredo: não sou um bombeiro de verdade. Mas o homem que dirige o navio é um capitão de verdade e ele pode casar pessoas. — Ele a encarou com um repentino brilho luminoso de inspiração. — Srta. Harper Willowes! Acho que deveria perguntar uma coisa para você.

— *Não* — interveio ela. — Não, *não*. Por favor. Eu só estava brincando, John.

A cabeça dele se afundou e a expressão assumiu uma aparência sombria e abatida.

— Mas só porque a resposta pode envolver um beijo. E não posso beijar você agora, isso seria nojento. Não com gosto de vômito na boca. — Embora agora, após o vômito, sua barriga estivesse melhor... *ou estaria*, pensou ela, *se as malditas contrações não tivessem recomeçado*.

Seu rosto se iluminou novamente. Ela pegou a mão molhada e fria dele e apertou-a, e o sorriso dele fez com que as orelhas se projetassem para o lado da cabeça.

As ondas atingiram o barco e passaram pela amurada em um jato gelado e encharcado.

— Graças a Deus estamos usando capas de chuva — disse Harper enquanto se chocavam em outra marola. — Isso é horrível.

— Nick não está incomodado — falou John, cutucando-a com o cotovelo. — Acho que ele apagou antes de o barco zarpar.

— Ele andou bastante — disse Harper.

O barco se inclinou. Ela olhou através da garoa em busca do farol que tinha visto antes, mas eles já estavam longe demais para vê-lo.

John bocejou no dorso da mão.

— Talvez eu também consiga tirar alguns minutos de sono.

— Como vai conseguir dormir nisso?

— Não sei — disse ele. — Mas Renée conseguiu.

Harper olhou para o outro lado da popa. Nick sonhava com o rosto encostado no peito de Renée. Ela dormia com o queixo na cabeça dele. Allie, porém, estava acordada, segurando o colete salva-vidas com as duas mãos e olhando sombriamente para a cabine do capitão.

— John — disse Harper. — John, por que Renée está dormindo? *Quem* poderia dormir nisso?

— *Bem*. Você mesma disse. Caminhamos pelo menos vinte e cinco quilômetros hoje e...

— Acorde ela — pediu Harper.

— Não quero acordá-la.

— Tente. Por favor.

O Bombeiro lançou-lhe um olhar de soslaio — seu olhar questionador — e então se levantou com o apoio da muleta, inclinando-se no convés, e balançou o joelho de Renée.

— Renée. Renée, acorde.

O barco bateu em outra onda e desequilibrou-o. John conseguiu se sentar de volta no assento antes de cair.

Renée sorriu durante o sono e não demonstrou reação.

— O que há de errado com eles? — perguntou Allie.

O queixo de John havia afundado um pouco. Harper achou que seus olhos estavam ligeiramente desfocados.

— Droga — disse ele. — Será que *alguma coisa* pode dar certo? Apenas uma vez?

Allie sacudiu o ombro de Nick. Ele tombou e caiu de cara no colo de Renée.

— O ensopado — disse John.

— O café — falou Harper.

— Mas Allie está bem.

— Eu não tomei nada — revelou Allie. — Não confiei neles. Só fingi que tinha comido um pouco e joguei fora quando ninguém estava olhando.

— Gostaria que não tivesse feito isso — gritou Jim para ser ouvido por cima do motor e do vento.

O homem abriu a porta da cabine do piloto e apoiou-se nela, olhando para eles através da placa de plástico transparente. Ele tinha uma pistola calibre .45 em uma das mãos, mas não a apontava para eles, apenas a segurava perto da perna.

— Tentamos fazer com que seja tranquilo — disse Jim. — Sem medo, sem dor. Uma coisinha para fazer a pessoa dormir, e depois, para dentro do oceano.

— Não — disse Harper. — Não, não, não, *não*. Você não *pode*. *Por favor*. Isso não faz nenhum sentido. *Por quê?* Por que nos faria passar por essa gran de farsa? Por que simplesmente não atirou na gente? Qualquer um poderia ter atirado na gente a qualquer momento. Por que fazer essa grande encenação para a gente?

— Mas *não* é para a gente — disse o Bombeiro. — É?

Jim encolheu os ombros.

— Gosto de pensar que é bom para vocês acabarem com chave de ouro. Adormecer sonhando com um lugar onde estarão seguros. Onde alguém cuidará de vocês. Meu Deus. Somos seres humanos, não *monstros*. Não queremos que ninguém sofra. Mas... não. Não, fazemos isso pela comunidade. Pessoas como Vivian também acreditam na ilha, a maioria delas. Você não sabe como é importante para o moral acreditar que estão salvando pessoas. *Ajudando* pessoas. Se elas pensassem que estávamos navegando até aqui só para jogar os doentes para fora do barco, haveria muitos corações partidos.

Muito descontentamento também. — Ele fez uma pausa enquanto o barco batia em outra onda e firmou-se no batente da porta. — Vocês têm que entender. Vocês disseram que são... o quê? O último resquício de uma pequena democracia? Vocês *votaram* para vir aqui? Bem, também temos uma democracia. Nosso próprio conselho de liderança privado. Apenas o governador e mais doze indivíduos, eu incluso. Vocês não foram os únicos que votaram. Nós também. E foi nisso que votamos.

— Não existe ilha nenhuma — disse Allie.

— Existe! Ou existiu. O Centro de Controle e Prevenção de Doenças abandonou o local em novembro. Houve uma revolta. Estavam usando remédios experimentais que mataram algumas pessoas, e os filhos da puta ingratos tomaram o controle do hospital. Disseram que não *queriam* mais uma cura. Falavam delirantes sobre como haviam feito a *própria* cura, estavam aprendendo a controlar o fogo. Mantinham a equipe médica como refém para impedir uma ação militar. Mas eles não conhecem o nosso governador. Ele não faz acordos com terroristas. Ele requisitou um B-17 de Bangor e jogou bombas de uma ponta a outra da ilha. É apenas uma pedra preta agora. Dava para ver a fumaça de Machias. Foi, então, que inventamos a história de que algumas guimbas tiveram uma reação negativa a um dos novos medicamentos e o hospital pegou fogo.

— Mas ouvimos Martha Quinn no rádio — disse Harper. — Nós a *ouvimos*.

— Sim. Temos cem horas dela em gravações antigas. Nós apenas as reproduzimos continuamente. O argumento do governador sempre foi que esse é o caminho mais rápido para acabar com a epidemia no Nordeste. Trazer todos os doentes para um centro de processamento e depois eliminá-los de forma humana. Jogá-los na Corrente Norte-Atlântica, onde não há chance de os corpos voltarem para Machias. Eu realmente sinto muito, *de verdade*.

— Você não pode — falou Harper. — Por favor. Meu bebê talvez seja saudável.

Com isso, seu rosto endureceu. Ela pôde ver a mandíbula de Jim se contrair por trás da máscara.

— É mentira. Se você está doente, ele está doente.

— Isso não é verdade. Não tem como você saber disso. Existem estudos.

— Não sei quais estudos você procurou. É verdade que muitas mulheres doentes terão bebês sem Escamas de Dragão *visíveis*. Mas os exames de sangue mostram que ela está escondida no DNA, esperando para emergir. E não me importo de dizer: não tenho em alta estima uma mulher nas suas condições levando a gravidez até o fim. Você era enfermeira. Tinha acesso a remédios. Deveria ter tomado algo há muito tempo. Cometido suicídio. A ideia de você gerar um garotinho carregado de doenças... isso *me* dá vontade de vomitar. — Ele lançou um olhar para a escuridão e depois para eles. — Vejam bem. Eu não quero atirar em vocês. É melhor na água. Mais pacífico. Não importa que vocês não tenham se drogado. O frio vai fazer vocês dormirem em dez minutos. É como o fim do *Titanic* lá fora. Além disso, se eu tiver que atirar em vocês, posso abrir um buraco no barco. É inconveniente, sabe? Me ajudem aqui. Tirem os coletes. Tirem o colete do garotinho.

— Ou tiramos os coletes — disse John Rookwood —, ou você atira na gente. É isso? — Ele estava puxando os dedos da luva da mão esquerda.

Jim assentiu com a cabeça.

— Que tal uma terceira opção? — falou John, arrancando a luva e jogando-a para o lado. Fios de luz dourada rastejavam na sua palma.

— Que tal não? — disse Jim, e atirou na barriga dele.

33

JOHN TOCOU SEU UMBIGO. A mão ainda brilhava e parecia que ele sangrava luz, que sua palma era um pires cheio de ouro. Ele estava cheio de ouro que agora saía dele. Uma onda atingiu a lateral do barco — parecia que tinham batido em uma pedra, de tão forte que a embarcação sacudiu — e John caiu desajeitado no convés.

Allie estava tentando gritar. Harper podia vê-la pelo canto do olho, a boca aberta, os tendões saltados no pescoço, de forma que parecia que ela estava sufocando. Se a adolescente realmente emitia algum som, Harper não sabia, não poderia dizer. Ela não conseguia ouvir nada, exceto o impacto profundo e forte da própria pulsação nos ouvidos.

Harper caiu sobre um joelho, agarrando o ombro de John, virando-o um pouco. A água suja que escorria pelo convés já estava ficando vermelha enquanto o sangue escorria para dentro dela. Seu rosto estava branco de angústia e choque. Ela tateou o ferimento, pensando: *Pressione, pare o sangramento primeiro e depois tente avaliar o dano.*

— Ah — disse ele, a voz um leve suspiro. — Ah! Levei um tiro.

— Droga — praguejou Jim. — Agora tem sangue por todo o convés.

— John — falou ela. — Ah, John. John, meu amor. Por favor, fique comigo. Fique comigo. Por favor, não se vá.

— Fique longe dele. Levante-se e tire o colete ou atiro em você também. Prefiro não fazer isso. Por favor. É melhor na água. Mais fácil — disse Jim, mas ela não estava ouvindo.

O sangue pingava na palma da mão de John, chiava e fumegava, cheirando como uma frigideira queimada. Harper não estava chorando, mas ele estava.

— Sinto muito — disse John. — Eu era tão vaidoso. Tão cheio de mim mesmo. Tão presunçoso. Estou vendo tudo e estava tão... tão desesperado por atenção... tão desesperado para impressionar você. Ah, Harper. Lamento não ter sido um homem melhor. Gostaria de ter sido.

— Você é perfeito. Você é a coisa mais perfeita. Você me faz feliz. Você me faz rir. Nunca ri em toda a minha vida como ri com você. Você não precisa se desculpar por nada.

Um sorriso fraco se contraiu nos cantos da sua boca.

— Talvez por uma coisa. Peço desculpas por não ter cozinhado aquele idiota com a arma antes de ele atirar em mim. Mas antes tarde do que nunca. — Anéis de ouro brilharam nas suas íris, os olhos cintilando como bobinas de aço com uma corrente elétrica passando por elas.

A mão, escondida sob o corpo, começou a saltar com chamas vermelhas.

— Faça-me um favor — pediu ele. — Por favor. Prometa-me uma coisa.

— Sim, meu amor. Qualquer coisa. Qualquer coisa por você, John.

— Viva — disse ele.

Harper se afastou dele. Ele ergueu o queixo e abriu a boca.

— *Que porra é essa?* — gritou Jim, enquanto um jato de chama amarela saía como uma grande explosão quente da boca aberta do Bombeiro. Jim levantou um braço. A chama respingou na borracha amarela do traje, formando bolhas no material. Ele estendeu a mão para se firmar contra o batente da porta. O barco avançou sobre outra onda e Jim cambaleou e brandiu a arma freneticamente, apontando-a para a cabine. Os tiros saíram com estouros agressivos. O capitão se abaixou. Uma janela quebrou.

O guarda armado passou por Jim, erguendo o rifle. Harper já estava se levantando. O barco deu outra guinada e jogou-a no corpo macio e quente de Renée Gilmonton.

O Bombeiro acendeu de repente, com um *whump* suave e profundo, como se alguém tivesse jogado um fósforo em uma pilha de folhas embebidas em querosene. Ele era um leito de chamas estrondoso, um ninho, e um pássaro começou a surgir dele. Uma grande coisa pré-histórica vermelha com asas vastas e abertas. O rifle de assalto trovejou, estilhaçando o convés.

O barco balançou com uma onda alta. Allie agarrou Nick pelo colete, subiu no assento almofadado e saltou. Harper abraçou Renée e carregou-a para o lado e, ao levantá-la, sentiu algo rasgando sua virilha, seu abdômen. Um homem estava gritando atrás dela. Uma luz amarela surgia.

Ela bateu na água escura, tão fria que queimou, foi como morrer, foi como uma combustão espontânea. Cem mil bolhas prateadas giravam em torno dela em um turbilhão frenético. Ela emergiu ofegante, tomou um gole de água salgada e começou a se engasgar.

Um pássaro de fogo resplandecente, com olhos azuis como maçarico e a envergadura da asa de um avião monomotor, abriu seu terrível bico e pareceu gritar. Um homem que usava uma mortalha de chamas torceu-se loucamente diante dela. A cabine do piloto estava pegando fogo. A fumaça cinzenta fervia com a destruição. O barco ainda estava em movimento, deixando-os para trás, já a quase trinta metros de distância.

Outra onda atingiu Harper no rosto, cegando-a e ensurdecendo-a. O colete a carregava para cima e para baixo na água agitada. Ela esfregou as mãos nos olhos e limpou a visão bem a tempo de ver o *Maggie Atwood* se despedaçar, quando as chamas atingiram o que devia ser um tanque de propano. Houve um clarão de luz branca e uma explosão de som contundente que atingiu Harper como um golpe, jogando sua cabeça para trás. Ela descobriria que seu nariz sangrava alguns segundos depois.

Uma ofuscante torre de fogo ergueu-se no céu a partir dos destroços massacrados do barco, e um pássaro nasceu daquela coluna de chamas, um pássaro tão grande quanto Deus. Ele abriu as asas e ergueu-se em um céu de nuvens negras turbulentas, desenhando um grande círculo vermelho de luz, girando acima deles. Para Harper, parecia magnífico e terrível, algo bárbaro e triunfante.

Ele circulou uma vez, e de novo, e embora estivesse muito acima deles, Harper podia sentir o calor no rosto virado para cima. Então ele se inclinou — inclinou-se e começou a se afastar, batendo as asas de forma lenta e terrível, deixando-os para trás junto aos destroços que afundavam, queimavam e sibilavam.

Harper estava observando quando percebeu que suas coxas não estavam tão frias quanto deveriam. Havia um calor pegajoso e anormal ao redor delas.

Sua bolsa tinha estourado.

PARTO

AGORA QUE ESTAVA DENTRO dela, a água parecia menos agitada. O colete erguia Harper suavemente até o topo de cada onda e a deixava cair de volta. O movimento era quase reconfortante, não a fazia se sentir nem um pouco enjoada. Ou talvez ela estivesse muito entorpecida, congelada demais para se importar. Já não conseguia sentir as mãos, os pés. Seus dentes batiam.

Renée piscou e balbuciou, balançando a cabeça. Ela olhou ao redor com um ar assustado e míope. Havia perdido os óculos na confusão.

— O quê? Nós viramos? Nós... — Uma onda atingiu-a na lateral do rosto e ela engoliu um pouco de água, tossiu e se engasgou.

Harper se esforçou para chegar até ela e pegou sua mão.

— Allie! — berrou ela. — Allie, cadê você?

— Aqui! — gritou a jovem, de algum lugar atrás de Harper.

Harper chutou, balançou os braços debilmente e virou-se. Allie estava indo de forma desajeitada até ela, puxando o irmão pela parte de trás do colete. Ele ainda dormia, o rosto rechonchudo e macio voltado para o céu.

— *D-D-D-Deus* — disse Renée quando conseguiu falar de novo. — *T-t--tão f f-f-frio*. O quê o quê?

— Você foi d-d-drogada. O ensopado. Eles iam nos matar. John. John. — Harper teve que parar e recuperar o fôlego.

Em vez de tentar explicar, ela apontou para os destroços. A proa do barco já havia mergulhado na água, a popa se erguendo no ar. As grandes pás enferrujadas do motor, emaranhadas de algas marinhas, giravam devagar no escuro. As chamas crepitaram e fervilharam enquanto o *Maggie Atwood* deslizava para dentro d'água. Uma fumaça preta e oleosa subia pela noite. Harper moveu o dedo das ruínas em chamas para a Fênix, que se tornara apenas um brilho amarelo distante no céu noturno, como um avião de passageiros distante.

Renée a olhou sem entender nada. *Ela ainda está meio dopada*, pensou Harper, *incapaz de seguir qualquer sequência complicada de causa e efeito*.

Allie os alcançou e pegou a outra mão de Harper. Ficaram alinhados, os quatro, chutando debilmente a água escura e gelada. Harper podia ver sua respiração condensando. Ou talvez fosse fumaça.

— Vamos morrer. — Allie ofegou. — Vamos m-m-morrer congelados.

— C-cante — disse Harper.

Allie olhou para ela, incrédula.

Harper ergueu a voz e gritou:

— *In every j-job that must be done, there is an element of fun! Find the f-f-fun and, snap! The job is a game!*

— Por quê? — disse Allie. — Por quê? Isso é i-i-*idiota*! Acabou. Faz diferença se morrermos em d-d-dez minutos ou em d-d-dez *horas*? Vamos nos afogar aqui.

Harper continuou cantando.

— *And every task you undertake, becomes a piece of cake, so sing! Eu não vou discutir com você, porra!* — Ela cantou essa última parte no tom.

Renée, piscando e esfregando o rosto com as mãos rechonchudas, uniu sua voz à de Harper.

Elas davam chutes na água, as vozes vacilantes subindo e descendo enquanto seus corpos subiam e desciam nas ondas.

As mãos de Allie, rabiscadas com Escama de Dragão, começaram a brilhar, uma luz amarela que se espalhava pelos pulsos e por baixo da camisa encharcada. Um brilho quente emanava de dentro do capuz da sua capa de chuva laranja. Os olhos cintilavam como ouro.

A luz parecia percorrer os dedos finos e brancos e subir pela mão de Harper. Ela sentiu um calor, um calor profundo e aconchegante, subindo pelo braço e pelo torso, como se estivesse entrando em um banho quente.

Seus corpos fumegavam na água gelada. Quando Harper olhou para Renée, os olhos da mulher mais velha brilhavam. A blusa estava rasgada na gola e em seu pescoço havia uma linda gargantilha de fios dourados brilhantes.

— E Nick? — gritou Allie quando elas acabaram "A Spoonful of Sugar".

— Continue cantando — instruiu Harper. — Ele não precisa estar acordado. Ele não vai nos ouvir de qualquer maneira. Estamos cantando para a Escama de Dragão, não para ele. Cante, droga.

— Isso não faz sentido!

— Você está viva?

— Sim!

— Então faz sentido — falou Harper, e depois não conseguiu dizer mais nada. Ela estava tendo contrações fortes. Suas entranhas paralisavam, relaxavam e depois paralisavam novamente. Ela sempre quis fazer o parto na água. Isso estava na moda não muito tempo antes.

Eles estavam cantando "A Spoonful of Sugar" pela segunda vez quando o *Maggie Atwood* foi sugado para baixo da água com um último silvo alto, uma rajada de fumaça cinzenta e uma barulhenta turbulência de bolhas.

Elas cantaram "Chim-Chim-Chaminé". Quando esqueciam a letra, inventavam alguma coisa.

— *Chim-chaminé, chim-chaminé. Chim-chim-chirante, remar na água é uma merda gigante* — gritou Allie.

— *Me mande um beijo ou pode ir tomar no cu* — cantou Renée.

— Olhem — disse Harper.

Nick estava brilhando. Luzes azuis rastejavam sob seu moletom. A água fumegava onde tocava seu rosto rosado, quente e adormecido.

Elas recomeçaram "A Spoonful of Sugar", mas Harper sentia muita dor para se juntar a elas. Cerrou os dentes e fechou os olhos, resistindo a outra série de contrações. Quando abriu os olhos, viu a *Mãe Portátil*, a enorme bolsa preta, flutuando por elas. A boca larga da bolsa estava aberta e cheia de água. Enquanto Harper observava, o objeto girou em um círculo lento e sonhador e sumiu de vista, carregando consigo tudo o que ela pretendia dar ao filho.

Ela desejou que a Fênix não tivesse voado para longe. Durante muito tempo, conseguiu encontrá-la no horizonte escuro, um brilho intenso e acobreado, mas em algum momento — por volta da terceira vez que cantaram "Candle on the Water" —, ela a perdeu de vista. Perdê-la de vista era como perder a esperança. Harper não conseguia imaginar por que aquilo tinha acontecido. Por que John os deixaria. Aquele pássaro enorme e monstruoso — era John, de alguma forma. Talvez fosse mais John Rookwood do que o homem que morreu com o *Atwood*. Era o verdadeiro John: imenso, maior que a vida, um pouco bobo, de alguma forma invencível.

Harper não poderia dizer a Allie que continuaria cantando enquanto pudesse porque John havia pedido que ela vivesse. Ela queria tentar fazer isso por ele.

Havia muitas coisas que ela desejara para os dois, simples prazeres domésticos que ela começara a imaginar, apesar de tudo. Queria uma manhã preguiçosa de domingo na cama, com a luz do sol incidindo sobre eles. Queria colocar as mãos no quadril ossudo dele e ver como era. Queria assistir a filmes antigos e tristes com ele. Queria fazer caminhadas juntos no outono e sentir o cheiro das folhas sendo esmagadas pelos seus pés. Queria vê-lo segurando o bebê, e não importava que a parte mais realista da sua mente sempre tivesse pretendido entregar a criança. Ela tinha uma teoria de que John Rookwood seria fantástico com o bebê. Queria que ele tivesse um pouco de ar fresco e um pouco de felicidade, e que se livrasse da culpa, da tristeza e da perda. Ela queria passar alguns milhares de manhãs acordando ao lado dele. Eles não teriam nada disso, mas *ele* queria que ela vivesse — ele os amava e queria que *todos* vivessem —, e ela achava que ele deveria conseguir algo depois de tantos problemas.

Elas cantaram "Romeo and Juliet" e cantaram "Over the Rainbow". Allie cantou o refrão de "Stayin' Alive" enquanto Renée descansava a voz, e então Renée cantou "Hey Jude" enquanto Allie descansava a dela.

Quando Renée terminou, lançou um olhar assustado para Allie.

— Por que Harper está fazendo essa cara?

— Acho que ela vai ter o bebê — disse Allie.

Já fazia muito tempo que Harper não conseguia cantar. Ela balançava a cabeça para cima e para baixo em um aceno infeliz. Ela sentia o bebê — uma massa densa, escorregadia e insuportavelmente dolorosa — empurrando para baixo. Parecia que suas entranhas estavam sendo arrancadas aos poucos.

— Ah, meu Deus, não — falou Renée, a voz um sussurro doentio.

Harper estava com tanta dor que via luzes piscando. Pontos pretos e manchas prateadas invadiram sua visão. Havia um brilho especialmente doloroso no canto do olho direito, um brilho dourado persistente. Ela balançou a cabeça para clarear a visão, mas as luzes não desapareciam.

— Vejam — disse Allie, agarrando o ombro de Harper e apertando. — Vejam!

Harper virou a cabeça para ver do que Allie estava falando.

Primeiro ela pensou que Allie estava animada porque Nick estava acordado. Nick agitava as mãos inchadas, olhando em volta com os olhos turvos, enxugando o rosto encharcado. Mas Allie estava apontando para o leste, além dele.

Então, Harper pensou que Allie estava animada porque já estava amanhecendo. Uma linha de luz acobreada brilhante iluminava o horizonte. O céu no leste estava repleto de grandes massas de nuvens, tingidas em tons de cranberry e limão.

Harper recebeu um respingo de água no rosto e piscou os olhos ardentes. Por um momento, ela enxergou tudo em dobro, e havia dois pontos de luz dourados e brilhantes ao longe. Então, sua visão se reuniu em uma única imagem e ela pôde distinguir um brilho quente e ofuscante, no alto das nuvens, crescendo continuamente. Não pôde evitar. Ao ver a Fênix retornando, seu coração se alegrou e ela sentiu um calor que nada tinha a ver com a Escama de Dragão. Por um momento, até as cólicas agudas e duras pareceram desaparecer. Ela piscou através da água salgada que poderia ser o oceano ou poderia ser lágrimas.

Mas Allie também não estava apontando para a Fênix.

Ela apontava para a vela.

Uma grande vela triangular branca, com um caranguejo vermelho estilizado impresso. Quando o barco cruzou o sol nascente, aquela vela tornou-se um véu dourado brilhante.

O barco pegava o vento forte de estibordo e estava inclinado em um ângulo de quarenta e cinco graus, fazendo espuma na proa. Veio na direção deles como se andasse em um trilho fora de vista, abaixo da água. Harper pensou que nunca tinha visto nada deslizar com tanta graça e sem esforço.

A Fênix mergulhou baixo ao passar por eles, menos de dois metros e meio acima das suas cabeças. Ela havia perdido massa durante as horas em que esteve fora, encolhido até ficar do tamanho de um condor, mas, ainda assim, passou com um som estrondoso, como o de um caminhão. Uma onda de calor químico, com um leve cheiro de enxofre, tomou conta deles. Estava tão perto por um momento que Harper poderia ter esticado a mão e tocado-a. Com o seu longo bico adunco e a sua crista esvoaçante de fogo vermelho, ela parecia para todo mundo um galo orgulhoso e ridículo, de alguma forma dotado do poder de voo.

Don Lewiston recuou a vela e a longa embarcação branca deslizou os últimos trinta metros em direção ao grupo com força total, a retranca balançando solta e a lona cedendo e enrugando. Ele jogou uma escada de corrente na popa e, quando Nick começou a subir, estendeu a mão ossuda para ajudá-lo. Seus olhos azuis brilhavam com algo que não era nem terror nem admiração, mas ambos e mais... uma emoção que Harper considerou reverente.

Eles subiram no barco, encharcados e tremendo, um após o outro. Nenhum deles estava mais brilhando. Cada um deixou de cintilar assim que avistaram a vela, a Escama de Dragão cedendo como se estivesse exausta. Os últimos dez minutos foram os mais difíceis. O frio queimava como se estivessem mergulhados em ácido até o pescoço — e, então, não queimava, e a dormência era ainda pior que a dor, matando a sensação nos pés e nas mãos de Harper, subindo pelas pernas. No momento que Don a puxou — uma pesca realmente improvável —, ela não conseguia nem sentir as próprias contrações.

Don saiu e voltou com toalhas, cobertores, moletons largos e xícaras de café para Renée e Allie. Ele havia perdido peso, estava magro e parecia sentir frio, a única cor em seu rosto era o vermelho profundo do nariz.

Harper tinha água nos ouvidos e estava distraída com as contrações, que passaram a vir rapidamente, de forma que não entendia muito do que as pessoas diziam. Renée fez perguntas, e Don as respondeu em voz baixa e trêmula, mas Harper só entendeu partes da conversa. Renée perguntou-lhe como ele estava ali, perto o suficiente para tirá-los da água, e ele disse que estava na costa esperando há dias. Don sabia que eles estavam entrando em Machias porque tinha ouvido falar sobre isso no rádio PX. Harper imaginou Don Lewiston segurando um suculento peixe assado perto do rosto, como um telefone do mar, e esteve muito perto de rir, reprimindo um tremor histérico de alegria.

— O rádio PX? — perguntou Renée.

— Sim, senhora — disse ele. Don tinha um rádio amador que pegava a radiocidadão. Conseguia captar sinais ao longo de toda a costa e sabia tudo sobre a mulher que estava enormemente grávida, caminhando para o norte com uma mulher negra, uma adolescente com a cabeça raspada, um menino e um homem gravemente doente que delirava com sotaque britânico. O bando deles estava seguindo devagar para Machias, onde seriam processados e enviados para a ilha de Martha Quinn.

Só que Don tinha estado na ilha de Martha Quinn, navegado ao redor dela e andado sobre ela, e não vira nada além de terra e esqueletos carbonizados. Ele tinha ouvido a velha Martha no rádio — diversas vezes — falando sobre a pizzaria, a escola e a biblioteca da cidade, mas o lugar que ela estava descrevendo não existia há meses. Tinha sido bombardeado.

Se a ilha de Martha Quinn não era um refúgio, então era uma armadilha, mas Don não conseguia imaginar como evitar que caíssem nela. O pescador tinha vagas ideias de pairar perto da baía, e talvez — *talvez* — navegar sob o manto da escuridão quando Harper e companhia estivessem perto de Machias, tentar interceptá-los, avisá-los. Mas então, nos últimos dias, as pessoas pararam de falar sobre o grupo e ele não sabia onde os amigos estavam ou o que estava acontecendo. Ele estava ancorado perto das ruínas da ilha de Martha Quinn quando viu a Fênix afundar das nuvens como se fosse a porra de Lúcifer caindo do céu. Don disse que não tinha certeza se havia sido levado até ali ou perseguido até ali.

Harper ouviu essa última parte apenas de longe. Ela sentia que suas entranhas estavam sendo reviradas.

— O que está acontecendo? — perguntou Don Lewiston. — Que porra está acontecendo? Ah, merda. Ah, merda, não me diga.

— Respire, Harper! — berrou Renée. — Inspire, expire. O bebê está chegando. Tudo vai terminar num minuto.

Allie estava entre suas pernas. De alguma forma, a calça de moletom de Harper tinha saído e, da cintura para baixo, ela estava molhada e nua.

— Estou vendo a cabeça! — gritou Allie. — Ah, puta merda! Continue empurrando, vadia! Você vai conseguir! Você está fazendo essa merda acontecer, agora mesmo.

Nick correu e escondeu o rosto na barriga de Don Lewiston. Harper fechou os olhos e empurrou, sentindo que estava pressionando os intestinos para o convés. Ela sentiu um cheiro forte e salgado que poderia ser mar ou placenta. Quando abriu os olhos por um momento, viu a Fênix novamente, agora do tamanho de um avestruz, flutuando nas águas tranquilas ao lado do barco, com as asas fechadas nas laterais. Ele a observava com olhos de fogo calmos, sábios e bem-humorados, uma mancha ardente de óleo no mar.

Ela empurrou. Algo cedeu. Ela estava aberta, sua virilha era uma costura irregular de chamas que a fez soluçar de dor e libertação.

O bebê agitou os braços gordos e gritou. A cabeça fez Harper pensar em um coco disforme, manchado de sangue: uma densa cabeleira castanha, alisada no crânio protuberante. Um cordão vermelho e inchado pendia da sua barriga, enrolando-se no convés e voltando para dentro da própria Harper.

Era uma menina, claro. Allie colocou a criança nos seus braços. A adolescente estava tremendo, e não era de frio.

O barco balançava à vontade e a bebê era ninada nos seus braços. Com a voz um pouco acima de um sussurro, Harper cantou alguns versos de "Romeo and Juliet" para a filha. A criança abriu os olhos e olhou para ela com íris que eram anéis de ouro brilhantes, a Escama de Dragão já profundamente dentro dela, enrolada bem ao redor do seu núcleo. Harper ficou satisfeita. Não precisava mais desistir dela. Tudo que precisava fazer agora era cantar para a filha.

A luz do sol brilhava nas bordas azuis das ondas. Quando Harper procurou pela Fênix, não havia mais nada, exceto algumas línguas de fogo flutuando na água. Faíscas e flocos de cinzas flutuavam no ar parado e frio, caindo no cabelo e nos braços de Harper. Penas de cinzas caíram sobre sua filha, deixando uma mancha na testa da menina. Harper se inclinou e beijou-a ali.

— Como vai chamá-la, Harper? — perguntou Renée, que batia os dentes. Ela tremia, mas os olhos brilhavam de lágrimas e risadas.

Harper esfregou o polegar na testa da filha, espalhando um pouco das cinzas. Ela esperava que algo de John estivesse presente nelas. Esperava que ele estivesse em cima da filha, em cima das duas, mantendo-as imóveis. Ela sentiu que ele estava.

— Ash — disse Harper suavemente; a palavra em inglês para "cinzas".

— Ashley? — perguntou Allie. — É um bom nome.

— Sim — falou Harper. — É. Ashley. Ashley Rookwood.

Renée estava contando a Don sobre Machias, sobre a última viagem daquele barco e os homens que atiraram em John.

Don limpou a boca com o dorso da mão.

— Vão nos perseguir. Mas, talvez, não por um tempo. Poderíamos ter uma vantagem de doze horas sobre eles. Talvez fosse bom usarmos esse tempo para fugir.

— Para onde? — perguntou Allie.

Don se ajoelhou para ficar ao lado de Harper. Ele tirou a mão do bolso com uma pequena faca, desdobrou a lâmina e lançou-lhe um olhar interrogativo. Ela assentiu com a cabeça. Ele fez um laço com o cordão umbilical e serrou-o em dois golpes. Uma gota fraca de sangue e líquido amniótico escorreu por suas mãos.

— An Tra — disse ele.

— Saúde — falou Renée.

Um canto da sua boca se transformou em um sorriso cansado.

— Fica em Inisheer. Ouvi falar desse lugar na BBC World Service. Numa noite clara, consigo captar umas trinta nações diferentes. Inisheer é uma ilha irlandesa, An Tra é a cidade. Oito mil doentes. Apoio total do governo.

— Outra ilha — disse Allie. — Como sabemos que essa também não é uma mentira?

— Não sabemos — falou Don. — E este barco não está equipado para uma navegação transatlântica. Teríamos muita sorte de conseguir. *Muita* sorte. Mas é o melhor que posso oferecer.

Allie assentiu, virou a cabeça e semicerrou os olhos para o sol nascente.

— Bem. Acho que não temos mais nada para fazer hoje.

Harper não se sentiu alarmada. Ela sentia dor, mas estava contente. Aquelas nuvens grossas se desfaziam e o céu a leste tinha um tom sereno de azul quase perfeito. Ela achou que parecia um dia bastante agradável para velejar e lembrou que a mãe de John era irlandesa. Ela sempre quis conhecer a Irlanda.

Nick se ajoelhou para ficar ao lado dela. O menino olhou para a bebê com uma curiosidade doce e pura, e depois moveu as mãos, escrevendo no ar. Harper sorriu e acenou com a cabeça, então se inclinou e encostou o nariz no de Ashley.

— Ei. Seu irmão mais velho tem algo a dizer — falou Harper à filha. — Ele diz olá. Ele diz que é um prazer conhecê-la e bem-vinda à Terra. Ele diz prepare-se para se divertir, garotinha, porque é uma manhã linda e clara, e é aqui que a história começa.

Iniciado em 30 de dezembro de 2010

Concluído em 9 de outubro de 2014

Joe Hill, Exeter, New Hampshire

AGRADECIMENTOS

Se você dirigir até o final da Little Harbor Road, em Portsmouth, New Hampshire, chegará ao oceano, mas não encontrará a estrada arenosa que leva ao Acampamento Wyndham. Eu inventei o lugar. Muitas outras características da área, no entanto, são exatamente como as apresentei: Cemitério South Street, South Mill Pond, a ponte Piscataqua. Aqui e ali mudei algumas características para atender às necessidades da história.

Um perigo de escrever uma seção de agradecimentos é a grande probabilidade de deixar de fora alguém que fez contribuições importantes. Quando expressei meus agradecimentos no final do meu último romance, *Nosferatu*, esqueci de mencionar quanto sou grato pelas minhas conversas ocasionais com o dr. Derek Stern. A psicoterapia está fora de moda há algum tempo. Quem quer conversar quando pode simplesmente tomar um comprimido, certo? Mas a psicofarmacologia tem seus limites; ninguém pode prescrever uma receita para você ter senso de perspectiva. Não tenho certeza se algum dia teria terminado aquele último romance (ou este) se não fosse pelo apoio irônico e literário do dr. Stern.

Quando se trabalha em um livro por quatro anos, obtém informações úteis de vários setores. Meus agradecimentos ao dr. Marc Sopher, ao dr. Andy Singh e ao dr. Brian Knab por responderem a tantas das minhas perguntas médicas. Onde eu errei, não os culpe — quando tive que escolher entre a história ou a verdade médica, escolhi a história. Em outras palavras, não se pode colocar um semilunar deslocado de volta no pulso de alguém apertando-o, embora seja uma bela fantasia. Crianças, se isso acontecer com vocês, dirijam-se ao pronto-socorro e preparem-se para a cirurgia. Dito isso, a maioria dos procedimentos médicos de Harper é possível... incluindo aliviar a pressão no cérebro do Pai Storey com uma furadeira.

Vários amigos leram este livro em parte ou inteiro nos estágios iniciais e forneceram feedback útil: Chris Ryall, Jason Ciaramella, C. Robert Cargill, Lauren Buekes, Shane Leonard e Liberty Hardy. A família Bosa foi uma fonte incansável de encorajamento e apoio. Meu agente de cinema, Sean Daily, e sua esposa, Sarah, ofereceram apoio e bons conselhos, e então Sean deu meia-volta e vendeu os direitos do filme para a 21st Century Fox e a Temple Hill. Meus mais profundos agradecimentos a Steve Asbell, Isaac Klausner e Wyck Godfrey por apostarem em Harper e John, e à chefe de Sean, Jody Hotchkiss, por apostar em mim.

Minha editora na William Morrow, Jennifer Brehl, e minha editora do Reino Unido na Gollancz, Gillian Redfearn, são um yin-yang criativo perfeito. Cada página deste livro é melhor por causa da atenção diligente de ambas. Kelly Rudolph e Sophie Calder planejaram campanhas publicitárias de impacto mundial. A HarperCollins/Morrow tem uma fileira de profissionais matadores, que trabalharam incansavelmente para fazer todos os aspectos de *Mestre das chamas* brilharem. Eles incluem Kelly O'Connor, Tavia Kowalchuk, Aryana Hendrawan, Andrea Molitor, Maureen Sugden, Amanda Kain, Leah Carlson-Stanisic, Mary Ann Petyak, Katie Ostrowka, Doug Jones, Carla Parker, Mary Beth Thomas, uma equipe de vendas incrivelmente trabalhadora, e a editora Liate Stehlik. A equipe do Reino Unido não é menos formidável, começando com David Shelley e incluindo Kate Espiner, Jon Wood, Jen McMenemy e toda a equipe de marketing, Craig Leyenaar, Paul Hussey, meu amigo Mark Stay e o restante da equipe de vendas da Orion. Kate Mulgrew leu este livro em áudio, fazendo-me parecer instantaneamente pelo menos cinco vezes mais legal do que sou de verdade. Estou devendo a ela uma boa garrafa de vinho. Meus agradecimentos a Laurel Choate, da Choate Agency, por cuidar dos negócios para que eu pudesse manter o foco na parte criativa (ou seja, na parte divertida).

Meu amor e meus agradecimentos a Christina Terry, que garantiu que eu, ocasionalmente, saísse do escritório para me divertir enquanto trabalhava nesta coisa. Todo o amor do mundo ao complexo King-Braffet, a Naomi e aos meus pais, que como grupo, de mil maneiras, tornaram este livro possível e fazem dos meus dias uma alegria. Acima de tudo, obrigado a meus três filhos, que me fazem tão feliz — eu amo vocês, meninos. Sou muito grato pela nossa vida juntos.

Finalmente: pouco depois de eu ter concluído o terceiro rascunho deste romance, meu amigo e agente há vinte anos, Mickey Choate — o amado marido de Laurel — faleceu de câncer no pulmão, aos cinquenta e três anos de idade. Eu não sabia que ele estava doente. Ele guardou isso para si mesmo. A primeira vez que soube de sua doença foi quando Laurel me ligou para dizer que ele havia morrido. Ele nunca fumou e corria todos os dias e a coisa toda pareceu muito injusta. Na nossa última conversa, ele tinha acabado de ler *Mestre das chamas* e me disse que o achava um livro muito bom. Sua aprovação significou o mundo para mim; ao mesmo tempo, odeio que tantas das nossas conversas tenham sido sobre mim e a minha escrita. Eu gostaria que tivéssemos conversado um pouco mais sobre ele. Mickey adorava fazer uma boa refeição em um restaurante novo e interessante, e eu gostaria que tivéssemos jantado juntos pela última vez, para poder lhe dizer que o achava um ótimo amigo. Talvez, a reviravolta seja justa, no entanto. Mickey me representou por quase uma década antes de eu dizer a ele que Hill não era o meu sobrenome verdadeiro. Cada um de nós conseguiu provocar pelo menos uma surpresa realmente chocante no outro.

Eu te amo, Mickey. Obrigado por me deixar ter um lugar na sua vida.

CRÉDITOS

"Jungleland" de Bruce Springsteen, copyright © 1975 by Bruce Springsteen, renovado © 2003 by Bruce Springsteen (Global Music Rights). Reimpressa mediante permissão. Copyright internacional garantido. Todos os direitos reservados.

"Chim Chim Cher-ee" e "A Spoonful of Sugar" de *Mary Poppins*, da Walt Disney. Letra e música de Richard M. Sherman e Robert B. Sherman © 1963 Wonderland Music Company, Inc. Copyright renovado. Todos os direitos reservados. Utilizadas mediante permissão. Reimpressas com permissão da Hal Leonard Corporation.

"Romeo and Juliet". Letra e música de Mark Knopfler. Copyright © 1980 Straitjacket Songs Limited. Copyright internacional garantido. Todos os direitos reservados. Reimpressa com permissão da Hal Leonard Corporation.

"Candle on the Water" de *Meu amigo, o dragão*, da Walt Disney. Letra e música de Al Kasha e Joel Hirschhorn © 1976 Walt Disney Music Company e Wonderland Music Company, Inc. Copyright renovado. Todos os direitos reservados. Utilizada mediante permissão. Reimpressa com permissão da Hal Leonard Corporation.

Trecho de *Fahrenheit 451* © 1953, renovado 1981 by Ray Bradbury, reimpresso com permissão da Don Congdon Associates, Inc.

Trecho de *The Ministry of Fear* © 1943, renovado 1971 by Graham Greene, reimpresso com permissão da Penguin Random House.

"E se tivesse mais um pouco de história?" de Joe Hill. Copyright © 2016 by Joe Hill. Porque tem. Um menino a viu primeiro, um menininho sério chamado Caius, que voltava para casa com a mãe. Ele apertou a mão dela. "Olha, mãe, uma estrela cadente", disse ele, apontando para a estrela. A mulher, Elaina, levantou a mão, protegeu os olhos da claridade do dia, observou o sudeste e viu: um barco branco e elegante, as velas completamente abertas, o desenho estilizado de um caranguejo vermelho. À primeira vista, parecia ser perseguido por uma rajada vermelha de chamas, a explosão de um cometa que subia e mergulhava. Conforme a embarcação avançava rapidamente pela água, no entanto, Elaina viu que não estava fugindo de uma bola de fogo, mas era, na verdade, acompanhado por uma grande ave em chamas. O falcão de fogo usava seu calor para impulsionar ar quente na vela, fazendo o barco alcançar uma velocidade vertiginosa, quase arriscada. Elaina viu uma mulher com cabelo louro, de pé na ponta da proa do barco. A mulher distante ergueu a mão em saudação, uma mão que brilhava como se usasse uma luva de pura luz. Caius acenou de volta, a própria mão cintilando feito uma tocha, tiras verdes de chama saindo da ponta dos dedos. "Ninguém gosta de um exibido, Caius", disse Elaina, mas seu sorriso indicava que a mãe não estava falando sério.

Este livro foi composto nas tipologias Copperplate Gothic Std, Futura Std, GFYHeySteve, GFYMichael, Gotham, ITC Berkeley Oldstyle Std, ITC Serif Gothic Std, Ramsey, Trade Gothic LT Std, Vinyl, e impresso em papel holmen book 55g/m² na Gráfica Braspor.